年龍傳說

冼杞然 作品

劉偉忠 題字

千尋出版社
QX PUBLISHING CO.

責任編輯　熊玉霜

裝幀設計　麥梓淇

排　　版　肖　霞

印　　務　龍寶祺

年龍傳說

著　　者　冼杞然

出　　版　千尋出版社

　　　　　香港筲箕灣耀興道 3 號東匯廣場 8 樓

發　　行　香港聯合書刊物流有限公司

　　　　　香港新界荃灣德士古道 220-248 號荃灣工業中心 16 樓

印　　刷　美雅印刷製本有限公司

　　　　　九龍觀塘榮業街 6 號海濱工業大廈 4 樓 A 室

版　　次　2022 年 7 月第 1 版第 1 次印刷

　　　　　© 2022 千尋出版社

　　　　　ISBN 978 962 25 5137 4

　　　　　Printed in Hong Kong

每個人都有一個故事，

每一個民族都有一個傳說……

中華民族、華夏文化淵遠流長，

由盤古、女媧、到三皇五帝、夏商周，

每個傳說都言之鑿鑿，

但文字口語千百年的落差，鑿鑿之間的空隙很大……

中國人遍佈世界各地，不論地域或文化差異，

都以"龍的傳人"為榮，

春冬交替，奉行舞龍擊鼓、燃放煙火爆竹、

除夕過大年的風俗！

多少年來龍、年各有傳說，

這裏也為空隙補上一段，希望為傳說添些色彩！

《年龍傳說》是這樣開始的……

目 錄

序　章		1	第 二 十 章	吊籠	169
第 一 章	童年	9	第二十一章	表白	177
第 二 章	旱魃	16	第二十二章	捉賊	183
第 三 章	美女	32	第二十三章	朱雪	192
第 四 章	不哭	38	第二十四章	夕王	198
第 五 章	青春	50	第二十五章	裂谷	206
第 六 章	淚滴	62	第二十六章	帝杖	212
第 七 章	好心情	69	第二十七章	祭杖	217
第 八 章	好運氣	78	第二十八章	逼位	222
第 九 章	黑堡	84	第二十九章	查證	227
第 十 章	轉機	91	第 三 十 章	退位	234
第 十一 章	狙殺	99	第三十一章	閒靜	240
第 十二 章	重拳	108	第三十二章	怪石	247
第 十三 章	雅興	113	第三十三章	奪帥	252
第 十四 章	龍洞	124	第三十四章	實力	260
第 十五 章	裂痕	137	第三十五章	彩蛋	265
第 十六 章	旱災	144	第三十六章	召見	268
第 十七 章	手足	148	第三十七章	拒絕	271
第 十八 章	舞會	152	第三十八章	真相	275
第 十九 章	巨怪	160	第三十九章	作亂	280

第 四 十 章　測試　289

第四十一章　夜襲　299

第四十二章　赤川　304

第四十三章　挑戰　311

第四十四章　強盾　326

第四十五章　回家　332

第四十六章　傳奇　337

第四十七章　小白　350

第四十八章　危機　366

第四十九章　離別　382

第 五 十 章　選擇　384

第五十一章　事端　388

第五十二章　吃人　394

第五十三章　信心　401

第五十四章　弱點　403

第五十五章　絕望　407

第五十六章　樂土　416

第五十七章　邀請　425

第五十八章　溫飽　429

第五十九章　九子　434

第 六 十 章　侵襲　441

第六十一章　年龍　444

第六十二章　愛人　448

第六十三章　兄弟　450

第六十四章　劍心　452

第六十五章　陷阱　459

第六十六章　除夕　464

第六十七章　送別　473

序章

清風推開薄霧，卻不見了夢的尋處。花開花落，已然湮滅了童年的腳步⋯⋯

抹不掉的信念⋯⋯也許只是一個傳說，千百萬年以前，就在樂土上，有龍有鳳，還有無數種稀奇古怪的生靈。在龍、鳳的庇護下它們平等地生活着⋯⋯

不知過了多久，有一種生物站了起來，當他們可以直立地觀察這個世界的時候，世界也隨之複雜了起來⋯⋯

直立的兩足，筆挺的腰身，後來的象形文字叫它作"人"！

"人"自恃有別於其他生物，因為人懂得利用"可以利用"的一切來滿足永不滿足的野心！理由是很充分的，好像天經地義一樣："因為人要保護自己、掌控自己的命運！"所以人和人聚居成為部落，經驗相傳、分工分管，"團結就是力量"克服了弱肉強食的自然定律。

人建立了一套"生存"的規則："長老"做首領，女人至高無上！

建立這規則的理由很充分，女人的身體可以孕育生命，"文明"也是來自母系社會，部落的大長老，也理所當然由女性擔當！

大長老擁有至高的權威，可以決定生死！擔任大長老並不容易，她肩負了眾人生老病痛，還要先知先覺地為族人的生存勞心勞力，甚至乎必須是處子之身⋯⋯犧牲了與生俱來的情慾樂趣！

性愛的歡愉是天賦的，生命由歡愉衍生⋯⋯但追求和擁有權力似乎也是人的天性！孰重孰輕？

生命就是這麼奇怪和矛盾，有得便有失 —— 不知哪個祖宗定下的規矩，大長老必須是未經人道的處子！這可真有點智慧，大長老沒有子嗣，權力不能血脈相連地私相授受，或許可避免私心。

歷代以來，被選任的大長老似乎都繼承了這種無私的特質，為族人而犧牲了自我的歡愉，部族才枝葉茂盛地發展⋯⋯然而芸芸眾生中，人卻是脆弱的，因為受了"傳說"的咒詛，這是個古老的"傳說"！

這個古老的"傳說"支配了人的命運！

但人是不甘心被支配的，必須揭開"傳說"的秘密，這是一個天大的秘密……

秘密可以保留、傳留千百萬年，因為只有擁有"特權"的人才有權威去解釋秘密，為了保留"特權"，不是每個人都願意揭開"傳說"的秘密……何況秘密穩藏很多禁忌，觸動禁忌會招惹懲罰！是恐懼和保守的人執行的懲罰！但每隔一段日子，總有不甘心的人去觸動這些禁忌！

千萬年前的一個古老的"傳說"，是這樣被揭開的……

秋葉蕩落，為大地蓋上了一層厚厚的棉被。密集的腳步踩在上面，發出陣陣不安的沙沙聲。

一座高聳的石山下面，男男女女，幾乎都是精光黝黑。"羞恥"？恐怕還沒有這一個詞。"冷"？這或許有些吧，但當中那個尊貴的大長老卻用羽毛將身體細緻地掩飾了起來，尤其是那個令男人迫切渴望的部位，幾根鮮紅色的羽毛，不知是要引起他們的注意，還是警告他們，千萬不要再打這裏的主意了！

大長老搓撚着雙手，將神聖的祝福灑在一個少女的頭上。同其他人一樣，這少女也將每一寸肌膚都獻給了微涼的秋風。高翹的屁股堅實圓潤，足以為她在羣體中贏得一片喝彩，但高聳並不下垂的乳房卻顯露了她依然純潔的特質。

正因為這樣，今天她才得到了大長老最隆重的祝福，並擔起了最艱巨的任務。千古以來支配了人命運的秘密必須要揭開！當然，她的回報也是相當豐厚的，一堆食物和一羣男人已經擺放在她面前……

執行神性任務之前，她必須是處子之身，但完成任務之後，她可選擇承繼當萬人之上的大長老；或放棄權力，挑選喜歡的男人、一個或多個……盡情享用！

"唧唧咕咕"的祈禱結束後，神聖的咒語仿佛一下子沁入了少女的脊髓，並在剎那間激盪出一連串暢快淋漓的高呼。

片刻之後，她便帶着今生最大的榮耀和族人的期盼登上了山坡……

山坡並不算太陡，崚嶒突兀的岩石卻足以擋住任何笨拙的腳步。不過沒到一頓飯的功夫，少女的雙腳已然踏到了山腰。

這裏戳着塊巨石，如同石杵一般，橫插入山體，天知道它插入了多深，不過任何人都可以看到，它還有數十步的長度翹在了外面。巨石杵朝天的一面平坦光滑，空地一樣，邊上卻出現了橫空劃破的大幅粗重抓痕，令人有些不寒而栗。

山下的人們翹首企望，惶恐的神情擠上了眉梢。

大長老微閉雙眼，仍在不住地祈禱。

石杵之上的山壁頓時陡了起來，但卻並不重要。重要的是，石杵釘入山體的一邊有個兩人來高的洞口。

少女貼緊洞壁，輕手輕腳地朝洞底走去……

"隆隆隆……"洞底好像在打雷，甚至七扭八拐的洞中還透過陣陣的電光來。

她小心翼翼地探過頭去，但每次看到的卻都是一個新的拐角。

鬼才知道那些閃動的電光是怎樣拐來拐去映入她眼睛裏的？說不定洞壁本身就是發光的吧！

腳下漸漸變燙的岩石已經令她顧不了多想，再加上越來越窄的兩壁，更擠得她心都窄了……回頭看看是個拐角，探過頭去還是個拐角，拐過彎去又是個拐角……

也不知拐了多少次，就在洞裏又泛起了刺鼻的硫磺味時，那永無止境的拐彎和無時不刻都在閃爍的洞壁終於有了變化。

一面洞壁變成了金色，居然還刻着一道道浮雕般的月牙花紋。

先前有人進來過嗎？交錯疊搭的月牙紋非常有規律，應該不會是天然形成的圖案；而另一面洞壁就更是奇怪，居然長滿了火一樣的紅草，修長柔順而且根根靚麗，就像天天都有人在為它們梳理似的。

一面金光、一面火紅混合出暖暖的橙色，比起剛才躁動的閃爍，令她稍感安慰。但此處卻窄得更加可憐，非要側身才能擠過去。誰知道擠過去之後又會有多窄？若是卡在裏面，恐怕變成了乾屍也不會有人知道！

忽然，金色的洞壁微微動了一下。幾乎是與此同時，另一邊的紅色茅草也跟着抖動了起來。

轉瞬之間，兩壁竟然騰空而起，四下裏也隨即豁亮起來。

高高的穹頂，陡峭的岩壁，寬廣的洞底竟佈滿了細小的石縫，而在每一條隙縫中，又都緩緩流淌着滾燙的岩漿，它們相互交匯，相互融通，織成了一張紅色的巨網，籠罩了整個岩洞。穹頂的網格中更點綴着大大小小的寶石，一閃一閃好像紅色的星空一般璀璨。

噢！天啊！這不是壁、也不是草！是古老相傳的龍和鳳！

在這璀璨的"星空"裏，龍金色的、佈滿月牙形花紋的身軀和鳳火焰一般的羽毛交相呼應，彼此纏綿，映着四壁嬌小細嫩的岩漿，暖暖的橙色已經融化到了每一寸空氣中。

這個不起眼的小女人被眼前的映像懾住了，目瞪口呆，恍如中了魔般，骨子裏有一陣酥軟的感覺，她醉了！醉在這暖暖的橙色中，醉在龍和鳳的纏綿裏！

她似乎還在試圖體驗着一種至極的感覺，甚至這種感覺令她想起了部落中那個讓她最滿意的男人，而這種感覺卻並不像銷魂喘息後的徹骨，但卻比一瞬間極致的快感更加深遠悠長，或許是今生今世，也或許將是生生世世的永遠！

猛然間，她醒了，並不是因為怕龍鳳發現她這個渺小的入侵者，而是因為她的視線已經碰到了另一樣東西，那就是她此來的目的了 —— 就在無數細小岩漿的交匯處，一條汩汩的岩漿河上，所有滾燙的熔岩共同捧起一朵飄飄爍爍的"花朵"，"花朵"下面是根長長的木棒，上粗下細，到得底部竟然尖利如錐。

"花朵"有節奏地抖動着，像是呼吸，更像是心跳，帶動着周圍的一切光亮，就連穹頂上的"星光"和匯集而來的岩漿都在有節奏地和它呼應。

少女緩步走到了"花朵"跟前，有些癡迷地踮起了腳，並幽幽地伸出了手……

當她握緊了"花朵"下面的木棒時，就連她自己也不知道，僅僅在這一踮腳、一伸手之間，她已經使人類在直立行走以後的黑暗蠻荒中看到了第一道光、感到了第一縷熱！

原來，那就是火種！

但同樣就在那一瞬間，大地忽然震動了起來，火種也隨即抖動得更加劇烈。"啪啦啦"洞頂的岩石散落下來，迷戀在纏綿中的龍和鳳也終於看到了她這個渺小、卻危險的入侵者！

龍勃然大怒，巨大的火焰從口中激噴而出，重重地砸向少女。

渺小的少女早已嚇得目瞪口呆，唯一的反應就是本能地將雙手抱在頭上，也許那樣會緩解一下她臨死前的恐懼，生死存亡之間，她仍緊緊握着那燒着火種的棒……

但就當那衝面而來、比少女整個人還要大的火焰與她手中細微的火種相接觸時，奇怪地，從龍口中噴出的滔滔烈火，卻如小川匯入大海一樣，悄無聲息，微不足道地融在了閃爍飄忽的火種裏。

看着手中花朵一樣柔弱的火苗，少女終於明白了龍洞中的秘密所在，千古以來就是龍和鳳看守着保護大地靈魂的火種！

少女機警地捂住了火種，吱吱的灼燒聲，伴隨着鑽心的劇痛，少女聲嘶力竭地向着龍唧唧咕咕大叫！龐大的山洞，隱隱傳來悶悶的沉重震音，加上陣陣刺目閃光，即便少女撕破喉嚨大叫，誰又曉得她說了些甚麼！

恐怕只有龍和鳳才知道這是怎樣的威脅，也許是"若受到攻擊，我便滅了這火種"！

龍不再噴火了，只是發出憤怒的吼叫……大地震動了，夾雜着隆隆的雷聲，山洞晃動也驟然加劇起來。

悶罐一樣的山洞中回聲疊加，幾乎震裂了那女人的胸膛。抖動的大地搖塌了穹頂的"星空"，晃垮了洞壁的岩石，幾縷陽光透射進來，打碎了那暖暖的橙色……

少女終於明白，挪走了保護大地靈魂的火種，搖動了大地！

來時的路塌了，滿天的碎石如暴雨般傾盆落下，少女慌了……逃出去是沒有指望了，就連活下去也是渺茫的，但族人託付的使命卻令她不能忘懷。

把火種留下，大地便回復平靜！

龍的怒吼向少女提出了一條生路。

不！不可以！只要有了龍洞中的這件寶物，把火種掌握在人的手裏，族人們就不必再依靠龍鳳，可以自己掌控火和光，把握自己的命運了！一個人的生死較諸全族人的命運又何足道？

這可能就是她最後的信念 ——"我必須衝出去！我必須把火種帶走！"

大地不住地晃動，虔誠的族人仍舊守候在山腳下。女首領口中的咒語更加急促，唇、齒、舌幾乎要繞了在一起。

"倏"地，山體的裂縫裏飛出一朵火苗，翻滾着劃出一道淡淡的光弧，落向外面驚慌且興奮的眾人。

"火種！"眾人興奮大叫！

"嘭"地，山體上炸出一道火光，金燦燦的巨龍應聲而出，卻不知火種落了誰的手裏。

龍在空中怒吼，金身一擰，幾百道閃電擊向了潰散的人羣，剎那間火海四起，雷聲、喊聲、哀號聲混成了一片。

火種在哪裏？！

人搶奪火種觸怒了龍，這是破壞大自然平衡的第一次行動，龍知道人的"不甘心"和"野心"會不斷地把這破壞延續下去……大自然將會崩潰！人必須接受懲罰！

翻騰飛舞的龍，捲動狂風暴雨，每次扭動都激起陣陣電光和烈火，人羣恐慌地奔跑閃避……

火種在哪裏？！團團滾動的烈火，由憤怒的龍口中橫空撲向人羣，衝天大火幾乎淹沒了一切！

火種在哪裏？！龍不斷地發出怒吼！滿天的狂閃，數丈的火海，痛苦的哀號已經連成了一片……

忽然，烈火騰空而起，捲入了一朵火的雲彩，雲彩振振翅膀，原來是鳳……轟天的雷電閃光倏然消失，熊熊烈火竟被鳳撲滅了。

龍不解地看着自己的鳳，鳳心酸了，無奈地搖搖頭。

烈火的餘燼中青煙遍佈，低沉的呻吟，劇烈的咳嗽，孩子的啼哭，鳥獸的悲鳴……已經匯成了大地的哭泣。

龍也長歎口氣，同樣無奈地閉上了眼睛……鳳，這是彌天大錯，難道你不知道後果嗎？

大地的震動並未停止，又一次震動起來，一次比一次加劇，就連平整的地面也裂開了道道鴻溝。

龍猛然掙開眼睛，不祥的目光與鳳惶恐的眼神交匯在了一起……

剎那間，粗大的岩漿衝天而起，遍地的龜裂中熔岩四溢，回落的火雨將剛剛平靜的大地又籠罩在了哀號之中。

但這次卻連龍也始料不及了，看着烈火中掙扎的生靈，其中也有貪婪無知的人們，這是玉石俱焚的大災難！看守大地的龍當然知道這是無可抵擋的大災難，除非……

龍還做着痛苦的抉擇之際，鳳卻已經掠過龍的身體，直衝向龍山的火口……

不！這是萬劫不復的不歸路！龍淒厲地喝止鳳！

龍擰身追趕……太遲了！

一切都已經結束了，轟然巨響，鳳的身體已然融入了衝天的火柱中，瞬息間變為片片飛花，紅的、綠的、金的、紫的……如真如幻，金光耀目，大地仿如受到星雨洗禮，隨着鳳的幻滅，大地的震動也逐漸停息，一道道龜裂也緩緩合攏……

龍卻停在空中一動也沒再動 —— 龍的心碎了！

"是鳳……" 小軒轅含着淚，嗚咽地說，"是鳳用自己的生命平息了大地的憤怒？"

"鳳為甚麼還要救人們？" 小蚩尤氣得簡直忘記了自己也是人類，怒斥道，"是人要偷火種！活該！"

"不要！" 小嫘祖已經哭成了淚人，死命地扯着說故事的老人追問，"我不要鳳死……我不要鳳死！"

小軒轅安慰小嫘祖，也希望為人類辯解："鳳沒有，它只是……"

小嫘祖充滿期盼："鳳沒有死？它怎樣了？" 轉頭追着老人："鳳怎樣了？鳳怎樣了？"

老倉頡捋捋乾枯的山羊鬍子，搖搖頭："不知道，我們小時候也就聽到這兒。"

"唉 —— " 老歧伯揉揉微微發紅的眼睛，"因為這傳說，咱們已經難過了一輩子，幹嘛還要讓這些孩子再憋屈一輩子？" 隨即拍拍自己光禿禿的胖腦袋，說："接下來麼？是這樣，鳳其實……"

"嘿！" 倉頡一本正經地喝住歧伯，"可不能瞎說，傳說就到這裏，咱們一把年紀了，犯不着哄騙孩子。"

"得了，得了，不就是個傳說麼？或許是伏羲長老哄咱們，就不許咱們哄哄孩子麼。"歧伯揪了揪倉頡的乾巴鬍子,譏諷地說:"何必那麼認真?如果真的有人問你鬍子有多少,你還就真一根根地數給他?"

倉頡也摸着歧伯的胖禿頭說:"你倒是不用數,可也不能把你這沒毛兒的禿蛋,說成長了毛兒的山雞吧?"

"沒意思!"小蚩尤站起身來,負氣地說,"早知道這樣,還不如不聽,怪彆扭的!"隨後,卻向小軒轅擠弄了兩下眼睛。

軒轅猛地一驚,似乎想起了甚麼。但兩人誰也沒有再聲張,只是裝作悻悻地離開了。

"瞧瞧,瞧瞧,"歧伯指着兩個小傢伙的背影,埋怨倉頡說,"有不愛聽的了吧!我看吶,只要好聽,管他禿子變山雞,還是老鷹!"接着又招呼着孩子們說:"還是聽我的吧,其實鳳……"

"散了,散了,"老倉頡對孩子們揮揮手,有意無意地阻止歧伯胡說下去,"這次洪水鬧得不小,我還得去看看防夕的工事。走了,走了,下次再講。"

孩子們只好乖乖地走了,只把老歧伯一個人乾巴巴地留在那裏。

看着老倉頡得意的背影,歧伯張張嘴,嘀咕道:"其實鳳……鳳……誰知道呢?"

第一章　童年

幾個詭異的黑影在密林深處晃動着，卻突然一竄，便消失得無影無蹤了。

"夕，夕，那邊有夕。"一個滿頭辮子的小女孩指着黑影消失的方向驚叫起來。看樣子她也就十來歲，應該比軒轅和蚩尤小一點兒。

不過忙碌的人們卻緊了緊身上的獸皮，仍舊麻利地操練着手中的活計，以便在深冬來臨之前修築好被洪水衝垮的防夕工事。

夕是一羣半人半獸、佝僂而行的動物，由於發出"嘶嘶"的聲音，人們把它們叫作"夕"。夕生性兇殘，爪利牙尖，被夕爪一撓傷口迅即腐爛，但夕的舌頭對傷口卻有療效，爛壞的腐肉被舔過很快便會癒合……夕不事生產，只懂吃喝，每到冬天，大地荒涼欠缺天然食物，夕就成羣結夥地四處搶奪部落儲存過冬的糧食。夕和人經常發生打鬥，各有死傷，始終人的智慧和能力較高，對於組織較強的部落，只要做足防範工作，夕並不足為患，但落了單的婦孺，卻很容易成為夕的獵物。

"嫘祖，別在這裏搗亂，這個時候夕不會來找咱們麻煩的。不過你要是還不離開，我們可就要有麻煩了。"老倉頡果然來"視察"工作了，甚至還真的抓到一個滿頭辮子的小小違令者 —— 嫘祖。

小嫘祖低下頭，將愧疚的臉蛋兒藏在了小辮子當中。

"甭搭理這老東西！"老歧伯一把抱起嫘祖，又對倉頡嘟囔說："有麻煩又咋了？一個不懂事的孩子，犯了錯誤就是咱倆的責任，不反省自己，卻兇起小孩來！"

"我……沒……"老倉頡顯得有些無辜，不過轉瞬之間已經變成了一臉的惶恐。

就連老歧伯也不敢再多說甚麼了，立刻放下小女孩，並低聲催促說："快走！快走！"

遠處來了一小羣人，為首兩女一男，後面則是一眾侍從。為首三人中，右邊的那人是個豐潤的女人，精細的毛皮服飾微微掩映着她細膩的肌膚，慈眉善目，嘴角微微上翹，好似心中總有笑不完的喜事。

而左邊那人，則是個高大威武的男人，一身厚重的獸皮硬甲在他雄健的身體上似乎根本感覺不到重量，而臉上卻精瘦得棱角分明，濃重的眉毛好似向上燃燒的火焰，雙目炯炯如炬，鬍子很重，卻並不是滿臉絡腮。

中間一位也是個女人，她身材勻稱，若不是頭上幾縷斑斑的白髮露在外，絕難猜出她的年齡。俊美的臉龐卻永遠像是一泓無法洞悉的湖水，冷冷地沒有一絲的笑容，也沒有一絲的不悅，如果她不說話，都還當她是戴了一張俏麗的面具。那窈窕的肩膀上披着一件她獨有的羽毛披肩，而且所有女人特有的地方也都被鮮豔的紅羽毛遮擋起來。最與眾不同的還是她的手中，一根代表至高威嚴的帝杖，頂端還微微跳動着一朵火苗。

這人便是部落三長老中的大長老玄毛，而那慈眉善目的女人也是長老之一素楓，另一位高大的男人同樣是這裏的長老應龍。

這三位長老所過之處，忙碌的眾人皆恭敬行禮。而那個滿頭小辮子的嫘祖早已嚇得不知所措，當然，還有倉頡和歧伯兩人。

"小孩子，跑這兒來幹甚麼？你的族長是誰？"應龍洪亮有力的聲音中充滿了斥責。

只嚇得小女孩打了一個寒顫，又將臉蛋藏到了小辮子當中。

"這不是小嫘祖麼？"素楓快步來到小女孩的身邊，溫婉地說，"別怕，別怕，下次別再來就是了，快回去吧！"

"慢着！"應龍追問道，"我問你的族長是誰？沒聽到麼？"

"族長是……"嫘祖偷偷看着老倉頡和老歧伯沒敢再出聲兒。

老歧伯一臉尷尬，也不知該說甚麼好，卻聽旁邊的倉頡說："這是我族裏的孩子！"

應龍掃視着這兩個"不爭氣"的老男人，一副恨鐵不成鋼的樣子，板着臉說："給我背一遍初冬禁令！"

雖然倉頡老得連骨頭都快酥了，但面對全部落所有男人的唯一榮耀——應龍長老的斥責，他還是熟練地背道：

"為保證初冬時節部落人員免受夕害，特規定如下：具一石之力者冬季外出部落，須至少三人以上結伴而行；不足半石之力或未成年者，無本族族長令，不可外出或在部落邊緣停留。有違前者，責罰本人；有違後者，責罰……責罰本族族長。"

"那你們讓一個小女孩到這裏來做甚麼？"應龍繼續責問。

"我……我們讓她來……"歧伯支支吾吾地還沒想好怎樣說，便被倉頡打斷了話。

"根本就沒有我們的命令，這丫頭自己跑來的……"倉頡自責地說，"是我們疏於管理，甘願受罰！"

"算了，算了，"素楓笑了笑，還是那副溫柔的臉孔，輕輕地說，"男人嗎，除了先前的伏羲和神農兩位長老，我看都是些扶不起來的東西，罰與不罰又能怎樣？"看看應龍，又是一笑："哦，當然還除了我們的應龍長老，可真是一個頂天立地的男子漢！"

應龍咬咬牙，也沒好再說甚麼。

滿臉愧疚的倉頡也被素楓說得抬不起頭來。歧伯卻對嫘祖擠弄着眼睛，示意她趕緊離開。但小嫘祖剛剛轉過身去，卻聽到了更加令她膽顫的聲音。這聲音並不洪亮，相反還很平淡，但卻是全部落最具威嚴的聲音。

玄毛沒有叫住嫘祖，而是直接就問："為甚麼來這裏？"

嫘祖轉過身來，卻仍舊不敢開口。玄毛也並不急於追問，只是用如水一般寧靜的眼神看着小嫘祖。玄毛說話，沒有任何人敢插嘴。於是場面瞬時安靜下來，將尷尬累積到了冰點。

嫘祖微微抬頭，就在與玄毛寧靜卻深邃的視線相觸碰的剎那，便如被雷電擊中似的，渾身一顫，再也不敢有任何的隱瞞了。

"我……"嫘祖支吾着說，"我是來找……找……哥……和軒轅……"

"甚麼？"應龍眉頭一緊，"蚩尤和軒轅跑到外面去了？就他們兩個？"說完焦急的眼神轉向玄毛。玄毛卻仍舊如水一般寧靜。

"又是這兩個死孩子！"雖然很是生氣，但素楓仍舊滿臉笑容，聲音還是軟軟地說，"我看得懲治懲治他們，乾脆讓他們死在外面……"

"找！"玄毛寧靜的臉上，嘴唇微微一動，平緩地吐出一個足以終止一切不同意見的決定。

無怪素楓這樣狠，雖然軒轅和蚩尤這兩個小傢伙都還是十來歲的孩子，卻是部落中出了名的搗蛋鬼。

軒轅還算是能夠收斂一些，至少他還不敢在大長老玄毛頭上搗蛋，而蚩尤的膽子可大得沒邊兒！

就在不久以前，他只是為了得到一根四季常青的小竹笛，便打賭玄毛定會為自己而露出一絲表情。

用竹笛和他打賭的孩子當然不信，不僅如此，在場的其他孩子也沒有一個相信的。因為這談何容易？別說他們這些孩子，就是一些上了年紀的老人，在玄毛當上大長老之後，也從沒見她露出過一絲表情。

因此，其餘的孩子也起着鬨地押上了自己十幾天的肉食，大家都搶着來參與這場必勝的賭博。唯有軒轅與眾不同，雖然他也不知道蚩尤打着甚麼鬼主意，但就只是為了一份義無反顧的情分，軒轅也甘願豁出幾天不吃肉，全押在蚩尤身上來支持蚩尤的"壯舉"！

這樣一來，對方的賭注也自然要翻倍了。但沒人在乎，因為那些孩子都認為自己根本就沒有輸的可能！

於是，第二天早上整個部落都像炸了鍋一樣亂了起來。人心惶惶地，都說這是個不祥的惡兆；甚至有人還說，沒了這個，天就會塌下來 —— 因為大長老的帝杖突然不見了！

玄毛也帶人四處尋找。雖然這事非同小可，但她鎮定的臉上依然如水般的寧靜。

整個部落幾乎被翻了個底朝天，但仍是沒有帝杖的下落。大家正在一籌莫展的時候，忽然牛欄中一頭公牛有些異常，繼而在牛欄中胡亂衝撞起來。

玄毛一瞥之下，隱隱看到牛尾巴上似是甚麼東西撲朔恍惚，熒熒有光⋯⋯玄毛心中一動，快步上前。

這時狂躁的公牛竟然撞出了牛欄，朝着玄毛直衝過來⋯⋯

剛才還躲在一旁偷笑的蚩尤，現在也有些傻眼了，他本想用玄毛的帝杖來搞個惡作劇，只要能惹得玄毛發一點脾氣，哪怕是露出一絲怒色，為不苟言笑的臉上添一些變化也算是贏了這場賭博，卻萬萬想不到公牛竟然衝出了圍欄，現在還直向玄毛撞去。

然而更加傻了眼的還要算是軒轅。首先，他根本想不到蚩尤竟然敢用玄毛大長老的帝杖來開玩笑。要知道，這帝杖是何等的神聖！它是上古時代的寶物，一直傳襲在這個部落裏，是眾部落中至高權力的象徵。也因為這部落擁有這個尊貴的寶物，幾乎所有人都相信，這個寶物是有靈性的，而且全仰仗它的賜福，這個部落才能成為眾部落中最強大的部落。因此，即便沒有人看護帝杖，部落中也不會有人敢妄自碰它一碰，怎想蚩尤竟會……更糟的是眼下還有可能鬧出人命來，即將受害的人還是部落裏的大長老！

公牛已經衝到玄毛近前，猛低下頭，犀利的牛角像是利刃插向前方，躲閃是來不及了……

就在牛角剛要挑起時，竟有一個人從側面撞來。公牛被撞了一個踉蹌，擦着玄毛的身子相錯而過，帶起的勁風撩開了玄毛的頭髮。可即便是生死一線的衝擊，玄毛仍淡然若無其事，臉上依舊掛着水一樣的寧靜。

玄毛側頭看來，撞牛的人正是應龍。

應龍喘着粗氣，絲毫沒有放鬆，全神貫注地盯着公牛。公牛並沒有受到傷害，但被應龍這麼一撞，似是更加生氣了，只見它後腿一蹬，就又向應龍衝來。

這一衝，只在咫尺之間，自然也沒了躲閃的餘地，但好在這咫尺之間也不會蓄積太大的衝力。

應龍迅速伸出雙掌，穩穩地扼住了牛角。一人一牛硬生生地絞在一起，片刻間公牛居然無法奈何應龍！或許應龍的力量真的不下於那頭公牛，但畢竟牛有四條腿，而且體重上也佔盡了優勢。

於是，就當公牛猛地向旁一甩身子時，應龍也隨之傾斜了，他連忙踏出一步，但身體給牛的壓力卻輕了許多。公牛順勢仰頭，應龍便被挑了起來，雙腳離地便失去了根基，所以現在只能以粗壯的胳膊緊緊勒住牛頭，以免它掙脫後繼續傷人。

此時，許多壯漢也圍了上來，他們手持石斧、骨矛、弓箭、繩索，但是面對仍舊狂亂跳動的公牛，卻有些無從下手。

情急之下，軒轅偷偷拉了一把蚩尤，他倆從小一起玩耍淘氣，自然是心心相應。就在這一拉之間，原本還在吃驚發愣的蚩尤便明白了軒轅的用意。

軒轅衝到近前，搶過兩根長矛，又順手扔給蚩尤一根。

蚩尤接過長矛，便默契地與軒轅將長矛插到了公牛的腿間。任它公牛力氣再大，也奈何不了有人給它使絆兒。只聽"咕咚"一聲，公牛應聲而倒。應龍則趁機死死扳住牛頭，旁邊的人也一擁而上……

公牛被徹底制服了，應龍恭敬地將牛尾巴上的帝杖捧到玄毛面前。雖然經過連番折騰，帝杖上還帶着斑斑的牛糞，說也奇怪，頂上的火焰仍熒熒跳動着，並未熄滅……而玄毛仍是面無表情，無動於衷。

軒轅、蚩尤相對一望，心中不禁暗暗叫苦。就在這時，忽見玄毛眉頭一抽……軒轅、蚩尤心中便是一喜，隨後又是一驚：喜的是玄毛終於露出了一點表情，驚的是這表情十有八九是因為事情敗露了，這下可慘了！

卻聽玄毛對素楓說："快去拿草藥！"語氣雖然仍舊沉穩，但語速明顯快了。

"難道事情沒有敗露？那一定是喜從天降！"軒轅、蚩尤還在納悶兒，便見玄毛蹲下身子，並將身上的羽毛披肩扯了下來塞進了應龍的皮甲。

軒轅、蚩尤這才發現，原來應龍長老受了傷，鮮血已經順着鎧甲的縫隙流了出來。

身為男人，部落中哪一個不從心底裏敬佩應龍長老？蚩尤、軒轅心中自然懊悔，卻也不知如何是好。

"沒……沒事……"應龍受寵若驚地看着玄毛，"只是被牛角頂破了皮肉。"

這時素楓已拿着藥膏跑了過來。玄毛接過藥膏，親手為應龍處理着傷勢。不一會兒，血止了，玄毛這才長出一口氣，抬頭看看應龍，他也正看着自己。

應龍躲開視線，訥訥地說："這點小傷不必煩大長老擔心，很……很快就沒事了！"

"多虧你了，"玄毛平靜地說，"養傷去吧。"

罪魁禍首的蚩尤和軒轅，卻因他們的機智勇敢而得到了玄毛大長老的嘉獎！由於大長老終於為應龍長老的傷"動了容"，他們也如願以償地賭贏了連成年獵手也為之羨慕的大量肉食。

可僅僅三天不到，他倆"奢侈"的生活便讓玄毛輕易地查出了這次事件的原委。

蚩尤固然難逃責罰，軒轅也自然免不了干係。兩人剛上了天堂，又立刻掉入了地獄！迎接他們的，就是部落中最嚴厲的刑罰 —— 吊籠。

幸虧他們還是小孩子；再者說，事情到得這個地步也並非他們有意所為；更重要的是，他們居然得到了應龍長老的"保釋"。雖然不知道這是為甚麼，但諸多的因素加在一起，竟然只讓這兩個搗蛋鬼坐了兩天的吊籠。

而這次事件的最大受害者，卻是另有其人，那就是他們的族長倉頡和歧伯。

族長就是部落中分管部分區域的長者，地位在長老之下。除了應龍，對於其他男人來說，這個職位往往就是他們"仕途"生涯的極限了，而且為了表明男女能力上的"差異"，通常還要兩個男人共同擔任這一職務才行。

倉頡和歧伯便是這樣的一對。於是這兩位不幸的老男人，還沒想明白這是怎麼一回事，就從"管教有方"的嘉獎中背上了"疏於管理"的罪名，還差點被素楓免去族長的職位。

軒轅、蚩尤本來就天不怕地不怕的，唯一有點愧疚便是連累了兩位老族長。但既然是"差點"而不是"確實"被免了職，那麼這兩個搗蛋鬼也就根本沒放在心上，所以他們並沒安分太長時間！在大洪水之後，就偷偷跑出了部落。而且這次還被小嫘祖走漏了風聲……

第二章　旱魃

　　軒轅和蚩尤離開部落後，順着一條小路徑直向樹林深處走去，這條小路是與另一個部落之間交換物品時踩出來的。

　　這時候，部落與部落之間相處還算"融洽"。各部落都各忙各的，每當小雪回春、落葉滿地的兩段日子，部落間也派出代表拿出各自特產交換，各取所需，這是部落間的大型"外交"活動；平常日子，部落中也會零星地進行一些換物的小交易；如有爭執，透過部落長老的"交代"也可解決。倘若雙方爭持不下，各派出代表來一場"決鬥"，勝敗立決，族人也無異議，還挺"公平"的！

　　這兩個小搗蛋急步快走，軒轅的個子小一些，緊跟在蚩尤後面，不時抬頭張望，兩旁滿是荊棘灌木。洪水過後，有些枝杈已經長到了路上，而且越到深處，低矮的灌木越是稠密，好在還可以依稀認出小路的痕跡。

　　再往裏面，高大的樹木也變得繁茂起來，陽光只能透過樹葉的縫隙射到地面。地表潮濕泥濘，悶熱的空氣中到處都是蚊蟲小咬。

　　忽然旁邊的灌木"啪啦"一聲，隨即又傳來一聲野獸的鳴叫。

　　兩人都是一驚，卻聽"吱吱"的叫聲，連同"啪啦、啪啦"的草聲迅速遠去了。

　　"嚇死我了！"蚩尤轉身看着聲音遠去的方向，"我還以為只有咱們會害怕，想不到還有比咱們更膽兒小的傢伙。"

　　軒轅也稍微鬆了口氣："那是還沒碰到厲害的！"停了一下，有些埋怨地問："你不是說很近麼？怎麼還沒到？"

　　"呵呵，"蚩尤取笑地說，"是不是怕了？"

　　"怕？"軒轅瞥了蚩尤一眼，硬着頭皮說，"你不怕？既然出來了，怕有甚麼用？快走吧，早去早回，耽誤晚了還不定會碰上甚麼。"

　　蚩尤又是呵呵一笑，也沒再多說甚麼。

　　兩人加快腳步繼續趕路。

　　只覺得地勢越來越高，像是在爬坡。又過了好一會兒，地勢終於平緩下來，兩邊的灌木不再那麼稠密，甚至地面還越發乾燥起來！

"明明是剛發了洪水，"蚩尤不解地看着地面，嘀咕着，"竟然還這樣乾？看來旱魃真的降生了！"

說起旱魃，這是部落傳說中一個製造旱災的傢伙，雖說是個妖怪，"它"可是人的模樣，還是個女孩！"她"到了哪裏，哪裏就會發生嚴重的旱災。

傳說中的旱魃，每隔一段時間就會在部落中轉生成一個女娃，初生時與一般女孩並無分別，相貌還特別俊美。但只要這女孩一哭，她所在的部落夏天就會發生嚴重的旱災！但話說回來，有哪個孩子不會哭呢？所以誰又知道究竟哪一個孩子是旱魃呢？不過人們還說，旱魃有一個弱點，就是最怕洪水，所以只要這個部落遇上了洪水，旱魃就會顯露原形，並且還會大哭不止，甚至那裏的洪水也會隨之退卻。這樣一來，人們就可以輕易地找出旱魃了。

雖然旱魃可以使部落在洪水中免受水患，可是與少見的大洪水相比，連續的旱災卻是更加可怕，所以只要人們發現洪水來臨的時候，哪個孩子哭得最厲害，便會將其燒死。只要燒死了旱魃，不但會免除旱災，還會帶來更好的收成。

果然，聽說在這次大洪水之後，北邊一個常年旱災的部落裏就發現了旱魃。只是那個部落的人都很奇怪，除了平時進行一些必要的交換活動外，幾乎不與外界接觸，甚至乎春秋兩次的各個部落"交換物資"大型活動，也見不到這部落的大長老蹤跡。最特別之處 —— 這部落的大長老是個男的！這愈發令這個部落籠罩着神秘的面紗，雖然傳說這部落出現了旱魃，但旱魃是個甚麼樣的怪物誰都不知道。

蚩尤和軒轅便在小夥伴面前誇下海口：像成年獵人那樣獨自穿越叢林，到北邊的部落去看看旱魃有多麼可怕！

當然沒有孩子相信這兩個小搗蛋能有多大能耐可找出旱魃的真面目，接着又引發了一場"大規模"的賭博！

就這樣，蚩尤和軒轅便肩負着沉重的"使命"，偷偷離開了部落。

軒轅抓起一把乾鬆的沙土，抬頭看看遠處，眼前草木稀疏，沒有一點洪水的跡象，倒更像是剛剛發生了旱災。

再遠處，隱隱看到幾縷炊煙，似是有人生活在這裏。

"終於到了，"軒轅總算鬆了口氣，"也不知道旱魃究竟有多可怕？你說它要是跑出來可怎麼辦？"

"總說些讓人不愛聽的話！積極點可以嗎？"蚩尤瞪了軒轅一眼，作弄地說，"就算跑出來，也先找你！"

軒轅撇撇嘴，沒說甚麼……兩人從小便這樣，爭爭吵吵，各不相讓，但生死關頭又拼命護着對方，死也要爭着領頭先死！

軒轅和蚩尤沒有立刻進到部落裏，因為在那個時代，部落與部落之間的關係雖看來融洽，但各有各的界線，這也是"山頭主義"的自我保護！擅自闖入部落，稍有摩擦便會引起部落決鬥！抓住旱魃這樣的大事，又要祭奠祖先，又要告慰神靈，所以決計不會允許其他部落前來"參觀"。因此他倆只得先爬上旁邊的一個小沙丘，窺視着那個部落的動靜。

或許是連年旱災所致，這部落裏沒有樹木，十分空曠。而且部落規模也不很大，所以趴在小沙丘上很容易就能看到部落的全景。

部落中央一座高大漆黑的建築，像是用石頭搭建起來的，如同一座黑色的堡壘。這"黑堡"地基龐大，估計繞行一周少說也要一段時間，但越向上越小，到得最頂部，估計也就能容納三五個人。

不過上面卻沒有人，只有一面獸皮製成的旗子，好像是用鮮血之類的東西畫了一個怪異的符號，旁邊還有一道黑煙騰騰而起，看樣子是從黑堡裏冒出來的。

與這森然的黑堡相比，其周邊的小草房便顯得十分凋零，但一個個都以黑堡為中心，輻射狀排列，而且排列得相當整齊，就連樣子也不差絲毫，只是靠外面的房子略顯陳舊，可能是許久沒有人居住了。

"原來他們的祭壇這麼大，"蚩尤壓低聲音，"怪不得大家都說他們這個部落有點古怪呢。"

"也許這不僅僅是個祭壇。"軒轅看着那個黑堡，卻有點懷疑。

"那會是甚麼？"

"不知道，"軒轅搖搖頭，"但看起來讓人很不舒服。"

素來思想縝密的軒轅又忽然想起了甚麼："今天是月亮最圓的時候吧？"

蚩尤認同，卻不解地點點頭。

"這麼說，"軒轅想了想，"今天的確是燒死旱魃的最好時候。但如果這裏真的是祭壇，為甚麼沒有準備儀式，甚至連個人影也沒有？"

"說的也是……"蚩尤皺眉看着黑堡頂端那濃濃的黑煙，忽然一驚，"哎呀！會不會已經燒完了！"

軒轅被他嚇了一跳，連忙捂住蚩尤的嘴："小點聲！"

"沒事，"蚩尤吐吐舌頭，自我安慰地說，"部落裏一個人也沒有，誰會聽到？"說完故意站起身來，衝着空曠的部落喊："我就在這兒，有人聽到麼？聽到就來抓我吧！哈哈哈！"聲音不是很大，因為蚩尤只是想開個玩笑。

軒轅不屑地"哼"了一聲，嘲笑地說："這算甚麼本事，哄誰了？大不了被抓住送回部落，反正又不是我一個人受罰！"

"唉！"蚩尤也覺得沒甚麼意思，興趣索然地坐下來，"受罰倒是小事，看不到旱魃，可就輸慘了！"

"這些人也真是性急！"軒轅歎口氣，"這麼快就燒了，還沒……"

話沒說完，只聽沙丘下面傳來一個男人的聲音："沙丘上有動靜！"

"嗯，"又一個沙啞的聲音，"可能是旱魃在挑釁，你們繞到後面去，其餘人跟我上！這回說甚麼也不能讓它跑了！"

聽了這話，蚩尤不禁一喜，原來還沒抓到旱魃。蚩尤壓低聲調對軒轅說："真讓你猜對了，旱魃跑出來了，看來我們還有機會。"

軒轅卻沒那麼開心，擔心地說："不過，我沒猜到他們把咱們當成了旱魃！"說完拍了蚩尤一把："還不走！被抓到了可不是開玩笑！"隨即便從沙丘背面跑了下去。

蚩尤恍然大悟，二話沒說，也跟着軒轅跑了下來。兩人慌亂地衝下沙丘，卻見前面早就被幾個壯漢擋住了去路。

中間是一個禿子，甚是魁梧，好像比應龍長老還要威猛許多，腰間別着一把大斧，看上去應該比軒轅還重，只是那斧頭明晃晃的，不知是用哪種石頭做的，這是從未看過的"質感"！素來對新事物好奇的軒轅當然眼也瞪大了，心中嘩聲叫起來："這肯定是好東西！"但隨即有不好的預兆……一條土黃的小蛇倏地迎面撲來！軒轅本能地向後一閃，但那小蛇卻如影隨形，不論軒轅閃向哪方，小蛇都緊追不捨。

軒轅狼狽地左閃右避，卻怎樣也擺脫不了小蛇。心思縝密的軒轅一下子明白了，小蛇根本無意咬他，索性站立不動，果然那小蛇也不動了。這才看清楚，原來小蛇是纏在一個胖子的脖子上，只是那小蛇極細極長，與他極粗卻很短的脖子倒是大大的不相稱。看來這胖子是這條小蛇的主人。軒轅心裏嘀咕：我只是個小孩，只是好奇來偷看旱魃，又沒有偷你甚麼東西，犯不着叫小蛇來嚇唬我！

除了這胖子和禿頭大漢，軒轅眼前還站了好幾個彪形大漢，全都是個頂個的結實，不過站在那禿頭大漢身邊，卻顯得單薄了許多。

軒轅和蚩尤互看對方，心中都明白：這些人想必都是部落裏的戰士，看這情況，逃跑是決不可能了！

"我們不是旱魃，"蚩尤連忙解釋，"我們是旁邊部落……只想過來看看熱鬧！"人急智生，竟把褲子一下子脫下！

壯漢們為之愕然，胖子看着禿頭大漢，說："是男的，真的不是旱魃！"

禿頭大漢沒有理會胖子，卻來問蚩尤和軒轅："旁邊部落的？是不是你們混到孩子中放走了旱魃？"

"我們放了旱魃？"軒轅一臉無辜，愕然說，"於我們有甚麼好處？"

"哼哼！"禿頭大漢冷笑兩聲，"那就要問你們的大長老了。"

"我們的大長老根本不知道，"蚩尤還在盡力解釋，"我們是偷跑出來的，不騙你！"

"就憑你們兩個小東西？"胖子狐疑地看着蚩尤，"也敢跑出部落？"

說來也是，誰會想到十來歲的小孩淘得如此出格呢？

"說！"禿頭大漢厲聲喝道，"旱魃在哪裏？"

蚩尤心中一閃，如果說沒見到，他們肯定不信，說不定還要毒打一頓，然後再逼問我們。與其這樣不如騙騙他們，先帶他們往林子裏去，那時說不定還能趁機溜掉。

軒轅也有心騙他一騙，卻也是心中一閃，便覺不妥：這可是人家部落的大事，真的因為自己的謊話而耽誤了捉拿旱魃，怎麼對得起人家？何況那樣還會引起部落之間的誤會，後果如何，難以想像……

兩人都在猶豫，突然大漢拔出腰間的斧頭，暴喝大叫："見到旱魃沒有？！再不說就把你們腦袋削下來！"這一嚇，蚩尤、軒轅都是一驚，不禁同時脫口而出，但兩人說的卻完全不一樣：

"沒見到！"軒轅實話實說。

"見到了！"蚩尤卻信口胡謅。

兩人對視一眼，又立刻改口迎合對方，軒轅說："見⋯⋯見到了。"蚩尤又說："沒⋯⋯沒見到。"

畢竟是孩子，威嚇之下一向配合默契的兩個小傢伙兒，竟然弄得如此窘迫狼狽。

"到底見沒見到？"禿頭大漢手起斧揚，刃口竟晃出一道亮光。

"其實⋯⋯"蚩尤連忙叫道，"其實他沒見到，是我見到了。"

禿頭大漢收起斧頭，半信半疑地問："你見到了？"

蚩尤裝得十分認真："嗯！他才到這裏，剛才只有我一個人趴在上面，打算看看你們怎樣處決旱魃，不過老等不見，還以為你們已經把她燒死了呢。"

"囉嗦甚麼！沒問你們為啥在這裏！"禿頭大漢插嘴催促："快說，旱魃在哪裏？"

"我⋯⋯"蚩尤嘟囔着，"我只是想說，我們不是來搗亂⋯⋯"

禿頭大漢定是個火爆急脾氣，見蚩尤在這裏囉嗦胡扯，一把揪住他的脖子，怒叱："快說！旱魃在哪裏？"

蚩尤的脖子被那禿頭大漢緊緊扼住，哪裏還能說出話來。

眼看蚩尤快要被掐死了，軒轅也顧不了自己的生死，連忙撲上來，抱住那禿子的手就是一口！禿子一聲大叫，便甩開了蚩尤，卻回手將軒轅一巴掌打翻在地，而後上前一步，就要踩死軒轅⋯⋯

"慢着！"正是剛才那個沙啞的聲音。

只見一眾人從沙丘上走下來，禿頭大漢這才收起了腳。

領着眾人的是個身披羽毛披肩的男人，身材高挑精瘦，渾身刺滿花紋，手中握着一根帝杖，只是這根帝杖頂上沒有跳動的火焰。看來這人便是他們的大長老。

雖然仍然驚魂未定，但軒轅和蚩尤這下子可樂了！這回真看到傳言中的男人當大長老！這可是部落羣的"稀有動物"！回到部落後可在小孩羣中炫耀一段日子！

"幹嘛跟孩子動粗？"大長老瞪了禿子一眼，又笑瞇瞇地蹲下來對蚩尤說："別怕，有我在，沒人敢碰你們。"

軒轅、蚩尤這才鬆了口氣，卻也不知該怎樣謝他。

"你們也知道，"大長老無奈地說，"旱魃這東西壞透了，看看我們這部落，唉！"大長老歎口氣："快告訴我旱魃在哪兒？省得它跑到別處再去害人！"說着，還掏出一塊肉乾來，遞給軒轅和蚩尤："說，這個，算我謝謝你們。"

軒轅真的有些憋不住了，正要承認自己在撒謊，卻見蚩尤眼珠一轉。

"這肉真的給我了？"蚩尤問。

"真的！"大長老笑着將肉乾塞到蚩尤懷裏，說，"告訴我吧。"

"剛才我就趴在那裏，"蚩尤指指沙丘頂，"突然，從那個黑堡裏躥出一個東西……"

聽蚩尤還想繼續騙人，軒轅便偷偷揪了一下蚩尤的衣角。

"你揪我幹甚麼？"蚩尤一本正經地瞪了軒轅一眼，認真地說，"他給咱們肉，咱們告訴他旱魃，有甚麼不對？哦……"蚩尤仿佛恍然大悟一般說："你是不是想多要一份肉？"說完又看看那個大長老。

"這個好說，這個好說，"大長老又從那禿子懷裏掏出一塊肉乾，塞進了軒轅懷裏，"現在告訴我吧！"

沒辦法，軒轅也不好再說甚麼了。

"嘿嘿，"蚩尤得意地看看軒轅，甚至還手舞足蹈地加入了一些表演，繪影繪聲地說，"然後就直向我衝來，然後……"

"然後怎樣？"大長老更加關切地問。

蚩尤突然一個念頭："我得說的友好些，或許還能得到更多的獎勵。"便嗷嗷嗓子接着說："然後我想幫你們抓到它，就躲着沒敢出聲……"

蚩尤描述的語調也隨即變得詭異細微……"等旱魃剛從我頭頂竄過時……"忽然他又放大了聲音，並突然跳起做了一個撲抓的姿勢，"我就一把抓住了它的後腿，然後……然後我就按住了它！"邊說邊在地上打滾，似是在和惡獸進行着殊死的搏鬥。

"但是那旱魃力氣太大……"蚩尤立刻又掐住自己的脖子，"它一翻身就掐住了我的脖子，我就踢……踢它……"

"夠了！"那大長老突然打斷了蚩尤還未盡興的表演，猛站起身來，叱喝，"把這兩個小兔崽子砍了！"

"兔崽子！"禿子又揚起了斧子，"還敢撒謊！"

斧光一閃，卻不知從哪裏飛來一顆石子，"啪"的一聲正打在大漢的禿腦殼上，石子隨即彈出七八步遠，可想力道之大，估計被打的人也一定是疼痛之極。

大漢一捂腦袋，連忙回過頭。其他人也立刻轉頭看去，只見林子裏棕色的身影一晃，便鑽進了灌木叢。

"旱魃！"大長老驚呼一聲，"快追！"話音剛落，三兩大漢已經拔腿奔向林子。機會難得，軒轅和蚩尤哪會放過，趁着眾人這一分神，靜悄悄地往後溜了。待禿頭大漢回身，只見蚩尤和軒轅已經逃得遠了，猶豫一下，也不追了，衝向旱魃追去。

那邊廂，軒轅和蚩尤一頭衝進林子，慌亂之下也沒顧得上認路，就這樣一直跑到了一條小溪邊。蚩尤已經累得上氣不接下氣，扎進水裏就喝。

"會嗆……嗆死的！"軒轅喘着粗氣，一把將蚩尤拽開。

"不跑……呼呼……不跑了……"蚩尤也呼呼地喘着氣，"打死也不……不跑了……"

"沒人……沒人追上來？"

兩人都回頭看看，這才算鬆口氣，一屁股癱在地上，兩個小搗蛋對視一下卻都笑了。

歇了一會，蚩尤說："呵呵，虧得他們不知咱們是哪個部落的！不然，告訴了玄毛大長老，恐怕又要被關吊籠了。"

"還有心思耍樂？"軒轅這才喝了口水，"我寧可被關吊籠，也不願呆在這裏！"

"不會吧，"蚩尤也猛灌了兩口，"吊籠裏有甚麼好的？"

"吊籠再苦也不會要命呀！"

"說得也是！"蚩尤凝起眉頭，思量着自語自語，"為甚麼要殺咱們？難道就因為我騙了他們？不過我表演得很賣力氣，這些老傢伙怎麼看出來了？"

"就是啊……"軒轅也皺着眉頭思量，"即便騙了他們，按照部落約定，送咱們回去還會得到食物的酬謝，總比殺咱們要好吧？"

"食物應該比屍首有用呀……"蚩尤突然一臉的惶恐，"我知道了，他們可能要吃人！你想想，咱們的長老能給他們多少食物？"說完，看看自己又看看軒轅。

"天哪！"軒轅也是不禁一顫，"再多，也不能多過咱倆的肉！"

"沒錯！"蚩尤慌亂地左右看看，"就是要吃咱倆！"

"不過，"軒轅卻一轉念，"還有件怪事，剛才他們去抓的是旱魃吧？"

蚩尤點點頭："至少他們的大長老是這樣說的。"

"那剛才救咱們的……"軒轅猶豫了一下，卻更加怕了，聲也顫了，"難道是旱魃？"

"旱魃？"蚩尤大吃一驚，失聲叫了出來，"那個怪物會冒險救咱們？怎麼可能？除非它腦袋有問題！"突然蚩尤又好像悟出了甚麼，也抖顫地說："難道……它也想吃咱們？只是怕被那夥人先搶去，才來救咱們，然後再……跟着咱們……"

說到這裏，兩個搗蛋鬼都覺後背一涼，不禁四下環顧一番。

"別……別說了……"蚩尤戰戰兢兢地說，"咱們還是趕緊回部落吧……我也寧可呆在吊籠裏。"

"不過……"軒轅不知所措地看着蚩尤，"你……你知道怎樣回部落麼？"

"這……"蚩尤一愣，看看周圍的林子，滿臉疑惑，"怎麼都一個樣子？"

偌大的林子，兩個小傢伙卻找不到來時的路了。

片刻，蚩尤鼓了鼓膽兒，撅下根樹枝遞給軒轅，又深深吸口氣，蠻有自信地說："拿着，我就不信！公牛咱們都制服了，還怕一個旱魃？"說着，自己也弄了一根樹枝，叱喝一聲，不知是為了壯膽還是真有辦法，大聲地說："走，回去的路包在我身上。"

"嗯？"軒轅看着蚩尤的背影，謹慎地說，"等一下！"

"怎麼了？"蚩尤連忙舉起樹枝護着，左右看看。

"你……你好像走錯了，那邊是往山上去的。"

"哦？"蚩尤看看小溪的流向，舒了一口氣，"哦，我還以為碰見旱魃了呢！"說着向另一邊走去。

"嗯？"軒轅仍舊站着沒動。

"怎麼了？"蚩尤撓撓頭，"又錯了？還是你來找路吧！"

……

兩人先是順着小溪走了一會兒，而後蚩尤覺得好像該往旁邊走了，軒轅則覺得應該一直走；然後又走了一會兒，卻覺得不對，軒轅覺得應該往回走，蚩尤又覺得應該繼續走……最後，他們徹底地迷路了。就連唯一的座標 —— 小溪，也找不到了。

　　漸漸地，天黑了，雖然他們費了好大的力氣才將乾木頭鑽出火來，但黑暗卻不是最可怕的，最可怕的還是恐懼本身，它一直伴隨着兩個搗蛋鬼在林子裏轉來轉去，卻讓他們找不到一點頭緒。只有那剛剛點燃的火把還能給他們帶來一點安慰。

　　好像自古以來，貓頭鷹的叫聲都是那麼嚇人，軒轅和蚩尤在它的叫聲中不由更加惶恐。

　　軒轅："蚩尤……"

　　蚩尤："幹嘛？我一點也不怕！"

　　軒轅："我沒問你怕不怕！"

　　蚩尤："哦，那你想問啥？"

　　軒轅："你說旱魃只有一個吧？"

　　蚩尤："當然了，你還想要幾個？"

　　軒轅："一個旱魃我們能對付……"

　　蚩尤："當然能對付！我猜你就是怕了，還不承認！"

　　軒轅："我也相信一個旱魃能對付，但我不是說這個……"

　　蚩尤："那你說啥？"

　　軒轅："如果是夕來了，可就不止一個了吧？"

　　"夕？"蚩尤立刻橫起樹枝，警愕道，"在哪？哪裏有夕？"

　　軒轅："我只是說'如果'……"

　　"呼──"蚩尤長長地吐出一口氣，"你就不會說些讓人寬心的話？"

　　"甚麼……讓人寬心？"藉着微弱的火光，軒轅看着漫無邊際的黑暗，真不知道甚麼是寬心。

　　"吃的！咱們說說吃的吧，"蚩尤好像又想起了甚麼，語氣也突然堅決起來，"咱們一定要活着回去！"

　　軒轅看看蚩尤不知他怎麼了？

　　"如果這樣就死了，"蚩尤堅定地看着眼前的黑暗，憤憤地說，"那上次贏的肉就都便宜別人了！就是死，我也一定要回去把那些肉都吃完！"說着肚子裏傳出一聲飢餓的腸鳴，於是更加堅定了蚩尤回去的信念！

"對！"軒轅也一下子有了目標，精神為之一振，"受氣包輸的肉還沒給我呢！"

小孩子就是這樣容易滿足，尤其是不能在打賭上丟臉子，一想起受氣包的眼神，兩個搗蛋鬼便都來了精神。

不過，不一會軒轅又發起愁來："可是我們得先找到回去的路呀！"

蚩尤歎了口氣說："嗯，有道理！那我們就先不說吃的，來說說怎麼回去？"

"怎麼？"軒轅一喜，"你又有辦法了？"

"沒有！"蚩尤不加猶豫地說，"不過我們可以想像一下，那樣至少心情會好些，比如……過了這棵樹，或者穿過這叢灌木，就能看到咱們的部落……嘿嘿，怎麼樣？這個辦法好麼？"

軒轅明知蚩尤在胡扯，但也沒法，只好無奈地跟着蚩尤瞎闖。

不過當他們穿過眼前的灌木叢時，卻真的看到了幾堆篝火。

"這……這是真的？"蚩尤驚喜地看看軒轅，得意地說，"怎麼樣？聽我的沒錯吧？"說着，已經被滿腦袋的肉乾、水果牽了過去，卻被軒轅一把拉住了。

"噓——"軒轅謹慎地捂住了蚩尤的嘴。

蚩尤愣愣地看着軒轅，只見他又從地上抓起一把土，卻立刻從指縫裏流了出去。

"是沙土！"兩人同時一驚，"難道我們……"

忽然，林子裏有火把晃動，寂靜中還能聽到嘈雜的腳步聲。

軒轅想都沒想，便把火把插進沙子滅了。蚩尤則麻利地撿起兩塊石頭。兩人伏下身子，蚩尤悄悄將一塊石頭塞到軒轅手中。

不一會，過來兩個大漢，一個手持火把，一個四處張望。看起來很面熟，想必是白天禿頭那一夥中的。

"你看花眼了吧？"拿火把的人高高舉起火把。

"不可能，"另一人仍在四處觀望，"絕對有火光，說不定還是旱魃呢。"

一聽到旱魃兩字，軒轅和蚩尤不禁一顫，手裏的石頭攥得更緊。

"咳！"持火把的人放低了手，"是不是旱魃又怎樣？我看都是大長老的說辭！"

"可別亂說……"

"怎麼叫亂說？"持火把的人悻悻地轉身往回走，咕嚕，"為了地底下的東西，大長老遲遲不肯離開這片沙土地，還說是旱魃……"

"你別再胡說！"另一人打斷他的話，"你自己不想活，可不要連累我！"

"算了，算了，"拿火把的人加快了腳步，催促，"就當我甚麼也沒說，快走吧，黑黢黢的，不知甚麼時候就躥出一隻夕來！"

一聽到夕，蚩尤和軒轅就更是心顫。

待兩個大漢走遠了，軒轅和蚩尤卻更加害怕了。周圍黑漆漆的，火把也滅了，真說不定身邊會藏着甚麼東西！

蚩尤伸手在沙地上不斷地摸索。

"別找火把了，"軒轅低聲說，"咱們到樹上去。"

"沒有火把怎麼找路？"蚩尤還在摸，"我還想回去吃肉呢！"

"放心吧，"軒轅拉起蚩尤，安慰地說，"明天就能吃到肉了！"

用不着多做解釋，就算是出於信任，這兩個從小互鬥的搗蛋鬼也完全可以配合得十分默契，更何況蚩尤也並不比軒轅笨。

"咳！我都嚇糊塗了！"蚩尤一拍腦門，醒覺過來，"都回到這兒了，還怕天亮找不到回去的路？"說着，已經和軒轅爬上了樹。

他倆趴在相鄰的兩根樹杈上，好像都在想甚麼事情。

蚩尤低聲問："你是不是也在想剛才那人說的話？"

"嗯。"軒轅若有所思地點點頭。

"甚麼叫說辭？"

"就是藉口。"軒轅隨口回答。

"哦，怎麼說旱魃是個藉口？另外地底下的東西是甚麼？還有這沙土地怎麼了？"

"想不通，"軒轅出神地看着部落裏的篝火，思索，"其中一定有問題……"

"廢話！誰不知道有問題，關鍵是甚麼問題？"

"我這不是在想麼！"軒轅瞥了蚩尤一眼，氣憤地說，"你就知道問，不會自己想，你以為長腦袋就是吃肉的？"

"你……"蚩尤別過臉去，不服氣地說，"你以為我想不出來？其實我早就明白了。"

"真的！你明白？"軒轅一驚，欠身過來追問，"那是怎麼回事？"

"不會自己想？"蚩尤故意賣弄關子，"你長腦袋就是吃肉的麼？"

"嘿嘿，對，"軒轅心知蚩尤故意賣關子，堆出一臉笑容假裝虛心受教，"我的腦袋才是用來吃肉的。說吧，你覺得是怎麼回事？"

"其實……其實……"蚩尤卻詭異地一笑，"嘿嘿……"

"哼！就知道你在騙我！"軒轅說完也別過臉去，"我困了，先睡了。"

"別睡呀，"蚩尤拉拉軒轅，"我真的猜出些眉目。"

軒轅又立刻轉回了頭："說！"

蚩尤開始一本正經地闡述他的道理："還記得那個人說的麼？意思好像是甚麼旱魃不重要，只要餵了地下的那東西……還說甚麼'它就遲遲不肯離開'。我看這個部落裏還有更可怕的東西，他們抓旱魃就是餵給那東西吃！"

看來蚩尤一定是餓了，居然甚麼都往吃的想！人家明明說是"為了地底下的那東西"他卻想成"餵了地底下的那東西"。更要命的是，軒轅居然信了。

這兩個小搗蛋畢竟還是十來歲的小孩，經過整天勞累和擔驚受怕，他們的思維顯然是有些遲鈍，也顧不上思考其中的疑竇了，躺着、躺着便漸漸進入了夢鄉……

夜更深了，好像貓頭鷹也已經睡了，林子裏一片寂靜，遠處隱隱傳來旱魃詭異的哭聲。

不知怎地，軒轅發現自己已經來到了樹下，抬頭看看樹上的蚩尤還睡得很沉，打算開口叫醒蚩尤，卻怕被部落裏的人聽到；打算爬上樹去推醒蚩尤，身體卻仿佛被這幽幽的哭聲緊緊地牽着……軒轅不由自主地邁開了腳步，追隨着哭聲而去。

然而無論軒轅的腳步多麼快，那哭聲似乎總是離自己很遠，但又揮之不去，始終縈繞在身邊。

軒轅猛然回頭，發現自己還在那棵樹下，而且樹下還蹲着一個女孩，背對着軒轅，正在低聲哭泣，長長的頭髮散亂地披在肩上。

明明就在眼前，但哭聲仍舊悠遠詭異……在這哭聲中，軒轅感覺到身邊的花草樹木正在迅速的枯萎，地面也出現了道道龜裂……

一切都在乾枯衰敗……軒轅蹲下身子，將手輕輕搭在女孩的肩膀……打算安慰這哭泣的女孩，但喉嚨卻隨着周圍的一切而變得乾渴。不僅如此，那女孩的肩膀也開始乾枯，就像樹皮那樣乾老粗糙。

慢慢地，哭泣的女孩轉過身來，散亂的頭髮仍舊遮住了臉，透過頭髮的縫隙，裏面卻模模糊糊的令人無法分辨。

就在這時，他聽到蚩尤在輕呼自己的名字。軒轅猛地望去，卻見一個黑乎乎的東西正在蚩尤身後緩緩靠近，恍惚中，軒轅卻無法出聲。情急之下，便要上樹來搭救蚩尤，卻又被一隻乾枯的爪子按住了肩膀。

眼前的一切看起來都發生的非常激烈，但這一切聽起來卻又那樣的幽遠。

女孩仍在默默地哭泣；蚩尤仍在輕輕地呼喚；那黑影也仍舊緩緩地靠近……

軒轅不知道自己是怎麼了，也不知道自己究竟是在甚麼地方？只覺那女孩乾枯的爪子緊握着自己的肩膀，並不住地晃動……

軒轅猛地睜開眼睛，發現天已經蒙蒙亮了，而自己仍舊趴在樹上，雙手緊緊抱着乾枯粗糙的樹幹，而蚩尤正用手推動着他的肩膀，並輕輕叫着"軒轅、軒轅"。

原來自己是在做夢，不過那幽幽的哭聲卻是真的。

"好像是哭聲，"蚩尤悄悄說，"聽說旱魃很喜歡哭，你說會不會就是旱魃？"

"聲音不是從部落裏傳出來的……"軒轅看着霧蒙蒙的林子，滿臉疑惑地說，"而且聲音也有些怪，悶聲悶氣的，不太像是正常人的聲音，說不定……還真是旱魃！"

"其實我剛才夢到了旱魃，"軒轅又回想着剛才的怪夢，低聲說，"就是這個聲音，好像還有一個黑乎乎的東西。沒準就是那個人說的甚麼'地底下的東西'？怪嚇人的，要不咱們還是等天大亮了，趕緊找路回去吧！"

"怕甚麼？"經過一夜的休息，蚩尤此時卻來了精神，豪氣地說，"咱們有兩個人，旱魃只有一個，如果那'地底下的東西'也來了，就更不用怕了，反正它吃旱魃，又不吃人，何況也只是一個夢！如果不去看看，那不是白來了麼？"

蚩尤看着軒轅，而軒轅還是拿不定主意。

"要是害怕，你就自己回去！"說着，蚩尤一個人跳到了樹下。

軒轅見蚩尤意思很堅決，也只好跳下來，跟着蚩尤朝哭聲走去。

本來黎明的光線就不是很強，加上林中濃重的霧氣，十幾步以外的東西就已經看不到了。軒轅還在回想夢中的情景，不由得拉住蚩尤的衣角。

他倆從小就很淘氣，膽子也比別的孩子大，但這次的事卻不同往常。蚩尤心中也在七上八下地打鼓，但總算還撐得住。卻見軒轅已經嚇得不成樣子，便低聲問他："你剛才說夢到旱魃了？是不是很嚇人？"

"其實我也沒看清……"軒轅警覺地注視着周圍，聲音低得幾乎是用氣息在說，"不過像是個女孩，但它總是背向着我，還一直哭個不停，而且那哭聲把所有的東西都抽乾了，就連我的嗓子也乾得說不出話來！"

"我們可累糊塗了！"蚩尤停住腳，又側耳聽聽，好像離哭聲不遠了，"甚麼像是個女孩，旱魃不就是個託身的女孩？既然是個女孩，我一個人也能對付！"

"你可真累糊塗了！旱魃只是託身女孩，它可是個妖怪！你應付得了嗎？"軒轅戰戰兢兢地說，"這妖怪渾身乾枯，尤其是它的爪子，乾乾的像根老樹枝！"說到這裏，軒轅的聲音也不禁顫抖。

"乾枯的爪子？"蚩尤心中不禁一個寒顫，也真有點怕了，"是不是和夕一樣，撓一下就會讓傷口爛掉？"

雖然離哭聲越來越近，但是為了壯膽子，他倆一直在說話，只是聲音極微弱，就連他們相互之間也聽不太清楚。

"它又沒抓我，我怎麼知道？但我卻看到你身後有一團黑影……"

"你是說我身後？"蚩尤打了一個寒顫，不禁回頭看看。

"嗯，當時我說不出話，只想爬到樹上去救你，它就用爪子按住我，就像這樣……"說着伸手按在蚩尤肩上。

本來氣氛就弄得很緊張，再被軒轅冷不防這樣一按一抓，蚩尤的心都要跳出來了，便不由得"啊"了一聲。蚩尤突然的"啊"一聲，又嚇得軒轅也是"啊"的一聲。

兩人惶恐地左右看看，周圍卻死一樣的寂靜，就連哭聲也消失了，濃霧中沒有任何異常，但似乎每一片樹葉後面都潛藏着一雙眼睛。

蚩尤乾咽了口唾沫，不知所措地看着軒轅。

軒轅便悄悄使了個眼色……兩人又無聲無息地上了樹。

原來霧氣都聚集在地面上，到了樹上卻能看得更遠一些。他們趴在樹上，向剛才傳來哭聲的地方張望。

"看到甚麼了？"蚩尤一邊張望一邊低微地說，"剛才聽那哭聲，好像已經很近了？"

"確實不遠，不過……"軒轅微弱的聲音夾帶着顫抖。

聽軒轅的聲音有些不對勁兒，蚩尤便緩緩看向軒轅，豆大的汗珠竟然掛了他一臉。

"旱魃會爬樹麼？"軒轅聲音更加微弱，幾乎只是嘴脣在動，眼睛卻向下一瞥。

蚩尤順勢看下去，便沒敢再出一絲的動靜……因為就在這棵三四個人才能抱過來的大樹下，居然趴着一個東西，棕色的毛，四肢蜷縮在身子下面，個頭不很大，甚至還長着人一樣的長髮。

那旱魃竟然蜷縮在樹下？是甚麼時候來的？如此神出鬼沒，可真是個妖怪！或許就是要伏擊軒轅和蚩尤這兩個小傢伙吧！

"虧得藉着霧氣，爬了上來……"軒轅和蚩尤都在暗自慶倖，"否則……誰知道現在會是甚麼樣子？"

不過，驚恐了一陣子，蚩尤見到旱魃身子體形真的不大，竟壯起了膽子，甚至開始盤算起一件事來……軒轅可沒蚩尤大膽，他被夢中的旱魃枯乾的爪嚇怕了，一想起那黑乎乎的東西，心中已發毛了！

"看來這個旱魃也不怎麼厲害，"蚩尤悄悄拉住軒轅的手，"咱們把它捉回部落吧，用它來祭天，肯定有個好收成！"

軒轅哪裏有這個膽量，條件反射似地甩開了蚩尤的手，可就這麼一甩，卻失去了平衡，竟一個人掉了下去。幸好地上常年積累枯枝爛葉墊在了身下，不過他卻正掉在旱魃的背後。

那旱魃好像也被嚇了一跳，猛地轉過頭，散亂的頭髮遮住了臉。

天哪！一模一樣，一樣的地方，一樣的旱魃，一樣的姿勢，難道就連蚩尤身後……

就在軒轅一瞥之間，蚩尤身後竟然真的出現了一個黑影，並在悄悄地靠近他！

第三章　美女

但事情卻根本沒有軒轅想像的那般可怕。

旱魃狂亂地掙扎着，像是被綁住了，甚至在被甩開的亂髮裏，竟露出一張俊俏的臉，只是嘴裏勒着一根粗藤，無法說話，所以才發出了悶聲悶氣的"嗚嗚"聲，就連身上棕色的皮毛也只不過是她的外衣而已！

軒轅似乎明白了甚麼，而且他還敢斷定，自己也絕不會像夢裏那樣無法出聲。

"蚩尤小心！"軒轅回頭一聲高喊，"後面有夕！"

聽到軒轅的警告，蚩尤頭也沒回，向後就是一蹬。

他身後的黑影確實是一隻夕，那夕大概是想從後面悄悄地逮住這兩個美味的獵物，卻冷不防被獵物一腳蹬了下去。

蚩尤恍然大悟，以前曾經聽過，那些老練的夕會設陷阱，甚至會利用誘餌來捕殺獵物。不過看來它們還知道幼小動物的哀號聲，對獵食者來說是最動聽的音樂。

這果然是夕佈下的一個陷阱，但恐怕連夕自己也沒想到這麼快就引來了獵物。更沒有想到，獵物竟然還是兩個鮮美的小孩！不過夕也想不到這兩個獵物可不好惹！

蚩尤跳下樹來，狠狠地踩了那夕一腳，直踩得它口吐鮮血，而後又抱起一塊大石頭，不過看着它滿口汨汨的鮮血，又聽着它"吱、吱"的哀號，確實令人有些淒淒慘慘的感覺。

"嘭"的一聲，蚩尤手中的石頭砸在了夕的旁邊。

"滾！"蚩尤給了那夕一腳，"下次再讓我看到，有你好受！"

話音未落，那隻夕竟然一竄便消失在了樹叢中。

"跑得這麼快？"蚩尤罵，"狗東西，挺會裝的！"

"別管那夕了，"軒轅催促着說，"過來幫我拉着點兒。"

蚩尤和軒轅你拉着，我拽着，幾下就解開了女孩身上的藤條。

"快走！"女孩的嘴剛被放開便說，"夕馬上就回來！"

軒轅和蚩尤也沒顧多想，跟着女孩就跑。

"別過去！"女孩又是一驚，"那邊是夕的陷阱，這邊走！"

虧得那女孩是看着夕佈下的陷阱，這才拽開了軒轅，免得掉進陷阱中。但還沒跑多遠，就聽前後左右的"吱吱"聲已經連成了片。

三個孩子漸漸停了下來，逃跑幾乎是不可能的了。

濃霧中，一隻隻黑灰色的夕由灌木叢跳出來，但是它們卻並不急於進攻，只是把這三個人圍在了一個四十來步見圓的圈子裏。

軒轅、蚩尤護着那個女孩沒敢輕舉妄動。

"它們在等甚麼？"蚩尤問。

"不……不知道。"軒轅看着成羣的夕已然不知所措。

"還用問麼？"那女孩卻沒好氣地說，"它們是在等首領，由它來決定是否活捉我們。"

"活捉？"軒轅一驚，"再用我們作誘餌？"

"反正當初它們是這樣抓我的！"

"狗東西！"蚩尤又罵了起來，"我放了它，它卻糾集同伴來抓我，沒良心！"

"跟夕講良心？"女孩瞪了蚩尤一眼，"你還不如找公牛去擠奶！"

"找不找公牛擠奶，"蚩尤也毫不示弱，"等逃出去再說吧！"

"逃？"女孩輕蔑地一笑，"就連應龍也不一定能逃出這個陣勢！"

"你還知道我們的應龍長老？"蚩尤也輕蔑地一笑，"你可不簡單！"

"果然是下游部落派來的，"女孩竟然很生氣地說，"不過在沒有達成目的之前，你們的玄毛大長老總不會丟下咱們吧？"

這女孩說話總是一股高傲的勁頭，聽起來好像還有些不着邊際。

剛才用公牛噎了蚩尤一句，就弄得他很不高興，這回還說甚麼"達成目的"之類的怪話。

"別做夢了，"蚩尤也來了氣，"不會丟下我們倒是真的，但關你甚麼事？就算救你，也是看在'部落約定'的份上，拿你換點兒糧食而已！"

"難道你們不是來搶我的？"女孩半信半疑地說。

"別臭美了，"蚩尤依然沒好氣地說，"我們本以為是旱魃，誰知道是個醜丫頭，早知道這樣，還不如讓夕吃了你的好！"

"你們……"女孩的口氣緩和了一些,"不知道旱魃甚麼樣子?"

"廢話!要是知道,我們還跑出來幹嘛?"

軒轅在旁邊一直沒有說話,不過他也對這女孩古怪的言語感到不解。

還沒等女孩說話,就聽到短而急促的兩聲"吱 —— 吱 —— "。

女孩一驚:"夕首領做決定了!"

軒轅:"是活捉我們麼?"

"管它是不是活捉,"蚩尤卻早就耐不住性子了,"作誘餌、還不如被吃掉!"說着從地上撿起一塊大石頭,看來是要拼命了。

"就是,早晚都是被吃掉……"軒轅也低頭四處找武器。

卻見那女孩遞過來一件東西,低聲說:"剛才錯怪你們了!用這個吧,反正我的命也是你們撿的,咱們一起上!"

軒轅接過一看,原來是一把精緻的小刀!

在那個時代,因為沒有金屬,所以武器不可能很鋒利,也不可能太結實,因此都是以粗重為主。所以,乍看這樣一把小刀怎麼能打架?不過軒轅卻發現,這小刀極其精緻,也相當鋒利,刃口還晃晃地閃出光來,絕不是一般的石頭,忽然他隱隱想起昨天那禿頭大漢的斧子,也是這個樣子,便暗自奇怪,她怎麼會有這東西?

現在想那麼多也沒用,軒轅拿着小刀說:"你用甚麼?"

"當然有的用。"說着女孩解下了腰間的帶子。

這帶子是用獸皮縫製,兩邊窄,中間寬。軒轅卻不知這東西能有甚麼用?

隨着"吱吱"兩聲,灌木叢中鑽出一隻體形彪壯的夕,這隻夕不僅體形健碩,就連牙齒也比別的夕大,尤其是兩顆尖齒,已經呲出了嘴唇,就叫它"巨牙夕"!巨牙夕向旁邊的夕"哼"了一聲,所有的夕便開始向中間圍攏。

軒轅原也不是怕死的人,心想反正都是被吃掉,也不那麼緊張了。

蚩尤性情向來好強鬥狠,這時早已躍躍欲試。

那女孩也是性情剛烈,既然決定拼了,也撿起一塊雞蛋大小的石頭,並用皮帶兜好,自言自語地說:"看你個大頭的,就讓你先吃點苦頭!"說完手中皮帶一掄,石子倏地飛出,直打向那身形最大的巨牙夕。

「啪」的一聲，石子打在巨牙夕腦殼上，隨即彈出七八步遠，可想力道之大，估計也一定是疼痛之極。

蚩尤竟然大笑起來，天曉得為甚麼這個時候他還能有心情笑出來？或許又是在自我安慰吧：「下輩子脫胎一定轉世成夸父，哈哈，一個個踩死你們這些臭東西！」說着，已經舉起石頭和夕拼命去了⋯⋯

不過就在蚩尤腳步剛剛落下的時候，大地竟然咚的一聲，真的震動起來。

所有的夕都是一驚，甚至還有幾隻已經嚇得到處亂竄，就連巨牙夕也顯得有些慌亂了。

軒轅和那個女孩驚奇地看着蚩尤。

蚩尤也愣在那裏看看自己的腳，然後也驚奇地看着軒轅他們，不會是自己真的要變成夸父了吧？

但很快這個猜想便被否定了。

巨大的咚咚聲已經越來越近，甚至大地也在劇烈地顫抖着。

既然不是蚩尤變成了夸父，那麼誰又敢確定這真的是一個好兆頭呢？還是先躲一躲吧！

幾個人就近找到一塊大石頭藏了起來。

聲音更近了，甚至還可以聽到樹木折斷時發出的「咔嚓、咔嚓」聲。

究竟是甚麼東西？聽說巨人夸父高大如山，走起路來就會發出山崩地裂一般的「咚咚」聲⋯⋯這都是這幫小孩耳熟能詳的故事，不過那是太古時代的巨人，誰都沒見過。難道真讓蚩尤給說來了？軒轅迅速將腦袋裏的知識全部搜索了一遍，卻仍是無法解釋究竟發生了甚麼事？不管怎樣，至少夕被嚇跑了。大家只能這樣安慰自己了。

幾個人正在慶倖死裏逃生時，卻見一隻大腳落在他們藏身的大石頭旁。所有人都摒住呼吸，但就算是這樣，他們藏身的巨石還是被大人提小孩般抓了起來。

女孩緊緊摟住軒轅的脖子，以致軒轅都無法抬頭看個究竟。

只有蚩尤抬起了頭，一隻毛茸茸的大手，如雪一樣的潔白，巨石被捏在茸茸的大手裏面竟然顯得那樣微不足道。除了剛才那隻同樣長滿白毛的大腳，蚩尤也只能看到這些了，因為其他部分都在樹冠之上，茂密的枝葉擋住了蚩尤的視線。

蚩尤驚呆了，軒轅看着蚩尤呆子般的樣子也愣住了，女孩卻仍舊緊緊抱住軒轅不放。

不一會兒，大腳又開始移動了，那塊大石頭也掉了下來，轟然重重地砸在地上，上面濕乎乎、黏巴巴的好像是一大灘口水。

"咚咚"聲摻雜着樹木折斷的聲音漸漸遠去……沒人知道這是甚麼。但大家好像都知道：現在終於安全了！

"終於見到旱魃了！"

蚩尤愣了許久才緩過神來，長歎口氣，驚歎道："真夠大的！"

"雖然不知道那是甚麼，"軒轅卻是一笑，"但我敢保證，絕不是旱魃！"

"咦？"蚩尤瞪大了眼睛，"你怎麼知道？"

"當然，不信咱們賭一個月的肉。"

"算了吧，"蚩尤悻悻地說，"咱們是打斷骨頭連着筋的哥們兒，有甚麼好賭！呵呵……不過你為甚麼這樣肯定？"

"因為我已經見過旱魃了！"

"夢裏？"蚩尤頓了一下，不禁驚訝地看向那姑娘，"軒轅，你不會說她就是旱魃吧？"

那姑娘一直低着頭，軒轅卻得意地笑，蚩尤則半信半疑。

那姑娘忽然抬起頭，委屈地說："其實我也不知道他們為甚麼說我是旱魃？那天我確實被部落旁邊流過的洪水嚇哭了，但哭的又不是我一個！"說着兩行淚水潸然落下，更加委屈地說："就因為我不是他們部落的人，是從外面撿回來的，所以他們就欺負我！"說完哭得更加傷心了。

"別……別哭……"蚩尤最是忍不了女孩的哭，連忙勸她。

"我看這裏也有問題，"心思縝密的軒轅回想着昨天的事情，分析說，"你們的部落都是沙土地，根本留不住水分，即便沒有旱魃也不會有好收成。而且我留意了你們部落旁邊的溪水，發現你們的部落地勢較高，只是因為平緩漸起，所以不容易看出來，但洪水卻說甚麼也衝不進你們的部落。"

"有道理！"蚩尤附和着猛點頭，"怪不得那個拿火把的人說旱魃只是個說辭！不過你們那裏地底下是不是有個大怪物呀？"

女孩一愣，仔細回想，卻一時想不起來有甚麼怪物。

"也不一定是怪物，"軒轅補充說，"總之是地底下的甚麼東西？"

"哦，這就是了，"女孩終於想起了甚麼，"我們部落的祭壇下有一種石頭，非常適合做兵器。"說着，指指剛給軒轅的那把小刀："就是那種石頭，很硬，還能磨得很鋒利，一般的石斧根本比不了，只是太稀少了，就連這把刀，也是我逃出部落時，從大長老身邊偷來的！"

蚩尤好奇地拿過小刀，擺弄幾下，不禁讚歎："真的很厲害！回頭我也得弄一把玩玩！"

"怪不得他們要殺咱們，"軒轅自語道，"原來是怕咱們知道了他們的秘密！"

"而且為了穩定人心，"蚩尤也猜測着說，"他們還把一切推給了旱魃……"

"既然他們要穩定人心，"軒轅卻又將眉頭凝成了疙瘩，"看來還要在那裏待一段時間，但他們還在等甚麼呢？"

"別亂猜了，"蚩尤拍拍肚子，"我快餓死了，趕緊回去吧！"

聽了這話，那女孩好像有些為難。

軒轅明白她的心思，安慰說："放心吧，我們的大長老雖然脾氣古怪些，但人很好，只要她知道了真相，就絕不會把你送回去，也決不會燒死你的！而且別說你不是旱魃，就算真的是，只要到了春天，你不哭就沒事了。"

"就是，就是！"蚩尤拉起女孩的手，"到時候我倆輪流給你講笑話，保你樂還樂不過來呢！"

女孩終於笑了。

這時，周圍的草叢又在動，三人不禁心中一緊，卻還沒來得及害怕，就又高興起來。

原來是應龍長老帶着一眾侍衛來找兩個搗蛋鬼了！

第四章　不哭

　　將近中午的時候大家回到了部落，果然如軒轅所料，玄毛大長老聽了這兩個搗蛋鬼的遭遇，並沒有難為那女孩，而且同意把她留在部落裏。

　　但旱魃的傳說可不是一件小事，雖不肯定這女孩就是旱魃，就算玄毛厚道仁慈，不會貿然燒死這女孩，但傳言可畏，寧可信其有不可信其無，族人還是對這女孩有所顧忌。但仿如神般權威的玄毛大長老說要留下這女孩，誰敢再有異議？只有素楓長老……但是玄毛僅一句話就說得素楓啞口無言："如果在你沒有犯任何錯誤之前，我同樣不會責罰你！"

　　話雖如此，這女孩的身世的確有些神秘，如她所說，她是"撿"回來的外來者，連她自己也不知來自哪裏，也正因如此，玄毛給她起名叫作"女魃"。還出於整個部落的安全，讓女魃住在離糧田最遠的"責罰地"，叫她在那裏幫助守衛們做些事情。

　　這樣一來，按照分配制度，她還可以得到相當於看守一半的所得。簡單地說，就是她在"責罰地"得到了一份工作，報酬是正常看守的一半。除此以外，還規定：軒轅和蚩尤負責看守着女魃的眼淚，決不許它溜出一滴，否則整個部落便要遭受乾旱的大災難！哭笑原是天性，"不可流淚"可真為難了女魃，但軒轅和蚩尤也不好受，只要女魃稍有感觸，淚盈於眶之際，軒轅和蚩尤必須千方百計叫女魃破涕為笑！看來命中註定般，軒轅、蚩尤和女魃自林中遇上後便哭笑難分、糾纏不清了！

　　話說回來，對於那個部落中的稀奇兵器，應龍自然十分感興趣。只是玄毛認為，那東西再好，也是人家的東西，何況安心生產才是要事。應龍也覺得此話有理，便沒再提及此事。

　　一輪訓令後，部落又回復了平靜。女魃在軒轅和蚩尤的帶領下往"責罰地"去。剛離開大長老帳篷，就見到滿頭小辮子的一個女孩站在外面，她就是蚩尤的妹妹嫘祖。

　　"我不是有意說的，"嫘祖委屈地看着軒轅和蚩尤，"是因為……"

"不用解釋！"蚩尤打斷了她的話，"反正每次都是你壞事！"

嫘祖被蚩尤這麼一說，更加委屈得眼淚嘩嘩落下。

女魃雖然有些同情這個小辮子女孩，但人生地不熟的，又能說甚麼？

只見軒轅快步上前擦去嫘祖的眼淚，輕撫着她那一頭的小辮子："乖！不哭了，蚩尤那傢伙只是餓糊塗了，其實我們應該謝你才對，要不是你告訴了大長老，我們現在可能還要在林子裏轉，也說不定早就被夕吃了！別哭了，看看這是甚麼？"軒轅掏出女魃給她的小刀，接着說："好玩麼？只要你不哭就送給你！"

小嫘祖見到這樣精緻的小刀，抽噎了兩下就不哭了。

"行了，行了……"蚩尤瞪着嫘祖，"你要是再哭，我就把這小刀搶回來！"

嫘祖把小刀往懷裏一揣，抬頭向蚩尤做了個鬼臉兒。

"這小丫頭！"蚩尤也笑了，"哭得快，樂得也快。"

說着，卻見嫘祖掏出一塊肉乾來。

嫘祖正要遞給軒轅，便被蚩尤一把搶了過去。

"這還差不多，"蚩尤咬了一大口肉乾，"我都快餓死了！"

嫘祖急得幾乎又要哭出來，嬌嗔："哥！"

"知道了！你這小丫頭眼中只有軒轅，這些肉是你省下來給軒轅的！"蚩尤悻悻然，邊嚼邊撕下一大塊，遞給了軒轅。

嫘祖見他沒有獨吞，也就沒再說甚麼，卻見軒轅又撕下一大塊遞給了身邊的女魃。女魃從小到大，只偶爾吃過幾回肉，再加上這幾天除了吃些還沒成熟的野果，幾乎沒吃過任何東西，看到軒轅遞過的肉乾，便一把將肉乾塞在了嘴裏。卻突然見嫘祖滿臉不高興，氣哄哄地將小刀扔在地上，轉身跑了。

軒轅、蚩尤都很奇怪，女魃卻看看軒轅又低下了頭。

三人僵住片刻，蚩尤呵呵一笑，彎腰撿起地上的小刀，自嘲地說："既然你們都不要，那就便宜了我吧！"揣好小刀，又看看嫘祖的背影，對軒轅和女魃說："別管那丫頭了，想哭就哭，想笑就笑，真莫名其妙！咱們還是趕緊送女魃去'責罰地'吧！"

"唉！"女魃暗自歎息一下，"想哭就哭，倒也讓人羨慕！"

軒轅、蚩尤為女魃收拾了一些簡單衣物，便向部落邊緣的"責罰地"走去。

這是在部落邊緣用來處罰犯人的一座荒山，並不算陡峭的山坡一直伸向天邊，山坡上到處是參差突兀的亂石，只有山腰位置有一塊較為平整的巨石深深插入山體，露在外面的半截足有三五十步長，下面稀稀散散地懸掛着一些木籠，看上去森然可怖。

　　但在女魃的心中，這裏所謂的"恐怖"甚至可以令她付之一笑。

　　山腳下，一位老人已經接到消息，等在那裏了。

　　遠遠地，女魃覺得這老人也似乎像這片荒山一樣的貧瘠，乾巴的手裏還拄着一根光溜的老耙子，滄桑的臉上擠滿了皺紋，汗水順着褶溝兒已經竄進了稀疏的山羊鬍子。只有那渾濁的眸子裏還透射着生命的活力，卻在那淡然中，世間萬物早已被洞悉。

　　見老人都沒有放下手中的農具，就過來接自己，女魃有些受寵若驚。

　　但感到驚訝的還不僅僅是女魃。

　　"您？"軒轅吃驚地看着老人。

　　"您跑這來幹甚麼？"蚩尤同樣吃驚地看着老人。

　　"呵呵，"老人無奈一笑，"還不是託你們倆個搗蛋鬼的福。我老倉頡謹慎了一輩子，想像應龍長老那樣，給咱們男人爭口氣，唉！上回帝杖的事就已經讓我這個族長懸了起來，這回……嘿嘿，徹底下來啦！"

　　"我們也沒想到會鬧得那麼大，"軒轅撓撓腦袋，"還連累您被罰到這個破地方來。"

　　"這也好，"蚩尤卻嘿嘿一笑，"以後我們再咋出格兒也不會連累您了，就算犯了天大的錯誤，有您在這兒，就算吊籠我也不怕了！"

　　"臭小子！"倉頡抬手便在蚩尤腦袋上來了一個大棗兒，"你就放過我這個可憐的老傢伙吧！若是再加上徇私的罪過，我的骨頭也要爛在吊籠裏了！"

　　蚩尤捂着頭頂呵呵一笑，卻又聽到了另一個熟悉的聲音。

　　"有事沒事就嘮叨！"不知從甚麼地方又冒出老歧伯來，"我看咱們還真是託這兩個孩子的福，到這兒享清閒來了！"

　　"就是嘛！"軒轅終於在愧疚中找到了一點慰藉，"我倆都難得到這裏來受罰，誰還會比我們能折騰？您二老就等着把骨頭都閒鬆了吧！"

　　"這不！"蚩尤也來了勁兒，就像立了大功似的，拉起女魃的手，興奮地手舞足蹈，"大長老還給派來了幫手……我看以後這裏不用叫'責罰地'了，乾脆叫'清修地'好了！"

"呦？這就是旱魃麼？"歧伯半信半疑地看着女魃，"原來是個漂亮的小姑娘，再長大兩歲，我也想做她的阿注了！"

"老傢伙，"倉頡瞥了歧伯一眼，"你老得連骨頭都直不起來了，還有能耐做阿注？"

女魃好像是不太喜歡別人說自己是旱魃，不過這也怪不得別人，只好認了。便說："大長老讓我到您這裏來幫忙，以後哪裏做得不好，還請兩位老人家多指教！"

"還挺懂事呵！"倉頡呵呵一笑，又回過頭衝着蚩尤、軒轅說，"哪兒像你們兩個搗蛋小鬼？除了氣我，就是害我！"

蚩尤、軒轅低頭一吐舌頭，也沒敢狡辯。

"除了我們倆，"倉頡對女魃說，"這裏還有十幾把更老的骨頭，估計以後也要埋在這裏了，所以，在確認你不是旱魃之前……"又歎口氣："有一件事今後就得你來做了。"

"說吧，"女魃勒了勒腰帶，認真地說，"再苦再累我也做得來！"

"好吧，"倉頡還是顯得有些為難，"那麼，我們這裏十幾號人的胃口都交給你了。"

"難道是……"女魃一聽居然驚呆了，"難道是要我去做飯？！"

"十幾個人的飯讓她一個人來做？"蚩尤也上來打抱不平地說，"擇菜洗菜不說，還要打水燒飯，等你們吃完還要收拾碗筷，清洗打掃，還有……還有……咳！總之這麼多的事情怎麼能讓她一個人來幹？！"

"你個東西，"歧伯也插嘴嚷嚷，"沒見這丫頭瘦得跟棵草似的麼？咋幹得了這多活兒？你還真想把骨頭都閙酥了麼？"

"這……這……"倉頡滿臉委屈地看看歧伯，"不是你先前說要我好好整整旱魃麼？"

"我說的是整旱魃！"歧伯倒像很有理似的，"又沒讓你整人，你老糊塗了麼？是人是怪你分不出來麼？女魃又不是旱……"

"我……我……"

卻在這時，忽聽軒轅大叫一聲：「不好！」

說着，已經來到女魃面前擠眉弄眼地做起鬼臉來。蚩尤仔細一看才知道，原來女魃的眼淚正在眼眶裏轉悠，要是真掉了下來，這可不是鬧着玩的！蚩尤情急地也立刻加入了軒轅的「小丑表演」。

女魃聽着兩個老人的話，感懷身世，的確已經熱淚盈眶，待看見軒轅、蚩尤一股傻勁地逗自己，雖實在笑不出來，也拼勁擠出一點笑容來……或許在那一絲欣慰的後面，是這裏的人想也想不到的「黑暗」，也或許還有她那慘死在黑暗中的媽媽……但黑暗畢竟過去了，眼前居然是這樣嶄新的生活，有屬於自己的工作，還有屬於自己的食物，甚至原來做夢也沒想到的清閒勞作，在這裏卻被視為「辛苦」的「做飯燒菜」、「清洗打掃」！

她強忍着不去想媽媽，轉而注意眼前正在「努力」表演的蚩尤和軒轅，雖然他們的鬼臉並不可笑，但是兩人手忙腳亂的傻勁兒，倒真的有些好笑。甚至乾瘦的老倉頡也扔下耙子和老歧伯一起做出鬼臉來逗自己！

功夫不負有心人，在這兩老兩小的超常發揮下，加上女魃超強的克制力，終於避免了一場「劫難」！

見女魃忍住了眼淚，眾人這才鬆了一口氣。歧伯趕緊說：「只要你別哭，怎麼都好辦，飯還是我來做！」

「我來，我來！」倉頡像是在補救自己的錯誤一樣，懇切地說。

「還是我和軒轅過來做吧。」蚩尤插嘴。「就你們這胳膊腿兒，」說着向地上的耙子努努嘴，「還不如這老耙子結實呢！回頭再掉幾樣到鍋裏，大家還得埋怨獵人們偷肉吃，只給咱們剩了一把老骨頭呢！」

「嘿 —— 你個臭小子，敢拐個彎說我們老，我踢死你！」歧伯抬腿就是一腳，卻沒有真的踢過去。

而蚩尤則下意識地向旁邊一躲，竟然踩在了耙子頭上。「啪」的一聲，耙子柄在蚩尤的眼前抽出了無數顆金色的小星星。蚩尤捂着臉一句話也說不出來了。

大家哄然一笑，就連女魃也不禁笑出聲來。

這裏的生活是這樣快樂，雖然媽媽不在身邊，但她一定可以安心了，並且從心底裏感謝軒轅和蚩尤帶給了她這個苦命女兒這樣的生活。

「你真行！」蚩尤飛起一腳，將老耙子踢得遠遠兒的，又看看女魃，「我吃了這麼大苦頭你才笑一笑，以後我沒好日子過了！"

"以後的好日子還長呢！"女魃開心地笑着，"我怎麼還哭得出來呢？"又一本正經地看着倉頡："老人家，能告訴我在哪裏做飯麼？我非常喜歡這個工作！"

"老人家？"歧伯歪着腦袋瞪了倉頡一眼，"他這麼整你，你還叫他老人家？甭搭理這老東西，我帶你去！"

"嗯！"女魃點點頭，"稍等一下……"隨後來到蚩尤面前，甚至還把手伸進了蚩尤的懷裏。

"幹……幹甚麼，呵呵……好癢。"

"嘿嘿，"女魃將小刀在蚩尤面前晃了晃，"這小刀我先拿回來用用！"說完，看着軒轅微微一笑，便跟着老歧伯離開了。

"我還以為她不願意做飯呢？"倉頡長歎口氣，"原來這麼高興。"

蚩尤也虛驚一場似地鬆了口氣，又突然張大了嗓門："多放肉，我快餓癟了！"

軒轅也長歎了口氣，卻顯得有些惆悵："看來這姑娘還真有段痛心的往事……"

"嗯，"倉頡也不再笑了，"這女孩怪可憐，你們要更加關心她才是！"

"她和你們說甚麼了？"蚩尤撓撓頭，"可憐？我怎麼不知道她的傷心事？"

"呵呵，"倉頡淡淡一笑，"我早就跟你們說過，一個人的眼睛可以告訴你心中的所有！"

"是麼？"蚩尤邊說邊盯着軒轅的眼睛看。

"嘿！嘿！幹嘛？！"軒轅顯然很是尷尬。

"嗯，確實看到了，"說着，蚩尤還要伸手上來摳，"這麼大的一塊眼屎！"

"算了，"倉頡無可奈何地搖搖頭，"對你來說，這太難了，還是讓你們看看這個吧！"

一聽這話，想必是倉頡又弄出了甚麼好東西，兩人頓時來了精神。便跟着倉頡來到一間小屋。屋裏長長短短、方方圓圓的一大堆，卻都是他那些不被認同的發明。只是牆上掛着一張淺色的獸皮，上面用木炭畫了一個怪異的符號，軒轅皺皺眉，似是在哪裏見過。

部落裏的人都知道，這個老倉頡除了喜歡擺弄一些好玩卻不太實用的東西外，還喜歡收集、編纂人們在生活勞作中曾經使用過的圖形符號。雖然有許多人不理解他的做法，但日子久了，大家也就習慣了，反正也不礙自己的事，何必在意？但軒轅和蚩尤卻和老倉頡很投緣，也非常喜歡他的那些新發明，平常還經常幫他打打下手，甚至還幫他收集過許多符號。只是蚩尤做事沒有長性，拿到東西玩一玩拆一拆，自認為弄懂了就扔在一旁不理了。而軒轅對新事物很感興趣，心思也縝密，他也會將每一樣東西都拆開，但卻總能把東西重新裝好。就連收集符號，軒轅也總會留心當中的特徵和含義。

老倉頡和老歧伯都很喜歡他倆，因為他們知道這兩個孩子雖然淘氣，經常會闖禍惹麻煩，但他們更知道，只有聰明的孩子才懂得淘氣！不過，最讓他們欣賞的卻不僅僅是這些，小孩子往往是誰有好吃好喝就跟誰走，誰厲害霸道就聽誰的，而軒轅和蚩尤倆雖不是同一個娘所生，但從小就是一條心，不管你大也好小也好，只要欺負了他們其中一個，另一個絕不會袖手旁觀。起初因為歲數小，也常被大孩子欺負，但後來大些了，再加上他們天資聰慧，就沒人敢惹他們了，反倒經常被他倆耍得團團轉，不是被騙了吃的就是被騙去白幹活。老倉頡和老歧伯看在眼裏卻也一笑了之。

軒轅正在出神地看着牆上的符號，卻見倉頡拿出了一摞獸皮。

打開一看，上面竟密密麻麻地畫着許多圈圈點點的東西，正是軒轅他們幫倉頡收集的那些圖形符號。

"難道您已經把這些符號都整理完了？"軒轅驚喜地看着倉頡。

"基本上就這些了，"倉頡欣然點點頭，"如果全記下來，不用說話也能相互溝通了！"

"我還以為是甚麼新鮮玩意兒！"蚩尤則是一臉的不耐煩，"不就是些符號麼？我們從小就幫你搜集，看也看膩了。"

"看膩了還不算完，"倉頡"嘿嘿"一笑，幸災樂禍地說，"還要把這些都背下來才行！"

"甚麼？！"蚩尤下巴差點脫了臼，心知不妙，"幹嘛要背這麼多？知道天地、日月、吃的、喝的不就夠了，有甚麼事直接說就行了，用得着費那麼大勁去畫麼？"

"天地之大，萬物蒼生……"倉頡皺皺眉，"你以為知道吃喝就夠了麼？！"

"蚩尤不是那個意思,"見到倉頡有點生氣了,軒轅趕緊解釋,"他是說天地星辰固然重要,吃的喝的也不能少!"

"算了,"倉頡又露出了笑容,"就知道你們倆鑽一個被窩,合着夥氣我!不管你們願不願意學,反正大長老說了,忙完這陣子,所有人都要學,還要推薦給其他部落!有了這些字,省得各族之間傳話有誤,也免得有人聽錯了個把字就弄擰了整個意思!"

雖然這話不是針對蚩尤的,但蚩尤還真因聽錯了那"餵"和"為"字而鬧出過誤會。

"你們還別不當回事!"倉頡接着說,"大長老十分重視這件事,還要把這個列入'成人儀式'的項目。"

"這個狠毒的女人!"蚩尤憤憤地嘮叨着。

按年齡來說,蚩尤和軒轅也剛好要參加部落的"成人儀式"了。這對每個孩子來說都是天人的事情,只有通過了成人儀式才能夠和獵人們一起上山打獵,下水捕魚,才能夠自由自在地生活。否則只能在女人和老人的看護下,從事那些乏味的農耕,而且無論幹了多少工作,最多也只能有一半的所得。另外還有一件更重要的事,就是只有通過成人儀式男孩才有追求女孩、做"阿注"的權利,當然,女孩也才有被追求的資格。

但每一個孩子好像都不相信長大後的煩惱會更多,否則蚩尤也不會這樣窩火,甚至還甩甩頭髮,對倉頡說:"隨你便!"

蚩尤看了看軒轅,估計這麼一大堆圈圈點點的東西,他也一定不願意費力氣去背,便打算和他商量一個對策。

"看我有甚麼用?"軒轅卻裝傻充愣地說,"那是大長老的意思,除非甘願做一輩子的小孩兒,否則咱們誰也跑不了!"

嘿!真有你的!蚩尤抿抿嘴唇,不管怎樣也不能讓你軒轅瞧了我的笑話!

"這有啥困難?!"蚩尤擺出一幅滿不在乎的樣子,"其實我早都認得了,這個……"說着,伸手指向幾個符號 ——"這個是月亮,還有這個……是湖水,對不對?"說完,得意地看看倉頡。

"不錯,不錯,"倉頡滿意地說,"看來你們沒白幫我收集這些符號,這下學起來肯定會比別的孩子快多了!"

蚩尤一瞥軒轅，也沒說話，似乎在挑釁。軒轅只是"嘿嘿"一笑，然後指着那些符號說："你知道這一整段是甚麼意思麼？"

　　"這個……"蚩尤傻眼了，支支吾吾地說，"月亮轉圈……湖水長高……"

　　"月亮最圓的時候，湖水最高。"軒轅得意地瞥了一眼蚩尤，蚩尤則吐吐舌頭表示不服。

　　"你已經學會了這麼多？"倉頡卻驚喜地說，"不錯，不錯，你倆都很厲害。正好來幫我想想這是甚麼含義？"說着，指向牆上的那個古怪符號："老糊塗了，竟然都忘了是從哪裏收錄來的。"

　　軒轅、蚩尤都皺起了眉頭，恍惚覺得在哪裏見過。

　　"準備一下，吃飯了！"門口傳來了女魃的聲音。

　　吃飯了？這麼快！是不是耳朵出了問題？蚩尤和軒轅都歪着腦袋看女魃。

　　"不錯，不錯！"只見歧伯也端着碗走了過來，"這丫頭的小刀真不錯，薄薄的肉片兒，涮一下就能吃了。"

　　蚩尤、軒轅摸着肚子，又看看仍在冥思苦想的倉頡，只得咽了一口唾沫。

　　"老傢伙，"歧伯吸溜着燙嘴的肉片，"你不吃，還耽誤孩子們吃飯麼？"

　　"吃你的吧！"倉頡甚至沒有回頭，隨口嘮叨了一句。

　　"丫頭，甭理他們，"正說着，老歧伯卻愣住了，"別……別哭！"

　　"哭"已經成為當下最敏感的字眼，就連一絲不苟的倉頡也立刻轉過頭來。

　　只見女魃呆呆的看着牆上的那個古怪符號，眼眶竟泛起淚光。

　　不用說，蚩尤和軒轅又做起了鬼臉……倉頡和歧伯雖然不明白女魃為甚麼這樣反應，但也知道這些符號有問題。

　　"老傢伙，"歧伯嘮叨着，"我早就說你那些圈圈點點的東西不好，瞧瞧，嚇着人了吧！"說着也來哄女魃。

　　"就是，就是……"難得這兩把老骨頭如此配合，"誰叫它嚇人！不要它了！"倉頡邊說邊扯下牆上那個怪異的符號，甚至還在地上狠狠踩了兩腳。

　　"對！對！"蚩尤也在一旁煽風點火，"都扔了才好呢！"

　　終於，女魃又笑了，自覺太敏感，難為情地解釋："算了，其實它只是一塊石頭，又有甚麼錯？只是有人為了得到它，卻害了很多人……"

　　倉頡奇怪地看着女魃："你見過這東西？"

"對了！"軒轅猛然一驚，衝口而出，"這是黑堡頂上的圖案！"

"對，對對！"蚩尤也拍着腦袋說，"就是那面旗子上的圖案，當時是紅色的！"

"石頭？"軒轅似乎又想起了甚麼，"是不是做小刀的那種石頭？"

"嗯！"女魃點點頭，拿出小刀，"我們管它叫'金'，就是用這個符號來表示！我們的大長老認為，只要有了它，我們的部落就可以改變一切，哪怕是上天定下的規矩也可以改變！為了它，無數的族人都累死在了漆黑的坑洞中。"

蚩尤接過小刀，仔細端詳着："這東西能改變上天的規矩？"卻見女魃兩眼迷茫似是看到了她和媽媽共同度過的那些往事……

原來那個部落裏死氣沉沉的沒有一個人，就是因為所有人都要在黑堡底下挖掘這種叫作"金"的石頭。

他們沒日沒夜地幹活，只有很少的時間回去休息，而且沒有固定的房子，只有最強壯的人、部落中的男孩子和懷孕中的女人才能住得好些，因為他們是、或者將要是部落中最主要的勞動力量。

而其他的女人，就只能住在部落的邊緣。那裏的房子不但離中心很遠，而且疏於修葺，以致冬天颳風，夏天漏雨。不僅如此，由於挖掘時她們只能打打下手，所以吃飯也只能等在男人的後面。而且部落耕種的人手少，土地也比較貧瘠，所以食物非常緊缺，每餐輪到她們時，也就剩下勉強維持生命的半瓢稀粥了！

十幾個冬天以前，在那個女人地位卑微的部落中，有個不能生育的女人，她只能住在最邊緣的屋子裏，並且每天都盼着可以得到一個可愛的寶寶。

就在一個寒冷的雪夜，她勞累了一天後，又在祈求中進入了夢鄉。忽然，林子裏傳來一陣孩子的啼哭聲……她顧不上疲勞和危險衝進了林子，並在雪地裏看到了一裹獸皮，裏面暖和地包着個女孩。

這一定是上天的賜福，女人抱起孩子，並在那一刻，她已將全部的愛灌注到了這個女孩的身上……

但隨着部落裏沙地的增多，原本可以將就吃飽的肚子卻越來越空。幸虧這女人的身體還算結實，為了相依為命的女兒，她跟着男人做起了部落裏最為"高尚"、也是最為繁重的開採工作。

但部落裏的土地卻不斷沙化，就連最高產的幾塊地也開始歉收了。大長老卻仍舊反對遷移，他總是告訴族人，只要找到足夠多的"金"，生活一定會好起來。於是開採的工作量翻了一番，但食物卻減了一半。

畢竟她是個女人，身體不如男人，可她為了讓自己的女兒活下來，只能更加拼命地幹活，並把自己的食物偷偷省下來，帶給飢餓的女兒。

太陽東升西落，只有完了工作到躺睡之前那不到半頓飯的時間，才是她們母女最幸福的團聚時刻，就是這一點點的幸福，已經是她們生命中的唯一了，她們甚至不敢再多一點奢望！

時間一天一天過去，女兒已經十幾歲了，但透支的勞動和食物的短缺已經使母親越發的蒼老，只盼着趕緊找到更多的"金"。那時，苦日子可就熬到頭了！但她們卻盼來了洪水，洪水期間就連獵人也只能投入開採工作。這樣一來，生活就全靠那一點微不足道的應急糧了。每個人的口糧又被削減了一半，尤其是女人和孩子，食物裏除了水，幾乎看不到甚麼別的東西。

就在外面洪水最為兇猛的那一天，飢餓的女孩仍舊等待着媽媽回來，哪怕是沒有帶回一點吃的，只要能依偎在媽媽的懷裏，她就已經別無所求了！但直到下工的人全部走了出來，女孩仍沒有見到媽媽憔悴的笑臉。

等……等……終於等到了 —— 麻木的人們用他們僅有的一點同情，將她媽媽的屍體從漆黑的坑洞抬了出來……可憐的女兒仿佛又回到了那個被遺棄的雪夜，孤苦無依！

她默默地守在母親的屍體邊，她不相信眼前的事實。直至屍體被無情地扔到林子裏，她還堅信母親會突然活過來！但屍體只在地上顫了兩下，就一動不動了。就在那一刻，淚水才奪眶而出，她不住地哭喊，卻喚不來母親的一絲反應。直到洪水退卻，她已經哭昏在了母親的屍體旁。

但當她醒來的時候，卻發現自己被綁在了柱子上，大長老正指着自己向族人說："這就是旱魃！幾天來一直躲在林子裏不停的哭，只要在月亮最圓的那天把她燒死，以後土地就不會再沙化了！"

本來失去了生命的唯一寄託，她就沒打算再活下去，但這時竟被指控是旱魃！她意識到這是一個騙局，是大長老轉移目標的藉口，藉此掩飾無日無夜的苦工……自己唯一的親人也死在這騙局中！在她心中，仇恨大長老變成了她生命的支柱，她發誓說："我要活下來！我要揭破這個騙局！"

於是一次偶然的機會，她利用大長老的小刀和自小練成的彈石，終於逃出了部落。但她畢竟是個女孩，逃出了部落又落入夕的圈套中，幸虧在千鈞一髮之際被軒轅和蚩尤救了⋯⋯

　　聽完女魃的故事，軒轅和蚩尤都忍不住落下淚來，就連倉頡的眼睛也有些紅了。但女魃卻一滴眼淚也沒再流，因為她相信，能夠得到現在的幸福，都是媽媽暗中指引的，所以媽媽一直就在她身邊。她決心好好活下去，但再也不是因為仇恨，而是為了親愛的媽媽，還有身邊關心她的人！

第五章　青春

　　就這樣，四季輪迴，女魃迎來了她生命中第一個幸福的春天。她覺得每一天的陽光都明媚，每一天的空氣都清新，她努力做好每一件事，真心對待每一個人，決不要求一點回報，因為她覺得已經得到了自己想要的一切，能生活在這個部落裏，身邊有軒轅、蚩尤說笑，還有那一堆老骨頭做伴兒，生活可算完美！

　　善良真的能讓人變得更加美麗，女魃已經從一個瘦小枯乾的女孩長成了一位亭亭玉立的美少女。

　　不過也許還是青春期的原因，成天到晚被那些圈圈點點所煩擾的蚩尤，也一下子長成了英氣的小夥子！而且他迅速增厚的肌肉和高大的身形，也使他在同齡人中得到了更多的威信。

　　雖然個子還是不如蚩尤般高，但軒轅的腦袋卻比蚩尤厲害，否則倉頡也不會"聘請"他來做"助教"，一起在部落裏普及和推介"圈圈點點"的"文化知識"了！而且，部落、乃至周邊的幾個部落已經能看懂這些"符號"，還叫這些作"文字"！人和人、部落和部落已利用這些"文字"傳達資訊和溝通……

　　嫘祖最小，但好像也趕上了青春期發育的末班車，嬌俏的美好身段也足以令部落裏的男子垂涎三尺了。

　　另外，由於上次夏秋兩季的準備工作做得紮實，所以上個冬天那些夕只是在部落外面苦苦哀號了幾天就都知難而退了。不過卻聽說，遠處的幾個部落都遭受了慘重的洗劫。但奇怪的是，好像並不是夕可以幹得來的，夕羣最多只幹些趁火打劫的下流勾當；據說罪魁禍首是一個白毛毛的大傢伙，來的時候還會帶着強勁的風雪，在它面前，任何防禦工事都如同稻草搭建的一樣不堪一擊！

　　有人說那白毛毛的大傢伙是夸父託世，因為來的時候很遠就能聽到"咚咚"的腳步聲，巨大的腳掌一腳就能踩癟房子；還有人說，當初夸父是因為追逐太陽累死的，後來屍骨就變成了大地上的山川峰巒，現在他活了，一定要找回他的肢體，而"責罰地"那裏就有一座山，傳說那裏是夸父的住所，用不了多長時間，那白毛毛的大傢伙就會找到這裏來了；更有人傳得嚇人，說那白毛毛的大傢伙根本就是一個吃人的怪物，甚至有人還說它嗜血成性，喜歡活生生地撕着吃……總之說甚麼的都有，以致有的族長都建議玄毛遷移部落呢！

不過恐慌歸恐慌，日子還要照常過下去，何況那白毛毛的怪物再厲害，被洗劫的部落不是也還存在麼？裏邊不是也還有活人麼？所以部落裏該種地的還在種地，該打魚的還在打魚，蚩尤也沒因此而逃過記背"文字"符號的噩運……因為蚩尤沒勁學，同齡的年青人已熟念"文字"了，但他仍被大長老訓令，跟一幫十來歲的小孩和在一個班裏，接受軒轅的教導，練習練習！

終於熬到吃飯的時候，只見軒轅敲了幾下吊在房樑上的扁石，隨着"當當"幾聲響，屋子裏哄的一下子亂了起來，裏面的孩子幾乎都跑光了，但還有幾個好學的纏着軒轅講解，蚩尤不耐煩地準備離去。

"我先走了！"蚩尤對軒轅說，"你也快點來，我們等你一起吃飯！"

但還沒跑出幾步就被軒轅拉住了："你急甚麼？"

蚩尤還要跑，頭也不回，邊跑邊說："看不住她的眼淚，可是咱倆的責任！"

"我看……"軒轅壞笑着說，"不單是為了眼淚吧？"

"算了吧，"蚩尤撇着嘴說，"你以為只有你能看懂別人的心思？你不也是妒忌我比你早見到她麼？嘿嘿！"

似乎是被他說中了，軒轅也沒再和他爭論這件事，只是說："走了可不要後悔。"

"不走才後悔呢。"蚩尤得意地回頭喊了一聲，"走嘍！"

卻還沒來得及轉回頭，就覺得撞到了一個人。

"唉呦，"那人一個趔趄。蚩尤忙轉頭來看，竟是女魃。他連忙上前一步扶住女魃，女魃卻趕緊穩住手中的籃子，原來她還提了一籃的飯菜。

"幹嘛？去哪？"女魃帶着一臉甜甜的笑容，玩笑似地責怪蚩尤，"這麼着急，飯也不吃了麼？"

蚩尤撓撓腦袋，只是傻乎乎地樂。

"別理他！"軒轅接過話來，"他要趕着去看住一滴水，哪裏還有心思吃你的飯？"

"一滴水？"冰雪聰明的女魃一下子就明白了，"原來為了一滴水可以不要一頓飯？好在我連那一滴水也帶來了，要不要現在看看？"說着可憐兮兮地裝個哭的樣子。

　　"不看了，"蚩尤連連擺手，"為了全部落的安危，還是不看的好。"卻又不解地問："你怎麼到這來了？"

　　"還不是因為他！"女魃指指軒轅，"怕你們管不住那滴水，所以到大長老那裏申請，讓我也來受苦！"

　　"說話要憑良心，"軒轅一臉的委屈，"我只能找個理由說說，否則大長老怎能同意你離開'責罰地'？"

　　"好哇？"蚩尤斜眼看着軒轅，"你早就知道她會來！"

　　"當然知道，"軒轅理直氣壯地說，"誰讓你不聽我解釋的，還說'待在這裏才會後悔'！這可不是我逼你後悔的！"

　　"後悔？"蚩尤嘿嘿壞笑幾聲，"當然後悔……"說着緩步向軒轅靠近："後悔我應該早點教訓你一頓！"

　　軒轅也突然意識到了蚩尤的"壞主意"——卻剛要逃就被蚩尤抓住了脖子，蚩尤比軒轅高出半頭還多，身子也比他寬厚不少。

　　軒轅掙扎兩下，自知光憑力量是弄不過蚩尤的，索性不反抗了。

　　"好，好，你厲害，"軒轅漫不經心地說，"明天背一整篇文字，背不下來不許吃飯！"

　　"呵呵，"蚩尤立刻放開了軒轅，"我只是想幫你撣撣身上的土，跑甚麼？"說着伸手在軒轅身上裝模作樣地撣了幾下。

　　女魃對這兩個活寶的所為早就見怪不怪了，一邊笑着一邊擺好飯菜。

　　軒轅和蚩尤也不糾纏了，趕緊過來幫忙。

　　"大長老讓你來這裏了，"蚩尤問，"今後那些老骨頭得自己做飯了？"

　　"不會的，"女魃揀出一大塊肉塞到蚩尤嘴裏，"上午你們幫農練武，我就趕緊準備完一天的所需才過來，待後又回去做飯，然後再給你們把晚飯也帶來，免得餓着肚子分心！"說着已經開始招呼大家吃飯了。

　　這裏剩下的十幾個男孩子，當然早就餓了，還有美女一起陪吃，哪有心思再學習，聽到招呼就一下子都擁了過來。蚩尤憑着個子大擠了個好位子，軒轅卻只能在旁邊的一張桌上先坐下來，想等大家都盛好飯，再過去盛自己的。

　　卻在這時，搶飯的人羣裏竟擠出一個人來，正是女魃。

她端了滿滿一碗食物，放在軒轅面前，笑瞇瞇地說："嘿嘿，離着籃子近就是有好處，吃吧！"

軒轅當然美滋滋地接過了飯碗，隨即卻是一陣慚愧，自己一個男子漢，這樣拼力氣的事情還要女孩子來照顧，真是沒用！雖說"弱肉強食"、"搶食"也是人的天性，但真要軒轅去搶，可也真為難！

"擠甚麼擠？！"人羣中蚩尤大聲嚷嚷起來，"都沒吃過飯麼？！去，去，都給我一邊兒去！"

經他這麼一嚷，還真的安靜了許多，不過卻也沒有人埋怨他，誰讓"實力"就是男人的地位呢！所以好像蚩尤這樣，不但沒有人埋怨他霸道，倒是所有人都會羨慕他的威風。何況，蚩尤對他們也就是嘴上兇些，要是被其他部落的人欺負了，通常還得蚩尤來幫他們打架出氣！

聽他這麼一嚷嚷，就連剛剛搶到飯勺，卻還沒來得盛一下的人，也趕緊扔下勺子站到了一旁。

"過來盛飯吧！"蚩尤回過頭叫軒轅，這時才發現軒轅早就有了滿滿一碗，"厲害！原來比我還能搶！"蚩尤看着旁邊站着的女魃："軒轅，你是男子漢嗎？怎麼能只顧着自己搶，讓人家女孩旁邊看着！"說完又對身邊的那人兇了一句："我讓你往一邊兒去，沒聽到麼？"隨後給女魃盛了滿滿一碗飯，招呼着軒轅說："來，你們倆過來，這邊地方寬鬆些！"

女魃看着蚩尤威風的樣子，開懷一笑，對軒轅說："走，蚩尤給咱們搶了地方！"說罷，已經坐到了蚩尤身邊。

軒轅坐到女魃另一邊，也沒有解釋那碗飯的來歷，只覺得臉上火辣辣的。

"別這麼兇巴巴的，"女魃一邊吃飯一邊"教育"蚩尤，"你們都是一起長大的好朋友，坐在哪裏不一樣！"說着，還給剛才那個受氣包添了些菜。

天哪！簡直受寵若驚，女魃給自己添菜？那個受氣包樂得幾乎哭了出來！

蚩尤見到軒轅有些悶悶不樂，還以為他也在埋怨自己霸道，語氣便緩和了許多，但仍舊帶着些強制的味道："都坐那麼遠幹甚麼？過來，過來，一起吃！"

然後也給剛才的受氣包盛了一些菜，又向女魃和軒轅笑了笑，意思好像是：怎麼樣？我也很溫柔吧！

本來就已經受寵若驚，現在又得到"老大"的垂愛，受氣包更是感激涕零，忍不住眼淚也流了出來。

"哭甚麼？"蚩尤在受氣包腦袋上狠狠給了一下爆栗，"我又沒打你！"

真是賤骨頭！也或許這樣才能讓他覺得正常些，舒服些，受氣包安安靜靜地開始吃飯了。

這時，外面傳來一個清脆的聲音："軒轅，餓了吧？都怪這隻雞太肥，烤了那麼長時間！"

除了女魃，大家一聽就知道是誰來了，果然滿頭的小辮子在門口一晃，正是窈窕秀麗的嫘祖。

本來她還是喜笑顏開，但一進屋卻愣住了。

"哥？"嫘祖不解地看着蚩尤，"你怎麼還在這兒？"

"我走不走關你甚麼事？"蚩尤不耐煩地說，"我倒要問你，跑來幹甚麼？下個春天才輪到你來學呢！"

軒轅有點不好意思，其他的人卻在竊竊偷笑。

女魃也是一驚，她當然認出這個亭亭玉立的姑娘就是自己剛來部落時，那個莫名其妙扔掉小刀就跑開的女孩，不過真正令她吃驚的卻是，這姑娘竟是蚩尤的妹妹。

這也不奇怪，一直以來女魃就沒離開過"責罰地"，而嫘祖也因為害怕"責罰地"的荒涼，一直沒去過那裏，而且大家也從沒在她面前提起過女魃。

嫘祖也大吃一驚，她不僅看到哥哥在這裏，而且還看到了一個漂亮標致的女孩坐在軒轅身邊，她一下子就認出來了，這女孩便是當初分吃了留給軒轅肉乾的那個女孩！

嫘祖永遠也忘不了她，因為那塊肉乾是嫘祖偷偷省下來的，本來想在軒轅和蚩尤離開部落那天交給軒轅，作為路上的食物。但哪裏知道，蚩尤和軒轅為了甩掉她這個小累贅提前跑了，以致後來嫘祖跑到部落邊緣去找他們，還碰到了三位長老……後來當她得知軒轅回來了，猜想他一天一夜沒有吃飯肯定餓了，就一直等在長老大帳外面，想把肉乾親手交給軒轅。雖然後來被蚩尤搶了一些吃，但他畢竟是自己的哥哥，這也就算了，可軒轅卻又把她辛辛苦苦省來的肉乾，毫不猶豫地分給了另一個女孩，所以才扔掉小刀氣哄哄地跑了！不過這事已經過去一段時間了，也就不願再想了……但今天卻突然又看到了那女孩，居然還坐在軒轅身邊一起吃飯。

嫘祖大步衝進來，將手中一隻肥大的燒雞扔在了桌上，然後又像當初那樣，氣哄哄地跑了。

女魃還在發愣；軒轅卻低頭不語；蚩尤只覺莫名其妙。

還是旁邊的一個傢伙說出了真相：“軒轅，這就是你不對了，人家嫘祖姑娘怕你餓着，每天這個時候都會跑來給你送吃的，今天吃飯怎麼也不和人家提前說一聲！”

軒轅也是暗暗自責：“怎麼女魃一來就高興得甚麼都忘了，就算不邀請嫘祖過來吃，好歹也要提前和她說一聲。害得嫘祖費那麼大力氣烤了一隻雞，都沒捨得吃一口，就趁熱拿來了，卻看見自己正在大吃大喝⋯⋯唉！”軒轅越想越慚愧，甚至沒有勇氣把嫘祖追回來。

“哈哈，原來這丫頭背着我給軒轅這小子開小灶！”蚩尤看看早已面紅耳赤的軒轅，取笑道，“怪不得每天在女魃那裏你都吃不下多少呢！”

女魃也明白了這一切，雖然心裏有點怪怪的，但她還是勸軒轅說：“人家一番好心對你，怎麼也不能讓她一個人在外面傷心呀！快把她追回來！”

軒轅聽了這話，為難地抬頭看看門口，站起身來，卻又坐下了。

“哈哈！哈哈！”蚩尤又是一陣大笑，“別着急，讓那丫頭哭一會就甚麼事都沒了。哈哈！哈哈！”說完又對女魃說：“我從小就沒見過軒轅這麼狼狽，沒想到折在我妹妹手裏！哈哈！哈哈！咳、咳咳⋯⋯”笑得竟然被嗆住了。

女魃也忍不住笑出了聲。

蚩尤緩了口氣，又對軒轅說：“心裏感覺不錯吧，有人能為你傷心也是你的本事！”說着撕下一條雞腿：“我也嚐嚐這丫頭的手藝！”蚩尤品了品，眼中不由得一亮：“不錯，不錯！”便給女魃也撕了一條雞腿。

“我們就不客氣嘍，”女魃接過雞腿，轉臉看着軒轅，“反正嫘祖平時也經常給你弄好吃的，這次就都便宜我們吧！哈哈，來大家別看着，一起吃吧！”

尤其是聽到女魃也這樣說，軒轅的臉上一陣子紅一陣子白的，想要和她解釋，卻又怕女魃覺得他自作多情。

正在大家取笑軒轅的時候，忽然門口又進來一個人，是個身披盔甲的武士。那武士除了極其高大魁梧以外，倒也沒甚麼特別的地方。只是，隨後又進來一個年輕女子，個子相當高，幾乎和蚩尤差不多了，不過她的高度似乎全是仰仗着腰部以下的部分，堅實的臀肌微微翹起，勻稱修長的雙腿不失力量。就連腰部以上的身板也不像一般女孩那樣嬌柔單薄，肩膀不寬，卻很厚實，豐滿的胸圍幾乎和她堅實的臀圍差不了多少。即便是那銜接上下部分的腰，也只是由於缺少脂肪才略顯纖細，不過只要看到那鮮明的腰腹肌，你就決不會再擔心它是否能安全地連接好上面的豐滿和下面的堅實了。一頭烏黑靚麗的秀髮匯聚成一條粗長的辮子，繞過細細的脖子，又跨過高聳的前胸，直垂在她精瘦質感的小腹前，並將這魔鬼一樣的身材完美地貫穿了起來。不僅如此，就在這魔鬼的身材上還偏偏生了一副細膩白皙的臉，只是眉宇間透出一股桀驁之氣。

看到她，在座的人都站了起來，除了蚩尤敷衍了事地比劃了一下外，其他人，包括軒轅在內，都恭敬地行了一禮。女魃卻不認識她，但見大家都這樣恭敬，便也跟着行了一禮。

"你應該就是女魃吧？"簡簡單單的一句話，卻帶着些許的壓制感。

女魃不禁有些緊張，只得點點頭。

"哦？"那女子清淡地一笑，"旱魃也可以長得這樣漂亮？"

自從來到部落，女魃已經很久沒有聽到旱魃這兩個字了，以致都快把旱魃的事情忘記了。今天卻忽然聽到她這句譏諷的言語，心中自然是一顫，仿佛那森嚴的黑堡又闖進了平靜的生活。

蚩尤不再吃了。

軒轅也暫時把對嫘祖的愧疚放下了，生硬卻仍舊客氣地說："玄毛大長老也沒說她一定就是旱魃，所以請不要再提那兩個字！"

"原本就是旱魃！大長老也太仁慈了！"那女子不屑地看着軒轅，"虧得大家還說你聰明，原來也是個淺薄的人，看這怪物長得漂亮就動了心？"說着來到女魃跟前，挑釁似的用手撩起女魃的下頷，左右看看："也難怪，這樣白白嫩嫩的，我都有點動心了。要是燒死真的有點可惜！"

"有甚麼事情就直說！"軒轅上前一步擋在那女子身前護着女魃，"何必這樣刻薄？"

"有甚麼了不起？"蚩尤也在一邊嘮叨，"我看不過是個擺設的花瓶，中看不中用！"

旁邊幾個人聽了蚩尤的話不禁暗自偷笑。

那女子橫眉掃視了一周，便沒有人敢再偷笑了。

"你說甚麼？"那女子狠狠地瞪了蚩尤一眼。

"我想說甚麼就說甚麼！"蚩尤仍若無其事地啃着雞骨頭，"難道憑你潮紈還有本事關我吊籠不成？"

這桀驁少女便是潮紈，她比蚩尤、軒轅他們大三兩歲。雖然長得非常標致，但仗着素楓是她姨媽，所以脾氣向來驕橫得很，以致部落裏的男孩竟沒有一個敢喜歡她，甚至都有些怕她，女孩們也大多對她敬而遠之。

就像蚩尤說的那樣，她只不過是上一個春天才進入長老帳內做事的，而且許多人都認為她是藉着素楓的照顧才能這樣幸運，因為進長老大帳做事可不是誰都行的，只有那些辦事精幹，深受三位長老欣賞的人才能做。而且一旦通過考核留了下來，還有可能被選為長老、甚至是大長老的繼承人。

對於潮紈，在蚩尤眼中不過是比別的女孩能跑能跳些罷了，卻在她成人後不到兩個春天就進入了長老大帳，而且還是在應龍長老的帳下。要知道應龍的帳下都是一些身手了得的戰士，她再能跑能跳也不過是個女孩。雖然有人說她的箭法不錯，但更多的人還是和蚩尤那樣，覺得她不過是個擺設，用來養一養大家的眼睛罷了。

潮紈瞥了蚩尤一眼，沒與他爭論，卻忽然裝作玄毛大長老的樣子嚴肅了起來，對軒轅說："我可是奉大長老之命來找女魃的，你別站在這裏礙事！"說着一手把軒轅推開。

面對她這樣的橫蠻態度，軒轅自然不肯讓開，便將她的手一把打開。

卻不曾想，潮紈好像就等着軒轅還手，她順勢擒住軒轅的手腕，迅速一擰，一隻腳已經插在了軒轅兩腿之間，隨即再向旁邊一帶，便把軒轅絆倒在地。

這一下乾淨俐落，加上軒轅毫無準備，所以當着這麼多人竟然被一個女孩按了在地上。

潮紈一手擒着軒轅的胳膊，一腳踩着軒轅的腦袋。"怎麼樣？"她得意地看着蚩尤，"惹花瓶生氣也不是好玩的吧？"

或許軒轅真的打不過她，但是想和軒轅鬥嘴，恐怕她是挑錯了對象。但她偏偏在說完話後，又發狠地碾了碾軒轅的腦袋。這下慘了，軒轅一張嘴，卻只啃了滿嘴的泥巴，隨後支支吾吾地甚麼也說不清了。

見到軒轅受氣，蚩尤怎麼可能坐視不管？只是對方是個女人，也不好直接插手，只好猛拍了一下桌子，喝道："別以為你是女人我就不敢打你。"

他這一喝，很是突然，當真把身邊幾個人嚇了一跳。

不過潮紉卻毫不在乎，輕蔑着蚩尤說："那麼大嗓門幹甚麼？我可不是被嚇大的！我看你才倒像個花瓶，巴喇巴喇……還是個缺口的！"

蚩尤氣得大步來到潮紉面前，剛要出手卻又收了回來。

潮紉更加傲慢："哈哈，還以為你蚩尤天不怕地不怕，原來也怕打了女人被罰呀，哈，哈哈！"

確實，部落裏有這樣的規定，並且已經用倉頡的"文字"符號做了詳細的記錄："男人不得以強凌弱；除執法者的執法行為外，任何男人不得以任何理由毆打女人和孩子；有違者，視情況由族長處罰；情況極其惡劣者，由長老處罰吊籠，本項處罰方法參照《責罰規定》第八條'吊籠'！"

不過蚩尤向來不把部落的規定放在眼裏，只是憑着自己的性子做事。但好在他性格善良，所以由着性子也並沒有犯過甚麼大錯誤。而且此條規定中第一款"男人不得以強凌弱"也剛好是蚩尤的性格，他雖然不會害怕打女人，但"以強凌弱"卻讓他自己也瞧不起！

潮紉見蚩尤還在猶豫，便手上用力，想用軒轅痛苦的嚎叫聲來激怒蚩尤。不料軒轅竟然吭也沒吭一聲。

"呦，原來聰明的人也有塊硬骨頭！"說着，潮紉手上又加了點力氣，"我看你還能忍多久！"

軒轅仍舊忍着劇痛不出一點聲音。他知道，潮紉向來以欺負男人為樂，而且鬼點子也不少，所以料到她肯定是想先痛痛快快地羞辱自己一頓，然後再用折磨自己的辦法來引得蚩尤動手打她。這樣就有理由到長老那裏告蚩尤一狀。所以就算是被她掰折了胳膊，軒轅也不會吭一聲的！

蚩尤雖然還在猶豫，但看到軒轅痛苦的汗珠已經掛滿了額頭，便再也忍不住了，上前一把就要將潮紉推開。

這並不算打吧？可是蚩尤的手指剛一碰到潮紉，她就已經飛了出去，竟然還摔在了地上。

"人家是來傳長老口信的，"潮紈裝出一副委屈的樣子，"你們不僅阻攔我，居然還打我！"

誰都明白這是怎麼回事，但誰又敢得罪這蠻橫的潮紈呢？

只見旁邊那武士連忙上來將潮紈扶起，然後一步站在蚩尤面前："你要幹甚麼？"說着還要來抓蚩尤。

既然對手已經變成了男人，蚩尤哪裏還用客氣，抬腿就是一腳。

那武士也不簡單，被蚩尤一腳踹在胸口上，竟然紋絲不動，反倒將蚩尤自己震得倒退了幾步。甚至還未等蚩尤站穩，就又擒住了他的胳膊，隨即向懷中一帶，膝蓋便狠狠地磕在了蚩尤的肚子上。

畢竟是個尚未成年的少年，再能打，也敵不過應龍帳下的正規武士呀！一眨眼的功夫，蚩尤便被那武士制住了。

卻在這時，潮紈又耍起了威風——"這裏本姑娘應付得了，"她對那武士生硬地說，"出去，沒我命令不許進來！"

蚩尤早已氣得臉色鐵青，說不出一句話。軒轅也從地上爬起來，揉着那條快要斷了的胳膊，靜觀其變。

潮紈撣撣身上的土看着蚩尤，很是得意地說："知道我是傳哪個長老口信麼？告訴你，是玄毛大長老！防礙她的傳令人，可是罪加一等！"

蚩尤咬着牙沒有說話。

"知道我們有甚麼區別麼？"潮紈繼續挑釁地說，"告訴你，你是男，我是女！男打女，哼哼，加上妨害公務，吊籠你是坐定了！"

蚩尤還是沒有說話，只是將拳頭握得嘎嘎直響。

"不過我大人有大量，"潮紈的口氣突然一轉，"不想把這件事告訴大長老……"

她不說倒好，這樣一說，更讓軒轅憂心。

"哼！"蚩尤卻直截了當地說，"不用拐彎抹角，有屁趕緊放！"

潮紈掩着鼻，哈哈大笑："是不是痛快多了！你這個屁真很臭！"

居然又被這丫頭拐着彎罵了，簡直氣得蚩尤話也不想和她說了。

"好了，"軒轅插嘴說，"既然大家都是在放屁，那你也不要憋壞了腸子，快放吧！我不怕嗆。"說完，已經用手捂住了鼻子。

"你……"潮紃瞪了一眼軒轅，心想，"你這個小子，待會兒看我怎樣整你！"

接着又對蚩尤說："要是不想坐吊籠，哼哼，就替我拿這旱魃出出火！"

看來這女人真是瘋了，竟然衝着女魃來，誰都知道軒轅和蚩尤都把女魃看作寶，如此挑釁，看來真有場鬥了，只要和這事沾邊的人恐怕都得受牽連，其他人只想找個機會趕緊溜走了事。

"想都別想！"蚩尤果然發火了，"要是讓我拿你出出火還可以考慮考慮！哈哈哈！"

沒想到用吊籠來威脅蚩尤，他竟然還是不把自己放在眼裏，潮紃也氣得火冒三丈。

"那本姑娘就先用你出出火！"潮紃抬手就給了蚩尤一個耳光。

蚩尤沒想到潮紃說打便打，未及閃避便捱了一巴掌！蚩尤簡直氣瘋了，甚麼部落規定？甚麼道德約束？一股腦地都被打飛了。

蚩尤回手"啪"一聲也給了潮紃結結實實一個大耳光。

全場鴉雀無聲，就連正在開溜的人也愣住了，甚至軒轅也有些不知所措。

沒有哪個男人敢打女人，更沒有哪個男人敢打潮紃，或許老虎的屁股也可以摸得，但只有這件事絕對做不得！

可蚩尤就是做了，還相當坦然地指着潮紃理直氣壯說道："今天我就打你了！而且我還告訴你，你要是還敢蠻橫不講理，我還會打你！有本事你就叫外面那傻大個殺了我，不然你今後就給我老實點！"

天哪！大概世界末日就要到了吧！誰也不知道在蚩尤手指放下的那一刻，潮紃會有甚麼反應？

可是，時間一點點過去了，天下居然仍舊太平，潮紃也仍舊捂着臉發愣。

原來捱打是這樣的滋味？不僅很疼，甚至還能讓人越發冷靜？眼前這個人是誰？蚩尤？一個男人？甚至還是個沒有通過成人儀式的大男孩兒？他居然敢打我潮紃？潮紃滿肚子的怒氣竟然被打成了一腦袋的問號。

確實，潮紃有生以來，這是第一次捱打，但同時也第一次感覺到了甚麼是男人——原來男人並不僅僅是供她驅使的工具，也絕不是只會花言巧語討好女人的賤種，原來男人發起脾氣來也是很可怕的！

看來蚩尤那一巴掌已經為男人在女人心中打出了一篇"獨立宣言"，或許現在的家庭暴力也是起源於蚩尤的那一巴掌，但至少在那個時候的"母系社會"，這還算是追求尊嚴，追求平等的正義一擊！

不過，很快潮紈那一腦袋的問號就都解開了，畢竟那個時代的主流思想還是"大女人主義"——潮紈狠狠地瞪着蚩尤，卻並沒有像大家料想的那樣立刻發難。

"我警告你，"潮紈從牙縫中擠出一句話來，"我不是花瓶！"

真沒想到，這個潮紈嚴肅起來就像換了一個人似的，還真的有點讓人肅然起敬的感覺！就連蚩尤也不免覺得剛才那一巴掌有些過分了，不過打也打了，還有甚麼怕的，索性仍舊一臉不忿的樣子。而潮紈卻好像更加平靜了，甚至從她平靜的面容中都能讓人聯想起玄毛來。

只聽潮紈說："傳大長老令！"

所有人立刻恭敬行禮，仿佛玄毛親自駕臨了一般。

潮紈傳令："令女魃晚飯之後，到長老大帳去！"

蚩尤、軒轅同時一驚，大長老性格冷漠，不是大事一般不會主動過問。不過能有甚事？從來部落直到現在，女魃一滴眼淚也沒掉過，那麼她身上還有甚麼事會讓大長老這樣關心呢？女魃心中也是一驚，不過再一轉念："死都死過好幾次了，還有甚麼怕的，既然大長老要見我，去了不就知道了？"

便對潮紈說："女魃領命！"

長老令已經傳達，潮紈瞪了一眼蚩尤，便離開了屋子。

女魃向蚩尤、軒轅微微一笑，似是在安慰他們不要擔心，然後也跟了上去。軒轅、蚩尤對視一望，滿眼迷茫……

第六章　淚滴

　　女魃來到長老大帳，天也就剛剛擦黑，但大帳裏早已燈火通明。地上鋪滿了棕色的獸皮，只有中間幾張是白色的，上面一張寬大柔軟的座墊，玄毛就坐在上面。看樣子這張座墊相當舒適，但玄毛卻似乎並不願意充分享受它的柔軟，仍舊挺直着腰，端正地坐着，帝杖也是筆直地握在手中，絕沒有一絲歪斜。整個人就如一尊端莊的神像，令人肅然起敬。

　　來到玄毛近前，女魃不敢抬頭。玄毛示意旁人下去，周圍的人，連同潮紈也一同出了大帳。一時間四下裏寂靜無聲，若不是跳動的火苗將玄毛的影子映在地上，女魃甚至不敢相信玄毛就在座上，她仍舊低頭看着地上的影子，心裏不住地打鼓。

　　"抬起頭吧！"這一聲言語，甚是輕柔，令人不敢相信是出於玄毛之口。

　　女魃更加不知所措，只好依她所說，微微抬起頭。

　　"來，到上面來——"聲音仍舊細微輕柔。

　　女魃緩步上到玄毛近前，玄毛伸手拉住女魃。女魃微微一顫，卻沒敢躲閃。

　　"別怕，坐下。"

　　女魃戰戰兢兢地坐在白色獸皮上，好柔軟，她從來沒有摸過這麼柔軟的皮毛，即便是坐在地上也好舒服，女魃的心情似乎隨之舒緩了一些，卻仍舊不敢抬頭看玄毛。

　　玄毛輕撫着女魃的頭髮說："前些天，軒轅來求我，說你已經十六歲了，讓我同意你離開'責罰地'，一起去學習符號——今天是不是已經去了，感覺怎麼樣？"

　　女魃一聽原來是這事，心裏更加平靜了，不過又一想，為了這樣雞毛蒜皮的事情，大長老還會親自接見自己？稍為平靜的心，又突突地跳起來。

　　"挺……挺好的……"女魃的聲音都有些顫抖了。

　　而後又是一片寂靜。女魃還是低着頭，胡亂猜想。

　　"那天軒轅還說了你的身世，"玄毛微微歎了口氣，"也怪可憐的！"

　　"看來是軒轅用自己的身世感動了大長老，"女魃心想，"這才使大長老同意我離開'責罰地'，想必軒轅一定費了不少心思，真是難為他了。"

玄毛又說：「他說你是被人在雪地裏撿到的？」

女魖嗯了一聲點點頭，接着說：「媽媽是這樣說的，還說當時我在雪地裏哭了好長時間，才被她找到，而且身上只有一塊獸皮包着，不過渾身卻一點也不冷。」邊說，邊輕撫着肩上的那塊獸皮，傷感：「就是這塊獸皮，雖然毛都快掉光了，但媽媽說這是親人的信物，所以我一直帶着它！」

又是一片寂靜。

片刻，玄毛輕輕地問：「你恨親生媽媽麼？」說着也輕撫着那塊舊獸皮，聲音似乎有些沙啞。

女魖仍舊不敢抬頭，心情卻真的平靜了下來，回答說：「曾經恨過，第一次是媽媽告訴我身世的時候，我恨那女人為甚麼這樣狠心丟下親生的女兒……但媽媽卻說人世間有許多不得已的事，讓我不要記恨過去，要珍惜眼前的幸福，哪怕只有一點點，也是屬於自己的幸福！」

女魖的眼睛有些濕潤了，繼續說：「我想，我的媽媽就是我的幸福，雖然我們的日子很苦，但媽媽卻比那女人待我還好。」

女魖停了一下，玄毛也沒有做聲，女魖又說：「後來還有一次，就是媽媽的屍體被扔在林子裏的時候，我恨那女人，因為她的狠心，因為我的負累，把媽媽折磨到死在坑洞裏！但後來我被軒轅他們救到您的部落裏來，發現生活原來這樣美好，所以又想起媽媽的話，不要記恨過去，要珍惜眼前的幸福。所以我從那時起就不再記恨任何事情，我相信所有人都是善良的，只是有許多不得已的事情，讓他們不得不去做！我相信媽媽一直就陪在我身邊……」女魖深情地看着肩上的獸皮，眼中的淚意已經變成了欣慰。

卻還是有一滴水掉在女魖的手背上，涼涼的，女魖一驚，「是一滴淚？難道……」她抬頭看向玄毛，見她的眼圈已經紅了，微低着頭，正在出神地看着地面，視線仿佛已經透過大地，又穿越了遙遠的歲月，看着一幅傷心的圖畫，而它卻是自己親手繪製的。

玄毛發覺女魖正在看着自己，連忙用手揉揉眼睛，覺得好像沒有淚水流出，就裝作平常地說：「這些小蟲子，不知為甚麼總要往眼睛裏飛，它們在圖甚麼？」雖然她在極力掩飾自己的心情，但那滴沒有被她發現的淚水，卻早已背叛了她往日的冷漠。

女魃悄悄地將那滴淚水按在掌心，似乎還有一點傷心的餘溫，不過她甚麼也沒說。

"好孩子，"玄毛寧靜地看着女魃，溫柔地輕撫女魃的頭髮，但語調還是淡淡的，"就像你媽媽說的，好好珍惜眼前的幸福！"

女魃微微一笑，這一笑是內心深處洋溢出的幸福，所以它可以融化一切，就連玄毛的臉上也掛上了一絲難得的笑容。

"從今以後，你可以自由出入'責罰地'。"玄毛鄭重地說，"不必經過任何人同意，而且只要你願意，我還可以提名你到大帳裏來幫忙。"停了一下，她的語氣也略微加重了些："不過有一點，還是不許哭！"

女魃一愣，難道她還懷疑自己是旱魃？卻聽玄毛繼續說："因為你要幸福地活下去，無論遇到甚麼事，也不要傷心 —— 答應我，也答應你死去的媽媽！"

女魃這才明白，於是又從心底裏洋溢出了那幸福的微笑。

"親人的信物自然要珍重，"玄毛從身邊拿出一塊獸皮，淡淡地說，"但是也不能帶着一輩子，看看，連毛都掉光了，這塊給你換着披吧！"

女魃有些受寵若驚，但還是恭敬地接受了。

女魃看着這塊上好的裘皮，不明白這是為甚麼，於是壯了壯膽子問："大長老賜我這麼貴重的東西，不知……不知道……"

"傻孩子，不用多心，你已經是部落裏的人了，就如同軒轅他們一樣，都是我的孩子，而且他們都有親生媽媽疼愛，你卻沒……"玄毛似乎覺得這樣說有些不妥，或許是怕再提起女魃的傷心事吧。但不管怎樣，玄毛竟然微微一笑，又說："今後你就把我當成你的媽媽吧！"

女魃簡直不敢相信自己的耳朵，或許大長老只是這樣說說，不過即便是這樣，她也只能用同情和善良來解釋這件事，除此以外根本想不到這究竟是為甚麼。

玄毛好像對女魃的經歷相當感興趣，一會問問這個，一會問問那個，到得後來女魃也不緊張了，甚至不用玄毛主動去問，便自己揀些有意思和趣味的事情講給玄毛。玄毛聽着女魃的經歷，尤其是她們母女在痛苦中掙扎出的那一絲絲耐人尋味的溫情，好像也有說不出的感觸。

好在女魃只有十幾歲的經歷，而且除了千篇一律的黑暗痛苦外，沒有多少快樂可以拿出來分享。所以，聊到深夜時，女魃的故事也就講得差不多了。

聽完女魃的故事，玄毛沉靜了良久，歎了口氣：「好了，也不早了，以後還有的是時間聊，你先回去睡吧！」

女魃恭敬地行了個禮說：「大長老休息吧，我……」

卻見玄毛輕輕將手指按在了女魃的嘴上，輕聲說：「還叫我大長老，難道不希望我當你的媽媽？」

女魃愣了一下，也或許只是應付一下場面，於是仍舊用剛才對大長老的語氣說：「媽媽休息吧，我……女兒回去了。」

玄毛微笑着點點頭。

女魃剛走出大帳，便如釋重負一般舒出了口氣，回頭看看還沒垂穩的帳簾，又抬頭看看天上的星星月亮，一切都是那樣的真實，根本不像是做夢，但這怎麼可能？

想着想着她已經走到籬笆門外的侍衛跟前，只見那侍衛直挺挺地站着，目視前方，連眼球也不轉動，女魃「噗」地一笑，斷定自己是在做夢，否則那侍衛怎麼像是個木頭雕像一樣。心想，一定是媽媽怕我太寂寞，所以用這樣的好夢來安慰一下我。便脫口說出：「媽媽，您真好，只是為甚麼讓我夢到這麼一個愚木腦袋的侍衛，要是夢到您多好！」說着，她竟然還抬腿踢了那侍衛一腳。卻不曾想那侍衛竟「嗷」的一聲叫了出來。

女魃嚇了一跳，這時又見許多侍衛從周圍跑過來，還驚慌地喊着：「怎麼了？大長老出事了麼？」

那侍衛趕緊解釋：「沒事，沒事……」見別的侍衛都回去了，又立刻責問女魃：「你腦袋有毛病吧？竟說些莫名其妙的話，居然還踢我！」

說着，用長矛在地上畫了一個圈，厲聲說：「站到裏面反省一下！」

女魃：「這是甚麼意思？」

侍衛：「畫地為牢，這是規矩，是懲罰！站在裏面，想通了再走！」

面對這樣真實的侍衛，尤其是面對這樣一個「畫地為牢」，女魃終於相信這一切都是真的了，因為自己怎麼會夢到自己從來就不知道的東西，還需要人解釋才能明白，於是女魃歡喜地對侍衛說：「謝謝你把我叫醒，我想通了，這真的不是在做夢！」說完已經跳出圈，美滋滋地走了。侍衛搖搖頭，顯得很無奈。

女魃歡快地走着，她第一次發現黑夜原來也這樣美麗，又不禁想起臨走時軒轅和蚩尤那茫然的表情，真不知道他們聽完這件事情後會樂成甚麼樣子？

　　軒轅和蚩尤確實都在惦記着女魃，兩人從她走後一直都在胡思亂想，其他的人看見女魃被叫到大長老帳裏，也在旁邊添油加醋地胡亂猜測，甚至有人議論着大長老是否要把女魃燒死？軒轅和蚩尤急了，大聲說：「女魃從來沒有流過一滴眼淚！」

　　過了一會，軒轅和蚩尤終於忍不住了，他倆來到長老大帳。只是守在籬笆門口的衛士說甚麼也不讓他們進去，還怕他們在這裏干擾了裏面的人，就把他們遠遠哄開。兩人只好趁着夜色躲在不遠處的草叢中，偷偷觀察裏面的動靜，沒過多長時間，籬笆院裏的小帳篷一個個都熄滅了燈火，接着潮紈他們那些在大帳裏幫忙的人也陸陸續續地走出籬笆院，回到各自的居所去。

　　又過了一陣子，甚至應龍和素楓的大帳也都熄了燈，卻還是不見女魃出來……眼看已經半夜了，就在兩人的焦急之中忽見玄毛的帳簾終於掀開了，女魃也終於出來了！但礙於侍衛，軒轅、蚩尤也沒敢叫她。而女魃也並不着急，磨磨蹭蹭地一會兒看看天，一會兒看看地，居然還踢了侍衛一腳。

　　兩人正在納悶兒，忽然蚩尤覺得背後有動靜，可沒等他回頭，就已經被人從後面緊緊地抱了起來，一隻大手還捂住了他的嘴，不過與其說是捂住了嘴，還不如說是捂住了臉，因為那張大手太大以致整張臉都被捂住了。雖然蚩尤的力氣也不小，但雙腳一離開地面便失去了根基，而且那人也絕不是等閒之輩，就憑他一隻大手也能猜到，這人定是個虎背熊腰的壯漢，而且蚩尤雙腳離地卻覺得自己仍在那人的懷裏，由此可見他的身形也一定高出蚩尤許多。

　　蚩尤被他鉗子一樣的胳膊勒得無法動彈，口鼻也被死死堵住，一口氣吸不進去又吐不出來，而且越是掙扎，胸中越是憋悶，隨後脖子上又像是被狠狠地咬了一口，接着便甚麼也不知道了。這一切發生得無聲無息，甚至連蟋蟀也沒因此停止鳴叫……

　　當蚩尤醒過來的時候覺得頭有些痛，迷迷糊糊地發現自己躺在一間寬敞的帳篷裏，帳篷裏的佈局十分講究，不像是一般人住的。

　　「我這是在誰的帳篷裏？」蚩尤心想，「我的頭為甚麼這樣痛？」

　　抬頭看去，只見帳簾大敞，明媚的陽光直射進來，外面背對帳篷站着一個人，身材高大魁梧，如果沒認錯，應該就是和潮紈一起的那個武士。

忽然，蚩尤想起了昨晚的那張大手，凝神思索片刻，便偷偷來到那武士身後。蚩尤冷不防地將他抱住，因為個子比那武士矮些，無法將他抱起，蚩尤乾脆跳到他身上，連腳也盤在了他的腿上，還騰出一隻手死死地捂住他的口鼻。

這樣一來那武士還真的失去了反抗能力，就像昨晚的情形一樣，隨着脖子一陣劇痛便倒在了地上，不過他卻不是昏倒的，而是被蚩尤盤住了雙腿而摔倒的。另外，這也不是在夜幕下的草叢裏，而是光天化日下的大帳外，所以，很快就有侍衛拉開了他們。蚩尤被人拉着，卻還要往前衝。

那武士卻一臉無辜地捂着脖子說：“你……你幹嘛咬我？”

這時潮紈聽到動靜，從一所帳篷裏跑了出來。她一出來就看到蚩尤兩人倒在地上扭作一團。潮紈立刻拉起二人，對蚩尤怒道：“我們剛撿回你一條命，不圖回報也就罷了，居然還咬人！”

看到潮紈，蚩尤就更是來氣：“你別在這裏裝好人了！昨晚偷襲我，也有你的份！”

“是他們先咬我的，”說着，蚩尤扯開衣領嚷嚷着說，“大家看，這裏應該還有牙印呢！就是那個大塊頭昨晚偷襲我時咬的。”

“胡說八道！”應龍長老居然也出來了，斥責說，“你昨晚睡在我的帳篷裏，誰敢來偷襲你？你仔細看看那齒痕，怎麼能冤枉人家咬你？”

蚩尤本來理直氣壯，還想讓局外人給他評理，不曾想卻遭到應龍的一頓斥責。蚩尤不禁莫名其妙地回頭看看，原來這裏真的是應龍長老的大帳，而且他們出來的地方就是玄毛大長老的中央大帳。他簡直有些摸不着頭腦，使勁掰着肩膀想要看看脖子上的傷口。

“不用看了，”潮紈瞥着蚩尤，說，“誰的牙能咬出兩個小孔？分明是被毒蛇咬傷的，我們巡崗發現你時，你幾乎斷了氣，要不是我及時給你吸毒，你早就沒命了，看看我的嘴，現在還有些腫呢。”

蚩尤仔細一看，潮紈的嘴真的比往常厚了一些。真是她救了我一條命？蚩尤半信半疑看着潮紈，當着應龍長老的面，她怎麼敢說謊？不過部落裏如此高大的人除了那個傢伙還有別人麼？

蚩尤百思不得其解，這時聽應龍說：“到大長老那裏再想吧！”說完轉身回到了玄毛大帳裏。

蚩尤跟在應龍後面，還不忘回頭看看那個侍衛的手，又看看自己的手，好像差不了太多，便把手捂在自己嘴上，卻說甚麼也遮不住整張臉。

在玄毛的大帳裏，蚩尤講述了那天晚上的事情，並且得知那已經是前天晚上的事了，只是自己身中蛇毒，一直昏迷到現在。另外最讓他擔心的是，女魃和軒轅居然也在那天晚上失蹤了。

潮紈他們的嫌疑自然是排除了，但又能是誰呢？玄毛還請來了“責罰地”裏那些最博學的老骨頭們，卻也沒有甚麼進展。

正在大家一籌莫展的時候，倉頡似乎又想起了甚麼，連忙走到蚩尤身邊，掰着他的脖子仔細斟酌。

不一會兒蚩尤的脖子就酸了，他不禁發牢騷：“不用看了，肯定是蛇咬的，那傻大個兒怎麼可能有這麼小的牙？”蚩尤的牢騷好像又給了倉頡一點啟示，他默念着蚩尤的話：“這麼小的牙，這麼小的牙……”

大家都用期待的目光看着倉頡，忽然他一拍腦門，大家的精神也隨之一振，只見倉頡又扒開蚩尤的脖子，看着那齒痕自信地念叨：“對！沒錯！齒痕細小，齒間距離也很小。”他轉過頭對玄毛說：“是一種罕見的小蛇，細而長，土黃色，肯定是那種蛇！”

歧伯也恍然大悟，快步上前，看看蚩尤的脖子，補充說：“對！對！就是那種‘沙線蛇’！”

“土黃色的小蛇？”蚩尤似乎也想起了甚麼，“我好像在哪裏見過，細細長長的……好像……還盤在一個很粗的東西上。”

倉頡不解地問：“你見過？通常只有沙地上才有，我們部落又沒有沙地，怎麼……”

“我知道了，”蚩尤猛然一驚，“是那個部落，就是女魃原來的那個部落，那裏全是沙地！而且那天我和軒轅還看到了一個人脖子上纏着條土黃色的小蛇，又細又長，而且旁邊的那個禿子又高又壯，肯定是他們偷襲我！”

聽了蚩尤的話，大家好像明白了。

應龍長歎口氣：“看來他們已經知道旱魃在我們的部落裏了……麻煩可多了！”

第七章　好心情

再說軒轅這邊，當時也同蚩尤一樣，剛看到女魃從大帳中出來就被人偷襲了。不過他卻沒被蛇咬，只是被打昏了。後來朦朦朧朧中覺得很熱，過了一陣子又有人在拍自己的臉，他緩緩睜開眼睛，周圍光線很暗，將就看清眼前那人竟是女魃！

軒轅微微一笑，卻見女魃頭髮亂糟糟的，臉色十分難看，這才想起被偷襲的事。他慌亂地左右看看，黑乎乎的好像是被關在一個籠子裏，而且手腳還被一種奇怪的繩子綁在一起，軒轅奮力掙扎了幾下，只聽那繩子發出清脆的"嘩啦啦"聲。

"不用拽了，"女魃輕輕按住軒轅的手，"這是用'金'做的，我們管它叫'鏈子'，任你再大的力氣也弄不開它！"

"'金'？我們是在你原來的部落裏？他們為甚麼把咱們關起來？"

女魃扶着木欄看向外面："估計要繼續完成那個儀式。"

軒轅也爬過來向外看，原來這是在一個吊籠裏，而且不像是露天的，藉着暗紅色的光線隱隱看到周圍都是石壁，正下方還有滾滾的岩漿河流過，"河岸"上許多人都在用鎬頭默默地挖着東西。四下裏除了一些叮叮噹噹的聲音，甚麼也聽不到，這麼多的人居然沒有哭沒有笑，甚至連說話的聲音也沒有，一片死氣沉沉，讓人有些窒息的感覺。

"是用旱魃祭天的儀式麼？"軒轅問。

女魃直直地看着外面，面無表情，只是微微點着頭。

軒轅頓時一愣，似乎還沒有完全想明白……片刻過去，軒轅忍耐不住，狂躁起來，向着外面的人高聲大喊："放我們回去！旱魃的事情只是個傳說，你們的沙土地根本長不出糧食！放我們回去，我們的大長老會給你們糧食！放我們回去！"

女魃仍舊呆呆地看着外面，好像又回到了從前那黑乎乎的坑洞裏……

"沒有人會理你，"女魃平靜地說，"我們只知道挖掘和尋找，那就是我們的生命……我們能看到的只有坑裏的石頭，我們能聽到的只有大長老的安撫……"此時女魃也好像被甚麼東西迷住了，癡癡地，也不知道是說給軒轅聽，還是在說給自己聽！

軒轅喊了好久，下面的人卻像是一羣行屍走肉，絲毫沒有反應，只是默默地重複手上的工作。

大概是喊累了，軒轅終於平靜下來，長歎一口氣，絕望地靠在木欄上。

女魃仍舊看着外面，仍舊徘徊在從前那黑暗的歲月裏……軒轅也這樣一直坐着。

過了好久，女魃低聲問軒轅："是不是後悔當初救了我？"

軒轅低着頭沒有說話。

"早知道要被抓回來，"女魃淡淡一笑，接着說，"不如當初就被燒死，也沒甚麼好怕的。"

軒轅還是低着頭不說話。

"現在我倒是怕了，原來懂得了幸福，人就會變得軟弱！"

軒轅還是不說話。

"你從小沒有受過苦，現在肯定比我還要怕！"女魃側過頭看看軒轅，"但不要緊，或許他們不會燒死你，也許還會用你去換糧食。"

"那才是最可怕的……"軒轅竟然抬起頭說話了。

女魃又是慘澹一笑："難道活着比死了更可怕？"

"人死了，甚麼也不知道了，還怕甚麼？"軒轅又低下頭，幽幽地說，"只是還活着的，缺了所愛的，才會更可怕……害怕從此以後只有孤獨……"

他一直不說話，原來是在想這個，女魃若有所思地看着軒轅，難道他說"更可怕"是在擔心我？隨即一轉念，不可能！嫘祖對他那麼好，他一定是怕自己死了嫘祖會傷心。

"看來，"女魃也歎了口氣，"你是有所牽掛啊。"

軒轅腼腆地笑笑。

女魃沉靜了片刻，若有所思，淡然一笑："如果我死了，有人會感到孤獨麼？"

軒轅沒有立刻回答，女魃也沒有繼續問。

過了好一陣子，軒轅緩緩地說："當然有！"

女魃關切地看着軒轅："誰？"

軒轅有一點不知所措。

女魃感慨地說："我想會是咱們的大長老吧！她平時總是讓人覺得冷冷的，但我感覺她真關心我們，我想她是疼我的。"

軒轅點點頭："想深一點，大長老也挺孤獨的，為了部族，她不能有孩子。所以她把我們都當作她的孩子。"

女魃顯得很無奈："我不懂，做大長老還有甚麼意思？"

軒轅雖然還是未經世故的小夥子，但生性理智，處事也踏實穩重，他對大長老是由衷的尊重，聽了女魃的感慨，不自覺地回應："做大事總是要付出代價的，大長老……"

女魃打斷軒轅的話："要是我，我可不想當甚麼大長老！犧牲母子親情，不顧愛人的悲傷，這代價太大了！"說到"母子親情"，她不禁想起了媽媽的話，心情又矛盾起來，無奈長歎口氣："不過……世間有太多不得已的事。"

複雜的世情，命運的無奈，豈是女魃和軒轅這麼年青的人所理解？兩人不說話了……周圍細微的叮叮噹噹聲，接連不斷，更襯出這裏幽幽暗暗的悲涼。

過了一會，女魃又說："牽掛我的……我想或許……或許還有蚩尤？"

軒轅一下抬起頭，看着女魃，好像要說甚麼。

女魃也似乎期待着軒轅的話。

軒轅愣了片刻，又低下了頭，緩緩地說："或許是吧……還有……"原本就不善於辭令的軒轅，舌頭打起結來。

女魃不知是聽不懂還是不在意，微微搖搖頭，看向黑漆漆的岩壁，突然有些擔心起蚩尤："不知蚩尤現在怎樣了？"

軒轅看她擔心的樣子，心中一酸，不過這也是為蚩尤心酸："不知道，但他運氣一向不錯，相信現在應該比咱們要好！"

"就算是有甚麼不好的，大不了兩眼一閉、腿一伸！"女魃仿佛透過黑色的洞頂，看到了另一片天地，"總有一天，到了月圓那夜，我們也能在另一個天地相聚，蚩尤一定會在路上等咱們的……或許還能碰到媽媽……"說着說着，女魃竟然笑了。

"如果是我們先扔下了蚩尤，那咱們也要在路上等等他。"說着軒轅的聲音已經有些哽咽了，"我了解他，他最怕孤獨，如果他知道我們先走了，一定會追上來的。"軒轅停了一下，抬頭看着女魃："如果是我，你們等我嗎？"

"嗯……"女魃的聲音也有些哽咽，"如果是我，你也等我嗎？"

"當然！"軒轅搶着回答。

女魃笑了，傷懷中透出一絲欣喜和期盼。

軒轅也笑着說："咱們三個要永遠在一起！"

兩人在悲傷的喜悅中沉浸了一會兒。

軒轅突然對女魃說："不過我們還是要活下來！"

"對！"女魃也是一喜，然後壓低聲音，"你有辦法逃出去？"

"沒有，"軒轅說，"不過我們可以想像一下，比如大長老他們過來救咱們……比如蚩尤偷偷爬上來放咱們出去……再比如……"

女魃"噗"地一下笑了："我還以為有好辦法呢？原來是找個話來逗我，真夠難為你的！"

見女魃真的笑了，軒轅也笑了："其實我也不信，不過蚩尤那傢伙總是這樣，凡是遇到難辦的事情，他就總往好的地方想。他總說，反正都這樣了，不如自己尋個開心！這樣至少有了信心，而且那傢伙用這辦法還真解決了不少的問題。"

軒轅忽然想起件事，連忙爬到女魃身邊，說："你知道麼……"

女魃也好奇地湊過來："甚麼？"

軒轅道："上次的大洪水後，我們為了來看你，走迷了路，蚩尤就是用這個辦法找回了這裏。"

女魃說："真的，怪不得你總說他運氣好。"

軒轅呵呵一笑："沒錯，後來我倆居然總結出一條規律……"

"甚麼規律？"女魃更是好奇，甚至已經把自己的處境忘在了腦後。

"這個麼……"軒轅卻賣起了關子，"我們好不容易總結出來的，怎麼能白白告訴你？"

"好哇，你要趁機勒索我，不過我現在也沒甚麼好東西給你。"

"當然有！"軒轅一臉壞笑，"是你最好的東西，每個男孩子都想要的，你給不給？"

原來軒轅這傢伙也這樣壞！女魃的臉突然一紅，卻不知該說甚麼，雖然這樣想，但女魃卻絲毫沒有生氣。

軒轅看女魃滿面羞澀，卻遲遲不肯開口，又催促說："你倒是給？還是不給？"說着又湊近些。

女魃並沒有向後躲，只是心怦怦地亂跳起來。

"這有甚麼好猶豫的，痛快點！要不我來幫你？"說着，軒轅還把手伸了過來。

女魃咬緊牙，臉已經漲得通紅，反正都到了這個地步，他願意怎樣就怎樣吧！

漸漸地，軒轅的雙手已經碰到了女魃的臉⋯⋯

女魃也緩緩閉上了眼睛⋯⋯不禁期待軒轅的嘴親過來，這感覺很奇妙，是亙古以來人的天性，心癢癢的，一股熱氣從腰腹直流向腦袋，嘴唇也不禁顫抖起來。但⋯⋯卻覺得軒轅好像只是用手指輕輕挑起了自己的嘴角⋯⋯

女魃不解地睜開眼睛，竟見軒轅還在傻傻地笑。

"這不是很簡單麼？"軒轅說，"像你這麼漂亮，只要嘴角微微一翹，就已經讓所有男孩神魂顛倒了。"

原來軒轅只是要得到自己的微笑，自己還以為是⋯⋯女魃迅即滿臉通紅，害羞地垂下了頭，只希望軒轅甚麼也沒看出來才好。

怎麼可能看不出來？這一開始就是軒轅設計好的，可是他還在裝傻！還故意說："咦？難道這裏很冷麼？臉怎麼都凍紅了？"

"好！你個臭小子！"女魃也明白了一切，惱羞成怒，立即扮出一臉兇相，還揚起了小拳頭使勁地朝軒轅胸口打下去，嬌叱道："看我不教訓教訓你！"

當然，這只是女孩對男孩特有的"毆打"方式，雖然不會有任何傷害和痛楚，但被打的男孩也一定要大叫幾聲，以表明女孩的每一拳都打得很重，這樣便"心安理得"地沒有便宜了男孩。

籠子裏大喊大叫，周圍除了細微的叮叮噹噹外，依舊沒有任何聲音。

過了好一會，兩個人鬧累了，女魃不自覺地靠在軒轅的肩上，靜靜地看着籠子頂上的木欄。

"嫘祖從小就對你很好吧？"女魃不知有意或無意，竟冒出一個問題。

軒轅一愣，如實地點點頭。

"好像比對他哥哥還好？"

"蚩尤那傢伙，"提到蚩尤軒轅不禁一笑，"整天粗枝大葉的，根本不會關心妹妹。"

"那你就要多多替他關心妹妹了？"

"這是甚麼話？好朋友的妹妹，當然要關心！你知道我跟蚩尤是怎樣的交情？刀裏火裏，二話不說，就去了！嫘祖，那就是我的好妹妹！"

"但……但她未必把你當成哥哥？"

"甚麼？哥哥？這有甚麼……甚麼……咳！不管了，反正她是我的好妹妹！"

"那我呢？……我死了，你會不會感到孤獨呢？"

軒轅一時間不知所措，沒有把話接上。女魃繼續說："你比蚩尤有心思……"

軒轅歪頭看看女魃，女魃卻仍舊看着上面的木欄："甚至在關心別人，愛別人的時候，你也要細細思量出一種最好的方式。"

軒轅微微一笑，沒有說話。

"有時候我覺得你有點像咱們的大長老，一件事沒有結果之前，不會隨便說，"女魃坐直了身子，轉頭看着軒轅，問，"你知道昨天大長老為甚麼要找我？"

軒轅也轉過頭來："不知道。"

"她說要我做她的女兒！"

"原來是件好事，早知道，我和蚩尤就不用那麼擔心了。"

"我也覺得是天大的好事，甚至一直以為自己在做夢，害得那個侍衛還被我踢了一腳！"

"哈哈，原來你是為這個才踢他的，怪不得我們當時都想不通。這要讓蚩尤知道了，非笑掉牙不可！"

"沒那麼嚴重吧！誰碰上這樣的事，都不敢相信！何況我還是別的部落裏來的'不祥之物'！"女魃輕撫着肩上那塊柔軟的獸皮。

軒轅也看到了獸皮，說："這是你媽媽留給你的那塊獸皮麼？怎麼長出了新毛？"

"怎麼可能？這是玄毛大長老給我的，我的那塊在這邊……"

軒轅看着獸皮，好像在想甚麼。

"想甚麼呢？是不是覺得它們很像？呵呵，我也這麼想，不過大長老這塊比我這塊要新得多，也漂亮得多！"

軒轅翻開獸皮看看背面："不一定比你那塊新，只是保養的好。而且……"軒轅從女魃肩上摘下獸皮，將兩張一同鋪在地上："這兩張本來就是同一件披肩上的兩塊。"

女魃仔細一看，原來這兩塊獸皮拼在一起真的是一塊完整的大披肩。女魃不解地看看軒轅。

"或許，"軒轅若有所思地說，"或許大長老認得你媽媽。"

女魃愣住了，過了好一會兒，喃喃地說："怪不得大長老對我這麼好？"

"這個……"軒轅嘀咕地推算，"大長老不能有孩子……對了！估計你媽媽原來是大長老的好朋友，所以她要讓你做她的女兒！"

"真的？"女魃心中一喜，卻又歎息一聲，"那又有甚麼用？反正馬上就要被燒死了。"

"怎麼能沒有用？"

"也是，我們又多了一件好事可以想。"

軒轅卻一本正經地演繹下去："我不是開玩笑，你就把實話跟他們說，告訴他們'我是玄毛大長老的姐姐的孩子！玄毛大長老一定會用許多糧食來換我回去。'這樣他們可能會顧及部落之間的情面，放了咱們！"

女魃想了想："他們能信麼？還有，如果他們到時候大口一張，要這要那的，玄毛大長老會同意麼？"

"不用擔心！只要能讓大長老知道我們在這裏，就已經成功一半了。我很了解大長老，她肯定不會見死不救！"

女魃點點頭，心中也認同軒轅的看法。說話間軒轅已經趴在木欄上大呼起來，女魃連忙叫住軒轅："你叫破喉嚨，他們也不會應你！"

軒轅不解地回頭看着女魃。

女魃解釋說："現在外面一定是晚上，那就算天塌下來，這裏的人都沒反應！因為他們都喝了大長老配製的湯，喝了這湯，大長老說甚麼、他們就會做甚麼，絕不會有絲毫怨言，幹再重的活也不會覺得累……不過這種湯只要喝過幾次就再也停不下來了！"

"哦？我好像也聽老倉頡說過，這種東西咱們部落原來也有，好像是上代神農長老帶回來的，當時神農長老用它給那些重傷的人療傷，喝了可以緩解疼痛。"

女魃："療傷？那東西可不是甚麼好東西，怎麼療傷？"

軒轅："對，當時神農長老也說這東西很危險，喝多了身體就會垮掉，更可怕的是停不下來，不讓他喝，他會跟你拼命！瘋起來拿刀宰自己都可以！所以神農長老嚴格控制這東西的種子，但還是有些人總想得到它，還因此引發了部族之間的戰爭。雖然後來戰爭平息了，但為了消除後患，長老們還是決定燒掉這些種子。不過看現在的情況，這裏的人已經把它弄了出來了。」

「你說對了……」女魃若有所思地點點頭，「怪不得這裏的大長老不讓任何人隨意出入部落，而且也決不許向外面透露『金』和『湯』的事情。大長老只讓做夜工的人喝湯，他們還以為這是對他們好，原來都中了湯的毒，迷迷糊糊的只懂挖……」

軒轅奇怪地問：「這些人老是在挖，挖甚麼呢？這都是吃不下肚的石頭呀！」

「我也不知道！所以沒喝湯的人老鬧着要遷離這個鬼地方！這裏差不多全是沙土，種出來的糧吃不飽一半的人，所以這裏的人很苦！只是大長老不讓他們走，他說只要把石頭變成『金』，部族就會強大。還有，這地方乾旱，是因為旱魃。」

軒轅恍然大悟：「所以為了安撫族人，就說你是旱魃，要把你燒死！」

女魃委屈地說：「我怎會是旱魃！這都是大長老的砌詞！他只是欺負我是撿回來的外族人，燒死我來緩和族人要求遷走的情緒！」

「看來這次抓你回來真要把你燒死！」

「要是這樣——」女魃急起來，「他們一定不會放咱們！」

「這……」軒轅也覺得情況險惡，一時間也不知怎樣安慰女魃，「我……你……」

看見軒轅手足無措地欲語還休，女魃反覺得泰然，倒過來開解軒轅：「我上次被抓了也可以走脫，這次多了你，我們走脫的機會就更大！」

「對！」軒轅笑了：「我忘了你的彈子功夫很厲害，你的帶子還在嗎？」

「我一向都帶在身邊，你給我找找看。」女魃手腳也被綁住，反不了身往腰後找。軒轅也好不了多少，但總比女魃方便，伸手便抄向女魃腰間，不料這些部位都是人身最敏感的，稍接觸到之際女魃已笑彎了身……軒轅和女魃畢竟是年青人，摸摸碰碰、嘻嘻哈哈，二人扭作一團，互相「攻擊」對方，也不知是癢還是開心，總之是難解難分，一時間已把眼前的危機拋諸腦後，更忘了是要找帶子。

「不要！」女魃笑到上氣不接下氣，嬌嗔，「你欺負我！」

「是你欺負我！」軒轅滿面委屈地，邊笑邊說，「是你叫我找帶子，你反過來攻擊我！"

"帶子找到沒有？"女魃一本正經地問。

"沒有……你這樣扭來扭去，我怎麼找得到！"

"不用找了，找到又怎樣？幾塊石頭又怎可對付這麼多人？"女魃幽幽地說，"上次走脫只是運氣……"

"運氣？"軒轅忽然想起件事來，"我還沒跟你說我和蚩尤總結出的那條規律呢！"

"甚麼規律？"女魃好奇地等待軒轅的答案。

軒轅嚴肅地說："聽仔細了 —— '好心情，能夠帶來好運氣！'"

第八章　好運氣

　　此時的蚩尤也正在用這條規律來尋找他們的好運氣，但是他的心情卻怎麼也好不起來，因為玄毛大長老已經派人與那個部落取得了聯繫，還應允了他們許多糧食。

　　那個部落哪裏敢承認是他們搶的人，他們害怕說出真相，到時候玄毛一翻臉，恐怕糧食看不到，卻只看到應龍手下的大批戰士了，就他們那個小部落，連狗都算上，也沒有應龍的戰士多。所以他們的大長老只能矢口否認，而且佯作答應可以到裏面搜查！

　　不過話說回來，兩個人哪裏不能藏？而且面對他們這樣誠懇的態度，玄毛大長老也開始猶豫了，總不能就憑蚩尤的猜測便斷定人家做了壞事吧，倘若真的大兵壓境，救了軒轅、女魃還好，若是根本沒見到他們的影子，那可就麻煩了。

　　然而蚩尤明知兩個好朋友在那個部落裏，卻得不到大長老的支持，所以從早到晚也沒有一絲好心情。到了晚上，蚩尤看看月亮，估計明天就到月圓的時候了，再也不能等了，他心一橫，既然沒有好心情就等不到好運氣，那我就來憑實力碰運氣！立定了主意，人也興奮起來，心情也真的轉好了！"好心情，能夠帶來好運氣！"—— 好！這就連夜到那個沙地部落裏去看看，哪怕只是見到軒轅和女魃，大長老也就有理由派人去硬搶了。

　　想到這裏，蚩尤已經跑了出來，剛到部落邊上卻碰到了潮紈，她身背弓箭，手持長矛盾牌，像是正在執勤。

　　"你要去哪裏？"潮紈一把拉住蚩尤。

　　蚩尤哪裏有心思理她："你管不着！"說着還要往前走。

　　"哼！大長老猜到你會魯莽行事，所以讓我執勤時特別留意着你。給我回去！"

　　"你……不要擋我，"蚩尤猛然回身，"再拉着我不放，小心我還揍你！"

　　"揍我？真是個幼稚的孩子！"潮紈哼哼笑了兩聲，"蠻牛一樣的脾性，等你通過了成人儀式，說不定我會挑你做個鍛煉的靶子！"

"呸！"蚩尤甩開潮紈的手，焦急地說，"沒工夫在這裏和你閒扯！"

"你敢走？"潮紈又上前一步，咄咄逼人地說，"我就去告訴應龍長老，看你出不了林子就被抓回來！"

"你！"蚩尤簡直要氣炸了。

"就是，"看見蚩尤停了下來，潮紈卻更加得意，"聽話才對，其實這也是為你好，你知道麼？那個部落很古怪，就算是壯丁，闖進部落還可以，但祭壇卻把守森嚴，去的人十有八九出不來！"

蚩尤沒有說話，卻一直喘着粗氣。潮紈仔細一看，發現蚩尤雙眼發紅，滿眶淚水。潮紈忍不住嘲諷："呦！這麼大個男人怎麼還哭了？是急得哭還是怕得哭了？"

"怪不得你沒有朋友，"蚩尤咬着牙，狠狠地蹭了一把鼻涕，"你這樣的女人怎麼會理解男人的眼淚！你聽好了，今天若是不給我乖乖躲開，萬一軒轅他們死了，我先殺了你！然後再把那個部落也都殺光！然後……然後，我也不活了！"

"真是孩子氣！"潮紈輕蔑地看着蚩尤，"殺我？你成嗎？把人家殺光？更是天大的笑話！你是自尋死路！為了朋友去找死？哼哼！"潮紈冷笑兩聲，隨即又嚴肅了起來："就算殺了我，我也不會放你！"

話音剛落，卻忽然看到蚩尤跪了下來哀求潮紈："我求你了，讓我去看看，我以後再也不說你了，讓我去吧，我不能讓他們死，我知道他們肯定是在那裏，你就讓我去吧，求求你了……"蚩尤說得激動，不禁淚流滿面。

潮紈禁不住哈哈大笑起來："原來你和女孩一樣，只懂用哭來嚇唬人。哈哈哈，虧得我還一直覺得你是個有血性的男孩！"

蚩尤也是萬般無奈，又是救人心切才豁出臉來用了"眼淚"這一招，但沒想到這一招男孩用起來居然不靈，還招惹了一頓嘲笑！也真難為蚩尤哭得這樣逼真，簡直是聲淚俱下。

潮紈笑歸笑，但細細想來心中也不禁一驚，這打折腿也不會吭一聲的蚩尤居然能豁出臉來裝哭，看起來這件事對他來說確實很重要，不過他又不是不知道那個部落的危險，難道豁出臉來裝哭只是為了去送死？難道真是為了朋友，死不足惜？不過又一想，看管住蚩尤是大長老的命令，萬一這小夥子闖到人家部落裏鬧出事來，我怎麼交差？

這時卻聽蚩尤冷冷地說:"看來你是真要和我過不去,那我也不把你當女人看了,你看這樣好不好?要麼你放了我,要麼你殺了我,要麼……"

潮紈道:"要麼怎樣?"

蚩尤狠狠地說:"要麼就讓我踩着你的屍體過去!"

看樣子蚩尤是要認真了,雖然在潮紈看來他不過是個乳臭未乾的大男孩,但看他那冷冷的眼神似乎不像在開玩笑。

"那你就試試。"潮紈也不示弱地亮開了架勢,"正好也給你一個教訓,讓你以後乖乖的聽話!"

"好,也別讓人說我堂堂一個大男人欺負娘們!"說着將一隻左手背到了後面,"我只用這一隻手!"

"也別讓人家說我堂堂應龍帳下武士欺負小孩!"潮紈一笑,"只要你能讓我後背着地,就算你殺不了我,我也不再難為你了。"

"你可不要後悔,我不會手下留情的……"

話沒說完,蚩尤已經揮拳打了過來。潮紈雙手架開,卻見蚩尤的膝蓋已經磕向了自己的小腹。蚩尤這一擊很快,但潮紈的動作更為麻利。蚩尤一擊不中,心中卻一驚,暗自讚歎潮紈的身法。卻在這片刻之間,潮紈已經用右肘磕向了蚩尤的左肋。躲閃是來不及了,但左臂又不能用,所以蚩尤只能繃緊肌肉,硬生生地捱了這肘。一肘之後,還沒等蚩尤反擊,潮紈就已經閃到了一旁。被擊中軟肋,蚩尤只覺得半邊身子都麻了,不過虧得他身子骨結實,很快就挺過來了。

"好小子!"潮紈沒有趁機再攻,反倒發自內心地讚道,"果然說一不二,真的只用單手?怎麼樣,挺得住嗎?"

"你也太小瞧我了,這還不如一隻蚊子咬得癢癢!"蚩尤雖然嘴上不服,但心中也實在佩服潮紈。

話還沒完,兩人又打了起來,蚩尤越來越發現,這潮紈果真有些本事,就算自己兩隻手都能用也未必能打到她幾下,不過這次事關軒轅、女魃的生死,也管不了太多,既然她說只要後背着地,也算輸,那不如改變一下戰術……

蚩尤不再強攻猛打了,反倒像女孩打架一樣亂抓亂撓起來,這樣一來不用蓄勢發力,動作自然快了許多。蚩尤變換了戰術,潮紈也感到了棘手,自己畢竟是女孩,雖然個子不比蚩尤矮多少,但力氣卻比他差了太多。只要被他抓住,就算是他不用左手，也能輕易將自己搗倒，那時候恐怕只有捱打的份了。

潮紈也更加小心起來，並且力求速戰速決。兩人都開始認真了，誰也不敢有絲毫懈怠。又過了幾招，潮紈發現蚩尤左肋露出了破綻，於是用足了力氣打算將蚩尤一下擊倒。按說這一擊雖不會要命，但絕對能擊斷蚩尤幾根肋骨。不過就在她又一次擊中了蚩尤的左肋時，竟覺蚩尤繃緊的肌肉好像石頭一樣堅硬。潮紈覺得有些不對勁，就在這剎那間，自己的胸甲已經被蚩尤牢牢地抓住了！潮紈這才意識到自己是上了蚩尤的當。

在這重擊之下蚩尤居然沒有受傷，潮紈恍然明白了，怒斥道：「你耍賴！你一定是在衫裏面墊了東西！」

「沒錯！」蚩尤卻毫不掩飾地說，「我就是墊了東西，但你不是還穿著胸甲麼？」

蚩尤確實是在潮紈不注意時把女魃的小刀墊在了獸皮坎肩裏，甚至連說辭也想好了，一時間潮紈被蚩尤說得無言以對。

「要不，」蚩尤故意氣潮紈，「你就把胸甲也脫了，我們扯平，來一次公平決鬥？」

天氣已經不冷了，誰還會在厚厚的胸甲裏面再墊上衣衫？脫了胸甲，也就是甚麼都不穿了，你這蚩尤可真懂損人！潮紈狠狠地瞪了蚩尤一眼，從來沒有在男人面前這樣窩囊。潮紈一臉氣憤加無奈，甚至還有一些羞澀，也許還有別的甚麼表情，總之即使用「錯綜複雜」來形容好像也不太夠。

蚩尤見一向盛氣凌人的潮紈居然變得像待宰的羊羔一樣可憐，心中也算出了一口惡氣。還是到此為止吧，蚩尤心想，我可沒工夫和她耗。迅即揪住潮紈的胸甲猛地向前一送，潮紈便向前一個跟蹌，而後蚩尤又猛地向後一拽，並在潮紈腳下使了個絆腿。

按照先前的約定，只要讓潮紈後背著地，就算大功告成了。但蚩尤卻突然覺得手上一輕，腳下也沒有絆到潮紈的腿，只是手上多了一件女人的胸甲……

蚩尤呆呆地看著潮紈坦露的前胸，一對白皙柔嫩的乳房映在眼前，一時間竟不知該不該閉上眼睛……想不到這女子為了取勝，竟把胸甲也卸了！

那一瞬間，蚩尤感覺一陣癢癢的感覺從小腹一直躥上了心頭。

但與此同時，蚩尤的胳膊卻被潮紈擰住了，隨即腳下一空還被她按在了地上。

潮紈擰着蚩尤的胳膊，又死死地踩着他的腦袋，只聽見潮紈聲色俱厲地說：
"今天姐姐告訴你兩件事，第一：永遠不要戲弄你的對手；第二：永遠不要讓視線
離開對手的眼睛！"說着手上用力一擰。

蚩尤的胳膊被潮紈擰得生疼，心中也不禁後悔剛才的大意，現在被擷折胳膊
事小，要是耽誤了搭救軒轅、女魃可就事大了。

蚩尤的胳膊幾乎要斷了，他卻還在奮力反抗。潮紈手上又加了把勁，卻不見
他知難而退，竟還忍着劇痛在翻身。

潮紈有些不明白了，難道胳膊不要了？瞬息間潮紈發現蚩尤已經用腿緊緊地
盤住了自己的腿，並且蚩尤還在竭力地把身體翻轉……潮紈明白了，蚩尤打算自
己擷折自己的胳膊，這樣他就能正過身來，到那時憑他的力氣，即便不用胳膊也
一定能將自己壓在下面。而且現在自己的雙腿還被他緊緊盤住，逃也逃不開，就
連放開他，重新開始博鬥的機會也沒有了……自己看來是輸定了，不過蚩尤的胳
膊也賠上了……

蚩尤的骨頭在響，但潮紈的心卻有些慌了，她不敢相信蚩尤這小子為了朋友
居然胳膊也不要了，或許如他所說，性命也都可以不要。

蚩尤終於翻過了身，並在一瞬間就輕易地將潮紈壓在了身下。

潮紈仰面朝天，後背着地，卻沒有反抗。不知怎地，面對失敗，潮紈竟然沒
有一絲惱怒，反倒有一種說不出的感覺……她從來沒有和男人這樣親近過，因為
沒有哪個男人敢來招惹她，而她自己又從來看不上那些只會嘴上說好話，實力卻
不如她的男人！更重要的是，她一直努力想要成為部落長老的繼承人，所以男人
這件事，她連想也沒想過。

這一刻，也不知這一刻是多久，潮紈好像中了邪般愣住了，向來傲慢的自己
竟被一個男人，被一個她從來就看不起的"性別"壓在了身下，或許她已經被征服
了，不僅僅是武力，甚至蚩尤那份不顧生死的肝膽義氣也深深地打動了潮紈的心。
潮紈一動不動地躺着，好像希望就這樣被蚩尤壓着，好像更希望自己那裸露的身
體能盡可能地碰到蚩尤堅實的肌肉，她覺得自己的呼吸開始加快，胸口一起一伏，
血液好像也突然沸騰了起來，然而身體卻越發的酥軟，她從來沒有過這麼美妙的
感覺，甚至還想用手抱一抱那個壓着自己的男人……可惜她並未得到期待的擁
抱，只見蚩尤倏地站了起來，頭也沒回便從潮紈身邊走了過去。

"站住！"潮紈衝口叫住蚩尤。

蚩尤停下腳，卻沒有回頭，冷冷地說："別以為你沒掰斷我的胳膊，我就會謝你，就算真的折了，我也一樣能讓你後背着地！"

潮紈並沒有理會他這句話，只是不解地問："你真的要去送死？只是為了朋友？"

"如果也有人和你一起長大，一同生死，你就不會這樣問了。因為你的朋友同樣會為你做這件事！"

潮紈真的糊塗了，她愣在地上，看着蚩尤遠去的背影，叫道："等一下！"

"你想耍賴？"蚩尤咬着牙，氣憤地說，"規矩是你自己定的，你已經輸了！不許告訴長老們，否則我死了也不會瞧得起你！"

"我不知道自己是不是傻了，居然……"潮紈竟然笑了，又接着說，"你一個人去太危險，我陪你去！"

蚩尤也愕然了，猛然回過頭，只見潮紈赤裸的上身展露眼前——"你？"卻又立刻將頭轉了回去。

"怕甚麼？"潮紈絲毫不避嫌地說，"剛才你都看了，還不願把胸甲還給我麼？"

蚩尤這才醒覺自己手中還抓着潮紈的胸甲！

第九章　黑堡

看來軒轅他們苦中作樂真的帶來了好運氣，蚩尤和潮紉在天亮之前來到了這裏。

藉着月光，遠遠就可把這個簡單的部落看得清清楚楚，一切似乎都很"正常"，並沒有任何可疑的地方，而且防衛稀疏，好像對一切都毫不在意，甚至幾個破衣爛衫的守衛還在火堆旁打起了瞌睡。

不過那個黑堡的出入口，倒是有個精神抖擻的門衛，另外附近還有四個同樣的衛兵，兩人一組，來回巡邏。

蚩尤、潮紉伏在暗處注視着那兩隊衛兵的動向，他們成相反方向在黑堡周圍繞行，每繞行一周都會分別在黑堡的背面及出入口位置交匯一次，隨後就是一段相背而行的路程，看來這也正是他們防守最薄弱的時候，但這段時間卻不長，很快巡邏的衛兵就又會從另一邊繞回來。

"小子，"潮紉輕聲說，"有膽量到裏面去看看麼？"

蚩尤嘿嘿一笑："我也正想這麼問你呢！"

"那就好，看來只有到裏面才能看個究竟！"潮紉仍舊謹慎地觀察着黑堡的四周，低聲囑咐，"不過我要先跟你說，這可不是鬧着玩的，如果被他們發現，可以當場殺掉咱們，而且還會挑起部落之間……"

"得了、得了……"蚩尤不耐煩地說，"還是怕了吧？我不管那麼多，我只要救出軒轅和女魃。"

"廢話！"顯然，潮紉有些生氣了，惱怒地說，"難道我是來鬧着玩的？丟了性命，再救不到人，還弄得部落之間生出摩擦，這樣你就甘心了，是麼？"

蚩尤咬咬牙，沒有說話。

"好，那接下來就要聽我的，否則我立刻回去告訴大長老！"

尤其是聽完後半句，蚩尤只好把不忿的表示憋了回去。

"在這等着，"潮紉發佈命令一般說，"我去弄點亂子出來。"說着，束了束身上的弓箭，便貓着腰走開了。

這女人真麻煩，蚩尤瞥着潮紈的背影，禁不住發起牢騷：“不就是幾個雜兵麼？趁黑兒幹掉不就行了？等到天亮，再想偷襲都難了！”

　　蚩尤遠遠看着潮紈已經躲到了一間房子的後面，卻不知她要幹些甚麼？

　　蚩尤也沒管那麼多，一個縱身便跳了出去，隨後悄悄地摸向門口的守衛。

　　起初他行動緩慢，只等兩組衛兵相錯而過，便加快了腳步。兩組人越離越遠，蚩尤的步子也越來越快，眼看到了門口，蚩尤已經伸手入懷，握緊了女魃的那把小刀，而那個可憐的門衛卻沒有絲毫的反應……哼哼，就算你現在反應過來也晚了，蚩尤下了狠心，正要拔出小刀，卻忽聽有人喝道：“不好好睡覺，跑到這裏來幹嘛？”

　　蚩尤一驚，門衛和巡邏兵也回身向他看來。

　　蚩尤連忙停住腳步，又揣緊了小刀，不知所措地向話音那邊看去，卻見是一個禿禿的腦袋在地上說話。蚩尤不由得一身冷汗，不知這地上的腦袋是甚麼時候冒出來的，還竟然會說話。

　　這時，只見蚩尤過來的方向又着起了大火，看上去是一間帳篷被點燃了。而且就在這時，蚩尤竟更加惶恐地發現地上又鑽出了許多腦袋，並警覺地注視着那燃燒的帳篷。見到火光，地上的禿頭也回頭看去。

　　“我……”蚩尤急中生智，“我的帳篷着……着火了！”

　　“守好自己的位置！”禿頭一聲令下，所有的腦袋就又鑽到了地底下。

　　而那個禿頭卻一下子躥了上來，原來那是一個身形碩大的壯漢，由於光線太暗，蚩尤看不到他的臉，但對這個身材他卻有些模糊印象。

　　蚩尤這才明白，原來這裏的守衛遠不只那幾個人，地上一個個的腦袋其實都是一個個的衛兵。不過現在知道了又有甚麼用？蚩尤只盼着剛才的謊話能騙過這個禿子。

　　禿頭大漢上下打量了蚩尤一番，對一組巡邏衛兵說：“跟他一起去看看，如果沒甚麼事，就把他交給部落守衛，如果發現是他耍甚麼花招……”看看蚩尤，“就地格殺！”

　　總算蒙混過了第一關，但後面怎樣？蚩尤只能走一步說一步了。

　　蚩尤在兩個人的催促下來到了那間着火的帳篷前，可直到這時蚩尤也沒想出一個好主意……好，反正豁出去了，先幹掉他們再說！

"這邊！"蚩尤裝出着急的樣子，急着說，"火就是從這裏燒進來的……"說着已經繞到了帳篷的背面。

"這是誰？"守衛剛轉到帳篷後面，便看到地上趴着一個人。

鬼才知道那是誰？蚩尤也不想多解釋，抬腳便踹在了一個守衛的膝蓋上。

隨着"咔嚓"一聲，那個守衛便跪在了地上。而另一個守衛居然也不聲不響地倒了下來，甚至腦袋上還插着一支箭。

鬼才知道這是怎麼回事？蚩尤顧不上想，便將另一個守衛的頭摟在了懷裏，又是"咔嚓"一聲，這個守衛也被無聲無息地掰斷了脖子。

"怎麼了？"遠處傳來了那禿子的催促聲，"有甚麼事情麼？"

蚩尤一愣，正發愁如何回答，卻聽身邊一個人說："沒事，火把燒到了帳篷，但火太大沒法救了。"

"交給部落守衛處理，"禿子不耐煩地喊着，"趕緊回來！"

"是！"話音剛落，便見潮紈從黑暗中貓腰跑了過來，"快換上！"又輕聲督促着蚩尤，自己便麻利地解開了死人的皮甲。

蚩尤這才緩過神來，原來剛才的火就是潮紈搞出的"亂子"，而那支箭也定是潮紈的傑作，就連睡在草叢中的那人估計也是她打昏的！蚩尤不禁為剛才的魯莽感到慚愧，便老老實實地依着潮紈所說，迅速換上另一個守衛的盔甲。

而潮紈已經毫不避諱地脫掉了自己的胸甲，豐滿圓潤的乳房又一次讓蚩尤有了那種癢癢的感覺。

"愣着幹甚麼？"潮紈瞥了蚩尤一眼，"過來幫我把綁帶勒緊。"

看來這胸甲對潮紈來說有點瘦，蚩尤幫她勒緊胸甲，眼睛卻仍舊留在潮紈的胸前，似乎還在聯想着甚麼……

"別磨蹭了，又不是沒見過！"說着，潮紈又立刻背向蚩尤說，"快幫我把辮子塞到裏面來！"

蚩尤定了定神，連忙照辦。

辮子藏好了，蚩尤自己的皮甲也繫好了，卻還慌慌張張地看看遠處。

"別擔心，"潮紈拽拽綁好的胸甲，"外邊的守衛已經解決了！"說着，又探頭看看禿子那邊："現在已經出了人命，天一亮肯定會被發現，得抓緊時間了！"

"放心吧！"蚩尤嚴肅地說，"我敢肯定，只要咱們進到那黑堡裏，一定能找到軒轅他們！」

「但願如此，」潮紈卻苦笑一聲，「不然咱們罪過就大了！」

蚩尤看着潮紈，也不知該說甚麼好，只是從心底裏開始敬佩她了。

「沒有守衛過來。」潮紈又壓低了嗓子對禿子喊。

「不用管了，」禿子屬聲喝道，「趕緊回來！」

兩人穿着衞兵的盔甲，迅速趕回到黑堡旁邊，並充當起衞兵，在黑堡周圍繼續巡邏。

眼看東邊天泛起了魚肚白，兩人卻只能在這裏毫無進展地轉悠，因為門口埋伏了那麼多人，他們根本就騰不出手來幹掉門衞。

剛與另一組衞兵錯身而過，潮紈便低聲對蚩尤說：「拐角那邊沒有埋伏太多人，聽我的口令，趕緊逃！」

「逃？」蚩尤一驚，急道，「我們不去救人了？他們防守得這樣緊張，更說明裏面有鬼！」

「除非你能鑽個洞出來，」潮紈悄悄打量那個拐角的情況，催促道，「否則，天一亮就只有死路一條！」

蚩尤已經開始信服潮紈，所以沒有多說甚麼。

「不要那麼重的孩子氣，」潮紈安慰蚩尤說，「不是所有的事都能如你所願！」

說着，兩人已經接近拐角處了，同時一道陽光傾瀉在地面上，滿地的沙土折射出星星點點的光芒。

「準備——」潮紈看準時機，輕輕地拉着長音。

「如果我真的鑽出洞來，」蚩尤猶豫了一下，「你跟我去麼？」

「別瞎想了，」潮紈看着已經拐入另一邊的巡邏守衞，說，「現在不逃就來不及了。」

話音剛落，只見蚩尤一躍，已經趴在黑堡的外壁上。

潮紈左右猶豫了一下，心中叫苦：「看來今天我非要死在你這小子手裏不可！」無奈也躍了上去。

這黑堡本是石頭疊砌而成，下粗上細，雖然每塊石頭的接縫很小，但對蚩尤和潮紈來說，爬上去也並不算困難。

兩人很快就爬到了黑堡的頂部，這裏很高，一眼望去，沙土在朝霞的映射下泛出暖暖的紅色，沙地上還能清晰看到一片細小的沙坑，每個沙坑裏都是一個衛兵，好在他們各個忠於職守，將全部注意力都投向了部落外面，否則，稍微一分神，恐怕蚩尤他們也不會這樣順利地爬上來。

正如蚩尤料想之中的模樣，小時候他和軒轅看到的那股黑煙正是從一個通風口裏冒出來的 —— 黑煙仍舊呼呼地冒着，旁邊五六步遠的地方有個蓋子，估計是這裏的出入口，但好像從裏面扣住了，怎麼也打不開。

兩人來到那通風口，摒住呼吸，探頭向裏面看去。雖然不深，卻在正下方擺着口大鍋一樣的東西，裏面盛着半鍋紅彤彤的漿液，滾滾熱浪伴隨着黑煙撲面而來。倘若就這樣跳下去，肯定燒得連骨頭也找不到。

但是後悔是來不及了，下面已經傳來了一陣騷亂，相信那禿子很快就發現附近的幾具屍首了……

"在這裏等一下！"潮紈趴在通風口上，腿和身子卻伸到了裏面，隨後一蕩便跳了下去。

蚩尤嚇得連忙去看，除了鍋裏咕嘟嘟的冒泡聲，並沒有其他動靜。

"這麼快就燒沒了？"蚩尤伸着腦袋使勁往裏看，卻聽旁邊"哐噹"一聲，潮紈已經打開了入口的蓋子。

"臭小子，還在發甚麼楞！燒死了我你就高興了？"潮紈探出頭來，催促道，"還不趕緊下來！"

蚩尤傻呵呵地笑了幾聲，跟着潮紈跳了下去。

這裏面都是稀奇怪的"石頭"，很有光澤，冰冰涼涼的，敲一敲還發出清脆的叮叮聲。除了這些石頭，裏面還有些大大小小的木箱，排列整齊，卻都蓋得嚴嚴實實。

不遠處有一段木梯，應該是通往下層的出入口。

兩人剛要下去，卻聽下面傳來一個女人的聲音："跟這些上夜工的人幹活真煩死了！"

聽到有動靜，蚩尤、潮紈連忙躲到箱子後面。

"別煩了，"另一個女人安慰說，"旱魃都抓回來了，還怕甚麼？苦日子快熬到頭了！"

說話間，蚩尤和潮紈透過箱子的縫隙，看到兩個女人爬了上來。其中一個稍胖的女人背着個竹筐，好像很重的樣子。另一個較瘦的女人打開了一個箱子，又幫胖女人卸下後背的竹筐，一邊卸一邊還扯着閒話。

"說得也是，現在大長老已經可以自由掌控火候了……你看，今天一晚上咱們就背了三趟……"

"是呀！不過這東西真怪，本來硬邦邦的，怎麼一遇到火就變成紅水了？"

"咳！這就不是你操心的事了！"

"對了！"瘦女人忽然想起了甚麼，好奇地說，"抓到旱魃為甚麼還捎帶回來一個男的？那小子細皮嫩肉的，和旱魃一起燒死怪可惜的！"

"心疼了？"胖女人舒展舒展筋骨，"那個小子只是個倒楣蛋兒！你想想，跑到人家部落裏去抓人，怎麼也得有個挾制吧，萬一被人家發現還能做個交換，而且那麼一個小個子，對禿虎來說還不是跟提棵菜那麼簡單！只可惜不敢留活口，否則就一個應龍也夠咱們應付一陣子的，要不然……"

瘦女人搶過話來說："要不然就求大長老把他送給你，哈、哈哈！"

"算了算了，趕緊幹活吧！"說着，兩人已經把東西都裝進了箱裏。

眼看兩個女人蓋上箱子，又順着木梯下去……

"這些該死的，"一出來蚩尤就罵，"真的要殺軒轅和女魃！我們得快些救人。"

"別急，"潮紈叫住蚩尤，"稍微準備一下，也來得及！"

潮紈倒心思縝密，邊說邊打開了一個箱子 —— 果然箱子裏整齊地碼放了半箱的羽箭。不過這些箭好像很不一般，潮紈拿起一支箭，看着那異常鋒利的箭頭，不禁用手在上面輕輕一蹭。若是平常石製或骨製箭頭，她這樣一蹭便能知道鋒利程度，但箭頭卻在這一蹭之間輕易地劃破了她的手指。潮紈本能地向後一抽。

"好傢伙！"潮紈含着手指說，"這是甚麼石頭？"

"好像叫金。"蚩尤掏出懷裏的小刀，說，"看，這東西，和這些箭頭一樣！這是女魃從這個部落帶走的。"

不過，潮紈似乎並不是在考慮這"鋒利"的問題。她扔下箭，迅速翻開了其他的箱子，原來裏面不僅是這種鋒利的羽箭，更有許多鋒利的矛頭、斧頭、小刀、大刀等，全是上好的武器。

看到這些武器，潮紈又看看自己身上的厚皮盔甲，若有所思地說："他們的盔甲為甚麼這樣厚？打獵時防身？簡直是累贅！應龍長老的也不如這厚。還有這些箭，沒有十幾層硬皮甲別想擋住！還有這些矛頭、斧頭，難道他們是……要打仗？"

"就他們部落那些人兒？"蚩尤不屑地撇撇嘴。

"有了這樣精良的武器，"潮紈卻微微搖着頭，"他們的戰士甚至能夠以一當十！"

"咳！管他們要幹甚麼？"蚩尤有點待不住了，急着說，"救完人，我們回去告訴大長老不就行了？"

潮紈也才意識到這當務之急，順手抄起一把羽箭，換出箭簍中的骨箭。蚩尤也是一樣，不過他不太會射箭，便找了把一臂來長、扁平卻兩面開刃的怪異武器。

兩人裝備完新式武器，正要出發，卻見潮紈又停住了腳步……

第十章 轉機

再說軒轅那邊，雖然不知結果如何，但他們的好運氣確實越來越近了，因為他們還在開心地說着笑着。

估計快天亮了——按女魃所說，白天幹活的人都比較正常，大長老也會經常過來安撫眾人。如果估算不錯，軒轅便有機會讓女魃冒充玄毛的親人，來討價還價了，或許事情能因此有些轉機。

忽然，下面亂哄哄地有了動靜。

"好像有人進來了，"軒轅驚喜地說，"只要見到你們大長老咱們就一起喊！"

"好像不對，"女魃卻微微一皺眉，疑惑地說，"以前大家上工是很有秩序的，這次怎麼亂哄哄的？"

"亂不要緊，"軒轅仍舊笑着說，"那說明正常人進來了，總比這些靜悄悄的行屍走肉好！"

話音剛落，就見下面衝進來許多全副武裝的戰士，隨後又進來三個人，這三個人在眾多戰士的簇擁下急匆匆地向裏走。軒轅遠遠看去，覺得這三個人挺眼熟，一邊是個禿子，另一邊的弓箭手脖子上還盤着條小蛇，而中間的應該是他們的大長老了。

"就是中間那個，"女魃指指那人說，"他是大長老，名叫'煥金'！"

軒轅："煥金？就是那種石頭的'金'？"

女魃："我們都非常崇拜'金'，所以他名叫'金'。"

軒轅："哼！管他叫甚麼呢。來，咱們按照剛才商量的，一起喊！"

於是軒轅、女魃便按照計劃喊了一遍，卻見煥金無動於衷。

軒轅再喊，卻聽女魃說："等一下，好像出問題了。"

軒轅不解地看了女魃一眼。

女魃接着說："煥金是個很謹慎的人，除非遇到大事，否則他不會讓沙毒和禿虎同時進到這裏來，而且還有這麼多的武士、弓箭手也進來了！"

軒轅："難道是夕來侵擾部落？"

女魃："或許吧，但部落收成一直很差，煥金在坑洞周邊又加蓋了一座黑堡，夕已經好幾個冬天沒有來過部落了，何況現在也不是冬天！"忽然，女魃一陣驚喜，問軒轅說："是不是大長老派人來救咱們了？"

"我看事情是出在裏面，"軒轅仔細觀察着下面的動向，忖測着，"你看，他們好像是在找人。"

"難道是有人混在他們當中？"女魃也不解地看着那些被扒來扒去的行屍走肉，奇怪，"甚麼人？"

這時，又有許多白天上工的族人也擁了進來。煥金在沙毒和禿虎的保護下，已經站到了一個高台上。

"都靜一靜！"禿虎大聲喊着，"大長老有話說！"

嘈雜的人羣靜了下來，不過那些做夜工的人卻絲毫沒有理會，仍舊鋤鋤掘掘地默默開採着，真好像行屍走肉般。

"昨晚，有人混進了黑堡，"煥金掃視一遍眾人，神色嚴厲宣告，"還殺了咱們的人！"

下面的人羣"哄"地亂了一下。

"不要慌！"禿虎喝道，"不要慌！"

女魃又是一陣驚喜："看來可真是大長老派人來了？"

"不太可能，"軒轅無奈地一笑，低聲說，"為了部落之間的和睦，大長老不會沒有弄清事實就做這種事。"

女魃："要是已經弄清了呢？"

軒轅："那她會直接讓應龍長老帶着軍隊來，大長老不會鬼鬼祟祟派人混進來！"

女魃又沉下了臉。

"噢！很有可能是蚩尤！"軒轅若有所思，衝口而出，"這傢伙一定猜到咱們是被抓到這裏了，卻沒有足夠的理由說服大長老，就只能偷跑出來救咱們了！"

"是蚩尤？"女魃反擔心起來，情急地對軒轅說，"糟糕了！這部落的人很橫蠻的，守衛森嚴，想要出去可就難了，他為甚麼這麼傻……"

軒轅見女魃情急，心中不忍，出言安慰："放心吧！既然他能進來，他也一定能出去！只要玄毛大長老知道了真相，不怕他們不交人！"想到這裏，突覺不妙：

"哎喲！這更要命！"

"為甚麼？"女魃也被嚇了一跳。

軒轅苦笑着說："你想想，他們哪裏敢讓玄毛大長老知道真相，肯定會提前殺了咱們，弄一個死無對證！只要他們部落的人自己不說，光憑一個蚩尤說的話，玄毛大長老也不會冒挑起部落衝突之險。反過來，若是咱們活着，玄毛大長老才有理由向他們問罪討人！"

"那麼……"女魃看着軒轅，不情願地推測，"他們現在就要燒死咱們？"

軒轅當然希望自己的推測有誤，但當一個武士在煥金耳邊說了幾句話後，卻不得不苦笑着"佩服"自己的聰明才智了。

"到現在還是沒有找出外族人的痕跡，"煥金高聲說，"為免被人抓到把柄，我們現在就開始祭天！"

"燒死旱魃！燒死旱魃！"下面一片呼聲，"也燒死那個邪惡的男人！"

趁着人們的激情，煥金又說："燒死了旱魃，從今以後飢餓將不再侵擾！"停了一下，他又用更大的聲音說："所以我們要更加努力地開採！只要再加把勁兒，再忍耐一個冬天，我們一定能找到更多的金，到時候我們想要甚麼就有甚麼！我們將成為這裏最強大的部落，永遠不用再看任何人的臉色！讓所有人永遠在我們的腳下祈求！讓他們知道我們這個從痛苦中爬起來的部落是如何強大！"── 高昂的語調突然轉為低沉，他神情嚴肅地說："為了這一天或許還會有犧牲，但與將來的幸福相比，那只是大河中的一滴水，堅持過這個冬天！"煥金沉重地歎了口氣，隨即昂首高呼："再堅持過這個冬天！能夠勇敢活下來的人將會看到最美好的陽光！"

歡呼連成了片。

"那麼……"煥金環顧眾人，大聲呼召，"這次誰將幸運地成為引路人呢？"

話音剛落，下面的人又沸騰了，都爭先恐後地往台上擁，若不是被武士們攔住，恐怕連煥金站的台子也要擠塌了。

煥金隨手指了一男一女，這兩人便被武士放上台來。

煥金輕輕按着他們的頭，語調高昂地說："你們已經得到了我的祝福，這個祝福可以讓祖先認出他們最優秀的孩子。現在你們可以提前享受幸福了，到祖先那裏去吧！帶着旱魃，告訴祖先我們將不負他們的期望！"

軒轅起初聽到他的這些話，只覺身上一陣陣地起雞皮疙瘩，不敢相信這人居然大話說得如此坦然，簡直不要臉之極！更不敢相信這樣的大話居然還會有那麼多人相信，甚至歡呼贊同。

軒轅無奈地搖搖頭，心中感歎這些愚昧的人被他們的"領袖"所矇騙利用，甚至將要被榨乾最後一點力氣，卻仍不知情地盲目歡呼……軒轅目睹眼前的場景，心中不寒而栗，難道他們已經狂熱到了極點，就連性命也不要了？還說甚麼得到"幸福"、甚麼為旱魃引路？真是一派胡言……軒轅不敢再想下去！

只見那兩人滿面歡喜地走下高台，周圍的人們則是懷着萬分崇敬和羨慕的心情給他們閃開了一條道路，並且開始默默地為他們祝福。就在這默默的祝福中，這一對男女微笑着跳到了下面的岩漿中……

軒轅驚呆了！

女魃卻顯得很無奈："可憐吧？可怕麼？是不是還很可笑呢？起初我也會為煥金'甘心情願'地做這樣的傻事，部落的人都看這是理所當然的，更覺得這是一種榮譽！"

女魃陷入痛苦的回憶中："不過當媽媽死去的那一瞬間，我終於明白了，他說的一切都是謊言！他說他知道我們每一個人想要的幸福，他會幫我們找到，但是他的力量來自'金'，所以讓我們不斷地開採……逼着我們不斷地開採！我唯一的幸福就是我的媽媽！煥金沒有給我幸福，反倒將她奪走！"

女魃的眼睛模糊了，一行淚水奪眶而出，卻沒有落地。她只覺臉上微微一熱，一串淚水已被軒轅輕輕吻去。

"記得你原來說過的話麼？"軒轅捧着女魃的臉，安慰道，"你說'以後的好日子還長呢！我怎麼還哭得出來呢？'相信我，無論發生甚麼，除非你自己要離開，否則我都會陪着你，我永遠不要你再哭，答應我！"

女魃笑了，她點點頭，兩雙手已經搭在了一起。

軒轅舔舔口邊，陶醉地說："我嚐過自己的眼淚是苦的，你的可是甜甜的……"

女魃嬌嗔地拳打軒轅："好，我就多哭眼淚給你嚐！"

"嘩！這可不得了！女魃的眼淚可比旱魃更厲害！它會把我甜死！"

怪不得很多人都說"少年不知愁滋味"，這也是人的天性，大自然充滿變幻，掌握不了順境，碰上逆境挫折便哭喪着臉，人早就"滅"了！少男少女便有這種"開懷"的灑脫！如今軒轅和女魃玩着逗着，眼前的危機竟變得輕鬆了，兩人反把生死看得很輕，感覺到只要兩人在一起，發生甚麼事都不是問題……看着剛才那對男女跳下的地方，紅彤彤的岩漿顯得那樣誘人，軒轅和女魃倒有些羨慕了，還在為他們默默地祝福，祝福他們脫離了苦海，祝福他們可以手挽着手永遠也不再分開！

此時，已經有一個武士站在拴着木籠的繩子下，手舉一把大斧，看樣子就等煥金一聲令下便會將繩子砍斷。

卻在這時，只聽"噗"的一聲，竟見那武士吭都沒吭一聲就掉到了岩漿裏。

由於距離軒轅他們只有不到十步，所以軒轅自然看到了那支貫穿過他頭顱的羽箭。但遠處仍在默默祈禱的人卻還以為他是羨慕人家提前得到了幸福，所以忍不住跳了下去。

但這對於沙毒和禿虎來說卻是一目瞭然。

"甚麼人？"禿虎大聲喝道，"有本事出來，咱們比劃比劃！"

四周一片寂靜，就像是禿虎莫名其妙地發瘋自說自話 ──

"要是贏了我，"禿虎仍舊謹慎地看着黑黢黢的洞頂，喝叱道，"我就拿腦袋保證，隨你做甚麼，我們也不會插手！"

不過，還是沒有人應答，煥金哼哼笑了兩聲，高聲叫："既然你不願意出來，那我們可要繼續了！"一揮手，又有一個武士走到了繩子前。

但剛一舉起斧子，就又有一支羽箭射穿了他的腦袋。也是哼都沒哼一聲就掉了下去，不過沒有掉到岩漿裏，而是被一塊突出的岩石彈到了岩漿邊的空地處。

沙毒謹慎地摘下弓箭，瞄了一個大概方向，倏地就是反手一箭，卻是叮的一聲，射進了石頭。所有人都順着看去，就連軒轅和女魃也懷疑地往身後看看，卻黑洞洞的甚麼也看不清。

這時，卻又呼地飛來一個東西，軒轅一驚，還沒來得及躲閃，就見一柄寬扁且兩邊開刃頂端尖尖的東西釘在了木籠上。

"劍？"女魃驚叫一聲，"這是部落裏的東西，難道這個部落裏也有人想救咱們？"

軒轅、女魃對視一下還沒完全明白，甚至女魃還認為這人也可能是來殺軒轅和自己的。但這時又有一件東西飛過來，正掉在木籠裏，軒轅一眼就認出來了，他和蚩尤小時候就是為了這個東西才用玄毛的帝杖開了個天大的玩笑。

"蚩尤？"女魃驚喜地撿起那東西，衝口而出，"這是蚩尤的小綠笛！"

"我就知道是他！"軒轅看看漆黑的洞頂，已經拔下了木欄上的劍，掄圓了胳膊，就是一下 —— 本以為還要再來幾下才能劈開欄杆，卻在這一砍之下，竟同時斷了兩根。

"兩個一起，去！"此時沙毒也將手一揮，兩個武士便衝出了隊伍，但隨着"嘭嘭"兩聲弦響，二人又都變成了屍體！

"好箭法！"沙毒不禁讚歎，冷笑道，"不過，這兩箭卻已經暴露了你的位置。"

說話間，沙毒已向弦聲傳來的位置放箭。

"只要你一鬆弦就不要後悔！"洞頂的黑暗中終於傳來了一個粗啞的聲音。

"怎麼？"沙毒心中叫好，終於把黑暗中的神秘人引出來了，他射了一箭，"叮"的一聲，卻又似有些悶聲。不過還是沒有任何動靜。

"那你就好好藏着吧，"沙毒哼了一聲，顯得有些沒面子，氣憤地說，"但這兩個人卻不會像你那樣好運了。"說着，抬手就要射女魃。

他還挑釁地說："你害怕我一箭射不到他們，再丟一次面子？"

"怎麼是再丟面子？"黑暗中的聲音說，"你一次面子也沒丟，若不是我胸前有塊石頭，現在被射穿的恐怕不僅僅是我的胸甲了！"

"那我後悔甚麼？"沙毒知道對方也是高手，便沒敢輕舉妄動。

而其他的人卻早已感到惶恐，誰知道那黑暗中的人是不是已經瞄準了自己的腦袋？

黑暗中的聲音說："後悔你自己護衛失職！"

沙毒忽然明白了，正要擋到煥金身前，卻又聽對方說："誰都別動，我知道你們這裏的人都不怕死，不過只要你給我留出一點空隙，我就能一箭射穿你們大長老的腦袋！"

"那你想要怎樣？"沙毒一時間也不敢輕舉妄動，小心翼翼地說。

"不想怎樣，只是見到你這樣的高手，心中不由得喜歡，想和你多聊一會兒，賞臉麼？"

所有人都知道，這人是在故意拖延時間，不過誰又敢拿大長老的性命冒險呢？

　　這時軒轅早已爬出了木籠，雖然並不很高，但下面除了幾塊僅可容足的空地，到處都是流淌着的岩漿，軒轅和女魃哪敢往下跳，只有順着懸吊木籠的橫樑，一點點往洞頂上爬，只要躲到洞頂的黑暗中，就算暫時撿回了一條命。而此時其他人雖然看見軒轅和女魃在逃，但都僵在原地，大家都顧忌稍一移動，那黑暗中的利箭便乘隙而至。

　　這時只見煥金向沙毒和禿虎使了一個眼色，但沙毒和禿虎卻似有些為難。隨後，煥金大聲喊道：“弓箭手準備！”

　　煥金仍舊站在台子上，沒有絲毫躲閃，而所有弓箭手已經將箭搭在了弦上。

　　“你真的不要命了？”或許那人也感到了棘手，聲音也沒先前那般冷峻。

　　“我的命就放在這裏，”煥金毫不畏懼地說，“有本事你就拿去，躲一躲都不是我煥金！”接着，將手一抬，屬聲說：“瞄準旱魃！”

　　而禿虎和沙毒卻已經閉上了眼睛。

　　“這可是你逼我的！”看來那人也別無選擇了。

　　“嘭”的一聲弦音，羽箭電一樣地飛向煥金。卻在這時，一隻粗大得像把扇子似的手迅速伸出，但這支箭的速度太快，還沒等禿虎合攏手掌，箭桿便滑過了他的手縫。

　　禿虎一把抓空，眼看箭尖已經頂到了煥金的眉心，但他仍舊紋絲不動，而箭尖卻停住了 —— 只見一隻精瘦的手抓住了箭桿，這人正是沙毒。果然不愧是大長老的第一護衛，身手的確了得！最令人佩服的，還是大長老煥金氣定神閒的風度，這也表明了他對沙毒和禿虎的信任。

　　這瞬息的變化，卻令黑暗中的“狙擊手”呆了一呆，也未及再發箭，眾多武士已趁着這空檔迅速衝上了台子並將煥金圍得水泄不通。

　　“放箭！”煥金不慌不忙地說，“把旱魃射到岩漿中去！”

　　軒轅和女魃雖然一直在小心地爬着，但剛才“聞聲抓箭”那一幕也看得清清楚楚，隨後又聽到煥金放箭的命令，來不及多想，只聽軒轅說：“往那人身上跳！”說着已經拉着女魃跳了下去。

　　一陣飛箭隨即掠過，只聽“叮叮叮……”許多飛箭都釘在石壁上，還有一些掉在岩漿裏，一眨眼的功夫便化成了陣陣青煙。

軒轅和女魃卻已經跳到了那個武士的屍體上，軟軟的，以致他們都沒有摔傷。

沙毒已經衝到了坑邊，抬手便射，卻又聽"嘭"的一聲，沙毒連忙閃身，箭尖便在他的臉上留下了一道血痕。

再要抬箭，卻又是"嘭"的一聲！

"好快的手法！"沙毒一驚，便又是一閃，但這次卻沒有箭射來。

與此同時，黑暗中又傳來聲音："先躲到溶洞裏去！"

卻在這時，所有的弓箭手又是一陣齊射，但只要不是沙毒射來的箭，那個屍體就足以為軒轅把它們擋住，說話間軒轅舉着那具燒沒了腿的屍體和女魃迅速逃向一個溶洞。

沙毒再想射，卻又是"嘭"的一聲，誰知道這一箭是真是假？誰又敢拿自己的性命冒險？所以沙毒又是一閃，卻仍是空箭！待再要射，軒轅和女魃已經逃進溶洞裏。

"你、你、你……"禿虎立刻指派了幾人，叱喝，"你們跟我下去追！"

"不用追了，"煥金漫不經心地說，"下面的溶洞根本不是活人可以待的地方，用不了多長時間咱們就會聞到烤肉味了。相信祖先們也一定會喜歡這烤旱魃的味道！"

煥金說得沒錯，軒轅他們雖然逃過了亂箭之災，卻又逃進了一個大烤爐！這裏灼熱難耐，小溪一樣的岩漿，從他們身邊黏稠地流過，一直流向溶洞的深處，雖然岩漿兩岸有着一人來寬的陸地，但也像是煎鍋一樣灼燙。這時又有幾支箭射來，不過只是插在地上，原來幾個弓箭手已經繞到了另一面，他們的箭法比不了沙毒，但幾個人亂射一氣怎麼也能蒙上幾箭。

容不得多想，軒轅拉起女魃就向溶洞深處跑去……

第十一章　狙殺

　　見到軒轅、女魃逃進溶洞，洞頂也就此沒了聲響，不過煥金還是不敢露出頭來，於是在禿虎和武士們嚴密的保護下，慢慢撤離了這個坑洞。只剩下沙毒和他手下的幾十個弓箭手留了下來。

　　沙毒知道每個坑洞的出入口，而那人所在的位置只是一些參差突兀的岩石，雖然他不知道這個神秘的"狙擊手"是怎樣進入坑洞的，但敢肯定的是這人一定是從下面悄悄爬到坑洞頂壁上的，然後埋伏好，等待最佳的時機狙殺對手。這一點對於同樣是一名優秀弓箭手的沙毒來說當然一猜便知。所以他堅信，那個"狙擊手"一定還藏在那裏！

　　他吩咐手下先各自躲藏起來，以免被對方狙殺，然後再改用火箭射到洞頂，這樣一來，洞頂被火光照得通明，雖然他看到一支穿透了岩石的箭還掛在那裏，不過後面卻已經沒了人。洞頂大小岩石參差突兀，也不知那人又躲到哪裏去了。

　　"若派人強攻，"沙毒心想，"或許能把他找出來，不過想要爬上去也不是一件容易事，何況下面又是滾滾岩漿，再若是把那人逼上絕路，一箭一個跟我拼命，絕對要賠上幾條人命！既然他逃不出去，我就在這裏和他耗一耗。"

　　"既然你想和我聊聊，"沙毒躲在石頭後面喊，"那我就成全你。說吧，咱們聊點甚麼？"

　　黑暗中仍舊沒有一點聲音。

　　"怎麼不說話了？"沙毒似是自言自語地嘮叨，其實一直四處打量，"是不是在上面烤得嗓子都乾了？要不要下來喝點水？"

　　仍然沒有聲音，卻見沙毒從懷裏掏出水袋大口大口地喝起來，還故意將水袋露在外面，勾引對方。卻聽倏的一聲，水袋上便漏了一個窟窿。

　　"我也正好熱了，"沙毒躲在石頭後面哈哈大笑，"洗一洗倒也涼快。這裏先謝過了！不過咱們也不會虧你的人情，這一袋給你。"

　　話音剛落只見石頭後面真的飛出一袋水來，卻又是倏地一箭射來，便將水袋釘在了石壁上，袋中的水順着石壁嘩啦啦淌落下來。

"好！好箭法！"沙毒由衷地讚歎着，"殺了你太可惜了，不如到我們的部落裏來吧！以後保你有好日子過！"

常言說"英雄惜英雄"，看來甚麼時候都是這樣，這句話確實是發自沙毒肺腑，不過那人仍舊沒有出聲。

"可惜！可惜！"沙毒歎口氣，"竟然不能和好漢見上一面！"

這時忽聽一聲慘叫，似是有人中箭。

沙毒卻不慌不忙地說："是哪個不知好歹的，小看了這位好漢的箭法？咱們只等這位好漢自己下來，誰也不許放箭！"

聽了這話，便沒有一個人再敢露頭張望了。

這樣一來，除了沙毒一直嘮叨個沒完外，就再沒有任何動靜。

又過了一會兒，沙毒抽了抽鼻子好像聞到了甚麼味道，便又哈哈大笑起來："這位好漢，看來你這次是白來了一趟，要救的人已經變成烤肉了，不信你自己聞聞，沒想到這旱魃的味道有點像烤魚，不錯吧？"

沙毒知道不會有人理他，所以也沒在意，又說："不知道好漢是不是餓了？還是下來吃些東西吧。我用腦袋保證，只要你答應歸順我們，大長老絕對不會殺你，而且按你的本事，或許比我和禿虎還要受賞識呢！"

仍舊一片寂靜。

"我就知道你不會理我，"沙毒歎了口氣，"那我們就自己先吃點東西吧！"說完，又警告士兵們："吃東西也給我小心着點，別一高興就把腦袋、屁股甚麼的讓這位好漢看到！"

此時，整個坑洞滿是烤肉的香味。別說，這旱魃還真像烤魚的氣味，弓箭手們也早就饞得流了口水，甚至有人還擔心這樣一直烤下去，肯定會烤焦的，要是現在能弄上來吃，肯定味道棒極了！

大家一聽可以吃東西了，便立刻掏出衣服裏備用的乾糧。只聽滿坑洞都是稀裏嘩啦掏東西的聲音，不過一直到吃完，也沒有一個人敢把身子露出個邊兒來。

又過了好一陣子，沙毒一直嘮嘮叨叨的，不過卻沒有聽到一句回應，漸漸地他也有些累了，不過心裏卻總隱隱地有些發毛，難道他真的長翅膀飛了？就算是飛，也得從出入口飛出去……難道鑽窟窿逃了？就算是鑽窟窿也得有點動靜！不過細想想，這也沒甚麼奇怪的，一個好獵手為了捕到理想的獵物，在雪地裏趴上一天一夜也是有的。但即便這樣，他還是覺得有點不妥。

"哈哈，我看到你了，"沙毒猛然大聲喊叫，"咱們比比誰的箭快如何？"

說着，便從石頭後面站了起來。

不過即便如此，周圍仍舊靜悄悄的。而且仔細一看，就連站起的那人也並不是沙毒，只是他的胸甲而已。

四周靜悄悄的甚麼也沒發生，沙毒的心更慌了，難道真的跑了？或者是他識破了自己的伎倆而沒有放箭？

"報！"忽然一個傳令兵跑了進來，氣急敗壞地說，"我們已經被包圍了，大長老命你速速剷除入侵者，絕不能讓他們見到活口！"

"你不想活了？"沙毒一驚，急喊傳令兵，"藏起來！"

報信的人連忙躲到一塊岩石後面，不過，還是甚麼也沒有發生。沙毒更加奇怪，難道真的逃了？

正在躊躇間，只聽又有人喊："在那！我看到了，他就在那！"

沙毒聞聲望去，原來有個士兵已經不知不覺地從這邊的崖壁上爬了老高。想必是他貪功心切，連命也不顧了，所以才爬到高處去探查情況。

"快下來，"沙毒又是一聲疾呼，"小心！"

話沒說完，就聽"嘭"的一聲弓弦響。

沙毒料定那士兵是小命不保了。

可誰想到那士兵居然命大得很，就在弓弦響起的時候，他卻意外地腳下一滑，幸運地躲過了這一箭。不過還是很慘，他連滾帶爬地從岩壁上滑落下來，幸好這邊是陸地，要是差了半截便掉進火紅的岩漿裏！

大家都是一驚，不過仍舊沒人敢露頭出來，只是回頭看着那士兵跌跌撞撞地躲到了一塊石頭後面，這才為他鬆了一口氣。甚至都不禁佩服起他的膽識來。

"所有人一起上去，"既然情況緊急，又看到了那人的動向，沙毒便顧不上危險了，叱喝大叫，"只要死的，不要活人！"

聽到命令，所有人一擁而上！卻在此時，沙毒又忽然覺得有些不對，隨即猛然回過了頭。

"站住！"沙毒對一個正趁亂跑向出口的士兵喝道，"你的弓呢？"

所有人都停住腳步回頭看去，正是剛才那個膽大的士兵。

"我的弓？"那士兵低着頭，"剛才滑下來時掉到岩漿裏了。"

"果然厲害！"沙毒大笑一聲，叱喝道，"箭法好！身手也好！頭腦更好！居然連說辭也想好了，不過人算不如天算，要不是這報信的安安全全過來了，我還真不一定懷疑你！"

只見那個士兵歎了口氣，而且聲音也不再粗重，反倒像個女人："既然被你發現了，要殺便殺吧！"說着，那人已經抬起了頭。

其他士兵上下打量了一番。這人雖然穿的是本部落的盔甲，卻好像從來沒有見過，甚至細細看來還更像是個女人。

"雖然你的娘娘腔令人討厭，"沙毒揮揮手，士兵們都圍了上來，冷冷地說，"但我還是敬重你的膽識和武藝！所以再給你一條生路，現在歸順還來得及！"

"歸順？"那人冷笑兩聲，"一定是應龍長老帶人來了，你們還敢留活口？趕緊給我來個痛快的！"

"果然是個有血性的好漢！如果這樣殺了你，恐怕事後人們會笑話我勝之不武！"

"給這好漢一把弓，"說着，沙毒又從懷裏掏出一塊肉乾，說，"咱們來賭一把如何？當這塊肉乾落地的時候，看誰的箭快。"

"好！"那人爽快地接過弓，傲然說，"活着的算贏？還是死了的算贏？"

"哈哈，當然是活着的！"說完將手中的肉乾拋向了空中。

肉乾在紅色岩漿的襯托下，滑出一個平滑的弧線……

"能告訴我名字麼？"沙毒說。

肉乾滑過一道弧線，向火紅的岩漿衝去……

"應龍帳下護衛，潮紈！"

就在肉乾與岩漿接觸的一瞬間，"呲"的一聲便燒成了青煙。

青煙騰起之時，兩人已經同時抽出一支羽箭。

原來，這個一直躲在暗處的神射手就是潮紈，卻不見了蚩尤。因為在進入黑堡的通風口時，潮紈發現這裏有許多從未見過的武器，而且這些武器好像還是專門用來對付人類盔甲的，所以覺得這事非同小可。

"我們是不是應該先報告大長老，"潮紈謹慎地說，"否則我們死在裏面，這些秘密也就沒人知道了。"

"你……"蚩尤眉頭一皺，"你不是又要回去吧？"

"但這件事可能關係到部落的安危！"潮紉解釋說。

"要不這樣，"蚩尤想了想，"咱們一個去送信，一個去救人？"

"我也正想這麼說呢。"

"好！"蚩尤豪爽地答應了，"不過你腿腳要快些，別等我被殺了，才帶應龍長老來！"

"我也正想這麼說呢！"

"別總拿這個話柄鬧了，"蚩尤立刻嚴肅起來，說，"我是說真的！"

"我也沒開玩笑，"說着，潮紉也在箱子裏找了一把劍，"這東西果然不錯，兩面都能用，就是不知軒轅能不能拿得動？"

蚩尤越聽越糊塗，直愣愣地看着潮紉的舉動。

"還不趕緊回去報信？"潮紉催促道，"真的等我死了再帶應龍長老來麼？"

誰都知道，趁亂衝出去，總比深入黑堡更容易脫險，蚩尤看着潮紉竟有些不知所措。

"愣着幹甚麼？"潮紉推了一把蚩尤，催促道，"還不趕緊走！"

"我不能讓你去送死，"蚩尤斬釘截鐵地說，"這件事跟你沒關係！"

"你去或許是送死，我去可就不一定了。"潮紉解釋說，"你腿腳快，路上用時少；我經驗多，能在這裏多拖點時間。兩邊一湊，就萬事大吉了！"

蚩尤咬着牙，好像還是下不了決心。

"也好，"潮紉說，"我回去！不過剛才決鬥時我們有言在先，你贏了，我就任由你做甚麼也不跟長老們提一個字……為了我的信譽，到時候我只能該吃吃，該喝喝，就是決口不提你蚩尤和黑堡的事！"

想不到在這危急時刻，潮紉竟機靈地以之前的"承諾"把蚩尤套住了。蚩尤也不是笨蛋，當然明白潮紉的好意，不禁對潮紉心存感激，毅然咬咬牙，說："那就拜託了！"說着，又解下脖子上的小竹笛，叮囑說："這個是我贏來的運氣，你拿着，但不是送你的……等我回來，你要親手還給我！"

"放心！"潮紉一笑，"我可不願欠人家東西。"

"這個你也拿着！"說完，潮紉也解下了自己的身份牌給蚩尤，"給應龍長老，有咱們兩個見證，大長老一定會發兵的！"

……

就這樣，潮紈帶着蚩尤的"運氣"去救軒轅和女魃了。

潮紈一直向下走，這黑堡好像到處都是箱子，除了偶爾看到的幾個女人外，這裏的男人好像都挺怪，只知道幹活，甚至連一句話也沒有。幸好潮紈穿着此地的盔甲，所以並沒有遇到甚麼麻煩。

漸漸地，潮紈發現已經到了地下。這裏很熱，到處都是挖掘的人，不過同上面看到的男人一樣，都同行屍走肉一般。

潮紈四處尋找，一直來到了最底層，終於在一個巨大的坑洞發現了軒轅和女魃，他們都被關在吊籠裏，下面是滾滾的岩漿。

憑自己一個人的力量不太可能把籠子弄到陸地上來，只能讓他們自己爬出來才行。但潮紈怎麼知道這些採礦的人除了礦石甚麼也不會搭理？所以她哪敢明目張膽地爬到籠子上去救人，只好順着岩壁偷偷爬到陰暗的洞頂上。她一邊爬，一邊還能聽到軒轅和女魃的笑聲，雖心中不解，卻也不好大聲問。

潮紈沿着洞頂爬到木籠的正上方，還沒來得及救人，便見一些人從外面衝了進來，但聽他們的話好像並沒有抓到蚩尤，一顆心這才放了下來。

眼下可怎麼辦？總不能當着這麼多全副武裝的士兵硬搶吧？潮紈只能又耐着性子看了一場好戲，直到好戲將要到達高潮時，她才不得不出手射死了一個士兵。之後軒轅和女魃還是被困在溶洞裏，看樣子恐怕凶多吉少……她只好開始考慮自救的問題了。

起初潮紈只是用通神一般的箭法暫時控制了局面，打算盡量拖些時間，但後來竟發現自己的箭法居然嚇得他們無人敢露頭。於是潮紈又想出了一步險招，她將滿弦搭箭瞄準沙毒那邊的一塊岩石，再用盔甲的綁繩將其固定在洞頂，隨後又用釘在洞頂的火箭點燃了兩根計時香。

所謂計時香，是古代獵戶用來計算時間的一種物料，由於這種物料質地均勻，所以燃燒的時間也很均勻。獵人們在小憩的時候便會估算出一個時間，並點燃相應長度的香，再把它夾在手指間。直到香燒痛自己時便會驚醒，而此時也正是剛才估算出的那段時間。

潮紈大概估算了一下蚩尤回來的時間，然後按照這個時間燃點了兩根同樣長的計時香，一根連同弓弦綁在岩石上，另一根則帶在身邊。然後順着洞頂的岩石悄悄爬向沙毒那邊的洞壁，由於所有人都害怕潮紈精準的狙殺，而不敢露頭，再加上沙毒一直喋喋不休地嘮叨，掩蓋了洞頂上細微的攀爬聲，以致潮紈很順利地就爬到了沙毒這一邊。

現在潮紈只要靜靜地趴在弓箭預先瞄準的那塊岩石上，慢慢等候手中的計時香燒完，就可以給沙毒演上一出"瞞天過海"的好戲了。

但蚩尤他們卻早了一些，甚至已經有人前來報告了，那支香還沒燒完，還好估算的時間不是太晚……

終於等到香燒完了，潮紈先是假裝發現了那個"虛擬"的入侵者，然後聽到"嘭"的一聲弦響便假裝腳下踩空，於是就"名正言順"地滑到了地上，一切都是預算之中，當然不會掉進岩漿裏！不過還是那句話，"人算不如天算"，最後竟因那個報信的沒有被狙殺，而引起了沙毒的懷疑。

隨着那塊肉化作一縷青煙，潮紈和沙毒同時從箭簍裏抽出一支羽箭。

就在搭箭的一瞬間，兩人都已經看好了各自的目標，只見沙毒早已拉滿了弓，隨後手指一鬆，羽箭電掣般地飛到了潮紈面前，但她卻還沒將弓拉開……

潮紈身子一轉，便向後倒了下去……

沙毒不禁有些惋惜，一個神箭手就這樣……

卻還沒來得及再想，便見潮紈又順勢轉了回來，與此同時，沙毒還隱約見到甚麼東西正向自己的面門飛來，雖然沒有聽到弦聲，但性命攸關，沙毒哪敢怠慢，便本能地閃開。果然，一支羽箭擦着他的鼻子飛了過去。終於躲過了這一箭，但沙毒已經意識到了更大的危機，因為他這才清晰地聽到了"嘭"的一聲，但要再改變身子的移動方向，已經決不可能了……

一支箭直直地穿過了沙毒的心臟，他愣在那裏，滿臉的疑惑。

"你的箭確實很快，"潮紈憐惜地讚歎道，"聽到弦聲的人，恐怕已經被射穿了！若不是我在洞頂提前領教過你的本領，我現在或許已經成了屍體！"

沙毒這才明白，原來早在一開始相互確定目標時他就已經輸了。因為他看到的目標是潮紈的眉心，打算憑着強弓利箭，一擊斃命，先發制人；但潮紈自知不如沙毒箭快，便將目光集中在了沙毒捏箭的手指上，打算憑藉眼力身法，躲閃接箭，後發制人！

眼見沙毒鬆開捏箭的手指，潮紈便順勢轉身接住了羽箭，而當轉過身來的時候，又將沙毒的箭扔了回去，雖然這一箭即便命中也根本不會造成甚麼傷害，但卻騙得沙毒一閃身，潮紈這才真的放出了羽箭……

沙毒微微搖搖頭，腳跟晃了兩下，便帶着一絲苦笑倒下了！

沙毒倒下了，這是誰都不敢相信的事！一時間大家都慌了，都被潮紈嚇怕了。誰都知道潮紈的箭是要命的，誰還敢搶着去做那出頭鳥？

潮紈張弓指着那些士兵，緩緩向後退了幾步，士兵們似乎是出於"職業道德"也向前緩緩跟進幾步。突然，"嘭"的一聲，潮紈的箭擦着一名士兵的肩膀飛了過去。所有人都本能地一閃，接着身後又是"哐"的一聲，所有人又都不約而同地向後看去，只見之前囚閉旱魃的吊籠被四散閃避的士兵推倒熔漿裏，木頭沾上灼熱的熔漿，瞬間燒起來，隨即騰起濃濃的黑煙……

當那些士兵再回過頭時，潮紈已消失了！

潮紈拼命地向上逃去，她知道，這個小部落雖然有厲害的武器，但畢竟人丁稀少，至少是現在，決不敢和應龍的軍隊正面對抗。所以他們肯定是在拖延時間，只要自己能迅速衝到地面，只要能見到應龍長老，一切兇險便都迎刃而解了……

潮紈加緊了腳步，又繞過一個拐角，眼前便又是一段台階，她清楚地記得，從這裏上去應該就是黑堡的出口了。但當她剛踏上台階，竟突然看到了一個光禿禿的腦袋！

不用問肯定是禿虎！這傢伙高大魁梧，比潮紈高出半個身子！如果和他正面衝突，肯定討不到甚麼便宜！

潮紈見禿虎慌忙地衝下來，好像並沒有認出自己，便立刻停住腳步，壓低聲音故作鎮定地說："報告，入侵者已經殺掉了！"

"呼！"禿虎長出口氣，腳步也慢了下來，"好樣的……"他拍拍潮紈的肩膀，吩咐道："快讓沙毒也上來！"

潮紈恭敬地應了一聲："是！"卻沒有立刻回去。

只見禿虎已經轉身朝上走去，下面卻傳來了嘈雜的聲音："快！快！別讓那人逃到上面去，快……"

難道是沙毒手下的弓箭手？不是已經殺掉入侵者了？怎麼還在追甚麼人？禿虎眉頭一皺，剛一回頭竟見潮紃已經搭箭在弦……

　　別看這禿虎體形碩大，動作卻絲毫不遲緩，見到潮紃一搭弓就已經明白了，連忙閃身……

　　若是平常，長弓在手，潮紃絕不會輕易放箭，她向來力求出箭便是要害，但現在下有追兵，上有堵截，哪裏容得她多想……

　　倏地一箭射出，卻被禿虎躲開了要害，但羽箭仍強勁地穿過他的胳膊，徑直釘在後面的牆上。一箭不中，又是這麼短的距離，潮紃再想搭弓卻已經來不及了。

　　被利箭穿透胳膊，對尋常人當然是嚴重的損傷，但對禿虎來說仍算不了甚麼！不過禿虎也害怕潮紃搭箭再射，所以來不及抽出大斧，空手便向潮紃打去。這一拳極快且力道也相當可怕，潮紃合實雙臂擋在面前……

　　但她那對胳膊怎麼可能攔得住禿虎的重拳，"轟"的一聲，連同她的雙臂一起被打在了自己的臉上，即便是這樣也沒有將禿虎這一重拳的力量卸掉……潮紃的身子隨着一拳的後力，竟騰空飛出了三四步，最後撞在一根支撐旋梯的木樁上，才穩住了腳步，但仍震得旋梯忽悠一下！就在這時，只見一個體形同樣魁梧的人走了下來，身邊還有幾個精悍的侍衛。

　　這人雖身材魁梧，臉上卻精瘦得很，一身端莊寬大的袍子透出了他高貴的身份以及無比的威嚴，潮紃見到這人歡喜得叫了出來！這是應龍長老！潮紃話仍含在口中，突然一陣滿天星斗，血流披臉地昏倒地上，原來禿虎這一拳確實不輕！

第十二章　重拳

不久前，應龍長老還在部落裏和玄毛等人就軒轅的事商議對策，卻忽然聽到帳外侍衛叱叫：「不能進去，長老們在⋯⋯」

話沒說完，就見蚩尤拖着侍衛衝了進來。

「找到⋯⋯找到軒轅和女魃了⋯⋯」蚩尤上氣不接下氣地對玄毛說。

應龍示意侍衛下去，並對蚩尤說：「別急，慢慢說！」

「他們就是⋯⋯被那個⋯⋯」蚩尤也來不及歇口氣就接着說，「那個沙地部落抓走的，潮紈⋯⋯潮紈正在那裏⋯⋯救人⋯⋯快⋯⋯」說着，他掏出了潮紈的身份牌。

本來玄毛他們也懷疑是那個部落把軒轅和女魃抓去，只是僅憑猜測怎麼能硬闖到人家部落裏要人？不過現在看到蚩尤急成這個樣子，而且還拿着潮紈的身份牌，看來人確實是被他們抓走的！

玄毛一聽，立刻站起身來，卻仍舊面如止水：「你敢確定？」

「我敢拿性命擔保！」說着蚩尤抽出懷裏的小刀，倏地插在地上！

看來蚩尤這是要來個死諫⋯⋯

誰都知道蚩尤從小頑劣，但他為人的義氣也同樣眾人皆知。

「我相信你。」應龍一把抓住蚩尤的手，又看看玄毛。

「發兵！」玄毛平靜地吐出了兩個字。

應龍大軍很快到了沙地部落，煥金見竟是應龍親自領兵前來，自知事情不妙，於是一邊命沙毒速速剷除入侵者，一邊假惺惺地親自出來迎接。

煥金和顏悅色地走到應龍面前。但蚩尤決不容他多說，上來就建議應龍長老到那黑堡裏找人。煥金自然不敢過分推辭，只好藉口那裏是祭天的聖地，怕驚動了祖先，所以懇請應龍長老只帶上幾個隨身護衛進去，又怕應龍起疑，他還答應自己留在外頭。

應龍見他做事還合情理，所以在沒有看到軒轅他們之前也不好硬闖，便順着煥金的提議，只帶了幾個貼身侍衛就進了黑堡。

蚩尤被留在外面，而煥金也在盡量用好言穩住他，免得這個愣頭小子胡來一氣，打亂自己的計劃。

這時在黑堡裏看守的禿虎，見應龍只帶了幾個侍衛向黑堡入口走來，便有了些底。話雖如此，可他也更加小心起來，為了確保萬無一失，還獨自衝下來打算看看沙毒那邊的情況。卻迎面撞上了潮紈，好在他一拳就打昏了潮紈，而且潮紈滿臉是血，還穿着沙地部落的盔甲，一時間竟沒有被應龍認出來。

禿虎見到應龍，連忙施禮："一個部下做錯了事，我剛教訓了他一頓，不巧被您見到，實在是失禮，還請見諒！"說完，將手輕輕一揚，吩咐手下："把這個不爭氣的傢伙抬走。"

幾個機靈的弓箭手趕緊抬起了潮紈。

按說人家教訓自己的部下，應龍是不該多管，不過禿虎的胳膊好像受了箭傷，血還在一滴一滴地流出，這分明是剛剛受的傷，難道教訓部下自己還會受箭傷？而且應龍還看到了牆上的那支羽箭。這支箭除了箭羽上有一點血跡外，箭桿上卻乾乾淨淨，像是以極快的速度穿過了禿虎的胳膊，然後又深深地釘進了牆裏。

應龍自然知道這個沙地部落裏有一個叫沙毒的好手善用弓箭，完全可以射出這樣凌厲的攻勢。但那沙毒與禿虎是自己人，而且地位相當，又何必這樣大動干戈？況且昏倒的那人只是一個普通的士兵？更重要的是應龍也非常了解潮紈，知道潮紈同樣可以射出這樣凌厲的一箭！

應龍客氣地叫住抬人的士兵，然後對禿虎說："這小兄弟被你教訓得不輕呀！"說着，還從懷中掏出一小包傷藥，說："年青人哪有不犯錯的。來，我給他敷些藥，免得落下骨傷，一輩子就廢了！"

禿虎一個閃身擋住應龍，滿面堆笑地說："都是血，別弄髒了您的手。"

這樣一擋反倒更引起了應龍的懷疑："怎麼？難道還有甚麼避忌麼？"

弓箭手們當然也知道事情的緊迫性，連忙抬着潮紈向下走，卻在這時，一條長長的辮子從鬆動的盔甲中掉了出來。一般的部落哪裏有女士兵，就算有也不會是穿着男人的胸甲，何況這條粗長的辮子，除了潮紈還能是誰？

應龍心中立刻如明鏡一般的清楚，而禿虎也知道瞞不了應龍！乾脆一不做二不休，趁着應龍還沒有警惕起來，禿虎迅即向應龍猛地就是一拳！

禿虎素聞應龍勇猛過人，絕不會如潮紃那樣可以輕易解決掉，而這拳又必須一擊必勝，所以連吃奶的力氣也用上了。

　　應龍身手確實了得，禿虎拳影一動，閃是閃不了，順勢曲腰，避了胸口避不了肚，還是硬生生地受了一拳！只覺肚子一顫，五臟六腑便如翻江倒海一般攪了起來，隨即才是一陣劇痛席捲而上，渾身一軟便跪在了地上。

　　這一拳力道果然兇猛，也就是應龍，換個別人，不止是五臟六腑，恐怕連脊椎也要被打折了。此時所有弓箭手都扔下了潮紃，用箭瞄着應龍的幾個貼身侍衛。

　　這一切來得太突然，或許就是那麼一眨眼的工夫。所以，隨着禿虎一聲"放箭"，所有侍衛便倒在亂箭之中。

　　沒等弓箭手再次搭箭，禿虎便抽出大斧撲到應龍跟前……

　　雖然禿虎已經舉起了明晃晃的大斧，但應龍腹中仍是劇痛難耐，渾身沒有一點力氣，但更令他痛心的卻是看到了幾個衛士的慘死！不過亂箭之後，應龍卻還看到禿虎身後又冒出一人 —— 那是蚩尤。

　　蚩尤本來被留在了外面，但他哪裏是那種心裏藏得住事的人？他擔心軒轅，擔心女魃，還擔心潮紃，只是耐着應龍的威嚴才不敢跟到黑堡裏去，可應龍已經進了黑堡，那誰還攔得住他？

　　於是蚩尤說了一聲："看着煥金！"便拔腿向黑堡裏衝去。

　　面對應龍的大軍，黑堡的守衛也不敢阻攔蚩尤，所以他便在這千鈞一髮之際趕了上來……

　　蚩尤也沒想到會是這樣，只是想既然進來了，應龍也不會再趕他，便可以早點知道朋友的下落，卻沒想到面對應龍的大軍這些人還敢頑抗，而且那禿虎竟然還舉起大斧要殺應龍長老。

　　蚩尤想也沒想，飛起一腳便踹在禿虎的後腦勺上！任他禿虎再厲害，後腦被狠狠踹了一腳，也不免懵一下！他跟蹌了幾步，而旁邊的弓箭手剛射完一次箭，也都沒來得及換箭。

　　蚩尤一招偷襲成功，還沒等禿虎轉身，又是一腳踹在他膝蓋的後窩上，本來禿虎腦袋還在暈，加上這一腳便也單腿跪在了應龍長老身前。好像是兩個人都在萬分崇敬地相互行着大禮。

　　不過禿虎卻傷得比應龍輕多了，他連忙回頭，只見到一隻腳，於是又被蚩尤橫抽一腿踢中臉頰。

這幾下一氣呵成，連連得手，直打得禿虎暈頭轉向，連手中的斧子也丟了！

蚩尤的攻勢極其迅捷，甚至弓箭手現在才剛搭好了箭，不過還沒有射，只見禿虎撲了上去，為了避免誤傷，弓箭手也只能捏着箭，而不敢鬆手亂放。

禿虎被蚩尤迅捷的攻勢打得有些惱火，便如暴怒的獅子般大吼一聲，揮拳向蚩尤打來。蚩尤卻身手伶俐，只一閃便躲過這一擊，甚至還在轉身的一瞬間貼近了禿虎，並順勢用肘狠狠地磕在了禿虎的軟肋上。

這一擊當真厲害，可禿虎也絕不是好對付的，他竟忍住了劇痛，伸手又來抱蚩尤。蚩尤當然知道這個擁抱的兇險，很有可能被他活活勒死。但虧得禿虎個子大，所以蚩尤只是身子一低，便讓禿虎抱了一個空。接着蚩尤又趁機在禿虎襠下來了一腳，本以為禿虎被連中兩下要害，怎麼也得緩一陣子，卻不料，這樣的力道還是沒有對他造成太大傷害！禿虎仍舊咬牙忍住了，就連腳跟也是紋絲不動。

蚩尤懷疑這傢伙究竟是不是血肉造的？！身軀竟然如此結實？這可真有些恐怖！便在這一愣之間，卻見禿虎剛剛抱緊的雙臂又立刻展開，順勢拍向蚩尤臉上……僅僅一下，對禿虎來說，一半的力度也未用上，蚩尤的腦袋已發昏地懵了一懵！禿虎得勢不饒人，趁機搶前，運足全力朝蚩尤胸口打去，勢要將蚩尤的胸骨也打個稀巴爛……

蚩尤在這一懵之間，眼睜睜地看着禿虎的重拳打過來，躲閃已是不可能了，甚至連防護也來不及了，一時間蚩尤萬念俱灰，心中歎道："完了！受了禿虎這一拳，不死也全身廢了！"

然而，剎那間禿虎的腳竟然被人抱住了。原來是潮紈被那些弓箭手給摔醒了！

蚩尤這才發現一直躺在地上的竟然就是潮紈，不過為甚麼變成了血流滿臉的狼狽樣子？

禿虎發現有人妨礙自己勢在必得的重拳，便抬腿要將這人踩死，卻又被蚩尤一腳踹在了那條起支撐作用的腿上，便又是一個趔趄……禿虎回手再打蚩尤，潮紈便在他腿窩上狠狠地叩了一下！

蚩尤、潮紈就像兩隻靈巧的獵犬正在對付一頭狂暴的棕熊，前一下、後一下，相互牽制，直弄得禿虎有勁沒處使。

禿虎的肺都要氣炸了，甚至已經失去了理智！雖然因此沒了章法，但他也因此沒了疼痛，胳膊上的箭傷不住的流血，他卻絲毫沒有反應，甚至旋梯也要被他震塌了。

　　失去理智的禿虎，沒有了疼痛，牽制戰術就有些不靈了。沒過幾下，蚩尤便被禿虎抓在手裏，幸好禿虎沒有了理智，只是狠狠地將蚩尤砸在潮紈身上。兩人最終還是被禿虎逼到了絕處。

　　只見禿虎的重拳打向重傷的潮紈，卻被蚩尤合實雙臂攔住，但代價就是雙臂被禿虎打脫了臼……又是一個重拳，蚩尤五臟六腑好像都要開花了……又是重拳打來，蚩尤不知道會是甚麼後果，不過總比讓重傷的潮紈捱上要好，蚩尤死死地擋在潮紈身前。

　　但這一拳卻沒有打上，因為已經被另一個人用胳膊架開了，這人當然是應龍，恐怕世界上除了應龍誰也無法正面架開狂暴的禿虎！

　　"別再欺負孩子了！"應龍架住禿虎冷冷地說，"我來陪你玩玩！"

　　說着又是一記重拳，但胳膊也立刻感到一陣酸麻……禿虎回手又打向應龍，應龍也以單手接住禿虎的重擊……兩人幾乎沒有躲閃，一味硬攻硬防，就像兩座山在相互碰撞！

　　所有人都看呆了，沒人見過這樣勇猛的兩個人拳來拳往、徒手對打搏鬥，甚至旋梯都已經震塌了，所有人都掉到了下面一層。兩頭雄獅卻仍然纏鬥在一起，弓箭手不敢亂放箭，蚩尤、潮紈也插不上手。

　　又過了幾招，應龍好像看到了禿虎的弱點，就當他左拳打向應龍的時候，應龍卻沒有撤回胳膊防守，而是用盡全力打向了禿虎的肚子，禿虎一拳打在應龍的臉上，卻覺自己渾身一震，仿佛被雷電擊中一般，接着腹中又如翻江倒海似的劇痛，隨即雙膝酸軟也如剛才應龍那樣，跪在了地上！

　　看來是應龍發現了禿虎左臂箭傷失血過多，力道明顯不足的弱點，便引得他一拳打來，自己卻不防守，而使出全力打向禿虎，雖然禿虎這一拳也不輕，但應龍還能扛住，可禿虎就沒那麼幸運了，應龍的重拳也不是好惹的。

　　纏鬥終於停止了，弓箭手也終於可以再瞄準了，但那些弓箭手卻都不敢再動了……因為他們看到上面已經有更多的弓箭手用箭瞄着他們！

第十三章　雅興

　　就這樣，應龍和禿虎的打鬥引來了應龍的部隊，並擒獲了煥金及其黨羽！可玄毛卻不願將他們處死，只是要求他們改過自新，並且對他們的武器毫無興趣，只要求他們自行毀掉。但煥金卻為了感謝玄毛的不殺之恩，建議將這些武器改成農具。

　　在玄毛的心中，從來就是把所有人吃飽穿暖作為首要考慮的事情，就接受了煥金的這“一片好意”，還安排他和禿虎繼續統領沙地部落，並專心改造農具，以支援部落的農耕。另外還撥給他們許多糧食，並且還派了一些耕田好手去幫助他們重建農耕。

　　另方面，由於眾人都看見軒轅和女魃走進熾熱的岩洞裏，玄毛派了不少的人進去找尋，蚩尤更多次搶先走進去，但岩洞實在太熾熱了，進入不遠已抵受不了，只見沿路攤滿一些燒焦的骸骨和破衣，也不知是軒轅和女魃的殘骸，還是之前“冒進”岩洞的人的枯骨。由於都是燒焦的殘渣，聰明如倉頡長老也難於分辨。

　　蚩尤堅持要深入尋找，但每次都燒得頭焦身損的，有幾次更昏迷了，有勞其他人“冒死”拖他出來。為免族人再受損害，玄毛宣佈軒轅和女魃“已死”，並下令嚴禁任何人再進入岩洞！

　　蚩尤對好友的死反應激烈，要求處死煥金和禿虎，玄毛當然反對，因為她相信如要族人的生存得到保障，必須建立部族間的團結，不可以冤冤相報。應龍和素楓了解玄毛平和的性格，當然不敢有甚麼異議。只有蚩尤極為不滿，在大帳中公然“對抗”玄毛，誓要為好友報仇，這可是天大的“以下犯上”，幸而玄毛體諒蚩尤的真性情也沒責罰他。蚩尤還因為這次勇敢的表現遠遠超過了“成人儀式”的要求，提前結束了他的童年，成為“成人”！

　　事件過了一段日子，蚩尤得到三位長老的一致提名，進入了長老大帳，更接替了應龍死去的衞士，成了長老的貼身護衞。另外，潮紈也被嘉獎，榮升衞士長。不過對她來說最可喜的是，從此再也沒有人說她是靠着素楓才爬上去的“花瓶”了。

　　雖然做了貼身侍衞，蚩尤卻總也擺脫不了失去好友的痛苦，不過在潮紈的安慰下，他沒有急着去追尋軒轅和女魃。他整天悶悶不樂地在"責罰地"徘徊，回想着小時候和軒轅在一起的日子，回想着他們一同贏人家的肉乾，一同淘氣受罰，一同去看旱魃，又和女魃一起在這"責罰地"戲弄那些老骨頭，一同開心玩耍，一同……

這一天，他依舊想着往事，想着想着便爬到了"責罰地"半山腰的那塊巨石上。這裏平時沒有人上來，但石面卻非常光滑，只是兩側都有深深的劃痕，好像是千萬年前甚麼巨大怪獸留下的抓痕，山壁那邊的洞窟裏還不時地向外吹着陣陣涼風，似是隨時都有怪獸衝出來一般。

蚩尤呆呆地坐在遠離洞口的另一邊，下面則是萬丈的深淵，他雙腳懸垂在石邊，看着遠方將落的夕陽，卻總有一種飛翔的衝動，他相信軒轅和女魃這時一定很快樂，就在那太陽下山的地方，就在太陽的家裏，那裏沒有痛苦沒有憂傷，更沒有孤獨和寂寞。而自己只要輕輕一躍，便可以隨着清風一起去到他倆身邊。

蚩尤的眼睛模糊了，鼻子也有些酸了，他向前挪了挪身子，雙腳懸空的感覺真好，還有風在和它們玩耍，撩動着腳心腳背，還有小腿，很舒服，相信軒轅、女魃他們天天都可以感受到這清風的撩弄，而且他們還可以飄在空中讓清風撩弄他們的胳膊、頭髮、後背、大腿……身上的每一個部分，那該是多麼清爽舒適！

蚩尤又往前挪了一點，他的大腿好像也開始感受到了清爽的微風。不過那好像還是不夠，他還想再往前挪一點，像軒轅和女魃那樣，讓全身都清爽起來……

終於可以和他們相見了，那時不僅是清風，大家還可以到湖中、山裏、世界的每一個角落，去享受無比自在的生活，只要再挪動一點，蚩尤滿懷着欣喜，好像已經看到了女魃那清秀的臉龐……

"好吧，就這樣了，"蚩尤低聲說了一句，"潮紈，多多保重！"便往前挪去……

"別着急。"身後突然傳來了一個聲音。

恍惚中蚩尤似是在問："是說我麼？"

那人又說："你們別着急，快到了，蚩尤肯定在上面！"

蚩尤聽出來了，這聲音是潮紈，她在和誰說話？

就這樣，蚩尤從剛才的夢境中回過神來，卻不禁有些兒掃興。

算上這次，潮紈已經是第八次掃了蚩尤的"雅興"。不過只要蚩尤還在妄想那種危險的幸福，潮紈就一定會有第九次、第十次……掃他的興。蚩尤知道這次又慢了一步，看來只有下次再去找女魃他們了。而且他猜，這位潮紈姐姐肯定又帶了不少好吃的，並又要向他喋喋不休地說些沒意思的大道了了，甚麼部落呀、甚麼將來呀，蚩尤聽了就想睡覺，所以他根本就沒打算回過頭來看！

　　不過這次卻突然聽到了許多動聽的聲音，蚩尤還是忍不住回過了頭，竟又見到了許多美麗的少女。但在蚩尤心中，這些不過都是一些庸脂俗粉！蚩尤無奈地搖搖頭，也不知潮紈這次要搞甚麼名堂？瞬間又回到自己的世界中，仍舊出神地看着夕陽。

　　"蚩尤，"忽然，一個女孩驚喜地喊着，"蚩尤在那裏！"

　　話音一落，又嘰嘰喳喳地傳來了許多女孩子的聲音。雖然聲音一個個清脆悅耳，但蚩尤卻覺得心煩，站起身要走，然而並不算寬的石面上幾乎被女孩們堵滿了。她們各個手中拿着花環，有的面帶羞澀，有的喜出望外，有的如癡如醉，有的眉開眼笑地向蚩尤跑來。大概因為下面是萬丈的深淵，看一眼就已經心驚肉跳了，所以那些女孩都擠在石面的中間，兩邊留着窄窄的一個邊沒人敢走。

　　蚩尤卻不怕危險，一個側身蹭了過去，卻沒想到又讓這些煩人的女孩驚呼起來，羨慕的眼光全部鎖定了蚩尤。

　　她們驚呼倒也罷了，可潮紈居然也驚呼一聲，還居然萬分崇拜似的尖叫着："哇！太帥了，怪不得他能赤手空拳就抓住禿虎，還救了應龍長老！"

　　太誇張了吧！這路雖然狹窄，總算夠得一個人過去，哪值得潮紈"驚呼"？蚩尤不禁起了一身的雞皮疙瘩，還險些掉到下面去，他穩穩腳跟，瞪了一眼潮紈，心想你又搞甚麼鬼！蚩尤話不多說，繼續往回走。

　　"蚩尤，你太棒了！"經潮紈這麼一提醒，女孩們又是一陣驚呼，"我這次要定你了！"說着，幾個女孩已經衝上來將手中的花環套在了蚩尤的脖子上。

　　要知道，這可不是一般的禮節，在那個時代，由於女人的地位還是比較高的，所以對於成年異性的選擇權往往都在她們手裏，花環便是這種權利的象徵。

　　一個女孩給蚩尤套上花環後，又搶先摟住了蚩尤的腰，還用臉輕輕地在蚩尤的胸肌上蹭……

　　面對這女孩的無比殷切，一時間，蚩尤竟手足無措。更令蚩尤煩惱的是，其他女孩也都一擁而上，抱大腿的抱大腿、摟胳膊的摟胳膊、有的乾脆跳到蚩尤的懷裏，拽着他脖子狂親一氣。

這下蚩尤更加不知所措了，連忙喊潮紉：「喂喂！潮紉，你搞甚麼鬼？」

「怎麼是我搞鬼？」雖然潮紉現在也有點想把這些賤女人都踢下山去，不過她還是無奈地說，「都是你自己表現得太出色了，你的威名已經傳遍了整個部落，所有女孩都爭着吵着要見你，這幾個實在纏得厲害，我就只能把她們帶來了！」

「好你個潮紉，出賣我！」蚩尤咬牙瞪着潮紉，「快幫我把她們拉開……」話還沒說完就被一個女孩親住了嘴。

「小子，」潮紉在一旁譏諷地說，「嚷也沒用，現在你已經通過成人儀式了，她們給你戴了花環，這可是你的福氣！不要身在福中不知福，總想那些不開心的事了，你的人生這才剛剛開始呦！」

蚩尤就猜到潮紉不會過來幫忙，看來想要擺脫困境只能靠自己，不過這些又不是敵人，也不好動粗的，而且這裏地方也不寬裕，動作大了恐怕要出危險，蚩尤真是既無還手之力，也無招架之功。

女孩們還在纏着蚩尤，七嘴八舌地，有的說：「今天一定要跟我回去。」有的說：「我那裏最舒服。」甚至有人相互吵了起來。

「不要吵，」蚩尤忽然靈機一動，改變了口氣，「我都依你們，不過既然來了，就先坐下來聊聊，反正現在我們也不能離開！」

潮紉見蚩尤突然色瞇瞇地要她們坐下來聊聊，更後悔把這些賤女人帶來了。

「為甚麼？」一個紅髮女孩不解地問，「太陽都快下山了，再不回去，就耽誤咱們的好事了！」說着又摟住了蚩尤的脖子。

蚩尤也沒繼續「反抗」，而是一本正經地說：「不能走，不能走！」

「為甚麼？」所有的女孩嘰嘰喳喳地問，「為甚麼？」

「這是個秘密，不過……」蚩尤為難地想了想，「告訴你們也沒關係，可是不能告訴別人！」

秘密！或許自古以來這都是女人最關心的話題，所有女孩都靜了下來。甚至潮紉也想聽聽蚩尤葫蘆裏賣的是甚麼藥。

「你們都聽說了那個襲擊部落的大怪物麼？」蚩尤神神秘秘地看看周圍，突然顯得有些緊張，甚至還向巨石另一端的洞口輕輕瞥了一眼。所有的女孩也都隨之看去。

此時，太陽只在遠山上剩了道粉紅色的邊緣，周圍昏昏暗暗的，那個洞口裏還往外呼呼吹着涼風，再加上蚩尤一副神秘兮兮的樣子，就連潮紉也有點莫名的緊張了，幾個女孩就更是嚇得抱緊了蚩尤。

"聽說了，"紅髮女孩點點頭，卻將蚩尤摟得更緊，甚至還顫顫巍巍地說，"就是那個白毛毛的大怪物麼？"

潮紉在旁邊看着，肉麻得有點想吐，不過她還是不願離開這裏，所以只是坐了下來，看蚩尤是怎樣哄女孩。

"沒錯！"蚩尤眼中立刻透出一絲詭異，低聲說，"聽說大怪物最愛吃細皮嫩肉的女孩子，而且大長老懷疑它已經沿着那個黑洞來到了咱們的部落。為了保證你們的安全，就派我和潮紉夜裏來這看守，只要 —— "蚩尤故意將聲音拖得長一些，然後突然加重語氣："只要怪物一出來……"幾個女孩立刻被嚇了一跳，有個女孩居然嚇得驚叫起來！蚩尤也沒理他們，接着說："然後我們就趕緊通知部落！"

所有女孩都躲到了蚩尤的身後，潮紉見蚩尤裝得活靈活現，也忍不住偷偷笑了出來。

"但不用怕，"蚩尤拍拍胸脯，豪氣地說，"有我在！更何況那怪物胃口再大，也吃不了你們這麼多女孩！"隨後更加無所謂地說："來，來，大家都坐下，正好陪我和潮紉解解悶兒！"

幾個女孩早就嚇得魂不守舍，哪裏還有膽量再待下去，於是都吵着要潮紉帶她們回部落。

"不用怕，"潮紉瞥了一眼蚩尤，安慰她們說，"他是逗你們的，根本沒有怪物！"

"哦！我知道了，"紅髮女孩突然恍然大悟地對潮紉說，"你說要我們來幫你開解蚩尤，其實是要我們來做你的替死鬼！大怪物吃飽了我們，就不會來吃你了，是不是？"說着掏出懷裏的肉乾，扔給潮紉，氣憤地說："我才不稀罕你的肉乾！"

接着，所有女孩都掏出一塊肉乾扔給了潮紉。潮紉一愣，還真有些百口難辯。

竟是潮紉用肉乾賄賂了她們！不過蚩尤卻沒有領她的人情，反倒火上澆油地鼓動這些女孩，說："別生氣，別生氣，潮紉沒有那個意思！你們看看她的大個子，哪裏像個女孩，怪物根本就不會吃她，所以她絕沒有讓你們做替死鬼的意思！"

愈描愈黑，女孩們更覺得潮紉是與蚩尤串通好了的，紛紛逃下山去了。

不領情也就罷了，竟然還說自己不像女人、還說連怪物也不願吃！潮紉心中不知哪來的一股火，上來就要打蚩尤，卻被蚩尤抓住了手腕，潮紉掙了一下，蚩尤沒有放手，不過剛才一臉色瞇瞇的表情早已沒了蹤影！

"我知道你是一片好意。"蚩尤似乎又回到了憂傷中，緩緩放下潮紉的手，頹然低語，"不過，這些不是我的快樂，我的快樂都在那裏……"

蚩尤看着遠方黑色的山脊沒有再說話。

兩人靜了一會兒，不知潮紉是在自語，還是在和蚩尤說話。

"朋友，好奇怪的稱呼，"潮紉看看蚩尤神往的眼神，喃喃地說，"不理解它的人，只當它是糞土不如，需要的時候便喚來用用，不需要的時候擱在一邊，是死是活也不放在心上。理解它的人，卻可以為它雖死猶生！"

也不知蚩尤是不是在聽潮紉的話，只管想自己的事情。過了一會兒，他滿懷心事地說："原本以為生死不過一線之隔，輕輕鬆鬆便可以隨他們去了，不過當我要離開的時候，卻發現原來這邊還有朋友讓我牽掛。"

蚩尤看看潮紉，潮紉也在看着蚩尤。潮紉心中有一種不知是愁、也不知是喜的感覺，蚩尤說的"還有朋友讓我牽掛"是自己嗎？或許潮紉對"朋友"的稱呼仍不滿足，但她還是陪在蚩尤身邊與他一同眺望着遠山。

"你說山的那邊是不是太陽的家？"潮紉悠悠地問，"所有死去的人，是不是都會去那裏？"

"你是不是也在想軒轅和女魃？"蚩尤也是同樣的語氣。

"因為你總在想他們……"

"是啊，而且我也在想太陽的家是個怎樣的家？"

"你覺得那裏很好麼？"

"當然，至少那裏沒有這麼多的寂寞！"

"是不是因為女魃……軒轅和女魃在那裏，才沒有寂寞？"

"也許是吧！"

"那……那你更捨不得軒轅，還是……還是女魃？"

太陽已經完全落下了山，黑黑的山脊上嵌了一道金邊，蚩尤停了好一會兒才說：「一個就像自己的手足，怎麼能割捨；另一個……像是自己的靈魂，沒了也就沒了自己！」

潮紈點點頭，好像明白了一點兒，兩人又靜了一會。

「雖然……」潮紈有些不好開口，停了一下，還是說了出來，「雖然沒了靈魂和手足，至少還有生命，只要生命尚存，或許……或許還能找到另一個又是手足、又是靈魂的人。」

「呵呵，怎麼可能？」

又停了一會兒，黑黑的遠山已經看不到多少光了。

「太陽也睡了麼？」潮紈說，「那裏是不是也有黑天？」

「太陽睡了，明天還會醒來，但有的人睡了卻永遠也醒不來。」

「不過當我們也永遠睡了的時候，就可以再見到他們了！」

「你也相信可以在太陽的家裏見到他們？」

「只要你相信，我就相信；如果……如果你去了那裏，我也同樣會去那裏找你！」

「呵呵，還記得我原來說的話麼？『如果也有人和你從小長大，生死與共，你就不會這樣問了。因為你的朋友同樣會為你做這件事！』看來現在你也能體會到我和軒轅的手足情了！」

「但是你卻沒有體會我……」

「甚麼？體會你甚麼？」

「我……沒甚麼……我不是男人，也體會不了你和軒轅的感情，我只想……想去體會一下女魃的感情！」

「呵呵，女魃的感情？我也不知道她是怎麼想的，她對每一個人都好，無論我，還是軒轅，甚至是一個她從來沒有見過的人！或許軒轅能看出她的心，我卻只能看到她……她在人羣中給軒轅盛飯，看到每次軒轅晚回來時她那期盼的眼神，看到她為了嫘祖而關注軒轅的目光！我甚至在有意逃避，逃避她對軒轅的每一個體貼，每一個眼神！我甚至不再忍心追隨他們而去……就讓他們在山那邊，安享兩個人的幸福吧！或許我去了他們倒覺得不自在了……就讓他們……不要再記起我，我寧願永遠不要去那裏打擾他們……」

「那麼你決定留下來了？不再離開我……我們了？」

潮紉不禁心酸了，眼睛也模糊了，而且從蚩尤的聲音中，潮紉知道蚩尤的眼裏一定也滿是淚水。她不知道該怎樣去安慰他，只是輕輕地將手抱在了蚩尤的腰上，然後又緩緩地將頭靠在了蚩尤的肩頭。她感覺到身邊的男人對感情的執着和深刻，只可惜對象不是自己……但自己何嘗不是已對這男人深深的迷戀，這份無奈真叫人難受！

　　蚩尤沒有再逃避，甚至還感到潮紉那一縷縷如蘭的氣息正在撩弄着自己的心。蚩尤似乎也要醉在這帶着淡淡馨香的氣息中了，他輕輕捧起潮紉的臉，藉着月光癡癡地看着她的眼睛，那裏仿佛完全沒了往日的驕橫，剩下的只有溫馨和體貼。

　　四周靜悄悄的，仿佛蟋蟀也害怕驚擾了他們，而安靜了許多。夜幕緩緩降了下來，天上的星星也慢慢亮了，卻又躲進了薄薄的紗帳，在淡淡的輕雲後面一眨一眨的好像有些害羞。蚩尤的呼吸開始重了，在微風中潮紉閉上了眼睛，熱血在身體裏迅速流轉，每一寸肌膚都在迎候着那溫柔的輕吻……又是一陣微風從身後掠過，卻帶來了一陣幽幽的笛聲。

　　笛聲一下子喚醒了蚩尤，他猛地站了起來，側着耳朵仔細地聽。失落的潮紉也一下子睜開了眼睛，不解地看着蚩尤。

　　"怎麼了？"

　　"噓！"蚩尤輕輕按住潮紉的嘴唇，屏息靜心地聆聽，"聽，是笛聲！"

　　"原來你是聽到了笛聲，"潮紉安慰着說，"部落裏有很多人都會吹笛子呀！"

　　"這不是一般的笛聲，"蚩尤輕輕瞇着眼睛，進入回憶中，喃喃自語，"那是我的小綠笛，我聽得出來。"

　　潮紉只覺渾身一涼，卻強壯着膽子說："你一定是太想軒轅和女魃了，世間的笛子差不多都是這個聲音。"

　　"不，不，我能聽得出來，肯定沒錯！"

　　潮紉不禁左右看看，周圍靜悄悄的甚麼也沒有："那就怪了，當時我為了讓軒轅他們知道我是自己人，所以早就把你的那個笛子給他們了，我親眼看到女魃撿起來的，現在應該和他們一起燒……"潮紉怕蚩尤傷心，就沒再繼續說下去。

　　"說得也是，"蚩尤晃晃腦袋，努力使自己清醒些，"不過確實很像，而且還像是從這山洞裏傳出來的。"

雖然潮紈像男孩子一樣厲害，不過畢竟是個女孩，聽到蚩尤這樣一說，強壯着的膽子也軟了下來。她緊緊抱着蚩尤的胳膊，向那黑乎乎的洞口看去。

幽幽的笛聲時隱時現，伴隨着陣陣陰涼的微風從洞中飄飄蕩蕩地傳出，難道真的是從洞裏傳出來的笛聲？難道真的是女魃和軒轅？潮紈有些不知所措了。

突然笛聲斷了，蚩尤又沮喪起來："也許是女魃和軒轅回來看我了，但天還沒有全黑，所以他們不敢出來！"

潮紈本來就已經嚇得六神無主了，又聽蚩尤居然說出這種鬼話，不禁打了一個冷顫，顫顫巍巍地說："別……別這麼說，怪嚇……人的！我看咱們還是回去吧！"

蚩尤看看潮紈顯得有些為難，不過他還是很快做了決定："你是不是怕了，要不……要不你先回去吧！"

潮紈不禁有些沮喪："難道你不陪我回去麼？"

"我……"蚩尤咬咬牙，堅決地說，"我怕他們走了，就再也見不到了，我想……我想在這裏等到深夜，去看看他們！"

"不行！"潮紈更是拉緊了蚩尤。

蚩尤卻有些莫名其妙。

"我不能讓你去，"潮紈死死地搜着蚩尤的胳膊，語調也很堅定，"我好不容易才把你拉回來，如果你見到他們，他們一定會把你帶走！"

自從剛才聽到那陣幽幽的笛聲後，潮紈的心裏就總是忐忑不安的，只是為了一陣笛聲，只是有了女魃的一點點線索，便能輕易地將蚩尤從自己身邊拉走，而且笛聲一斷，他就立刻回到了傷痛之中，好像又開始了那可怕的想往，甚至根本不會顧及自己的感受！潮紈心中陣陣酸楚，難道自己所做的一切竟還不如這幽幽的一絲笛音麼？但潮紈卻並不在乎自己的付出於蚩尤心中能有多大的分量，她只是擔心，到了夜深的時候，蚩尤見到女魃會不會真的丟下自己被他們帶走！

潮紈緊緊拉着蚩尤，蚩尤卻仍舊癡癡地看着那黑黑的山洞。過了好一陣子，天更加黑了，雲也更加重了，星星全都藏了起來，除了風吹動小草發出的沙沙聲外甚麼也聽不到。

忽然一片更厚的雲彩遮住了月亮，那幽幽的笛聲也隨即響了起來，四下裏一片漆黑，笛聲便連同這寂靜的黑夜一同悠悠蕩蕩地縈繞在蚩尤和潮紈身邊。他們的眼睛很快便適應了黑暗，漸漸地竟看到洞中隱隱有微弱的亮光晃動。

"女魃！軒轅！"蚩尤更加癡迷了……

"是你們麼？一定是你們！你們捨不得我，我知道，等等我，我這就過來！"說着便邁步朝洞口走去。

潮紉想要拉住蚩尤，卻怎麼也拗不過他堅毅的腳步，最後潮紉終於決定放棄了，但她不是決定放棄蚩尤，而是決定放棄自己的生命，永遠陪伴在蚩尤身邊，同他一起離開這塵世，一起去那太陽的家！

潮紉和蚩尤已經來到了洞口。但部落裏的人從來沒有進過這個山洞，因為傳說上古時期人類曾經因為貪婪和野心而犯過一個天大的錯誤，就是在這裏受到了上天的責罰，所以後來諸神們就把這裏定為了"責罰地"，便是上天懲罰人類貪婪和野心的地方！所有人都相信，一切罪行都是貪婪和野心引起的，所以後來的人們也延續了諸神指定的這塊"責罰地"。尤其是這個山洞，便是對那些貪婪和野心膨脹到極點的人執行最嚴厲責罰的地方！雖然自從玄毛成為大長老之後這裏就從來沒有執行過死刑，但全部落的人仍舊把這裏當作最可怕的地方，當然，這也是為甚麼把吊籠設置在這裏的原因之一。

蚩尤和潮紉進到洞裏，卻驚奇地發現這裏竟然四壁都是藍色的螢光。藉着微弱的螢光看到，眼前竟然是一個巨大的山口，下面深不見底，岩壁光滑陡峭，四周則是一小圈空地，還有一些巨石橫七豎八地搭在空地上，似是很久很久以前發生過相當可怕的事情，甚至洞頂的岩石也被震落了下來。

笛聲更加清晰了，像是從那深不見底的山口中飄上來的。蚩尤站在山口的邊緣，癡癡迷迷地看着下面一片幽幽的藍光，又有了那種飛翔的衝動……蚩尤一下子便想跳下去！卻突然聽到潮紉說話了，聲音卻顯得鎮定了許多："這笛聲，好像是真的，並不像鬼魂發出來的！"

蚩尤又一次被潮紉掃了"雅興"，不過這次他卻沒有感到沮喪，因為聽潮紉的意思，下面吹笛子的好像是活人！

這時潮紉壯了壯膽子，大聲向下面喊道："下面有人麼？是誰在吹笛子？"

聲音在山口四壁迴盪，潮紉又高聲問了一遍。但等了好久，卻仍舊沒有人回答，就連幽幽的笛聲也突然沒了。

蚩尤也大聲喊了起來："軒轅！女魃！是你們麼？你們在那邊好麼？我這就

來找你們……"說着就要往下跳。

潮紉一把將蚩尤拉住，雖然潮紉已經決心跟隨蚩尤一同離開塵世，但現在事情好像還不很清晰，萬一下面真的是活人，或者萬一真的是軒轅他們，那蚩尤不就枉死了！

潮紉拉住蚩尤，蚩尤知道潮紉的不捨，輕輕扳開緊扣的手，安慰地說："不要拉住我，那裏才是我要追尋的幸福，你多多保重，我的好朋友！"

蚩尤在潮紉額上輕輕一吻，這一吻是潮紉日思夢想的期待，但得來卻是永別前的溫柔，更是心上人追隨另一個女孩的送別之吻……潮紉的淚水如缺堤般流下！

就在這時，忽然聽到下面真的有個女孩的聲音傳上來："真的！真的是蚩尤的聲音！軒轅，蚩尤來救我們了！"

接着又是一個興奮的聲音，卻是渾厚有力的男聲："蚩尤！是你麼？我是軒轅！我和女魃都很好，就是有點想你，哈哈哈！"

軒轅簡直樂昏了頭，居然現在還不忘開玩笑！

蚩尤一下子愣住了，雖然不知道這是怎麼回事，不過剛才確實是軒轅和女魃的聲音！難道他們沒被燒死？想到這裏蚩尤不禁有些後悔，又不禁萬分感謝潮紉，若不是她多次將自己從幻境中拉回來，恐怕到了那個世界才會發現，根本找不到軒轅和女魃，到時候再後悔，估計連神仙也幫不了！

第十四章　龍洞

蚩尤他們沒有聽錯，下面的兩個人真的是軒轅和女魃。不過他們為甚麼沒有被燒死，而且當時潮紈真的聞到了烤肉的氣味，那裏只是個坑洞，又不是食堂，怎麼可能平白傳來烤肉的氣味？

這些都要從軒轅和女魃被幾個弓箭手逼進那個溶洞說起。

當時，他們待在又悶又熱的溶洞裏，四壁火熱，扶一把也會燙手，地上更是熱得燙腳，就連汗珠掉在上面也會被立刻蒸發，軒轅用身上的皮坎肩包在女魃的腳上，而女魃也不再管那披肩是否珍貴，給軒轅包在腳上，不過就算這樣，兩人恐怕也堅持不了多久。

卻見軒轅竟然笑了，他扔下手中那把大劍，很是無所謂地說：“反正在外面是要被射死，而在溶洞裏面也一定會被烤死，索性咱們到裏面看看，在臨死之前也能長長見識！”

女魃本來已經將生死看得淡了，聽軒轅這樣一說居然也來了興致。

“這個時候還能有長見識的好心情，”那邊也笑了，“也真夠難為你的，我又怎麼能掃你的興呢！”

說着，兩人向溶洞深處跑去。

裏面紅彤彤的，還有一些奇形怪狀的石頭，不過除了這些好像只剩下炎熱了。

他們沒跑多遠，就連汗也要被蒸乾了，腳下的獸皮也快烤熟了，而且這裏的空氣也更加的稀薄。但軒轅還在盡量保持着樂觀，因為他不想在生命的最後讓女魃看到傷心和焦慮，這些東西在她的生命中已經太多了！

軒轅彎腰撿起一塊怪異的石頭，不過站起來的時候卻覺頭一暈，險些摔倒，但軒轅仍舊強打着精神笑了笑。

“瞧瞧這個，”軒轅用最後的體力維持着自己最為燦爛的笑容，“我敢保證蚩尤一定沒有見過這樣有意思的石頭，咱們把它帶回去好好勒索一下蚩尤怎麼樣？”

他沒有聽到女魃的回應。

軒轅踉蹌兩步，回過身來，見女魃幾乎支持不住了，但她仍舊微笑地看着軒轅，隨即身子一晃便要昏倒。

同樣體力不支的軒轅恐怕扶不住女魃了，不過他怎麼忍心讓女魃就這樣靠在滾燙的洞壁上？

軒轅想也沒想，便用赤裸的脊背墊在了女魃與洞壁之間，軒轅咬牙忍住，打算用自己的痛苦保持住女魃死前最後的微笑。但剛一靠上洞壁，軒轅渾身竟不由地一抽，不過並不是燙的，而是涼的。

軒轅心中一陣狂喜，他曾經聽倉頡說過，地下的世界很有意思，尤其是地下的溶洞。有的炎熱，有的冰涼，有時還是一條暗河呢！

軒轅猜想，這個岩壁後面或許真的就是一條涼爽的河道！他立刻將女魃靠在了洞壁上，讓清涼幫她延緩一下生命，自己也因看到希望而有了精神，便連忙跑回去撿那把大劍。看來他們剛才根本就沒走多遠，所以軒轅很快就拿着劍趕了回來。

他用劍胡亂地在洞壁上敲了幾下，覺得有個地方好像很薄，於是掄起大劍便砍了上去。

這東西真好使！一下就將洞壁砸出個窟窿來。頓時，涼爽濕潤的空氣撲面而來。可軒轅卻來不及多吸上一口，便立刻將女魃塞了進去，然後自己用大劍裹上點燃的獸皮，也爬了進去。

裏面黑漆漆的卻十分清涼，女魃朦朦朧朧地睜開眼睛，半信半疑地問：“我們死了麼？我覺得好舒服，原來太陽的家裏也有天黑的時候。”

“呵呵，”軒轅傻乎乎地笑着，“好心情又給咱們帶來了好運氣，我們沒那麼容易死！”

“我們真的沒有被烤焦？”女魃使勁晃晃腦袋也清醒了許多，喃喃地說，“難道火滅了？這是哪兒？”

“我也不知道，”軒轅左右看看，好奇地說，“但至少這裏不會被烤死！來，振作一些，我好像聽到有水聲，咱們去看看。”

軒轅拉起女魃，兩人相互依偎着，朝水聲傳來的方向走去。

洞裏黑黑的，藉着劍尖上跳動的火光也只能看到幾步以外的地方。兩邊洞壁光滑，而靠下面的地方卻各有一道深深的溝壑，仔細看來卻好像是無數道爪痕，經過長年積累造成的印記。

女魃看着這些抓痕，抱緊軒轅的胳膊，看看前面，黑洞洞的，又看看後面，依然是黑洞洞的。

　　"聽部落裏的人說過，"女魃戰戰兢兢地說，"以前挖掘坑洞的時候，偶爾也會碰到這樣的洞，大家都說這裏肯定住着甚麼怪獸！"

　　軒轅也注意到了這些抓痕，便蹲下身，用手輕輕撫摸着洞壁，若有所思地說："這裏確實有怪物，看這些痕跡，都很有規律，呈交叉形，估計是那怪物經常往來這裏留下的抓痕；而且它的身體還相當巨大，你來看這裏的洞壁……"軒轅舉起火把照了照，嘖嘖稱奇："非常光滑，不像是自然形成的，像是龐大的身軀、甚至可以將整個洞都填滿，來往時間長了便將這裏蹭得亮滑！"

　　"真有怪獸？"女魃越聽越怕，又忽然想起了甚麼，問，"是不是咱們被夕圍困時，來的那個怪物？"說完不禁打了一個寒顫。

　　"不用怕，"軒轅微微一笑，"那個白色的怪物恐怕不會鑽這麼深，而且這裏的應該是頭很長的怪獸，否則這洞壁不會光滑得這樣均勻。"軒轅想了想："可能是一條長了爪子的大蛇。再有……"他指着兩邊的溝壑："這裏的抓痕雖然很多，但應該都是很久以前留下的，當時它可能總是往來此地，但不知道發生了甚麼，之後就再也沒來過，估計今天它也不會為了咱們這兩個微不足道的小人物，特意趕來歡迎吧！"

　　"若不是聽你這麼說，"女魃這才鬆了口氣，"我恐怕不被困死，也會嚇死在這裏。"然後女魃又是一臉的問號："那你說，是甚麼讓它放棄了這麼久養成的習慣？"

　　"習慣？哦，你是說往來這裏的習慣？"

　　"嗯！"

　　"這個……我怎麼會知道，要不我給你問問？"

　　"你問誰？"

　　"喂！怪獸，你為甚麼總也不來這裏了？"軒轅張嘴便喊，"喂！能不能出來告訴我。"

　　"別喊，別喊，我不想知道了！"女魃一雙嬌嫩的小手迅速捂住了軒轅的嘴。

　　"嘿嘿，既然你不想知道，那我也沒興趣知道，咱們不問了！"接着，軒轅卻更抬高了嗓門，大聲喊，"我們不想知道了，你不用過來了！"

"你再喊！我可真要生氣了！"說着，女魃放開了軒轅的嘴，"你喊吧！反正你有力氣跑，大不了我被它吃了，也免得總問這問那的讓你煩！"

"嘿嘿，逗你玩的，"軒轅揪揪女魃的衣服，認真地說，"其實這裏很安全，看那抓痕怎麼也有幾千，甚至上萬個春夏秋冬了，再厲害的怪物也老死了！"

"沒有怪物也不許你喊，"女魃氣得恨不得咬軒轅，嬌嗔，"留着力氣還得陪我多說說話呢！要是這麼快就把力氣喊沒了，剩下我一個人可怎麼辦？"說着，她將頭輕輕枕在了軒轅的肩上。

抖動的火光趕走了周圍的黑暗，一片溫馨更將恐懼驅散得無影無蹤。

"剛才真的怕了？"軒轅溫柔地問。

"嗯，"女魃點點頭，"不過咱們都死過那麼多回了，還有甚麼怕的，只要你在我身邊，就是真的被那怪物吃了也無所謂。"

"嘿嘿，就是，大不了咱們變成兩泡大便，也能在一起！"

"你真噁心！"女魃又給了軒轅一記粉拳。

"呵呵，"軒轅卻在美滋滋地笑，"不過，想要吃到咱們也不那麼容易，有了，這……叫甚麼？"

"劍！"女魃瞥了軒轅一眼，"笨蛋，連這都記不住！"

"對，對對，我是笨蛋！"軒轅撓撓頭，接着說，"有了這把劍，我先削掉它的下巴，讓它想吃也吃不了！"

看到軒轅一副傻乎乎的樣子，女魃又開心地笑了。

"知道麼？"軒轅又接着說，"老倉頡說過，除了人，甚麼東西都怕火，看看這個，我只要在它面前這麼一晃……"軒轅隨手一揮，卻不想，竟將劍上插着的獸皮甩了出去。燃燒的獸皮帶着些許的火星飛出去老遠，落在地上，火苗跳動兩下便無聲無息地滅了。

兩人眼前立刻一片漆黑，雖然看不到軒轅的臉，但當時他那木然的表情誰都會想像得到。

本想讓女魃開心些，忘掉恐懼，但沒想到竟把驅散恐懼最根本的東西——火，弄滅了！

不過更加出乎軒轅意料的是女魃，她並未因此害怕，反倒開心地笑了："哈，哈哈！就這麼一晃……火就滅了是不是，哈哈哈！"

"你……你怎麼了？"聽到女魃這樣一笑，軒轅反倒有些怕了，"是不是嚇壞了？別……別怕，我這就回去再點一把！"

"不用了，"女魃揪住軒轅，有意無意地摟着軒轅，"其實這樣更好，甚麼也看不到，就甚麼也不用怕了，就算你再點一把回來，早晚還會滅，而且這地下有那麼多洞口，有了火把恐怕你也不知道從哪個洞進，又要從哪個口出，哈哈！倒不如這樣黑乎乎的自在！"

說着，女魃竟然也大喊起來："喂！大怪物，你在麼？不用藏了，出來吧，反正我們也看不到你，咱們捉迷藏好麼？"

看來女魃真的是想開了，那軒轅就更沒有顧忌了，反正也出不去了，反正也要死在這裏，還不如痛痛快快地鬧一鬧，樂一樂，於是軒轅也和女魃一起大叫起來！

可當他們的眼睛適應了黑暗的時候，竟然奇跡般地看到了對方的臉，當然還有這裏的一切。

身邊一片幽幽的螢光，雖然仍舊很暗，但足可以辨別道路和事物。

又看到了希望，兩人又有了些力氣，他們沿着石洞繼續朝着水聲傳來的方向前行，水聲越來越近了，忽然眼前出現了一個小水潭，周圍也顯得寬敞了一些，上面還有一條小瀑布，隱隱約約地看不清究竟是從哪裏流下來的。

軒轅、女魃幾乎被那溶洞蒸乾了，終於見到了水，便一頭撲到潭邊狂喝起來，好不容易將剛才被蒸出的水分補了回來，但一不渴了，卻更覺得餓了。

軒轅餓得渾身乏力，甚至不想再站起來，他躺在小潭邊的一個水窪裏，仰面看着洞壁："是不是餓了？我們好像已經兩天沒有吃東西了！"

"不餓，只是……"女魃癱坐在小潭邊，懶洋洋地說，"只是……"

"只是甚麼？"軒轅着急地問。

"只是想吃東西！"

"哈哈，原來你也學會拐個彎說話！跟我在一起受益不淺吧！"

"當然了，除了好東西，當真是受'益'不淺！比如變大便，還有甚麼揮劍斬火……"

"哈哈哈，那以後你要學的還多呢！哈哈，要不要也下來涼快涼快？"

"才沒心思理你呢！"

兩人都在看着洞頂出神，不知道究竟是在想將來，還是在想太陽的家。忽然，軒轅又哈哈地笑了起來。

　　女魃："你又在傻笑甚麼？"

　　軒轅："裝傻，你不撓我的癢癢肉，我怎麼會笑？"

　　女魃："誰撓你了？"

　　軒轅："哼，不抓到你，就死不認帳是不是？"

　　女魃："我看你是餓糊塗了，越來越會說瘋話！"

　　軒轅："還說沒撓我，看我抓你一個人贓並獲。"

　　說着軒轅一把抓向自己的腋下，果真抓到了甚麼，不過並不像是女魃的手，而是滑滑的，還在亂動，像是……

　　"哈哈！"軒轅猛地從水中坐了起來，興奮地喊，"原來是條小魚，我還以為是誰在撓我！"

　　"這裏有魚？"藉着幽暗的螢光，女魃看着軒轅手中的魚，"我們的命真好，不但沒有烤死，也沒被渴死，居然也不會被餓死了！"

　　雖然這裏很暗，看不到哪裏有魚，但魚兒同樣看不到他們，軒轅輕手輕腳地在水裏摸了一陣子，居然又抓了好幾條。不用問肯定是拿回去烤烤再吃，於是他們又飽餐了一頓。潮紉他們那時聞到的香味，應該就是這些小魚烤熟後發出來的香味。

　　兩人吃飽喝足，看來一切兇險就要過去了，只剩下怎樣才可以離開回去部落中？對他們來說好像並不太可行，他們哪裏知道應龍長老會帶人過來，而且從岩漿坑滾燙的內壁爬回坑洞，不僅要有高超的攀岩技術，而且還要豁出一雙手腳被烤熟，即便最後爬到坑洞裏，估計也還是會被生擒活捉用來祭天！所以他們在這小潭周圍仔細巡查了一番，竟然又找到了幾個洞口。

　　"咱們……"女魃不知所措地看着軒轅，"究竟要走哪條路？"

　　軒轅當然也在想這個問題，而且還在仔細地打量着幾個洞口。忽然他衝着一個洞口大喊了一聲，然後又側耳聽聽。接着又是下一個洞口……女魃不太明白，但也沒敢打擾，只是靜靜地看着軒轅。

　　軒轅將每個洞口都試了一遍，竟然又笑了。

　　"看來上天只是想和咱們多開幾個玩笑，"軒轅慶倖地說，"卻一次次地救了咱們！"軒轅向洞裏喊了兩聲，又說："你來聽這兩個洞，聲音是不是很快就沒了，這說明要麼是死路，要麼裏面就是越來越窄；再有這個洞，雖然裏面很寬，但洞口卻不大，而且這三個洞裏面幾乎沒有螢光和抓痕，說明這三個洞不適合那大怪物的身形，所以它根本沒進過去；只有這邊兩個洞，又有螢光又有抓痕，但螢光卻都比咱們來時的那個洞裏淡，而且這兩個洞裏的抓痕一個全是向裏，一個卻全是向外，說明這兩個洞一個是它進來時候走的，一個是它出去時候走的！再有，從這裏的水是向上的，所以我覺得，咱們只要從這裏走，或許真的能到達地面！"

"哦，"女魃聽得有點糊塗，不解地問，"你說這些螢光，都是那個大怪物留下的？"

"應該是，"軒轅想了想，說，"它在洞內留下螢光，可能是怕在這些地洞中迷路，這也更能說明它是用眼睛識道路的，所以它也很有可能是生活在陽光裏。"

"真的？"女魃半信半疑地說，"所以我們順着它出去的地方就可以到達地面了？不過……這些螢光真的是那個怪物做的標記麼？它哪裏找的這麼多螢光粉而且塗得這樣均勻？"

"或許它本身就……"說着軒轅輕輕抹了一下洞壁，果然手上黏了一層薄薄的熒粉，"就是一條閃着光的怪物！"

"有可能！"女魃順着軒轅的思路推測着，"先前你說它是像蛇一樣的東西，現在又說它身上發光，難道是一條渾身發光的巨蛇？"

"咦，"軒轅一拍腦袋，"我卻沒有把這兩點連起來想過。不過，這樣一來卻讓我想起了'責罰地'的傳說！"

"'責罰地'？就是咱們部落的'責罰地'？"

"嗯！"軒轅點點頭，"聽說'責罰地'在上古的時候是兩個神獸的家，人們在它的'樂土'裏過着寧靜安逸的生活。其中一頭神獸就是條長了四腳的巨蛇，渾身還閃着耀眼的金光。聽說它吼叫的時候猶如隆隆的雷鳴，所以人們都叫它'龍'。"

"龍？"女魃也用手摸了一下洞壁，好奇地說，"那另一頭神獸叫甚麼？"

"好像是……"軒轅回想着老倉頡的故事，失聲叫了出來，"叫作鳳！"

"龍和鳳？"女魃看看手中的螢光，又看看洞壁上的抓痕，好像也想起了甚麼，"對呀！'責罰地'山腰的巨石上好像也有這樣的抓痕！難道傳說是真的？真的有龍？"

「呵呵，」軒轅撓撓頭，「傳說就是傳說，誰也沒見過，誰又會相信！而且⋯⋯而且我對這個洞的猜測也只是隨便說說罷了！」

「原來你是隨便說？」

「呵呵，不過隨便說說或許也能救咱們的命呢！我和蚩尤的幸運不就是隨便說說換來的麼？」

女魃簡直無語，不過也只能試一試了。於是兩個人朝洞的深處一直走去。

途中又有許多的洞口和流水，不過按照軒轅的推斷方法，仍舊只走有抓痕和螢光的地方。不知又走了多遠，只覺得肚子又快餓了，但他們還是沒有走出這個龐大的地下迷宮。

就在兩人快要絕望的時候，眼前竟然豁然一亮，分明就是陽光，軒轅興奮地衝出洞口，只見一片寬闊的空地呈現了出來。這裏地表滿是地衣苔蘚，只有可數的幾朵小紅花，但斑駁的陽光灑在上面，卻讓這點點的紅色顯出了無比的活力。軒轅、女魃終於感受到了自由的空氣。

然而，這裏仍舊不是平地，四周峭壁陡直，上面只能看到一片圓圓的天空，看來只是一個深谷，陽光也只能在正午直射進來。

「終於看到陽光了！」軒轅瞇着眼睛，看看頭頂的太陽，「現在我們只要能走出這個深谷，就一定能找到回去的路了。」

「不過在此之前，我們還要解決一下肚子的問題！」

「沒錯！」軒轅勒勒腰帶，豪氣地說，「這樣的事，就交給男人吧！你先歇一會，我順便再去看看有沒有出去的路！」

也沒問女魃是否同意，軒轅就朝四周的崖壁走去。

這裏並不很大，估計從這邊走到那邊也就二三百步的樣子。只是因為堆積了許多亂石所以才不能一目瞭然。因此，太陽剛剛偏離谷口，軒轅就已經將這四壁轉了一遍，但除了幾具死了很久的屍骨以外，根本沒有出去的路，而且這裏的四壁高聳陡峭，估計石頭掉下來也會摔得粉碎，另外四壁還光滑得連一個可供攀登落腳的地方也沒有。最讓軒轅掃興的是，他轉了好一會兒，除了幾隻會飛的鳥兒外，竟連隻老鼠都看不到。

軒轅不禁躊躇起來，沒找到路還可以慢慢想辦法，可是沒有吃的還能熬得了幾天？看來只能回到小潭裏抓魚吃了。

軒轅垂頭喪氣地繞過一堆亂石，卻驚奇地發現前面生着一堆火，火上還烤了幾隻鳥。他連忙跑到火堆旁，卻沒有發現任何人，不過這裏好像很眼熟，難道這裏是⋯⋯

　　忽然背後有人說：「找到路了麼？還是找到吃的了？」

　　軒轅回頭一看，正是女魃，手裏還抱着幾根乾木頭。

　　「這堆火是你點的？」軒轅驚奇地問。

　　女魃挑了挑眉毛：「當然了！」

　　「那這鳥兒也是你捉的？」

　　「當然了！難道沒有男人，我們女人就都會餓死麼？」

　　「不，不，」軒轅連忙接過女魃手中的乾柴，「沒有女人，要男人還有甚麼用！」

　　「你在這裏好好看着，」說着，女魃又解下了皮帶，「別讓肉烤糊了，我再去打幾隻鳥回來。」

　　軒轅認得，這是女魃的拿手本領，當初女魃就是用這東西救了他和蚩尤的命。

　　「我剛想起來，」軒轅緊追兩步，笑嘻嘻地說，「你很會使這個東西，嘿嘿，能不能教教我，省得以後你不在我身邊，我就要餓死了。」

　　「好哇，」女魃想了想，「不過你得答應我一件事情。」

　　「沒問題！」軒轅想都沒想，「別說一件，就是十件八件我也答應你！」

　　「用不着那麼多，倘若你真的守信，只一件就夠了。」

　　「我軒轅自知沒甚麼別的本事，」說完，又拍拍胸脯，「但信守諾言卻還做得到，說吧，甚麼事？」

　　「只是⋯⋯」女魃想了想，「事情我還沒想好，等我想好了就告訴你。」

　　「也好，但不會等到那時你才教我用這個吧！」

　　「我哪有你的鬼心眼，」女魃隨手撿起一塊石頭，並把它兜在了皮帶裏，認真地說，「我們管這東西叫『拋子』，只要這樣將兩邊捏住，然後看準目標，一掄，再一鬆⋯⋯」說着，已經將石頭拋向岩壁，「啪」的一聲，石子竟然碎成了好幾瓣。

　　「好厲害的『拋子』！」軒轅不禁讚歎，「居然能有這麼大的勁！」

　　「這不算甚麼，」女魃繼續說，「關鍵是它很有準頭！」又撿起一塊石頭，遞給軒轅，說：「你來試試！」

軒轅也學着女魃剛才的樣子，兜好石頭，一掄，一鬆，卻沒看到石頭飛出，正在納悶這是怎麼回事，竟聽身後"嘩啦"一聲。

原來軒轅的石頭不是向前飛出，而是砸到了後面的火堆，軒轅連忙跑過去收拾。

"這拋子的準頭是不錯，"軒轅一邊拍打着燙手的鳥肉，一邊笑嘻嘻地說，"一下子我就打了這麼多的鳥。"

"打下來還就是熟的！"女魃邊說邊笑，卻見軒轅重新堆好火堆後，又跑過來向自己請教要領。

女魃也不好再笑了，耐心地指導着軒轅如何用力，如何瞄準，如何鬆手。

教過要領之後，女魃便去料理烤肉了，而軒轅就在那裏不厭其煩地試了一次又一次，直到滿谷底都蕩漾着烤肉的香味時，女魃才催促他趕快來吃。兩人飽餐了一頓後，這幾日以來的恐慌、憂慮、煩惱便一股腦地化成了疲勞，席捲了他們的全身，兩人沉沉地睡了過去。

一直到半夜，女魃才算緩過了體力，藉着滿洞的螢光，看到篝火早已成了灰燼，卻不見了軒轅。女魃焦急地四處看去，驚奇地發現周圍泛着淡淡螢光的洞壁上竟然畫滿了栩栩如生的壁畫，這些壁畫也是螢光的，所以白天根本看不見，到了夜裏由於比周圍的螢光更重更亮些，才顯得格外突出。

壁畫上畫着千百個動作各異的小人兒，無數奔跑逃竄的動物，以及各種各樣形狀奇特的符號，另外還有一條蜿蜒巨大的四腳巨蛇和一隻翼展如雲的大鳥。這一幅幅幽幽發光的壁畫在黑夜的籠罩下忽明忽暗，時隱時現，好像正在告訴女魃那一段段不為人知的往事。女魃被這綺麗的壁畫吸引了過來，發現軒轅也癡癡地站在下面。

"好美！"女魃來到軒轅身邊，"會是誰畫的呢？"

軒轅癡癡地看着壁畫，好像已經將靈魂都融進了那幽幽幻幻的螢光世界裏。

女魃怕驚到軒轅，便輕輕坐在了地上，環顧着洞壁，不過她卻是一個符號也不認得。過了好久，軒轅才慢慢低下了頭，似是凝思着甚麼事情，卻看到了女魃坐在旁邊。

"原來你已經醒了，"軒轅走過來說，"剛才看你睡得熟，就沒有叫你。"

"你也是被這些壁畫吸引過來的吧？上面畫的是甚麼意思？"

軒轅搖搖頭：「有些符號我也看不明白，不過上面講述的事情和咱們部落『責罰地』的傳說有些相似。」

「是麼？」女魃好奇地眨眨眼睛。

「上面說，」軒轅看着壁畫，似乎看到了久遠的歷史，「人類曾經遭受過一場巨大的劫難，但這些都是因為人類在貪婪和野心驅使下，偷了一種燃燒的東西！」

「燃燒的東西？那不就是火麼？怎麼是偷的？」

「不知道，」軒轅的眉毛也凝成了疙瘩，思索，「也許當時的人還不會鑽木取火，而且上面說那好像不是一般的東西，好像是大地的靈魂，如果離開它的家，將會大地崩裂，天降火雨。」

「天哪！這麼嚴重！」女魃睜大了眼睛，盯着岩壁上的螢光符號，追問，「上面還說了甚麼？」

「還說了鳳的名字，好像是和風有關！」

「風？鳳？倒也合適！然後呢？」

「鳳好像真的死了，」軒轅有些惋惜地說，「而且是為了拯救人類！」

「拯救人類？」女魃憤憤地說，「不都是人闖的禍麼？應該懲罰才對！」

「懲罰？」軒轅微微一笑，「對待過錯，懲罰未必是最好的辦法！」軒轅又看看洞壁說：「不過，後面好像真的提到了龍的詛咒！」

「甚麼詛咒？」女魃更加好奇地問。

「後面的我也不太明白，」軒轅沮喪地說，「我只知道，鳳死後，龍很生氣，便也離開了家。」軒轅伸手指着一幅壁畫：「不過這裏，看到了麼？好像是龍的新家，而且它還在苦苦地等待着鳳去找它！」

「唉！只是生死兩相絕，又怎能死而復生？」女魃歎了口氣，「只苦了那條龍孤苦伶仃地獨守寂寞。」

軒轅也長歎了一口氣：「只是因為人類的貪婪和野心，唉……怪不得咱們那裏自古便被叫作『責罰地』。原來還有這樣一段不為人知的秘密，可又是誰把『責罰地』的故事畫在了這裏呢？」

「難道是這些人生前畫上的？」女魃指着地上一具具的枯骨，說，「不過他們又是怎麼知道的？為甚麼死在這裏？」

「恐怕他們也沒這個本事！而且他們的骨頭都斷了，應該是從上面摔下來的……"忽然，軒轅一驚，"也許……這就是……"

女魃好像也猜到了。

"就是龍自己寫上的！"兩人幾乎是異口同聲說出了答案，隨後又為彼此的不謀而合相互一笑。

軒轅又接着說："可能龍就是要把這片令它傷心的地方留給人們，警示我們世代不忘貪婪和野心的危害！"

兩人都停了一會，似乎又在想甚麼，突然軒轅抬起頭，女魃也抬起了頭，兩人好像又想到了一起，只聽軒轅試探着說："要是這樣說來，那這裏，這裏應該就……"

"就是咱們部落的'責罰地'！"又是異口同聲，又是開懷一笑。

"沒錯！"軒轅看着地上的屍骨，"這些人就是以前部落裏犯了死罪的人！"

兩人終於抓到了一根救命稻草，立刻大聲向上求救，不過他們的嗓子都快喊啞了，也不見上面有任何回應。

軒轅無奈地搖搖頭："誰沒事會來這裏？除非蚩尤再犯個錯誤，才有機會到這裏來坐坐吊籠，我們也才有出頭之日。"

"就在家門口，"女魃也很無奈，"卻好像相隔了兩個世界！"

女魃緩緩掏出蚩尤的小綠笛，隨口念叨："蚩尤啊蚩尤，但願你能聽到這個笛聲！"說着女魃吹起了一段悠揚的曲子。

就這樣，白天軒轅練習使用抛子，並把夜裏看到的內容告訴女魃，而女魃除了打打鳥、烤烤肉以外，就是聽軒轅講洞壁上的故事。到了夜裏，女魃就用舒緩的笛聲陪伴軒轅研究壁畫上的內容。

又過了幾天，軒轅已經可以熟練地使用抛子了，而且對壁畫上的內容雖然不是完全了解，也看懂了大概的意思。

這天夜裏，軒轅正在鑽研最後幾幅壁畫。裏面講到的，好像就是龍的詛咒，說那次大地的憤怒持續了很長時間才停下來，而後烈火的濃煙遮天蔽日，所以又造成了漫長的冬天，只有很少的物種活了下來，其中就有人。雖然人類逃過了劫難，可是龍卻沒有原諒人們。它發誓：除非將大地的靈魂歸還！除非鳳再生！否則任由洪水烈火肆虐、任由嚴寒酷暑侵擾，也決不再向人類施捨一絲的恩惠！尤其是那個偷火種的人和她的部落首領，一個要變成醜陋恐怖的怪物，一個要世代飽受旱災之苦，讓她們永遠受到別人的排擠，像龍一樣忍受寂寞和孤獨！

看完所有的壁畫，軒轅的心裏跌宕起伏，久久難以平靜。

他看看一旁吹笛的女魃，不禁回想起那個部落的女首領："難道那個女首領的後人就是傳說的旱魃？難道這世上真的有旱魃？"軒轅不禁歎口氣："不管有沒有，反正女魃是被這東西害得夠嗆，甚至到現在，大長老也不允許她流一滴眼淚。"

軒轅的心裏亂極了，不禁泛起一臉的愁容。

"是不是又在上面看到不懂的東西了？"女魃放下笛子，輕輕對軒轅說，"不要緊，等我們出去問問老倉頡就行了。"

"唉！"軒轅無奈地搖搖頭，"看來我們這輩子都要困在自己的家門口了！"

"可我覺得這樣也很好，"女魃輕輕靠在軒轅肩上，心滿意足地說，"與世無爭，遠離喧囂，只有我們倆個，每天你給我講故事，我給你吹笛子，倒也自在，你說是不是？"

看着女魃天真的笑容，軒轅也笑着點點頭。

一陣烏雲飄過，遮住了山口上邊的幾顆星星，反倒使洞裏更加明亮了。幽藍的螢光映着女魃嬌柔的身姿，娓娓動聽的笛聲再次響起，纏繞着蕩漾在整個山谷中。軒轅簡直醉了一般，癡癡地輕撫着女魃的臉龐，真的甘願就這樣與她永遠留在這幽靜的谷中。

這時，忽然聽到上面傳來一個女人的聲音，不過兩人卻並不熟悉。

如果真的是部落的"責罰地"，怎麼會有女人深夜來這麼可怕的地方呢？難道這裏不是"責罰地"？或許這幾天只是在那個沙地部落的地下轉來轉去？要是這樣，好不容易逃出來，一答應不就又該變成祭天的貢品了？那樣還不如自由自在地留在谷底的好！

軒轅輕輕按着女魃的嘴，自己還在猶豫。忽然又傳來了蚩尤的聲音，雖然聽起來奇奇怪怪的，好像充滿淒慘的快感，不過既然是蚩尤，那軒轅就放心多了。

女魃當然也聽出了蚩尤的聲音，甚至還沒等軒轅說話，就搶先喊了出來："真的！真的是蚩尤的聲音！軒轅，蚩尤來救我們了！"

軒轅也隨後喊道："蚩尤！是你麼？我是軒轅！我和女魃都很好，就是有點想你，哈哈哈！"

第十五章　裂痕

"你們別急……"蚩尤的心裏樂開了花，"別急我這就來救你們！"

狂喜之下，他竟原地轉起圈來，一時也想不出怎麼下去才好。

"怎麼辦？"蚩尤急得一把攥住潮紉的胳膊，"哪裏去找這麼長的繩子？女魃就在下面，我要到哪裏去找這麼長的繩子？"

雖然胳膊被蚩尤攥得生疼，不過更疼的還是潮紉的心。本來一切都好好的，但僅僅是聽到女魃的聲音，蚩尤就已經神魂顛倒了。

潮紉一把甩開蚩尤的手："弄疼我了。"

"不好意思，"蚩尤連忙道歉，"只是我……我太高興了，你……"

潮紉無奈地笑了笑："那還不趕快回部落通知大長老，就憑你自己能救得了他們？"

蚩尤"啪"地拍了一下自己的腦門："嘿！我都急糊塗了！"

說完轉身跑出了洞，卻又忽然回頭對潮紉說："山路黑，你就在這裏待着，我馬上回來！"

雖然是簡單的一句"山路黑，你就在這裏待着"，在迷戀的人聽來已甜沁心靈，就算是隨口一句，也變為貼心的關懷！但轉念間又酸酸的……"也不知這蚩尤心裏究竟能擱下幾個人？"潮紉搖搖頭，心想："也或許……他根本就是把我當成手足，不過剛才在洞外……那絕不是對手足的感覺……"潮紉又不禁覺得自己好笑，心中一寬，自我開解："人家心裏有你，不用你去說，他也會在乎；人家心裏沒你，就算打破了腦袋，他也不會看你一眼！"

潮紉微微歎口氣，衝着下面喊："你們別着急，蚩尤已經回去稟告大長老了！"

軒轅、女魃數日以來一顆懸着的心，終於放到了肚裏。

果真沒用太長時間，蚩尤就帶來了許多族人，就連三位長老也在其中，當然也少不了倉頡、歧伯那兩把老骨頭。

蚩尤顧不上和軒轅他們多說甚麼，在倉頡的指導下一直忙裏忙外地幹個不停……

天亮了，大家終於搭起了三架轆轤一樣的東西。

為了確保安全，倉頡才讓大家搭了三個，並且將部落裏所有的麻繩都連接起來，做成三根長且結實的繩索，一起綁在了竹筐上，又將三根繩索分別繞在三個轆轤上，最後，五個大漢拉一根，將大竹框緩緩放入谷底，看來真的萬無一失了。

山口邊上的一小沿兒空地上，已經擠滿了結繩子的女人，許多人都趴在地上，全神貫注地盯着竹筐，眼看竹筐就要到底了卻停了下來，原來繩子還是差了一點。

竹筐竟然離谷底還有三兩人高。

眼看着救命的竹筐便在眼前，一晃一晃地，軒轅卻跳也夠不着，蹦也摸不到，他甚至讓女魃站在自己的肩上去夠竹筐，卻顫顫巍巍地站也站不穩，竟然還把女魃的腳摔傷了。

軒轅簡直要氣瘋了，他第一次發現自己原來這麼沒用，而且越是生氣便越是想不出好主意。不過這時卻見蚩尤已經用一塊獸皮勒着吊筐的繩索，迅速滑了下來……

上面的女孩子頓時驚叫起來。

"蚩尤！你好棒啊！"

"蚩尤！小心！"

"蚩尤！我愛死你了！"

……

蚩尤還在飛速滑向谷底。

眼看快到竹筐了，蚩尤用力一勒獸皮，下滑的速度便慢了許多。

所有人這才為他鬆了一口氣，可蚩尤卻抽了抽鼻子，好像是一股烤肉的氣味。

不好！蚩尤猛然看向手中的獸皮……

"啪"的一聲，獸皮竟然磨斷了，好在離竹筐不遠，蚩尤手疾眼快，一把抓住筐邊。但他卻並沒有抓住不放，而只是借了一下力，又順勢一蕩，便穩穩地落在了谷底。

這一套動作既驚險又流暢，女魃簡直看傻了，甚至為蚩尤懸着的心還沒有來得及放下，蚩尤就已經到了身邊。隨即上邊也傳來一陣嘈雜的歡呼聲。

想必是那些被蚩尤帥呆了的女孩們又再次確定了她們的偶像！嘩啦的歡叫聲竟傳到谷底！

「這幫女人，」蚩尤抬頭不解地嘮叨，「最近見到我總是莫名其妙地大呼小叫，煩死人了！」

軒轅嘿嘿一笑：「這還不好？等你通過了成人儀式就不用發愁了！」

見到蚩尤下來了，軒轅也不再着急了，因為除了摘星星，這世界上好像還沒有他倆聯手幹不成的事。

「得了吧！」蚩尤撇撇嘴，得意地說，「就是因為我提前通過了成人儀式，現在才為她們這些人發愁呢！」說着，已經將女魃背了在身上：「抱緊了！」

「甚麼？」軒轅一驚，愕然說，「這才幾天，你就通過成人儀式了？」

「嗯。」蚩尤點點頭，卻沒耽誤腳下的正事，已經一步踏在了岩壁上，然後借力一跳，又抓到了竹筐，同時又說了一聲：「上！」

軒轅當然明白這是甚麼意思，「上」字的音剛落，他已經一躍抓住了蚩尤的腳。

蚩尤向上的躍力還沒有到頭，而軒轅這一跳也剛剛發力，所以軒轅的手上只是用力一拉，便借着這股合力，也抓到了竹筐，這倆哥兒的動作合拍得多麼的流利！

軒轅迅速爬了進去，回手又拉住蚩尤背後的女魃。同樣不用軒轅說甚麼，蚩尤雙臂一撥，又借着軒轅的拉力進到了筐裏。

兩人默契的配合如同一人！

女魃甚至都不知道剛才是怎麼回事，就已經站在了竹筐裏。她眨眨眼睛，莫名其妙地看看軒轅，又看看蚩尤，真沒想到，一個人幾乎不可能辦到的事情，在他們倆的配合下，竟然變得如此輕鬆，怪不得這兩個人是打斷骨頭還連筋，誰也離不開誰！

伴隨着女孩們歡呼的尖叫，竹筐被緩緩拉了上來。

雖然得救了，軒轅的心裏卻隱隱有些不舒服，尤其是他還得知蚩尤在這次搭救自己和女魃，以及破獲煥金陰謀時立下汗馬功勞，不僅提前通過了成人儀式，更得到三位長老一致提名，做了應龍的貼身衛士。不過軒轅並不是妒忌，而是覺得自己差得太多，有一種莫明其妙的自卑感，好像在蚩尤面前，自己還只能算是一個孩子！

一場逃亡與營救的風波，在蚩尤的榮耀中漸漸平息了⋯⋯

全部落的女孩早已把蚩尤當作了心中的英雄，甚至都忘了還有一位叫潮紐的女英雄，當然，這只限於女孩的心中。

另外關於那幅雄偉的螢光壁畫，老倉頡自然喜歡得很，可一下子也沒解釋出更多的內容，只想調集人手仔細勘察一番。但部落裏的人，尤其是玄毛大長老卻並不把這件事情放在心上，因為即便那些都是真的，悠遠的時間也已經讓它變得和現在沒有甚麼太大關係了。

不過玄毛為了照顧老倉頡的情緒，還是指派了兩個閒人，到那裏象徵性地研究研究。一個是未通過成人儀式的軒轅，另一個就是早已老態龍鍾的倉頡！

可自從被營救上來，軒轅竟覺得和蚩尤之間有了一條隱隱的溝壑，尤其是他們一同在女魃面前時。

軒轅的自信已經崩潰了，甚至蚩尤作為一名成年獵手狩獵歸來的時候，他都沒有勇氣和族人一起去迎接，尤其是見到女魃全神貫注地聆聽蚩尤講述他和獵人如何捉住一隻會說話的大鸚鵡時，他悄悄地離開了⋯⋯

軒轅一個人在部落裏徘徊，不知不覺竟然來到了牛欄外面，他看見一頭強壯的公牛，正在用自己的強悍驅趕着其他的公牛，而一羣母牛就在它身邊悠閒地吃草。

軒轅認得這頭公牛，就是當初他和蚩尤一同制服的那頭。隨即那一幕幕開心的往事又浮現在了軒轅眼前，想着想着，便又想起了那幾天與女魃同生共死的日子。

雖然那幾天時刻都面臨着死亡，但卻都因為有彼此的相伴而開心得將生死忘卻，或許那才是純粹的幸福吧！

忽然，遠處長老大帳那邊傳來了女孩的一片歡呼。

軒轅知道，一定是輪到蚩尤巡崗了，現在這已經成了部落裏一條深受女孩青睞的風景線。

"用不了太長時間就會來到這裏，"軒轅自言自語地說，"早些離開吧，省得一會兒尷尬。"他又看看那頭公牛，自語："誰讓我這樣沒用呢？"

"誰說你沒用了？"軒轅剛要走，卻聽身後傳來了女魃的聲音。

軒轅轉過身來，臉上的失落卻已經被他強壓到了心底。

"怎麼？"軒轅笑了笑，強笑說，"你沒去看蚩尤巡崗？"

"那裏已經有太多的女孩了，"女魃看着蚩尤那邊，也笑了笑，"我想，不少我一個吧。"

"哈哈哈！說得也是，真羨慕他！希望咱們再有機會被抓走，我也爭取風風光光地自己逃出來，哈哈哈！"

"算了吧！"女魃卻沒有笑，認真地說，"別再故意逗我開心了，你的眼睛已經出賣了你的心！"

軒轅也不再笑了，他倚着牛欄，視線又落在了那頭公牛身上。

"本來我應該為他的榮耀而開心才對，不過我……"軒轅淒涼的語氣中透出幾分自責，"卻看不了朋友比自己強……尤其是……"

"尤其是在我面前？"女魃也來到軒轅身邊。

軒轅低下頭沒有說話，臉也有些發紅發脹。

"那是因為你太小看了自己！"

"不用安慰我，"軒轅自卑地說，"我知道自己的分量，我連把你托上吊籃的能力都沒有！"

"不過你卻救了我的命！"女魃也在看着那頭強壯的公牛，婉言道，"知道麼？沒有你，或許我在坑洞的吊籃中就已經死了。若不是你費盡心思逗我開心，我絕不敢面對那個黑乎乎的坑洞！我知道你並不強壯，但是你卻曾經制服過這頭牛。我知道你並不高大，但我也知道，是你的智慧把我們從死亡的溶洞一直帶回了部落……"女魃停了一下又說："我更知道那個逃生的洞穴你是怎樣發現的，那是因為你的善良，不忍心讓滾燙的洞壁帶走我最後的笑容……這就是你的分量，難道它還不夠重麼？"

"但這一切，"軒轅抬起頭，"蚩尤也能為你做到。"

"最重要是你已經做到了！"

軒轅沉默了。

"我知道蚩尤對我很好，"女魃笑笑，溫柔地說，"我也可以對他好，甚至可以放棄自己的生命，不過我……從一開始……從一開始就只把他當成親人。"

"當成親人？當成親人……"不知是甚麼東西從身後發出了怪異的聲音。

軒轅、女魃立刻回身看去，只見蚩尤提着一個養鳥的架子，呆呆地愣在那裏，架子上拴着一隻豔麗的大鸚鵡，鸚鵡卻還在重複着剛才女魃的話："當成親人，當成親人……"

三個人都愣住了，不過很快蚩尤便強擠出了一臉的笑容說："哦……這個……這個鸚鵡就是我剛才講的那隻……呵呵，挺好玩的，送給你的，哦，不，是送給你們的！"說完蚩尤又笑了，而且笑得很甜。

"蚩尤，你……"軒轅想要安慰一下蚩尤，但又不知如何說起，畢竟大家甚麼都沒有挑明說白，又何來的安慰？

"我還要去巡崗！"蚩尤仍舊笑着，"就帶來了鸚鵡，哦……是聽說你們在這裏……"他的話有些語無倫次，有些酸溜溜，卻還在笑，甚至還不知所措地愣了一下，隨後迅速放下鸚鵡，轉身逃開了。

女魃一臉木然，並沒有向蚩尤解釋甚麼，那樣做無疑是對他更大的傷害。

大家都是聰明人，何況年輕人對愛情都非常敏感，更何況大家都是"知己知彼"的才彥，一切都在不言中，苦也苦在大家是打斷骨頭連着筋，神經線也是連着一起！

軒轅也沒有再說甚麼……

自此以後，本來親密無間的三個好朋友，似乎一下子產生了隔閡。

軒轅把所有心思都用在了研究壁畫上，甚至有時一連幾天都待在那個深谷裏；

而女魃也很少離開"責罰地"，常常坐在山腳下，整日看着山腰的那塊巨石發呆；

蚩尤除了例行公事的巡崗以外，就是和部落裏那些懶於勞作的年青男女混在一起，甚至幾次在巡夜崗的時候，都因白天玩得太累而打起了瞌睡，還被應龍長老撞了個正着！蚩尤卻並不在乎，到得後來他幾乎沉迷在歌舞當中……

"責罰地"裏已經太久沒有歡樂了，當冬天第一場雪飄然落下的時候，有幾個老骨頭寂然離開了塵世，幸好老倉頡和老歧伯還算硬朗。大雪已經飛揚了三天，他倆依舊披着件薄薄的獸皮站在門外，看着呆坐在山腳下的女魃。

"這幾個孩子究竟是怎麼了？"倉頡無奈地歎息着，"已經過了這麼久，居然連句話也沒有！"

"年青人都這樣，"歧伯似乎想起了他們的往事，感慨地說，"咱倆剛通過成人儀式後不也這樣！要不是我度量大，我倆也許現在還沒話呢！"

"屁話！"倉頡不忿地瞪了歧伯一眼，也動了點怒氣，"那是因為你知道她不會選你做阿注！"

"你才放屁呢！"老歧伯也瞪起了眼睛，氣忿地說，"是你耍心眼騙了她！"

"你才放屁呢，我沒工夫理你！"老倉頡似乎有點理虧，便鑽進了帳篷。

歧伯卻不依不饒地追進去繼續與他理論……

女魃依然坐在山腳下，抱着一個裹了好幾層獸皮的籃子，眉毛頭髮都掛滿了霜花，卻仍舊目不轉睛地看着山腰的巨石。

灰蒙蒙的天，灰蒙蒙的雪，同樣灰蒙蒙的山上，只能隱約看到巨石灰蒙蒙的輪廓。

忽然，巨石根部人影一晃，已經跳在山路上，女魃的臉上隨即露出淡淡的笑容。

那人就是軒轅，不過個子好像長高了許多，從他下山時矯健的步伐來看，身體好像也比以前要結實了不少。

不一會，軒轅就下到了山腳，絡腮鬍鬚驅散了曾經的稚氣，甚至眉宇間還帶着一點滄桑。雖然時間只經過了三個季節，但軒轅儼然變成了大人，即便是從名分上講也已經成熟了，因為他也提前通過了成人儀式。

第十六章　旱災

說起來這還是不久之前的一個夏天的事。

不知為甚麼，這個夏天的雨水忽然少了許多，甚至河水的水位也比以前低了許多，以致人們連抬水灌溉的難度也增大了。這樣一來，離河道較遠的地方竟然出現了輕微的乾旱，於是大家就把責任全推給了女魃，說她肯定就是旱魃，所以才給部落帶來了旱災。於是三位長老緊急召開部落會議，所有族長都帶着各自族裏的意見出席了大會。

女魃是當事人，自然少不了；而軒轅、蚩尤身為“監護人”，也少不了關係；除此以外長老大帳裏還擠滿了前來旁聽的族人。

大會一開始，軒轅和蚩尤就都站出來為女魃辯解，而且還證明自從女魃來到部落以後，絕沒有掉過一滴眼淚。不過這樣平平的保證比起可能要餓肚子的現實來，卻顯得蒼白無力。

在“監護人”陳述之後，立刻有人質問：“難道就連她睡覺、大小便你們也都看着麼？”

這話聽起來難聽，卻真把軒轅、蚩尤問住了。

甚至此時旁聽的人中，開始有人喊：“燒死女魃！”

幸好這個殘忍的意見被所有族長，連同三位長老一致否決了，而且玄毛大長老也認為這只是平平常常的一次小乾旱，原因是天氣，和女魃沒有關係。

不過這並不等於女魃就此無事了，因為有很多族長，尤其是離河道較遠地方的族長，都認為這件事情再明顯不過了，女魃肯定就是傳說中的旱魃，而且這個傳說還在“責罰地”的壁畫上得到了印證。之所以不同意燒死女魃，只是因為看在曾經是同部落族人的一份情誼，不忍心那樣殘忍地將她燒死，但也絕不能為了姑息一個怪物而使整個部落受到牽連！所以絕大多數族長都一致認為，必須將女魃趕出部落，這個建議還得到了素楓的贊同。

這其實就等於將女魃判了死刑！面對大多數人的意見，尤其是素楓也主張將女魃趕走，即便身為大長老的玄毛也愛莫能助了。看來要想徹底說服這些人，就要真的做些實事出來才行。

正當三位長老協商最終結果的時候，軒轅卻有了主意。

"其實女魃是不是旱魃並不重要，重要的是我們怎樣免除旱災之苦！"所有人都靜了一下，似乎也覺得此話有理，軒轅接着說："如果我能解決旱災的問題，那麼大家可以放過女魃麼？"

老倉頡早就不是族長了，但像他這樣的老骨頭，說起話來也是滿有分量的。

"沒錯，沒錯！"倉頡捋着他的眉毛鬍子混合物說，"就算她真的是旱魃，只要我們能免過旱災之苦，她又和平常人有甚麼區別呢？"

"我不同意！"歧伯立刻否定了倉頡的說法，正色地說，"女魃根本就不是旱魃！無論我們能否免過旱災，她都是平常人！"

簡直是廢話！倉頡心裏叨念着，卻沒再和他做無謂的理論，因為他和歧伯一樣，內心已認定女魃是至親的人，又怎忍心讓族人燒死她呢！

玄毛立刻站出來肯定了倉頡的意見，大家也就不再爭論這個問題了。

但接下來卻是，大家憑甚麼相信軒轅能夠解決旱災的問題？

只聽下面有人喊道："我們怎麼知道你不是在搪塞大家，而且就算你有辦法，恐怕也要拖上十天半個月的，到時候莊稼早就旱死了！"

"對！我看大家也不用多說了，趕緊把旱魃燒死了省事，還能因此得到豐收！"

"就算不燒死它，至少也要把它趕出部落，否則今年的糧食可就全完了！"

"不用擔心！"軒轅斬釘截鐵地說，"我敢用性命擔保，三天解決旱災！"

加入性命作籌碼，這話便有了一些分量。

可還是有人在問："你一個渾小子的性命算得了甚麼？真耽誤了收成，殺你有甚麼用！"

現在軒轅最怕聽到的就是族人不當他是漢子，雖然過了成人禮，但也真渾渾噩噩地一事無成！事實如此，被謔稱為"渾小子"又有甚麼辦法？他也顧不了許多，只希望大家能夠相信自己。

可這次就連女魃也覺得他太傻，太不值得，明擺着是要送死麼！於是女魃主動向長老們要求燒死自己。

所有人又是一驚，雖然大家都很佩服這個小姑娘的膽量，但也不過是佩服一下罷了，誰會為了旱魃的"大義凜然"，而甘願在下一個春天餓着肚子過呢？

"我不是渾小子吧！"蚩尤站了出來，朗聲道："到今天這個地步，也是我自己用命拼來的，總不會輕易扔掉吧！我們哥兒倆的命加在一起還不行嗎？"

就像小時候一樣，蚩尤和軒轅甚至不知道對方的主意是甚麼，就敢押上自己的一份賭注為對方賠上！

"想得美！"又有人說，"你倆監護失職，本來就要重罰，為不為女魃擔保有甚麼區別？"

所有人又亂哄哄地議論起來，一時間軒轅和蚩尤也沒了辦法。

"要是再加上我這把老骨頭呢？"老倉頡也押上了自己的賭注。

不用問，老歧伯決不肯落後於倉頡，也押上了自己的性命。

不僅如此，在大家沒有反應過來時，誰也意料不到，玄毛開口了："再算上我一個應該夠了吧？"

如雷貫耳，大家都呆了，只見玄毛寧靜的臉上依然沒有一絲表情，但說出的話誰敢不聽？人們終於給了軒轅三天的"寬容"。

軒轅和蚩尤果真配合默契，雖然仍舊不怎麼說話，但卻絲毫沒有影響他們配合的速度，甚至包括和老倉頡一起進行設計的時間在內，也只用了兩天半，便在河邊搭設了一架大水車。

當然，這也不全是他們倆的功勞，志願者中更少不了潮紈和嫘祖了，只是這兩個人趕起活來心裏不免有些彆扭。

總之當軒轅的新發明竣工，並且將河水滾滾地灌入田裏時，這五個人的心情都錯綜複雜，一言難盡。既然一言難盡，不如乾脆一言不發！旱災在眾人的歡呼聲中"解決"了，但五個人的心結卻愈拉愈緊，終於默默地各自散開了。

軒轅獲得了嘉獎，也因為這次的表現再沒有人笑他是"渾小子"。但這已經不重要了，可究竟甚麼重要？是甚麼讓明明應該很快樂的五個人變得如此傷懷，難道就是因為大家都長大了麼？明眼人都看穿這五個年青人錯綜複雜的感情，但當事人卻都有意無意地逃避着那個答案。

軒轅依然回到了那幽靜的谷底；

蚩尤依然用喧鬧的歌舞來打發無聊的時間；

女魃也依然呆呆地坐在"責罰地"的山腳下，望着山腰的巨石；

而潮汎和嫘祖……依然默默地各自暗戀着自己的心上人！

直到冬天第一場大雪來臨……

第十七章　手足

　　軒轅來到山腳下，看着滿身白雪的女魃，也說不上來是高興，還是心疼，不過臉上卻沒有絲毫的表情。

　　女魃掀開籃子上那一層層的獸皮，竟然露出了熱騰騰的飯菜。

　　軒轅接過籃子，好像要說些甚麼，卻始終沒有開口，於是低下頭，狼吞虎咽地吃起了東西。他麻利地吃完飯，然後輕輕道了一聲謝，頭也不抬，就拎着剩下的飯菜轉身走了。

　　看來他又要幾天以後才能再出來，但不用擔心，那時候女魃還會準備好飯菜等在這裏。

　　不過，今天卻有所不同。

　　軒轅剛轉過身，突然身後有人說話："大家究竟要這樣到甚麼時候？真要等一個個的都憋出毛病才甘心麼？"

　　原來是潮紉，她冒雪趕來，難道就是要說這句話麼？軒轅已經隱隱地感到了事情的不妙。

　　"怎麼了？"軒轅凝緊了眉頭問，"難道蚩尤他……"

　　"他已經三天沒有出崗了！"潮紉一副恨鐵不成鋼的樣子，狠狠地說，"他這樣放任自己，難道你們不知道嗎？這幾天他連人影也看不到，如果今天再耽誤了夜崗，就要被勒令離開大帳了！"

　　"蚩尤不見了？"女魃一驚，"又跑出部落了？"

　　話音未落，卻見軒轅早已扔下籃子跑出了"責罰地"。

　　入冬以來，看着四處凋敝的淒涼，蚩尤的心裏就更加孤獨，整天除了魂不守舍地巡崗，就是癡癡迷迷地歌舞。這幾天竟然又下起了大雪。

　　雪呀！你究竟要下到甚麼時候？

　　蚩尤忽然覺得自己所做的一切好像全都沒了意義，就連歌舞也無法打發他心中的寂寞，這個冬天已經成了他生命中最寒冷的一個冬天！他已經三天沒有去巡崗了，而且也根本不願意找甚麼藉口，只是孤零零地在部落邊緣悄然漫步……腳下的積雪發出嘎吱嘎吱的聲音，蚩尤已經走出了部落。

卻忽然看到前面乾枯的灌木叢微微一動。憑着直覺，蚩尤猜到那裏一定藏着甚麼東西，他掏出懷裏的小刀，悄悄走了過去。

忽地一下，灌木中竟然躥出一個白影，蚩尤本能地閃開，但就在那東西落地的一瞬間，雪白的地上卻濺上了鮮血。這時蚩尤才發現，原來是一隻罕見的白夕，而且前腿上還有一道深深的傷口。蚩尤不禁奇怪，我明明沒有出刀，它為甚麼受了傷？但蚩尤很快就發現，剛才它藏身的灌木叢中早已洇出了一片血紅，看來它早就受了傷，而且它還只是一隻未成年的小夕，剛才的攻擊不過是它本能的反抗罷了。

"去，去，"蚩尤這才放鬆了警惕，"我蚩尤向來不欺負弱小。去，去，離這兒遠點，等你長大了再來找我打架吧！"

大概是失血過多，那夕沒有多餘的力氣逃跑，只是眼巴巴地看着蚩尤，嘴裏還不住地發出嘶啞的"吱吱"聲。

蚩尤猶豫了一下，又狠狠地說："別在這裏裝可憐，我已經吃過一次虧了，趕緊滾，不然我真的殺了你！"

那夕似乎很是知趣，一瘸一拐地往林子深處走去，沒走幾步就又癱倒在了地上，渾身還在不住地顫抖。

"唉！"蚩尤無奈地歎口氣，有點同病相憐的感覺，酸酸地道，"看你孤苦伶仃的，怪讓人心裏難受的！"

蚩尤便將隨身的傷藥敷在了它的傷口上，然後解下皮帶給它簡單地包了包，又拿出一大塊肉乾遞到夕的嘴邊。

"吃吧，有了力氣趕緊離開這裏，記住，以後不要來我們的部落，你們根本不可能是應龍長老的對手！"

蚩尤只是隨便嘮叨了兩句，也不管它是否能聽懂。那隻夕大口大口地吃了起來。

"其實做一隻夕倒也不錯，"蚩尤觸景傷情，輕輕撫摸着它的腦袋，又在自言自語，"每天吃飽了，就甚麼煩心事都沒了，哪裏像做人這麼麻煩！"

估計一定是餓極了，這隻夕吃得險些噎着，蚩尤連忙將一把雪遞到它嘴邊，不過它卻像所有畜牲一樣有護食的天性，回頭就是一口。

"你個死東西，"蚩尤雖然沒有受傷，卻還是嚇了一跳，不禁罵道，"吃我的，還要咬我！"

沒想到，蚩尤這麼一罵，夕卻像知錯了似的"吱吱"叫了幾聲，甚至都不敢再吃了。

護食本來就是動物的天性，蚩尤怎會和它一般見識，又將肉乾往它嘴邊遞了遞，它才又敢繼續吃了。

"若是大家做朋友也能像你一樣簡單就好了，"蚩尤揮揮手上的雪，仍舊自語，"想說甚麼就說，想做甚麼就做，說錯了，做錯了，大不了道個歉，大家還是好朋友。唉！為甚麼做人就一定要瞻前顧後，到頭來，自己傷心不說，別人也要難過，這又何必呢？"

夕吃光了所有的肉，又在蚩尤手上吃了幾大口雪，便抖抖身子，站了起來，它沒有跑，甚至還舔了舔蚩尤的臉，並蹭着他的下巴撒起嬌來。

蚩尤被它蹭得有些癢，不禁呵呵地樂了起來，已經好久沒有真正地笑一笑了，只覺心裏頓時一陣輕快。

"好了，好了，"蚩尤輕輕推開小夕，"有了力氣就趕緊回去吧，要是被人家看到我和夕在一起，犯了規矩，恐怕又要關我吊籠了！"

小夕不捨地圍着蚩尤轉了兩圈，掉頭跑開了。

蚩尤站起身來，一直看着它白色的身影融入白色的林子。剛一轉身，卻驚訝地看到身後站着一個人，不過他並不擔心這人會把剛才的事說出去，因為這人是軒轅。見到軒轅，蚩尤笑了一下，更多的還是尷尬。

不過軒轅倒是笑得很自然："其實我們完全可以把朋友做得更簡單些。"

蚩尤的笑容也自然了許多："你一直就在我身後？"

"不然我怎麼會知道朋友也可以做得這樣簡單呢？"

蚩尤呵呵一笑："她沒有跟你一起來麼？"

軒轅也是呵呵一笑："為甚麼我來她就一定要來，這是左手和右手的事情，與靈魂有甚麼關係！"

就在這一瞬間兩人似乎都回到了從前那個單純的童年。

"不過……"蚩尤猶豫片刻，呼了一口氣，好像做了一個深思熟慮的決定，"關於她，我也有了解決的辦法！"

"明晚？"軒轅心領神會地說，"女孩們成人儀式的舞會上？"

"哈哈哈，"蚩尤終於開心地笑了，也為大家的"知心"開懷，二人真是心連心的知己，說頭便知尾！

"真有你的，難道所有的事情都提前裝在了你的腦袋裏？"蚩尤摟着軒轅笑着說。

軒轅也笑了："這叫作手足！不過……誰先說？"

"嗯……讓月亮來決定吧！成人舞會結束號角響起的一刻，如果當時月亮藏在雲彩裏，就我先說！"

"好！但願明晚明月高照，不要陰天！你可不要撒野搶先了！"

哈哈哈……

部落中，每到冬天和春天都要舉行隆重的成人儀式，這是部落裏最熱鬧最開心的兩個季節。尤其是冬天，因為這是女孩們的成人儀式。在舉行男孩的成人儀式時，由於要通過許多艱難的測試和考驗，所以男孩們早就忙得焦頭爛額了，哪裏還有心思熱鬧。不過女孩的成人儀式就容易得多了，只要她們夠年齡，有了擔當母親的身體，就可以通過成人儀式了。所以在女孩的成人儀式中，男孩女孩都會同樣開心，也自然要比春天的成人儀式更加熱鬧。

在這盛大的慶典上，尤其是最後的成人舞會上，所有人都會好好表現一下，尤其是少男少女都會施展渾身解數，以熱情的舞藝吸引心儀的對象。

當舞會結束前的一刻，這是少男少女人生的高潮，這時司禮巫師將會吹響號角，剛通過成人禮的少女便開始選擇心儀的男人做她生命中的第一個阿注！少男可跑上心儀少女跟前"等候"少女為自己戴上花環，少女也可"主動"選擇為誰戴上花環，也有權誰也不選！在母氏社會中，這選擇權由女性作主，互相相愛的，便廝守終生，有不滿意的，女人還可選擇不同的男人做她的第二、第三……阿注。一對對的成年人便會雙宿雙棲，並在隨後的三四個季節裏為部落誕下新的生命。

女魃就是要在這個冬天通過成人儀式。所以對蚩尤和軒轅來說，解決問題的最好辦法就是大家堂堂正正地公平競爭，到時候看看女魃究竟選擇誰，誰就可以……

第十八章　舞會

第二天，太陽剛剛露出一個邊兒，部落裏就忙了起來，堆篝火、搭舞台、收拾帳篷、整理道路……

天晴了，一顆心也晴了，蚩尤再也不敢怠慢職責了。由於一連三天缺勤，應龍長老便要他今天多加兩班夜崗。幸運的是，那個時間段剛好在舞會當中，既不影響開場，也能趕上尾聲。其實只要不耽誤最後的表白，蚩尤就沒有任何意見。

唉！做侍衛甚麼地方都好，只是這無聊的巡崗，真是讓人鬱悶透頂。蚩尤瞇着眼睛看看太陽，又瞪着眼睛瞧瞧樹影，滿天霞彩，今晚一定是彩雲滿天，自己的贏面可佔了上風。蚩尤忍不住笑了出來，心中只恨時間過得太慢！

"唉，居然比蝸牛爬得還慢！"蚩尤心中苦惱，無聊地踢起一塊石子。

"當"的一聲，剛巧打在一個瘸胖子的頭上，他正在向那紅髮女孩炫耀自己以夕皮縫成的大衣，就當許多女孩都羨慕地湊過來時，卻被這粒石子打擾了情場秀。瘸胖子莫名其妙地左右看看，嘀咕着："是誰這麼無聊？妒忌我有夕皮大衣是不是？"

蚩尤則一邊偷笑，一邊也左右張望，裝模作樣地說："是誰那麼無聊，看人家腿瘸就好欺負麼？有能耐出來，本侍衛打你個滿地找牙！"

"蚩尤！"紅髮女孩驚叫一聲，哪還顧得上甚麼夕皮大衣，帶着所有女人一窩蜂似的都跑到了蚩尤這邊。

……

天終於黑了下來，部落裏，尤其是長老大帳附近點起了無數的篝火，甚至樹上、屋頂也被人妥善地安放了火把。

部落裏到處燈火通明，那個夕皮胖子又在篝火邊開始了他的情場秀……

其他的人也在敲敲打打，歡歌笑語，相互展示着才藝，各盡所能吸引着生命的另一半。

蚩尤早就按捺不住心中的喜悅了，他不時地回頭看看，可是長老大帳旁邊的那塊扁石依舊泰然自若地呆在那裏，沒有半點聲響！

蚩尤急得直跺腳。

終於，有人將那扁石"叮叮叮"地狂敲了一陣。

天哪！今天的日崗怎麼這樣長，還好已經結束了！

聽到這自由的聲音，除了幾個繼續執夜崗的人仍舊愁眉苦臉地留在那裏，其餘的人一窩蜂似地向着附近的篝火跑去。潮紈也同樣自由了，而蚩尤的夜崗還要晚些才開始。他倆一起離開了長老大帳，迎面便是早就等在外面的軒轅、女魃還有嫘祖。

到了篝火旁，蚩尤萬沒有想到，這許多日子一直用來打發寂寞的歌舞現在居然派上了大用場。

他隨着歡快急促的鼓點，跳出極富勁力和節奏的舞蹈，似乎是在用自己的舞步向鼓手的雙手發起挑戰。

鼓點如暴雨一般急促，舞步像瀑布一樣洶湧……

甚至鼓點已經顯得凌亂，舞步卻依然勁力十足……

在場的所有女孩都在歡呼，為這個曾經赤手空拳營救了應龍長老，曾經破獲煥金陰謀，曾經谷底飛身救人，曾經……總之是為了她們心中的英雄 —— 蚩尤，而瘋狂地歡呼着。

"蚩尤！蚩尤！……蚩尤……"

一時間花冠滿天飛舞，卻都落向了勁舞中的蚩尤。就連尚未通過成人儀式的女魃也情不自禁地為他歡呼起來。

已經是深夜了，或許還有一兩個節目就要到本次成人儀式最關鍵的祈福環節了。隨後便是最激動人心的成人舞會。

蚩尤已經感到了緊張，他不斷默念着自己的表白，只等成人舞會結束時的一聲號角響起，便盡快跑到女魃面前，盡情地將朝思暮想的深情傾吐！

天上的星星又動了一些，蚩尤甚至有些焦躁不安了……

節目仍在進行，篝火旁冒出了一隻夕，轉悠了幾下，好像已經聞到了甚麼……三扒四撥間，翻開草葉堆中，竟然發現一個睡在緹褓中的嬰兒。

所有人都瞪大了眼睛，呼吸也要停止了。

嬰兒依然熟睡着，夕卻已經張開了嘴……

突然一陣叮叮噹噹的聲音響起，衝上來一個手持長矛的獵人。

敲擊聲轉而細密輕微，一人一夕便對峙在了火堆旁。

長矛脫手而出，戳在了夕的身邊。

夕飛身躍起，又將獵人撲倒在地。

人們一聲驚呼，屏住了氣。

除了更加緊張的鼓點，周圍鴉雀無聲。

夕又張開了嘴……

倏地，一塊石頭砸在了夕的頭上。

"啊"的一聲，那夕竟然捂着腦袋站了起來，隨即一件夕皮大衣滑落到地上。

"誰那麼無聊！又用石頭打我！"

"狗娘養的！"蚩尤怒道，"再敢吃人，我揪下你的腦袋！"

"哄"地一片噓聲。

"我不幹了！每次都要我扮夕！"那裝扮成夕的人負氣地說。

軒轅連忙拉住蚩尤："快坐下！每次看戲都這樣投入，真拿你沒轍！"

原來這是成人禮上的一齣"獵夕"舞劇節目，對族人有着教育意義，但每次蚩尤都按捺不住……

忽然長老大帳那邊傳來一聲渾厚的號角聲。大家立刻靜了下來，並不約而同地轉過身去，成人禮正式開始了！

部落的中央，三人來高的祭壇上，玄毛手持帝杖莊嚴肅穆地站在中央，一名巫師在她身邊跳着癲狂的舞蹈。祭壇之下是一人來高的壇基，左應龍，威嚴沉穩；右素楓，慈眉善目。背靠壇基，四名威武彪悍的侍衛，卻是一身巫師打扮，如雕像般鎮守四方。

本來喧鬧的部落一下子變得鴉雀無聲，人們不約而同地伏下身子，恭敬地向他們膜拜。

只見玄毛高舉雙臂，仰視夜空，口中默念着祈福的祝語。不一會兒，玄毛又展開雙臂，像是正在把剛剛從上天那裏得到的祝福轉傳給人們。此時，所有準備這次通過成人儀式的女孩，同時站起身來，順次來到大長老座前，各個虔誠地將雙手疊搭按放在小腹，玄毛在每個少女腹上點上紅砂，寓意生命的降臨，延續了大地的生機……之後，玄毛高呼為眾少女祝願："感謝上蒼，賜福給這些孩子母親的身體，從此部落將更加壯大，我將繼續恪守自己的職責，用我潔淨的身體，傳遞上蒼的恩賜！"

所有人都低下了頭，默默地祈禱……片刻，玄毛放下雙臂。

隨着巫師一陣怪異的叫聲，舞步也變得更加癲狂，與此同時，整個部落也沸騰了起來，整隻的牛羊被侍衛架上了篝火，成堆的乾果堆在地上，人們歡歌笑語，隨意取食。

成人舞會開始了！鼓樂聲更加洪亮，男人女人們爭相邀請舞伴一同歌舞。

瘸胖子第一個衝到了紅髮女孩面前，她卻理都不理，反倒直奔蚩尤衝來。

而軒轅這邊正要向女魃邀舞，就被嫘祖拉住了，面對一個女孩的盛情邀請，只要沒有甚麼深仇大恨，男孩子往往是要禮貌地接受下來。無奈，軒轅看着女魃只好微微一笑。

女魃挑了挑眉毛，也是一笑。

蚩尤當然也想過來邀請女魃，可他早已被淹沒在了女孩堆裏，但這樣卻避免了軒轅那樣的"不幸"。面對眾多的邀舞者，他就不必立刻做出決定了。蚩尤簡直費盡了力氣才從女孩堆裏爬了出來，似乎一伸手就能夠到女魃了，卻見老歧伯已經向女魃行了一禮，女魃微微一笑欣然接受了下來。更可氣的是，那老骨頭還如孩子一般向蚩尤撇了撇嘴，似是競爭中的勝利者！面對老歧伯的捷足先登，蚩尤也只能苦笑。

這時旁邊有人說："好可憐的'大紅人'！放走了那麼多的美人，最後竟又被那老骨頭搶了先機。不過……上天還給你留了一次機會。"

這人便是潮紈。但話音剛落，只見旁邊幾個彪悍的男人，似乎正在商量着甚麼，而且其中兩個人已經鼓起勇氣走到了潮紈面前，並同時施了一禮。

"不過時間卻不多了！"潮紈看着蚩尤繼續說。

舞會上的舞伴，除了能說明一個人在部落裏的人氣外，也代表不了甚麼別的。蚩尤只記掛着舞會結束時的號角聲！看着潮紈的臉，蚩尤便立刻施了一禮……面對三個邀舞者，不用說，誰都知道潮紈選擇了哪個做舞伴。

強勁的鼓樂似乎可以沖淡一切，大家開懷地舞動，別有懷抱的軒轅和蚩尤雖各自摟着迷戀自己的愛人，但不自覺地心神恍惚……單純的嫘祖已神魂顛倒，小鳥依人般沉醉在軒轅的懷抱中，另邊廂，精靈的潮紈當然洞悉蚩尤的心事，心中酸溜溜的，但也高傲地佯作灑脫，反而拉着善舞的蚩尤瘋狂地起舞！潮紈原是高挑艷麗的美人，與俊朗健碩的蚩尤可說是絕配，伴着強勁的音樂節拍，二人的舞姿令全場的人不自覺地停下來欣賞……一曲既盡，二人凌厲的舞步按着拍子倏然而止，大地好像也停頓了，突然掌聲雷動，隨着眾女孩的尖叫聲，蜂擁而上糾纏着蚩尤，爭着邀他作舞伴！當然，也有一班男子上前向潮紈獻殷勤……

接續下來，鼓樂聲又再響起，年青人繼續追夢……蚩尤仍是眾女孩的核心，身不由己地被牽着團團轉！但不知甚麼時候，潮紈已沒了蹤影，誰也不知道她去了哪裏。

軒轅原想拉着女魃跳舞，但被嫘祖纏着不放，老歧伯也一直拉着女魃說話，另一塊老骨頭 —— 倉頡也不是一個老胡塗，當然知道這幾個年青人理不清的情結，遂藉機會打圓場地說餓了，叫嫘祖和女魃拿些烤肉過來圍坐在火堆旁吃！蚩尤離遠看見，趁機也差開眾女孩走了過來坐下……一向以來，蚩尤和軒轅是有話說不完的哥兒倆，但這段日子卻變了啞巴般，見面時訥訥的只是三言兩句。今晚二人更是不知所謂地不停抬頭看天！

老歧伯問軒轅看甚麼？

軒轅是老實人，不善裝偽，率直地說：“我在猜號角吹響的一刻是明月當頭？或是彩雲掩月？”

倉頡也問蚩尤：“你呢？”

蚩尤毫不隱瞞地說：“我也是猜號角吹響的一刻是明月當頭？或是彩雲掩月？”

倉頡抬頭看看天：“哈哈，明月當頭？或是彩雲掩月？”

歧伯嘮叨着：“月亮？彩雲？有啥兒好猜？”

“你這老骨頭，懂甚麼！”倉頡道，“我說今晚的雲不多不少，不濃不淡，一輪明月穿梭其中，忽隱忽現，忽明忽暗，簡直千變萬化……”

“閉嘴！”蚩尤和軒轅幾乎同時喝住了倉頡。

“甚麼不多不少、不濃不淡的，真彆扭！”

“甚麼忽隱忽現、忽明忽暗的，真要命！”

就在所有人都在納悶兒的時候，卻有一個全副武裝的衛士氣哼哼地朝蚩尤走來，老遠便大叫：「你還要玩到甚麼時候？」

「哎呀！」蚩尤拍着腦門說，「都怪這雲，不多不少不濃不淡弄得星星也忽隱忽現忽明忽暗，連時間也看不清了。」

「哪兒那麼多不不忽忽的，趕緊換我的崗！」

「實在抱歉！」蚩尤連忙接過長矛，夾起盔甲，又割下一大塊牛肉叼在嘴裏，嘟囔着說，「千萬別告訴長老，下次我幫你值一整夜的崗！」說完朝自己的崗位跑去。

按成人舞會的程式，蚩尤站完這個崗後還趕得上趁司禮巫師的號角，所以也便安心去了。臨行前還向軒轅叮囑：「不可偷步！」

「放心吧！你也太小看了我！」軒轅回應。

今夜，蚩尤的崗位在部落邊緣的一個崗樓裏，因為這裏的地勢本來就很高，所以這個崗樓比較矮，也就一人來高的基架。裏面掛着一塊用來報警的扁石，蚩尤就站在扁石旁邊，披着厚厚的獸皮盔甲被凍得來回踱步。他不時舉頭看着天上朗朗的明月和飄浮的彩雲，又回頭看看亮堂的部落，忐忑不安地從懷裏掏出牛肉，一邊吃一邊在心中不斷地練習着早已想好的表白。

蚩尤抬頭看看天，希望月亮就這樣一直「不不忽忽」地，直到他下崗再立刻藏到雲彩裏去，連帶着世間的一切都藏在雲裏，只留下女魃和他……

蚩尤自忖不論能力和外型都比軒轅優勝，對爭取女魃的芳心應十拿九穩，何況自己今天的表現非常突出，誰都看得出來，自己是所有女孩眼中的焦點，甚至還看到了女魃為自己歡呼時忘我的表情……如果當時司禮巫師吹響了號角，只要自己跑到她面前，她手中的花環也一定早就圈在自己身上了……雖然，軒轅會有些難過，可是我的妹妹一直對他好好的，能配上嫘祖，也算對得起軒轅你這渾小子了！雖是生死與共的手足，甚麼都可以分給你，除了女魃！

透過「不不」的雲，看到天上「忽忽」的星，卻只動了那麼一點點，蚩尤甚至懷疑是不是天太冷把星星都凍住了？他焦急地在崗樓裏轉悠了幾步，無聊使他抬手便狠狠地給了扁石一下，「叮——」的一聲，蚩尤也意識到這個動作的嚴重性，連忙抱住扁石，止住了它的餘音，幸好沒有引起其他崗哨的誤會。不過話說回來，現在的崗哨也都沒有打起十分的警惕，因為往常夕只有在三四場雪過後才會來。

所以這麼小的一聲警報，即便被其他崗哨聽到，也不會引起甚麼恐慌。

可就在蚩尤這麼一敲之下，竟然隱約看到不遠處身影一晃，便竄進了灌木叢。

"是野豬？還是豹子甚麼的被我驚到了？"蚩尤心中一喜，暗自說，"嘿嘿，不如我把它捉住，等換了崗，帶到舞會上烤着吃，肯定還會招來眾多的羨慕，不，乾脆作為送給女魃的禮物，她一定會……"

這年代獵物是最昂貴的禮物，尤其非三五壯漢沒法獵到的野豬和豹子！這對蚩尤來說雖也有難度，但這時的他想女魃已想瘋了，充滿極度的自信，一心搶個頭彩好吸引心上人！

想着想着……蚩尤已經走到了近前，用長矛輕輕挑開灌木叢，卻甚麼也沒有。

"咳！"蚩尤掃興地直起了腰，卻忽聽身後一陣急促的沙沙聲，蚩尤猛回頭，一隻夕已經直撲上來……

蚩尤連忙將長矛橫在胸前，卻還是被它撲得踉蹌幾步，雖然腳跟還沒站穩，但那夕卻沒趁勢攻來。

"原來是你！"蚩尤好像認出了它，衝口說，"又跑來幹嘛？"

正是那隻小白夕，它"吱吱"叫了兩聲，看來也認出了蚩尤。

"是不是又餓了？現在林子裏不好找食吧？"蚩尤隨手扯下一塊牛肉扔給它，低聲說，"不過以後可不要總往這裏跑，否則我會被你害死的！"

但此刻，那小夕卻並不太在乎吃的，倒像是在猶豫甚麼。

"怎麼了？"蚩尤因想着女魃，心情也好，咬了一大口肉，好言好語地對小夕說，"這可是新鮮的牛肉，平時很難吃到的，你不吃我可全吃了！"

"呼嚕，呼嚕。"那夕又兇了起來。

"看來還是個沒良心的東西，虧得我對你這麼好！"

夕就是這種脾性，又何必跟它一般見識！蚩尤也沒在意，伸了個懶腰，又看看天上的星星，居然還是沒動多少。

而那小夕卻更加狂躁起來，呼嚕的聲音也更大了，還向前一躥一躥的。

"幹甚麼？"蚩尤有點生氣了，斥責道，"還要吃我不成？"

卻在這時，伴隨着嘈雜的沙沙聲，遠處的灌木竟然抖動起來，就像千軍萬馬正在林子裏潛行一般。

遲疑間，那小夕竟咬住了蚩尤的衣角，還拼命地把他往部落裏拉。

"叮叮叮叮……"急促的報警聲也隨之響了起來。與此同時，灌木叢中也爬出來幾隻黑乎乎的夕。

　　蚩尤這才明白那小夕為何如此反常，心中不禁有些感激。

　　"叮叮"聲與衛士的喊叫聲霎時連成一片，他們手持火把長矛已經衝了出來。

　　"快走！被人們發現，你就沒命了！"說着，蚩尤敲敲自己厚重的盔甲，催促小夕離開，"你們那些同伴傷不了我，快走吧！"

　　不知道那夕是真的聽懂了蚩尤的話，還是被趕來的人羣嚇到了，總之，蚩尤話音剛落，它便調頭跑向了林子。

　　"等等！"蚩尤撿起地上的牛肉拋給小夕，低聲喊道，"算我謝你的！"

　　那夕絲毫沒有猶豫，叼起牛肉就逃。

　　大家聞訊衝了過來，卻見蚩尤正在偷偷地餵一隻夕！

　　"你……"一個男人詫異地看着蚩尤，驚愕道，"你餵夕！"

　　……

第十九章　巨怪

此時玄毛早已登上了部落裏最高的一座瞭望塔，眼看着無數的火把衝出了部落，又一直衝進了林子，似乎根本沒有遇到任何抵抗。不一會漫山遍野都已經被戰士的火把照亮。

一個衞兵上了瞭望塔，恭敬地向玄毛稟告："夕已經被趕走了，部落裏沒有遭受任何損失，除了幾個戰士因山路陡滑扭傷了腳外，也沒有任何傷亡！"

玄毛仍然寧靜地看着黑夜中的火把，既不驚訝，也不高興，甚至沒有說一句話。

這是很正常的事情，不過侍衞卻沒有立刻離開。

玄毛這才平淡地吐出幾個字："還有事？"

侍衞："是……剛才發現有人與夕勾結！"

玄毛仍舊很平靜："哦？怪不得這次夕會趁着成人儀式，提早偷襲！"

說完，玄毛不慌不忙地走下瞭望塔。

天上的雲彩越發濃重起來，陰沉沉地直壓向玄毛的中央大帳，似乎要將整個部落都吞掉一般。但蚩尤卻並不會因月亮被烏雲遮蓋的願望實現而感到絲毫的安慰，甚至幾個巫師還感覺到莫名的不安，難道是更大的災難要降臨了麼？

玄毛走進帳來，原本的嘈雜聲立刻消失得無影無蹤。蚩尤被押在帳內，應龍和素楓站在玄毛座位兩旁，只等玄毛緩緩坐下。

"怎麼回事？"玄毛淡淡地看了一眼蚩尤。

一個人上前說："剛才我看到蚩尤正在用肉餵夕。"

玄毛停了一會，看着蚩尤平靜地發問："為甚麼要把夕引到部落裏來？"

"我沒有引它們來！"蚩尤辯解說，"我只是看那隻夕很可憐，所以……所以就餵了它一塊肉！"

"還敢狡辯！"素楓忽然說，"你是去餵夕，還是去防夕的？難道你不知道守衞規定麼？"

"我……當時以為是野豬甚麼的，"蚩尤還在努力解釋，"所以下去捉它，就⋯⋯就沒來得及報警！」

素楓：「野豬？我看你是有野心吧？打算與夕勾結，趁着部落守衞最薄弱的時候偷襲部落，看來貪婪和野心已經吞噬了你的良知！」她的話含意極為嚴厲，語調卻十分溫柔，神情仍舊滿面笑容，藉着抖動的火光，看上去讓人覺得非常彆扭，甚至還有幾分恐怖。

「貪婪」和「野心」，對這種罪行的懲罰甚至比吊籠還要嚴厲，不過光憑一個餵夕的舉動就給蚩尤定了死罪，不免有些過分了吧？眾人你看看我，我看看你，最後只能又把視線落在了玄毛那裏。

應龍也覺得有些奇怪，便站出來，嚴肅地說：「蚩尤頑劣成性，我們當然知道。擅離職守，還用部落的食物餵夕，也自當嚴懲。不過說他貪婪有野心卻不太妥當吧？」

「有甚麼不妥當？」素楓終於放下祥和的臉孔，板着臉說，「自從他進了長老大帳，就越發目中無人，夜崗睡覺！日崗缺勤！甚至還和部落裏那些遊手好閒的人沒日沒夜地胡混在一起！我看早晚要出事情，這次招來夕，下次還說不定招來甚麼怪物害人呢！如不嚴懲，人人都引來這個那個的，趁亂撈點好處事小，要是⋯⋯唉！那咱們部落不就完了！」

玄毛知道，那些遊手好閒的人的確是個隱患，他們總是用各種各樣的藉口來逃避勞動，整天整夜只是歌舞玩樂，然後再用各種手段攫取他人的成果，來滿足自己的生活需求。蚩尤雖然有着一份不錯的分配，但自從跟他們混在一起後，卻經常懈怠工作，被應龍長老親自抓獲的次數也已經不少了！她看看應龍，似在徵求他的意見。

「蚩尤仍是個剛成人的孩子，」應龍正色地說，「他本性善良，多調教調教，會走上正路的。我替他擔保，以後這樣的事情不會再發生了！」

既然應龍長老都這樣說了，素楓也不好再難為蚩尤，便沒再說甚麼。

玄毛思量片刻，不過從表情上誰也看不出她將要做出甚麼樣的判決。

擠在人羣裏的軒轅，尤其是潮紈都在焦急地等待着。

蚩尤自己心中當然更是忐忑不安，真是倒楣，本來沒譜的事，卻讓素楓這滿臉慈祥卻笑裏藏刀的老東西說得比天還大！難不成她還要把我扔到谷底摔死？哼，就算摔死我，我也要變成夸父踩死你！

雖然這樣安慰自己，但額頭上的汗水還是滲出了一片，豆大的汗珠順着臉頰滾落到下頷，稍事停留便落向了地面。

就在汗水與地面接觸的一瞬間，大地竟"咚 —— "地一震。

天哪！所有人都是一愣，蚩尤就更是一驚，上回一說夸父，便引來一個龐然大物，難道如今順口一溜，我又把它引來了？

接着又是"咚 —— "地一震。就連頭頂照明用的火盆也是一晃，點點的火星飄落下來。接着又是一震……

應龍和侍衛們立刻衝出大帳，但除了低沉的"咚咚"聲，周圍靜得可怕，陰沉沉的天依舊籠罩着黑漆漆的地，伴隨着"咚咚"的節奏，地面的顫動將恐怖傳遍了部落。

忽然，剛才夕羣撤走的方向又亂了起來，還有許多戰士正倉惶地往這邊回撤。

玄毛和其他人也走出大帳，凝視着遠處的林子，甚至已經聽到了樹木折斷時"咔嚓、咔嚓"的聲音。

隨着"哞"的一聲巨吼，陰沉沉的天空便砸下了大片大片的雪團。瞬間狂風捲起碎雪團，並將無數冰晶雪片甩在人們的身上、臉上。帳篷茅草漫天飛舞，大呼小叫此起彼伏。

軒轅用手遮住臉，瞇着眼睛稍稍側過身，幫女魃擋住風雪，透過手指的縫隙，軒轅隱約看到一個白色的大怪物已經踩塌部落的防禦工事，身後狂風暴雪中還能看到成羣成片的夕湧進部落。

這怪物看起來像是一隻巨大的猿猴，個子比樹還要高得多，即使是一條腿估計也要十來個人才能環抱過來，渾身上下長滿了白色的長毛，而且還能像人一樣直立行走。

面對這樣一個龐然大物，戰士們簡直沒有任何反抗的餘地，只好扔下武器四處逃命去了。

又是"哞"的一聲巨吼，又是一陣狂暴的風雪。驚慌逃竄的人們在風雪中驚叫、奔跑、踩踏，亂成了一團。

"所有人都躲到'責罰地'去！"玄毛當機立斷地高喊。

可是她的聲音卻被淹沒在混亂之中，軒轅、蚩尤還有應龍，也在幫玄毛一起呼喊慌亂的人們。而素楓則率領潮紈、女魃等人開始向"責罰地"那邊撤離。

更多的人因聽到了玄毛等人的呼喊，而逐漸撤離了部落。但這樣一來，跟隨在大怪物身後的夕羣便更加肆無忌憚地搶食着部落裏堆放的食物。

夕太多了，鋪天蓋地的，或許是整個林子裏的夕都來了。地上的食物根本不夠它們搶的，連那個大怪物也沒來得及吃，就被它們搶光了。

大怪物一個個地掀開了帳篷，甚至還從裏面抓出人來，拿到嘴邊舔舔聞聞……

驚慌的人們更加混亂不堪，還有人在叫喊："怪物吃人了！怪物吃人了！"

如此場面，就連應龍長老的臉上也不禁抽動了幾下。

混亂當中，羣夕將長老大帳團團圍起，看來它們是真的要吃人了。

但應龍的衛士也不是好惹的。片刻間，人、夕便以長老大帳的籬笆為界，展開了一場殊死的攻防戰。

雖然仍舊有個別的夕突破防線衝了進來，不過應龍長老一伸手便捏住了它的脖子，隨着"咔嚓"一聲它便動也不動了。

或許是因為找不到足夠的食物，那隻大怪物更加癲狂起來，它將所過之處夷為平地，而且還在繼續毀壞着其他的地方，看樣子它會把整個部落都翻個底朝天。

夕也越來越多了，找不到食物，它們就吃人，好在此時部落裏的人都撤到了"責罰地"的山上。只有長老大帳裏的人，還在苦苦堅守，期待着素楓能盡快集結士兵，前來救援。

而外面的夕就像殺不絕似的，打退一波，又來一波。

到得現在，已經有許多戰士因重傷而倒在防線以外，並且人數還在不斷增加，但仍舊沒見素楓派人過來營救。

大怪物翻騰了一陣子，顯然非常掃興，卻忽然看到羣夕正聚集在幾個高大的帳篷外面。

或許那裏有吃的？天曉得它是不是這樣想的。

奮力一縱，那碩大的身子竟然從三四百步遠的地方一躍到了跟前。沙石籽粒攙雜着冰晶白雪衝天而起，兩隻寬大的腳掌已經將一片夕變成了肉餅，隨後左一巴掌，右一巴掌，便肅清了這裏一半的競爭者。而另一半的夕，當然望風而逃了。

激起的塵埃稍稍落定，人們卻驚恐地發現，玄毛已經被大怪物攥在了手裏。

大怪物聞了聞玄毛，又用舌頭尖舔舔。

好吃？不好吃？誰知道？

應龍也顧不得多想，一根長矛已經扔了過去。

長矛穩穩地戳在怪物的臉上，不過卻被它厚厚的皮褶子夾住了。

大怪物臉一沉，瞪着應龍，長矛便哐啷一下掉在了他面前。

又是隨手一搧，應龍就飛進了玄毛的帳篷。不過它看了看玄毛，好像也沒甚麼興趣，便把她也扔在了一旁，隨後又掀開了應龍的帳篷。

侍衞趕緊扶起玄毛，而軒轅和蚩尤則衝進玄毛的帳篷去找應龍。

看樣子應龍傷得不輕，應該是小腿骨折了。軒轅和蚩尤剛扶起他，這間帳篷就被怪物掀開了。

總不能扔下應龍拔腿就逃吧？軒轅、蚩尤兩人依舊扶着應龍，只是面對着一雙冒着藍光的大眼睛，他倆都有些不知所措。

可那大怪物只是在帳篷裏聞了聞，然後捏起桌子上的一盤點心放在嘴裏，看來味道不錯，可惜太少，令它意猶未盡，於是它又在帳篷裏仔細翻了一遍，沒有發現甚麼就閃開了。

簡直是"目中無人"！但誰還能抱怨麼？慶倖才是真的！

軒轅和蚩尤不禁對視一望，似乎明白了甚麼。

"它根本不吃人！"軒轅眼中一亮。

"對！"蚩尤也看到了希望，說，"要是讓它踏踏實實地吃上一頓飯……"他拔腿便跑，回頭對軒轅說："照顧好應龍長老，我來對付怪物！"

軒轅當然猜到了蚩尤的打算，不過他卻在擔心一件事，這可是很大的代價……可此時蚩尤已經跑遠了，還好軒轅又想出了對策。

"長老，"軒轅懇請說，"請速速派人嚴守糧倉！"

應龍知道軒轅思維敏捷，而且他好像也猜出了八九成。這時正有幾個侍衞衝了進來，應龍連忙對他們說："快去糾集人手嚴守糧倉。"

幾人應了一聲："是！"便去糾集人手了。

軒轅將應龍攙出大帳，將他交給那幾個看護玄毛的侍衞，正要朝糧倉奔去，卻被應龍拽住了。

"拿着！"應龍掏出自己的身份名牌，囑咐道，"一切由你來定奪！"

軒轅愣了一下，卻也容不得多想，接過應龍的身份牌應了一聲"是"，便直奔糧倉而去。

此時那個大怪物已經把素楓的帳篷也翻了個遍，雖然找到了不少好吃的，可對於它的肚子來說，卻連一點安慰也沒得到。正在掃興之餘，卻覺又有甚麼東西打在了它的臉上，用手在臉上一抹，原來是一塊燒餅，雖然它不太認識這是甚麼，但聞起來卻很香，只可惜太小。但很快它就發現眼皮底下竟站着一個小人兒，而且懷裏居然抱了一整籃子的這種東西，它立刻來了精神，伸手就去抓那人。

那人便是蚩尤。見怪物一把伸來，便向後一躍，而後又扔了一塊燒餅給它；又是一把抓來，蚩尤便又是向後一躍，接着又是一個燒餅扔出……

就這樣，大怪物跟着蚩尤一直走進了山坳裏。

這一路上，大怪物只顧了吃東西，其他秋毫無犯。而那些夕們見到它在蚩尤身邊，也沒敢再去招惹蚩尤。

“和平”就能帶來“繁榮”，於是這大怪物居然看到了遍地的穀倉。

這個山坳裏就是部落的糧倉，位於“責罰地”的側面，而且三面都是高聳的山壁，只有向陽的一面是平地，很適合儲存物品，於是就被部落用來做了倉庫。不僅是糧食，其他一些作為儲備之用的物資也大部分放在這裏。而且這裏是部落的另一邊，又是山坳，所以中間的一段樹林還能將它與部落隔開，很是隱蔽，若不是蚩尤故意把這大怪物引來，估計它把整個部落都拆成碎片也難找到這裏來。這也正是玄毛為甚麼讓大家都到“責罰地”去的原因。

一切都在計劃之內，只要這個大怪物吃飽了，不鬧了，剩下的夕便不難對付了。

但蚩尤卻遺漏了一個關鍵的問題，就是那些夕比起一般的動物來說要聰明得多，它們雖礙着那大怪物的“威嚴”不敢招惹蚩尤，但竟一直遠遠地尾隨蚩尤，或者說是尾隨着那一籃的燒餅而到了糧倉。

本想那大怪物最多也就吃掉一垛糧食，剩下的糧食還足夠大家堅持到秋收，總比讓它把整個部落都毀了要好吧！可現在若是這成千上萬的夕也來分一杯羹，恐怕連玄毛大長老也要餓着肚子熬過青黃不接的春天了！看着大怪物已經貪婪地吃了起來，又看看早已向這邊衝過來的夕羣，蚩尤真的傻眼了。

就在這時，忽然中間那段林子裏弓箭“颼颼”地一陣齊射，無數的夕應聲而倒，接着又是一次齊射，又是一次倒下……不一會兒，衝向穀倉的夕就已經死傷成片。

　　有些夕開始慌亂地逃跑，不過大多數的夕只是減慢了速度，卻還沒有來得及找到藏身的地方，就聽林子裏響起一片宏大的喊殺聲，接着又是**轟轟**的腳步聲，繼而又是叮叮噹噹的敲打聲，嘈雜混亂卻似地動山搖，好像頃刻間便有千軍萬馬從林子裏殺將出來。

　　聽此聲勢，又有更多的夕落荒而逃，就連最膽大的巨牙夕也開始退縮。

　　果然，一眾人馬從林子裏殺了出來。

　　這下，所有的夕都開始潰敗。

　　很快，林子裏的人就全都跑了出來，而且數量也並不很多，甚至在後面觀看的蚩尤發現，除了隊伍前面的幾個正規士兵外，後面的幾乎都是女人和孩子。可是所有的夕都在潰逃，哪一個有膽子向後多看一眼？何況這時又有幾隊戰士從旁邊的林子裏衝了出來，想必是剛才那幾個侍衛集結起來的人手。

　　就這樣人們一直把夕追進了林子，不過真正進到林子裏的人，加上剛才新加入的那些戰士也不過寥寥百餘人，大部分女人和孩子早已在半路就累得不行了。蚩尤看看吃飽了的大怪物，又看看那些累得癱坐在半途的女人和孩子，終於長歎一口氣。

　　“軒轅呀，軒轅，”蚩尤慶倖地嘮叨着，“用這樣一幫雜牌軍也能把夕趕走，真有你的！”

　　不錯，這正是軒轅臨時想出來的應急辦法。他拿着應龍長老的身份牌，飛快往“責罰地”方向奔去，沿路見到的，除了老弱婦孺，只有不到兩百個正規士兵，還正奉了素楓的命令要去營救玄毛。雖然大帳那邊已被怪物的大腳解了圍，但軒轅憑着應龍的身份牌也只召集了百餘名士兵，這區區百餘人，又如何打得過成千上萬的夕呢？幸好此時在“責罰地”獨處的潮紖聞訊趕到……潮紖雖然身手了得，但從未經戰陣，一時也手忙腳亂！不知軒轅是出於天賦、或跟隨倉頡學習多年訓練出來的組織能力，竟然人急智生，想出個主意來！

　　潮紖天性傲慢，原不服軒轅的調動，但見軒轅拿出應龍的名牌，也立即吹哨調集了一批弓箭手。軒轅吩咐眾人盡量搜集樹枝木棒、甚至還有歌舞用的竹筒皮鼓，一眾老弱婦孺也調動埋伏在林子裏……

　　大家埋伏好後，軒轅囑咐各人先放過那個大怪物。雖然潮紖有點異議，但她顧及蚩尤，便也配合軒轅的調動。接着又衝來了大批的夕，潮紈正打算等它們靠近些便一一射殺，但軒轅命令所有人只做好準備，包括女人和孩子，甚至拉不動弓的還可以幾個人用一把，必須等待他的命令才可發射……

拉不開弓怎麼瞄準？這麼遠的距離怎能一擊必殺？所以現在放箭豈不打草驚蛇？潮紈起初也不明白軒轅拿的是甚麼主意，及後更見軒轅拉開了弓，命令所有人，也包括潮紈都跟着他朝天上射！潮紈心想這簡直是瞎指揮，心裏不忿，想要發作之際，無奈軒轅高舉應龍的名牌，她也只能耐着性子服從，依着軒轅的命令向天射箭！

不過當眾人按照軒轅的方向和角度完成了第一次齊射之後，潮紈就改變了態度。部落的和平並沒有給潮紈參加大規模作戰的機會，她從來沒有想過，這種時候數量和密集度的重要已經遠遠超過了精準度，如雨般飛射而來的箭，聲勢驚人，夕雖多，卻也膽小，哪裏見過如雨般的利箭？它們唯恐受傷地四處閃避，反而互相踐踏造成更大傷亡，如潮水般來、也如潮水般散去！

就這樣，在軒轅和蚩尤近乎完美的合作下，部落以最小的損失渡過了這場看似滅頂之災的劫難！

但哭聲、喊聲、哀號聲卻還在部落裏久久迴蕩。

破爛的帳篷裏，女人直愣愣地看着被夕撕成兩半的孩子……

受傷的族人，相互攙扶着將倉頡的帳篷圍了個水泄不通……

被夕爪撓傷的人，疾呼絕望地看着已經發黑了的傷口……

總之，在一切都安頓下來後，長老們又召開了部落會議，而且仍舊是針對蚩尤的。

大會上，素楓拖着扭傷的胳膊，先是草草表彰了一下軒轅的機智勇敢，便立刻展開了對蚩尤的指責，不但矢口否定蚩尤的功勞，還說他是置部落安危於不顧，在沒有得到任何長老同意的情況下，擅自將大怪物帶到了糧倉，一旦發生不測後果不堪設想……而且夕剛一離開，大怪物就來到了部落裏，肯定是和他餵夕有關。所以素楓堅決認為蚩尤心存歹念，要藉助夕的力量取代玄毛大長老的位置。

種種巧合確實令蚩尤陷入了極為不利的境界，經素楓這麼一提醒，許多人便將仇恨的目光投向了蚩尤。

"你這個混蛋！"一塊石頭擲向蚩尤頭上，憤怒的聲音此起彼落，"還我的孩子！"

又是一塊石頭砸了過來："勾結夕的敗類！"

"狗娘養的！"

"我下半輩子可怎麼活？！"

……

剎那間，因悲傷而狂躁的人們紛紛湧向蚩尤。幸虧侍衛們極力阻攔，否則蚩尤恐怕就要被人們打死了。

"先把他關進吊籠！"玄毛平淡地說，"待查明事實再作發落！"

既然兩位長老都決定要重罰蚩尤，軒轅也慌了神，但幸好不是立即處死。

第二十章　吊籠

蚩尤第二次被關進了吊籠！

小的時候只是覺得這裏很可怕，尤其是這萬丈深淵和那黑乎乎的洞口，現在雖然已經不再懼怕，但這次他可真正領教到了吊籠的厲害！原來這吊籠如此之狹小，上一次被關時，他的個子還小，無非覺得擠了點，而且沒關幾天就被放了出來。但現在……蚩尤甚至後悔自己幹嘛要長這麼高大的個子，腿腳伸不開也就罷了，甚至身子也不能完全挺直，蜷縮着，就連翻個身，換個姿勢都十分困難！還真不如被立刻處死的好。

蚩尤蜷縮着身子，腦袋斜倚在兩根木欄之間，渾身上下落滿了雪花，幾隻烏鴉在吊籠頂部的欄杆上"哇哇"亂叫，稀乎乎的鳥屎便泄在蚩尤的頭上。

似乎早已習慣了這些烏鴉的無禮，蚩尤只是呆呆地看着遠處的一棵小松樹。它扭曲的身子撐在細小的崖縫裏，卻努力將常青的樹冠送向空中，期待着每一縷陽光對它的垂愛。

蚩尤不由得歎了口氣："你原本可以更加的蒼勁挺拔，卻被這狹小的牢籠束縛！"他無奈地搖搖頭："又何必掙扎？崖縫不會放過你，它註定要將你死死地困在這裏，你又有甚麼能力去改變？就此認命了吧！就此放棄了吧！"

蚩尤緩緩閉上眼睛，一陣寒風颳過，不由得打了一個寒顫，將身體蜷縮得更緊，可就連哈氣中的那一點點熱量也被無情的寒風迅速帶走了。

他恍恍惚惚地好像看到了女魃，風兒撥開了她的秀髮，露出一張恬靜的笑臉。蚩尤心立刻泛起一陣欣喜，便想伸出手來好好抱抱她。卻見女魃嘴角微微一動，要對蚩尤說些甚麼。但蚩尤卻甚麼也聽不到，打算開口問，牙齒卻被緊緊地凍在了一起。想要將她拉近，卻又被這狹小的牢籠束縛着。看着女魃漸漸遠去，甚至笑臉已經換上了愁容，蚩尤卻只能苦苦掙扎……

猛地，蚩尤張開了嘴："不要走，等等我！"

話音剛落，卻聽一個女孩的聲音說："我們剛來，怎麼能這麼快就要走？"

蚩尤聽出是女魃的聲音，猛然睜開眼睛，卻見木籠周圍漆黑一片，原來已經是深夜了，四面除了吊籠的木欄，空空蕩蕩的甚麼也沒有，就連一直騷擾他的烏鴉好像也回去睡覺了。蚩尤看着下面黑不見底的深淵，這才知道自己是在做夢，不禁有些掃興。

剛要閉眼再睡，卻覺得頭頂上有動靜，蚩尤猛然抬頭，竟然看到一個人飄在吊籠的上面，黑乎乎的看不清是誰。蚩尤一驚，猛地坐起身來，"嘭"的一聲卻撞在了吊籠的木欄上，巨大的反彈力又讓蚩尤躺了下去。這一下撞得蚩尤更加迷糊，他甚至懷疑自己是不是還在做夢。

不過此時卻傳來了女魃鈴兒一般的笑聲，原來上面的人真的是女魃。

接着又聽女魃邊笑邊說："做甚麼美夢呢？一會兒笑，一會兒又急的！說甚麼還要人家等你，是不是夢見美女了？"

蚩尤揉揉眼睛，仔細看了看，卻見她仍舊飄在空中，而且她還打開了吊籠頂上的小門。

蚩尤這才從夢境中完全醒過來，嘿嘿一笑，揉着腦袋，有些難為情地說："是夢見美女了，而且不知為甚麼？她一臉愁容地離開了我，我越是努力，她卻離我越遠。"

女魃："越是努力，她卻離你越遠？真有意思，是誰？"

"其實……是……"

蚩尤吞吞吐吐地還沒有說出來，卻聽軒轅在上面輕聲喊："好 —— 了 —— 沒有？我快……堅持……不住了……"聽起來像是在吃力地拉着甚麼東西。

"好了，好了，頂蓋已經打開了，"女魃又向上喊着，"拉我上去吧！"

軒轅先拉了女魃上去，然後又把繩子垂了下來。

抓着繩子攀出吊籠，對蚩尤的身手來說是輕鬆不過的事，但部落的人一向遵守大長老定下的規則，犯錯的人都甘心受罰，從未想過逃走！軒轅"營救"蚩尤的行動，也不過是讓他舒展一下筋骨而已，三個年青人也沒想過"逃跑"！話雖如此，這個日子，大雪鋪天，蒼茫大地，就算是壯碩的戰士，單獨離開部落也是自尋死路！

"真是憋屈死人了！"坐在吊籠上面一塊突出的石頭上，蚩尤足足地伸了幾個懶腰，舒了口氣，"你們怎麼來的？沒有守衛麼？"

"怎麼可能？"女魃打開手中的包裹，開玩笑地瞥了一眼蚩尤，說，"吊籠裏關了這麼一個重犯，還敢不設守衛？”

看着包裹裏竟然是熱騰騰的食物，蚩尤再也顧不上許多，大口一張，半隻烤雞已經填滿了嘴，卻還不忘幸災樂禍地嘟囔：“那他可就慘了，讓我這樣一個重犯跑出來大吃大喝，不治他的罪才怪！”

“沒良心的！真不如噎死你！”女魃又遞上一罐水，怪責說，“潮紉冒險放我們上來，你卻盼着人家受罰！”

“潮紉？”一直狼吞虎咽的蚩尤突然停住了口，伸着脖子左右張望，“她人呢？”

“別找了，”女魃揪過蚩尤的腦袋，“都死到臨頭了，還想連累人家，她要是再上來還不罪加一等？”

蚩尤慘澹地一笑，似乎嘴裏的雞肉也不如剛才的香了。接過水來猛灌幾口又問：“是不是月圓時就要處死我了？我可不想在這裏受憋屈了。”

“想死麼？我不會讓你得逞的！”軒轅笑着說，“我倆說過打斷骨頭連着筋，你死要我也賠上，我可不願呀！”

“呵呵，”蚩尤無奈地看着軒轅，感動地說，“你為我向大長老說項？應龍長老挺聽你的！”

“唉！”軒轅看着蚩尤，“現在大半個部落都恨不得你死呢！”

“甚麼！”蚩尤瞪着眼睛，氣忿地說，“這些沒良心的！看我出來不整死他們！”

“他們也苦得很呢！”

“他們苦，也要我苦！這是甚麼道理？”

“說道理可真是你犯了規……”

“我犯了規！這是甚麼規？我哪有串通夕？大怪物與我有何關係？”

女魃過來安慰蚩尤：“軒轅為了救你，到現在都沒合眼，你們卻一見面便對着吵！”

蚩尤沉默了一會兒。“嘿！”他輕輕給了軒轅一腳，低聲下氣地說，“對不起，不是想跟你吵。你真有辦法救我？”

“這不好說，”軒轅看着蚩尤，為難地說，“我知道，你沒勾結夕，是你引開大怪物，是你救了部落！我不會讓你先死！”

"呵呵，"蚩尤笑了，"行行，聽你的，要死也死在你後面，好嗎？"

軒轅這才笑了出來："為甚麼死在我後面？要死，死在我前面！"

二人笑着又吵起來……

"看你倆，一時鬥氣一時又笑了，"女魃又遞上一塊熱牛肉，啼笑皆非，"趕緊趁熱吃。"

"嘿嘿。"蚩尤傻笑兩聲，便把牛肉統統塞進了嘴裏。

"慢着點，小心噎着，再喝點水！"

蚩尤果然噎得夠嗆，端起水罐就是幾口，卻急得咳嗽起來，把女魃也噴了一臉水。蚩尤不自覺地伸手抹過去，但女魃閃縮避開，蚩尤的手呆呆地停在空中。卻在這時，蚩尤的眼神不經意地落在了女魃的眼睛上，隨即心中一陣澎湃，但窘迫卻使蚩尤不敢繼續直視女魃，他尷尬地收回手，胡亂地擦了擦嘴。就在那一瞬間，包括軒轅在內，三個人都隱隱地感到了一點尷尬。

片刻，軒轅將自己的皮衣披在蚩尤身上說："再忍幾天，倉頡、歧伯都在想辦法。"

"對！"女魃也信心十足地說，"我們都知道你這次是為了部落好，才把年引到糧倉去的。"

"年？"蚩尤不解地插嘴說，"你說的是那個大怪物麼？"

"嗯，"女魃解釋說，"老倉頡按照它的叫聲為大怪物起了名字，以便編寫符號記錄。"

蚩尤不懈地"呲"了一聲說："我看應該叫'屎'！"

"叫甚麼不重要，"女魃接着說，"重要的是，還有很多人是理解你的，而且應龍長老也在幫你說情，只是素楓長老那邊總是有點……"

"哼！不用求她了，"蚩尤扔下手中的食物忿忿地說，"小時候她就跟我過不去，這次還要把我往死裏整！也不知道這樣對她有甚麼好處？"

"唉！"女魃歎了口氣，"剛來部落的時候，我看她慈眉善目的很是親切，卻想不到她竟然是部落裏最刻薄的人！反倒是一天到晚沉着臉的應龍長老很通情達理！"

"當然了！"蚩尤補充說，"這個我們從小就知道，上次我和軒轅坐吊籠就是應龍長老幫我們求的情。"說着又吃了起來。

軒轅"呵呵"一笑："別提那次坐吊籠了，就我離那個洞口近，嚇得我沒有一個晚上睡好。"

"那算甚麼？"蚩尤指指下面的吊籠，說，"現在才叫活受罪呢，伸直了腿就沒地方坐，挺直了腰腦袋又不知道該放在哪裏好！"

女魃："不是要把人活活憋屈死麼？"

蚩尤："這還不算甚麼！最讓人受不了的是，居然一天只給一頓飯，而且這大冷的天，連一點葷腥也沒有！"說着又被滿嘴的食物噎住了，猛灌了幾口水又說："以後，我要是當了大長老，第一件事就要把這捱餓的處罰改了！"

"哈哈哈，"女魃玩笑似的嘲笑說，"你是男人，還想當大長老？"

"男人怎麼了？"蚩尤咽完嘴裏所有食物，一本正經地說，"我就不信男人比不上女人！"

"你當大長老？"軒轅遞上一塊肉，笑着說，"在女孩們的成人儀式上，那你要穿着玄毛大長老那一身羽毛大衣，從上蒼那裏幫她們祈福母親的身體。哈哈！我想起來都要笑破了肚子！"

"得了吧！我看那些都是騙人的，"蚩尤蹭蹭嘴，"你看煥金，他不也是男人，那裏的女人不照樣生孩子？只要有男人，女人就是一輩子都不見上蒼，也同樣可以生出孩子。"

軒轅一笑，沒有再與他爭辯。

蚩尤卻接着說："其實，別看那個煥金心腸狠毒，不過做男人就得要有他那樣的膽量，就是大兵壓境，他都敢讓禿虎殺應龍長老！"

蚩尤越說越有點忘形，甚至都沒顧及到煥金對女魃的傷害。

"好了，好了！"軒轅見女魃緊繃了臉孔，趕緊岔開話題，"就算你能當大長老，那你怎麼改變這捱餓的處罰？"

蚩尤也發覺女魃的不悅，立刻停住了嘴，不好意思地看看女魃。

"這個麼……"蚩尤抿了一口水，故意誇張說，"不用捱餓……我撑死他！誰要是犯了錯誤，我罰他吃飯，吃十碗，再加一條牛腿！"然後看看手中的水罐，隨意地說："對，再來一罐水！"

女魃"噗"地一下笑了，婉言說："你們用不着串通起來哄我！"

蚩尤、軒轅撓撓頭，相互看了一眼，傻笑一下沒有說話。

"那就再罰你一塊，"說着女魃又遞上一大塊肉，對蚩尤說，"不過照你這個處罰辦法，還不把部落的糧食都罰光了！我看還是等我們找到了樂土，再推行你的處罰方式吧！"

蚩尤又是一陣不解，問："樂土？那是甚麼地方？"

女魃："是龍生活的地方！"

"哦！"蚩尤恍然大悟，"原來是倉頡講的傳說，我還以為真有個地方叫'樂土'呢？"

女魃："誰告訴你那只是個傳說？軒轅已經在壁畫中看到了，我們的部落就曾經是龍的家，只是後來人激怒了龍，龍生氣之下離開了這裏，而且好像又在別的地方建立了一個新的樂土！"

蚩尤驚訝地看看軒轅："真的麼？"

軒轅點點頭："嗯！不過那是很久以前的事了，就像老倉頡說的，傳說都快失傳了！"

"不要緊，"女魃看着天上的星星說，"我相信，總有一天我們能在樂土上無憂無慮地生活，那時候不用再害怕洪水，更不用擔心旱災了！"說着說着，女魃似乎已經看到了那片美麗的樂土……

"天都快亮了，你們怎麼還在磨蹭！"只聽潮紉在遠處催促着，卻並沒有過來。

"潮紉！"蚩尤輕聲喊着她的名字，感激地說，"今天多謝了！"

藉着黎明的微光，蚩尤發現潮紉竟是一臉漠然，甚至沒再多說一句便跑下山了。

"她這是怎麼了？"蚩尤不解地叨念着。

"唉！"軒轅微微歎口氣，"你就是看不出女孩的心！"

"我……"蚩尤張開口卻也不想多作解釋，只是將頭轉向了女魃。心中練了不知多少遍的表白也湧到了嘴邊。

"唉！"卻聽女魃也是歎息一聲，"我們還是先回去了，不然潮紉就真的有麻煩了！"

"好……好吧！"剛到嘴邊的表白又被蚩尤咽了回去，"希望能盡快再見到你們！"

"放心吧！"軒轅自信地笑着，開解蚩尤，"月圓之前，保你苦日子熬到頭！"

"但願不是用處死的方式！"

"廢話！"

……

軒轅和女魃走後，蚩尤又乖乖地回到吊籠中，孤苦伶仃地蜷縮着數算無了期的日子。

日子也一天天地過去，蚩尤也算是硬漢子，竟可以繼續忍受着徹骨的寒風和烏鴉的騷擾，除了每天送飯的衛士，仍舊看不到一個人。但他內心沒有一絲的沮喪，他要求自己：錯必須接受懲罰，就算是死，也光明磊落地熬過這吊籠之苦！

此時，軒轅卻絕沒有蚩尤這般暇逸，他費盡心思搜集了無數的證據，甚至為甚麼烏鴉是黑的也被他用在證據當中。功夫不負有心人，月圓的頭一天，在這眾多的證據面前，玄毛終於決定再次召開部落會議。

大會上，軒轅打算用自己這幾日收集到的種種證據細緻地為蚩尤辯解一番，就算不能完全說服大家，也肯定能得到他們的同情。到時候不要求他們能幫甚麼忙，只希望他們不要反對那些積極的意見就可以了。而且對於這些，軒轅已經十拿九穩，只剩下素楓那裏還是有些難度，可軒轅不是還有最後一招看家本領麼？就是"好心情能夠帶來好運氣！"

於是軒轅打起了十分的精神，用最流利、最簡潔、最生動的語言完成了一次最精彩的辯護。

軒轅微笑地看着素楓，笑容中是無比的自信，這並不是為了追求好心情而強擠出來的自信。因為他已經從所有人的眼睛中看到了贊同，只除了素楓。不過在那一瞬間，軒轅的腦袋裏又閃過了無數幕假設情節，無論素楓接下來要說甚麼，他都可以一一反駁，並讓大家也聽得心服口服。

會場上沉默了片刻，所有人都看着素楓，誰都知道，這件事從一開始就是她的主張。

又過了好一陣子，就連軒轅的自信也被素楓的沉默弄得有些發毛。

"為甚麼都這樣看着我？"素楓終於開口了，"我又沒有甚麼意見。"

這句話似乎掃了所有人的興致，甚至軒轅也不免為那些費盡心思籌劃出來的方案而感到可惜。不過事情既然出奇的簡單，那是再好不過的了，不管怎樣，蚩尤的命總算撿回來了！

沒有人再說話，於是玄毛站起身來，用她一貫寧靜的眼神掃視了一遍眾人，宣佈：“如果不再有甚麼新的意見，對蚩尤餵夕的事情便不再追究了，不過……”

　　軒轅心中“咯噔”一下，不知玄毛接下來要說甚麼。

　　“不過蚩尤引年到糧倉的事，”玄毛仍舊平靜地說，“卻還是要重重處罰！”

　　軒轅心中一閃：“我就猜到這件事情沒那麼簡單，原來還是要在餵夕的事情上找回來，幸虧在這件事上我也做了準備。”可玄毛的話卻又一次掃了軒轅的興致。“按照部落規定，”玄毛說，“蚩尤必須要關到月圓。”

　　我的天！軒轅不禁想要笑了，月圓？那不就是明天麼！

　　不過他卻發現，應龍長老身後的一名侍衞竟然默默地低下了頭，這人便是潮紈……

第二十一章　表白

　　這天晚上，軒轅和女魃急着把好消息告訴蚩尤，便來找潮紉幫忙，卻被她冷冷地拒絕了。兩人感到很無奈，更有些奇怪，但還好，來換崗的侍衞卻因蚩尤即將"刑滿釋放"而變得通情達理了，在軒轅和女魃的央求下也沒過多阻攔。

　　來到巨石上，他們沒有像上次那樣放出蚩尤，畢竟勝利在望，若是做得太過分，又被人抓了把柄，就太不划算了。所以軒轅和女魃只是偷偷給蚩尤帶了一些好吃的。然後向蚩尤傳達了喜訊後，兩人便要起身離開。

　　"我想知道……"蚩尤吞吞吐吐地對軒轅說，"其實，我本不該再提那件事了……"

　　"呵呵！"軒轅已經猜到了，"為甚麼不該提？因為是我救了你嗎？我救你，是因為左手不能沒有右手，這和靈魂沒有關係！"

　　蚩尤沉默了一下，也不知該不該和軒轅爭辯。

　　"我承諾的，一定遵守！我沒有先說！靈魂的事情要由靈魂來決定……"軒轅看看天，裝作無所謂地說，"這幾天不是多雲就是陰天，看來你是註定要先說了！"

　　"你倆在搞甚麼？"女魃插嘴道，"神秘兮兮，怪嚇人的！"

　　"呵呵，"軒轅繼續傻笑着說，"只要你願意留下來和他單獨談談，就甚麼都知道了。"

　　說完，軒轅卻沒有立刻走開，只是默默地看着女魃。

　　下面的蚩尤也沒有說話，只是抬頭默默地看着女魃。

　　兩個人好像都在等着一個重要的抉擇。

　　"你，"女魃看着軒轅的眼睛，認真地問，"你真的要一個人先走麼？"

　　"如果你決定留下來，"軒轅逃開女魃的目光，訥訥地說，"那……那我只好一個人先走了。"說完，仍舊看着女魃。

　　"嘻嘻，"女魃頑皮地笑了，好像也作了一個決定，說，"我真的好想聽聽咱們最帥最傑出的男孩想要跟我說些甚麼。"

　　軒轅愕然反應，隨即強顏笑了出來，傻兮兮地應道："好呀！"

女魃瞪眼看着軒轅，隨即轉向蚩尤，說："你說吧。"

蚩尤對軒轅的表現也有些意外，不禁追問："你？你讓我先說？"

軒轅故作灑脫："成人禮整晚都彩雲滿天，要不是發生了這麼多事故，也是你先說！"

"你倆搞甚麼鬼？說句話也這樣推來推去！"女魃嬌嗔，不知有意或無意，推開軒轅對蚩尤說："你總是吞吞吐吐的！我愛聽蚩尤說話，你說吧！"

"這是當然的！"軒轅看着蚩尤，刻意地笑得更大聲，"我早知道女魃喜歡聽你說，所以才沒敢說在你前面。"

"軒轅……"蚩尤似乎有些為難，兩人是知心好友，軒轅的故作歡顏怎能瞞倒蚩尤。

"呵呵……"軒轅傻笑個不停，臉都快笑僵了，搶着說："我會到守衛那兒多爭取一點時間。呵呵，先走了！"

說完，軒轅掛着僵硬的笑容轉身便走，就在軒轅與女魃擦肩而過、兩面相錯之時，軒轅的目光中卻見到了她恬靜的笑容。

軒轅默默離開了，剛下山路便聽到身後傳來女魃開心的笑語："哈哈哈，原來是這樣！"

隨後又是蚩尤興奮的叫聲："對，對！"

片刻，一陣令軒轅心碎的笑語擠進了他的耳朵。

"真的！"女魃開心一笑，"那我太榮幸了！"

軒轅步子忽然慢了一下，隨即變得更快，他必須加快腳步，盡快擺脫一些自己不願發生的事……或許女魃根本就沒有心思看自己一眼，但只要在她視線所能達到的地方，自己就不該露出絲毫的傷心，畢竟應該是高興的事情，兩個好朋友都找到了相互的幸福，自己應該高興才是。軒轅努力地笑着，一行淚水卻潸然落下。

軒轅隨手抹了一把眼淚："看把你高興的，眼淚都流出來了。蚩尤長得那麼帥，還那麼有本事，呵呵，她和蚩尤在一起才會幸福，跟着你軒轅有甚麼好？只會動嘴皮子，倘若真的有一天，誰欺負了她，難道你還能把人家罵跑了不成？"

雖然是這樣想，但又是幾行淚水落下。眼看前面有個拐彎，軒轅知道拐過去是一條背陰的小路，這裏難走得讓人很少關顧，不過他卻再也不願繼續留在她的視線裏，即便她仍舊顧不上向這邊看一眼，即便這暗淡的月光根本不會泄露他的心情，可軒轅還是鑽了進去！

估計已逃出了她的視線，軒轅這才放慢了腳步，盡情地放縱着傷心，淚水如缺堤般流下，也懶得去抹它！頭幾天雪就已經停了，但這背陽的一面仍舊積着一層厚厚的白雪。上面還有兩行淺淡的腳印，應該是前些天和女魃偷着上來看蚩尤時留下的，不過這次卻只剩下了自己一個人的腳印……軒轅的腳步更慢了，他無助地看着雲空裏的星星，索性坐了下來。

回到部落裏又有甚麼意思，難道以後可以視而不見？看着他們說說笑笑難道自己還能像從前一樣在他倆之間插科打諢？軒轅甚至開始躊躇是不是應該繼續留在部落裏。

卻在這時，"倏"地一粒石子打來，正打在軒轅的後腦勺上。軒轅一驚，揉着腦袋回頭張望，卻沒看到任何人。不過既然會扔石子，那一定不是林子裏的猛獸，會是誰呢，還能打得這麼後？

軒轅往回走了一段，卻還是沒有發現甚麼。不禁有些心慌："誰？哦，我看到你了，別藏了，快出來吧！"軒轅虛張聲勢地喊了兩聲，仍舊沒人回答。

"或許只是山上滾下的一塊小石頭！"軒轅搖搖頭，顯得很掃興，"人家現在開心得很，哪有時間來搭理你？別做夢了，全天下又不是只有她一個人會扔石頭。"軒轅嘮叨着向山下走去。

卻聽到草叢裏"咯咯"一笑，隨即竟然有個女孩撲到了軒轅背上："就算是做夢，全天下也只有我最會扔石頭。"

果然是女魃，軒轅心中不禁一陣狂喜，好像一下子天都亮了。

"你怎麼回來了？"軒轅背着女魃轉起了圈，愕然地說，"蚩尤那邊呢？"

"如果你不想我回來，那我這就回去找蚩尤！"說着，女魃就要下來。

軒轅卻將她背得更緊，這次可真從心底笑出來："去吧，沒人攔着你！哈哈，只要你能下得來！"

不一會兒，兩個人都轉暈了，一同倒在雪地裏，仰面朝天地看着夜空。

"你怎麼知道我走這條小路？"軒轅問。

女魃將頭輕輕靠在軒轅的肩上："當然是看到了，自從你上了山路，我就一直看着你，只是你越走越快，居然還鑽進了這條小路！"她柔情地為軒轅抹臉："看你！哭得淚水鼻涕糊在一起，難看死了！"

軒轅緊緊地握住女魃的手，深吸一口氣，又將它長長地呼出："我本來以為你決定留在蚩尤身邊了呢！"

"當然要留下，"女魃甜甜地一笑，"我必須親口告訴他，否則我們三個人的事永遠也解決不了！"

"那……蚩尤……"軒轅吞吞吐吐地問，"蚩尤他沒事吧？"

此時的蚩尤正將頭歪倚在木籠的欄杆上，呆呆地整理着記憶的碎片：

"其實我一直有件事想告訴你，"蚩尤顯得有些緊張，盯着女魃，"只是……只是……"

"只是甚麼？"女魃掃了一眼山路上的軒轅，又轉頭問蚩尤，"不好說出口麼？"

緊張早已讓蚩尤忘了那些爛熟於心的表白詞彙，甚至不知該從何說起。

"還記得上次你們來的時候，我說的那個夢麼？"蚩尤終於找到了切入點。

"哈哈哈！"女魃爽朗一笑，"原來是這樣！"又壓低了聲音挑逗地說："是不是夢到了美女？還要人家等等你，可是你越是努力追逐，她卻離你越遠？"

"對，對！"蚩尤興奮地叫着，隨即又難為情地嘟囔起來，"不過……不過你知道當時我夢到的是誰麼？"

女魃搖搖頭。

"其實就是你！"

"真的！"女魃又是爽朗一笑，"那我太榮幸了！"

"而且……"看到女魃的表現，蚩尤也顯得很興奮，便壯壯膽子接着說，"我……我一直都很喜歡你，只是我知道軒轅也很喜歡你……"

"所以，"女魃插嘴說，"你救我們出谷以後，就不和軒轅說話了，也不理我？"

"或許是吧，"蚩尤低下頭，又忽然抬起頭，認真地說，"但是我們知道那樣對你不公平，我們沒有權利相互謙讓！而且那同樣也對我們不公平，我們都有愛你的權利，我們不該逃避，所以我和軒轅決定要告訴你我們真正的想法，由你來選擇！"蚩尤甚至沒換口氣，就把心裏的話都說了出來。

女魃不再笑了，也沒有馬上做出選擇。

　　蚩尤深情地望着女魃的眼睛：「女魃，我知道軒轅對你很好，但是他能做到的我同樣可以為你去做，甚至生命我也可以放棄！求求你，答應我吧，這個世界上我甚麼都可以讓給軒轅，只有你，我絕不會放棄！」

　　女魃猶豫了片刻：「跟你比起來，軒轅的勇氣確實令人很失望，他沒有你勇敢，他一直不敢和我說起這件事。」女魃又停了一下：「不過我想我的回答可能還是會令你失望。」

　　蚩尤愣住了，絕望的眼神似乎還是要倔強地等到女魃最後的答案。

　　女魃看看山路上的軒轅，回頭對蚩尤說：「我不能答應你，否則咱們三個人都會痛苦。相信我，在這個世界上我也可以甚麼都給你，包括我的生命！只是我的感情，自從我們三個在那棵大樹下相遇時，就已經放在了軒轅那裏！我……愛他，不是他的才華、不是他的勇氣，只就是他！」

　　蚩尤低下頭，不再說話了，頭頂着木欄一動也不動。

　　女魃呆呆地看着蚩尤，過了一會兒，才開口安慰他：「蚩尤，我……我知道你很不舒服，不過這件事情我不能騙你，否則那才是對你最大的傷害。不過……不過我可以答應你，如果因為我讓你們兩個好朋友很難做，我也可以永遠不接受軒轅，我們仍舊是好朋友，就像小時候那樣！」

　　「別，別……」蚩尤猛地抬起頭，竟然也是一臉的笑容，聲音卻悶聲悶氣的，好像鼻子裏塞了一團棉花，感慨地說，「誰讓我們都已經長大了，再也不是從前的三個孩子了，不要再逃避這份美好的感情了，其實……其實我很高興你們能在一起，那也正是我的心願！」他長出了一口氣，朗聲說：「不管怎樣，我的心裏好像一下子平靜了，呵呵！」又是淡淡一笑：「已經好久沒有這種輕鬆的感覺了，而且明天就要離開這憋屈的吊籠了，想想好像還有些捨不得，呵呵，好了，不用擔心我了，反正部落裏喜歡我的女孩也不少！哈哈，真的，沒事了，你去找軒轅吧！」

　　蚩尤一下子把甚麼事情都想開了，開懷大笑：「去吧，千萬不要對他瞞着你的心情，軒轅這傢伙就是有點窩囊，你不說，他可能會憋一輩子！哈哈，快去吧，我也好久沒有看到這麼美的夜了，讓我一個人待一會兒好麼？哈哈，真的不用擔心我，真的，去吧，哈哈，去吧！」

　　蚩尤一直在笑，而且笑得是那樣開心，那樣爽朗，像是他又一次打賭贏了似的。

　　但女魃知道，說不定轉眼間淚水就會踏着他的笑容，滾落下來⋯⋯還是幫他把最後一點倔強的自尊完整地保存下來吧。

　　女魃也勉強讓自己的笑容顯得更加自然一些：「好吧，我們還是好朋友！明天我和軒轅一起來接你。」

　　說完，轉身走開了。

　　蚩尤將頭歪倚在木籠的欄杆上，呆呆地看着女魃遠去的背影，卻如剛才軒轅下山時的心情一樣。

　　無盡的黑夜籠罩着憂傷的吊籠，憂傷的吊籠裏是孤獨的蚩尤，孤獨的蚩尤懷中揣着一把鋒利的小刀，鋒利的小刀似乎可以把一切問題都變得簡單，只要輕輕地⋯⋯輕輕地一下，憂傷和孤單便可以消失得無影無蹤，蚩尤輕輕撫摸着鋒利的小刀⋯⋯

　　「這本來就是女魃送給軒轅的，自己卻拿來當寶貝一樣珍藏着。算了吧！不是你的，得到又有甚麼用？」蚩尤慘澹一笑，卻又隱隱看到了崖縫裏的小松樹，它那早已衝出崖縫束縛的枝葉正在風中自由自在地搖擺，雖然不知道明天將會怎樣，至少現在它已經得到了解脫。

　　夜空中蚩尤長歎一聲，似乎已經放棄了一切，但寂靜的山谷中除了自己，卻有誰能知道他的傷懷，也或許只有這把小刀，它鋒利的刃口能夠給他帶來永遠的安慰⋯⋯

第二十二章　捉賊

軒轅猛地坐了起來，卻發現正在自己的床上，原來又是一場夢，深吸一口氣，抹掉額頭上的冷汗，但蚩尤手裏的小刀，仍在軒轅心中晃動着幽藍的月光。

"怎麼還沒起床？"女魃已經跑進了軒轅的帳篷，"祭杖儀式都結束了，大長老正要去接蚩尤呢！"

"祭杖？哎呀！"軒轅一拍腦袋，"只顧忙蚩尤的事，每月一次的祭杖都忘了！"隨即，卻是一愣，半信半疑地看着女魃："你剛才說甚麼？大長老祭杖之後，要親自去接蚩尤？"

"當然了！"女魃笑眯眯地說，"大長老就在路上呢！"

"真的！"軒轅心中頓喜，"這下可給足他面子了！"

說着，掀開被子便跳下床來，竟然沒有意識到自己還是一絲不掛。

"啊！"的一聲，女魃跑出了帳篷。

片刻，軒轅穿好衣服走了出來，看着仍舊滿臉通紅的女魃，呵呵一笑，說："既然昨晚你已經答應我了，那麼以後咱們還要生寶寶呢，這有甚麼不好意思的！"

女魃不解地看着軒轅："生寶寶？生寶寶和這個有甚麼關係？只要你心裏有我，我心裏有你，不就可以生出寶寶麼？"

軒轅卻一本正經地說："誰說那麼簡單了？必須要兩個人睡在一起才行！"

"咦？還要那麼麻煩麼？"

"當然了，不過這也不麻煩，只是睡一覺，醒了就能生寶寶了！"

"只要睡一覺就行？"

"這個……應該是吧！"

"哦，到時候你可不要搶我的被子……"

"我有自己的被子，幹嘛要蓋你的？"

……

兩人說着已在山腳下追上了玄毛一眾。除了侍衛，她身後還跟了一大羣女孩，想必都是蚩尤的崇拜者。軒轅、女魃偷偷擠進隊伍，跟從玄毛上山去。

軒轅低聲問女魃："為甚麼大長老要親自去接他？這回他可又風光了。"

女魃搖搖頭，還沒有說話，就聽一個女孩搶着說："當然是要獎賞他了！餵夕自然是不對，但餵年卻是大大的有功！"

又有一個女孩回過頭，似是在為蚩尤打抱不平："你以為趕走年就是你一個人的功勞麼？其實你那算甚麼？人家蚩尤可是面對面地對付大怪物，你敢麼？但你卻受到嘉獎，而把蚩尤關了吊籠。現在他終於受完了苦，難道還不該補個獎勵麼？"

雖然這話裏面好像有些譏諷軒轅的意思，可說實話，軒轅好像還真沒有膽子面對面去吸引那大怪物，而且就算有那膽量，也沒那身手，蹦不了兩下就肯定會被它抓住或踏死。再者說，他們現在誇獎的是自己最好的朋友，自己因此受點委屈又算得了甚麼？所以軒轅只是嘿嘿一笑。

忽然，那個紅髮女孩低聲說道："你軒轅也不是甚麼都做不好，有一件事你可幫了我們的大忙。"

軒轅也笑嘻嘻地逗她們："這話說得有理，我自知是比蚩尤差得太遠，但給他打打下手還將就着行吧，不知道哪件事我碰巧做好了，讓姑娘如此誇獎？"

紅髮女孩"嘻嘻"一笑說："當然是幫我們管住了女魃！"

另一個女孩搶着說："對呀，對呀，自從上次造了水車之後，蚩尤就沒再理過女魃。"

又有一個女孩插嘴說："你可看好了她，如果她敢再去勾引蚩尤，我們可不饒她！"

這些女孩越說越不像話，軒轅甚至都已經生氣了。女魃偷偷拉了拉他，軒轅便放慢了腳步，離她們遠一些。

女魃這才笑瞇瞇地說："這樣也好，有這麼多的女孩關心着蚩尤，估計用不了多久，他就能從傷心中走出來了！"

"不過，"軒轅哼哼一笑說，"這些庸脂俗粉，蚩尤也未必看得上，只有……只有潮紈，或許還可以讓蚩尤……"說着軒轅打量着那羣女孩，卻眉頭一皺，"潮紈呢？她沒來麼？"

"是啊！"女魃也四下裏打量了一番，奇怪地說，"自從她和蚩尤聯手破獲了煥金的陰謀後，就一直對蚩尤很好，不過這兩天她好像不怎麼願意見蚩尤呢，奇怪？”

軒轅也低下頭仔細尋思了一下：“確實很怪，而且素楓也很奇怪，隨便找個理由就要把蚩尤往死裏整，卻又突然不再難為他了，我總覺得，她們好像有甚麼事情？”

女魃一驚：“她們不會對蚩尤不利吧？”

“這個……”軒轅搖搖頭，“不知道，還是等接回蚩尤以後好好商量一下吧。”

山腰的巨石已經呈現在了眼前，下面掛着的幾個吊籠卻好像都是空的。

只見前面開路的幾個侍衛飛快地跑了回來：“蚩尤……他……逃跑了！”

玄毛：“跑了？”

侍衛：“吊籠上蓋像是被一種鋒利的東西削斷了。”

玄毛站了一會兒，想了想，平靜地說：“好！我們回去！”

也看不出來她是生氣還是着急，也或許都不是，總之玄毛平靜地說完，又平靜地轉身下山去了。

一同來的那些女孩你看看我，我看看你，其中那個紅髮女孩掃興地說了一句“無聊”，也跟着玄毛回去了。其她女孩也好像很是掃興，不過至於蚩尤出逃後會怎樣，卻似乎和她們沒有絲毫關係。

軒轅不敢相信，馬上就可以名正言順地被放出來，又何必要自己打開籠子逃跑呢？

“你真的看清楚了，”軒轅拉住侍衛問，“真的沒有看錯吊籠？”

“我騙你幹甚麼？”侍衛不耐煩地回答，“人跑了我也有責任，難道我願意把屎盆子往自己腦袋上扣？”

軒轅還是不信，一口氣跑到了巨石上。

空空的吊籠在風中“吱呀”“吱呀”地晃動。慘白的日光照在軒轅的臉上，他呆呆地站在石面上。

隨後跑來的女魃也在一旁不知所措地看着那個空空的吊籠。

“不行！得把他找回來！”軒轅拉起女魃，“走咱們去找大長老。”

雪花泥巴飛濺在山道上，兩人幾乎是連滾帶爬滑下山來，卻在他們剛到“責罰地”與部落之間的那片樹林時，意外地看到了潮紈和素楓……潮紈微低着頭好像正在捶罵，素楓站在她對面，好像氣得呼吸也加重了。

素楓一向待潮紈如同親生女兒，所以人家母親教育孩子也不關軒轅的事情。但卻聽素楓怒道：「要我派人去找蚩尤，哼！你想都別想！」

潮紈停了一會，突然抬起頭：「我去求應龍長老，再不然我……我就直接去找玄毛大長老！」

「呵呵！」素楓冷冷一笑，「你這個丫頭，為了一個臭男人，還敢搬出大長老來壓我？我告訴你，找到哪裏都沒用，蚩尤已經是大人了，去留部落便是他自己的選擇，大長老不會派人去做那種沒用的事！」

潮紈咬着嘴唇，又低下頭不說話了。

軒轅回過頭看着女魃，低聲道：「唉！我還總以為大家是小的時候呢，既然已經提前通過了成人儀式，那部落就不會再對個人的去留負責了！」

女魃愁眉苦臉地問軒轅：「那我們怎麼辦？外面天寒地凍的，又有那麼多豺狼虎豹，蚩尤一個人可怎麼活呀？」

軒轅一時也沒有好辦法，卻聽素楓又對潮紈說：「其實我這都是為你好……」說着又輕輕撫摸着潮紈的頭髮，語氣也變得溫和起來：「你媽媽把你託付給我，我又怎麼捨得讓你傷心？你說說，這次你答應不再理蚩尤，我不就沒再難為他，只等軒轅那小子說完一堆廢話，我就同意了他的主張！」

潮紈將嘴唇咬得更緊，仍舊一聲不吭。

素楓的語氣越發溫和起來，加上她生來的一副慈眉善目，便顯得更加親切：「好孩子，別傷心了，相信我，留着上天賜你的處子之身，你才能接管整個部落，為你的族人傳遞上天的恩賜，相信我，我是最愛你的！」

素楓輕輕將潮紈擁入自己的懷中。

春天一樣的表情，似乎冰雪也會融化；母親一樣的懷抱，或許惡魔也會露出微笑。

不過潮紈卻一把將素楓推開，心中蓄積已久的憤怒，隨之迸發出來：「算了吧！你口口聲聲說為我好，但你又何嘗知道我究竟想要甚麼？從小你就不讓我跟男孩一起玩，就算說說話，你也會變着法兒地責罰他們。沒有男孩敢理我，我揍他們，欺負他們，就是恨他們沒一點骨氣！或許從前我還可以從中取樂，但是現在……現在我已經有愛的人了！」

"不許你愛！"一瞬間的憤怒卻立刻被滿面的安詳所掩蓋，素楓繼續柔聲細語地說，"我理解你，孩子，但我相信你是上天賜給我們的首領，大長老一定會把首領的位子禪讓給你，你的生命不是為哪個男人而存在的，你是為了整個部落才降生的！"

"上天所賜？！我看只是由你所賜！是你要我成為大長老的繼承人，這樣整個部落即可以在你的掌控之中了，又免除了你承擔寂寞的痛苦！你整天說這個有野心、那個有野心，甚至為了防止我喜歡蚩尤，你還把這個野心的罪名加到了他的頭上！其實……其實，你才是最有野心的人！"

"啪"地一個耳光打在了潮紐的臉上。

"還說你是最愛我的？"潮紐捂着臉仍舊倔強地說，"我一生中被你打過兩次，卻全都是為了你的虛榮和野心！"

素楓"哼"了一聲，滿臉的慈眉善目也扭曲了，厲色道："你恨我也好，怨我也好。總之蚩尤的事情你還是死心的好！"

說完轉身離開了林子。

"原來如此，"軒轅暗自思量着，"看來即便找回了蚩尤，他也不會再有好日子過了！"

自從逃出了部落，蚩尤已經在白茫茫的林子裏漂泊了好幾天，他這才發現，原來自己的狩獵技巧是如此的糟糕，幸虧身上還有那天軒轅他們拿來的食物，以及軒轅那件厚實的皮衣，他才將就着活下來。不過他卻始終沒有後悔，因為在吊籠裏的時候就已經下定了決心，一定要在軒轅之前找到樂土。他清楚地記得，在說起樂土的時候女魃那如癡如醉的神情，他一定要讓女魃知道，軒轅可以為她做到的事情，自己也能做到，而軒轅做不到的，自己同樣可以做到。也正是因此，再加上他根本無法在重獲自由時面對陪同軒轅一起來迎接他的女魃，便毅然地離開了部落。

又是三四天過去了，蚩尤仍舊活着，因為就當他把身上所有能吃的東西都吃完了以後的第二天，卻在雪地裏驚喜地發現了一塊凍肉，旁邊還立着一根刻着符號的椿子，只是所刻符號並不為玄毛部落的獵人所使用。但這並不重要，重要的是這表明此處是一個捕獵的陷阱，牌子上的符號是告訴別人這個陷阱的主人是誰，省得大家錯收了別人的獵物。而且有了牌子，獵人也不會被同伴們所設的陷阱傷到。那時候，人們都很守規矩，見到別人的陷阱就會小心地繞過去，因為如果大家都這樣做了，自己的陷阱也會得到別人的尊重。

可是對於已經三天沒有吃東西的蚩尤來說，這個規矩卻失去了約束力。看着陷阱中的誘餌，蚩尤也像林子裏的野獸那樣無法抗拒誘惑，但他卻比那些野獸聰明多了，他小心翼翼地取下誘餌，卻沒有觸動白雪下面的機關。就這樣，蚩尤一連好幾天都找到了食物，甚至有一次還直接在套索裏撿到了一隻被勒死的猞猁。蚩尤美美地奢侈了十來天，還給自己添了一件皮背心。

這一天，蚩尤吃完了最後一條猞猁腿，又穿着他的皮背心去"撿"食物。

沒費多大力氣，蚩尤就在崖邊找到了一塊凍肉，他小心地察看了一下周圍，見沒有任何異常，便大搖大擺地朝陷阱走去，卻在離陷阱尚有十幾步遠的地方忽然腳下一空，竟然掉到了一個半人來高的坑裏，隨即雙腳便是一陣鑽心的劇痛。

蚩尤忍着劇痛向後一躍，便坐在了雪地裏。

他的眼前是一個陷坑，從相繼塌陷的面積來看，還是一個很大的陷坑，只是不很深，也就將將沒過蚩尤的小腿。這麼淺能抓到甚麼？蚩尤坐在地上，拔着腳上的骨針，鮮血很快染紅了一片雪地："哪個狗娘養的把標記放得那麼遠？"

"就是要捉你這個狗娘養的，才把標記放得那麼遠！"

隨着罵聲，遠處的雪地裏站起三個人來，都披着一身雪白的獸皮，看樣子是幾個獵人。

三人走到蚩尤面前，其中一個大鬍子上來就是一腳，罵道："你個狗娘養的，自從前兩天丟了猞猁，我就看你鬼鬼祟祟的不是好人，哼哼，今天終於掉到我的陷阱裏了吧！"說着又是一腳。

只踢得蚩尤胸口一陣憋悶，不過他自知理虧，只好忍了。

旁邊一個瘦高個接着說："獵人的每一塊誘餌都不是那麼好吃的，既然你是奔着誘餌去的，又掉到了我們的陷阱裏，按照規矩，你就是我們的獵物了！哈，哈哈！"說着又在蚩尤的腳上狠狠地碾了一腳。

本來骨針就沒有全拔出來，又被他這麼一碾，那滋味簡直比死還難受。不過蚩尤仍舊緊咬着牙，吭也沒吭一聲。

"看來還是一塊硬骨頭！"另外一個矮胖子嘿嘿一笑，"不過這肉皮還滿嫩的，怎麼跟大姑娘似的？"

"哈，哈哈！"三個人一陣狂笑。

誰讓咱理虧呢！打幾下，罵兩聲也是應該的，蚩尤並不打算與他們爭執。不過堂堂一個男子漢，竟然被這個矮胖子如此侮辱，蚩尤心中便憋了一肚子的火，他猛地甩開矮胖子的手，狠狠地瞪了他一眼。

看來那個大鬍子是見了軟人壓不住火的性格，明明是瞪別人，他卻過來"申張正義"，說："呵！敢瞪眼，你還真以為你是娘們兒，我們捨不得揍你？"說着，一個大耳光搧在了蚩尤的臉上。

蚩尤卻連眼睛也沒眨一下，仍舊狠狠地瞪着他。

大鬍子道："好！我看是你的臉硬還是我的手硬？"隨即左右開弓，一連打了蚩尤十幾個耳光，甚至手都有些麻了。他抖了抖手，看着蚩尤怒得可以殺人的眼神，卻不禁有點膽顫。

"你……你再瞪，我挖出你的死魚眼！"大鬍子伸手要來摳蚩尤的眼珠。

瘦高個趕緊攔住道："何必動氣？還得留着他去討咱們的損失呢！"看看蚩尤，問："是哪個部落的？"

蚩尤已經逃出了部落，怎麼也不能讓他們再把自己送回去。何況還是這麼丟人的事情，蚩尤死也不會開口。

那矮胖子也來了氣，他揪起蚩尤："怎麼又變啞巴了？你說還是不說？"

蚩尤舔舔嘴角的血，呸地一口吐在了矮胖子的臉上。

矮胖子一愣，罵道："媽的！你是想死吧！"說着從腰裏抽出一把石斧。

卻又被瘦高個攔住了："殺他？那算是便宜了，被他偷吃的肉我們去找誰要？這幾天少抓的獵物又去找誰要？"

矮胖子道："也是，就算是想死，我們也得用他的肉做誘餌！"說完一腳踢在蚩尤的肚子上。

蚩尤雙腳有傷，站也站不穩，再加上這一腳，便一溜跟頭翻倒在雪地裏，就連女魃的那把小刀也掉了出來。

"嘿嘿，這是甚麼玩意兒？"矮胖子彎腰撿起小刀，"不錯嘛！就當是賠給我們的吧，不過這點也不夠……"

話沒說完，蚩尤竟然忍着腳上的劇痛，衝上來一把搶過小刀："別碰它！"隨即又疼得坐在了地上。

現在，女魃的這把小刀，已經是蚩尤生命中唯一能夠珍惜的東西了，只要他還有一口氣，就要捍衛這生命中最後的一件珍品。

矮胖子道：「看來還真是一件寶貝？讓啞巴都會說話了，不過你都是快死的人了，要它還有甚麼用，不如送給我，我還能讓你死得痛快一點！」

說着向大鬍子和瘦高個使了個眼色，三人便一起將蚩尤按在了雪地裏。

蚩尤雖然腳上有傷，又被人按在地上，但憑他的力氣，也當真難對付。這三個人一個死死地壓着蚩尤，另外兩個每人扳着他一條胳膊，就算這樣，矮胖子也掰不開蚩尤的手指，只見矮胖子氣喘吁吁地停了一下，看看壓在蚩尤身上的瘦高個。

瘦高個點點頭，便將全身的力氣都壓在了蚩尤的肩膀上。而後矮胖子猛地將蚩尤的胳膊向前撅去，只聽「咔嚓」一聲，蚩尤的胳膊竟然從身後撅到了頭頂，接着便鬆軟地癱在了雪地裏，但他卻仍舊沒有吭一聲，只是已經將嘴唇咬破。

三個人看着矮胖子手中的小刀，都滿意地一笑。

大鬍子說：「先讓我玩幾天吧！」

「不行！」瘦高個說，「是我佈的陷阱，應該我先用。」

矮胖子卻迅速將小刀握在手裏說：「嘿嘿，不過它現在在我手裏，所以等我玩夠了再說吧！」

「是不是抓到了熊？」一個女人的聲音從他們身後傳來，「這麼費勁，用我幫忙麼？」

三人同時回頭，發現不遠的地方竟站着一個女人，個子很高，估計比他們中的那個瘦高個還要高一點，而且身材極好，相貌也是極出眾，直看得他們三個心裏癢癢的，甚至都顧不上去爭那把小刀了。

矮胖子趕緊轉身搭話：「呵呵，煩勞姑娘費心了，只是抓到了一個偷獵物的賊，居然連誘餌也不放過。」一邊說一邊直勾勾地盯着那姑娘高聳的前胸，色瞇瞇地：「這大雪天的，姑娘一個人出來的？」

「原來是抓到一個偷東西的賊，」那姑娘迎合着說，「是該好好整治一下！不過還煩勞幾位大哥，看到一個這麼高的男人了麼？」說着用手比了比自己的個子。

矮胖子低頭想了想，說：「好像見到過一個很高的男人，他是一個人麼？這大雪天的，就你一個人來找他？"不知為甚麼，矮胖子好像總想知道這女人是不是一個人。

"是呀，是呀！"她好像急於知道，便故意贏得同情似的說，"就我一個人，這大雪天的，所以幾位大哥要是看到了，還請快快告訴我，我也好趕緊找他回去。"

三個人又是嘿嘿一笑，甚至笑得有點令人害怕。

"還請幾位大哥告訴我一下！"那女人迫不及待地又問了一遍。

矮胖子笑瞇瞇地說："確實看到了一個大個子男人，而且也和你差不多，不過……"

"不過甚麼。"女人一臉的焦急，追問，"他是不是出事了？"

矮胖子道："那倒沒有，不過他卻不是一個人，身邊還有兩個人，一個肉多了點，另一個卻是鬍子多了點。"

三個人笑得更加肆無忌憚了。

女人一聽，也沒再和他們多說，轉身便走。

"姑娘別急麼。"矮胖子仍舊挑逗地說，"找不到一個，找到了三個，你不是還賺兩個麼？找誰不是找呀？"

聽了這話女孩竟真的停下了腳步，說："好啊，那要看你們三個配不配我來找？"

見到這個漂亮的女人真的轉過了身，三人不由得一喜。

矮胖子又笑瞇瞇地說："當然配，當然配，只要姑娘願意，我們三個的東西你隨便挑！"

"那我挑你們的命行麼？"說着，那女人已經摘下了身上的弓箭，倏地一箭射來，矮胖子只覺頭頂一涼，雙手立刻捂住腦袋，這才發現原來自己的皮帽已經釘在了樹上。另外兩人也是一驚，沒想到這個姑娘的箭法如此精湛，不過她卻好像不願意真的傷人，長吁一口氣便沒敢再多說甚麼。

可這時那個女人卻看到了矮胖子手中的小刀，心中一驚，這才把視線關注到地上的那個賊身上，不禁輕聲喊道："蚩尤，是你麼？"

第二十三章　朱雪

這個女人正是潮紈，她和素楓大吵了一架之後，就獨自跑出來找蚩尤，不過憑着她出神入化的箭法，處境自然要比蚩尤好多了，一路上她碰到外出狩獵的人就像剛才那樣，打聽一個高個子男人的下落。雖然希望渺茫，但她還是憑着一點蛛絲馬跡找到了這裏。不過當她看到地上趴着一個雙腳是血，還斷了一條胳膊的賊時，雖然有些同情，更多的卻還是在埋怨這個賊咎由自取。但她清楚地記得這把小刀，這就是蚩尤總像寶貝一樣帶在身邊的那把小刀。

潮紈喊了兩聲，卻沒聽到那人回答，難道已經死了？

蚩尤當然沒有死，甚至還相當清醒。而且他早就聽出潮紈的聲音了，可是他根本就不想見潮紈，尤其還是以一個小偷的狼狽姿態。他知道，在那麼遠的距離，這三個傢伙也奈何不了潮紈，倘若真的起了歹意，還沒有衝到潮紈面前就都被她射穿了腦袋。所以蚩尤一直趴在地上裝死，就算是這三個傢伙事後折磨死自己，也比現在被潮紈認出來的好。

然而潮紈卻偏偏認出了小刀，還在叫着他的名字，往他靠近。

倘若真的到了近前，再裝死也沒用，而且這三個傢伙的居心蚩尤也看出了一些。

"誰要你來找我了？"蚩尤沒好氣地坐了起來，"你不知道我很討厭你麼？沒別的事就趕緊回去！"

果真是蚩尤，潮紈一陣心痛，卻聽他說話如此絕情，便又是一陣淒涼，隨即便是一陣惱怒油然而生。她沒再和蚩尤多說一句話，轉身就走。

"就這麼走了麼？"瘦高個喊了一句。

潮紈不屑地回頭說："難道一定要我把箭射到你的腦袋裏，才肯甘休麼？"

"這可不敢，"瘦高個仿佛理直氣壯地說，"姑娘的箭法我們是領教了，不過這個人毀了我們的陷阱，還偷了我們的獵物，你們總要有個說法吧？"

潮紈道："當然要有個說法，不過你和我說得着麼？"

瘦高個說："哪個部落的人做了壞事，就是哪個部落管理失職，要承擔賠償。"

潮紈回答：“沒錯！但誰說他是我們部落的人了，我又不認識他！”說完繼續走了。

瘦高個也沒追趕，只是放高了嗓門喊道：“那可就任由我們處置了！”

潮紈仍舊向前走着，卻聽後面有些動靜，接着有人說：“好小子，又在裝啞巴。你就真的一聲也不吭一下？”

潮紈突然停住腳步，卻咬了咬牙，又邁開了步子。

身後劈劈啪啪響了幾聲，卻聽不到有人嚎叫和呻吟。

潮紈便又停住了腳步，或許她這次停的時間長了一點，但還是邁開了步子。

又是一陣劈劈啪啪聲，仍舊沒有人出聲。

潮紈再一次停住了腳步，停的時間又長了一些，接着又邁開了腳步，但卻不是邁向前方。

“狗娘養的！”潮紈罵道，“誰敢再碰他一下，本姑娘要你們三個腦袋一起漏風！”

見到潮紈又拉開了弓，這三個人竟然一溜煙地都躲到了蚩尤的身後，蚩尤便像擋箭牌似的被架在前面。

瘦高個躲在蚩尤身後說：“你認識他麼？何必管這個閒事？反正他是罪有應得！”

潮紈道：“別廢話！放了他咱們怎麼都好說！”

瘦高個說：“放了他當然簡單，只是……只是……”

潮紈道：“說吧，要甚麼條件？”

瘦高個說：“姑娘好爽快，其實也沒甚麼，我們幾天沒有逮到獵物了，甚至連用作誘餌的食物也沒了，給點肉就可以了！”

潮紈問：“要多少？”

瘦高個回答：“這個好說，不過談條件也要有個談條件的樣子，我們連面也見不到，怎麼來談？何況不定哪一句你談得不開心了，手指一鬆，就算你同意了我們的條件，恐怕我們也沒命受用了。”

潮紈又問：“那你們想怎樣？”

瘦高個說：“很簡單，把箭扔下好不好？”

卻聽蚩尤沒有好氣地罵道：“你知不知道，你這個女人很討厭！我見到就頭痛，你能不能別總纏着我？”

“這樣我們可以談了麼？”潮紈沒有搭理蚩尤，卻真的扔下了箭。

“蠢女人，我一直都很討厭你，還不趕緊滾！”蚩尤的語氣更加粗魯了。

“你不用總拿這些話來激我！”潮紈平靜地看着蚩尤，冷冷地說，“我知道你只是把我當作朋友，但這樣我已經知足了，我為你做的一切根本不需要回報，你只要安心享用就可以了！”

面對潮紈坦率的真情，蚩尤無話可說。

“好讓人感動呦！”瘦高個陰陽怪氣地說，“但這還不是時候，等你答應了我們的條件，再慢慢聊，沒人會打擾你們！”

說着，便叫大鬍子去拿潮紈扔在地上的弓，不過卻被膽小的大鬍子拒絕了。

於是他只好讓矮胖子用刀架在蚩尤的脖子上，又對潮紈說：“你可不要胡來，否則我們就用這小子的命，一命換一命！”

說完，他才戰戰兢兢地從蚩尤背後走了出來。

一拿到潮紈的弓箭，他們三個才算鬆了口氣。就連大鬍子也趾高氣昂地罵了起來：“他媽的，你個狗娘養的還敢用弓箭來威脅我們？”

潮紈也沒有理會這個只會虛張聲勢的傢伙。直截了當地問瘦高個：“現在說吧，你們要多少肉。”

瘦高個低頭盤算了一下，似乎是要狠狠地敲一把竹槓，忽然抬頭說道：“兩天之內幫我們打一頭熊吧。”

“這個……”潮紈猶豫了一下，不是她不答應，只是這太困難了。

潮紈還在猶豫，卻聽矮胖子裝模作樣地埋怨起瘦高個來：“你這不是有意難為人家姑娘麼？僅僅她一個人，還要兩天之內，就算是她走運，真能碰到一頭睡熊，這一箭兩箭的也射不死它，弄醒一頭熊，別說她，就是咱們三個也上去幫忙，都未必能活着回來。不行，不行。我看給點肉就行了，不過也不能太少。嘿嘿！”

潮紈冷冷地說：“那是多少？”

“嘿、嘿嘿！”矮胖子又是一陣壞笑，“不多不少，像你這麼多就行，而且就現在要，最好也能像你這樣細皮嫩肉的！哈，哈哈！”說着已經色瞇瞇地來到了潮紈身旁。

大鬍子一聽，一股熱氣湧上，便來了精神，也是嘿嘿一笑說：“就是，也不難辦，這不眼前就是一個！」

瘦高個也忍不住了，接過話來說：「還是細皮嫩肉的，剛好，剛好。」

蚩尤一聽，知道這幫無賴動了色心，腦袋都要氣炸了：「媽的，我生吃了你們這幫狗娘養的！」

雖然雙腳疼得沒了力氣，但只是憑着腿上的力量，蚩尤已經跌跌撞撞地撲到了矮胖子的背上。

矮胖子剛發覺過來，就覺肩頭一陣劇痛。虧得他穿着厚厚的獸皮，否則就連肉也得被蚩尤咬下來。

蚩尤被他一腳踢倒，嘴裏還叼着一塊獸皮。

此時潮紈也見機給了瘦高個一拳，不過力道卻還達不到一擊制勝的效果，只夠讓他摀着肚子慘叫幾聲。

大鬍子仗着人多勢眾，掄開拳頭也打了過來。

潮紈畢竟是應龍帳下的侍衛長，對付幾個雜碎獵人，也算不了甚麼難事。

只見潮紈靈巧地躲過大鬍子的拳頭，隨後起腳踢向他的膝蓋。大鬍子腿上一軟，單腿已經跪在了地上。潮紈飛身躍起，踩着大鬍子的脊背，已經跳到瘦高個面前。

瘦高個剛才肚子捱了一拳，現在還沒直起腰來，臉上就又被潮紈橫抽了一腿。直踢得瘦高個一陣天旋地轉，甚至還沒倒地，潮紈便凌空撐身，又是一腳踢在了大鬍子臉上。大鬍子也是一陣天旋地轉，幾乎和瘦高個同時倒在了雪地裏。

一招之內，潮紈就解決了兩個，可正當她要繼續解決矮胖子的時候，竟見他又把小刀架在了蚩尤的脖子上。

矮胖子幾乎用上了吃奶的力氣才壓住蚩尤的一條胳膊，但這對於現在的蚩尤來說已經足夠了，雖然蚩尤還在不住地掙扎，卻連翻身的能力也沒了。

只聽矮胖子威脅潮紈說：「你敢再往前走一步，我就割斷他的喉嚨！」

潮紈一愣。

「不信你就試一試？」說着，矮胖子便在蚩尤的脖子上劃出一道血痕，「呵呵，怕了吧，往後退五步，不行，退十步！」

潮紈真的乖乖地向後退去。

「你這個笨女人，別聽他們的，過來殺了這個狗娘養的！」蚩尤狂吼着，「媽的！我生吃了你！"回頭就是一口。

如果蚩尤不說那句話，或許還真的能咬到矮胖子，不過剛才他已經見識過了蚩尤的瘋狂，一聽"我生吃了你"，近乎本能地撤回了脖子。

蚩尤一口咬空，卻扭頭蹭向小刀。

潮紈"啊"的一聲驚叫，心如刀絞一般。

還好，這不是蚩尤自己拿着刀子，所以人家不會迎合着他的脖子使勁，而且蚩尤也太低估自己脖子上的肌肉了，所以只是多流了些血而已。話雖如此，這血紅的印記對疼愛的人卻如刀割般痛，這一刀雖然是一場虛驚，誰知道一刀刀接着來的結果怎樣？生死之間的抉擇，潮紈瞬息間徹底屈服了，為了蚩尤，她不敢再有任何反抗的想法。

"求你了！"潮紈哀求道，"別再折磨他了，你們要怎樣都可以，別再折磨他了。"說着兩行淚水泫然而下，癱坐在雪地裏……

瘦高個和大鬍子眼見潮紈的姿態，一時間也不敢相信，矮胖子卻不理了，急色地撲了上去，瘦高個和大鬍子也爭着搶前，如狼似虎地，潮紈被他們按在雪地中粗暴地撕裂了，狂野的動作和貪婪的嘴臉，像餓瘋了的豺狼吞噬着一頭甘心奉獻的羔羊……

蚩尤拼死地撲上去，卻被輪下來的矮胖子死死壓着……蚩尤瘋了一般嗥叫着，就連另一條胳膊也被自己掙斷了。麻木的雙腳不住地蹬踹，卻因失血而早已沒了知覺。此時的蚩尤就像一堆廢物似的被人按在雪地裏，嘴裏鼻裏塞滿混着泥巴的污雪，連氣也透不過來。蚩尤雖然憤怒地強睜着眼，但不斷湧出的眼淚卻瞬間被冰凍結在臉頰上，視線愈來愈模糊了，依稀只見到眼前雪白的地上流着潮紈處女朱紅色的鮮血。仿似有生命的血，帶着熱氣融化了地上的雪，直流向癱瘓在雪地上的蚩尤的眼前！

潮紈強忍着身體被撕裂的絞痛，但忍不住泉湧的淚水，單純的她，只希望痛楚和羞辱可換回愛人的生命。情是何物，昔日看不起男人的威武戰士竟淪落如斯境況！三頭貪婪的野獸對甘心奉獻的羔羊一次又一次地肆意蹂躪……

也不知過了多久，半生不死的蚩尤感覺到那三個傢伙收拾好衣服走過來，並拿着女魃的小刀在自己面前晃啊晃，還笑嘻嘻地說："別總瞪着你那死魚眼，別以為我們做錯了甚麼，你也用不着記恨誰，告訴你，這個世界本來就沒有誰對誰錯，只有誰強誰弱！嘿嘿，誰讓你沒本事呢？哼哼，我就是打了你，我就是欺負了她，我就是搶了你的好東西，你又能怎麼樣？！」

「把小刀留下！」潮紉早已面無表情，吃力地撐起身子，卻還不忘那是蚩尤最珍貴的東西。

「哼哼！看在你剛才給我的舒暢，給你吧！」又回過頭，戳着蚩尤的腦門，嘲弄道，「沒用的東西，就連死你也不配自己決定！」說完在蚩尤臉上吐了一口唾沫，便得意洋洋地轉身走了。

蚩尤仍舊木然，眼神直愣愣地落在潮紉身下那一片朱紅色的雪，這是潮紉被羞辱的印記……

「這個世界本來就沒有誰對誰錯，只有誰強誰弱……沒用的東西，就連死你也不配自己決定！」

這些話是誰說的他都不知道，但這些話的內容卻深深地烙在了蚩尤的心裏！

第二十四章　夕王

隨後的幾天，潮紈搭了一個小草棚，蚩尤像是丟了魂一樣，終日恍恍惚惚地躺在裏邊養傷，嘴裏不停反反覆覆地念叨着那句話：「沒有誰對誰錯，只有誰強誰弱！沒用的東西，就連死也不配自己決定……」

潮紈自然也是鬱鬱無歡，除了蚩尤的自言自語，仿佛整個林子都沉默了。

一天，潮紈拎着隻野兔鑽進了草棚。暖暖的，一堆未燼的火炭旁邊，蚩尤正哆哆嗦嗦地舉着皮囊喝水。見到他傷好得這麼快，潮紈心裏才算有了幾分安慰。但他呆滯的眼神中仍舊看不到一絲活力，抖動的雙手已經將水灑了滿臉、滿身。

潮紈連忙扔下兔子，幫他扶穩皮囊。

蚩尤一臉的木然，卻不再繼續喝了，直愣愣地看着抖動不止的皮囊。

「噗啦」，皮囊被蚩尤甩在地上，汨汨的水澆滅了一大半的火炭，隨即卻是一陣劇痛，疼遍了蚩尤整條胳膊，雙臂抖得更加厲害，面容也有些扭曲。

「用不着你來可憐我！反正我也是個沒用的東西。」

潮紈默默地撿起地上的皮囊，塞好塞子，靜靜地坐在一邊。

「幹嘛來找我？」蚩尤顯得有些狂躁，「害我活生生地受罪！」轉眼間聲音卻已經哽咽：「幹嘛要救我？反正我是個沒用的東西！幹嘛讓我這個廢物窩窩囊囊地活着？連喝水也要人家幫忙！」

看着蚩尤聲淚俱下，潮紈依舊漠然，沒有一點表情。

蚩尤歇斯底里地嘶叫：「不如當初就被他們殺了，不如讓我一個人死在這裏！你又何必來看我這個廢物？」

「啪」的一聲響，脆亮的耳光貼在了蚩尤的臉上，潮紈咬牙瞪着蚩尤，言語中莫名奇妙地帶了些恨意：「說甚麼都可以，就是不許再提這個『死』字！」

蚩尤一愣，仿佛清醒了一些，卻又被潮紈的表情弄得更加糊塗。

「你那點痛算甚麼？」潮紈站起身，沉着嗓子，一字一句地說，「要死也輪不到你！」說完便冷冷地鑽出了草棚。

狂風透過草棚的間隙，將片片雪花送到蚩尤面前，卻落在了灰堆裏，轉眼間，潔白與純淨便化為了烏有……

白茫茫的天，白茫茫的地，白茫茫的懸崖上，白茫茫的心中幾乎沒了一絲生氣，潮紈雙目迷離地站在風雪裏。

這幾天潮紈已經不知多少次來到了這裏，真想兩腳一蹴便跳下去，倒也是一個瀟脫的解決……卻總因為心中的掛念而在崖邊止住了腳步。

"是不是有些後悔？"潮紈身後傳來一個平靜的聲音，"為我這樣的廢物而失去了比生命還寶貴的東西，甚至換到的還只是我的自暴自棄？"

潮紈沒有說話，也沒有回頭。

蚩尤繼續說："部落裏的人都知道，你是為整個部落而誕生的女人，但為了我，你現在卻失去擔任大長老的身體！"

潮紈慘澹一笑："不是現在，自從我決定來找你時，我就已經放棄了它！"

兩個人都沉默了。

"對不起！"蚩尤呵呵一笑，"我會還你一個振作的蚩尤！"

潮紈問："真的？"

蚩尤道："難道我蚩尤……"

潮紈打斷蚩尤的話，有些氣忿："我太清楚你了！"

蚩尤也知道自己率性頹廢的作風，尤其糾纏於女魃和軒轅之間的日子，確實傷害了潮紈。但經歷了這段日子的挫折和屈辱，蚩尤也痛定思痛地希望從感情的漩渦中解脫出來！

潮紈幽幽地說："你自小嬉皮笑臉好胡鬧，說話從不算數！眼中只有軒轅，之後，多了一個女魃……"

蚩尤狠狠地道："我好玩……但我從來說話算數！我已決心離開部族、離開軒轅、也離開女魃……"

潮紈不待蚩尤說下去，截斷他的話，好像怕蚩尤說話不算數，斬釘截鐵地說："好！我相信你，記住你今天的話：做個振作的蚩尤，不許再提'死'！"說完頭也不回，邁開了腳步往懸崖跳下去！

電光火石的一刻，蚩尤手疾眼快一把拉住，硬把潮紈拖了回來，一把抱入懷裏，面對面地瞪着潮紈："你幹甚麼？你幹嘛要尋死？"

潮紇忍了好一段日子的眼淚崩堤般奪眶而出，但仍冷冷地說：「我的心願已完了，我生無可戀！」

聰明的蚩尤當然了解潮紇冷若冰霜後面的委屈，把潮紇摟緊懷中，狠狠地說：「我會補償你的恥辱，你要甚麼我都會給你！你放棄的權位，我也一定替你搶回來！我不會讓你吃虧的！」

潮紇輕輕推開蚩尤的擁抱，看來真的心如止水，淡淡地說：「說甚麼話！你又何嘗虧欠過我甚麼？我也從來沒想從你那裏換到甚麼！」素來高傲的潮紇內心也嘲笑自己一廂情願的痴心，強忍着的一行淚水泫然而下，但仍倔強地咬着牙，狠狠地說：「或許當初放棄長老之位時，我還能有一點點的奢望。但當我看到你一直懷藏女魃的小刀，我終於知道，其實我早已經失去了一切！」

確實如此，蚩尤何嘗不是痴心的失落者！他與軒轅是打斷骨頭連着筋的好兄弟，但冒出了女魃，攪亂了關係，糾糾纏纏的直到女魃表明了愛的是軒轅，向來灑脫的蚩尤仍一直沒有放下這份痴心，就算經歷了劇變仍無時無刻緊握住女魃的小刀……潮紇也是冰雪聰明，感同身受，當然明白箇中滋味！一時間，二人沉默了。

「你攔得了我一時，你還能攔得了我一世麼？」潮紇輕輕掰開蚩尤的手，轉身看着無底的峽谷，再次緩緩邁出了步子。

「慢着！」蚩尤忽然喊道，「我不知道這是不是在交換，但我保證，如果你死了，我也一定不會活下去，那你所付出的一切就真的沒有任何意義了！」說着，蚩尤也向前跨了一大步，這一步，比潮紇更靠近懸崖的邊上。

「你……」潮紇情急地一把拉住了蚩尤，蚩尤順勢把潮紇再次抱在懷裏，言辭懇切地說：「你以你的一生換取我的命，我怎可以讓你再為我死……」說得激動，竟把手中的小刀直摔出去，倏地釘在不遠的樹幹上。

「你真的拋得開？」潮紇被蚩尤突然的動作嚇了一跳，不敢相信地顫聲問道，「……我可以取代她嗎？」

蚩尤沒有立即回答，輕撫着潮紇的頭髮，感性地道：「你用不着代替誰，你就是你自己！」

看着潮紇蒼白的脣，蚩尤忍不住輕輕的吻了下去……

一陣天旋地轉，整個世界都像翻了，也像停頓了……這一刻對潮紇來說已是永恆了，一切委屈和痛苦都值得了……

顫抖的嘴唇不敢貪婪地久留，潮紝也不知這瞬間的甜蜜是真是假、還是一個補償？潮紝輕輕掙開蚩尤的擁抱："但是……"風似乎小了，雪花輕輕飄過紅唇，它卻沒有再張開。

"為甚麼不把話說完？"蚩尤看着潮紝閉緊的嘴唇。

"這樣已經夠了，也許問清楚了倒是累贅！"

蚩尤深知她的感覺，將她抱得更緊，心中的感覺也開始沉澱，卻無論如何也濾不清對潮紝和女魃兩種截然不同的情懷。

"不用說了……"潮紝深深吸了一口氣，緩緩地呼出來，幽幽地說，"不論你要不要我，我只想你快快樂樂做個頂天立地的蚩尤！"

人非草木，何況蚩尤原是感性的人，怎能不感受到潮紝情深的極致！但蚩尤並不感到甜蜜，相反他內心卻隱隱地絞痛，由這一刻開始，自己竟背上了原是部族中最美麗和能幹的女子的一生所愛！

突然間，"吱 —— ！"一聲長鳴。

兩人猛然一驚。

只見林中黑影攢動，轉瞬之間，除了懸崖那邊，無數的夕已經圍了上來。

又隨着短而急促的兩聲"吱、吱"，包圍而來的夕放慢了腳步。

"狗娘養的！"蚩尤狠狠罵道，"我真的很難吃麼？居然還想活捉我！"

"你能聽懂它們說甚麼？"潮紝不解地問。

"懂不懂都一樣，這樣難聽的聲音，小時候吃過一次虧，恐怕這輩子也忘不了啦！"

"好！舊仇新恨，今天一起還給你這幫畜牲！"說完，潮紝摘弓便是一箭。

"嗖"的一聲過去，箭影也看不到，但似乎甚麼也沒發生，甚至最前面幾隻打前陣的瘦夕都嘲諷般地叫了起來。卻在這時，一注鮮血從夕羣中直噴碧空。前排的夕連忙閃開，驚恐地看着身後那隻正在掙扎的巨夕。它體形龐大，看樣子應該是幾個"頭夕"中的一個。

"倏""倏"又是兩箭，夕羣中便又是兩隻巨夕倒地！

原本密實的夕羣竟然一瞬間就被細小的羽箭掏開了三個窟窿。三隻巨夕全部傷在喉嚨，噴湧的鮮血阻塞了嗥叫，卻使得它們在憋悶中更加痛苦地掙扎，片刻便無聲無息地躺在了雪地裏，鮮血的熱氣還沒有散淨，抽動的四肢就已經僵直了。

除了中間一堆擠得更密的夕羣還算嚴整外，幾乎所有的夕都慌亂地叫了起來，夕羣仿佛一瞬間就要土崩瓦解了似的。

見此情景，蚩尤連忙一把拉住了潮紉。但不管潮紉是否會意，都已然沒有意義了。

又是"吱"的一聲尖利而悠長的叫聲，中間那片夕羣居然緩緩散開了。當中便是一隻更大的巨夕，不僅是身材，就連牙齒也比其他夕大了許多。

"我見過這傢伙，說不定就是它們的夕王！"

"夕王？"潮紉鄙夷一笑，"原來不怕死就能當夕王，哼哼！"

天曉得它是不是聽懂了潮紉的話，但它卻也露出了一副不屑的樣子，還挑釁地叫了兩聲。

"果然不怕死，"潮紉手指一鬆，"那就成全你！"

一支箭已經飛向了巨牙夕的脖子，它卻仍舊傻愣愣地站着。

勝利的微笑已經掛在了潮紉的嘴角上，卻忽然"啪"的一聲，羽箭竟被一隻蒲扇大的夕爪搧在地上。

夕羣原本低迷的氣勢，頓時膨脹成為一片狂嗥。

居然讓一個畜生挫敗了，潮紉憤憤地拉弓，打算再射，卻被蚩尤拉住了手。

"沒想到這大傢伙真有點本事！"蚩尤大步走向夕羣，昂然地道，"看來光膽大是當不了首領的！"

潮紉問："你……你要幹甚麼？"

蚩尤回過頭，朝着潮紉爽朗笑道："這幾天一直躺着，都快把我憋出毛病了，正好趁這個機會活動活動！"接着又是一陣大笑，半開玩笑似的補了一句："說不定我也能當上夕王呢？"

蚩尤走到離夕羣十幾步遠的地方，指指巨牙夕，又伸出小拇指向地下指指，滿臉不屑地說："你！不行！"然後又拍拍自己的胸脯，伸出大拇指，說："我！比你厲害！"

蚩尤連說帶比劃，加之一臉不忿的表情，使得巨牙夕也帶上了一臉的不忿。它向後揮揮爪，所有的夕便給他們留出了一片空地。

巨牙夕弓起身子，光禿碩大的腦袋幾乎貼到了雪面，吊立的眼睛，連同兩顆巨大鋒利的下齒一同指向蚩尤的胸膛。隨即，便是一連串刺耳的"吱吱"聲，直叫得蚩尤有些心煩意亂。

看來巨牙夕已經接受了蚩尤的挑戰，而蚩尤定定神，也擺開了進攻的架勢……

潮紈卻把心提到了嗓子眼，視線不是落在蚩尤勉強癒合的傷口上，就是落在他剛剛復位的骨節上，甚至心裏還閃現出巨牙夕振臂打箭時的麻利動作。

幸好潮紈還看到蚩尤已經從懷裏掏出了小刀，心才暫時落在了肚裏。

可蚩尤卻沒急着攻擊，反倒用小刀在胳膊上輕輕一劃，鮮血隨即洇了出來。

近前的夕包括巨牙夕在內，都被這小東西的鋒利所吸引，就連巨牙夕刺耳的"吱吱"聲，也小了許多。

"這個我不用！"說完，蚩尤竟然把小刀扔在了雪地裏。

潮紈一驚，還沒來得及阻止，卻見蚩尤仍舊比劃着指指潮紈，又指指出去的路說："但要先讓她離開！"

巨牙夕看看地上的小刀，又看看蚩尤身後的潮紈，向夕羣呼嚕了幾聲。

其實蚩尤也不敢保證它們能明白自己的意思，只是聽說這些半人半獸的夕比起其他的野獸更接近於人，所以打算用這最後一點希望來為潮紈爭取到一線生機。

這些夕竟然真的閃出條路來。

"快走！"蚩尤頓喜，連忙對身後的潮紈說，"趁它們現在還沒有反悔，快離開這裏！"

潮紈當然聽懂了蚩尤的意思，真的走了過去，不過卻在夕羣中停了下來，回身對蚩尤說："別打算有了好事就要轟我走！"

"這是甚麼話？"蚩尤一愣，"你不知道這裏的處境麼？"

潮紈微微一笑說："你不是要當夕王麼？我要和它們一起看到新夕王的出現！你想一個人稱王，卻要讓我離開，你還算是朋友麼？"

蚩尤簡直無可奈何，就算是真的贏了這巨牙夕，誰又敢保證之後的處境是凶是吉？

正要再勸潮紈幾句，卻見巨牙夕衝上來就是一爪。蚩尤也不便再多說甚麼，連忙閃身躲開。而那巨牙夕一定是求勝心切，打算用盡全身的力氣一擊拍倒蚩尤，所以在蚩尤躲開時，卻無法立刻收勢。於是蚩尤看好時機，回手一拳便打在了巨牙夕的下巴上，隨後猛一轉身，又用後肘重重地砸在了它的脖子上，接着又是一腳踢在了它的軟肋上……

蚩尤打算一鼓作氣將這巨牙夕打倒在地，不過接下來的攻勢卻顯得有些蒼白無力了，尚未痊癒的肩膀、腳掌都已經鑽心地疼起來。

攻勢一緩，那巨牙夕也找到了空子，便一頭頂在了蚩尤的肚子上。而蚩尤也沒輕易放過它，與此同時抬腿踹在了它的胸口上。

他倆都向後退了幾步，看來這第一回合蚩尤是佔了些便宜。

看到蚩尤重新燃起了鬥志，一旁的潮汛也不禁露出了微笑。

不過那巨牙夕只是扭扭腦袋，伸伸胳膊，像是剛剛做完準備活動似的。

但蚩尤的胳膊腿兒卻被自己這一連串的攻擊震得疼痛難忍。

稍一遲緩，巨牙夕便又一爪拍了上來。蚩尤雙腳劇痛，已躲閃不及，只好變攻為守，將一隻準備擊出的拳頭撤回來，橫擋在了巨牙夕的腕子上。這一下雖然沒有被它拍到，但巨牙夕的重擊卻更重地觸及了蚩尤的傷，隨着整條胳膊一陣劇痛，蚩尤便又向後退了兩步。巨牙夕趁機又是兩爪。蚩尤竭力閃身，躲過一爪，又奮力架開，抗住一爪。但兩個肩膀卻疼得如針扎一般。

於是，接下來蚩尤就不敢再貿然格擋了，更沒有進攻的餘地了，只好一退再退，一躲再躲……

很快蚩尤被夕逼到了崖邊，雖然他仍舊沒有被拍到一下，卻不禁發起愁來："既不能攻，又不能守，這該如何是好？而且這樣躲來躲去的，早晚會體力不支的！那時候就算不被它傷到，也得被它逼得掉到深谷裏去。唉！自己輸了不要緊，大不了變成它們的晚餐，可是潮汛也要跟着遭殃了！"

又過了一會兒，蚩尤還是沒有想出好辦法，而且就在他因發愁而走神的時候，還被巨牙夕瞅準機會，一把撓在了前胸上。蚩尤胸前一痛，接着就又被巨牙夕一頭撞倒在了雪地裏。隨後，巨牙夕來了個餓虎撲食，估計它是要用自己沉重的身子將蚩尤活活砸死。

但就在它撲來的瞬間，蚩尤也看到了機會。他躺在地上並不急於躲閃，而是雙腿緊緊蜷縮，只等那巨牙夕落下，便狠狠蹬出雙腳……

鑽心的劇痛令蚩尤起身時腳步都有些蹣跚，不過巨牙夕好像更慘，就在那

"落下""蹬出"的合力下，竟險些被蚩尤踹下谷去。巨牙夕只覺五臟六腑都要被撕碎了一般。甚至還沒等它爬起來緩一緩，蚩尤已經快步上前，又是凌空抽起一腿。

恐怕這樣的好時機不會再有了，而且又有充分的時間蓄集力量，蚩尤孤注一擲，將全身的力量都用到了這一腿中。隨着腿骨和頭骨碰撞時的一聲巨響，蚩尤只覺得這巨牙夕的腦袋如同石頭一樣堅硬，甚至他都在懷疑，自己的腿是不是已經折了？自己落地之時是否還能站着？

蚩尤穩穩地站在了雪地裏。巨牙夕卻一頭栽到了地上，胳膊腿兒四處抓撓，一時間竟站都站不起來了。

低頭看着狼狽的巨牙夕，蚩尤卻並不忍心給它補上最後一擊。

四周一片寂靜，而自己已經成了新的夕王！片刻，遠處的潮紉大聲歡呼起來，接着就是羣夕嘰嘰哇哇的一陣亂叫，看來它們也都認可了這個新的首領。

"恭喜！恭喜！"潮紉像模像樣地施了 ·禮，"恭喜夕王榮登寶座！"

蚩尤"噗"地一笑，居然也像模像樣地擺起了架子，神氣地道："既然我已經是夕王了，那應該給你一個甚麼稱呼呢？要不我就叫你二夕王吧！"

"哼，誰稀罕做你的副手！"潮紉瞥了蚩尤一眼。

"嗯……"蚩尤假裝沉思了一下，"也好，你來做大夕王，然後咱們帶着夕羣回部落，再給你搶一個大長老來做！"

原本打算給潮紉尋個開心，卻不料，竟然惹她沉下了臉："做不做夕王都好說，但你要是帶着這幫畜生到部落裏害人，我可不饒你！"

蚩尤一愣，又立刻笑着說："好，好，屬下謹遵夕王聖意！"

看着蚩尤一本正經的樣子，潮紉終於"噗"的一聲笑了出來。

可就在羣夕的歡呼聲中，一個黑乎乎的身影又跟跟蹌蹌地爬了起來……

第二十五章　裂谷

崖頂滑落了大塊大塊的積雪，除了積雪更有癲狂的夕羣，甚至還有兩個跌向谷底的人影，一同映入了另一座山坡上軒轅的眼中……

這幾天軒轅也在林子裏苦苦尋找蚩尤的下落，也只有他自己一個人，至少是現在，他還不敢讓女魃同時出現在自己和蚩尤的面前！他熟悉蚩尤的性子，其實反過來要是發生在自己身上，蚩尤也會覺得首要是把人找回來，至於找回以後兩人怎樣面對女魃仍然是個問題，那卻是後事了！

在這茫茫的林海中，軒轅憑着他飛石打鳥的本事，總比蚩尤的處境好多了！但他卻沒有潮紈那樣走運，直到昨天，他才在幾個獵人那裏聽到了關於偷獵物的賊和一個漂亮女孩的事情。

軒轅料定是蚩尤和潮紈，並已經尋着蛛絲馬跡找上了崖頂，甚至還看到了對面崩塌的積雪，尤其是積雪中那兩個跌落的身影。

一陣不安湧上心頭，軒轅沿着林子迅速摸了過去。但這邊除了雜亂的夕爪印，就只有一個面向深谷的女人。

"潮紈？"軒轅看着她熟悉的背影，仍舊試探地問。

那女人卻沒有絲毫反應，只有擦着面頰飄到身後的縷縷白氣，還能證明她依舊活着。

"潮紈，究竟發生了甚麼事？"軒轅一邊追問，一邊小心查看着地上的腳印，"夕羣走了？"突然又抬起頭，情急地問："蚩尤呢？你們應該在一起吧？"

潮紈仍舊一言不發，如靈魂出竅一般看着深不見底的峽谷。

"呵呵！"軒轅乾巴巴地笑了兩聲，"是不是蚩尤那傢伙耍花招，把夕羣引開了？呵呵……"他還在笑，卻無法用這強擠出來的好心情掩蓋他的不安，自我安慰地道："放心！他一定沒事。"

"蚩尤死了！"

潮紈淡淡地打斷了軒轅的幻想，凝望深谷的眼中還殘留着剛才的一幕。

的確，當時那一個黑乎乎的身影就是巨牙夕，它跟跟蹌蹌地爬了起來，並趁蚩尤不備，撞在了他的後腰上。潮紉上前揪住蚩尤，但腳下的積雪卻崩塌了一片。

但幸運的是，潮紉不是像蚩尤那樣仰面朝天地掉下去，所以在那一瞬間，她已經看到了一線生機……潮紉一手抓緊蚩尤的猞猁皮背心，另一隻手已經揪住了崖壁上的一棵小樹。

然而她畢竟是個女孩，力氣再大也不可能一隻手承受住兩個人的分量。

"快！"潮紉吃力地對蚩尤喊，"順着我的身子爬上來，我快堅持不住了！"

"咔嚓……"，看來堅持不住的還不止潮紉一個，就連小樹也發出了警告的聲音。

不僅如此，蚩尤剛剛揪住潮紉的皮襖，卻看到崖頂探出了一張夕臉，一張長着巨牙的夕臉。

蚩尤苦苦一笑："想死的時候萬般艱難，好不容易看到了希望，卻又走上了一條不得不死的絕路！"說着，他放開了潮紉的皮襖。

潮紉一驚，手中仍舊緊緊揪着蚩尤："你還磨蹭甚麼呢？！你不是說要給我一個振作的蚩尤麼？"

無奈已經使蚩尤的語氣變得平緩了許多："算了吧，那畜牲盯住我們，又怎會讓我上去？而且這棵小樹……"蚩尤搖搖頭，一邊解開了皮背心的綁帶。

"好！那咱們一起跳下去……"

"不！答應我一件事！"蚩尤搶着說，"留住命回去！做大長老，然後率眾踏平那三個狗娘養的部落！"說着綁帶已經被全部抽了出來，他卻微微一笑："潮紉，你是好女孩！我不值得你愛，原諒我！"

"這……不可能！"蚩尤的死訊已讓軒轅失去了往日的沉着，嘶聲哀號："蚩尤不會死的！"

"是我親眼看到的！"潮紉轉身將小刀遞給了軒轅，滿面淚痕之下卻早已木然一片，"如果他沒死，夕羣也不會輕易離開的！"

說着，潮紉咬緊牙，勒勒身上的弓，似將所有仇恨一併勒在了心頭，邁步便朝山下走去。

"你去哪？"軒轅擔心地看看木然的潮紉，又焦急地看看陡峭的深谷，已不知所措。

潮紈卻頭也不回地往山下走去。

"下山後一直往東北方向走，"軒轅再三叮囑道："穿過凍湖，正北方就是部落！"

不管潮紈是否真要回部落，軒轅卻顧不了太多。

握着蚩尤留下的小刀，軒轅不住地叨念："不可能，你沒那麼容易死……"說着，軒轅已在谷邊尋找起下谷的法兒來。

"我要到谷底去看看，你這混蛋，肯定卡在了樹杈上，不然就剛好有個深潭，耐心點，我這就來救你，你這混蛋，給我堅持住，不許你死！"

然而，這條大裂谷左右兩壁陡峭，前後兩端又綿延無絕，似乎是要通向天邊。而谷底卻彌漫着濃重的霧氣，根本無法看到下面的地形。

"不能再耽誤了，"看着谷底的濃霧，軒轅左右徘徊着，自語，"狗娘養的！可怎麼下去？"

焦急中，軒轅竟一把揪住了崖壁上的乾藤，想也不想，便滑了下去。

天寒地凍的，枯藤用來吸附岩壁的吸腳早已變得乾枯脆弱，就算它們沒有在半途斷裂，也不可能一直通到谷底，到時候再要徒手爬下去絕非易事。

"劈啪"兩聲，乾藤真的被軒轅從崖壁上撕了下來，幸好崖壁上到處都是藤蔓，軒轅隨手抓住了一把，卻又是"劈啪"兩聲……

轉瞬間，山谷中"劈劈啪啪"地竟響成了片，粗藤細藤，長藤短藤，與軒轅一同落向谷底……

也不知究竟換了多少次手，更不知有多少藤條被他揪斷，可還是有更多的藤條可供抓握，軒轅終於不再下落了。看着血肉模糊的手中已經穩穩地攥住了一根粗藤，軒轅這才長出了口氣。

想不到跌跌撞撞地，竟然已經接近了谷底的濃霧。抬頭看看，高高的谷口已經變成了一條縫，低頭瞧瞧，濃重的霧氣卻不知還有多深。但幸虧有這霧氣的滋潤，否則，軒轅手中的這根藤也不可能吸附得如此結實。

大難不死，軒轅就更要下去看個究竟了，說不定蚩尤也會這樣走運呢？

不一會兒，太陽已經偏西了，金色的陽光灑在東西走向的大峽谷裏，將兩壁鍍上燦燦的金色，軒轅卻無意欣賞。

此時他已經揪着藤條下到了谷中的濃霧裏。

藉着金色的夕陽，這霧裏的能見度並不很差，只是向下仍舊看不到底，但這裏卻十分溫暖潮濕，甚至崖壁上還有一些綠色的苔蘚，隨後，軒轅竟然還被蚊子咬了一口。

看這裏的樣子，很難令人相信上面竟是徹骨的寒冬。不過濕潤和悶熱對軒轅這樣一個"攀岩者"來說，並不是好事。苔蘚使岩壁變得更加光滑，蚊蟲的叮咬痕癢也使軒轅疲憊的神志更加渙散，幾次軒轅都險些滑落了腳，好在還有藤條可供攀爬，才沒有遇到危險。

卻在這時，忽聽一聲震徹山谷的"哞"，接着一個巨大的身影從濃霧中撲了出來，"咚"的一聲，扒在了軒轅身邊。

巨大的手掌，僅一根手指便有軒轅整個人大小；白毛毛的前臂，手腕處竟有一片血跡，淡淡的鹹腥味直鑽進軒轅的鼻子。

驚恐之下，軒轅緊緊拉住藤條，呼吸也要停止了。

不過那個人傢伙卻又是一躍，已經攀住了另一面的岩壁，好像根本就沒把軒轅這個小人物放在眼裏。

"轟隆、轟隆"就像是盤古在鑿山，那個被老倉頡稱作年的大怪物，便在震耳欲聾的轟轟聲中跳出了大峽谷。

驚魂未定的軒轅低頭往下看，濃重的霧氣令他無法判斷究竟還有多深。

幸虧沒被年震落下去，軒轅重重地咽了一口唾沫，繼續向谷底爬。

沒過多長時間，眼前的霧氣已經濃得看不到對面。也或許正是這樣濃重的霧氣阻礙了陽光，所以，再往下便找不到岩縫中的藤條了。

手中的藤條到了頭兒，而岩壁卻更加滑膩起來，以致軒轅都不敢再動了，一個不小心就有可能滑落下去。

看樣子也快要到谷底了，但霧氣卻令人無法判斷谷底的距離。倘若下面只有四五個人那麼高還好些，要是再高，掉下去就要出人命了。

軒轅左右尋摸一下，便從岩壁上摳下塊石頭，扔了下去。卻等了好久也沒聽到回音。再扔一塊，竟然還是沒有聲音。

軒轅心裏有些沒底了，但蚩尤的安危同樣令他心急如焚。忖度兩難之時竟還有無數的蚊蟲來騷擾軒轅，他騰出一隻手不停地驅趕蚊蟲，不過心頭卻是一喜，這麼多的蚊蟲，說明真的離地面很近了，可是剛才的石頭……為甚麼好像這裏仍舊深不見底？

"要是我也有那個大怪物的身手就好了，這麼深的峽谷對它來說，就像是翻越籬笆牆。"想起這個，軒轅心中又是一驚，因為他又想起年手腕上的那片血跡。

"難道那是蚩尤的？"

剛才嚇得失魂落魄，也沒顧得多想，現在想想，明明就是剛剛沾上的鮮血。

"它已經把蚩尤……不，不可能，它根本不吃人……可是那血，怎麼能這麼巧？"

軒轅越想心中越是煩亂，不過又怎麼下去呢？

"管不了那麼多了？！"好友的安危已使軒轅顧不上多想，"反正從小到大我們還沒輸過，就當是和蚩尤聯手再跟這大峽谷賭上一把！"想着，軒轅已經撒手跳了下去。

就在下落時短暫的一刻，軒轅心中不知閃過了多少念頭，甚至開始埋怨自己為甚麼這樣不冷靜，就算是順着油滑的岩石爬下去，只要小心些也未必就會摔死，唉……

後悔也無濟於事，更何況軒轅也根本就不必後悔，因為他又一次贏了這個賭局！

軒轅撣撣身上的綠泥，又踩踩鬆軟的地面，慶倖地一笑："怪不得沒有石頭的回聲！"

原來這谷底長年累月已經積起了一層厚厚的苔蘚，就像鬆軟的毯子一樣。軒轅甚至都想躺在上面美美地睡上一覺，不過想起蚩尤，便立刻邁開了步子。

越往前跑，霧氣越重，竟然腳下一空，還掉到了水裏。

軒轅先是一驚，卻又捨不得上來了，水居然是熱的，而且熱得是那樣的舒服。想必滿谷的霧氣也是拜這裏大大小小的溫泉所賜。

或許蚩尤真的掉到了小潭裏！

"蚩尤！蚩尤 ——"軒轅欣喜若狂地喊着。

但片刻，聲音便被淚水哽咽住了。

軒轅捧起一件皮衣，上面滿是血跡，而且胸腹部還有深深的抓痕。他認得這件衣服，就是蚩尤被罰吊籠時自己給他的那件。

"蚩尤，蚩尤！"軒轅仍舊不相信蚩尤死了，他緊握着皮衣高喊。

“蚩尤，蚩尤！”除了回音，谷底死一樣的寂靜。

遠遠地，還有一堆堆吃剩下的白骨，好像都在嘲笑軒轅的固執。

軒轅愣愣地看着那些白骨，良久沒有做聲，似乎連悲痛也忘記了。眼前卻不斷地閃現出他們從小以來的那些快樂時光，一起和別人打賭，一起制服公牛，一起去看旱魃……一直到剛才，年臂上那一片鮮紅的血跡……

當太陽的光芒已經無法射入峽谷的時候，軒轅的身體也軟了下來，水花被激起一片，或許飛濺出來的還有軒轅那哀傷的靈魂！

讓黑暗指引我到太陽的家裏去吧，蚩尤，等等我！

軒轅直挺挺地躺在水面上，眼前卻盈盈地亮了起來……

這裏是甚麼地方？太陽的家麼？為甚麼會有螢光的符號？是“責罰地”麼？為甚麼會這樣暖和？不！這裏是大峽谷！軒轅猛地清醒過來。

他使勁揉揉眼睛，沒錯！雖然數量不是很多，但岩壁上真的刻着一些螢光符號，而且無論樣式還是風格，都與“責罰地”裏的符號有着異曲同工之妙。

細細看來，軒轅心中又是一陣狂喜。

“在裂谷的盡頭，歸還大地的靈魂，孵化鳳的彩蛋，貪婪的野心會得到寬恕，渾濁的眼睛方見樂土，罪惡的靈魂也將釋然！”

“難道裂谷的盡頭就是樂土？”軒轅呆呆地站在濃霧之中，叨念着：“大地的靈魂究竟是甚麼？鳳轉生的彩蛋又在哪裏？”

軒轅慢慢低下頭，捧着帶血的皮衣仿佛看到了蚩尤。

“蚩尤，謝謝你帶我來這裏。”眼淚又一次浸濕了軒轅的眼睛，“我一定不會辜負你的苦心，我一定要找到樂土，讓整個部落的人們都過上幸福的日子。再也不用怕夕和害死你的年了！”

軒轅帶着蚩尤的大衣，更肩負着好友的遺願，找回了剛才跳下來的地方。

由於並不很高，所以他很快就又抓到了那幾根救命的藤條，並連夜爬了上去。甚至都沒來得及晾乾衣服，就朝部落方向奔去。

終於，潮濕、寒冷、勞累尤其是悲傷使得軒轅昏倒在雪地裏……

第二十六章　帝杖

啟明的星星悄悄點亮了一片夜空，正陪同萬物蒼生，恭迎着太陽將這一天拉開帷幕。

無論冬夏寒暑，當每次月圓前的第一道陽光投向部落時，便是每月祭杖的儀式。最先迎接它的，總是玄毛那張靜如止水的臉。高高的祭壇上，鋪滿白色的獸皮，玄毛手持帝杖，筆挺而堅毅，靜靜地凝望着天邊。凜冽的北風撩弄着她的秀髮，卻無論如何吹不開一絲容顏。

手中的帝杖也如玄毛那般剛毅筆挺，焦躁的火苗不知疲倦地抖動，像是正在祈求着一個永遠也無法實現的夢想。

玄毛身邊，大巫師披散頭髮，半蹲身子，圍繞玄毛跳着怪異的舞蹈。

終於，第一道陽光灑在玄毛臉上，轉瞬，又將她與帝杖渾然鍍成了一尊金色的女神。

"讓太陽來見證我們每天的所為，"玄毛高舉起帝杖，莊嚴地說道，"讓祖先的帝杖來評判我們每人的德行！"

自發前來參加祭杖儀式的人們緩緩拜服下來，虔誠地默念着自己本月的功過和得失。

"身居太陽家中的祖先們，"玄毛以帝杖慢慢掃過眾人，"帝杖可以揭露醜陋的靈魂，也可以彰顯勇敢的心靈，請寬恕無知者的過錯，請賜福祭拜者的靈魂！"

整個部落一片寂靜，就連鳥兒也似虔誠一般壓低了歌喉。只有那躁動的火苗和癲狂的巫師，在肆無忌憚地抖動、癲舞……

"日月與我們同在，祖先就與我們同在！"片刻的安靜將儀式推向尾聲，玄毛緩緩收回帝杖，"帝杖與我們同在，幸福就與我們同在！"

話音落下，巫師慢慢直起了身子，靈魂附體一般站在玄毛面前。玄毛緩緩拜服，並恭敬地將帝杖交與巫師，面對帝杖，開始了她自己的默念。

就這樣，每月一次的祭杖儀式在玄毛的默念中結束了。算起來蚩尤離開部落也不知多少個月了。

到了現在，幾乎所有人都知道了蚩尤出走的"壯舉"，也幾乎都知道了潮紈和軒轅那"不知好歹"的營救活動，以至這幾個月過去了，潮紈和軒轅仍音訊全無，大家還都以為他們全凍死在林子裏了呢。

只有女魃和嫘祖沒有放棄，天天都會到部落的出入口等待軒轅和蚩尤的消息。相同的焦慮和期待，將她們陌生的心拉近了許多。但她們談及的大多都是蚩尤，或許親情總會比戀情更容易張口吧！至於共同的戀人軒轅，她倆都是刻骨摯誠的戀慕，而大家都是純真善良的人，只要對軒轅好的，她們都樂意付出，如此，女魃和嫘祖倒成為知心好友。

今天，她們終於等到了一個人。

"潮紈？"女魃半信半疑地看着雪地裏的人影，"那不是潮紈麼？"

嫘祖使勁揉揉眼睛，驚叫起來："沒錯，是她……不過，我哥和軒轅呢？"

女魃搖搖頭，看着潮紈孤零零的身影，一片陰雲浮上了心頭。

怎奈部落的禁令，還有身邊幾個木頭樣的門衞，嫘祖也只能站在出入口焦急地高喊潮紈。

可直到潮紈走到近前也沒給嫘祖一聲回應。

"潮紈，"女魃尷尬地笑笑，"辛苦了，不知……不知找到蚩尤了麼？"

"不用再等了，"潮紈步子都沒停一下，冷冰冰地說，"蚩尤不會回來了。"

"不會回來了？"女魃皺着眉頭，不安地叨念着。

"甭理她！"嫘祖向潮紈的背影瞪了一眼，"準是我哥不願跟她回來，生氣了。"

話音剛落，潮紈卻突然回過了頭。

嫘祖尷尬地聳聳肩，卻也顯得滿不在乎。

"不過，"潮紈神色怪異地說，"你們要是願意到大峽谷去看看，或許軒轅還能有命回來！"

"大峽谷？"

"有命回來？"

嫘祖、女魃不解地看着對方，不約而同便往大峽谷方向跑去……

一輪圓月掛上夜空，又將整個部落悄然鍍成了銀色。寂靜的黑暗中，孤狼為森林唱着搖籃曲。"責罰地"卻有間帳篷仍是燈火通明。恍惚的身影，像是有人在裏面狂舞。

蓬亂的頭髮，半蹲着身子，癡狂地舞蹈……不知甚麼時候，清晨協助玄毛進行祭杖儀式的那位大巫師，又在這間帳篷裏圍着個半死不活的男人跳起了她神聖的舞蹈。

那男人一動不動地躺在厚厚的獸皮上，頭頂、額面、脖子、胸腹插滿了細細的骨針，周圍五堆篝火幾乎烤焦了整間帳篷。明亮的火光映着女魃、嫘祖、倉頡、歧伯汗淋淋的臉龐，卻沒人顧得上擦一把，只將焦急的目光緊緊鎖在那男人的身體上，好像稍不留神就會讓他的靈魂逃了似的。

或許是烤得太熱，也或許是巫師的狂舞攪碎了好夢，終於，地上那人手指微微一抽，隨即又重重地吸了口長氣。

嫘祖幾乎興奮地叫了出來，卻被女魃按住了嘴，大家總算微微鬆了口氣，卻沒人敢作聲。

直到巫師緩緩停下癡舞，倉頡才小心地問道："大巫師，這孩子有救了？"

大巫師也鬆了口氣，撩開濕成一縷縷的亂髮，露出一張滿是紋花的臉。

"幸虧你們派去的人手腳麻利，"大巫師擦着額頭的汗水，柔和的目光如陽光一般灑在那人的臉上，"看來附上身的邪魔已被祖先驅散，不過……"對於軒轅的病況，看來大巫師也沒有辦法了。

"求求您！"女魃情急地跪倒在大巫師面前，強忍着淚水，哀求着說，"一定要救救軒轅！"

"現在求我，不如求這裏的老骨頭，"大巫師輕撫着女魃的頭髮，又看看倉頡，"他們老得恐怕只剩這點兒事能做了！"她執拾着帶來的法具便準備離去。

嫘祖也急得哭了，扯着大巫師苦苦哀求："您再做多一次驅魔法術，叫祖先保佑軒轅哥哥。"

大巫師看着嫘祖長大，也疼愛這幾個孩子，當然知道嫘祖痴愛軒轅，她對軒轅的性命比自己還看重。

"好！不要哭，我多耽一會！"

"乖！哭也沒用！軒轅這孩子硬朗，死不了的！"老歧伯扶起嫘祖和女魃，安慰地說，"讓大巫師回去，部族還有人等着驅魔的，不要耽誤了大巫師。"此時，倉頡已將一塊獸皮遞向女魃，催促地說：「按上面寫的，跟巫師們討些草藥回來。」

女魃一愣，看着滿是符號的獸皮有些不知所措。

「巫師行針採藥，老骨頭開方救人。」嫘祖這才鬆了口氣，一把鼻涕一把眼淚的笑了出來，急急地搶過獸皮，邊走邊開心地大聲叫出來，「生過病的都知道！」說着已經拉起女魃朝外跑去：「咱們快去快回，等軒轅哥哥好了，就一起去勸我哥，我就不信，還有甚麼地方比部落裏好？」

老歧伯看着嫘祖和女魃走遠了，忍不住歎息說：「真猜不透這兩個孩子之後會怎樣？都這樣喜歡軒轅。」

「祖先自有安排，咱們先治理一下這孩子，他病得不輕啊！」大巫師小心烘烤着手中的骨針，擔憂地說，「我看不止是風邪所致！」

大巫師小心地拔出軒轅身上的骨針，老倉頡則手持長杆捅開了帳篷頂端的通風口，老歧伯也撩水熄滅了幾堆篝火。

倉頡放下長杆，但憂心已沒有之前沉重，語重心長地說：「外感風寒，內淤心火，積有心結……非一段日子而不能癒呀！」

「寒邪易驅，」歧伯看着最後一堆篝火，蹭蹭濕手感慨說，「積有心結，心火難散啊！」

聽了歧伯這話，大巫師竟然一愣，卻也沒多說甚麼。

倉頡歎了口氣，看着大巫師：「既然提到了心火鬱結，就別嫌我老骨頭話多……」

大巫師仍舊默默地烘烤着手中的骨針。

倉頡繼續說：「你們一個身為部落大巫師，一個貴為部落大長老，你們二人就算看在部落的份上，也該放開心中的鬱結了！」

大巫師依然默默不語。

「你也不能光說巫月的不是！」見沒有外人，歧伯便直呼起大巫師的名字，還打抱不平地說，「從一開始就是玄毛的不對！你、我都是看着巫月和玄毛長大的，從小她哪一點不是按照大長老的標準做的，憑甚麼最後就要玄毛來做大長老？」老歧伯不忿地哼了一聲：「何況玄毛已經不是……」

「閉嘴！」倉頡不知哪裏來的脾氣，竟然厲聲喝止了歧伯剩下的半句話。

巫月也是一驚，追問道：「她已經不是甚麼了？」

"哦……"老歧伯撓撓禿頭，訥訥地道，"我是說，要不是她，也不會鬧出'火臭之亂'來！"

倉頡這才微微鬆了口氣："話雖如此，但從玄毛掌權以來，部落確實強大了！"

"但換了是我，"巫月凝視着手中的骨針，不忿地道，"部落會比現在更好，至少我不會讓火臭逍遙在外，讓神農長老死不瞑目！"她愈說愈氣憤："現在竟然招納煥金回來，還把糧食補給他的部族！"

"這不能相提並論！"倉頡打斷巫月的話，"玄毛作為大長老，處處以大局為重，煥金的冶煉鐵具也幫了耕種和狩獵的大忙。"

老歧伯也出聲緩和巫月的不滿，開解道："大家都老了，過去的便讓它過去吧！"

"唉！"倉頡連連歎氣，感慨地說，"事事皆有緣由，上代大長老選擇玄毛，勢必也有她的用意！"

帳內靜了一會兒。

"你的意思我明白，"巫月也平靜了許多，坦然說，"你放心！有悖部落利益的事情我不會做！"

倉頡點點頭。

忽然帳簾撩開，一個侍衞闖了進來，上氣不接下氣地說："啟稟大巫師，素楓長老好像……好像中邪了！"

"哦？"巫月一驚，連忙起身趕了出去。

第二十七章　祭杖

足足一個月過去了，在女魃和嫘祖的細心照料下，軒轅總算可以下地活動了。但正如老歧伯說的那樣，寒邪易驅，心火難散！

這一個月裏，除了告知大家蚩尤的死訊外，軒轅就沒再多說過半句話。

今天，又是每月一次的祭杖儀式，像往常那樣，月亮還高高地掛着，巫師們就按照大巫師的要求佈置起祭壇來。

如往常一樣寂靜的黎明，今天卻平添了幾分緊張。遠處，長老大院那邊還隱隱傳來幾聲怪笑，巫師們卻一言不發，麻利地忙着手中的工作。

十幾個人吃力且小心地將一卷白色的獸皮放到了祭壇頂部，看樣子沒千餘張雪狐皮是拼不成這麼一大卷的。接着，又像給出嫁的少女蓋蓋頭那樣，將獸皮蓋在了祭壇上，白毛毛的一垂到底，原本灰禿禿的祭壇立刻顯出了生氣。

大巫師巫月更格外小心地查看着祭壇上的每一個細節，就連獸皮之間的接駁位也會吹開絨毛仔細檢查一番，生怕祭杖儀式中出現甚麼閃失。

唯獨背靠壇基的四名巫師裝束的侍衛依舊鎮得如雕像一般，或許是巫師兼武士的雙重身份給了他們更多的勇氣和信心吧。

之前養病缺席了多次，軒轅這回起了個大清早，沒想到許多虔誠的老人都已經等在了祭壇前。

"是不是有心事，年青人？"一位老人看着無精打采的軒轅問。

軒轅敷衍地笑笑，卻發現問話的老人並不是本族的長者，或許他是坐錯了地方，軒轅無心過問，只任由思緒在悲傷中徘徊。

"知道麼，"老人慢吞吞地說，"有多少痛都是來自沒有發生的事？"

軒轅仍舊低着頭，似乎並不願意去想老人那沒邊的瘋話。

"世情太複雜了！"老人像是在自言自語，"甚至遠遠超過你的想像，所以越是聰明的腦袋越是會欺騙自己！"

軒轅心中有所觸動，側過頭來，看了看那位老人。

"有人痛了半輩子，"老人望着祭壇上正在忙碌着的大巫師巫月，無奈地說，"卻不知她痛恨的人其實也如她一樣的痛！"

"嗯，"軒轅有一搭無一搭地插嘴說，"憎恨可以蒙住人的眼睛……"

"你是倉頡族裏的吧？"老人笑着問。

"不然怎麼會坐這裏？"軒轅愛答不理地回了一句。

"是啊！"老人感慨一聲，"只有坐在這裏的人才會像倉頡那樣看待大長老和大巫師之間的事。"不知是表揚還是譏諷。

軒轅卻仍舊看着祭壇，仿佛眼前早已虛無一片。

"其實憎恨並不可怕，"也不管軒轅是否在聽，老人接着說，"被愛蒙住了眼睛才是最可怕的！"

"因為愛？"軒轅低迷的情緒終於被老人牽動了，轉過頭問，"難道愛比恨還可怕？"

"當然！"老人微微垂下頭，"至少恨可以用死亡解決，但愛卻會因死亡更加強烈！"

軒轅也隨着老人的話語揣摩起來。

"你聽說過'火奂之亂'麼？"老人問。

"嗯，"軒轅想起了倉頡的故事，"聽說那時大長老剛即位，神農長老也是因此而死！"

"沒錯，"老人好像又看到了當時慘烈的一幕幕，"那便是愛所帶來的災難！它蒙蔽了愛人的眼睛，直至瘋狂到無法回頭。"老人緩緩收回眼神，語調也低沉起來："或許恨可以摧毀你所敵視的一切，但愛卻連自己也一併毀了！"

雖然軒轅不知那是怎樣的一場災難，但聯想起自己和女魃還有蚩尤之間的感情，卻不得不沉重地歎了口氣，悠悠道："或許放棄才是最好的解脫！"

"你應該就是軒轅吧？"老人突然又問。

軒轅點點頭。

"人們都說你聰明，"老人卻搖搖頭，說，"我看，你最多只是些小聰明！"

倒不是非要和他掙個名分，軒轅只是不明白這並不相熟的老人為甚麼如此評價自己。

"倉頡教了你不少東西吧？"老人停了一下，轉頭看着軒轅說，"是這老骨頭老糊塗了還是你這小夥子瞎了心眼，他幾時教過你放棄？"

在老人渾濁的眸子裏，似乎藏着甚麼，軒轅卻怎麼也看不到。

"執着！"老人重複着、鄭重地說，"執着，才會讓人堅信無法看到的東西！執着，才能超越痛苦而不會迷失方向！更不會被自己的智慧所欺騙！軒轅，記住！放棄甚至比錯誤還要可笑！"

這老人的話聽來很有道理，自己又何嘗不是呢！軒轅也在仔細品味，甚至已經開始低頭反思，難道蚩尤幫你找到樂土的線索就是要你把它爛在肚裏麼？難道他離女魃而去就是要你繼續冷落她麼？這不是辜負了好兄弟的苦心嗎？軒轅啊、軒轅，你這是怎麼了？當初，老倉頡可以在全部落都質疑玄毛的時候，堅信上代長老的選擇。你為甚麼不能在所有人都認為蚩尤死了的時候，堅信他就在你身邊呢？或許一側頭便可以看到他，"好心情從來都是有好運氣"的！

軒轅猛然側頭，眼前依舊是老人那對渾濁的眸子。軒轅卻開心地笑了。蚩尤，多謝你！我知道這老人就是在冥冥中受了你的委託來開導我的！我會幫你找到樂土，我不會讓你失望的，蚩尤！

看着軒轅的眼中又燃起活力，老人也欣慰地笑了，說："或許你這小子真能算得上聰明吧！"說着左右看看，問："老倉頡呢？就要祭杖了，卻連他人影都看不到。"

"你找他有事？"

"對呀，不然我怎麼會坐到你們這邊來。"

"可真不巧，看來你還得到'責罰地'去一趟才行。"

"哦？"

"前天晚上他的老腰讓風給吹了，現在疼得起來都要歧伯幫忙才行。"

"病了？"老人皺皺眉，"別是也中邪了吧？"

"你怎麼也這樣說？"軒轅更是眉頭凝成了疙瘩，"昨天大巫師也說是中了邪，還送來幾個巫師裝束的草人，說是可以鎮一鎮！"

"其實……"老人停一下便和軒轅交了底，"其實我今天就是為這來找倉頡的。近一個月，許多人都中了邪，聽說素楓長老中得還挺厲害，連大巫師也只能暫時幫她鎮一鎮！"

"是麼？"躺在帳篷中一段日子，軒轅的消息也閉塞了許多，不太明白，"我只從倉頡和歧伯那裏聽到些。"

"他們說了甚麼？"老人追問着，"我今天來，就是想聽聽他們的看法。"

軒轅凝神回想一下說："昨天早上得知倉頡病了，我便去看他，當時大巫師剛走。好像除了給倉頡行針，她還說了些別的，弄得歧伯滿臉懼色，不住地嘮叨，'陰邪之氣！陰邪之氣！'還說甚麼'部落犯了陰邪之氣，明天月圓，定會出大事！'"

"倉頡怎麼說？"看來老人更想知道倉頡的觀點。

"他也說這件事的確有些怪！"

"怪？"老人一臉的不解，"難道他也相信甚麼陰邪之說？這可不是他的為人！"

"這個……"軒轅又想了想，"老倉頡只說，絕大多數的人，包括他自己的腰痛，無非是受了點風邪寒邪，至於這陰邪之說，你應該也知道，他從不過多評論。"

"嗯，"老人這才點點頭，"那老骨頭向來如此，一句'無可知'便敷衍了這些事！不過，他又覺得怪在哪裏呢？"說着，老人看看周圍，壓低了聲音，語調也嚴肅起來："是不是素楓？"

"嗯！"軒轅連連點頭，"他說，至於素楓長老的病情就有些無可知了。"

"這個死倉頡，"老人氣急敗壞地嘟囔着，"一到關鍵時刻就整這個。"說完又看看軒轅，語重心長地道："年青人，你不是很聰明麼？你看這是咋回事？"

"這個……"軒轅被老人的語調影響，也不敢胡亂猜度，猶豫了一下，搖搖頭說，"我病了一段日子，要不是聽你說，我還以為那是倉頡和歧伯鬥嘴玩呢！不過我看，倘若真的是中邪……"軒轅神秘兮兮地看着老人，老人立刻豎起了耳朵，軒轅便接着說："我看那一定是我，這段日子我都沒閒着，除了發燒，就是說胡話！"

"你……"老人的鼻子都要氣歪了，"真有你的，不虧是倉頡調教出來的！"說完便忿忿地回到了自己的族人那邊。

看着老人的背影，軒轅覺得最近發生的事有些蹊蹺，但又想不通是甚麼？近一個月，許多人都中了邪，還說甚麼"部落犯了陰邪之氣，月圓之時，定會出大事"！這話很可能造成大恐慌，今天的祭杖儀式看來會發生甚麼事情了，要不然，為甚麼把這陌生老人也招引了過來？軒轅滿腹疑團，所以最終沒有對這老人多說倉頡的事，不過還是由衷地感謝着那位老人，若不是他的開導，或許自己仍舊活在悲傷的陰影中。

不一會兒，祭壇前面就擠滿了人，或許是受了"陰邪之說"的影響，前來祭杖的人也是格外的多，但大家卻都很安靜。藉着黎明的微光，軒轅還看到了女魃，沒有嫘祖，也許她昨晚又哭了一整夜，這才剛剛睡下。

遠遠地，女魃好像在焦急地找甚麼人，軒轅料定她是因為不見了自己才跑來找的，便向女魃猛揮揮手，雖然沒有出聲，卻也還是招致了幾個虔誠族人的一頓白眼兒。

幸虧女魃一眼就看到了軒轅，可還沒往裏擠，便聽祭壇那邊傳來了大巫師巫月的責罵聲，本就有些緊張的人羣便又向前擠了一步。

好像是一個鎮守壇基的侍衞犯了點錯誤，但沒兩句話的工夫，巫月竟然還將這雷打不動的崗位換了人選。看來連她自己也被那陰邪之說弄得過於敏感了，否則剛才也不會連獸皮的介面都要吹開看看了。

幸好新換上的侍衞腿腳麻利，不一刻，後背剛剛貼住祭壇的基壁，玄毛便走出了大帳。

擁擠的人羣立刻矮了半截，再向前擠幾乎不可能了，女魃只好與眾人一同跪了下來。

祭壇距長老院僅百步之遙，祭壇中心正對玄毛的中央大帳，前來祭杖的眾人便在祭壇的另一面，各個都虔誠地跪迎着玄毛。

玄毛緩緩走向祭壇，莊嚴而沉穩，一邊跟着應龍，威武而強健。另一邊卻不見了素楓，只有從她帳中傳出的陣陣陰笑。雖然這陰冷的笑聲詭異得令人發毛，但卻能清楚地辨認，那正是素楓的聲音。帳簾外還有一人，侍衞長的裝束披掛嚴整，不用問肯定是潮紈。自從素楓中邪以來，她受應龍之命，幾乎整日整夜地堅守在素楓帳外。其餘侍衞則謹慎地守在長老院的籬笆內，炯炯的目光時刻提防着外面的一切動向。

玄毛目光悠遠而寧靜，腳步緩慢而穩健，似乎太陽也要耐心地等她走過這百步之遙才敢從山邊露出頭來。

一切似乎都很順利，應龍靜靜地守在壇基上，人們則默默地接受着帝杖的洗禮，甚至祈福已畢，帝杖都已握在了大巫師的手中。除了素楓詭異的瘋笑，一切仍舊是那樣的安寧。

可就當玄毛也垂下頭開始默念自己的功過得失時，卻聽巫月一聲驚叫，玄毛猛然抬頭，只見整根帝杖都燃燒了起來……

第二十八章　逼位

　　與此同時，遠在百步之外森嚴的帳篷中，素楓便如親眼看到一般，頓時狂笑起來，瞬間笑聲又變得更加詭異尖細，伴隨着清晨的寂靜，陰森的笑聲幾乎籠罩了整個部落。

　　"陰邪作祟！"巫月驚叫着，已經用披肩將帝杖捂在了祭壇上，而帝杖卻如活了一般在披肩下掙扎跳動難於控制，甚至已將披肩燒成了火團。

　　應龍一聲令下，除了四個堅守壇基四方的侍衞，其餘侍衞一擁而上。

　　"全部退下！"巫月厲聲喝住侍衞，命令說，"陰邪之力非常人所治，全部退下！"隨後騰出一手便將自己胸前的護符拽了下來，急促地吩咐："邪根定是附在素楓身上，火速告知潮紈，鎮住素楓！"說完將護符扔給了一名壇基侍衞。

　　那侍衞接住護符，高舉於頭上，微低着頭，就像捧着一件比性命還重要的寶物，而腳下卻絲毫不敢停歇，一路狂奔，就連長老院的侍衞也不敢阻攔，直到潮紈面前。

　　"甚麼？"潮紈頓時一驚，隨後喝令院內侍衞，"所有人向外齊聲高呼，震懾陰邪！"說完便和那侍衞一同衝進素楓大帳。

　　面對向來撲朔迷離、悖於常理的陰邪之說，尤其是那躁動得如活了一般的帝杖，更加之素楓詭異陰冷的笑聲，就連玄毛也有些動容了。

　　族人們更是一片恐慌，有的遠遠逃開隔岸觀火，有的則湧上前來出謀劃策，而絕大多數人卻堅信此時只有祈禱祖先保佑才是最好的辦法……

　　甚至遠在"責罰地"的倉頡也聽到了消息，正捂着老腰與歧伯朝這邊趕來。

　　片刻間，素楓的陰笑便淹沒在了眾人亂哄哄的祈禱，以及侍衞的震喝聲中。

　　或許真的是那塊護符起了功效，裹在披肩裏的帝杖真的不動了，巫月這才放開手，不一會就連披肩上的火也熄滅了。巫月顧不上傷痛，小心地掀開披肩，卻是一臉愕然。

　　潔白的獸皮被燒糊了一片，同樣糊黑的披肩下靜靜地躺着帝杖焦炭般的殘骸。

　　"不可能！"玄毛看着帝杖，"帝杖不可能燒毁！"

"這是上古的神器！"巫月雙手捧起帝杖的殘骸，"或許可以被熄滅，但絕不可能被燒毀，除非⋯⋯"說着，又看看玄毛，滿臉疑團："除非有誰的德行玷污了它的神力！"

"誰？"玄毛側頭看向巫月。

"屬下不知！"巫月惶恐地垂下了頭，但語調並不客氣，"但這分明是上天的懲罰，使陰邪臨降，懲處忤逆！"

"懲處忤逆？"玄毛懷疑地看着巫月。

"這⋯⋯這⋯⋯"巫月看着玄毛，正色道，"解讀天意只不過是屬下應盡的職責。"

忽然，長老大帳方向又傳來了潮紈的聲音。

"陰邪之力，不可擅動！"潮紈喝道，"各守崗位，速稟長老與巫師定奪！"

千百雙眼睛望過去，原來長老院內也燃起了大火，被燒的還正是大長老玄毛的帳篷。

突如其來的大火仿佛印證了巫月的推斷。所有人心中都冒出無數問號！

"這又是怎麼回事？"玄毛又追問了一句。

"這⋯⋯"巫月一臉的為難，但語調變得更嚴肅，"帝杖焚毀，長老無居，這⋯⋯分明是上天對你的⋯⋯"

"對我的甚麼？"玄毛面具一樣的臉瞬間抽搐了一下，隨即又一臉的寧靜。

"這⋯⋯"巫月顯得更加為難，說話卻有些苛刻，"屬下不敢妄言，待大火過後便有分曉！"

"好！"玄毛點點頭。"我倒要看看上天究竟要怎樣？傳令下去，"玄毛平靜地吩咐侍衛，"不許救火！"

⋯⋯

嘈雜的議論聲早已載着祭壇上的一幕幕向周邊族人散去，片刻的工夫，便有無數質疑，甚至憤恨的目光投向了玄毛。

衝天而起的烈火，無情地吞噬着長老大帳，也吞噬着族人心中玄毛神聖的威嚴。尤其是那些德高望重的老人，仿佛一場大火還燒盡了玄毛所有的功績，並將剛剛即位時那個備受質疑的玄毛重新展現了出來。

只有軒轅，或許還有那位陌生老人，似是冷眼旁觀般看着眼前的一切，甚至軒轅還不時地抽抽鼻子，仿佛聞到了某種奇怪的味道。

當然，表現反常的還有剛剛擠到前面的倉頡，他看着巫月似乎在回想甚麼，轉頭又將惱怒的目光投給了歧伯。

"你⋯⋯看我幹甚麼？"歧伯支吾地說，"找回軒轅那天巫月就聽出了端倪。"

"那麼後來呢？"倉頡滿面驚恐地問，"她是不是又問過你？"

"你小聲點！"歧伯左右看看，隨後點了點頭，卻立即挺直了腰板，辯護說，"但我可甚麼都沒說，這麼大的事，砸碎我的老骨頭也不能說呀！"

"這樣說來⋯⋯"倉頡想了想，卻還是重重地歎了口氣，"巫月何等聰明，被她看出一點端倪就足夠用來要脅大長老了！"倉頡無奈地搖搖頭，悲痛地說："這才是陰邪作孽呀！"

卻在這時，潮紈又在眾目睽睽之下奔向了祭壇，手裏還捧着一樣東西。

"啟稟大長老！這⋯⋯這個⋯⋯"潮紈跪在地上，看看手中之物，竟不知如何開口。

玄毛和巫月立刻走下祭壇，看着潮紈帶來的東西同樣一時無語。

"這⋯⋯這是怎麼回事？"玄毛平靜的語氣中竟然也有些顫抖。

"我們⋯⋯按照您的指示，"潮紈神色慌張地說，"等大帳燒完，便看到灰燼的中央插着這個，就趕緊給您送來了，我看這個⋯⋯"她不知所措地看看大長老，支吾着："有點像⋯⋯像⋯⋯"

"不是像，"玄毛接過來端詳着說，"這就是帝杖！"

所有人都驚呆了，就連軒轅的眼睛也直了，剛才帝杖明明是被燒成了焦炭，現在居然又於百步以外的灰燼中重生了。

玄毛愣愣地看着帝杖，也不敢有絲毫的懷疑。

"大長老！"巫月鄭重地說，"請恕屬下直言，舊杖焚毀，新杖重生，這便是辭舊迎新之相；毀於祭壇，生於帳基，那便是祖先要求部落更替長老之意！"

"果然是天意！"玄毛看着巫月反倒釋然了許多，坦然說，"我的辛苦終於得到了上天的恩賜！"

天曉得玄毛是不是給氣糊塗了，只見她從容地走上祭壇，舉起帝杖向眾人高呼："我玄毛，在太陽和族人面前宣佈，從今天起我便不再是大長老！"

族人頓時一片驚駭，嗡嗡的聲音中不知混雜了多少種各異的觀點。

玄毛接着說：「按照部落規矩，我將暫時代領長老職權，直至第二個春天，我會確定誰是部落的下一任大長老！」

這的確是部落的規矩，任何一任長老，甚至素楓、應龍這樣的長老也是由相應的前代長老經過兩年的精挑細選才脫穎而出的。

「我看不妥！」這時居然又傳來了巫月的聲音，「此事非同小可，以上天之意新任大長老今天就得即位！」

「哦？」玄毛不解地看着巫月。

巫月仍舊恭敬地說：「大長老應該知道，這陰邪之力何時最強？」

「月圓之夜！」玄毛說。

巫月接着問：「那現在是何時？」

「你的意思是……」玄毛仿佛也猜到了甚麼，不安的眼神中卻好像還有些為難。

「的確！」巫月接過話來，「雖今晚才是月圓，但當下卻是日出，在太陽面前都鬧出如此的災禍，若不能立即順應天意，以新長老之威震懾陰邪，那麼今晚恐怕……」

哄地一下，嘈雜的議論聲又將這個恐怖的消息散播了出去。頓時，責備的目光統統投向了玄毛，恨不得她立即退位才好。

而玄毛仍舊顯得有些為難，似乎還在顧忌着甚麼。

「我看這樣也未必妥當！」一個緩慢而蒼老的聲音牽過了所有人的視線。

原來是老倉頡，一對深邃的眸子望着巫月，說：「我仍舊相信你那天的承諾，但我卻不敢相信你的判斷。多少善意，卻終究釀成了災禍！」

「這不是我的判斷！」巫月絲毫不覺理虧，朗聲說，「這是上天的判斷，任何人的德行都不可能逃過上天的眼睛，何況那人的所為都沒有逃過你的眼睛！」

「但你並不知道真相！」倉頡說。

「坦白地說，」巫月絲毫沒有掩飾，「我確實不知道真相，但你敢坦誠地說那件事真的沒有違反上天的旨意？沒有違背部落的利益？那你又何必遮遮掩掩直到今天呢？」

「我們都是在維護部落利益！」倉頡鄭重地說，「謊言只會褻瀆我們共同的目標，所以我不能否認你的猜想。但我堅信，即便是我這個親眼目睹了事實的人，也未必看清了真相。相信我，事事皆有緣由，只是你我無法看到！」

若是別人說了這樣一堆瘋話，早就被族人踢得遠遠了，但說話的是倉頡，幾乎所有族人眉心都凝成了疙瘩，卻仍舊滿頭霧水地聽着。

玄毛默默地望着遠方，一言不發。

巫月卻看看玄毛，又看看倉頡，也不知該說些甚麼。

"我不清楚你們那代人的恩怨，"還是軒轅挺身而出，打破了僵局，"也不太明白老倉頡的執着。但我知道，從我記事以來，看到的便是日漸壯大的部落，幸福快樂的族人，有條不紊的秩序！"軒轅恭敬地看着玄毛，言詞懇切地說："我不知道大長老是否真心退位，即便是真心，我們也要還您一個清白！"

眾人混亂之際，軒轅跑上前的舉動頓時引起大家注視，自從建立了解決族人旱災的功績以來，軒轅的智慧已被族人肯定，就眼前的大變，大家都樂於聽聽軒轅的解說，一時間眾人也安靜下來。

軒轅環視一遍眾人，胸有成竹地說："陰邪之說向來不可知，但我卻知道事有人為！即便真是上天的旨意，我想上天也不會親自把帝杖送到百步之外吧？"軒轅的視線穩穩地落在了巫月身上。

"難不成……"巫月一聲冷笑，斥責說，"是我做了手腳？"

"不敢！"軒轅躬身施禮說，"只怕另有其人，若大長老不明不白地退位，恐便中了人的詭計！"

"不明不白？"巫月不解地說，"眾目睽睽，大家都能看出這是上天的意思！"

"眾目睽睽？愈是聰明的腦袋，愈會被自己的眼睛矇騙！"軒轅微微一笑說。

"好！"人羣傳來個蒼老的聲音，"是天意？是人為？不查怎麼知道？"原來是那陌生老人站起來質疑。

"既然月圓之夜陰邪最盛，"軒轅繼續說，"那就在太陽落山前吧！到時候如果我還查不出究竟，再由新任大長老震懾陰邪也不遲吧！"

"既然大長老都已經決定退位了，"應龍上前一步怒喝軒轅，"何必由你們來操心？"

應龍一席話讓軒轅有些不解，一向嚴肅認真的應龍，倒似希望此事就這樣不了了之？

玄毛停了片刻，便轉身離開了祭壇，卻沒留下任何話。

第二十九章　查證

"應龍長老，"那老人同樣不解，卻也絕不示弱地說，"我們素來敬重您的為人。卻沒想到您居然也是個不問是非的人！"

"混帳！"應龍喝道，"我應龍做事問心無愧！"

"既然問心無愧，"看來這老人也是個剛直的性子，接着說，"何故不敢讓軒轅查上一查？是非自在人心，就算您自己不願知道真相，也不該遮了大家的耳目！"

眾人隨即呼聲一片。

"你……"應龍看着亂哄哄的眾人，猶豫了一下，卻沒再多說，也離開了祭壇。

看到應龍，甚至幺毛的反常舉動，軒轅的心中卻有一種莫名的不安，甚至餘光中他還看到了老倉頡和老歧伯遠去的背影。

"這究竟是怎麼了？"軒轅有些不知所措，自語道，"大家的是非都到哪裏去了？"

"軒轅，"老人來到祭壇前，朗聲對軒轅說，"既然長老們都沒甚麼意見，那就查一查吧！"

或許是對真相的好奇，不安的軒轅還是點了點頭。

"大家聽好了，"老人招呼着眾人，"想要知道真相的人就來幫軒轅的忙吧！"

或許有些人只想湊個熱鬧，但不管怎樣，竟然有半數的人都圍了過來。

"全都給我退下！"巫月一聲喝止，幾個背靠壇基的侍衛，終於從雕像似的沉默中"活了"過來，齊刷刷地擋在了祭壇前。巫月接着說："祭壇聖地，豈容肆意踐踏。"

"但這事關重大！"軒轅說，"祖先也不希望陰邪蒙住族人的眼睛！"

"你們這樣會玷污祭壇，"巫月擋在軒轅面前，斥責，"觸怒了祖先，陰邪更加無法抑制！"

面對巫月的阻攔，軒轅更覺其中有鬼。但她畢竟身為大巫師，軒轅一個剛剛成年的男人又敢怎樣呢？

眾人你看看我，我看看你，也都沒了辦法。

"你也說陰邪、他也說陰邪……"老人又說，"既然大家都是在維護部落利益，那又何不以真正面目相見呢？"

"對呀！"幾個不信邪的年青人趁亂喊道，"是不是陰邪就在你心裏呀？"

眾人又是一亂，只擠得壇基侍衛退了好幾步。

"大家不要亂！"軒轅說，"我看大巫師說得在理。大家亂哄哄的恐怕觸怒了祖先！"說着又轉身對巫月道："大巫師，只軒轅一人上去可以麼？"

眾怒難犯，既然應龍都無奈地離開了，巫月也只好忿忿地帶走了幾個壇基侍衛。

……

"真相似乎很明顯，此事大巫師難逃干係！"軒轅趴在祭壇上，一邊勘察一邊想，"她先將素楓的怪病說成陰邪所致，然後再將普通病患都覆以陰邪之說，以此來為今天的怪事做鋪墊，不過……"軒轅又一轉念："事情卻又不止如此，她何必要這樣做呢？真的是因為當年的事？幾十個春夏秋冬都過來了，又何必今天才發難？"

軒轅不禁抬頭向長老院的位置看去，沉思："或許真的另有其人？素楓的病確實很怪，應龍也有些反常，但二位長老雖是一人之下，卻在萬人之上，難道這大長老的位子真的那樣誘人麼？"

軒轅慢慢地環顧着部落，推敲："或許還有別人？但這偌大的部落裏，又有誰能讓大巫師甘願冒險相助呢？"

軒轅的眉頭已經凝成了疙瘩："就算是這樣，那麼帝杖又是怎麼回事呢？"看着燒焦了的披肩和帝杖，還有祭壇鋪蓋上一大塊碳黑的痕跡，軒轅已被無數的問號埋了起來。

……

"軒轅，"女魃終於從問號堆裏把軒轅拉了出來，關心道："該吃飯啦！"

"哦？"軒轅一愣，不禁看看天空，"居然都中午了！"

……

"責罰地"裏，女魃已經給大家分發好了食物。

"一個上午了，"女魃給軒轅遞上飯菜，問，"我看你光在祭壇上發愣，查出甚麼沒有？"

"除了焦的，就是糊的……"軒轅嘮叨着，"連帝杖也成了灶裏的柴火棍子，怎麼查？"

往常，說到這裏就該輪到倉頡和歧伯爭相發表意見了，可今天卻有些反常。

"這是怎麼了？"軒轅玩笑地說，"老骨頭們都中了邪麼？"

"唉！"歧伯歎口氣，卻又用飯菜填滿了嘴。

倉頡也同樣無奈地歎了口氣，仍是一言不發。

"甭擔心！"軒轅信心滿懷地說，"或許真相能被掩蓋，是非卻不可能改變！"

"是非？"倉頡放下食物又歎了口氣，"何為是？何為非？只怕你查出真相，卻更加是非難辨。"

"那麼……"軒轅不解地問，"您不是也不主張大巫師的做法麼？"

"唉！"倉頡歎口氣，語調無奈，"我只想讓大家各退一步而已！"

"算了！"歧伯也來了話，"事已如此，就乾脆讓上天來決斷吧！"

"呵呵！"倉頡竟然又笑了，"好！查出來是上天的意思，查不出來也是上天的意思！"

"我看，"軒轅往倉頡身邊湊了湊，試探着說，"您老好像早就知道了真相。"

"我？"倉頡抹抹嘴，站起身來，"我自己都弄不清甚麼叫作真相了。"

看着匆匆逃開的倉頡，軒轅只得湊到了歧伯身邊，卻見歧伯趕緊扒了兩口飯，也抹嘴走了。

"不知怎麼了，"正在包裹食物的女魃說，"今天他倆要麼不說話，要麼只說一半話。"

"看來這件事，"軒轅撓撓頭，"真有點難辦。"

"不用發愁，"女魃包好食物，安慰他，"不做大長老，樂得清閒，還省得她老人家操心呢！"

"難道你也不想我再查了？"

"誰說的？"女魃站起身來，"一定要查，只是不急，能還大長老一個清白就行了！"

說完，女魃便拿着食物朝外走。

"你幹嘛去？"軒轅看看女魃手中的包裹問。

“嫘祖這丫頭，”女魃輕輕歎口氣，“在帳篷裏憋了好幾天，連飯也不去吃，要是沒人送去，難道還要它自己飛了去？”說着，晃晃手中的包裹。

女魃離開了帳篷，帳簾仍舊悠悠地晃動，軒轅也想起了蚩尤，滿心酸楚一湧而上。

“你這傢伙，”軒轅笑眼含淚地說，“部落裏出了這麼大的事，你這個大英雄卻躲在太陽家裏享清福。”

帳篷裏靜悄悄的，只有軒轅的自語，但模糊的雙眼中卻隱約浮現出一個人形。

“是你麼？”軒轅驚叫道，卻不敢抹去眼中的淚，生怕連同蚩尤一併抹掉了。

“還知道回來看我？”軒轅埋怨着說，“回來看我的笑話？”

正說着一行淚水已經淌落在地上，卻沒有帶走那個人形。原來這是巫月送來為倉頡鎮邪的那個草人，它木獨地倚在帳前，一身巫師裝束，仿如真人一樣，還真騙過了軒轅的淚眼。

或許有些失望，但軒轅卻想起了甚麼……

的確，就是那個與草人同樣裝束的壇基侍衛。甚至，還有女魃剛才的話——“要是沒人送去……難道還要它自己飛了去？”

“蚩尤！女魃！謝謝你們的提醒！”話音沒落，軒轅奔了出去。

軒轅一口氣衝上祭壇，小心地觀察着祭壇鋪蓋上的糊焦印記。上面燒出了幾個洞，大的比雞蛋大些，小的卻如米粒那般不計其數。上午軒轅也看到了，只覺得皮子遇到火燒幾個窟窿也是自然，不過現在想想倒有些奇怪。為甚麼鋪在下面的皮子會燒出洞，而蓋在上面的披肩卻只是燒得碳黑呢？軒轅撿起披肩卻猛然一驚，居然硬邦邦的像塊板子。

他細心揣摩着當中的蹊蹺，隨即又把視線鎖在了那個雞蛋大的焦洞上。就在它的邊緣，軒轅果然發現了一些怪異的痕跡，再探過鼻子聞聞，殘留的氣味不禁令他想起大帳燃燒時的怪味。

軒轅終於笑了，自語道：“怪不得你今天查得這樣仔細，甚至還找個理由換了壇基侍衛。”

說着，軒轅伸手入懷，摸出小刀，並塞到了那個窟窿裏，只聽叮噹幾聲便掉了下去。

軒轅衝下祭壇，果然找回了小刀。

"要是沒人送去，"軒轅長歎口氣，學着女魃的話，"難道還要它自己飛了去？

"你還要給誰送飯麼？"忽然耳邊傳來了女魃的聲音。

"是你，"軒轅喜出望外地看着女魃，"嫘祖吃飯了麼？"

"嗯，"女魃點點頭，"不過她昨天哭了一夜，現在剛剛睡下。"

"所以你就來這了？"軒轅笑着說，"倒真會趕巧，現在足可以還大長老一個清白了！"

"真的！"女魃驚喜叫着，"快說說！"

"不過……"軒轅想了想，"事情卻好像沒這麼簡單，還得找個人，或許他能說出更多的真相。"

"是麼？"女魃不解地問："還得找誰？"

"就是，"軒轅指着壇基說，"站在這個位置的壇基侍衛。"

"是……"女魃想了想，"是被大巫師換上去的那個壇基侍衛？"

軒轅點點頭："沒錯！"

"好！那我去找。"

"你去？"軒轅不解地看着女魃。

"當然了，"女魃說，"現在一切都未落定，這時你帶侍衛前去拿人，肯定會打草驚蛇，不如讓我先去探探虛實，也免得人家根據你的動向提早防範。"

"說得有理，"軒轅想了想，"那我就等你好消息了。"

……

女魃已經走了很久，卻仍不見回來。不知怎地，軒轅的心有點發毛了。

"會不會出事了？"

軒轅越想越擔心，拔腿朝巫師大帳那邊跑去。卻在路經長老院時看到女魃正在裏面和侍衛們說話。

"你怎麼到長老院來了？"隔着籬笆，軒轅焦急地問。

女魃回身看到軒轅："你先進來再說。"

軒轅立刻向侍衛說明了來意，便被放了進來。

"怎麼了？"軒轅不解地問，"那人在這裏麼？"

女魃點點頭說："我向巫師們打聽了，都說那人自從進了長老院就沒再回去。"

"哦？"軒轅眉頭一皺，"是不是他們早就串通好了？"

"不太像，"女魃搖着頭說，"我剛才問過這裏的侍衛，他們也只見到送護符的人進院，卻不見出院。"

"這就怪了，"軒轅環顧一番說，"長老院總共就這麼大點地方，除了三位長老的帳篷就是一片平地，四周還圍着籬笆，外面也是空地，而且挨着籬笆就是侍衛，兩步一崗，恨不得比籬笆還密實。別說是個大活人，就算老鼠溜出去也能被好幾個侍衛一起看到。"軒轅想了想，又問："有別人出去麼？"

"這我問過了，"女魃回答說，"只有應龍長老和潮紈出去過。"

"潮紈，"軒轅想了一下，"就是送帝杖時麼？"

"嗯。"女魃點點頭，接着說，"應龍長老是因為把自己的帳篷讓給了大長老，所以暫時搬出去了。"

"潮紈無非例行公事。應龍長老……"軒轅皺着眉，"既然您不想讓玄毛做大長老了，又何必這樣獻殷勤呢？況且一個大活人，總不可能被應龍人不知鬼不覺地帶出去吧？"

"既然沒出去，"軒轅想了想說，"倒真可能是那人燒的大帳！但侍衛們看不到麼？"

"我也這麼想，只是……"女魃歎口氣，"當時大家都在提防外面。"

"那麼潮紈呢？"軒轅連忙問，"她不是在院內麼？"

"的確，"女魃點點頭，"但那人為素楓長老佩戴好護符後，便要潮紈服侍素楓長老用藥，然後那人就出去了。待潮紈再出來時，發現大長老的帳篷已經着起了火。"

"那就難辦了……"軒轅看着素楓的大帳，凝神思索着。

"難道侍衛們出了問題？"女魃壓低了聲音，環顧着籬笆後面的侍衛。

"不會，"軒轅搖搖頭沉思，"就算是有個別人搗鬼，也不可能逃過旁邊人的眼睛，除非所有人都中了邪！"

叨念着，軒轅的視線又落在了玄毛大帳的廢墟上，卻仍舊搖着頭："裏面要是能藏人，恐怕也是相熟的。"他又轉到應龍大帳："也不可能，現在住着玄毛，她總不會和自己過不去吧！"

最後又回到了素楓的帳篷。"你說，"軒轅壓低了嗓子問女魃，"那人會不會根本就沒出帳篷？"

"你是說潮紈和素楓長老都……"女魃隨即搖搖頭，"不會吧，就算是她們故意為難大長老，也不可能這樣傻，一個大活人有進無出，哪裏藏得住？"

"可一個大活人，總不能就這樣蒸發了吧？"

軒轅盯着帳外的潮紈，毅然說："進去看看再！"

……

"又幹甚麼？"潮紈擋在帳外喝斥女魃，"沒告訴你麼？我不知道那人去了哪裏！"

"事關重大，"軒轅恭敬地行了一禮，"能否通稟一聲，我們想到裏面看看。"

"混帳！"潮紈怒道，"長老大帳豈是想進就進的！"

"讓他們進來！"帳內出乎意料地傳出了素楓的聲音。

潮紈這才准許二人進帳，並隨其入帳。

軒轅稟明了來意，素楓點點頭。

"有道理，"素楓平靜地說，"畢竟那人是給我來送護符的。進來查查也好。"說着，素楓站起身來對潮紈說："咱們走，我正好想到院子裏透透氣。"

素楓和潮紈走出了帳篷。面對她的坦然，軒轅和女魃更是一頭霧水。

"這人真的是飛了？"

軒轅看着女魃，女魃同樣不解地看着軒轅。

……

箱子裏、鋪蓋下，就連那個用來震懾陰邪的草人也被軒轅剝開看了個究竟，卻沒有發現任何可疑之處。

心有不甘的軒轅甚至還到應龍的帳篷裏、玄毛帳篷的殘骸裏查了幾遍。

整個長老大院幾乎被他翻了個底兒掉，卻沒有絲毫進展。

眼看天就要黑了，祭壇前已經點起了熊熊的篝火……

第三十章　退位

"怎麼辦？"女魃看着祭壇那邊擠成了堆的人，問軒轅，"大家都在等你的結果。"

"不管怎樣，"軒轅歎口氣，無奈地說，"至少我能還大長老一個清白。"

……

壇頂之上大長老、大巫師分立兩側，壇基之旁不僅站着應龍，這次還站上了素楓，壇基四周仍舊是四個巫師裝束的壇基侍衛。

軒轅來到祭壇下，向祭壇上躬身行禮。

"啟稟大長老，"軒轅鄭重地說，"事情真相已經基本查清。"

"基本？"玄毛微微垂下眼睛看着軒轅。

"真相查明，"軒轅停了停說，"只是缺了一個人，所以過程尚待查證。"

"真相如何呢？"玄毛說，"果真是天意？"

"不！"軒轅搖着頭，"是人為！"

"人為？"玄毛對結果似乎有些失望，甚至都沒有繼續追問是誰。

無奈，軒轅只得接着說："我想大家都應該猜到了，只要不是'天意'所為，那肯定就是大巫師搗鬼，畢竟她是直接'操控'陰邪的人，但請相信我，這後面肯定還有別人，而且這人應該……"

"軒轅，"玄毛平淡的聲音打斷了軒轅的話，"既然你已經知道是巫月所為，就趕緊講出你的道理，不要用自己的猜想誤導族人。"

此話雖然有理，卻不免讓軒轅有些彆扭，好像自己現在的所為是要坑害她玄毛似的。

無奈，軒轅只得立刻切入正題。

"在此之前，"軒轅說，"我還要請一位與此事無關的人來做些鑒定。"

"那就我來吧！"說話的人竟是應龍。

"這……"軒轅一愣，"這恐怕對大長老……"

"不要緊！"玄毛又打斷了軒轅的話，"就讓應龍長老來做好了。"

軒轅簡直連鼻子都要氣歪了，真不知道自己現在是為了誰？

"也好！"軒轅沉住氣，繼續說，"那就煩請應龍長老看看祭壇鋪蓋上面燒焦的洞。"

應龍上到祭壇，伏身看着鋪蓋上的焦痕，說："確是火燒而成！"

"還煩請您再看仔細些，"軒轅補充說，"那個最大的洞，邊緣是不是有些奇怪。"

應龍仔細觀察着，忽然一驚，說："的確，有金石割製的痕跡，但大部分都被燒沒了！"

"這能說明甚麼？"巫月不屑地說，"你一整天都在祭壇上，隨時可以做手腳。"

"也好！"軒轅並未多做解釋，又說，"這暫且不提。讓我們再來做個試驗。"

說着，軒轅拿過一塊獸皮扔在地上，又將一根燃燒的火把丟在上面。不一會，獸皮便被燙出了個大窟窿。

"大家看，"軒轅提起獸皮說，"這也有個洞，不過還請應龍長老看看，這兩塊燒痕有甚麼不同。"

侍衛將獸皮送到應龍面前。

應龍仔細看了看，說："軒轅的獸皮只有一個焦洞，而祭壇上的卻還有許多小洞。"

軒轅微微鬆口氣心想："看來應龍長老並非自己所想的那樣有意為難大長老，唉，先不管許多了。"他接着又說："這是因為有人想燒掉那道金石割製的痕跡，所以提前灑了松脂，卻沒想到散落的松脂粒連旁邊也燒出了小洞。"

"嗯！"應龍趴在鋪蓋上聞了聞，"的確有點松脂油的氣味。"

"不僅如此，"軒轅接着說，"不知大家是否記得，玄毛長老大帳燃燒時也有一股松脂油的氣味。"

眾人一片驚噓。

"不過，"應龍問，"這又能說明甚麼呢？"

"當然，"軒轅說，"僅這些還說明不了甚麼，不過，再請應龍長老看看破洞之下。"

"哦？"應龍輕輕揭開焦洞，看了看，"祭壇表面……好像也有個洞。"

人羣中又是一片嘈雜。

"哈,哈哈,"巫月卻大笑起來,"你們這些沒有資格上祭壇的男人當然會大驚小怪,每一個祭壇都會有幾個排水口,否則積滿了雨水讓我們怎樣祭祀呀!"

"呵呵""哈哈哈"……,人羣中傳出了女人們的陣陣譏笑。

"就算我孤陋寡聞,"軒轅不以為然地說,"但您不覺得這太巧了麼?"

"巧?"巫月輕蔑地說,"當然巧,難道你不小心踩到了牛屎,就說你正在牛圈裏謀害牛羣麼?"

人羣中又是一陣哄笑。

"應龍長老,"軒轅看着略顯尷尬的應龍,依然不慌不忙地說,"可否把您的羽箭放一支到洞裏?"

應龍低着頭,或許還紅着臉,不過他仍舊按照軒轅所說,往排水口裏放了一支羽箭。

果然,羽箭從壇基朝向長老院一面漏了出來。

"請問大巫師,"軒轅在壇基上撿起了羽箭,不緊不慢地說,"您當時為甚麼還偏巧換下了祭壇這一邊的壇基侍衞呢?而且現在這個侍衞還神秘地失蹤了,這還是巧合麼?如果您左腳剛踩到一泡牛屎,卻在右腳落地之時又踩到了一泡,這時誰還能說您不是正身處牛圈當中麼?"

無顏抬頭的應龍現在將頭垂得更低,卻是怕那難於抑制的笑容帶來更大的尷尬。

"你……"巫月怒道,"竟敢信口胡說!這無非是巧了些,再不就是你後來做的手腳。"

"我做手腳?也罷,"軒轅看着已經有些手足無措的巫月繼續追問,"那您的披肩又是怎麼回事?"他又看着應龍:"請您再檢查一下大巫師用來制服帝杖的披肩。"

"這個……"應龍拎起地上黑乎乎的披肩,"怎麼這樣硬,而且還涼得扎手。"

"那是因為獸皮中浸了水,"軒轅繼續說,"然後再將獸毛小心烤乾,這樣獸皮可以燒焦卻不能燒漏,於是有人便可以順利地演完制服帝杖的好戲,卻不會因燒漏獸皮而出現尷尬!"

說着,軒轅轉對巫月說:"您是否可將手伸出來讓大家看看,我敢保證,手心的燒傷一定比小臂上的輕。"

巫月已經氣得渾身顫抖,不發一言了。

"我們的大巫師就是用這些手段演了一場'陰邪之亂'!"軒轅接着說,"首先她利用自己可以接觸帝杖之便,趁人不備用油繩點燃帝杖,假裝陰邪作祟,再以披肩蓋住帝杖,亂舞一氣,看似帝杖癲狂,實則是藉機換出提前藏在排水口中的木炭,而真正的帝杖卻早已滑向她精心挑選、臨時換上的那個壇基侍衛,再由那侍衛將帝杖送到長老院,然後伺機將帝杖藏於大長老帳內,並點燃帳篷。不過……"軒轅停了停,接着說:"至於那人是如何運送帝杖的,我承認,還沒有絲毫線索,甚至連那人也神秘地失蹤在了長老院中。"

軒轅陳述過後,整個部落都靜了片刻,隨即卻更加嘈雜起來。

"原來真的是你!"素楓上前說,"我以為你已經不再記恨當年的事,才求大長老准許你做大巫師,可是……你太令我失望了!"

"哼!誰稀罕做巫師?"巫月絲毫不領情地說,"我要做的是大長老!"隨即又冷冷一笑:"但不管怎樣,還是要謝謝你,若不是你被我的迷藥弄得瘋瘋失常,恐怕我也沒辦法給大家演這場好戲。"

"你……"素楓氣得不再理她。

"玄毛!"巫月指着玄毛說,"別以為軒轅這次救了你,你就可以永遠瞞住那件事。"

玄毛搖搖頭,並不與她爭論。

"軒轅!"巫月轉對軒轅說,"你確實很厲害,不過你卻根本沒有查到真相。"

"如果你告訴我那個壇基侍衛在哪裏,"軒轅說,"我一定能查到真相!"

"那人已經被我殺了!"巫月笑了笑,"但那人卻與真相毫不相干!"

"不可能!"軒轅的語氣也緩和了下來,"這是何苦呢?我了解您的為人,您絕不會為了一己私利去傷及部落利益。否則您十幾個春天前就已經做了。而且,您的雙手只會挽救瀕臨死亡的人,我軒轅就是一個,卻決不會傷害無辜的人。"

軒轅看着不語的巫月:"我只是想給族人一個真相,告訴我,您背後那人是誰?您又何必替別人承擔罪名呢?"

巫月只用一陣狂笑回答軒轅……

"軒轅,"玄毛說,"不要再追問了。我同樣了解大巫師的為人,如果她不說,那麼事情就絕不會因此再危及部落。"玄毛頓了頓:"相信我,真相只是最後,卻未必是最好!"

軒轅一愣,甚至巫月也停止了狂笑。

"但願我錯了!"巫月看着玄毛說,"但願上天這次抉擇是對的,不過還請答應我一件事。"巫月鄭重地說:"退位!我想你應該明白,事實只可能被掩蓋,卻不可能消失。只要它存在,就會有第二個巫月,第三個巫月……"

玄毛沉思片刻,同樣鄭重地說:"你覺得誰可以繼任大長老?"

"本來我已經有了人選,"巫月苦笑着說,"但我怕自己又錯了,還是你來決定吧!"巫月看看軒轅,又對玄毛說:"不過,如果可以,我想破例讓軒轅來繼任大巫師!"

說完,仰頭便把已預備的一瓶毒藥喝了,隨之向祭壇邊緣走去。

"巫月……"玄毛欲言又止。

"總要有人承擔責任!這是歷代祖宗留下的規矩!"說着,巫月便朝祭壇下的篝火跳去……

"大巫師!"不僅是軒轅,還有素楓、應龍、女魃、潮汛,以及那些被巫月從死亡邊緣救回來的人,甚至是所有的人都脫口叫出了這三個字。

"大巫師……"

大巫師是僅次於大長老的尊崇人物,必須學識淵博、深諳醫術,能為族人治病療傷,雖然沒有定明由女性擔當,但當時的男性都是擔任體力勞動的工作,特別狩獵、蓋房等粗重工作,哪有耐性往草藥研究,加上女性生兒育女,多處室內,治病療傷等自是女性專長,因此大巫師都由女性擔任。不過,軒轅卻少有天份,天資聰穎,早得倉頡老人傳授草藥療傷治病心得,多次為族人排災解難,現經大巫師巫月臨死前提名破格繼任,也是適當人選,眾人也無異議!

"我現在以代理大長老的名義宣佈,"玄毛停了一下,寧靜的面容中,或許只有癲狂抖動的火光才是她真正的表情,接着說,"部落下一任大巫師由軒轅接任!"接着,她又說:"我會於下一個春天決定誰是大長老的繼承人!"

應龍說話了:"選定大長老關係重大,為繼往開來,我們是需要選出繼承人,但不可操之過急,我不贊成一定要限期下一個春天便作出決定!"

驟生巨變,眾人也深感"安定"的重要,這麼多個春秋已過了,都靠玄毛的英明領導，眾人心中也不急於更換大長老，也都順着應龍的意見表示贊同。有不贊成的，唯恐被誤為爭奪大長老權力的一夥，在這敏感關頭，也都不敢多言。

「好！我不是戀棧大長老的權位，我很樂意有人可以繼承我，」玄毛環顧眾人，莊嚴地說，「是誰？不論下一個春天或哪一個春天，必須找到合適的人選……我同意應龍長老的建議，只要找到合適的人選，我立即禪讓！」

第三十一章　閒靜

　　日子一天天過去了，秋風可以掃落淒涼的葉子，時間可以沖淡憂傷的心情，但對愛人的執着和好友的懷念卻在軒轅心中與日俱增。而他所能做的只有一件事，希望可以找到大地的靈魂、鳳轉生的彩蛋，最終開啟通往樂土的天途。或許只有那時他才能將懷念最終釋然，將執着再度展現……

　　自從軒轅接任大巫師以來，已經過了幾個四季輪迴，可能玄毛仍在觀察，一直也未選定大長老的繼位人選，大長老也便由玄毛繼續當下去！

　　軒轅，不僅是地位，就連本事，也早已今非昔比。精通了巫師治病救人的行針，那是自然的；鑽透了倉頡、歧伯引以為榮的藥理，那也不足為奇。甚至，有史以來第一位男性大巫師的尊榮，還為他贏得了應龍長老的垂愛，言傳身教之下，就連應龍自己也不知道軒轅現在究竟有多厲害了。

　　此外，還要歸功於巫師山間採藥的歷練，不僅強健了筋骨，更重要的是，在與自然交融的日子裏，軒轅還感悟到了自然那不易察覺卻極其龐大的生命力。

　　於是他每每採下一株草藥，便會在原地種上一粒種子。

　　他知道，種子雖小，但它的“小”只是人們自私的偏見，對於自然，那同樣是生命，與一個人、一片林子，乃至整個世界都沒有任何差別……

　　他還知道，“索取”便要“付出”，那不僅僅是人們千百代傳承的法則，更是億萬個春夏秋冬自然勃勃生機的根源……

　　他也因此讀懂了星辰的語言，洞悉了百獸的靈性，還學會了如何匯聚日月之精華，怎樣吐納百川之靈氣……這便是日後軒轅當了中華始祖、被稱“黃帝內經”的基礎！

　　內外兼修，功力自然了得，甚至短短一年中，軒轅還找到了樂土的第一把“鑰匙”——

　　一次，軒轅剛剛協助玄毛主持完春天的開耕祭典，便聽說女姜族的阿注們和臨族發生了爭執。細問起來才知道，竟是自己在祭祀時顛倒了一項祭祀程序，以致女姜族和臨族的部分土地也被弄顛倒了。

按以往來說，這根本不是問題，大家的土地大家種，大家的糧食大家吃。而且好土地到處都是。只有沒人耕的地，不見沒地耕的人。可是自從玄毛當了大長老後，部落的人口明顯增多，就拿軒轅他們這一代來說，從前同一年的孩子長到十八歲就剩不下幾百了，可現在，和軒轅同歲的就有一千多人。好地沒了就只能耕次地，再加上有人勤快有人懶，尤其是有了軒轅的水車和他在老倉頡的破爛堆裏啟用的那種叫作犁的東西，就更加深了土地之間的產量差距。誰都知道，只要收成特別好，就能偷偷藏一些，等到青黃不接的時候，便能撈點額外的實惠。

　　但不管怎樣，是自己弄錯了程式，軒轅只好親臨現場去給他們調解。沒想到女姜的那些阿注還挺給面子，軒轅一到便做了些讓步，而臨族的人也見好就收了。不過軒轅知道，哪裏是阿注們給的面子，分明是害怕私藏糧食的事情鬧大了，他們不好收拾。

　　還好，事情圓滿解決了，但為免下次再犯類似的錯誤，軒轅便請倉頡、歧伯、嫘祖和女魃協助，一同將各種禮儀活動的程式編纂成冊，以便日後參照。

　　既然是祭祀活動，當然要有大長老，既然有大長老，也就不可能少了帝杖，所以事無巨細，每編寫一個與祭祀有關的活動都或多或少地用到了“帝”這個符號。見得多了女魃卻有些好奇。

　　“為甚麼要把帝的符號畫成這個樣子？”女魃不解地問。

　　“對呀，對呀！”看來嫘祖也有同感，“中間粗兩頭細，多難畫呀！”

　　“簡單固然重要，”軒轅說，“但更重要的還是象形，不然，符號多了，可怎麼記？”

　　“像麼？”女魃皺着眉頭橫豎看看，“哪裏像？”

　　“你看它上面的部分，”老倉頡耐心地指着符號“帝”的頂部說，“像不像帝杖上面的一小團火焰，而帝杖中間偏上的部分最粗，下面則尖細如錐。”倉頡又指着“帝”的底部說：“像不像這裏？”

　　“哦！原來上面畫的是帝杖的火苗，”嫘祖撇撇嘴，“誰畫的？也太難看了。”

　　“這你得問他！”說完，老歧伯瞥了一眼軒轅。

　　“這能賴我麼？”面對大家嘲諷的目光，軒轅委屈地說，“收集符號時，除了三位元長老和大巫師，見過帝杖的只有蚩尤……”

　　話沒說完，軒轅便默默地垂下了頭。帳篷裏也頓時靜了下來。

片刻的工夫，老倉頡笑了笑，岔過話去接着說："不僅僅是象形，這個符號還象聲。你們知道為甚麼叫'帝'杖麼？"

幾個人都微微抬起頭，又都輕輕搖搖頭。

"自古以來帝杖就代表了至高的權力，"見大家都看了過來，倉頡便抬了抬嗓子，接着說，"而對於萬物生靈來說，大地便是一切力量的源泉，所以咱們的祖先從上古時代就把它叫作'帝'，就是大地的'地'。這個符號也隨之念作'帝'，意思就是力量的靈魂！"

"源泉……"軒轅若有所思地嘟囔着，"靈魂？難道是……"

軒轅未敢草率下結論，甚至還在努力搜索着其他的證據。

"燃燒的東西！"軒轅恍然大悟，"沒錯！壁畫中也提到過那是一種燃燒的東西。"

"你怎麼了？"看着反常的軒轅，嫘祖伸手摸摸他的頭，"大巫師還會中邪麼？"

軒轅也沒多說……

他衝到了"責罰地"的谷底，並仔細對照着壁畫研究了一番，最後，他終於斷定："帝"就是解除詛咒的要件之一——"大地的靈魂"！

然而，這件事卻並不樂觀，天底下有那麼多的部落，而每一個部落的首領都有自己的帝杖，雖然有許多都不帶火苗，但也有許多部落還是沿用着有火苗的帝杖，至於哪個是偷偷點的？只有大長老自己才知道。何況事關帝杖，豈能兒戲，眾多的部落亂起來容易，再想收拾起來可難上加難了。所以，至少在找到彩蛋之前，軒轅覺得還是把這件事放在自己心裏最為妥當……

蚩尤啊、蚩尤，再忍耐一下，就要看到咱們的樂土了！

過去的這個冬天，部落裏竟然出奇的平靜，不用說那個年，就連夕也沒來過。可奇怪的是，除了上游的一個部落外，周邊的許多部落都在深冬時候遭受過洗劫，以致許多人都被迫遷移到了玄毛部落裏來。

流言蜚語在平靜的生活中四溢。或許這也是閒靜生活中的一個消遣吧！

外來的人都說，洗劫他們的不僅是夕，還有兩個更為可怕的怪物：一個渾身白毛巨大如山，再一個，鐵面八臂兇猛無比！

前一個當然說的就是年了。雖然關於年，已經傳出了許多版本的描述，不過卻都沒甚麼新意，所以人們也就不怎麼願意說它了。而把話頭都轉向了後一個怪物，說它的個子雖然比不了年，不過卻生了一副銅頭鐵面，就像是從煥金一族剛剛澆造出來的那般。而且頭上還長了對鋒利的角，另外還有八條胳膊夆在身後。不僅如此，這個怪物還有八十一個同樣鐵面八臂的兄弟，他們和年一起率領無數的夕，四處洗劫。甚至除了食物，它們還搶一些生活用品，到了後來就連活人他們也開始強搶。凡是身強力壯的男人都被他們搶去做了苦工；凡是年輕美貌的姑娘又被他們逼做了侍從。都說，這幫傢伙肯定是成精了，不然怎麼聰明得也學起了人的生活。

那些人還說，別看現在平安無事，但用不了多久，也會來這裏，那時誰也跑不了。

於是整個部落都緊張起來，甚至玄毛也下令讓應龍督建更加堅固的防禦攻事，而且還給煥金那裏劃撥過去許多糧食，要求他們重新開始生產金屬兵器。另外在素楓的推舉下，還讓禿虎協助應龍一起加緊訓練部落的武士。看來萬事俱備，就等那些怪物過來拼個你死我活了！

眼下又到了冬天，可那些怪物仍舊只侵襲其他部落，甚至那些較大的部落也遭受了不同程度的損失，但玄毛部落依舊平安無事。

這天，軒轅帶着女魃、嫘祖在部落裏應了一天的診，正走在回"責罰地"的路上。

"救救我！救救我！我喘不上……氣了，大巫師，救救我！"

原來是那個紅髮女孩，也或許早就該叫紅髮女人了。

說着，她虛弱地倒在了軒轅的懷裏。

軒轅見狀，趕緊按住她的脈門，凝着眉頭思忖片刻，低聲自語："心肺並無大礙，呼吸怎麼會如此粗重？"

"快……快幫幫我，"紅髮女人緊緊摟着軒轅的脖子，"我……胸悶得厲害，就是這裏！"甚至已經將軒轅的手按在了自己酥軟的前胸上。

"哦？當真有些淤塞，卻在腹中，"軒轅忙掏出一瓶藥，"日服兩次，等到第二個月圓時便可好轉。"

"我……我快要憋死了……"紅髮女人根本不理軒轅的醫囑，還將兩片紅潤的嘴唇伸向了軒轅，"快……幫幫我。"

"唇色淡紅，真的不像是心脈之疾！"軒轅好像也被她的疑難雜症難住了。

"快幫我吸出來，我喉嚨裏……卡住了一個核桃……"那女人的嘴唇已經緊緊地貼在了軒轅的嘴上。

"唉！"軒轅輕輕地將她推開，"核桃卡在喉嚨裏怎麼可能說得出話？"

你是一根木頭麼？！或許那個女人心裏是這樣抱怨的吧。

卻聽嫘祖忽然說："你的病不能這樣治！"

"我快憋死了，"紅髮女人同樣沒有理會嫘祖，"快幫我把喉嚨裏的東西吸出來！"

難道是顆小核桃？軒轅正在猶豫，卻見嫘祖粗魯地將紅髮女人接到了自己的懷裏。

"看好了，她的病得這樣治。"嫘祖胸有成竹地從兜囊裏掏出一些東西。

"啊！"的一聲，那女人竟然躥出足有半丈遠，"快把這些爛蟲子拿一邊兒去，耽誤了我的病情，你可要負責。"

嫘祖淡淡地一笑。

女魃也在旁邊笑了："不用怕，我們的嫘祖最會治你這種病，你看，不是已經好了麼？"

"哎……喲！"那女人原本矯健的身子又立刻軟了下來，"不行，還是得你來……快幫我治一治吧，軒轅！"

"這個……"軒轅無聊地搖搖頭，也明白了內情，"如果真是胸悶，那的確是嫘祖比較擅長。"

"就是，"嫘祖接過話，"這些蟲子最對症，別動，再有一下就好！"

哼！紅髮女人狠狠地甩了嫘祖一眼，轉身便走。

軒轅卻還在盡着一個醫者的本分："別忘了吃藥！"

卻在這時，那個不長眼的瘸胖子又來了，甚至還焦急地問她："聽說你病了，要緊麼？"

"滾！"紅髮女人將挫敗的不悅都噴到了瘸胖子的身上，"能不能離我遠點兒，我不可能選你做阿注的！死瘸子！"

"這人真有意思，"女魃無奈地笑笑，"看來她早就把蚩尤忘了。"

"別提了，"嫘祖說，"從我哥死後她不知又看上了多少人，現在還纏起軒轅來！"

"唉！"軒轅則深深歎了口氣，"其實這樣也挺讓人羡慕的，她的感情可以很快就從一個人轉到另一個人身上，估計永遠也不會有傷心的時候！"

落日的餘暉沉甸甸地灑在大家的臉上，一羣回巢的烏鴉稀拉拉地叫了幾聲。

女魃看着山邊太陽的家，悠悠地說："不過她也永遠不會知道甚麼是真正的感情！"

"就是，"嫘祖瞥了那女人的背影一眼，"今天喜歡這個，明天又愛上了那個。哼！可是誰又會真正喜歡上她呢？就連我的這些小蠶蟲也不願意搭理她。好可憐！"說着，她看看手中的那些小蟲："是不是，小傢伙們？"

"不提那女人了，"女魃看着嫘祖手中的小蟲，"你真覺得它們的絲能做衣服？"

"當然了！你看這個，"說着，嫘祖掏出一根白色的小繩子，"這就是它們的絲，你看多輕。"一雙小手又使勁兒拽了拽繩子："撚在一起還很結實。"

"呵呵，"軒轅贊許地一笑，"我看可以，等你把這批蠶蟲養大了，有了足夠多的絲，我們就按照編竹筐的辦法把絲都編起來，然後裹在身上，肯定又輕又滑，夏天一定很涼快，只是……不知道冬天會不會冷？"

"冬天可以裹在獸皮外面，"女魃搶着說，"又暖和又漂亮。"

"對！對！"嫘祖興高采烈地喊着，"我也是這樣想的。不過……嘿嘿，到時就是不給你軒轅穿！"

軒轅一臉的無辜："為甚麼？"

"省了你變得更帥，"嫘祖白了軒轅一眼，"那時候不知道還要有多少女人患上呼吸困難的怪病？"她看看女魃："是不是？"

女魃只是呵呵一笑。

軒轅更是無辜："這怎麼能怪我？我……"

"大巫師！大巫師！"話沒說完，卻見幾個小孩朝軒轅跑來，"林子裏有塊石頭讓我們把這個給你。"一個小胖子伸手遞上了張獸皮。

"你們幾個小傢伙也想來戲弄我？"軒轅輕輕給了小胖子一下，"石頭怎麼會說話？"

　　雖然這樣說，但軒轅還是接過了獸皮。

　　"煥金作亂！小心素楓！"天哪！軒轅微張着嘴，看着同樣目瞪口呆的嫘祖和女魃。

　　"說煥金作亂，也就罷了，"女魃緊緊盯着那張獸皮，"怎麼還扯上了素楓，這可不能隨便說呀。"

　　嫘祖卻是一笑："咳！說不定又是哪個女人找藉口來親近咱們的大巫師了，老套路不頂用了，編點兒大事才有看頭！嘿嘿……"她又給了軒轅一個白眼："我看要小心了，大巫師！"

　　"未必這麼簡單！"女魃有些疑慮地說，"小弟弟，那塊石頭在哪兒？它只託你們捎東西，就沒說別的？"

　　小胖子看看旁邊的一個孩子。

　　"石頭說，"旁邊那孩子抹了把鼻涕說，"只要我們把這個東西給軒轅就行了，石頭所在的地方、尤其是獎品決不能說！"

　　話沒說完，大鼻涕便捂住了自己的嘴，看來還是多說了些東西。

　　軒轅卻拍拍他的腦袋說："好了，既然那石頭不讓你們說，我們也就不問了。快回去找石頭領獎品去吧！"

　　幾個孩子嘿嘿一笑，轉身跑開了。

　　嫘祖卻在旁邊笑："這個大鼻涕好笨，石頭再三叮囑，卻還是給他說漏了，要是把石頭的位置也說漏了就好了。"

　　"看來事情真沒那麼簡單，"軒轅看着遠去的孩子，"我得去會會那塊怪石。你們繼續巡診吧，有解決不了的病症就記下來。"

　　說完便把藥箱器具塞到女魃手中，追了上去。

第三十二章　怪石

這時幾個孩子已經跑到了小河邊；但一會兒又跑到了牛圈裏；而後又朝女魃的帳篷跑去了……

"他們在幹甚麼？玩得都忘了去領獎？"遠遠跟在後面的軒轅懷疑自己是不是猜錯了。

不過很快他就明白了，但隨即又是一個寒顫。

只見這幾個孩子在部落裏又轉了好幾個地方，最後每人手裏都拿了一樣東西，而且還都是所去之處特有的東西，比如，卵石只能在河邊撿到，牛糞只能在牛圈裏獲得，而鸚鵡的羽毛只能到女魃的房間裏去拔……

"果然厲害！"軒轅暗自驚歎，"料定我會跟着孩子來追查你的下落，就騙得幾個孩子到處去找些東西，若不是剛才被那大鼻涕說漏了嘴，我還真以為他們就是在部落裏玩呢！"轉念一想："這石頭也不會像是嫘祖猜的那樣，否則何必千方百計的不願見我呢？"

想着想着，軒轅竟然跟着那些孩子一直來到了部落與"責罰地"之間的林子。

軒轅心中又是一驚："他還知道部落裏的這片內陸林子，在這裏不但有利於自己藏身，更是唯一一片准許孩子進入的林子，所以在這裏既可以找到孩子這樣好騙的對象，又可以安全地躲起來扮裝石頭。呵呵，可惜人算不如天算，你把我支得團團轉，到頭來還是被大鼻涕亂了計劃吧！"

雖然是這樣，軒轅仍舊小心地跟在孩子們身後，以免被他們、尤其是被那塊"石頭"發現。到時候倘若真的有人圖謀不軌，便可以出其不意，抓他一個正着，倘若是一個無聊的惡作劇，那也不必小題大做，悄悄離開便是了。

孩子們在部落裏兜了幾個圈子後，天色也暗了下來，此時軒轅早就躲在了一個地勢較高的位置，藉着昏昏的光線看着幾個孩子走到一塊大石頭前。

"石頭，石頭，"大鼻涕小聲地叫着，"我們已經把皮子交給了軒轅，這些東西我們也都找來了。"說着將手裏的牛糞放在了大石頭前。

其餘的孩子也交上了自己的"作業"。

小胖子交的正是鸚鵡羽毛，定是怕風吹跑了他的戰利品，還特意把卵石壓在了上面，並說：「這個最難拿，我是趁女魃姐姐巡診的時候才拿到的，要是被她知道，肯定會打我的屁股，所以……所以我得要雙份的獎品！」

一聽這話，大鼻涕急了：「只有你最辛苦麼？我可是要跳到牛圈裏去拿，要是被哪頭牛踩上一腳，小命也會丟了。這還不算完，臭哄哄的，我得一路舉過來。我才最辛苦，我得要兩份！」

小胖子也急了：「我最辛苦，我要兩份！」

大鼻涕：「我要，我要……」

小胖子：「我要，我要……」

原本和睦的兩個小傢伙突然撕破了臉皮，大吵起來。

躲在一旁的軒轅卻暗自一笑：「沒有點苦肉計，哪裏會有更多的回報？」軒轅甚至又想起了小時候，他和蚩尤也經常使用這樣的伎倆騙吃騙喝。

那塊石頭說話了，嗚嚕嚕地，好像是被甚麼東西堵住了嘴，不過語調卻十分和氣。

「好了，好了，不要吵，既然都辛苦，那就都是兩份。不過他們聽了消息後怎麼樣？」

「嗯！」大鼻涕點點頭，「他們都不信！」

「不對，不對。」小胖子連忙糾正，「大巫師好像相信了，你沒看見他吃驚的樣子麼？」

「可是他後來卻並不關心。」

「他沒有問我的事情？」石頭問。

「沒有，你就放心吧！我們的獎品呢？不許耍賴！」小胖子有些急了。

「好，好，」石頭後面真的飛出四塊拳頭大的肉乾來，「這是你們倆的。」接着又飛出幾塊肉乾：「一人一塊，這是其他人的！」

孩子們一擁而上，都美滋滋地拿到了自己的獎品。

剛要離開，石頭卻叫住了大鼻涕和小胖子：「你們兩個小子不賴麼！但願以後不要總把戲演得這樣誇張才好！」

大鼻涕和小胖子撓撓頭，傻笑一聲，便高高興興地跑開了。

看來這塊石頭並非是歹毒的騙子，軒轅心中也釋然了許多。但這傢伙究竟要幹甚麼，連素楓長老都被牽扯進來了！

孩子們已經走遠，而石頭那裏仍舊沒有甚麼動靜⋯⋯

難道他已經溜了？軒轅繼續耐着性子觀察。

"他沒有問我的事情？""沒有，你就放心吧！我們的獎品呢？⋯⋯"忽然這兩句話從軒轅的腦海中閃過。

"不好！"軒轅一驚，猛地轉身看去。

昏暗中，兩個粗壯的傢伙已悄然逼到了跟前。

微弱的光線晃在兩個傢伙的臉上，透着猙獰和詭異，口中隱隱傳出"嘶嘶"的低吼。

夕！這兩個傢伙居然能混到這片內陸林子裏！

沒容軒轅多想，兩隻夕已經撲了過來。

經過山間採藥的歷練，無論是心志還是身體，軒轅早已今非昔比。

他只側身一閃，甚至未及夕爪着地，便騰起一腳。

這一腳的力道委實不輕，只踹得那夕蜷縮在地上，直翻扭。

而此時，另一隻夕又調頭撲了上來。

但僅僅如此，還沒等它揮出爪子，肚子上就捱了一拳，接着是下巴，隨後又是軟肋、後腰、小腦⋯⋯總之，這傢伙落地之前就已經昏了過去。

"好身手！"石頭又說話了。

軒轅則拍拍手，看着石頭："既然知道我身手好，那就別麻煩我動手了，請現身吧！"

"哼哼！"石頭一笑，又突然喊道，"殺了那個沒用的東西，走！"

軒轅一驚，連忙回身迎戰。

只見白色的身影一晃而過，速度之快簡直容不得軒轅反應。當軒轅再次回過頭時，兩頭昏死的巨夕已經徹底變成了屍體，而那白影卻也消失在了林子的深處。看着那兩隻夕心口處還在汩汩湧出的鮮血，軒轅簡直驚呆了。好快的速度，幸虧不是衝我來的。

軒轅又回身看着那塊古怪的石頭，思索着其中的蹊蹺⋯⋯

這一夜，軒轅一直沒有入睡。

沒有確鑿的證據，誰會相信素楓能做那種事，況且這還是從一塊石頭那裏聽來的……

到了第二天，軒轅並不想聲張此事，便完美地搪塞過了嫘祖和女魃的追問。

不過從那天起，軒轅便特別留意起素楓和煥金。經過一段時間的觀察，軒轅發現素楓確實經常往來煥金的族地，不過那卻是按照玄毛的意思，去督促煥金趕製抵禦年的武器。期間軒轅發覺有幾個月黑風高的深夜，煥金偷偷溜進素楓的帳內，二人也沒說話，俐落地脫了衣服親熱起來，仿如把日間在族人面前的面具脫下，瞬即回復了人的本性，乾柴踫着烈火便燒了起來！軒轅認為煥金大概是無法忍受部族的規矩，雖然素楓只是一名長老，不需保持處女的身體，但與煥金部族的大長老搞在一起，這是不符身份的事情，看來一把年紀的長老們也有情慾的需要，何況煥金的身體經歷累年冶煉鋼鐵的磨煉，年紀不小，但精悍猶勝青年人！素楓碍於身份沒有阿注，但也是血肉之軀，哪經得起煥金的挑逗，很快便被征服了……

軒轅跟隨老倉頡習醫多年，了解每個人都有情慾，這也是部族衍生不息的本能。長老也是人，別說素楓只是長老，就是玄毛大長老本人做出這種事情，軒轅也絲毫不想聲張，軒轅也沒想舉報，總不能因為這個就給素楓和煥金加上"野心"的罪名吧？

不僅如此，就連煥金的嫌疑也被軒轅推翻了，如此貪圖享樂，甚至還冒着被重罰的危險和素楓長老交好，這哪裏是做"大事"前應有的謹慎和小心呢？

矛頭一轉，軒轅便又將心思放在了部落外的那些怪物身上，或許……不管怎樣那才是最大的威脅。

於是軒轅到玄毛那裏提出了自己的建議，希望調派人手到部落外面進一步打探怪物的情況。

與其一味防守，還不如尋找機會一舉幹掉這些真正的禍患。這個建議得到了三位長老的一致認可。素楓和應龍還舉薦軒轅全權負責此事，甚至素楓還派出了得力幹將潮汎來輔助軒轅。

功夫不負苦心人，軒轅終於在春天快要到來的時候找到了怪物們的盤踞地。

其實就在當初蚩尤摔下去的那個大峽谷對面。

經過幾天的觀察，軒轅多少摸清了一些情況：

除了成千上萬的夕，這裏還有眾多苦工，看來都是從其他部落擄掠來的。再有就是紅、白、藍、青、黑五羣怪物，長相都和傳言中的差不多，只是細細看來，並非都是八條胳膊，多的有十條，少的也有兩條，可能是在搏鬥中被咬下來幾條吧，軒轅胡亂猜測着。卻又發現他們並非是在野蠻地廝打，甚至動作舉止都極像人，或許真的成精了。只是腦袋有些奇怪，明晃晃地反射着陽光，真像是在煥金那裏鑄過的一樣。除紅色的那羣怪物駐守中間以外，其餘四羣則與大量的夕分守在東、南、西、北四個方位。軒轅還粗粗算了一下，不算夕，這羣五顏六色的怪物大概有四十幾個。雖然許多地方都和傳言有出入，但眼見為實，何況驚慌失措的人們將事實誇大些，也在情理之中。

如此看來，應龍的部隊想要殺過眾多夕羣而直搗腹地一舉摧毀他們，絕非易事！何況令軒轅最擔心的，也是令所有人都為之膽寒的大怪物年，還不知身在何處！

當下之際，也只有到裏面看看了，或許能找到些破綻吧，或許還能直接擒了他們的首領。

面對森嚴的防守，軒轅已經有了一個大膽的計劃。

"眼下也只能知道這些了，"軒轅對潮紈說，"你立刻趕回部落，稟報這裏的一切。"

"我？"潮紈不解地看着軒轅，"你不一起回去？"

"我得到裏面看看，人手多了不方便。"

"你瘋了？"潮紈頓時一驚。

"可能吧！"軒轅盯着怪物的巢穴，"你們回去，這是命令！"

潮紈只好帶人回去了。

軒轅獨自靠近了一些。眼看那些躁動不安的夕就在眼前，軒轅弄亂了自己的頭髮，臉上、身上都是髒稀稀的，就連衣服也被他用小刀割得破破爛爛的。說實話，還真像是個苦大仇深的受壓迫者。

一切就緒以後，軒轅調頭就往外面跑。

羣夕自然看得一清二楚。

身後頓時一陣騷亂，竟然還傳來了人的喊叫聲，軒轅卻只顧拼命回逃。

很快，幾隻速度極快的夕就追了上來，而軒轅那雙不爭氣的腿還絆在了樹根上……

第三十三章　奪帥

"你是不是活得不耐煩了？"一個大塊頭的怪物把軒轅從地上提了起來，"竟敢從我的防區逃跑？！"

軒轅喘着粗氣，裝出一副可憐巴巴的樣子："饒了我吧，我只是想出來找些好東西孝敬你，看，用這些東西煮肉味道非常好。"

軒轅一邊掏出些草根樹皮樣的東西，一邊偷偷打量那個大塊頭。

怪不得他會說話，原來就是個人。明晃晃的腦袋不過是戴了一個金屬面具，高大魁梧的身上只是簡單地圍了一件獸皮，兩塊胸肌之間棱角分明，並被一道粗長的傷疤貫穿起來，而身後的八條胳膊也只是八面雪狐皮製成的白色皮幡，皮幡迎風招展更顯他威嚴霸道的氣勢。

"沒用的東西！是男人就別弄這些亂七八糟的！"那漢子瞥了一眼軒轅的破衣服，"瞧你這個鳥樣！還不如直接跟我決鬥來得痛快！"

軒轅當然不知道自己這個樣子怎麼了，難道給人做苦役，還要打扮得乾乾淨淨麼？不過他也沒多問，只想那漢子趕緊消消氣，好把自己平安地帶到裏面去。

"求求你，不要殺我，我……"

"就知道求饒，果然是個沒用的東西！"那漢子不屑地瞪了軒轅一眼，"殺你還怕髒了我的手！"

嘿嘿，沒等我伎倆施展出來，你就已經開了口。軒轅暗自慶倖着，卻已經被那漢子揪着頭髮拖拖拉拉地扯到部落裏。

進到裏面，軒轅偷偷地觀察情況。但卻發現，這裏並不像傳言的那樣恐怖，不僅僅是因為這些怪物都是人，更因為這裏並不那麼淒慘，雖然有幾個幹活的人正被鐵面人鞭打，但他們各個油光滿面，看樣子伙食還都不錯，甚至他們的穿着，也比自己現在的樣子好了許多，足以抵禦嚴寒。

軒轅還在納悶兒，卻被那漢子一把甩了出去。

"咚"的一聲，肩膀撞到了一根木樁。接着又過來一個戴面具，卻沒有皮幡的人將軒轅與木樁綁在了一起。

軒轅這才發現，除了那大塊頭和沒幡的那個，周圍已經又圍上來七個戴面具的人，而且身後都有白色的皮幡，軒轅粗略數了一下，最多的好像是七面幡，最少的只有一面幡。

　　這時又聽剛才那個身背八面皮幡的大漢說："既然逃不出去，你就要認命了！不過按照部落的規矩，我還是要提醒你一下。"

　　甚麼規矩？軒轅心想，總不會逃跑也有功勞吧？

　　軒轅又在用他的好心情來祈求好運氣了。

　　"雖然不知道你是怎麼辦到的，"那八幡漢子說，"但你畢竟是逃出了我的防區，也算有點本事，按規矩有本事就得獎勵。"

　　天哪！蚩尤，是你在保佑我麼？軒轅都快樂出了聲。

　　"我只用一隻手，"大漢不屑地看着軒轅，"怎麼樣？如果不接受這個獎勵，那我就只能按規矩辦了。"

　　一隻手？要幹甚麼？我怎麼知道？軒轅一腦袋的問號。

　　八幡面具人等了一下，見軒轅還是沒有反應："好，既然你不敢，就照規矩吃我一百鞭子吧！"

　　說完，那個無幡的面具人便麻利地扯下了軒轅的皮衣，又立刻將一條鞭子遞到了那漢子的手上。

　　"虧你生得這樣一副好身板，"八幡漢子看到軒轅的身體，不禁哼哼一笑，"只可惜裏面都是軟骨頭！"說着已經揮鞭打向軒轅。

　　這頓打捱得實在是憋屈，連獎勵是甚麼都不知道，就只能選擇受罰了。唉！估計這一百鞭子也打不死我。

　　軒轅咬緊牙，默默地數着，一下、兩下……

　　只要能捱過一百鞭子，只要讓我找到你們這些混蛋的弱點，嘿嘿，到時候讓應龍長老帶人拿了你們的首領，哼！這一百鞭子也就不冤！

　　八下、九下……

　　忽然，鞭子停了下來，那八幡漢子隨即躬身一禮，而其他人竟都伏下了身子，向軒轅這邊行着大禮。

　　這也太靈了吧？！好心情真的又帶來了好運氣？！我不過是想想，你們就怕成了這個樣子！不過，即便真是這樣也不必行如此大禮呀！

"別，別這樣，"軒轅簡直有些受寵若驚，暗中嘀咕，正要說，"起來吧！"

話還沒有出口，這些人真的又站了起來，因為軒轅說話的同時，身後已傳來了同樣的話。

"起來吧！"看來這樣的大禮是行給那說話的人的，難道是他們的首領來了？

軒轅尷尬得腳脖子都紅了，可這又能怎樣？反正你們是在我面前行的禮！

軒轅理直氣壯地回頭瞥了身後那人一眼，我的天！雪白的皮膚，猙獰的面具，身後鮮紅色的八面皮幡被風吹得啪啪作響。但他卻有着夕獨具的佝僂身板，雖然被它極力挺直，但那鋒利的爪子卻無論如何也掩飾不住它身為夕的事實。

"這人怎麼了？"那隻白夕竟然懂說話，語調威嚴，以首領般的語氣詢問着旁人。

"這個……"幾個人看看那大漢，支支吾吾地也沒說出甚麼。

"一個逃跑的傢伙！"白幡大漢卻直截了當地說，語氣也顯得很隨便，"有甚麼不好意思承認。"

"呦？"首領顯得很驚訝，接着問，"跑到哪裏被抓回來的？"

"外面！"白幡大漢絲毫沒有隱瞞。

"是麼？"首領更加驚訝地說，"居然能從你的白幡轄區逃走，這人不簡單麼。有這樣的本事為甚麼不直接和你決鬥，乾脆用自己的實力來取代你不好麼？"

聽起來這話倒像是對軒轅說的。

這就是他們的規矩？軒轅暗自揣摩着。有本事就要獎勵，那大漢讓我一隻手，可能就是給我一個容易取勝的決鬥機會，難道這裏的每個人都可以憑實力來取得受人尊崇的地位？

"我已經給過他機會了，"那白幡大漢說，"可惜這傢伙是個沒用的東西，除了巴結奉承，恐怕也沒甚麼真本事。"

"哈，哈哈！"首領朗聲一笑，對軒轅說，"我不知道你是怎麼逃出去的，不過就算是偷偷溜出赤川的轄區，也能得到直接向他挑戰的資格，這可是個難得的機會，難道就這樣甘願受他一百鞭子也不想試試自己的實力？怎麼樣，拿命來賭一把如何？咱們男人要有點骨氣！"

軒轅差點沒笑出來，心想，咱們男人？你不過是一隻夕，站得再直也還是一隻夕。不過軒轅卻還在猶豫，倒不是怕，只是有要事在身，怎能為一時之氣而壞了部落的大事？可又一想，試試也好，倘若真的贏了，對部落的剿滅計劃應該更有幫助。

"怎麼樣，小子？"那個叫赤川的白幡大漢挑釁地說，"打你一百鞭子，還不如讓我痛痛快快地殺了你！哈，哈哈！"

"既然是這樣，"軒轅壓低了嗓子，"那就讓我們都省省力氣吧！"

正在狂笑的赤川突然一驚："有種！我喜歡！殺你這樣的人，我臉上也有光。哈哈哈，剛才的獎勵還沒過期，來吧！"

赤川一邊笑，一邊將持鞭的右手背到了身後。

此時，那個無幡面具人已經解開了軒轅身上的繩子。

"算了！"軒轅活動活動腿腳，同樣挑釁地說，"這樣殺了你，我臉上就有光麼？"

周圍立刻傳來一片嘲諷的笑聲。

"玩兒真的！"赤川好像有些生氣了，"那就讓你死得痛快些！"隨即扔下鞭子，亮出一隻寬大的手掌。

無幡面具人又立刻將一把明晃晃的大斧遞到赤川的掌中。看那無幡麻利的身手，好像已經做慣了這些打雜的事情。

"來吧！"軒轅擺好了架勢。

所有人卻又是哈哈大笑起來。

"小子，"赤川似乎被軒轅弄得有些生氣了，"看來真是想快些死，但我的斧子可不殺沒有武器的人。"

想不到這裏還真的很公平，軒轅甚至有些敬佩這裏的統治了。

"我也很喜歡你這樣有膽量的人，"只見那白夕首領一揮手，或者說是揮爪，身邊那個紅色無幡漢子，便給軒轅遞上一把同樣明晃晃的大劍，"用這個吧！"

"這……"赤川一愣，"這可是大首領出征前留下來的。"

"唉！"白夕首領插過話說，"他敢空手來對你赤川，還不配用這把劍麼？"又對軒轅說："你不會讓大首領失望吧？"

大首領？難道這裏還有一個大首領？沒等軒轅細想，赤川便是一陣大笑，"看來我們倆肯定是有一個要讓他失望了！"

管它呢！先勝了這傢伙再說，軒轅微低着頭接過大劍揮了幾下，不知怎地，他又想起了當初在龍洞裏揮劍斬火的情景，雖然同樣的大劍對於現在的軒轅來說，已經輕盈了許多，但心中卻沒有了當年的灑脫。

赤川道："你已經捱了我一頓鞭子，作為補償讓你先動手，這第一下我決不反擊。"

軒轅淡淡一笑，揮劍在空中劈了一下，說："好了，第一下我劈空了，可接下來，我就不會手下留情了！"

赤川一愣，語氣中也少了些狂妄："好樣的！我都有點佩服你了！"但不管怎樣，他還是顯得信心十足："那我也不客氣了！"說着，掄開大斧直向軒轅劈來。

這一斧極快，軒轅橫劍擋在面前，卻還是被震出五六步，只覺雙手發麻，就連手中的劍也險些脫落，好在赤川沒有趁勢再攻上來。

軒轅抖了抖手，心中歎道："若不是這武器精良，恐怕連它帶我都要被這赤川劈成了兩半！"

但軒轅也並未因此感到絕望，因為力量並不是格鬥中決定勝敗的唯一因素，尤其是還有這麼精良的武器。於是軒轅腳下一用力，便提着大劍衝了上來。他劈頭蓋頂就是一劍，赤川卻毫不在乎，只是奮力架開，並打算這一架之下便將軒轅的武器磕飛。可就在那一瞬間，赤川卻沒有發現任何東西砍下來。

軒轅自知力量不如對方，所以這一砍只是虛招。此時已經矮下身子，去砍赤川的雙腿。人高馬大的赤川手中的斧頭卻不比軒轅的劍長，所以赤川根本無法用斧頭來格擋，只好向上一躍，才躲開了軒轅下面這一劍。這當然也在軒轅的料想之內，他堂堂一個八幡的武士怎麼可能躲不過這麼簡單的一招。所以軒轅這一劍不在命中，旨在借力轉身。便在這一轉之中，已經將力道集中在了腳上。

這必須是提前料想好的，甚至在赤川剛一起跳的時候就一定要踹出一腳，否則在這起落的瞬間，也決難佔到甚麼便宜。

果然，轉瞬之間一切都如軒轅所料，赤川在空中沒有了依托，更沒有時間用斧子去擋。

赤川只覺胸口一悶，整個人便在空中翻了兩個跟頭，隨後就趴在了地上。

果然是個憑實力說話的地方！軒轅看着那些為自己這個無名小卒歡呼的幡隊武士，心中不由地讚歎着。

"好！"白夕首領高喊一聲，"各勝一招，不過赤川，人家這招可是一出手就已經料定會贏了。哈哈，哈哈！」

赤川也沒理會，只是尷尬地站起身：「再來！」

說着，兩人又戰在一起，接下來赤川在猛攻猛打中也加進了許多細膩，而軒轅的細緻靈巧中也絕不失威猛。兩人打得不可開交，周圍叫好聲、歡呼聲此起彼伏。

將近一頓飯的功夫，雖然各有勝負，身上也都分別掛了傷，但兩人鬥志依然不減。而且心中也都更加欽佩對方的身手，但一想到今天這兩個好手中只能活下一個，也都不禁暗自惋惜。

又是一個錯身，身上又都多了一道傷痕，又是腳跟落定，目光又都衝擊到了一起，然而除了呼吸更加粗重以外，兩人依舊無法找到對方的真正破綻。

「再這樣打下去，恐怕要到天黑了，」赤川朗聲說道，「說不定還會兩敗俱傷。」說着，他收起了防禦的架勢：「我看這樣吧，咱們都不要防守了，只憑身法和速度幹上一場，這樣不僅省時省力，也能給咱們的首領留下一個健全的幹將，如何？」

雖然這是生死之戰，但軒轅卻從沒有像這樣痛快過，平常他做事謹慎，而且多多少少都要看那些女人的臉色，好不容易能夠由着性子痛痛快快地幹一場，便早將部落的事情忘在了腦後。

「好！」軒轅爽快地答應了，「能和你這樣的漢子打上一場，我一生也沒有甚麼遺憾了！」說着，提劍又衝了上來……

但這次卻少了戰鬥中那無法避免的錚錚聲，甚至周圍的人也都一同靜了下來。在這無聲的戰鬥中，卻更加危機四伏，只要稍不留神，便會身首異處。而在這四伏的危機中，卻也情意更濃。

自從蚩尤死後，軒轅還從來沒有感受過這樣的情分，雖然是生死相搏，但其中的義氣和豪情，卻讓他甘願死在對手的斧下。不僅軒轅，就連赤川也有了這樣的感覺。可兩人也都知道，如果有意謙讓，那才是對這份義氣豪情的最大褻瀆。於是軒轅憑藉着身法優勢，使攻擊更加凌厲，而赤川也憑藉力量優勢，使招式更加迅猛……

畢竟兩人都不再防禦了，所以不到一盞茶的功夫，就同時看到了制勝的機會。

赤川大斧翻了一個斧花直劈軒轅頭頂，而軒轅也將大劍刺向了赤川的咽喉……

　　兩人鬥得正酣，生死早已變得如芥草一樣輕薄。軒轅只覺這一斧甚是凌厲迅捷，雖然自己已經開始閃身，卻不知是否能躲開，而手中的大劍卻已經刺到了赤川的喉嚨……

　　不過就在那一瞬間，軒轅又想起了蚩尤，他似乎已將赤川看作了逝去的好友，便再也無法將手中的大劍多刺出絲毫。與其同歸於盡，不如留得好友一條性命，而自己也可以早些見到另一個好朋友，看來這是最好的選擇了……

　　軒轅只覺面前寒光一閃，並隱隱覺得臉上一涼，隨即又被熱乎乎的鮮血染紅了視線。

　　一切都是死一樣的寂靜，甚至沒有了風聲，所有人都愣在了原地，就如同時間也在那刻停止了似的，只有天上飄下的雪花，輕輕地落在了軒轅的劍上，又涼涼地落在了他的手上。

　　難道自己沒有死？軒轅不知是不是還活在世上，不過涼涼的雪花卻告訴了他真相。

　　確實，赤川的斧尖擦着軒轅的額頭劃了過去，雖然流了血，但僅僅是破了一道口子，甚至連骨頭都沒有碰到。

　　兩人都僵在那裏，就連姿勢也絲毫沒有改變：赤川低垂的大斧，以及惶恐的神情；軒轅帶血的劍尖，以及他微微彎曲的胳膊。

　　一切都被這裏的人看得真真切切。

　　兩人都活着，而勝利的卻是軒轅。誰都知道，只要剛才，就算是現在，軒轅僅僅將胳膊略微伸直一些，赤川的喉嚨便會從劍尖處漏進風去。

　　凝固的一切終於解凍了，隨着人羣一陣歡呼，軒轅緩緩撤下劍來，又是微微一笑。

　　赤川的大斧無助地鑲在地上，片刻，他卻狂躁起來。

　　"媽的！你個狗娘養的，為甚麼不殺了我？難道是要羞辱我？"

　　"不，不是的！"軒轅連忙解釋，"其實是我輸了，如果你的大斧和我的劍一樣長，那我早就被你劈成兩半了。"

　　"贏了就是贏了！"白夕首領忽然說，"何必解釋？實力就是男人的一切！"隨即他高聲宣佈："大首領出征在外，一切由我和三首領定奪，現在我宣佈，這個男人……"白夕首領用它的利爪指着軒轅，對白幡武士們說："現在就是你們白幡隊的八幡頭領。"他又向所有人，似乎還包括所有的奴隸和夕說："同時，他也將取代赤川，成為這裏的三首領！"

我的天！軒轅驚得下巴差點砸到腳面。想不到那個叫赤川的漢子居然還是這裏的三首領。甚至，不經意間，我就變成了這羣怪物的首領，真不知道回去後玄毛大長老是該表揚我，還是要處罰我？

第三十四章　實力

赤川解下身後的皮幡，扔在軒轅面前說：“這是你的。”說完便單腿跪了下來：“大首領不在，你就代勞吧。不過最好用我自己的斧子！”說着，一把大斧便遞到了軒轅面前。

這是幹嘛？軒轅有點不明何故，卻見大家已經把目光集中到了他的身上。

“猶豫甚麼？”赤川有點不耐煩了，“砍腦袋你不會麼？”

天哪！軒轅又是一驚。赤川是要討死！不就是輸了麼？難道這點顏面比生命還重要？

“二……二首領，”雖然這樣稱呼一隻夕，讓軒轅多少有些尷尬，但為了赤川，他還是開了口，“這又何必呢，這麼好的一員幹將，多一個不更好嗎？”說完，軒轅又環視着其他武士，似乎是要找到幾個支持者來共同挽救赤川的性命，但他看到的卻是一片漠然，甚至還有些鄙視的目光。

“你是樂昏頭了吧？”白夕斥責道，“大首領定下的規矩都忘了？”

軒轅微微一愣，鬼才知道你們大首領的規矩，但冷靜下來的軒轅只能這樣想想，否則被識破了身份，自己被殺還算小事，部落將來的劫難可就大了。但要親手殺掉已經被他當成朋友的赤川，軒轅又如何下得了手？

高高揚起的斧子，遲遲沒有落下，軒轅的腦子飛快地轉着，但面對這樣陌生的世界，軒轅卻不知該從甚麼地方想起。

片刻的為難似乎是過了一整天，終於被一個聲音打破了：“慢着！”

所有人都聞聲望去，原來是白幡隊的那個打雜的無幡武士。

“你一個無幡的武士，也要來羞辱我？”赤川對他怒罵着，“這裏沒有你說話的份！”

“原來或許沒有，”那無幡武士不慌不忙地說，“但你現在連隻夕都不如，難道我堂堂幡隊武士還沒有跟你說話的資格？”

赤川氣得牙都快咬碎了，但事實如此，他又能說甚麼？

“那麼，你要怎樣？”白幡隊的七幡武士站了出來，“三首領往日待大家不薄，今天雖然丟了位子，我卻不准有人為難他。"

"狗娘養的！"六幡、五幡也都站了出來，"你個打雜的要翻天麼？"

"狗娘養的！"這個卑微的無幡武士今天居然也火了，"平常對我吆五喝六的也就罷了，誰讓我沒本事呢，但今天我卻要挺直了腰做男人。"

"哼哼，"白夕首領冷笑兩聲，"我倒要看看你今天怎麼挺直腰做男人？"

聽了白夕首領的話，七、六、五幡三個白幡武士便退了回去，而那個無幡卻挺着胸脯走到赤川面前。

"我，"無幡武士鎮定地說，"要和你 —— 赤川，決鬥！"

怎麼可能？！所有人都是一驚。無幡武士敢向赤川挑戰，不是找死麼？

但卻沒有一個人再向他投來鄙視的目光，就連剛才的三個白幡武士也默默地垂下了頭。

"你腦袋有問題了吧？"赤川罵着，但明顯沒了怒氣，"還不給我滾！"

"狗娘養的！"無幡武士沒有給赤川留絲毫情面，"難道忘了大首領定下的規矩？"

"用不着你提醒！"說完，赤川又對軒轅說，"動手吧，別聽他廢話。"

"雖然規矩我們爛熟於心，"軒轅裝作一本正經地說，"但看在他這樣崇拜大首領的份上，讓他再重複一遍也好，說吧，我同意了！"

其實，那無幡武士也只想提醒一下赤川，但誰讓這個剛剛上任的三首領發話了呢。

"自從開創部落之時，"無幡武士肅然說道，"大首領便定下規矩，幡隊武士只能有九隊八十一個，不能少，也不能多。任何人都可以加入，但必須是一命換一命，有來的、就得有死的。只有這樣，大家才能用盡實力相搏，這八十一個武士，才能是天下最強的八十一個武士，我們的部落，也才能永遠是天下最強的部落！"

軒轅終於明白了：這個無幡武士就是要找死，只要赤川殺了他，就可以名正言順地成為一個無幡的武士，這樣武士仍舊不多不少，八十一個，也沒有破壞這八十一個武士的最強陣容。

或許赤川是為了尊嚴，甘願去死也不願用降低身份的方法而屈辱地活着。但這個無幡又是為甚麼呢？軒轅又想起了"大首領"這個稱呼，似乎這裏的一切都是他創造的，他創造了凌駕一切的"尊嚴"，創造了衡量一切的"實力"，甚至創造了一種前所未有的"男人"。

"沒用的東西，難道不敢接受我的挑戰！"無幡武士仍舊罵着，"哼！那你就屈辱地死在我手裏吧！這裏沒有人會憐惜你這個沒用的東西！"

說着已經抽出自己的武器，向赤川衝來。

"沒用的東西"對於這裏的男人們來說簡直就是天大的侮辱。尤其是幡隊頭領，就算你已經親手割斷了他的喉嚨，也絕不能說他是"沒用的東西"，除非你真的鄙視他！

所以，赤川說甚麼也不能死在一個無幡武士的手裏，他連忙閃身躲過，卻並沒有還手。

"你個狗娘養的，"說話間，無幡武士又攻了上來，"為甚麼要羞辱我？我的實力不如你，但我也是男人！我的尊嚴絕不比你少絲毫。如果你也是男人，就拿出你的本事來！"

不管怎樣，這個無幡也是最強的八十一個武士之一，也是百裏挑一的人才，赤川一味躲閃絕不可能堅持太久，更何況，盛情難卻！

一錯身的工夫，赤川也拎起了大斧。兩人對視片刻，鄭重的眼神中滿是欣慰，又是一個錯身，鮮血已經飛濺在剛剛積起的薄雪上，迅速將它們融化了。

赤川抱着那人的半截身子，無言地看着他面具下咕咕湧出的鮮血。

"終於……"伴隨着微弱的咳嗽，以及鮮血沁在喉嚨裏時那種獨特的嗚嚕聲，無幡武士勉強地說，"終於……不用去幹那些……下賤……的雜事了，終於可以……可以為了部落，而榮耀地……死去了，告訴大首領，我沒有令他失望！"

鮮血繼續從面具下湧出，赤川將大斧按在他的脖子上，只一用力，便給了這位將死的勇士一個最好的安慰。

赤川緩緩取下了無幡武士的面具，卻露出一張沾滿鮮血，仍舊帶着笑容的臉。

戴上染着鮮血的面具，赤川雙手將那武士的頭顱高高舉起，所有人都無聲無息地垂下了頭……

赤川恭敬地將自己的面具和八面皮幡捧到了軒轅面前，似乎已經幹起了他身為一個無幡的本職工作。面對赤川臉上血淋淋的面具，軒轅甚至不知該不該接受這八面皮幡的榮耀。但決不敢推辭，因為這正是他用實力贏得的榮耀，而在這裏，實力和榮耀是決不容褻瀆的！

“不要緊，”軒轅試圖安慰一下赤川，“你的實力早晚會為你重新換回榮耀！”

“這就是我的榮耀！”赤川搖搖頭，面具上的鮮血還在一滴滴地下落，“就算整個白幡隊都倒下了，我也要讓這個無幡的職位堅持到最後！”

平緩的聲音中卻透出了無比的堅毅。

軒轅不禁倒吸一口涼氣，只覺渾身上下似是被這平緩的堅毅震得顫抖起來。雖然他現在已經是這裏的三首領了，配合應龍剿滅這羣怪物的可能性似乎更大了，但軒轅卻更加絕望了，他不敢想像，應龍長老手下的那些最精銳的武士，遇上這支隊伍會是甚麼樣子。就在那一刻，軒轅忽然感到，由女人統治的世界快要崩潰了，或許促成這一結果的原因很多，但至少這一點決不能忽視，就是這些崇尚實力，為了尊嚴和榮耀甚至可以放棄生命的男人！

軒轅還在發愣，卻見白夕首領從地上撿起一樣東西，掂量了幾下，轉頭對軒轅說：“這是你的吧，很精緻的小刀。”

軒轅立刻回過神來，慌亂地摸摸自己的後腰，女魃的小刀果然不見了，他連忙擠出一臉笑容，又假裝擦汗似地摸了摸臉。好在汗水早已將灰土和成了泥巴糊在他臉上，他趕緊戴上了赤川的面具。

“哦，可能是剛才打鬥時掉下來的。”說着便要上前去接小刀。

“送給我吧？”白夕首領將手一收。

“二……二首領怎麼會看上這麼一把小刀？”軒轅有些為難，“這是我的一個好朋友送的。”

“好朋友？”白夕首領“呵呵”一笑，“我看不止是好朋友吧！軒轅！”

軒轅頓時一愣。

白夕首領又說：“泥巴掩飾得了你的臉，面具也可以掩飾你的聲音，不過他們卻都無法掩飾這把小刀。”

“你……你究竟是甚麼……人？”雖然這個“人”字比稱呼他首領更加尷尬，但此刻的軒轅不得不承認它，或者是他，太像人了，甚至還莫名奇妙讓他感到親近。

那首領又是“呵呵”一笑，卻避而不答，只是說：“如果有人用天下和你換呢？”

軒轅見身份已經敗露，反倒更加坦然了："為了這把小刀，有人連生命也不要了，我又何必稀罕這天下？"

"看來你軒轅也有這個弱點，"白夕首領"哼"了一聲，"但你不正是為了剿滅我們才來的麼？做了天下的首領，不就甚麼都簡單了？"

"這……"凝視着面具下那對吊立的夕眼，軒轅卻似乎看到了與之不相匹配的眼神，甚至一陣莫名的恐懼從心底襲了上來，"既然這樣，那現在就殺了我吧！"

"殺你？"白夕首領開懷一笑，"我可沒這個膽子！"

"你這話是甚麼意思？"

"哼哼，"白夕首領停了一下，"不願留在我們這個公平的地方，那就趁早離開！"低頭看看手裏的小刀，隨後扔給了軒轅。

說完，轉身離開了。

軒轅接住小刀，看着他的背影，慢慢摘下臉上的面具，連同那八面皮幡一同恭恭敬敬地放在地上，也轉身離開了。

軒轅沒有回頭，但他的心卻仍舊徘徊在那個看似野蠻，卻又公平，沒有男女尊卑，只憑實力決定一切的地方。

第三十五章　彩蛋

軒轅一直走到大峽谷邊，不過這次他用不着偷偷摸摸了，而是理直氣壯地走上了守衛森嚴的吊橋。

初春的小雪還在零零落落地飄蕩，天空卻已經漸漸轉晴。午後的陽光灑在橋面上，將一層薄薄的雪花照成了金黃色。放眼望去，就連整個大裂谷也像鍍了金箔似的，他便又想起了當年的情景。

蚩尤當年就是從這條大裂谷掉下去的⋯⋯

軒轅的眼睛模糊了，他直直地看着谷底那幽幽的白霧，卻不知怎地，竟然又想起了那個白夕首領。

"這怎麼可能？"軒轅自言自語地叨念，"一隻夕居然能讓那麼多人甘心為他效力？居然還知道女魃的小刀？"

他依舊看着深不見底的大峽谷，幽幽地歎了口氣，已經走到了吊橋中央，卻還在尋思着裏面的蹊蹺："唉！這樣不合常理的事情，看來只有用蚩尤那種不合常理的方式才能解釋，蚩尤，要是你在就好了。"

軒轅搖搖頭，乾脆坐在了吊橋上："懸空的感覺真好！谷中的霧氣是不是也很柔軟？"看着白茫茫的霧，軒轅眼前又浮現出了那白毛毛的年臂，上面還有一大塊鮮紅的血跡："唉！不要再想了，我總不能一直活在傷心裏吧，這樣你也會怪我的，對不對？太陽的家裏一定很暖和吧？⋯⋯為甚麼不理我？你在和那裏的人打賭麼？"軒轅居然微微笑了，一行淚水卻踩着他的笑容泫然而下："你呀！一定贏了很多好東西吧？早就樂得想不起來我了。呵呵，開心些，好心情便能帶來好運氣！你一定也不願看到我的眼淚，呵呵，知道麼那個首領好像不會來攻打部落了，託你的福，我好像已經成了他們的三首領！"

軒轅的心情似乎好多了，他提高了聲音對着深谷喊道："蚩尤 —— 你等等我 —— 別把從太陽那裏贏來的好東西都一個人用了 —— 等我為大家找到了樂土就來陪你！"軒轅微笑着，抹去了那些不知是傷心，還是開心的淚水。

然而奇怪的是，他卻怎麼也抹不掉白茫茫中的那一塊血跡。軒轅使勁揉揉眼睛，又看看天空，甚麼也沒有。但低下頭，白茫茫中又隱隱地透着一點紅色。軒轅使勁掐了自己一把，很疼，所以絕不是在做夢。

紅光似乎是從濃霧中透過來的。並不很強，若不是軒轅正好愣愣地盯着那裏，恐怕也不會注意到。

"樂土？"或許好心情又給軒轅帶來了好運氣，"上次就是你帶我找到了通往樂土的線索，現在……"軒轅猛地站起身，"沒錯！你一定又發現了新的線索。"

軒轅確認好紅光的位置，便衝過了吊橋。

雖然同當年一樣，仍舊沒有通到下面的路，但軒轅的身手卻靈活了太多。他麻利地爬下峭壁，只用了一頓飯的功夫，就進到了濃霧中。

天哪！原來這一小塊崖壁中還長着許多小樹，怪不得正上方沒有藤條。看來這裏的溫度和水分都很合適，不過……濃重的霧氣中哪裏會有足夠的陽光呢？

軒轅很快就明白了，因為當他順着那一點微弱的紅光扒開小樹的枝杈時，竟然看到了一個盤子大小的光球。七色的彩光在它表面縈繞，緩緩地更像是流動着的水霧，甚至顏色也會隨着流動而緩緩變化。小樹們為了得到更多的光線，都在盡量朝這邊伸展，似乎早就忘記了太陽的存在。

一定很燙！軒轅踩着小樹，試着去碰它。

奇怪！居然只是暖暖的，甚至還像少女的肌膚一樣細滑，好舒服！尤其是在這寒冷的冬天，軒轅禁不住想要把它抱在懷裏。

"這就是鳳轉生的彩蛋嗎？"軒轅回想着壁畫上關於彩蛋的描述，不禁喜上心頭，"看來通往樂土的條件已經全部達成！"

接下來就是要說服玄毛大長老，讓她帶着大地的靈魂，連同鳳轉生的彩蛋，率領族人沿着大峽谷一直走下去，便可以到達那夢寐以求的樂土了！

但此時，大地卻猛然震動起來，兩邊的峭壁也隆隆作響。

"哎呀呀！"軒轅拍了一下腦門，"高興得連這個都忘了！"

說着，軒轅已經在拿起彩蛋的地方種下了一粒種子。

果然，大地的憤怒停息了，山谷又恢復了往日的寧靜。

不過，隱隱地，軒轅好像還聽到了甚麼。隨即心頭一驚，便將身體緊貼在了岩壁上……

片刻，幾塊岩石已經擦着軒轅的身子呼嘯而過。

軒轅正要長出口氣，腳下卻又是"咔嚓"一聲。

老天爺呀！就算是好事多磨，也不能這樣整我吧？！

腳下的小樹居然被剛才的落石砸折了，軒轅只好揣着一肚子的抱怨掉了下去……

第三十六章　召見

此時的部落中，女魃和嫘祖正依照軒轅的交代，在部落裏巡診。

忽然，烏鴉"噗啦啦"地飛起了一大片。

女魃一驚，裝藥的皮囊掉落在地。

"怎麼了？臉色這麼難看？"嫘祖摸摸女魃的頭，"是不是哪裏不舒服？"又摸摸自己的額頭："好像不熱呀！"

"傻丫頭，"女魃微微一笑，撿起皮囊，"不是甚麼病都會發燒的。"

"我當然知道，"嫘祖用眼睛撩了一眼女魃，"軒轅說過，心病就不會發燒，你是不是想……"

"好哇！"女魃嬌嗔一聲，"原來你是變着法兒的戲弄我，看我不打你！"

"嘻嘻，不打自招了吧，"嫘祖一閃身，嘴上卻還在不依不饒，"我又沒說你想了甚麼？嘻嘻，看來真的是在想軒轅了，對不對？"

"你再胡說！"女魃一臉的羞澀卻放下了揚起的手，"哼！就知道說人家，難道你不為他擔心麼？"

聽了這話，嫘祖的臉上也泛起一絲愁容，眼睛看着剛才烏鴉驚起的地方，幽幽地說："是呀，都好長時間了，他們怎麼還不回來，又是夕又是年的，還有那麼多鐵面八臂的怪物。"說着便心事重重地坐在了一塊大石頭上。

"唉！"女魃也緩緩坐在了嫘祖身邊，"還有一條深不見底的大裂谷。"

"真不知道天下人都怎麼想的？"嫘祖用小樹枝在地上漫無目的地勾畫着，"不是這裏打那裏，就是那裏打這裏，好不容易我們不用怕夕了，現在又出來一個年，甚至還有一羣比我們還聰明的怪物帶着它們搗亂……唉！"嫘祖直起腰，"如果有一天我們可以教會夕和年也來種莊稼就好了！"

女魃又被嫘祖的天真逗笑了："別傻了，那不等於教老虎吃草一樣麼？而且軒轅說過，'掠食'就是它們的本性，也是自然的一部分，我們又何必怪它們呢？"

嫘祖："它們搶我們的糧食，破壞我們的部落，不怪它們還要怪我們自己麼？別忘了軒轅還說過……他是怎麼說的……反正就是自己的命……也是法則……"

"生存也是自然的法則！"女魃補充說。

嫘祖："對！對！軒轅是這麼說的，所以我不管是不是它們的錯，只要它們來咱們部落搗亂，我就不饒它們！"

她倆一口一個軒轅這麼說，軒轅那麼說，似乎已經把他的話當成評價事物的有力依據了，也難說，她倆心中只有一個軒轅！而且，經過這樣長的一段日子，嫘祖對女魃已沒有醋意，仿如姐妹般成了知己。這也是嫘祖的單純個性，只要對軒轅好的，她都樂意接受。

客觀來說，軒轅不單被女魃和嫘祖奉為偶像，族裏其他人又何嘗不是呢？部落裏不論男女，越來越多人都開始因軒轅的博學和善良而信服他，甚至還有人說，如果他是女人，這次大長老挑選的繼承人就非他莫屬了！

不過，軒轅也因此受到了一些人的抨擊，說他大有野心，說他想要讓男人來做首領。

咳！軒轅只得無奈地歎口氣。

看來自古都是這樣，一個人做了件事，總會有人褒，也會有人貶。

正在兩個女孩引用軒轅的觀點作為論據，來論證夕究竟是好還是壞的時候，忽然走過一個人來，正是潮汛。

就如同當初一樣，長老們還是喜歡叫她來幫着傳遞口信。不過自從蚩尤死後，她那驕慢的氣息早就蕩然無存了⋯⋯

關於潮汛，部落中也有傳言，既然年輕有為的新一輩中，軒轅不可能成為玄毛的繼承人，那麼肯定就是潮汛和女魃兩人中的一個了。只是她倆一個擅長治病救人，一個擅長行軍打仗，真是不知道哪個對部落更加有益些？不過更多的人還是覺得女魃的可能性較小，不僅僅是因為素楓，更因為她自己好像對做大長老沒甚麼興趣，畢竟強扭的瓜不甜麼！

"傳大長老令！"潮汛嚴肅地說，"女魃速去長老大帳見過玄毛大長老！"

"是！"女魃恭敬地領命。

說完，女魃和嫘祖臉上的鄭重也變得隨便了一些。

"你不是和軒轅一起去探察嗎？"嫘祖搶着追問，"你們已經回來了，軒轅在哪兒？找到剿滅那些怪物的辦法了麼？"

女魃雖然沒有說話，但是迫切的眼神中也不難看出她的心情。

潮紉似乎不好開口，不過她還是如實地說了軒轅堅持獨自去查探。

"甚麼？"嫘祖不禁叫道，"就他一個人？你怎麼能讓他……"

"然後呢？"女魃急切地打斷了嫘祖的話。

"我只看到了這些，"潮紉說，"這都是他自己的選擇！不過你們放心，我留了幾個人接應，至於能不能回來，或許'好心情能夠帶來好運氣'吧！"

"就是麼！"女魃笑笑說，"這是軒轅常說的。"

說完，女魃已朝長老大帳走去，眼角的餘光卻還是不安地掃了一眼林子，烏鴉仍舊不停地叫着。

今天的長老大帳格外安靜，甚至貼身的侍衛也被請了出去。

玄毛獨自坐在那個舒適的位子上，仍舊面沉似水，身子一如既往的挺拔，手中的"帝"也如她一樣，筆直而堅挺，若不是那朵小火苗還在不住地跳動，或許人們還以為這是一張明亮且溫馨的畫呢！但在這寧靜和溫馨中，卻充滿了至高無上的威嚴。

儘管女魃已經不止一次來過長老大帳，但這次卻又莫名其妙地緊張起來。

"過來，"玄毛平緩地說，"到我這兒來。"

女魃輕輕應了一聲"是"，便踏着柔軟的獸皮走到玄毛面前。

"其實，你應該知道，"玄毛看着女魃，"自從大巫師死後，已經過了幾個春天了，我一直找不到合適的……"

第三十七章　拒絕

隨着一陣"劈劈啪啪"的聲音，軒轅落入了深谷……

接着又是"噗啦"一聲……當飛濺起來的水花又落回潭中時，軒轅也從水中冒出了頭來。原來是谷中的那些溫泉救了軒轅。

軒轅隨手撈起一根斷枝杈，抬頭看向霧中，還沒來得及慶倖，便又是一驚，連忙伸手入懷，這才鬆了一口氣，幽幽變化着的彩光依舊在蛋殼上緩緩流淌，這彩蛋倒像是個處事不驚，只會在繈褓中酣睡的嬰兒。

雖然大難不死，但一縷憂傷又浮上了心頭。

"唉！若是當初蚩尤也能像我這樣走運就好了！"

想着想着，軒轅爬上了岸，不過剛一離開水的浮力，軒轅便覺腳下一陣劇痛，不由得跪在了地上。腳踝已經腫得和小腿一樣粗了，還好按照疼痛的程度判斷，應該沒有傷到骨頭。可帶着傷腳又怎麼上去呢？軒轅看着陡峭的岩壁，犯起難來。偏偏在這時，軒轅還聽到了一些動靜。

片刻，濃霧之中竟又隱隱晃出一些黃黑相間的條紋，看樣子有五六個。難道這深谷裏還會有老虎麼？但它們一向都是獨來獨往呀。

管它呢，下水躲一躲！那裏它無法着地，這是軒轅的第一反應。

然而，這似乎是多餘的。因為那些黃黑條紋居然都是站着的，當然不是老虎站了起來，而是穿着虎皮的人們走了過來。

軒轅隨即舒了一口氣，來的正是留下來接應軒轅的那些人。

回到部落以後，天色已經晚了。軒轅本想立刻到玄毛大長老那裏去彙報這些好消息，卻聽說她和女魃徹夜長談，就連身邊的侍衛也都暫時迴避了，便沒好打擾。

至於應龍和素楓，一個身體不太好，早就睡了。另一個，軒轅寧可就在這裏等上一晚，也不願獨自先到她那裏去彙報。

夜深了，腳傷越發疼起來，軒轅只好和門口的侍衛打了個招呼，便回去休息去了。

他獨自躺在床上，腳踝仍舊一蹦一蹦地疼，心中也不知是憂是喜。雖然找到了樂土的方向，但那條大峽谷究竟有多長？途中是否艱險？甚至那些謎一樣的面具武士也一一跳了出來，他們究竟是甚麼人，真的不會對部落造成威脅？

這一切，連同疲勞傷痛又堵住了軒轅的思緒，沒有等他做出最後的判斷，便悄然入睡了……

月亮已經高高地掛起，天上的星星又悄悄地淡去，天邊也開始蒙蒙地亮了。女魃終於出來了，而且居然是被玄毛大長老親自送出來的。

這時，她們從門衛那裏得知，昨天傍晚時分軒轅已經回來了。

太陽剛剛露出一張紅潤的臉，三位長老就一起來到了軒轅這裏，而且身邊還多了一個女魃。

軒轅有些受寵若驚，不過這並不影響他理智地表述那些好消息。好消息中自然不敢提及"三首領"這個稱號，但軒轅表示，怪物們或許不會輕易來侵擾部落的。

至於樂土，看樣子玄毛仍舊持懷疑態度，總不能為一個沒邊兒的傳說遷移整個部落吧！何況就連軒轅也不知道樂土究竟有多遠。甚至他都不敢保證，上古時代的那個樂土是否依然存在。至少現在，三位長老還不可能把"尋找樂土"提上議事日程。

就這樣，幾位長老又說了一些慰勞的話，便離開了軒轅的房間。

只有女魃留了下來。

不管樂土是否還存在，至少全部線索找齊了，軒轅總算給了自己一個交待，也終於可以向女魃說出心中的三個字了。

可軒轅卻一下子又不知如何開口了。他還發現，女魃似乎有些反常，居然沒了往日的歡笑，甚至還在有意逃避着自己的眼神。若是平常，別說徹底找到了進入樂土的方法，就是在"責罰地"的壁畫中弄懂了一點旁枝末節的小事，女魃也會興奮得手舞足蹈起來。

"部落裏出事了麼？"軒轅試探地問，"為甚麼悶悶不樂的？玄毛大長老看你的眼神，好像……"軒轅沒敢繼續猜。

女魃低着頭，似難以開口。

"是不是捱罵了？"軒轅傻乎乎地一笑，"不要緊的，大長老做事一向顧全大局，這你是知道的，我們受些委屈又算得了甚麼！為了部落，大長老不也犧牲了很多麼？"

女魃一直低垂的頭猛然抬起，卻連眼神也沒來得及和軒轅相交，便又低下了。

"看來是真的受了委屈，"軒轅繼續傻笑着，"要是你不願意說，那就不要再想了，來，我給你看樣好東西。"

"這就是我剛才說的那個蛋，"說着，軒轅從被子底下掏出了彩蛋，"可惜大長老居然連看都不看一眼，唉！看來擋在樂土前面的，還不只那條大峽谷啊！"軒轅歎了口氣，便又笑了起來："不過我相信，總有一天我們能夠住在樂土裏面。"

看到這流光溢彩的寶物，女魃卻並沒有表現出多少開心，甚至仍舊低頭不語。軒轅隱隱感到蹊蹺，但她卻好像在逃避着甚麼。

"如果喜歡，"軒轅笑着說，"就送給你吧，反正想說服大長老遷移，還得些時候。"

"為甚麼要送給我？"女魃抬起頭，一臉漠然。

"那還用問麼？"軒轅想都沒想，說，"只要你喜歡，只要我能做到，天上的星星我也給你，因為我……"

軒轅終於要切入主題了。

女魃用手擋在了軒轅的嘴上。

"為甚麼不讓我把話說完？"軒轅不解地握住女魃的手，"你知道我要說甚麼，這句話我等了很久，只想在這個時候告訴你。"

"有些話還是不說的好！"女魃平靜地看着軒轅，"甚至從今以後想也不要再想了！"

不祥的預感直衝上了軒轅的腦袋。"告訴我！"他猛地握緊女魃雙肩，"是不是昨晚，大長老說了些甚麼？"

軒轅焦急惶恐的眼神終於撞上了那雙空洞仿若止水一般的眼睛，轉瞬間便激起了無數漣漪。

"軒轅……"女魃看着軒轅，"我們……"

卻在這時，帳簾一掀，嫘祖跑了進來，卻不由得一愣。

"哦，原來……"嫘祖向女魃尷尬地一笑，"我……一會兒……"

嫘祖甚至不知該不該說完"我一會兒再來"這幾個字。或許來不來並不重要，甚至不來會更好。

"幹嘛急着走。"女魃居然笑了。

嫘祖停下腳步沒有回頭。

"你不是來看軒轅的麼？"女魃的語氣突然變得像聊天那樣自然了，"過來呀，軒轅正有好東西要給你呢。"說完，上前拉住嫘祖："你跑甚麼？難道沒見過我給別人治傷麼？正愁沒人過來幫忙呢，來，你幫我按着他點兒，省得他受不住痛總要亂動！"

原來是這樣，嫘祖的笑容也立刻自然了。

"他不老實，"嫘祖嘿嘿一笑，"那就看我的吧！"

是在開玩笑麼？軒轅試圖向自己解釋女魃古怪的舉動。卻他很快推翻了自己解釋，透過女魃那空洞的眼神，她似乎沒了靈魂……

"別愣着了，"女魃笑着對軒轅說，"真要我們按着你麼？"

嫘祖一旁附和："快把腳伸出來，不然有你好看！"

難道剛才是幻覺？不管怎樣現在都正常了。或許有些自欺欺人，軒轅卻寧願是自己出了問題。

"呵呵。"軒轅也笑着乖乖地伸出了傷腳。

"對了，你不是要送嫘祖東西麼？"女魃笑盈盈地說，"早知道人家會來，何必讓我來做這個中間人呢？"說着，已經捧起了那個彩蛋，轉身對嫘祖說："這是軒轅送給你的，為了這個，他差點摔死！但這傢伙卻不好意思直接和你說，現在好了，也省得我麻煩了！"

看着這流光異彩的寶物，嫘祖愣住了，但絕不是被它的美麗所驚呆的。

"這……這個是給我的？"嫘祖半信半疑地看着軒轅，"你……就是為了給我找這個才摔傷的？"說着眼淚也流了下來。

看着嫘祖天真的眼淚，軒轅哪敢立刻拆穿女魃的謊言。

嫘祖一頭撲到軒轅懷裏。

軒轅卻愣愣地看着女魃。

而女魃卻又恢復了平靜和冷漠的表情，就像一泓永遠無法洞悉的湖水，只有眼中的淚花似乎還要向軒轅說些甚麼。她猛地轉過身去，幾滴倔強的淚花也飛散在了空中。

"女魃！"軒轅喊着。

嫘祖也回過頭去，卻只剩下了垂晃的帳簾……

第三十八章　真相

隨後幾天，女魃再也沒有來過軒轅這裏。只有嫘祖總給軒轅帶來許多好吃的好玩的。而軒轅卻像是丟了魂一樣，整天都恍恍惚惚地想着事情。

腳傷幾乎好了，軒轅卻仍躺在屋裏。他害怕離開屋子，怕見到女魃時不知如何面對。他熟識女魃倔強的個性，看她每次欲言又止，兩目含淚的委屈，一定發生了甚麼不可言說的大事，自己雖然心疼，但難道一定要問個水落石出麼？既然她不想說，又何必讓她傷心？要是不問，這樣她就不傷心了？軒轅最終踏出了屋子，徑直朝女魃的帳篷走去。

撩開帳簾，屋子裏卻空無一人。所有的東西都如往常那樣整整齊齊地擺放着，就連它們的位置也是軒轅所熟知的。

蚩尤送她的鸚鵡正在若無其事地梳理羽毛。

“軒轅……軒轅……女魃……女魃……蚩鳴……蚩鳴……”

見到軒轅，鸚鵡照例叫着他們三個的名字，這些都是軒轅和女魃一同教會它的，就是不知為甚麼，它怎麼也學不會“蚩尤”這兩個字，所以總是“蚩鳴”、“蚩鳴”地亂叫。若是平常，軒轅和女魃便會一口咬定是對方教錯的……

想起這些，軒轅不禁笑了。但刹那間，一張強顏歡笑的臉，一番言不由衷的話，一個不知緣由的拒絕，一副空洞的眼神，驅使着一陣酸悶席捲了軒轅的全身。

門外傳來一陣腳步聲，軒轅聽得出，那是女魃。他立刻轉過身來，打算用這一天中最好的心情來迎接痊癒後與女魃的第一次會面。

“別往心裏去，那天只是逗你玩！”但願這是女魃說的第一句話，軒轅默默地祈禱着，並信心百倍地期待着帳簾撩起時，也能看到女魃同樣的好心情。

不過，即便他都已經讓自己開始相信他的“信心百倍”，但一切卻還是非他所願地發生了。

帳簾撩起，呈現出女魃一張木然的臉，也似玄毛那樣，宛若止水。

“傷好了？”女魃平淡地說，“不要亂動，回去休息吧！”

“我不知道你為甚麼那樣做？”軒轅根本沒有理會她的搪塞之詞，“要是我做錯了甚麼，你完全可以衝着我來，又何必拿嫘祖尋開心？"

女魃沒有說話，卻開始收拾起本就非常整齊的桌子來。

"不要再欺騙自己了，"軒轅一把拉住女魃，"我知道你心裏同樣不好受，你以為你是大長老麼？也要像她那樣板着一張死人臉才舒服麼？"

女魃一愣，終於還是露出了些許表情，但有些怪異，既不像憤怒，也不像是傷心，是甚麼？恐怕她自己也不清楚。

"放開！"女魃冷冷地說，"男人沒有資格碰我！"

"嗡"地一下，軒轅的腦袋像是飛進了一窩蜜蜂，險些昏倒。

他怎麼可能不知道這句話的含義？甚至這件事一開始，他就已經看出了端倪，只是不願去相信，更不敢讓它在自己的頭腦中形成一個切實的念頭，就連現在他也仍在極力迴避着那個可怕的猜想！除非親耳聽到，而且是從女魃口中聽到，否則他寧可永遠讓這個猜想停留在未知階段。

"告訴我這是怎麼回事？"軒轅沒有放手，呼吸卻更加粗重，追問，"大長老說了甚麼？是不是……"

那似乎是千真萬確的了，但軒轅仍舊沒有勇氣承認他的猜測，他知道那意味着甚麼！

"沒錯，"女魃仍舊平靜，但聲音也有些哽咽了，"我就是大長老的繼承人，請你自重，從今以後對我除了服從，不要有任何想法，現在你可以放手了吧！"

軒轅呆呆地看着女魃，慢慢放開手……"軒轅呀、軒轅！平時你不是顧忌這、就是顧忌那，該說的話總不敢說，終於可以說了……"他苦苦一笑，沉痛中更顯無奈，"卻又不能再說了！"

說完便失魂落魄地朝門口走去。

"軒轅！"身後傳來女魃聲嘶力竭的呼喊，"既然你已經知道，那你現在還顧忌甚麼？我無法選擇，但你可以！"

"我？"軒轅猛回過頭。

"你可以來做大長老！"女魃一頭撲到軒轅懷中，失聲哭了："無論是為了部落，還是為了咱們，你都是最好的人選！"

軒轅愣住了，片刻，卻又慘澹地一笑。

"我？"軒轅微微搖着頭，"自古以來都是女人做大長老，我怎麼敢……"

女魃："為甚麼不敢？全部落的人都信任你！"

軒轅："但這是部落的規矩。"

女魃："那就改掉這個規矩！"

軒轅："我……"

女魃："你怕了？怕承擔'野心'這個罪名？"

軒轅："我不怕！但我也從來沒有想過要做大長老，我只想和你一起過安寧的生活。"

女魃："但我不能！我生來就已經註定要坐那個孤獨的位子，除非你去改變它！"

軒轅："生來就已經註定了？"

女魃："是的！我是玄毛大長老的女兒。"

這句突如其來的"我是玄毛大長老的女兒"把軒轅嚇了一跳！

"甚麼？"軒轅甚至在懷疑自己的耳朵，驚愕地說，"這不可能，難道大長老不是處女之身，她的生命中也有過男人？"。

"沒錯！"女魃重重地點着頭，"這男人就是應龍的前任 —— 夔罡長老，自從他為媽媽而死以後，媽媽就沒了一絲的笑容，也絕難再看出一絲不悅！"

軒轅一時間仍醒不過來，訥訥地道："怎麼可能？大長老……她……"

女魃悲痛地說："媽媽生下我便被當時的大長老差人把我扔在野外，包裹着我的獸皮便是記認……我曾經痛恨她，但恨只會帶來更大的悲痛……我幸運有兩個媽媽，她們都為我受了很大的苦！"

"大長老勞心勞力，對我們都很好，"軒轅若有所思地說，"難怪她總是沒有情緒。失去了心愛的人，甚麼還能令她開心？甚麼還能讓她傷懷呢？"

軒轅卻忽然想起了甚麼："不對！聽說，夔罡長老是為了部落而光榮死去的，部落裏還為他舉行了盛大的儀式。"

女魃："這的確眾人皆知，但你知道這還和煥金有關麼？"

"煥 —— 金 —— ？！"軒轅瞪大了眼睛，"他也是咱們部落的人？"

"嗯，都是我們部落的長老……"女魃回想着玄毛的話，"夔罡長老就是在平定'火奐'之亂時，用自己的生命將叛亂頭領火奐引入部落設下的陷阱……"

"火奐？"軒轅敏感的神經忽然一跳，"'火奐'便是'煥'，難道就是現在的煥金。"

"很不可思議吧？"女魃看着軒轅，"但更不可思議的是煥金、夔罡、還有媽媽本來是最要好的三個長老，但媽媽卻甘願放棄長老之位而和夔罡生了我，你知道這意味着甚麼？"

"當然，"軒轅點點頭，"這一對男女都要被處死！"

"於是兩個男人便都有了對策，"女魃的話音顯得有些沉重，"夔罡甘願犧牲自己，一方面斷除媽媽放棄長老之位的念頭，另一方面維護了部落的安寧，以及那亙古不變的部落規矩！"

"而煥金，"軒轅插嘴說，"則選擇了作亂？"

"對，他要以武力改變大長老只可由處女擔任的規矩，他要奪取大長老的位置，這樣就可以改變一切！"

"但這卻要毀掉上古以來的部落規矩，於是他們三個反目為……"一下子軒轅卻不知該不該說出最後一個字。

"的確，就是'仇恨'！"女魃深深地歎口氣，接着說，"但也都是為了愛！"

"所以，"軒轅想了想，"所以，這也正是煥金想要殺你的原因，尤其是在沙地部落日益衰敗的時候，他覺得反攻部落無望，就要殺掉你這個可能毀掉玄毛的人！"

"我想也是這樣，畢竟這一切都是因為有了我的出現。所以當他得知我又回到了媽媽身邊時，就更要抓我回去。"

"但我們卻被蚩尤和潮紈救了，"軒轅繼續推測，"所以，大長老也沒有殺他，也或許還是用這個作為交換，讓煥金放棄了對你的追殺？"

女魃點點頭。

"天哪！"軒轅長歎一口氣，"原來裏面還有這麼多的內情，或許……"軒轅沉思片刻："或許這就是老倉頡他們不願我查出的真相！"

"我也這麼想，"女魃說，"估計大巫師當初也猜到了一些，但不管怎樣，老倉頡他們是對的，既然媽媽可以治理好部落，又何必再生混亂呢？"

"這個，"軒轅點點頭，之後又搖搖頭，"也許還不僅如此，上代大長老傳位時可不知道玄毛能將部落治理得這樣好，為甚麼仍傳位給玄毛？"

"我也不知道為甚麼，但她是知道玄毛有了夔罡長老的孩子，那就是我！"女魃深沉地說，"這是大長老的秘密，大長老都是人，她們也會……"

"天哪！"軒轅幾乎驚呆了，"這上古的規矩，難道本來就沒人遵守？"軒轅又一轉念："既然沒人遵守，又何必立下這樣害人的規矩呢，而且還要讓自己的女兒繼續忍受和她一樣的孤獨呢？"

"其實，"女魃無奈地解釋說，"這也是上古以來的規矩！大長老不能有自己的孩子，否則補救的方法就是要這個孩子來做大長老！"

"那，"軒轅好像又在想甚麼，卻"噗"地一笑，"那不亂套了，歷代長老都是女人，而生男生女卻不在自己，要是生個男的，難不成要再生一個，直到生了女孩再讓她繼位？"

"但大長老的孩子全是女孩！"女魃堅定地說。

"哦？"軒轅一驚，"怎麼可能？"

"我也不信，但媽媽說，最重要的事情只有大長老可以知道。"

"這麼說，"軒轅不解地看着女魃，"只有你做了大長老以後才能告訴你？"

"對！"女魃看着軒轅，"但我根本不想知道這是為甚麼。我只想知道，你願不願意來做這個大長老，因為只有這樣才能不必說服媽媽，而由你來決定一切。"

"可……這恐怕比說服大長老還要困難，除非我也像煥金……"

"算了，"女魃無奈地歎口氣，"我就知道你不會這樣做。"

"但你放心，"軒轅捧起女魃憔悴的臉，"我一定會找到辦法的。"

"如果……找不到呢？"

"那麼，"軒轅狠狠心，"我可能比煥金還要狠！"

女魃愣住了，不知道自己應該為軒轅的抉擇開心，還是擔憂。

"不過，只要我穩妥處理，對部落應該沒有損失，而且更重要的是……"軒轅像是在籌劃着甚麼，他深情地看着女魃，"我愛你！"

女魃愣住了，她終於聽到了那期盼已久的三個字，不過卻是在這種時候，以致這三個字似乎變成了一個更遙遠的期盼！

但不管怎樣，女魃還是心滿意足地笑了。

他們似乎還想說甚麼，卻誰也沒有開口，只是緊緊地相擁在一起！

第三十九章　作亂

"記住，"軒轅輕聲叮囑女魃："讓着她點兒。"

"這樣能行麼？"女魃戰戰兢兢地看看左右。

剛剛下午，但部落裏早已熱火朝天。

軒轅回來已將近十天，今天晚上正是月亮最圓的時候，也是十幾個冬天裏最熱鬧的一天。因為玄毛大長老宣佈要在篝火舞會之後決定她的繼承人，而軒轅和女魃卻在角落裏緊張地嘀咕着。

"沒問題，我不會把事情鬧大。"軒轅謹慎地打量着周圍。

"她真的也同意麼？"女魃的聲音更小了，"我還是有點擔心。"

"放心吧，"軒轅貼在女魃耳邊說，"這應該是她從小的心願。而且這次大長老也太霸道了，居然無視素楓長老的反對，甚至還強迫應龍長老同意了她的主張。這不，才形成了二比一的局勢，通過了決議，讓你來當大長老。"

"可……我還是覺得不妥……"聲音也有些發抖，可見女魃心裏實在害怕。

"你就放心吧，有素楓長老支持咱們，甚至老歧伯，也許老倉頡也會從中幫腔，不會鬧大的。"

女魃還想說甚麼，但咬咬牙，把話又咽了回去。

"記住，讓着她點兒！"軒轅托着女魃的下巴，深情地看着她的眼睛，在她顫抖的嘴唇上深情一吻，"我愛你！"說完，軒轅轉身向"責罰地"走去。

"我也愛你！"雖然聲音不大，但軒轅卻聽得清清楚楚。

離開了女魃，軒轅的步子卻沉重了許多，不過很快眼前就是"責罰地"了。

奇怪！軒轅莫名奇妙地看着從"責罰地"裏走出的人們。這些人怎麼都很面生，可能是女姜的族人吧，他們那裏的人都很孤獨離羣，就連生病了也很少求人，不就是怕別人知道他們偷偷藏食物麼？唉！軒轅歎口氣，不就是有塊好地麼？糧食多了不願都交上去也就算了，有甚麼好藏的，居然還藏到"責罰地"來了！這個女姜長老呀，真拿她沒辦法！好像還很縱容族人這樣。

……

"不行！這樣絕對不行！"遠遠地傳來了老倉頡的怒聲。

"不行也得行！"不用說，能和倉頡吵起來的人還有第二個麼？"事情哪有一成不變的？該改的規矩就要改改！何況，你就忍心看著兩個孩子這樣苦苦捱過一輩子？"

"那也不行！"倉頡用力戳著手裏的耙子，"當、當、當"直把耙子上的乾土都震了下來，"大長老這樣做一定有她的用意！"

"用意？哼！上次的用意已經害了夒罭和火奐，接著又是巫月，現在居然又輪到了女魃，那可是她自己的……"

"閉嘴！"老倉頡怒道，"你這張臭嘴已經害死了巫月，還嫌不夠麼？"

"放心！不用你喊，打死我、就算再打死你，我也不會說了。唉！"

"唉！"倉頡也歎了一口氣，"我相信她的為人，無論是當初，還是現在，除了那件事，她事事都在為部落著想。再說，女魃那孩子也絕對可以擔起這個擔子。"

"但是，"外面的軒轅再也沉不住氣了，"潮紱也絕對可以！我不知道當年發生了甚麼，可我知道這和當年一樣，想挑這擔子的不能挑，不想挑的卻必須要挑！"

"你？！"倉頡一驚，隨即罵道，"你這個不知好歹的東西，虧得我們這樣疼你，居然敢替長老決定繼承人！"

"這主意挺好。"老歧伯插嘴說，"不像你，就知道建議，再建議，就連應龍和素楓的話玄毛都不聽，你去建議管個屁用，不一腳把你踢出來才怪！"

"那也不能……"老倉頡重重地喘了兩口氣，"那也不能作亂！"

"我沒有作亂！"軒轅咬著牙，"我只想讓我們的部落更加公平！我只想讓該做大長老的人做大長老！我只想得到一個真正由三位長老和議出來的結果！而不是一個人蠻橫的決定！"

帳篷裏一片寂靜，過了好久，倉頡才緩緩說："你真的只是為了這個？難道不是因為你愛女魃？"

面對著老倉頡深邃的眼神，軒轅知道撒謊是無濟於事的，而且軒轅根本就沒打算撒謊，他斬釘截鐵地說："是的！但如果潮紱也不願意做，如果潮紱不可能勝任，如果真是三位長老共同和議的結果，那麼我也絕不會用這個辦法！"

帳篷裏又沉默了片刻。

"好，"老倉頡終於又緩緩開口了，"我支持你！"

……

全部落的人都在歡呼雀躍，篝火旁的食物堆已經矮了半截。

軒轅用力扯下一口肉乾，眼睛卻死死地盯着長老大帳的皮簾。忽然皮簾微微動了一下，隨即走出了應龍，他似乎並不知道軒轅正在悄悄地注視這裏，只是無奈地搖搖頭，接着便是一連串深重的咳嗽。

軒轅又扯下一大口肉乾，仍舊死死地盯着帳簾，像是等待着最後一絲渺茫的希望。忽然帳簾又一動，軒轅猛然站起了身，就連填在嘴裏的半口肉也停止了咀嚼。大帳裏出來的是那個永遠都在笑的人，她依舊用那張微笑的臉看着軒轅，卻也無奈地搖搖頭……

軒轅用力咽下了半口尚未嚼爛的肉，竟然喘起了粗氣。片刻，他將肉乾狠狠摔在地上，大步離開了人羣。

篝火依舊燒着，孩子依舊笑着，人們依舊跳着，誰也沒注意軒轅究竟去了哪裏……

"嘿，你們幾個，少吃點吧。"又是那個紅頭髮的女人，衝角落裏的幾個男人嚷嚷着。

幾個男人立刻收斂了許多，甚至沒有爭辯就低下了頭。

"哈、哈哈，"紅髮女人身邊響起了另一個女人的笑聲，"果然是心虛，你們女姜族的人不是都有自己的存糧麼？吃起大家的東西還這樣沒命，不要臉！"

幾句話引得周圍一片目光投來，這幾個男人頭垂得更低，生怕別人認出來似的。

"呦呦，"紅髮女人又譏諷地說，"還知道害臊呀！哼！"看看旁邊的人，她問："孩子們都怎麼唱來着？"

周圍一片哄笑，當中一個男人還唱起童謠來："女姜女姜，種稻插秧；土肥地沃，秋收無糧；走來走去，與人不往；山前樹後，都是私藏！"

哈、哈哈……周圍又是一片哄笑。

忽然，一個男人喊道："誰在胡說八道？！"

旁人聞聲望去，只好把哄笑改成了偷笑。就連那紅髮女人也在瞟了一個白眼後不再說話了。

原來這個男人就是女姜族長的阿注。誰都知道，女姜族雖然現在還是女人做族長，但掌控權早已落到了這些阿注的手裏。更奇怪的是，這裏的阿注和女人的關係好像都被固定了下來，甚至連女姜族長和這個阿注一起生活的時間也長達七八個春秋了。據說是因為那些能幹的阿注們只想把私藏品留給屬於自己的後代，才逐漸形成了這樣的關係。

"我們就是留了糧食，怎麼樣？"那阿注橫掃一遍眾人，又理直氣壯地將視線落在了紅髮女人身上，"也許你真的看到有人私藏糧食，但你看到四季當中我們做了甚麼嗎？就算最舒適的春天，我們也沒在太陽出來後才趕到地裏；就算是最炎熱的夏天，我們也會忍着惡臭四處收集肥料；就算是最富庶的秋天，我們也沒有一個人閒在帳篷裏吃喝打盹兒；就算是最寒冷的冬天，我們也會外出鑿冰捕魚。所以我們才有了今天的沃土，所以我們才有了比所有部族都多的食物，但我們又憑甚麼把所有的食物都拿出來與你這樣只會嚼舌頭的女人分享呢？！"

立刻，就連偷笑聲也沒有了。紅髮女人仍舊白了他一眼，可畢竟沒有再說甚麼。

"你們幾個窩囊廢物，"那阿注衝着剛才那幾個男人罵着，"下回有人再說，你們就……"話沒說完，他卻是一愣，隨即指着其中一個男人說："你，把頭抬起來。"

也不知那男人支支吾吾地說了甚麼，但頭卻仍似掛了千斤重物一樣低着。

"我說你呢！"那阿注又厲聲喝道，"還有你們，都給我抬起頭來。"

無奈之下，幾人這才將頭抬起。

"哼哼，"那阿注冷冷一笑，"我說呢，女姜族裏怎麼能有這樣的廢物？"

紅髮女人一下子也來了脾氣，"不想認帳，也不能連族人都不要了。除了你們女姜的人，全部落還有我不認得的男人？"

這話說得實在，女姜族那一一對應的男女關係的確讓這位風騷的女人難以插足。

"那就讓他們自己說。"那阿注怒道。

"好，你們自己說。"紅髮女人也較起了勁兒。

幾個男人面面相覷，額頭上都冒了汗。

"呵呵，這幾個是我們族裏的。"忽然傳來一個渾厚卻謙恭的聲音。

"你……"紅髮女人想了想，"你是煥金族的……禿虎？"

"正是，正是。"禿虎點頭哈腰地上前，向周圍行了一禮，那副低三下四的樣子真與他高大的身材有些不相稱。

"哦，大老遠的，你們也來了，"紅髮女人笑臉迎上，聲音也嬌柔起來，"聽說你們族裏的男人都跟你一樣強壯！"她邊說邊摸着禿虎渾圓的肌肉："舞會結束後到我那裏去吧！"

禿虎顯然被摸出了一身雞皮疙瘩，連忙退了半步，卻仍舊恭敬地說："族長差我們送來一些農具，囑咐我們趁機湊湊熱鬧，舞會結束後就得回去了。"說完又連退幾步，這才轉身衝那幾個男人屬聲喝罵："還不走，人丟得不夠麼？"

幾個男人立刻扔下食物跟隨禿虎離開了這裏。

那阿注"哼哼"笑了兩聲，對紅髮女人說："要不要我派人送你去沙地那邊？"

"呸！"紅髮女人又白了他一眼，追禿虎去了。

這時，一聲悠長的號角響起，熱鬧的部落立刻靜了下來，所有的人也都跪拜下來。

身着豔麗羽毛的玄毛莊嚴地站在祭壇上，身前是大巫師軒轅，壇基上肅立着應龍和素楓兩位長老。玄毛高呼道："我宣佈，我的長老之位由女魃來繼承！"

話音落下，全場一片肅然，片刻便是一片嘈雜的議論。

"不是潮紈麼？"

"女魃是旱魃轉世，我們可不願讓一個怪物來領導咱們！"

"咳！那不過是個傳說，我看女魃行，我和姐姐的病都是她治好的。"

"算了吧，要是會治病就行，那還不如軒轅來做。"

"得，得，長老都沒意見，你瞎摻和啥！"

"人家潮紈可是從小就按照大長老的規矩做的，總比那個半路搬來的女魃強吧！"

"是呀，誰知道她以前有沒有過男人？"

"聽說了麼？這好像是大長老一個人的意見，素楓長老根本不同意。"

"但應龍長老同意了。"

"他是男人，又是玄毛一手提拔的，當然得聽玄毛的。"

"就是麼，我覺得還是應該潮紉來做大長老。"

"我覺得女魃才合適。"

"別吵了！有本事就到上面說去，沒本事就乖乖聽着，你又不是大長老，唧唧咕咕的有用麼？"

……

漸漸地人們都安靜了，看來玄毛早就料到了，只要有吃有喝，誰當大長老，或許僅僅是個供大家爭論的話題而已。

玄毛用她寧靜且自信的耐心等待着，等着最後一個富有"叛逆"精神的族人也平靜了之後，便平緩地說："如果沒有意見……"她又停了一下，再一次展示了她充分的民主精神後說："那麼好，女魃將……"

"我不同意！"

在眾人各種各樣的眼神中，大巫師軒轅站了出來。

"這不公平！"軒轅說。

"哦？"玄毛平靜地吐出一個字。

"她並不想做大長老！"

"那，你想過要做男人麼？"

"這……"

或許高手的對決總能出手便是要害，好在軒轅尚可勉強招架。

"做男人或女人我無法選擇……"

"這件事同樣無法選擇！"

僅僅兩招之間，軒轅已經被動之極。尤其是面對玄毛寧靜卻具壓制感的眼神，軒轅的冷汗都流了出來。

"這並不是三位長老共同的意見。"

"但三位長老同樣沒有反對。"

"素楓長老不同意！"

"但我同意！應龍長老，你說？"

全場鴉雀無聲，誰敢想像，竟然有人接了玄毛三招還沒敗下陣來。

空氣似乎都要凝固了，而焦點卻集中到了應龍身上，玄毛、軒轅，甚至所有人的目光都在注視着他，等待着他至關重要的一票。

"我……"應龍看着玄毛平靜的眼神，又看看素楓永遠微笑着的面容，身為一個男人，他又能做出甚麼樣的選擇呢？"我……"應龍深深地歎了口氣，"我棄權。"

雖然仍是一比一，但玄毛的一票畢竟代表了大長老，分量之重可想而知。

"喊喊喳喳"，全場又是一片嘈雜。

三個回合過後，軒轅幾乎被玄毛逼到了絕路，他喘着粗氣，但腳跟卻依然堅定。

"我也不同意！"倉頡沙啞的聲音，在嘈雜的議論聲中激起了一波更大的議論，但當倉頡再次開口的時候，人們卻立刻安靜下來，聆聽着這個全部落最老的聲音。

"我不知道你這是怎麼了，我的大長老，"倉頡緩緩地說，"但我還是相信，你一定有難以訴說的理由，而且如同上代大長老那樣，一定是個有利於部落的理由！"玄毛依舊平靜，倉頡繼續在說："以致你甘願將夔罡的後人推上那個神聖的位子！"

僅僅"夔罡"兩個字，就足以令全場又一次轟動起來。在那個知其母而不知其父，甚至連"父親"這個詞還沒有出現的年代，這確實可以令所有人為之一驚，尤其是這一切還落在了那個比"應龍"都要響亮的名字上。

片刻，所有人又都豎起了耳朵，但倉頡卻沒有繼續說下去。

或許寧靜已經深深地刻進了玄毛的心中，她依舊平緩地說："正因為女魃是夔罡的後人，所以一出生就註定要承擔這份寂寞，除非她死了。否則這世界將又多了一份災難！"

"我不知道這將是甚麼樣的災難，"倉頡頓了頓，"但我知道，有一個男人曾為了同樣的事，已經給部落帶來過巨大的災難。而且我還知道，現在又有了一個這樣的男人，他同樣可以為了自己心愛的人去做任何事！"

玄毛手中帝杖微微一抖，似乎又置身在了當年那場慘烈的大叛亂中。隨即看向軒轅，平靜的眼神中卻帶了些許的懷疑。

軒轅絲毫沒有逃避玄毛的眼神，並將手微微抬起。

看着祭壇上的一切，下面的族人多少都有些莫名奇妙。但台上的人卻一目瞭然，人羣中已經出現了如麥浪一般的波紋，並從四面八方迅速湧向中央。

除了感覺有點擠以外，台下的人依舊沒有絲毫察覺。而台上的人，就連毫不知情的侍衞也仿佛明白了甚麼。

沒人敢質疑軒轅的感召力，因為在部落中，幾乎所有人都得到過他的幫助，甚至有許多人的生命都是他從死神的手中拼搶回來的。就算是出於報恩，想必這些人都會出來給軒轅撐腰的，何況這次玄毛的所為還真的有點兒不得人心呢！

"軒轅！"應龍長老大聲喝道，"好大的膽子！你敢叛亂！給我退下！"

軒轅緊咬着牙，微舉的手仍舊沒有放下，聚攏過來的人越來越多，看來只要軒轅一聲令下，部落的一場浩劫便在所難免。

"你要怎樣？"如此的壓力下，玄毛終於決定妥協一步。

"其實我也不想怎樣，"軒轅緩緩放下手，湧動的人浪終於平緩下來，"我只想要一個公平的結果。"

"公平？哼哼，怎樣才叫公平？"

"讓女魃和潮汛來接受大家的評判，得到多數認可的就是大長老的繼承人。"

玄毛想了想，仍然平靜地說："我同意！"

聽到玄毛這句話，幾個知情人懸在喉嚨裏的心才放回了肚裏。女魃的臉上也露出了笑容。

"但無論誰成為我的繼承人，"玄毛寧靜地看着軒轅，"你策動叛亂，都必須受到應有的處罰！"

"這……"軒轅自知掀起叛亂的罪名嚴重，但為了部落將來的安定，這個處罰是不能逃避的，不過如果權力順利移交，叛亂是可避免的，所以他理直氣壯地說："如果真有叛亂，我會承擔責任！"

玄毛沒再說話，轉頭對女魃說："你跟我過來！"說完便回了自己的大帳。

女魃不知所措地看看軒轅，面對母親、又是大長老的威嚴，最後還是跟在玄毛身後一同進了大帳。

緊張的氣氛稍稍緩和，潮汛來到軒轅身邊："謝謝！無論是被罰吊籠，還是決定扔下'責罰地'，我都會以大長老之名赦免你！"

“不必了，”軒轅苦笑一聲，“身為大巫師，我選個副手總不至於受重罰吧？”

“甚麼？”潮紉有點莫名奇妙，“你選副手？”

軒轅沒有回答，只是對眾人高聲說：“如先前所說，在我手起手落之間，誰最先擠到前面，誰就可以到我這裏來做副手！”

“太棒了！”剛剛擠到前面的幾個人歡呼着，“你的本事都可以傳給我們麼？”

“當然！”軒轅笑着點點頭。

潮紉、倉頡，連同素楓、應龍以及台上所有人仿佛一下子都知道了甚麼叫作“哭笑不得”。

潮紉長噓口氣：“我還以為你真的要鼓動族人叛亂。”

“怎麼可能？”軒轅接過話來，“部落的安定永遠是最重要的。”

“不過，”潮紉問，“剛才大長老要是執意堅持呢？”

“她不敢！”軒轅自信地說，“她沒有勇氣承受兩次愛的災難！”

“愛的災難？”

軒轅微微一笑，卻避而不答。

“我有個主意，”他高聲對眾人說，“讓三位長老代表大家來給繼承人出題如何？”

好！好！下面叫好聲連連響起。

“那就這樣，”軒轅彎腰在身邊的食物堆裏抓起一把豆子，“還記得上次春天，老倉頡給孩子們做的玩意兒麼？”

“記得，記得，”一個女人響應着，“就是蹺蹺板吧，我家大鼻涕最喜歡玩。”

“知道，知道，”另一個女人也在喊，“我家胖子也愛玩，兩個大鼻涕坐在一起也壓不動他，哈哈哈。”

“呵，呵，”軒轅舉起手中的豆子笑了笑說，“那我們就每人拿一把豆子，她倆完成一個測試，我們就按照自己的滿意程度在相應的那邊放上一把豆子，最後誰那邊重，誰就是大長老的繼承人。”

“好好……”大家紛紛來到食物堆前抓起了豆子。

第四十章　測試

過了好一會兒，在眾多侍衛的簇擁下玄毛和女魃先後走上祭壇。

軒轅擠到女魃身邊，悄聲提醒：“記住我剛才的話，最後關頭讓着她。”

話沒說完，女魃已經和軒轅擦肩而過，甚至腳步也沒停一下。

怎麼了嗎？軒轅撓撓頭，看着女魃的背影，一陣莫名的不安又湧上心頭。

“誰先來出題？”有人高喊着。

軒轅一驚，回過神來：“哦，那……我們先讓應龍長老來出第一個題好不好？”

下面當然一片歡呼。

“這個，”應龍看看玄毛，又看看素楓，“好吧，部落最近一直受到怪物的威脅，所以作為一個大長老，首先要有本事保護族人，這第一個測試，就讓她倆比比武藝吧！”

這是潮汍的強項，知情的人自然放了心。

但出乎意料的是，女魃自己竟提出了意見：“應龍長老所言極是，但一己之力再強也不能敵眾，我看比武藝還不如比技藝。”

“嗯……”應龍低頭想了想，“說得也是，那麼就……”

“就來比碼石子。”女魃不等應龍說完便自作主張地選擇了試題。

“哦？”應龍看看女魃，“連這個你都會？好，排兵佈陣全靠它，那就用我的石子吧。”

趁着應龍回去拿石子的工夫，軒轅又來到女魃身邊低聲問：“究竟是怎麼了？不是說好要讓着她麼？”

女魃看看軒轅，又看看不遠處的潮汍：“喂！潮汍，軒轅要我讓着你點，你看怎樣？”

“甚麼？”亂哄哄的人聲顯然影響了潮汍的聽力。

“你……”軒轅一把拉住女魃。

人聲更加嘈雜，因為應龍已經拿出了他珍愛的石子。

"規矩你們應該知道了，誰佔的地盤多誰贏！"說着，應龍親自給兩位準上司鋪開了獸皮，上面竟畫滿了小格子。

女魃執子，已在獸皮上點了一粒白色的石子。

潮汛沉着應對，也在獸皮上放了一粒黑色的石子。

若真給潮汛一隊活生生的人馬，想必女魃定會敗下陣來，但這種"皮上談兵"的事情，女魃細緻的性格就要佔些優勢了。

大約一頓飯的工夫，潮汛就冒汗了。

忽然，旁觀的軒轅輕輕咳了一聲，潮汛便如觸電一般收回了胳膊，仔細揣摩片刻，不禁長噓口氣，又將那粒黑子放在了別處。

女魃抬頭看了一眼軒轅，繼續落子。

潮汛則擦了一把汗，繼續迎戰。

不一會兒，軒轅又"啪"地給了自己一個耳光。

"可惡，"軒轅裝模作樣地揮揮手，"大冬天的居然有蟲子。"

話音剛落，潮汛便又將手中的石子改放到了別處。

"嗯？"應龍瞪了一眼軒轅。

又過了一盞茶的工夫，軒轅竟然指着獸皮喊起來："蟲子，蟲子，真有蟲子！"他湊上去一看："哦，是穀粒，不好意思，繼續，繼續。"

"軒轅！"玄毛平緩地吐出兩個字，"下去。"

看着獸皮上即將擺滿的格子，軒轅只好無奈地退到了祭壇下。

不過一粒黑色的石子卻落向了軒轅所指的地方……

太陽快要下山了，漫長的比試也結束了，有的人都在篝火邊睡着了。結果，潮汛以一子之多險勝女魃。

軒轅長長地舒了口氣，欣慰地看向女魃，但回應他的卻是一臉漠然。

究竟是怎麼了？莫名的不安幾乎變成了惶恐，軒轅看着女魃，又看看玄毛，這對母女都是一臉的寧靜，仿佛早已變成了一個人，一個為了部落而甘願承擔寂寞的大長老。軒轅甚至開始懷疑自己是不是真的錯了，一位母親為甚麼要如此固執地將親生女兒送上永遠孤獨的位子？甚至這個女兒也已經開始接受這份孤獨了。看來剛才一定發生了甚麼，就在長老大帳中！

"軒轅！"終於有人將軒轅從沉思中喚醒，"這回該素楓長老出題了吧。"

"出點刺激的，有人已經睡着了。"

說着，一個睡在篝火邊的男人便被踢醒了。

"怎麼了？怎麼了？"被踢醒的男人捏着一把豆子，四下張望，"誰贏了？誰贏了？"

全場又是一片哄笑。

"好，"軒轅也堆出一臉笑容，"下面就請……"

"我看還是請大家來出個點子吧！"玄毛起身打斷了軒轅的話。

"好哇！好哇！省得有人再睡着了。"

哈，哈哈……

看來玄毛是鐵了心要讓女魃做大長老，否則又何必提防素楓出題偏向呢？這使得軒轅又一次陷入了苦思，剛才她們究竟說了甚麼？

苦思中軒轅忽然聽到了一個熟悉的名字，不由得一驚。

應玄毛大長老的"邀請"，一直躲在角落裏的嫘祖走上了高台。

的確，這場競賽的結果如何，都讓嫘祖難以面對。或許玄毛真的有甚麼難言之隱，但嫘祖的為難大家卻心知肚明。所以，她一直躲在角落裏，甚至不知該為哪一方祈禱。

"嫘祖，"玄毛看着嫘祖的眼睛，"我知道，要你做這樣的選擇多少有些殘忍，但這也許還是你的一個機會，好自為之。"

嫘祖明白玄毛的意思，她咬着嘴唇，低下了頭，將自己的臉藏進了辮子裏，做着痛苦的抉擇。

時間一點點地從嫘祖的小辮子間溜走，但她仍舊低着頭，甚至篝火邊的那個人又打起了瞌睡……

"我想好了，"終於，小辮子們一晃，嫘祖抬起了頭，"十次機會，五十步，誰命中那根木樁最多誰勝。"說完便跑下了高台。

軒轅當然明白，但嫘祖這份情意他又如何受得起？

女魃再也無法擺出那一臉的寧靜了，看着嫘祖遠去的背影以及飛散在小辮子裏的淚水，她的眼睛模糊了，但片刻又變得更加寧靜。

"祝你們幸福！"女魃看着低頭不語的軒轅，輕聲自語着。

玄毛看着女魃眼中的淚水，同樣痛苦地搖搖頭。的確，這才是玄毛要嫘祖上來的用意所在：這場競爭的勝敗並不重要，重要的是女魃能否真正放棄軒轅，而心甘情願地來做這個命中註定的大長老。玄毛太了解這兩個女孩的善良了，或許正如她自己一樣。

　　"哈！哈！哈！哈！……"女魃突然狂笑了起來，"十次機會，五十步，命中那個木椿，是不是太簡單了些？"她輕蔑地看着潮汎："我們增加一些難度如何？"

　　"別……"軒轅已經猜到了女魃的意圖，但就連這個"別"字，也只是剛張開嘴，就咽了回去。

　　軒轅看着嫘祖離開的方向，便咬住了自己的嘴脣，至少這一局，我絕不能幫潮汎！

　　"當然可以！"潮汎果然同意了，"這次聽你的，是蒙眼射，還是移動射？怎樣都行！"

　　"既然怎樣都行，"女魃解下了腰間的拋子，"那我們就用各自的武器，隔物射怎樣？"

　　"隔……隔物射？"潮汎不解地看着女魃手中的拋子，又捏捏自己的強弓。要是連石頭也能穿過，難道我這強弓銳箭還會被擋在外面？"好！隔甚麼？"

　　"就隔我吧。"玄毛已經站起了身，並朝嫘祖所指的那根木椿走去。

　　"這……這……"潮汎張張嘴卻不知該說甚麼好。

　　玄毛迎着眾人驚愕的眼神，已經走到離木椿三五步遠的地方，並轉身說："女魃，你先來。"

　　女魃隨即撿起一塊石頭，伸手比量着距離，隨後掄開拋子一擲，就像當初在礦坑中拋送礦石一樣，石子高高飛起，越過玄毛，"當"的一聲落在了木椿上。

　　"命中。"玄毛平靜地宣讀完結果，又對潮汎說："你。"

　　潮汎拉緊強弓，捏住羽箭，卻始終無法鬆手。她甚至還在看軒轅，但軒轅卻如死人一樣垂頭坐在地上。

　　"哐啷"潮汎的弓箭掉在了地上："我認輸！"

　　軒轅仍舊低頭不語，滿腦袋都是今天女魃古怪的舉動，甚至現在還多了嫘祖那不求擁有的真情。以致接下來的測試項目是甚麼，都無心顧及。

　　直到潮汎來到他身前，軒轅才慢慢抬起了頭。

"求你了！"潮紉哀求着說，"我要做大長老，只有你能幫我！"

軒轅苦苦一笑："大長老？好一個大長老！為了這三個字，我已經失去了一切。"

"但只要你幫我，你就可以得回屬於你的一切。"

"一切？我的一切都在那裏。"軒轅看着依舊漠然的女魃，"但你沒看出來麼？她自己都決定要做大長老了。"

"我不知道女魃為甚麼突然變了，"潮紉晃晃垂頭喪氣的軒轅，"但我知道，她仍舊愛你！她肯定也正在承受着巨大的痛苦，她有她的不得已，所以現在正是需要你幫她的時候，你不能放棄，只有你才能幫她，也只有你才能幫我。"

是呀，我這是怎麼了？潮紉一席話激醒了軒轅。現在就連她自己也幫不了自己，如果我再離她而去……

"謝謝你！"軒轅猛地站了起來，"下一個項目是甚麼？"

"是你最擅長的，"潮紉苦笑一聲，"診病！"

"好！"軒轅重新打起了精神，"那咱們贏定了！"

潮紉仍舊苦笑："那就好。"說完，便要轉身離開。

"潮紉！"軒轅卻叫住了她。

"嗯？"潮紉轉過身。

"對不起！"軒轅愧疚地看着潮紉的眼睛。

"為甚麼？"潮紉用不解的眼神打量着軒轅。

"我本來只想利用你來幫女魃，"軒轅低下頭，又立刻抬起，"但現在，我也要幫你！"

"哼哼，"潮紉微微搖着頭，"那你就認真應對下一個測試吧。"

"這真的是你的願望嗎？"

"甚麼？"

"蚩尤出走的那天，我聽到了你和素楓長老的爭吵。你並不想做大長老！"

"從那天起，"潮紉微微一笑，"我已經失去了一切。"

"那為甚麼還要苦苦爭取？"

"為了一個人的遺願，然後就去找他。"

"是蚩尤？"

潮紈點點頭。

"不可能！他不會要你去找他，我太了解他了。"

"所以他留下了這個遺願，他知道我不可能做大長老。"

"為甚麼？"

"因為我已失去了做大長老的身體。"

"身體？難道你已經不是……"軒轅愕然驚叫，但迅即知道事非尋常，立即把話吞了回去。

"我無法再熬下去了，"潮紈看着遠方，"要不是你，兩個春天前我就得到解脫了。"

"甚……甚麼？"軒轅猛然一驚，"難道巫月是為了你……"

"不錯，但她不知道我是為了蚩尤。"潮紈又平靜地說，"你不是一直想找到那個守着壇基前的侍衞麼？"

"難道是……"軒轅驚訝地看着潮紈。

"就是我！"潮紈解下箭簍，指着裏面一塊焦糊的印記說，"當時帝杖從排水口可以直接掉在我的箭簍裏。"

"原來是這樣！"軒轅若有所思地說，"那麼，素楓長老帳前的那個潮紈，其實是素楓穿了你的盔甲。"

"沒錯！"潮紈點點頭。

"然後，"軒轅凝神回想着當時的一切，"進到大帳後，素楓再把盔甲還給你，於是你又做回了潮紈，而她又做回了素楓。但是我當時查得很仔細，卻並沒有發現你裝扮侍衞時穿的巫師袍子呀。"

"那是因為你忘了，還有巫月幫我！"

"巫月？"軒轅這才恍然大悟，"是她送去的那個草人！那件巫師袍子本來就是草人的。天哪！"水落石出，軒轅卻更加不解："素楓為你做這些我還可以理解，但大巫師她又為甚麼甘願冒死相助呢？"

"因為她是我的媽媽！"

"你的媽媽不是死了麼？"軒轅一臉疑惑，"你不是被姨媽素楓帶大的麼？"

"媽媽要做大長老，當然不能有我這個孩子，而姨媽對我做的一切也都是她的意思。"潮紈眼中噙滿了淚，喃喃自語，"我竟然也有媽媽，竟然是她要我做大長老的！既然生前不告訴我，又何必再讓我知道真相？"潮紈抹了一把眼淚卻笑了："但現在好了，我可以做大長老了，媽媽的願望可以實現了，蚩尤的遺願也可以完成了，只要我再率隊剿滅了那個部落，就可以去找他們了。"潮紈祈求地看着軒轅："現在只有你能幫我，幫我得到真正的解脫！"

說完，潮紈轉身離開了。

軒轅沒有勇氣再叫住她，或許幫助一個人去死，比幫她活下來更有意義。

過了好一陣子，只見一個女人帶着十個蒙着臉的人走到了台上。

"讓大家久等了！"那女人歉意地說，"我的測試已經準備好，這十個姐妹中有一個剛剛感到肚子疼，能不能請兩位診治一下。"

"好，好，這個好玩！"有個人一邊喊一邊又踢醒了火堆旁的那人，"快看，快看！"。

"哦……誰……這次誰贏了？"

女魁已經擺好藥箱，開始為她們一一把脈了。

而潮紈卻打開了軒轅悄悄遞上的一塊樹皮。但當她偷偷讀完樹皮上的符號時，卻滿臉疑慮地看向台下的軒轅。

軒轅點點頭。潮紈歎口氣，只得依計行事。

……

"好了麼？"領頭的女人看着潮紈，"女魁已經寫下了結果，現在該你了。"

潮紈又一次向軒轅投來懷疑的目光。

軒轅仍舊信心十足地點點頭。

潮紈走到第一個女人跟前，猶豫了一下，伸手揪住那女人的手腕，狠狠一捏。

她嬌細的手腕怎承受得住潮紈的力氣，隨即"啊——"的一聲叫了出來。

潮紈又回頭看看軒轅，軒轅還是點點頭，示意她繼續。

就這樣，十個尖細"淒慘"的叫聲過後，她們每人都捂着自己的手腕向潮紈投來憤怒的目光，要不是為了公平起見，不能讓她們說話和露臉，恐怕現在早就大罵潮紈了。

潮紈又看了看軒轅，這次軒轅卻向第三個女人瞟了一眼。

於是潮紈便在台前準備好的那塊樹皮上畫了一個符號。

"診斷結束，我來宣佈結果。"領頭女人拿起潮紈的"診斷書"，嗽嗽嗓子，"潮紈的診斷結果是，第三個人。"隨後又拿起女魃的："女魃的診斷結果是都沒病。"

全場哄地一下。

"靜一靜，靜一靜，"領頭的女人撓撓頭，帶着幾分愧疚說，"要知道，肚子疼不是說來就來的，所以這麼短的時間我哪裏去找哇，不過，只要能診斷出真實的結果，我看就夠了。所以我宣佈，女魃勝出！"

看着女魃那邊沉甸甸的豆子，素楓終於坐不住了。

"你們和大長老串通，"素楓叫喊着，"不能只聽你們一邊說，我要軒轅來做個評判。"

"哦？"玄毛寧靜地看着素楓，"那就讓軒轅來說說她是甚麼病吧。"

所有人的目光都投向了軒轅，而軒轅也在納悶兒。但既然玄毛這樣說了，那還是要發表一下自己的觀點。

"起音高亢，而尾音虛顫，"軒轅看着那第三個女人說，"這是她氣血受損的徵兆，她是女人，我想應該就是經前的腹痛。"

雖然沒人能聽出她們聲音中有甚麼差別，但既然軒轅說得這樣頭頭是道，再加上他的人品和醫術，以致一時間各種猜測和懷疑又混成了一片嘈雜之聲。

這時，那第三個女人突然狂笑起來，並隨手摘下了自己的蒙面，竟是那紅髮女人。

"大家不要猜了，"紅髮女人高聲喊道，"我自己的肚子痛不痛，難道還要軒轅來告訴？"她報復似地白了軒轅一眼："何況，他軒轅給我誤診也不是一次了，這回再錯了，有甚麼奇怪的？"

"不可能！"軒轅口氣中還帶了幾分焦急，"不要再大聲說話了，危險！"

"算了吧！軒轅，"紅髮女人故意氣軒轅似的，把聲音放得更大，"錯就錯了，幹嘛不敢承認？"

"就是麼！"一個男人插嘴喊道，"若是誤診成別的，我們還就信了，可是她……哈哈哈哈……"

許多男人都跟着笑了起來，甚至又有人高喊："誰都知道，她是咱們部落阿注最多的女人，但誰見到她生過一個孩子麼？她哪會因為那個而肚子痛，哈哈哈哈……"

"喂！"紅髮女人被揭了短，便發狠地罵起來，"你個狗娘養的！給我閉嘴……"

"別喊了，可能不是經痛，但真的危險……"軒轅正要衝上台去制止她，但她的聲音卻已經顫抖起來，就連耀武揚威的腰板也彎成了弓，口中還在"唉喲唉喲"地呻吟着，更恐怖的是，腿上、地上鮮血已經流成了一片。

軒轅縱身一躍，跳上高台。

所有人都驚呆了，只有瘸胖子衝上來焦急地問："她怎麼了？不會有事吧？"

軒轅哪還顧得上回答，一邊按着紅髮女人的幾個止血穴道，一邊"職業習慣"似的喊着，三七、大薊、黃柏、伍艾、白雞冠花子……

而女魃早已拿來了藥箱，並默契地將一個個藥瓶遞到軒轅的手中。

僅僅是片刻的時間，在軒轅和女魃麻利順暢的配合下，鮮血漸漸止住。

"早吃了我給你的藥也不至於這樣。"軒轅看着紅髮女人慘白的臉，長長地呼出了口氣。

"她……她……她……"瘸胖子已經急得結結巴巴地說不出話了。

"如果三天後她還活着，就不會有甚麼事情了。"軒轅伸出手，女魃心領神會地在他手裏放了個瓶子，軒轅又對紅髮女人說："這次可一定得吃了，或許你還能做媽媽呢。"

"真……真的！"虛弱的聲音中，淚水化作了無限的感激，她一頭撲到了軒轅的懷裏。

軒轅看着女魃，兩個人都欣慰地笑了。

瘸胖子卻哀哀地歎口氣，轉身離開了……

"豆子已經證明了一切，"玄毛高亢地說，"我宣佈，女魃將是我的繼承人。"

玄毛將所有人都拉回了現實，軒轅和女魃的笑容便又一次淹沒在了無盡的沉默當中。

"我不同意！"素楓反駁說，"明明是潮紈勝了最後一局。"

"軒轅當初可沒說靠勝負來評判，"玄毛看着軒轅，"他只是讓大家來評判結果，得到最多豆子的就是大長老的繼承人。"

"但是大家並沒有看到真實的結果。"

"你們不要爭了！"一個渾厚響亮的聲音說，"她們誰也做不了大長老！"

眾目睽睽之下，一個高大魁梧的禿子已經跳上高台。

"守護好大長老！"應龍一聲令下，自己已經擋在了禿虎身前，"你要幹甚麼？"

"很簡單，"禿虎抽出背後的大斧，"作亂！"

"哼！"應龍瞪着禿虎，喝道，"就這麼幾條雜魚也想掀起浪來。"

第四十一章　夜襲

　　太陽散盡了最後一絲餘暉，唯有堆堆的篝火還在見證着道道血光。倖存的人們驚慌後退，雖然許多強壯的男人沒有逃跑，但也只在較遠的地方與之對峙。

　　轉瞬間，台上台下便形成了三股勢力。中間台上，應龍對禿虎，侍衛緊緊圍住長老；靠周邊站着的是百餘名叛軍；最外面則是沒有撤退的族人。三股勢力相互制約，誰也不敢輕舉妄動。

　　"軒轅，"素楓狠狠地盯着軒轅，"你……你居然聯合了禿虎？"

　　軒轅則是一臉的無辜："我……"

　　危機中，軒轅也不想多解釋，只是飛速地整理着頭腦中的一切線索，甚至還在叛軍中看到了幾個既熟悉又陌生的面孔。

　　而禿虎現在也並不急於進攻，好像是在等着甚麼。

　　誰都知道，雖然大長老的安危有些令人擔心，但應龍說得在理"就這麼幾條雜魚也想掀起浪來"？所以禿虎肯定是在等待接應。但部落外面有那麼多的守軍，一時半刻間絕不可能被攻破。而這麼百十來人的叛軍卻很可能一頓飯的工夫就淹沒在人海中。

　　"不會這麼簡單！"軒轅和應龍同時得出了這個結論。

　　但再小的威脅，應龍也不可能讓它持續威脅大長老，尤其是部落外面已經傳來了一些喊殺聲。

　　"所有侍衛，誓死守護大長老！"應龍將手一揚，"周邊族人，準備合擊叛軍！"

　　話音一落，周邊臨時拼湊起的眾多"志願軍"已經抄起了傢伙，雖然只是些木棒樹枝，但人數的優勢已經令每一個叛軍提起了百倍的精神。

　　"慢着！"未等應龍手臂下落，軒轅厲聲喊道，"周邊族人，立刻轉向，死守'責罰地'！"

　　的確，叛軍中的幾個人正是被軒轅當作女姜族偷藏糧食的人，而他們卻來自"責罰地"。

"混帳！"應龍罵道，"竟敢擾亂軍心，還說不是你引來的叛軍？！先把軒轅拿下！"

　　"慢着！"女魃喝住應龍，"我以長老繼承人的身份命令你，嚴守'責罰地'！"

　　應龍一愣，不知所措地看着玄毛。

　　"增派人手，立刻就去！"玄毛堅定了女魃的主張。

　　聽了這話，禿虎便無法靜守了。"殺！"隨着他一聲令下，所有叛軍搶先攻打長老們所在的高台。

　　好在混亂之中應龍的命令也已經傳達到了周邊的族人中。就在他們剛剛調頭之時，軒轅也同時被洗脫了作亂的罪名，因為足有千餘叛軍已經衝出了"責罰地"那邊的林子。

　　如此眾多的叛軍從部落的腹地突然冒出來，應龍不禁暗叫不妙。雖然這裏有萬餘人，但若不是已經調轉了隊形，恐怕這些沒有受過正規訓練的族人，會被迅速衝散，那時候僅憑這一小隊侍衛如何抵擋得住？而現在只要堅持片刻，待遠處的大營有所察覺，煥金這些叛軍就會立刻成為甕中之鱉。

　　但眼下禿虎卻還是最大的威脅。只見他手起斧落已經把一名侍衛劈成了兩半，甚至現在又將大斧朝應龍劈了下來。

　　應龍奮力架開，卻覺這一斧竟如泰山壓頂般沉重，甚至震得胸腹之間驟然蕩起一股憋悶。我這是怎麼了？未及應龍多想，禿虎又一腳踹在了他胸前。胸中的憋悶頓時化作鹹腥，隨即噴湧而出，腳跟剛剛站穩，眼前卻又是一黑，無數的金星中斧光一閃，斧刃便劃開了應龍的腹甲，不僅如此，就連疼痛也沒來得及感覺，腸肚便伴着鮮血流淌出來。

　　又是一斧劈下，應龍卻連抬手招架的力氣也沒了，但大斧仍舊停在空中，下面卻多了一人，便是軒轅，他架住禿虎的手腕，隨即一擰身，便將肘磕在了禿虎的軟肋上。禿虎踉蹌兩步，並被幾根長矛逼下了高台。

　　軒轅扶住應龍，但口中的鮮血卻讓應龍再也無法對軒轅說出甚麼，只能將一塊代表最高兵權的身份牌遞到軒轅面前⋯⋯

　　軒轅臨危受命，同樣來不及感激，只將應龍的屍體緩緩放倒，便撿起他的武器朝台下進攻的叛軍砍去⋯⋯

　　藉着居高臨下的優勢，侍衛們尚可勉強抵擋。但手持棍棒的族人除了數量，沒有任何優勢可言。而周邊的叛軍也知道了情勢的危機，既然不能從後偷襲，就只有死命拼殺，力求在部落援軍到達之前，匯合禿虎一舉攻下高台。

這樣一來，手無寸鐵的族人便死的死，逃的逃，簡直不堪一擊……

"哈，哈哈……"隨着一陣狂笑，兩撥叛軍已經匯合，而部落援軍卻連影子也沒有。

"都說應龍調教出來的戰士以一當十，我看也是一羣廢物！"煥金聆聽着外面宏大的喊殺聲，喜出望外地說："竟被我不過萬餘的兵力，拖得無暇回防，哈、哈、哈哈，真是上天助我！"

"真的是你？"玄毛從侍衛後面走了出來。

"哈，哈哈哈！"狂笑中，勝利在望的煥金終於喝住了禿虎，"你是不是以為我忘了自己的誓言？"煥金看看素楓："放心！我和這女人好，只是為了今天更有把握。否則誰來替我毒害應龍！誰來告訴我部落的部署情況？"

"你……"素楓微笑的臉龐已經扭曲。

"玄毛，"煥金撇開素楓又說，"我現在就要兌現我的誓言，把帝杖交給我，讓我改掉大長老的戒律，從此你我都會幸福！"

"火奐，"玄毛說，"我早就告訴過你，事情遠沒有你想的那樣簡單！"

"確實不簡單，但是現在我真的做到了！"

"做到了？"玄毛高高舉起帝杖，"你以為得到它就可以了？你知道這是甚麼？"

"當然知道，這是我苦苦追尋的東西，你不敢用它來改變命運，但我可以幫你改變！"

"改變？說起來真輕鬆！"玄毛寧靜地看着煥金，"如果是上天定下的，你也能改麼？"

所有人都愣住了，不過僅僅是片刻，煥金便又狂笑起來。

"你以為咱們還是聽伏羲長老講故事的時候？"煥金不屑地笑着。

"要真是那個時候就好了，"玄毛看着遠方無盡的黑夜，"至少那時我還不知道這個規矩，至少那時我們還是好朋友，至少那時……夔罡還活着！"

"夠了！"煥金厲聲喝道，"他死了，甚至臨死也要阻止我幫你改變命運！"

"那是因為他可以不用知道真相就能相信我，但你呢？"

"哼！我只相信我能看到的和我能做到的！所以今天我就證明給你看，只有我能改變你的命運！"煥金看看禿虎，"動手！"

禿虎便帶着一隊叛軍衝上了高台⋯⋯

"好樣的！"看到禿虎已經搶過了帝杖，煥金伸手說道，"給我！"

禿虎恭敬地托着帝杖來到煥金面前。

"還愣着幹甚麼？！"煥金威嚴地喝到，"給我！"

"哼哼！"禿虎卻詭異地哼了兩聲，"這就給你！"

"你⋯⋯"未等煥金把話說完，禿虎的大斧已朝煥金砍下，一生梟雄般的煥金，倒在濺起的鮮血中。

"火奂！"玄毛的心終於痛了一下，卻還沒有來得及反映到臉上便又恢復了寧靜。

"給我⋯⋯"餘音未盡，癱在地上的煥金，不甘心的眼仍瞪視着禿虎手中的帝杖，甚至無暇領受玄毛最後一眼的憐惜。

"呸！"禿虎蹭蹭大斧上的鮮血，朝着煥金的屍體踏上一步，罵道，"虧得我早就看出你是個廢物，不然，為了這個臭女人，我們還得再受多少苦？"

"呸！呸！"幾個叛軍也吐了兩口。

"你錯怪他了！"玄毛淡淡地說了一句，表情更加平靜。

"屁話！"禿虎瞪了一眼玄毛，"這傢伙為了幫你改變命運，卻把我們都往死裏逼！"

一旁的軒轅看着煥金直愣愣的眼神，插嘴說："就在臨死前，他眼中也只有那根帝杖！"隨即抬頭看向禿虎："但是不是錯怪煥金，我看也沒甚麼區別，你同樣會殺了他。"軒轅冷冷一笑："你的眼中也只有那個東西！"

"狗娘養的！"禿虎抬手就在軒轅臉上來了一巴掌，"再胡說八道我就剁了你！"

"上天的規矩果然沒錯，"玄毛卻輕輕歎口氣，"貪婪的人，即便拿到帝杖也是禍害。"

"用不着你廢話！"禿虎瞪着玄毛，"趕快下令，讓守軍投降，放我們的人進來！"

“快！”一個叛軍士兵用劍刃抵住玄毛的脖子，“否則你們一個也活不了！”

卻在這時，大家似乎都感到了些許異樣。

“怎麼這樣靜？”軒轅自言自語地看向遠方的工事。

禿虎也是一愣，隨即又是一巴掌打在軒轅臉上：“說，你究竟在搞甚麼鬼？”

天知道是誰在外面搞鬼？軒轅當然是一肚子委屈，不過要是能藉機解決掉眼前的危機也算不虧。

“嘿嘿！”軒轅一陣壞笑，“你說對了，就是我搞的鬼，放下武器，等我的救兵進來還能饒你不死。”

“嗯？”禿虎半信半疑地看着軒轅，“救兵？哼！附近的部落都被那幫怪物糟蹋得差不多了，哪有閒人過來救你？”

“這你就不知道了，”軒轅甩開叛軍的束縛，更擺出一副趾高氣昂的樣子，“我就是那些八臂鐵面怪物中的一個。”

“哈，哈哈，笑話！”禿虎兩眼一瞪，“那我就先劈了你這個怪物。”說着，大斧一揚，卻也只是虛張聲勢。

“還是怕了吧，哼！趁着我的人沒進來，趕緊逃吧！”

禿虎手舉大斧，又看看退路，真的有些猶豫了。

還不趕緊走！軒轅比禿虎更急，但臉上卻仍舊一副泰然。

忽然，寂靜中迸出一聲巨響，所有人尋聲望去，卻都驚得目瞪口呆。

堅固的防禦工事竟然塌掉一個巨大的缺口。皎潔的月光將激起的塵土映得如夢幻中的雪霧一般。

“哼哼！”禿虎冷冷一笑，“是你的人？怎麼還會毀了你們自己的工事？”

一時間軒轅也不知道該怎樣解釋了。

但禿虎也同樣不知所措，就算不是軒轅的人，那麼也肯定不是自己的人，能把以萬計的人拖延了這麼久已經是奇跡了，怎麼可能再攻破防禦打進來？但這時再逃似乎也來不及了。

“夕！”藉着月光，塵埃的雪霧之中湧出一片夕，就連四周的工事上也影影綽綽地爬滿了夕，但它們並沒有繼續進攻，就連從缺口湧入的羣夕也只是分列在了缺口兩旁，一切都是那樣的安靜，只有被激起的塵埃還在簌簌下落。

第四十二章　赤川

"咚！"大地的顫動從人們的腳心直衝上心頭。

"咚！"又是一聲，即將落定的塵埃中，露出一個人影，高高在上，身後一輪明月將黑暗的身形勾勒出銀色的輪廓。

"咚！"黑色的身影，連同他腳下小山一樣的巨獸走出了塵埃。

"哞！"的一聲咆哮，風雪吹散了塵埃，並將巨獸的長毛撫出陣陣麥浪似的波紋，而月光下、地面上，九隊全副武裝的幡隊武士正敬候着大首領的命令。

巨獸頭上那人微微抬起胳膊，羣夕跟着一片嘶嗥，夾雜着更加猛烈的風雪，震徹了每一個人的心。當那人的胳膊下落之時，巨大的"咚、咚"聲再次響起。幡隊武士、年獸連同它頭上那人，走向了部落中央。

除了幾隻資歷較深的巨夕跟在隊伍後面，其餘的羣夕仍舊留在工事上狂嘶亂嗥。

"這就是你們的工事？"最前面的白夕首領說，"我還真以為它能讓大首領錯過這場好戲呢！"

聽這口氣，絕不是軒轅請來的救兵，禿虎總算鬆了半口氣。

軒轅卻是一驚，這就是那個用實力來統治一切的大首領？看着年獸頭頂的那人，猙獰的面具閃着隱隱寒光，黑洞洞的眼窩卻如死人一般。

"你終於來了，"大敵當前，玄毛卻依舊平靜，"既然我們的工事擋不住你，那就去拿吧！"說完，伸手指向糧倉的方向。

"哈、哈哈哈……"前面的白夕首領大笑起來，"不用你指，這裏我們熟得很，不過我們的糧食還夠吃，這次只是來看看熱鬧。"

"你們還有這個興致？"玄毛揮揮手，不僅是侍衛們，就連叛軍也閃開了路，她上前幾步，"不知道這個熱鬧你們打算怎麼看？"

"這簡單，看看當選的人合不合我們的心！"

"哦？合心怎樣？不合又怎樣？"

"合心，我們立刻就走。不合心麼……"白夕首領蹭蹭自己的利爪，漫不經心地說，"就殺了再選！"

"哼！"玄毛淡淡地哼了一聲，"也好，有你們撐腰，我倒踏實多了，但現在最想當大長老的……"隨即掃視一遍叛軍，便將視線停在了手持帝杖的禿虎身上。

這個狗娘養的！禿虎心中一顫，想陰死我。

"我不過是個做事的，"禿虎搶着說，"大長老？我想都不敢想……"禿虎笑了笑："反正現在我也沒地方去了，能不能按你的規矩在幡隊裏找點事情做？"

"哦？你也知道我們的規矩？"

"呵呵，你忘了？你那裏的武器還是我偷偷帶人送去的。"

"送？你還很會說話麼！"白夕首領微微一笑，"但我們卻不覺得搶有甚麼丟人的。"

"呵呵，呵呵……"禿虎只得尷尬地笑笑。

"好！既然你提到規矩，那就按規矩辦吧！"白夕首領又蹭蹭爪子，"但我還要提醒你，沒那個本事，就得把命放下。"

"是，是。"禿虎一邊點頭哈腰，一邊看着九個幡隊的武士。他心中卻是一喜，連忙堆出一臉笑容："聽說你那裏八十一個武士一個不能少，但白幡隊好像還缺個人手，要不，我就先去白幡隊幫幫忙吧。"

"你倒很會撿便宜。"白夕首領瞥了一眼禿虎，"只是想進白幡隊，我就不能為你做主了，那可是三首領親帥的幡隊。"

"哦？"禿虎心中更是欣喜，"若能直接為三首領效力，那才是我的福氣。"說着，又向所有幡隊武士恭敬地行了一禮："不知三首領是哪位，能否讓我禿虎為您效盡全力？"

全場靜了一下，卻仍舊沒人搭理禿虎。

"他就在你身邊！"白夕首領對禿虎說，"你不認識軒轅麼？"接着又看看軒轅："你我幡隊裏的事，大首領也無權過問。"

禿虎嚇得差點把斧子掉在地上。不僅禿虎，幾乎所有人都驚訝地看着軒轅。

軒轅咬咬牙，沒想到真叫我給蒙上了，不管怎樣先領了這頭銜再說。

"禿虎，"軒轅耀武揚威地喊着，"真想在我這裏幹？"

"這個……呵呵……"禿虎搓着自己的禿腦袋，"這個……"

"究竟想是不想？"軒轅兩眼一瞪，簡直過足了癮。

唉！禿虎暗自叫苦，既然你是三首領，我在那兒幹不是要看你的臉色？算了，先保住性命再說吧。

禿虎笑呵呵地連連點頭："想，想！"

"想坐哪個位子？我的？"

"不敢！不敢！"

"那你配做七幡麼？"軒轅故意將口氣壓得很重。

"不敢，不敢！要不，做個無幡……行麼？"

軒轅心中一笑，算你知趣。

"行！當然行！"軒轅笑着說，"只要你有這個實力。"隨即大喝一聲："赤川！"

赤川上前一步，亮出大斧。

面對一個無幡武士，禿虎放鬆了許多，他看看手中的帝杖，向一個叛軍喝道："喂！你先拿着！"

這個時候誰還敢碰它？那名叛軍搖搖頭沒敢動。

"還是我來拿吧！"玄毛平靜地拿過帝杖沒再說甚麼。

禿虎這才擺開了架勢："小子，你先來……"

不管怎樣，軒轅還是有些擔心，畢竟這禿虎的厲害眾人皆知，萬一赤川有甚麼閃失……他甚至沒有心思觀看這場空前的決戰，而是絞盡腦汁想着對策。

這禿虎果然了得，不僅一把大斧翻飛如燕，就連當年的急躁也已蕩然無存了。

而同樣斧花如影的赤川，也着實令禿虎大吃一驚，甚至還在暗暗讚歎這白幡隊的實力。不過面對年輕氣盛的赤川，老練的禿虎還是有着幾分勝算。

隨着鏗鏗的碰撞聲越發密集，赤川的身上已經添了許多傷，即便還不致命，但淋漓的鮮血已經帶走了他太多的體力。

"停！停！"軒轅不耐煩地喊道，"這麼打下去，甚麼時候算完？"

"哼！"赤川已經殺紅了眼，"禿虎，你敢不敢來點狠的？"

"對！對！"軒轅在一旁煽風點火，"來點狠的，那多有意思！"

禿虎正愁赤川不夠癲狂，就如當年他輸給應龍那樣。

"好！"禿虎甩甩斧刃上的血，依舊沉着地說，"怎麼玩兒？"

"誰都不防了！"赤川拿出了他一貫的拼命方式。

"這也不夠！我有更好玩兒的。"說着，軒轅在女魃的藥箱裏翻出一個藍瓶子來，"這個是我從夕爪子裏提煉的，但它可比夕爪毒得多，只要碰到血，不出半頓飯的工夫就能爛進骨頭裏。"

一聽這個，就連赤川的心裏也有些不自在了，怎樣拼命是我自己的事，你又何必來出餿主意看我們的樂子！

"怎麼了？"軒轅輕蔑地瞥了一眼赤川，"原來你也是個膽小鬼！"

"哼！玩兒就玩兒，大不了同歸於盡！"赤川氣哼哼地答應了。

禿虎卻顯得有些為難。

"你也不敢麼？"軒轅狠狠地瞪了一眼禿虎。

看看軒轅，又看着呼呼直喘的赤川，禿虎乾咽了一口唾沫，心想，只要耗乾這愣小子的力氣也不難取勝，不然肯定要被軒轅整死，只要熬過今天，哼！

禿虎現在恨不得生吃了軒轅，但也只能忍着性子說了聲"好！"

兩把大斧都塗了藥，禿虎便更加小心起來，以致有時赤川才剛剛掄起斧子，禿虎就已經做好了躲閃的準備。

而軒轅卻還在用言語刺激着赤川，一會兒搬出男人的榮耀，一會兒又拿來戰士的尊嚴，就連那個死去的無幡武士也被軒轅變成了激將法。只說得赤川一門心思就想和禿虎同歸於盡。

若不是禿虎畏首畏尾地怕沾上毒藥，癲狂的赤川早就命喪斧下了。但現在禿虎卻滿眼都是赤川凌厲的斧刃，雖未受傷，卻也無暇顧及其他，連進攻都是留足了迴旋的餘地。

小心的禿虎，沒有再受傷。赤川卻又添了十幾道傷，而這更加堅定了他同歸於盡的信念，直把禿虎逼到了祭壇之下。"嘭"的一聲，禿虎竟然靠到了壇基。已無路可退，而眼前銀亮的、劇毒的斧刃也自上而下直劈下來。危急中，禿虎只得向右閃身……

好險啊！冰涼的斧身擦着禿虎的胳膊掠了過去。但慶倖之餘，一陣惶恐甚至絕望已經逼上了心頭。

赤川一隻大手早就等在了禿虎的躲閃路線上，並已死死地握住了他持斧的右臂。"死吧！"赤川再次揚起了大斧。

禿虎本能地抬起左臂抵擋，卻連手帶身都被斜劈成了兩半。

渾身是血的赤川拎着禿虎的胳膊，上面還有他半截身子，直愣愣地看着軒轅：“現在好玩兒了吧？！”

軒轅也知道這是個險招，但一切畢竟如他所料。

“塗些藥下去休息吧！”說完，軒轅便把那個藍瓶子扔給了赤川。

赤川接過這盛滿毒藥的瓶子，更是一腦袋的問號。

軒轅卻抬頭看向仍舊不聲不響的大首領：“還要繼續選大長老麼？”

白夕首領接過話來：“這還用問？”

“我在問你！”軒轅目不轉睛地盯着上面的大首領。

“當然要選！而且……”大首領終於開口了，“如你所期待的那樣，還可以選大首領。”

軒轅頓時一驚。

“我說錯了麼？”猙獰的面具將大首領的聲音壓得更沉，“如果你不是想留着體力解決我這個最大的難題，你會忍心讓赤川來替你拼命麼？”頓了一下又說：“赤川，還愣着幹甚麼？他軒轅的藥箱裏不會有毒藥的！”

“你……”一陣恐怖直抵軒轅心頭，“你究竟是甚麼人？到這裏究竟要做甚麼？”

“大首領！我是全天下的大首領！到這裏……哼哼！卻是來幫你？”

“全天下的大首領，會來幫我一個小小的軒轅？”

“難道我沒幫過你麼？只是你根本就不領情，否則也不會有今天的作亂。”

“幫過我？”軒轅猛然想起，“石頭？”

“沒錯！”

“那……”軒轅愣了一下，“你現在要幫我甚麼？”

“幫你奪得大長老之位！”

“我……我根本就不想做大長老。”

“不想做？好！來人，殺掉玄毛！”

“慢着！”

“怎麼樣，想做了！”

“可……我是男人。”

“來人，把女魁也殺了！”

"等一下！好！我做！而且……"軒轅一不做二不休，瞪着大首領，"而且我還要做全天下的大首領！"

大首領呵呵一笑，說："怎麼樣？我沒猜錯吧！"

"當然！"軒轅絲毫沒有避諱，"如果不除掉你，我做大長老又有甚麼用？"

"好樣的！"大首領一陣狂笑後，又說："但即便你打贏了我，就敢保證我不會耍賴？"

"哼哼！那你儘管仗着人多勢眾殺掉我好了，正好送我到那位無幡好漢面前，告訴他，他不僅功夫不好，眼光也是極差，居然為了一些不算數的規矩枉費了性命！"

"好一個軒轅！"大首領滿不在乎地點點頭，"就這麼定了，不過，要是你做不了天下最大的首領，那我就……"大首領看看玄毛那邊："殺了他們！"

"這……"軒轅騎虎難下，也不想多做辯解，"好！就請下來吧！"

"下去？你以為向我挑戰這麼容易？"

"甚麼？不是全靠實力麼？"

"當然要靠實力，所以你必須先打敗所有八幡頭領，才能向我挑戰！"

"甚麼？！"

"怕了？當初我就是三天之內連勝九人才坐了這個位子，雖然你今天要多打我一個，但卻不用和赤川交手了，也算公平。"

呼！三天，還以為要車輪戰。軒轅總算鬆了半口氣，但就是這樣，軒轅也沒有信心勝過所有八幡頭領。

軒轅狠狠心："反正也是一死，不如我一口氣打敗所有人，怎樣？"

所有幡隊頭領都是一驚，但更多的還是嘲笑和鄙視。

"那你必死無疑！不過……"大首領卻冷冷一笑，"你是不是想用這種必死的方式來要求甚麼？"

這也猜得到！軒轅又是一驚，卻仍舊故作鎮定地說："天亮之前，如果我贏了你，自然甚麼都好說，否則不論我死活，還請放過所有人，你敢不敢同意？"

"敢不敢？哈哈哈！既然你知道我能看穿你的心思，就別再耍心眼來激我了！"

"好——好——"軒轅第一次輸得這樣狼狽，只得改了口氣，"那你同意麼？”

　　“同意？哪能這麼簡單，若是你現在就一死了之，我豈不白來一趟？”大首領低頭看看八個幡隊頭領，“如果你贏過一半還能活着，我就放過其他人，但除了這兩任大長老……”他指指不遠處的玄毛和女魃：“如果我今天還是大首領，她們就死定了！”

　　玄毛淡淡地回應着他陰冷的眼神：“既然我們的族人都可以為了部落去死，我們又怕甚麼？”

　　“這不行！”軒轅上前一步，卻不知該繼續說甚麼。

　　“你憑甚麼和我講條件？”大首領隨即冷冷一笑，看向軒轅，“除非你能活着坐上大首領的位子。”

　　“你……”軒轅咬着牙，卻也無可奈何。說話間，突然有一隻溫柔的手輕輕拍拍軒轅的肩膊。“難道你忘了麼？”女魃一直淡如止水的臉上又回到了從前的樣子，“小時候你就說過，孤獨地活着才是最可怕的。”

　　看着女魃真心的笑臉，聽着她溫婉的鼓勵，雖然軒轅仍舊不知女魃為甚麼執意要做大長老，但至少有一件事他知道了，女魃依然愛着自己，軒轅已別無所求！

第四十三章　挑戰

黑漆漆的夜，決鬥場裏卻被篝火映得如白晝一般，四周圍滿了表情各異的族人，更遠的地方，躁動的夕影黑壓壓地圍住了部落……

"這裏我最沒用，"轟雷似的聲音從幡隊武士當中傳了出來，"就讓我先來送死吧。"話音沒落，又是"咚"的聲響，一個人已經跳到了場中。

這人足足比軒轅高出半個身子還多，僅僅是一條胳膊就比軒轅的腰還粗。濃密的鬍子，濃密的眉毛，連同濃密的頭髮已經和更加濃密的體毛匯在了一起。毛乎乎的，只有牛一樣的眼睛瞪在外面，怪不得他不用戴面具。

軒轅搖搖頭，又看見了他那夯開的左手，恐怕只需輕輕一捏就能掐碎任何人的腦袋。而右手中的大錘，乾脆就是在碗口粗的樹上戳了顆大象頭骨，兩根長長的象牙斜挑着，既可以攻擊又可以防禦。別說是和他打，就是看一眼也快把人嚇死了。若不是他會說話，軒轅還當他是年的親戚呢。

"狗東西！"那人一上來就罵，"若不是俺隨大首領外出打獵，當初怎能讓你個狗東西輕鬆拿到三首領的位子，現在居然還想跟大首領鬥，看俺不砸出你的腦漿來！"

看着眼前這魯莽的大塊頭，軒轅卻暗自慶倖："不過是頭大笨象，怪不得你是這裏最沒用的呢，或許不等我出汗就能贏了你！"

一個箭步，軒轅已經衝了上去，眼睛卻盯緊了那人的象頭錘，只見錘頭一揚，軒轅便胸有成竹地閃向他側後方。卻突然黑乎乎的，似是甚麼東西遮天蔽日地直壓下來。

"我的媽！"要不是因為時間太短，軒轅肯定把這三個字叫了出來。

就在軒轅剛剛閃身的一瞬間，慘白的象頭就已經擦着軒轅的身子砸了下去，甚至還沒等軒轅這一步落地，碩大的象頭竟又朝着軒轅的側腰掄來。

"當"的一聲，軒轅勉強用劍脊護住了身子。雖然撿了一條命，卻還是被震出了七八步遠。

本打算不出汗就能取勝，卻不曾想，僅僅一招軒轅的冷汗就頂了出來。

"太大意了！這大笨象並不笨，"軒轅抹了一把汗，不禁有些後悔太輕敵了，"若不是歪打正着閃開了頭一下，恐怕十個人幫我撐着，也得被砸到地裏去！"

還好，這大笨象卻並沒有趁勢攻上來。軒轅也不敢耽誤，畢竟後面還有七個更厲害的……除非速戰速決，否則絕沒有體力去贏他們。軒轅只得提起百倍警惕，又衝了上去。雖然看到了幾個破綻，但都在大笨象迅猛的攻勢下轉瞬即逝。

這樣耗下去可怎麼得了？後面還有……剛一分神，軒轅便又被象頭錘掄了出來。

五臟六腑開了花似的疼，但必須速戰速決："後面還有七個，後面還有七個……"軒轅滿腦袋都是怎樣速戰速決。"狗娘養的！這傢伙太高了。"

不過正在軒轅為破綻太高而無法得手時，突然一個絕好的機會出現在了他的眼前。大笨象一錘砸空，竟然由於用力過猛，而無法立刻收勢。象頭重重砸在地上，軒轅則看好了時機……

"嘿嘿，我看你是要錘還是要手？"軒轅騰起一步，便朝對方手腕劈去。

的確，象頭錘太沉了，而且為了一劍就能斬斷他如腰一般的胳膊，軒轅幾乎將整個身體的重量都集中在了劍刃上，別說是條胳膊，就算是一頭牛也會被他切成兩半。如此一來，大笨象只得乖乖地扔下錘，空手縮了回去。

"沒了武器我看你用甚麼防？"不等落地，軒轅就凌空轉過了身子，只待腳尖一點，便揮劍再斬。

但時間似乎過得太慢了，腳下居然還是空空的。甚至在那一瞬間，軒轅感到身體裏的血像是被一股強大的壓力擠到了頭頂，天靈蓋都要因此而迸開了，但自己卻還懸在空中……

"軒轅！"一塊石頭砸在了大笨象的臉上，嫘祖大叫着衝了上來。

大笨象手中微微一鬆，險些被他用手攥死的軒轅也因血壓恢復而清醒了許多。軒轅明白了，這頭"象"非但動作不笨，就連腦袋也不笨，自己不但被他的外表騙了，甚至剛才的破綻，也定是他故意賣出來的。真不該以貌取人，但後悔已經無濟於事了，雖然手中的劍還在，可這頭"象"的胳膊太粗了，不蓄積全力是無法斬斷的。

因輕敵而付出代價，軒轅無怨無悔，畢竟自己本就沒指望能贏這些人，死也是早晚的，只可惜一個也沒打敗，真不知道這幫怪物會把大家怎樣，自己卻已然無能為力。隨即他腦袋一脹，只覺眼珠子也要被擠了出來。幾欲昏厥的軒轅又看到了女魃，不知怎地，他倆好像都欣慰地笑着……

或許得到解脫總比苦苦掙扎要好，即將被捏爆的身體幾乎沒了力氣，手中大劍也無力地垂了下來。卻忽然聽到嫘祖一聲驚叫。

"啊……滾滾！"原來，幾隻巨夕已將擾亂決鬥的嫘祖圍了起來，剛才還不管不顧的嫘祖，也慌了神兒驚喊："滾……別過來！"一對小拳頭卻在不住地發抖。

巨夕壓低了腦袋，吊立的眼中仿佛看到了一頓絕佳的美味。

隨即又是"唉呦"一聲傳來，但聲音並不淒慘，就像是有人被針扎了一下似的。

聞聲望去，卻見那大笨象竟然放了軒轅，一隻粗大的右手托着鬆垮垮的左手，還在試圖握緊左拳，但除了小臂上鼓起的大包正在一抽一抽地動，整隻左手就像廢了一樣鬆跨跨地張着動彈不得。

"別讓你的夕胡來！"軒轅剛一落地就衝那大首領喊，"我還沒有輸，這裏的人你一個也不許碰。"

"緊張甚麼？"大首領滿不在乎地說，"沒我的命令，他們誰敢亂來！"

原來是虛驚一場！軒轅真不知道應該感到慶倖還是悲傷。

但不管怎樣，嫘祖的驚叫在軒轅幾乎斷氣的時候，給了他生的信念。想死太簡單了，但為甚麼不和心愛的人好好活着呢？他死了，誰又來幫助族人躲過羣夕的利齒呢？在那一瞬間，求生的慾望又使軒轅的腦袋飛速轉了起來。

再粗壯的身體，只要斷了筋就如同廢物一般。老倉頡的這句話在軒轅腦海裏一閃，手中的劍已經刺向了大笨象手腕的肌腱……

但就在軒轅和大首領對話的時候，那個大笨象也趁機拎起了象頭錘……

雖然左手斷了筋，卻並不影響他的拍打，況且他還有兩隻大腳，配合着沉重的骨錘，踢、搪、踩、踏，稍不留神就得被踩個筋斷骨折。更尤其是那龐大的象頭簡直是攻防兼備，一錘掃來覆蓋面極大，就算你看清了它的來路，不早早躲開，也很可能被它砸到。

大笨象仍舊用些污言穢語挑逗軒轅，不過軒轅卻不再繼續進攻了，甚至腦袋裏也不再考慮剩下的七個人了，即便他們比這頭大笨象更厲害，那也要耐下心來贏了他，否則想甚麼都沒用。

「毛象，啊毛象！」大首領又笑了起來，「我看軒轅不會再上你的當了！」

「這可不好說，」大笨象看看軒轅，仍舊沉着地說，「就算我輸，也要在太陽出來前耗盡他的體力！」

原來這傢伙叫毛象，果然名副其實，看來想打敗他小山一樣的身體，幾乎是不可能的了。但靜下心來的軒轅，卻忽然冒出幾個問題來：既然他如此厲害，為甚麼還只是一個幡隊頭領，甚至赤川也勝過他。看來這傢伙一定有致命的弱點。時間一點點過去，毛象卻顯出了他極大的耐心，這讓軒轅更加的不解，忽然，軒轅好像明白了……

軒轅解下腰帶，脫掉皮襖，露出一身黝黑的筋肉。

「脫光了就能贏我？」毛象掂量着手中碩大的象頭錘，「你還是抓緊時間送死吧。」

「不脫衣服怎麼跟你耗得起？」軒轅不慌不忙地用皮襖將大劍束在背後，隨手撿起一塊石頭，拳頭那麼大，還滿是稜角，「太陽出來前？恐怕你連午夜都扛不過去！」說着，石頭便被裹在了腰帶裏。

「倏！」石頭脫出拋子，徑直衝向毛象的眼睛，只嚇得他連忙閃躲。忽然又是「倏」的一聲，而龐大的身子再想回閃，那是何等的困難。毛象連忙用手遮住眼睛，卻在這視線受阻的一瞬間，隱約感到腳下劍光一閃，便本能地輪錘橫掃。

果然，軒轅已經趁機刺向毛象的腳筋，只可惜毛象的一錘也同樣及時，軒轅只得順着錘風躲到了旁邊。

偷襲不成，但毛象卻不敢再讓自己的視線離開軒轅片刻，而軒轅手中一掄，石頭就又朝他的眼睛飛來。

既然不敢擋，毛象只得驅動着龐大的身體躲閃，但他的身體太重了，躲開一塊石頭還算將就，而第二塊、第三塊卻又接踵而來……

眼前一片血紅，眼眶上的血已經流進了眼睛，毛象連忙拖着骨錘後退幾步，邊用殘廢的左手擦血，邊慌亂地喊：「別過來，別過來！」

「我當然不會過去，」軒轅又撿起一塊石頭，「你這頭大笨象心眼真的不少，這個時候還不忘引我上當！」

「哈、哈哈！」大首領忍不住笑了出來，「你們倆心眼都不少。趕緊上吧，毛象，等腦袋被打成血葫蘆，就甚麼也看不清了！」

說話間，又有一塊石頭朝毛象砸去，他仍舊不敢擋，甚至在微微閃身之後，還掄起大錘衝了上來。

毛象當然知道，軒轅已經看到了自己的弱點——身體太過沉重。像他這樣的身體，只有站在原地才能攻守兼備。否則，不但少了雙腳的攻勢，就連過於沉重的身體也成了他致命的負擔，驅動這樣龐大的身軀高速移動躲閃，肯定不出一頓飯的工夫，就會把所有體力耗盡。

然而，天下又有幾人能在毛象泰山壓頂一般的攻擊中，熬過一頓飯的工夫呢？

毛象和軒轅對攻起來。雖然少了雙腳的重踏，但他強大的攻勢依然可怕，僅僅是被他輕輕踏一下，恐怕也要摔出好幾步遠，可那時，他只需抬起大腳輕輕一踩，任何人的命都得交代了。

不過，軒轅動作之快，也着實讓毛象大吃一驚。沒幾個人能堅持這麼久，而軒轅，甚至還在他一錘收勢的瞬間踏着錘頭，朝他左肩跳來。

兩個人的好機會都到了，趁軒轅的腳還沒踏上肩膀，毛象已經掄圓了巴掌。

只要軒轅沒在這巴掌拍到之前站穩腳，恐怕就會像一隻正在吸血而沒來得及飛走的蚊子那樣，滿身是血地黏在毛象的臉上或手上。

「啪」的一聲脆響，毛象只把自己打得眼冒金星，但他卻美滋滋的。因為肩頭輕輕的，並沒有甚麼落在上面。他攤開手，正要欣賞軒轅扭曲的屍體，卻發現手裏乾乾淨淨的，別說是屍體，就連一滴血也沒有。

難道軒轅會飛？毛象還在納悶兒，卻覺右肩一沉，晃晃的劍光已然照亮了他的脖子根。

容不得多想，毛象再次掄圓了巴掌。

又是「啪」的一聲脆響，只拍得他肩頭生疼，攤開手掌，雖然沒有黏着軒轅的屍體，但自己的腦袋畢竟還長在脖子上，所以手中殷紅的鮮血便讓毛象不由得一喜。

他揮動着無法蜷曲的左手，撣撣肩頭，卻仍舊沒有撣掉軒轅的屍體，而鮮血仍在不住地噴湧。就連肩頭的生疼也驟然鑽進心裏，甚至象頭錘都忽然沉得無法握緊了。

"認輸吧，毛象！"

毛象一驚，猛然回頭，說話的人就是軒轅，他正穩穩地站在自己的身後。

"我會輸給你？"毛象隆隆的聲音變得焦躁起來，雖然鎖骨的斷裂已經令他無法抬起右臂，但倔強大腳還是向軒轅踩來。

"夠了！"大首領威嚴的聲音喝住了毛象，"幡隊間的決鬥何必拼命！何況三首領有心留你，你還敢不服麼？"

似乎聰明的人都比較容易恢復理智，也絕不輕易言死，何況輸給三首領也不丟人。毛象這才喘着粗氣，退出了決鬥場。

"不錯麼！"大首領讚許地說，"竟然能揪着毛象的鬍子蕩到他另一個肩膀上去，虧你想得出來。"

"人急了甚麼都想得出來，"軒轅想了想又說，"不知當初你是怎麼贏他的？"

"和你差不多，"大首領說，"逼他動起來，然後耗乾他的體力。"

"在亂錘中，生生熬盡了他的體力？！"軒轅也不由得一驚，"別人也是這樣贏的？"

"這算甚麼，"大首領饒有興致地說，"小白甚至……"忽然，大首領又停住了，隨即又是一陣大笑："險些上了你的當。"說着，話題一轉："下一個是誰？"

雖然在探出他們所有人的底細之前就被那大首領識破了，但軒轅至少明白了一點，這大首領絕非等閒之輩，甚至聽口氣，還有一個叫小白的似乎更加厲害。不管怎樣，先打敗下一個再說吧，看來勝利實在渺茫。

無奈之下，軒轅只能全力以赴，甚至把當初對付赤川的伎倆也搬了出來。

"剛才那個沒用的東西已經敗下陣去了，"軒轅輕蔑地掃視了一下周圍，"看來你們也好不到哪去，就不用我挑了，誰來？"

只贏了一場就變得這樣，連赤川也有些看不過去了。

於是，又有一個自稱是剩下人中最差的衝了上來。

就像是頂了一腦門子的火，剛上場他就已經攻了十幾招，而且招招直衝要害。無論力量還是速度都與赤川不相上下。

果然一個比一個厲害！軒轅不禁暗自叫苦。

但很幸運，這位的脾氣好像比赤川還大了許多。在軒轅輕蔑的嘲諷和愚弄中，他的攻勢雖然猛了許多，但破綻也隨之展現出來。僅僅幾十個回合，軒轅便抓住個難得的機會，將劍尖戳進了他的肩膀。

軒轅又贏了第二場，但身上也多了不少的傷，體力上的損失就更難以估計。

但願這招屢試不爽，但願他們各個都是壞脾氣，否則，累死也撐不到最後。

哈，哈，哈哈！那高高在上的大首領居然狂笑了幾聲。

直笑得軒轅渾身一顫，莫不是……莫不是又被這大首領看出來了？

但那大首領只是笑笑而已，卻並沒有說破甚麼，或許在他心中，計策也是實力的一種體現吧。

軒轅抹了一把額頭上的冷汗，繼續傲慢地叫囂着。

"都說軒轅厲害，我看全是仗着嘴，"一個戴面具的女人從八幡頭領中走了出來，"竟然說也能說敗一個八幡頭領，實在是佩服！"說着，她還不客氣地向軒轅施了一禮："雖然在剩下的人中我是最差的，但我可是個好脾氣。要不，我來和你比劃比劃？"

果然是個厲害角色，見她已經識破了自己的伎倆，軒轅更加擔心起來。

一個女人居然能憑武力做到八幡頭領，軒轅暗自揣摩，定是有她自己的絕活兒。

"既然姑娘已經識破了我的伎倆，"軒轅恭敬施了一禮，"那我就先給大家賠個不是！"

"這倒好說，"幡隊女頭領自信地一笑，"但怎樣贏了我卻是個不小的問題。"說着，她從腰上解下一條東西。

"蛇？"軒轅不由得一驚，卻發現這倒更像是趕牛用的鞭子，只是鞭把較短，而鞭身卻出奇的長。

這也能傷人？軒轅帶着不解，擺開了架勢。

答案很快就揭曉了。這東西很長，很軟，被那姑娘使得忽快忽慢，實在難以捉摸，就算是用劍去格擋，它也會繞過劍身拐着彎打來。而且這姑娘憑着嬌小靈便的身體，還總是與軒轅保持着那一鞭之距，你往前攻，她就向後退，你向後撤，她卻又向前追，弄得軒轅簡直無可奈何。

隨着鞭梢"啪啪"幾聲脆響，軒轅的身上多出了好幾道血痕，即便這不如斧劍之傷那樣要命，但一直打下去，早晚會被她打得皮開肉綻，那時候即便能僥倖得勝，恐怕也沒法和剩下的五個高手較量了。

一頓飯的功夫下來，軒轅身上的皮肉傷已經難以計數，但他還是拿這個姑娘沒有絲毫辦法，甚至又開始急躁了。幸虧他馬上就意識到了錯誤，索性只用劍護住眼睛，站在原地任由那姑娘抽打。

"哼！"那姑娘揚鞭又是幾下，"既然放棄了，就乖乖認輸吧！不管怎麼說也是自己人！"

但軒轅卻絲毫沒有理會，只是透過劍刃，凝神觀察着對方的每一個動作。終於，他發現這鞭子雖然凌厲多變，但全在鞭梢上，而靠中間一些，尤其是鞭把的地方，卻少有變化。

說不定這就是她的破綻！但這樣的破綻卻離得太遠。

又是一杯茶功夫，又有無數的傷痕落在了軒轅的身上。而軒轅卻在狂風暴雨似的鞭花中緩緩抬起了手中的劍。

站着捱打或許是因為絕望而喪失了鬥志，不過舉劍卻是為了甚麼？那姑娘心中嘀咕着。這麼遠的距離，難道還想一劍劈死我。

此時，一些上古的傳說已經閃現在那姑娘的腦海中。據說，從前有些厲害的人可以藉助武器而放出自己身體裏的氣息，利用這些氣息便可以在百步之內傷人於無形。難道軒轅也會這種功夫？雖然心裏有點沒底，但她的鞭子和步伐卻始終有條不紊。甚至很快發現，軒轅舉劍之時全身最薄弱的地方 —— 眼睛，已然失去了保護。

哼哼，就算你真的可以傷人於無形，我也要先讓你變成瞎子。隨即手腕一抖，那姑娘的長鞭打向了軒轅的眼睛。

終於等到了機會！軒轅心中一亮，但這卻是一個危險的機會……

軒轅發現那姑娘的鞭梢無論怎樣變化，也只是揮鞭之後手腕帶動的變化，但出手揮鞭的動作卻無非是上中下三路，而且她個子嬌小，為了能隨時打到軒轅的頭或腳，同時又要保證她與軒轅之間的距離，便會在打中路的時候微微曲臂，而在打上路和下路的時候盡量伸展。於是在打出這兩路時很難立刻收鞭，但此時她仍舊可以用自己的步伐來彌補距離上的細微破綻。所以，軒轅哪裏會用甚麼氣息傷人，只是冒險把破綻賣給了她的上路鞭。

只見她打向軒轅眼睛的上路鞭一出，軒轅便猛地將手中大劍扔了出去。

一把大劍直飛向那姑娘的雙腿，雖然有些出乎意料，但對她來說也不過是向後多跳一步而已。

劍直愣愣地插在了地上，那姑娘卻輕盈地跳到了空中。卻隨即一驚，難道……

的確，她現在腳下已經沒了根基，落地之前便無論如何也不可能用步伐來彌補上路鞭的破綻。甚至這樣一跳，就連精準的鞭稍也不免會出現些偏差。

"啪"的一聲，軒轅的鼻樑上留下一道血痕，但此時的軒轅卻已經前衝了兩步，並穩穩地攥住了皮鞭少有變化的中後部。

沒等那姑娘落地，軒轅就將她凌空拽了過來，隨即一拳，便在這一拉一擊的合力下震斷了她兩根肋骨。

女頭領咬着牙，竟然還能穩穩地站在場上。但誰都知道，失去了長鞭的她，在軒轅看來可能還不如一隻羊羔厲害。

軒轅恭敬施了一禮："承讓了！"

那女頭領竟然笑了："連我的破綻你也看得出，說不定毛象真的要輸給你了！"

"甚麼？"軒轅一驚，"你這話甚麼意思？"

女頭領詭異地一笑，卻甚麼也沒說。

"別想那麼多了！"幡隊頭領中又站出一個枯瘦的男人，手中兩把蛇牙一般的匕首閃着猙獰的寒光，"打敗我才是要緊的，你算算我是第幾個。"

軒轅這才恍然大悟，他就是第四個，贏了他至少保住了全部落人的性命。軒轅便不再多想，全心應對起這更厲害的一個。

看來這人是個以速度見長的對手，加上兩把靈巧鋒利的小刀，他的攻勢簡直防不勝防。幾招下來，就逼得軒轅轉攻為守了。

雖然軒轅也看到了他的幾個破綻，但這人既然可以憑藉奇快的速度戰勝毛象，尤其是那位同樣靈活敏捷的女頭領，想必這些破綻也會在他閃電一般的攻勢下變成更危險的殺招。

軒轅邊戰邊退，一柄大劍格擋搪架幾乎護住了所有的要害，但其他部位則只能暴露在狂風暴雨般的刀刃中，體力隨着飛濺的血花大量地流失着⋯⋯

　　太厲害了，幾乎所有的族人都看傻了，甚至已經為軒轅，更為自己的性命擔心起來。

　　"軒轅！"一個族人不耐煩地叫起來，"你手裏的是燒火棍子麼？"

　　這話猶如當頭棒喝！軒轅猛然一驚，就算他比前兩個都厲害，但畢竟他是小刀，我是長劍。為甚麼不發揮自己的長處，卻要迎合人家的優勢，與之短兵相接呢？難道我真的被嚇住了？

　　一把鋒利的小刀擦着軒轅的臉頰劃了過去，零星的血點中，另一把小刀也接踵而至，軒轅卻不再以劍脊格擋，而是揮劍迎上。

　　"噹——"的一聲，小刀被擠在了那幡隊頭領的身上，甚至沒等他第一把刀撤回，他枯瘦的身體便被震出好幾步遠。

　　不等他站穩腳跟，軒轅的重劍又劈了過來。

　　論力氣，他比軒轅差了太多。拼身法，能在毛象的狂轟亂炸中活下來的軒轅也絕不比他差。

　　於是軒轅仗着自己力量大、武器長，索性雙手持劍以強帶長，以長助強，猛追猛打起來。

　　很快一場決鬥就變成了追逐賽，甚至那個頭領幾次都被軒轅逼出了場地。

　　太沒面子了，就算是被軒轅殺了恐怕也比這樣要好！那頭領的眼中已如他的小刀一般，閃出了猙獰的寒光。

　　就當軒轅一劍橫掃而來，勢必又一次將他逼到場外時，卻沒見他有絲毫的後退，反倒一個箭步撲了上來。

　　誰料到這人竟想出了同歸於盡的主意？軒轅一劍橫掃過去，本以為他會躲開，便根本沒想着要收勢。可現在，就算他被軒轅橫胸截斷，恐怕也會用剩下的力氣把小刀插入軒轅的心口。

　　就在這生死的剎那間，軒轅還是心軟了。他本來就沒想殺任何一個幡隊頭領，否則前面幾個又有哪個可以活着下去呢？何況同歸於盡也不能算是活着贏過第四場，更不用說一天之內勝了那個大首領！反正也是死，何必帶上這位好漢？

　　軒轅手腕輕輕一翻，那難以收勢的劍刃，便成了橫擊而上的劍脊⋯⋯

善良終究會有回報的！即便你根本就沒有期待得到它。

就在這一翻之下，利刃已經成了鈍器。利器可以將人斬斷，但鈍器卻只能將人擊開。

那頭領受了這一擊，身子自然隨之偏斜，手中的兩把小刀也隨之發生了偏移。一把刺空，另一把也只割開了軒轅的胸肌。

自己居然還活着！兩人都有些詫異。

不過，軒轅的處境卻更糟。

此刻距離甚近，而且，那首領剛剛刺空的小刀就在軒轅的脖子旁邊。

軒轅只覺脖子微微發緊，只等那一絲的涼意將熱血引出……

但軒轅的脖子卻依然完好。

那頭領站在原地"哼"了一聲："我技不如人，卻也不必你來同情。"

"這是哪裏的話？"軒轅連忙解釋，"倒是好漢放過了軒轅才是。"

"用不着你做好人！"那頭領氣哼哼地說，"這裏的人又不是瞎子？！"

隨即又對那大首領說："屬下無能，不能為大首領擋住這人，卻也不會讓他用我來羞辱你。"說着已經舉起了匕首……

鮮血沿着刀刃滴落在地上，但更多的卻是軒轅的血……

到現在為止，軒轅已經很了解這裏的人了。所以當那頭領剛一舉起小刀，軒轅就已經衝了上去。甚至，情急之下，軒轅都不敢保證握住他的手是否還來得及，便直接握住了他的刀刃。

小刀不長，又有軒轅的手握在中間，所以刀尖僅僅刺破了那人的肚皮，卻絲毫沒有觸及要害。

可接下來呢？軒轅知道，勸他們是毫無用處的。

"不許死！"軒轅命令道，"我可不願做了首領後，看到一個不健全的幡隊！"

那頭領咬着牙，看看高高在上的大首領，又看看軒轅手上的鮮血，原本銳利的目光消失了："好！從今天起，我的命就是你的！"

"哈，哈哈！"大首領似乎並不生氣，"還沒當上大首領，卻已經開始攏絡人心，看來這首領的位子你是要定了。"

"要不要位子倒好說，"軒轅喘着粗氣說，"只是大首領數沒算好，現在是第幾個人了？"

"放心，"大首領淡然一笑，"現在，除了他們，所有人都可以活下來了。"

"這就好，"終於一塊石頭落地，軒轅拖着已然過於沉重的大劍走到場地中央，"下一個是哪位好漢？"

又有一個幡隊頭領站了出來，這人並不出眾，武器也很尋常，但軒轅最怕的也正是這種人。通常，凡有獨到的優勢，便會伴隨着獨到的弱點，這個頭領之所以勝過前幾個，或許正是因為他各個方面都有均衡的優勢吧。

穩紮穩打勢必消耗太多體力，但總比被殺要好吧。軒轅想不了太多，耐心地應付着。

確如軒轅所料，剛一交手軒轅便發現，這人雖然沒有突出的速度，也沒有突出的力量，但同樣沒有身法的笨重和身體的單薄。就連性格也相當穩重，無論攻守皆有條不紊。

輸，雖然軒轅已經在透支體力了，但卻不太可能立刻輸掉；贏，雖然那頭領也露出了一些破綻，但那肯定都是圈套；破綻，沒有人可以避免破綻，但擅用心機的人會將它們與大量的圈套混在一起！越是明顯的破綻，就越是致命的殺招！這對善於設計的軒轅來說，簡直是再明顯不過了。

決鬥已經持續了很久，那人卻仍舊不慌不忙。而軒轅的體力已經所剩無幾，就連手上的分寸也難以拿捏了。最令軒轅感到棘手的還不是這些，倒是那人沉着的設計，他將每一個圈套都設計得天衣無縫，讓軒轅絕難看出哪個是破綻，哪個是圈套。

又鬥了一陣子，甚至這樣無聊的打鬥已使那些無性命之憂的族人感到了困倦。

"你還磨蹭甚麼呢，太陽都快出來了，"潮紈不耐煩地喊着，"對付這樣的蠢貨，我不用手也能踢死他！"

倘若是個普通的族人在嘮叨，軒轅可能會笑他站着說話不腰疼。然而這人卻是部落中眼力最好的潮紈，在她眼中任何一個細小、短暫的破綻都會被放大、定格，並在一瞬間用她鋒利的羽箭將其死死釘住。

猛地，軒轅似乎看清了一切，而這一切的起源卻在與毛象的第一場決鬥中……

就在那幡隊頭領一劍劈來之時，軒轅便隨意瞄準了他三個破綻中的一個。

那人見勢不妙，急忙收劍回防，卻又露出兩個破綻，軒轅又是隨意選中一個攻了上去，那頭領只得狼狽格擋，卻又是三個破綻……

也就是一眨眼的工夫，軒轅就輕鬆地將劍尖抵在了對方的喉嚨上。

"認輸吧！"軒轅擺出一幅首領的架勢，"我要你的命還有用。"

這話說的確實很不客氣，但誰都知道軒轅其實在為他好。

那頭領知趣地退了下去。軒轅卻將目光轉向了毛象，那牛一樣的眼裏終於露出了失敗的無奈。

"你精心籌劃的計謀還是被軒轅看穿了。"大首領看看毛象，朗聲一笑，"不過它確實耗費了軒轅不少的體力。"說完又看看軒轅："你說是不是？"

"的確不少，"軒轅也朗聲一笑，"不過，還足夠向後面兩位'更強'的好漢領教幾下。"說着軒轅放下大劍，朝毛象走來，甚至還從懷裏掏出了小刀："但在此之前，我還想和這個大塊頭做個了解。"

早已廢了左手和右臂的毛象，只能用他的大腳擺開了防禦陣勢。

"有本事你就踩死我，"軒轅滿不在乎地繼續朝前走，"反正我的體力已經被你騙走了太多，恐怕活不過大首領那一關了，但你現在踩死我，今後就真的只能用腳來決鬥了。"

看着軒轅手中明晃晃的小刀，毛象有些猶豫，但還是放下了大腳。

"你這大笨象，"軒轅玩笑地說，"就不會蹲低一點麼？"

毛象看看左右，坐了下來。

軒轅按着毛象小臂上已經抽成了疙瘩的肌肉，招呼女魃將藥箱拿了過來，隨即比量比量大包的位置，便切開了毛象厚實的皮肉……

"赤川，過來！"軒轅一手捏着骨針，一手掰着毛象的皮肉，嘴裏還叼着一卷腸線，嘟囔着說，"除了你，好像沒人能拉動他這根筋了。"

話音未落，赤川已經跑了過來，不僅如此，許多幡隊武士也都跟了過來，並在女魃的指揮下，一起幫軒轅給毛象接上了斷筋。隨後，還將斷裂的鎖骨打上了夾板。

"呼，"軒轅抹了一把汗，"春天一過，你這頭大笨象仍舊是他們當中最'差'的一個。"軒轅拍拍他粗大的手臂："到時候別忘了用它給我的墳上多培些土！"

毛象卻早已滿眼的淚水，甚至還將碩大的腦袋頂在軒轅懷裏哭了起來。

"狗娘養的！"赤川給了毛象一腳，"哭甚麼？"

雖然這樣說，但赤川的眼睛也同樣紅了一圈。許多幡隊武士也都別過了臉去。

真沒想到這羣殺人如麻，掉了腦袋也不會閉眼的漢子居然還有這麼脆弱的一面。

"除了二首領，就剩你們兩個了吧，"軒轅看着微微放亮的山邊，"要不一起上吧，反正時間不多了，這樣我還能死得痛快些。"

"三……三首領，"其中一個幡隊頭領說，"要不是毛象用最強的充當最弱的，騙了你太多的體力，我們肯定不是對手，所以……我認輸。"

"我……"另一個頭領也跟上來說，"我也認輸！"

"哈哈哈，"忽然傳來大首領的一聲狂笑，"軒轅啊，軒轅！我用性命拼來的部下，竟在一夜之中全都歸你了。"

"呵呵！"軒轅也一笑，"我又何嘗不是用性命換來的這些朋友？"

"也好，也好，"白夕首領走到場地中央，"我不得不承認，這也是你軒轅的實力，但我卻沒有那種弱點！"說着，白夕首領已經亮開了叉子一般的利爪："我只相信實力，贏了我，我就永遠效忠於你，贏不了我，今天你就死定了！"

"這是弱點麼？"軒轅看着白夕首領勉強挺直的脊樑，笑了笑，"你永遠也不會理解這種弱點有多麼強大！"

"強大？"白夕首領已經壓低了身子，"這種強大今天能救你的命麼？"

"那就要看你有多強了？"軒轅也撿起了地上的劍，卻覺這柄劍已經變得太沉了。

"我有多強？"白夕首領繃緊了後腿，隨時都準備給軒轅以致命的一擊，"你認為毛象怎樣？"

"當然厲害，"軒轅努力將劍橫在身前，卻抑制不住它的抖動，"我想，他才是幡隊頭領中最厲害的一個。"

"的確！算上你，只有四個幡隊頭領贏過他，但卻只有我，"白夕吊立的眼睛死死地盯住了軒轅的心窩，"沒有逼他動起來！"

軒轅一愣，簡直不敢相信，有甚麼東西能在毛象原地不動的時候，活着穿過他驚濤駭浪一般的攻勢後，還能再打破他穩如泰山一般的防守，而最終取得勝利。但軒轅卻並不懷疑白夕，因為他忽然想起了一個白影，就是在怪石前一瞬間便將兩隻巨夕挖出心來的那個白影。

軒轅不由得向後退了半步。

第四十四章　強盾

正當白夕打算將利爪以迅雷不及掩耳之勢送入軒轅心窩的時候，卻聽"哐啷"一聲，軒轅竟把劍扔在了地上。

"想休息麼？"白夕忍着性子說，"我不會佔你便宜！"

"休息？"軒轅看看山脊上的彩霞，"要是我歇到天亮，豈不佔了你們的便宜？"說完，費力地搬開一具叛軍的屍體。

"哼哼，"白夕吊立的眼睛又盯準了軒轅的心窩，"反正你也活不到天亮了，就讓你過過嘴癮吧！"

但話音已落，白夕卻並沒有給軒轅那致命的一擊，甚至還惶恐地愣住了。

軒轅從一個叛軍的屍體上撿起塊木盾，掂量幾下，又掏出了女魃的小刀，並用木盾嚴嚴實實地擋住了身子。

這樣一個再平常不過的動作，卻令白夕驚恐地愣了許久，就連幾個幡隊頭領也發出了"嘖嘖"的讚歎聲。

"我早就和你說過，"大首領看着白夕，"軒轅的拳頭你可以不在乎，但他的腦袋卻可能要你的命。"

"算他利害，"白夕挺了挺佝僂的腰板，"鬥了一夜，我看他還能扛多久？"說着，便揮爪撲向了軒轅。

軒轅連忙抬盾迎擊，而那隻夕爪卻立刻縮了回去，不過另一隻則從側面掏向了軒轅的軟肋。

"錚"的一聲，鋒利的夕爪和小刀架在了一起。

而剛剛縮回的爪子竟繞過了木盾……

但軒轅卻已在瞬間將全身的力量都抵在了木盾上，驟然一震，便將白夕生生撞了出去。

白夕擰身而起，竟又揮爪撲來，但無論它從哪個方向襲來，軒轅總會將木盾擋在它面前，並在瞬間將它撞開，絕不會給它一絲近戰的機會。

已經是第五次了，白夕的口鼻都被木盾撞出了血，但它還是一如既往地直衝上來。

　　就當侍衛們第六次為軒轅歡呼的時候，軒轅卻已經絕望了，難道這隻夕曾經吃過木盾的虧？為甚麼它的利爪連盾邊兒也不敢碰一下。

　　"不要枉費心機了，"大首領又一次看穿了軒轅的心思，"當初我就是這樣贏它的，這次它說甚麼也不會再把爪子戳到木盾裏了。"

　　原來是這樣，軒轅徹底沒了指望，他本打算誘使白夕將一隻爪子釘在木盾裏，從而瞬間廢掉這隻利爪的攻勢，再用一手制住它另一隻利爪，隨後，只需放開木盾，就能倒手將小刀刺到它任何一處要害上。

　　而現在，取勝已經因體力的衰減而沒了妄想，軒轅全身都在因虛脫而顫抖，連呼吸也是在極度透支體力後才完成的。

　　但白夕卻沒有繼續發起第七次衝擊，因為它正在為最後一次撞擊而蓄積力量。

　　軒轅緊緊盯住白夕，同時又用眼角的餘光掃了一遍手中的小刀，因為他不知道那顫抖的手中是否還在握着它；軒轅穩穩地站着，他的腳趾使勁扣着地面，因為他不知道那麻木的雙腿是否還撐在地上；軒轅重重地喘着氣，但他仍舊將全部力氣都頂在了木盾上，因為他不知道自己是否還能再次將它撞開⋯⋯

　　這一切都成了未知，但結果卻格外的明朗 —— 白夕就是要活活累死軒轅，只要他沒有力氣再將自己撞開！那麼近戰中，它肯定能在瞬間刺穿軒轅的心臟。

　　夕腿上已經繃足了力氣，看來這回用不着軒轅衝擊，它也會主動撞翻軒轅。

　　"等一下！"以兩把小刀為武器的那個幡隊頭領走了出來，"大首領，我可以來幫軒轅打麼？"

　　"做了這麼長時間的頭領難道還不懂規矩？"

　　"當然懂。"那頭領顯得有些為難，"必是一命對一命，必是以實力相拼。"

　　"那還不退下！"

　　"但我出手卻並不違反規矩。"說着，那頭領已經將小刀刺入了腹中，用力一劃，一串腸子就流了出來。

　　所有人都是一驚，卻見他冷靜地割下腸子，又連同面具與幡旗整齊地放在地上。

　　面對這一切，所有言語，甚至感激都已經變得多餘。

　　軒轅咬着牙，扔下木盾，將最後的一絲力氣全部放在了小刀上。

"無論輸贏，"那頭領抬頭看着大首領，"我都已經是個無命的人，現在是一命對一命了吧？能讓別人以生命相助，也應該算是實力吧？"

若是言辭之辯，誰都有無數的理由駁斥他的觀點，但面對着正在迅速流逝的生命，誰又能再反駁一句呢？

"現在可以開始了麼？"那頭領轉向軒轅，"我的大首領！"

大首領當然沒有回答，他知道，這"大首領"三個字並不是在稱呼他。

軒轅含着淚，他所能做的只有盡快點點頭。

雖然是二對一，但白夕的速度卻不容忽視，何況軒轅現在連它最害怕的木盾也拿不動了，而那個"無命"的頭領，可能很快就真的變成無命了。

三兩個回合下來，地上的鮮血幾乎和成泥了，但勝利仍舊沒有絲毫的偏移。

"唰，唰，唰"三把小刀相繼在白夕身前劃過，卻連一道血痕也沒有留下。

"唰，唰"無命頭領跟上又是兩刀，白夕隨即側閃，一爪已刺向軒轅的軟肋，卻被軒轅用小刀架開，另一隻刺向軒轅胸膛的爪子也被那頭領撤回的小刀架住，而另一把小刀卻又逼向了白夕的脖子，但還是被它矮身躲了過去，甚至還將腦袋重重地撞在了那頭領的空肚子上。

頭領隨即後退兩步，只覺眼前一黑，險些摔倒。

軒轅連忙上來相扶。

一隻夕爪卻也跟到了軒轅面前。

又是"錚"的一聲，夕爪被那頭領勉強擋開，而接踵而至的第二爪……

一道鮮血濺在了白夕的面具上，但它的爪子卻終於塞住了，雖然不是塞在它最怕的木盾裏，卻是比木盾更強的胸膛。

無命頭領擋在軒轅身前，他繃緊的胸肌已將夕爪死死地塞在了胸中。

而軒轅的小刀也趁機刺向了無路可逃的白夕。

"不要殺它！"無命頭領用最後的氣力喝住了軒轅的小刀，又愧疚地看着白夕首領，再也沒有說一句話。

勝負已定，誰都看到軒轅撤回了勢在必得的小刀。

但無論這一刀是否撤回，軒轅卻覺得已經沒有任何區別。驟然間，極度的疲勞，也許還有無盡的絕望將軒轅拖入了恍惚，甚至在看那位幡隊頭領血淋淋的屍體時，他竟然開始懷疑起這個生命的意義！難道勝了這一場就可以解決一切麼？不僅僅是因為還有一個大首領，而是覺得一切都似乎沒了意義。我在做甚麼？為了甚麼？為了做大首領，全天下的大首領？那簡直比發呆還無聊！為了部落的族人？或許他們自己都無所謂誰是大首領？為了我愛的人？我甚至都不能讓她痛痛快快地哭一場！為了玄毛大長老？哈，哈哈！軒轅竟然狂笑起來，嚎叫：“這和我有甚麼關係！”

除了腳下鮮血的泥濘還在吧唧吧唧地響，好像整個世界都安靜了，軒轅看到了族人怪異的眼神，看到了幡隊武士們哭笑不得的表情，還有素楓一如既往的笑臉，大首領面具下黑洞洞的眼窩，甚至還有玄毛雷打不動的平靜，當然還有一個，軒轅卻不敢再看，或許她也是同樣的平靜吧？

不知怎地，軒轅竟然發現自己已經跪在了地上，雙手撐地像是在爬，滿手黑紅色的泥巴，伴隨着血腥令他感到無比噁心。

恍恍惚惚地，軒轅卻又笑了，真是好笑，我怎麼和一隻夕擺着同樣的姿勢？而且那夕還是白色的。奇怪！我好像在哪裏見過它，它不是喜歡像人一樣站着麼？怎麼又弓起了腰，還呲着牙？軒轅的腦袋已經開始拒絕思考了，迷迷糊糊的，都不知道自己是躺在天上還是趴在地上。

而被鮮血和自尊啟動了獸性的白夕，卻已經向神志恍惚的軒轅撲來……

“噹”的一聲，白夕首領的利爪被一柄大劍擋在了軒轅面前。

“小白！”大首領扔下劍，又按住白夕，“醒醒，小白！”不僅如此，他甚至還回頭焦急地叫着軒轅的名字。

一下子仿佛所有東西都亂了，這位威嚴的大首領竟然沒了絲毫的體面，而且這居然還是為了一隻夕和一個素未謀面的軒轅。

漸漸地，白夕首領好像清醒了一些：“我……我是……人？還是……”

“是人，是人，”大首領連聲應道，“是我的好兄弟，小白！”

“小白？對！我是小白！”白夕首領已經完全清醒了。

軒轅使勁地搖搖腦袋，那僵死的思維也被晃鬆了一些，周圍又有了聲音，而且還是族人們在呼喊着自己的名字。他又看到了那位頭領整整齊齊擺在地上的幡旗和面具，當然還有一副同樣整齊的內臟。就連奔赴死亡之時也這樣規矩，或許這就是意義所在！

軒轅慢慢爬起來：「你終於下來了！我已經打敗了所有幡隊頭領，現在該你了！」

「你……」大首領看着搖搖晃晃的軒轅，「還想打？」

「除非你認輸！」軒轅努力穩住幾欲跌倒的身體。

「哈，哈哈，不可能！」

「那就來打！」軒轅努力抬起胳膊，小刀在朝霞中一晃一晃的。

「你贏不了我，再堅持下去沒有絲毫意義！」

「未必所有的意義都是在結局裏，不放棄，我仍然去做，這就已經是意義的全部！」

「呵……呵呵，呵呵呵……呵呵……呵呵呵……」首領怪異的笑聲中突然帶出幾分悲涼，「不放棄？我仍然去做？我又怎能不放棄，又何忍繼續去做？！哈、哈、哈哈哈……」轉而又是一陣狂笑。「只有實力才能決定一切！無論生、死全由我來掌控！這才是意義！哈、哈、哈哈哈……」大首領突然指着玄毛和素楓，「來人！先把這兩個女人殺了！」

「慢着！我還沒有輸……」

「閉嘴！除非你還有實力來殺我，否則就閉嘴！」

「那就讓我來殺你！」一個帶着百倍信心的聲音傳了出來。

大首領心中一驚。所有人都聞聲望去。

只見潮紉上前一步，已經抽出了鋒利的羽箭。

好像全天下的人都對潮紉的箭法有所耳聞，幡隊武士們立刻用身體擋住了大首領。

「你倒很會撿便宜！」白夕首領緊緊擋在大首領身前，「如果按規矩挑戰，我還可以奉陪，如果想仗着你的箭法偷襲，可沒那麼簡單！」

「我不想挑戰！」出乎意料地，潮紉調轉箭頭，卻抵住了自己的喉嚨，「我只想死，但你們的大首領也活不了。」

這荒唐的舉動，大家都不明所以，但又覺得事有蹊蹺！

「閃開！」大首領低沉地說，「好……你來討命了……」

幡隊武士們只好莫名奇妙地閃到一旁。

聽見這話，潮紉哭了，也笑了……屈了幾多個秋冬的苦、擔過幾許春夏的愁，一下子回來了！雖然痛苦，但能活總比死好……

“果然沒有忘掉你的誓言！”笑容裏，浸着潮紈綿綿而下的淚水，分不出是痛苦或歡悅，字字傷感，“我終於知道你們這些怪物為甚麼偏偏留着上游那個部落了……因為那裏有我的仇人，你要讓我無法實現那個‘遺願’，甚至當我終於快要當上大長老時，終於可以發兵討伐他們的時候，你便來了！難道你要和我一起將我的恥辱洗刷？或者你忍心要我屈辱而死？”

“我欠你的，一定償還！我的恥辱，也必須親手洗刷！”從那猙獰的面具後面傳來大首領低沉的聲音，“我來是為了……”

“為了女魁！”潮紈直接了當說，眾人都呆了！

“也為了軒轅！”停了停，潮紈卻又語重心長地說，“難道幫軒轅做上大長老，你就真的能安心嗎？女魁就可以……”

這些話頓時引起一陣驚訝，眾人開始議論紛紛。

“你選擇了放棄，你為甚麼又回來呢？”潮紈飽含眼淚的眼睛凝視着大首領，顫抖的聲音中，眼淚如缺堤般泫然而下，“你回來要爭取甚麼？你欺騙自己，你知道女魁和軒轅是相愛的……不如讓我實現了你的遺願，就算到了太陽的家裏再後悔沒有見到你……”她的聲音淡得仿佛只有大首領的心才能聽到：“我也可以心滿意足地知道，你心中的人到底是誰！我……不在乎……我心中只有……”

心中的愛人死而復生，卻只能用眼淚相迎。聽着潮紈傾心的哭訴，已然明瞭一切的軒轅又怎忍將其打斷？

潮紈嘗試忍着眼淚，但感情出賣了她，淚水仍不受控制如泉湧下，聲音已變得沙啞：“你幹嘛要藏在面具後面？你確實得到了決定生死的權力，但真的得到了心中的所求麼？意義並不總在結果裏，或許根本就是在追逐的過程中！我不求你心中的人是我，我只希望你能讓我永遠……愛你……”

潮紈已如淚人跪倒地上，軒轅緩緩走上前來扶着她，眼中也滿是淚水；還有女魁，她也明白了一切；就連螺祖也走出了人羣……大家都在靜靜地期待着，期待着大首領自己掀開面具。

終於一張佈滿滄桑與傷痕，同時也沾滿淚水的臉從面具後面露了出來。

“蚩尤？”

“蚩尤！”

人羣嘩然……

第四十五章　回家

"對！"蚩尤抬高嗓門，"我回來了！而且，我現在決定……"他看看自己曾經的好友們，"不走了！"

除了幾位好友臉上的笑容，面面相覷的族人，卻不知該為他，尤其是他身後那無數的夕，而露出何種表情。

……

眾人安頓下來，幸好軒轅也只是皮肉之傷，包紮了也沒大礙。久別重逢的蚩尤，自然成為眾人的核心。

"大家知道麼？"面對眾人的猜疑，蚩尤接着說，"天底下原本有一個叫作樂土的地方，那裏只有享用不盡的美食，只有開心的歌舞，不會有煩惱，不會有飢餓！"他看看女魃，像是初戀的男孩正要送給心上人一份厚禮似的，他相信只要實現這夢想，女魃便會回到自己身邊！

"沒人知道樂土在甚麼地方，但這並不重要，因為我現在就要建立一片我們自己的樂土！"蚩尤豪氣地說，"就在這裏，就在我們的腳下！"

話音一落，伴隨着年的一聲咆哮，羣夕便沸騰了起來。雖然人們還多少有些疑慮，但隨即卻看到了一車車的糧食從夕羣後面被推了進來，臉上這才帶上了些許的笑容。

"其實，"面對仍舊保持低調的人們，蚩尤依然得意地說，"這些不過是我們隨隊的口糧而已，明天還會有幾十倍、上百倍的糧食運到這裏！"

"哦？"人羣中又嘁嘁喳喳地議論起來，"上百倍？天哪！"

"太棒了！"幾個小夥子竟然樂得蹦了起來，叫着，"整個春天都不用幹活了！"

"呵，呵呵！"蚩尤也藉着逐漸加溫的氣氛笑了起來，朗聲說，"這算甚麼？"

看來蚩尤還有更多的"禮物"，族人又稍稍靜了一下，都在滿心歡喜地期待着。

"我向大家保證！"蚩尤指着初升的太陽，信誓旦旦，"只要有我蚩尤，咱們就是天上的太陽，所有人都要聽命於咱們！再也不用辛苦地勞動，全天下的糧食都任由咱們享用！」

「對呀！就連夕也成了朋友，哪個部落還敢不聽咱們的！」更多的人叫了起來。

「哈、哈哈！」小時候就很崇拜蚩尤的那個受氣包竟然樂得蹦了起來，大笑大叫，「以後只有咱們欺負別人的份兒了！哈，哈哈！」

「蚩尤！」幾乎所有年青人都叫着蚩尤的名字，「蚩尤！你回來太好了！」

「蚩尤！」

「蚩尤！」

人羣中，歡呼頓時響成了片。

但在驟然騰起的歡呼中，軒轅的笑容裏卻有了一絲微妙的憂慮。

只見蚩尤大步走到玄毛面前：「還記得麼？我的長老們……」他用着近乎戲弄的眼神看着玄毛和素楓：「你們曾經說我勾結夕，甚至還罰我坐吊籠，但我冤枉啊！哼、哼哼！」冷冷的笑聲中卻充滿了輕蔑，蚩尤一手一個，突然揪起了玄毛和素楓的衣領，幾乎是臉貼着臉：「但我現在要讓你們看看！我今天就是在勾結夕，我甚至還要搶走你們至高無上的一切！」

說着，蚩尤已經將這兩位長老推倒在地，又是一陣輕蔑的冷笑：「你們敢怎樣對我？還罰我坐吊籠麼？或者乾脆把我扔下「責罰地」？哈，哈哈！」蚩尤慢慢撿起帝杖，在狂笑聲中宣洩着自己的憤怒：「你們給我聽好！現在全天下都是我的，是我蚩尤的！我想做甚麼就做甚麼！哈，哈，哈哈哈！」

「放開她！」女魃衝上來一把推開蚩尤。

「哦？既然是你求情，」蚩尤淡淡一笑，「我怎麼能不放呢？」

面對似乎有些陌生了的蚩尤，女魃剩下的只有無奈。而玄毛站起身來，撢撢土，依舊是一臉寧靜。

蚩尤卻沒事似的，拿着權杖來到了軒轅面前。

「怎麼了？」蚩尤看着軒轅的眼睛，滄桑的臉上帶了更多、更深奧的表情，「不為我高興麼？」

「呵，呵呵，」軒轅仍舊在笑，「為甚麼不高興？樂土也是我的夢想，而你……」停了停，他感慨地說下去：「你已經幫我實現了它！」

兩人心照不宣地看着對方，笑容仍舊掛在臉上。

“那麼，”蚩尤將帝杖遞到了軒轅面前，“我就把樂土送給你！”

軒轅看着上面那朵飄忽的火苗，卻不知道蚩尤這個舉動究竟意味着甚麼？

兩人的笑容都有了一些微妙的變化，卻仍舊在笑。

“除了一樣，”蚩尤向軒轅遞了遞帝杖，“其餘任何東西，只要你軒轅喜歡，我蚩尤都會讓給你！”

“那麼，”軒轅看看這代表了無上權威的帝杖，“那麼這算是交換麼？”

“誰說女魃已經歸你了？難道你想拿不是你的東西和我交換？她是她、你是你！哈哈！”蚩尤朗聲大笑，“我現在還需要用交換來得到甚麼嗎？”

兩個人仍舊相互注視着對方的眼睛。

片刻，蚩尤一臉深邃的滄桑竟突然又變回了兒時的天真：“嘿嘿，我可不善於打理部落中亂七八糟的事，就當幫幫我，嘿嘿。”說着，已經把帝杖塞到了軒轅手中，又回過頭高呼：“今後部落大大小小的事情都由二首領……”說到這裏蚩尤突然停了一下，又看看小白。

“我承認，”小白當然明白蚩尤的意思，說，“現在軒轅是二首領，但就像我所預料的，他也有你們的弱點，早晚有一天他還會輸給我！”

“呵，呵呵，”面對這頭固執的白夕，蚩尤只能笑笑，又接着剛才的話說，“今後部落裏大大小小的事情都由二首領軒轅決策，誰要是敢違抗他的命令，就是在違抗我的命令！”

本來軒轅做大長老也是眾望所歸，所有族人立刻一致高喊起“軒轅”和“蚩尤”這兩個名字來。

“等一下！”玄毛以寧靜卻仍具威嚴的聲音低沉地一字一眼說，“除了女魃，誰也不能做大長老！”

蚩尤“噗”的一聲笑了出來，不屑地看着玄毛，“你是在放屁麼？”

除了那些上了年紀的人，幾乎所有年青人都跟着哄笑起來，一向以來族人對玄毛敬若神明，經過今天的劇變，現今竟落差如此。

“這是上天定下的規矩！”玄毛絲毫沒有理會眾人的哄笑，仍舊寧靜地看着蚩尤。

面對這熟悉，甚至依舊威嚴的目光，蚩尤心中還是不免一顫，或許只有狂笑才能掩蓋這種尷尬。蚩尤一陣狂笑，隨即罵道：“甚麼狗屁規矩，全天下是我的！

我就是天！我說的話就是上天的規矩！"蚩尤狠狠地瞪着玄毛，隨即高聲宣佈：
"從今以後，男人也能做大長老！"他威嚴地掃視一遍眾人："誰有意見麼？"

片刻的寧靜中，卻見女魃上前一步。

蚩尤一愣。

軒轅心中那陣莫名的不安也隨即席捲上來。

"我阻止不了你！既然你要軒轅來做大長老，"女魃也如玄毛一樣寧靜地看
着蚩尤，"大長老的規矩他必須遵守，甚至從今以後……"女魃隨即轉向軒轅，嚴
肅地說："不許哭！"

若是遵從上古的傳統，守一守規矩還說得過去，但這"不許哭"卻真的讓軒
轅摸不着頭腦了。

"哈，哈哈，"一旁的蚩尤已經笑彎了腰，"你真要整死軒轅呀？他又不是旱
魃！要不，可以換個別人來當？"

女魃不動聲色地看着軒轅，面對女魃寧靜的眼神，他不明所以，但只要是女
魃要自己做的，就算刀山火海都會跳下去……軒轅鄭重地點了點頭。

"你……"看着軒轅鄭重的表情，蚩尤的笑容僵了。

女魃並不理會滿臉疑團的軒轅和蚩尤，轉身往大長老的帳篷走去，臨行時展
露出淡淡的笑容，這是自再度進入玄毛大長老的帳篷後難得一見的一絲表情。

蚩尤不解地問軒轅："你真的答應了？為甚麼不許哭？"

"不知道，"軒轅搖搖頭，"但用不着知道原因，我相信她。"

蚩尤一愣："他媽的渾小子！女魃把你弄瘋了！她叫你吃屎你也去吧？"蚩尤
雖然不忿，但隨即又笑了起來，朗聲說："今後這裏就是樂土了，誰還用得着哭？
大家別瞎想了，都回去休息吧，今天晚上我要舉行一個比成人儀式還要熱鬧的舞
會，而且天天都要這樣！"

所有人的表情又立刻統一成了歡呼。

被疲勞折磨了一夜的族人草草收拾了戰場，便紛紛回去休息了，只有軒轅還
在發愣。

"想甚麼呢？"蚩尤看看軒轅，"是不是也想知道為甚麼不許哭？"

軒轅歎口氣，看着雜亂的部落："既然她不想說，一定有她的道理。"

兩人都在想着甚麼，卻誰也沒有說話。

片刻的沉默後，軒轅又重重地歎了口氣，目光緩緩地落在了遠處女魃的帳篷上：“她今天好像很奇怪，讓人有點擔心。”

“有甚麼好擔心的？”蚩尤淡淡一笑，不禁將這龐大的部落環視一遍，“現在我回來了，就算天塌下來，我蚩尤也撐得住！”

看着蚩尤信心十足的眼神，軒轅卻更加擔心起來，甚至還在這眼神中看到了許多別的東西，軒轅沒有再說甚麼，或許現在他根本就不想說甚麼。

不知怎地，眼前的蚩尤仿佛陌生了許多，曾經率直單純的蚩尤似乎一下子變了另一個人。的確，他們從前也為了女魃，甚至其他瑣事有過無數的分歧和爭吵，但卻從沒有像今天這樣，遮遮掩掩地似乎都在背後留着甚麼。

“折騰了一夜你不累麼？”蚩尤看着軒轅，“我得回去歇會兒了！”

“哦，你先回吧，”軒轅尷尬地笑笑，“我再轉轉，過會兒才走。”

“也好，別忘了，”蚩尤似乎是在有意提醒着軒轅，“晚上還有舞會呢。”

軒轅一愣，看着蚩尤遠去的背影，心中又是一陣不安。

“是啊，”軒轅自言自語，“有件事早應該在舞會上解決了。”

他低頭看看手中的帝杖，熒熒的火苗依然躁動不安。千百萬個春夏秋冬以來，也不知經過了多少位女長老的手，而現在卻是第一次落到了男人的手中，可這又意味着甚麼呢？或許……要等今晚的舞會結束才知道吧。

第四十六章　傳奇

　　部落裏燈火通明，疲勞早已被扔到了腦後，仿佛黑暗和白晝都沒了界限，就連爭鬥了無數個春夏秋冬的人和夕，也似乎在這一夜找到了共同的信仰。他們混雜在一起，還試圖用對方的語言來讚美這個沒有畫夜邊界，沒有種羣隔閡，只有歌舞和美"酒"的新時代 —— 酒是蚩尤帶來的一種新飲料，甜甜酸酸的，說它香嗎？也有一種刺鼻的味，有些人喜歡，有些人卻受不了。不理你喜歡與否，凡喝過都有種飄飄然的感覺，情緒還很高漲，好像甚麼都不在乎、甚麼都可以幹！只要你喝了一點，你便有追着喝的衝動！大家都趨之若鶩。

　　初嚐美酒，量淺的，不一會便酩酊大醉；好酒的，也就更樂極忘形，高談闊論。酒意正濃，在午夜那最為盛大的舞會之前，人們最關心的當然是蚩尤傳奇的經歷：

　　正如軒轅掉下去時一樣，蚩尤當初也被彩蛋周圍的小樹救了半條命。它們你拉一把、我拽一下，總算是泄掉了大部分的衝力。但另外半條命卻是被一塊軟綿綿的"墊子"救了。

　　蚩尤掙扎着想要爬起來，但是渾身就像散了架一樣動彈不得。

　　白茫茫的，是天上的霧。白茫茫的，居然還是身邊的草，細細的倒更像是絨毛。蚩尤索性躺在了草叢中，暖暖的，只想好好睡一覺。甚至身下的墊子也迎合着他的睡意正在一起一伏地動着。

　　原來太陽的家這樣舒服，早知如此，一出生我就該到這裏來，蚩尤恍惚的意識中滿是幸福。

　　或許現在他已經準備好了一大堆美夢的素材，也或許他還在細心挑選，先做哪一個好的時候，自己竟然飛了起來。

　　哦！會飛的夢！也不錯麼？就是這個了！不過……為甚麼身上還是很疼呢？為甚麼還是這樣累呢？為甚麼……

　　我的天哪！蚩尤似乎一下子從天國掉入了地府。這哪裏是飛？分明是被一隻巨大的爪子捏了起來，而且眼前還有一對比自己身子更大的眼睛。

掉到地府也比這兒好！蚩尤終於意識到，自己原來還活着。而且他清楚地記得，眼前這個大怪物就是年。

但願它對死的東西不感興趣。蚩尤懷着一絲僥倖，放鬆了全身，就連眼皮也垂了下來。

還真靈！大怪物捏着蚩尤抖了兩下，見他仍舊一動不動，就隨手把他扔到了崖壁下的白骨堆裏。

新傷舊痛一併席捲了蚩尤敏感的神經，甚至眼前的白骨還令他不寒而栗，但他卻哼也不敢哼一聲。

既然不敢動，也就只能忍着性子來"欣賞"了。

唉？這不是羊骨頭麼？連角也斷了，應該是從上面摔下來的吧！呦？那好像是熊骨頭，嘖嘖！摔得夠慘！哦？這好像也不是人骨頭，居然也被摔得……

看來都是大峽谷做的孽，這怪物不過是做了些清理工作而已！這不，我也被它清了進來。可話往回說，有些動物為了爭地盤也會打得你死我活，要是真的被它誤會我不懷好意，那麼只需輕輕一坐，將來我的骨頭肯定比那頭熊還慘！還是小心為妙！

蚩尤仍舊不敢動彈，又過了好久，甚至蚩尤都能微微聽到大怪物的鼾聲了，才慢慢爬出了骨頭堆。

但他太虛弱了，就連爬也相當的困難。還好，沒爬幾步眼前竟然是一汪熱騰騰的潭水。

蚩尤伸脖子就喝，卻立刻被那鹹澀的味道嗆得猛咳幾下。

"咩——"

蚩尤一驚，但這一聲並不渾厚，倒更像山羊的聲音。蚩尤連忙抬頭，原來是一個小怪物，與大怪物一個模樣，只是身形小了很多，也是白白的、毛毛的，還圓嘟嘟的很可愛，可能是大怪物的小孩吧！

但蚩尤現在哪裏還顧得上誇獎它可愛！煩都煩透了，因為小怪物居然看着蚩尤"咩咩"地叫個不停，甚至還好奇地朝蚩尤走來。

"去——去——"蚩尤壓低了聲音，"一邊玩去！"

可愈怕甚麼、卻又發生甚麼，只見大怪物翻個身已經坐了起來，嚇得蚩尤只好又裝死。只是渾身一鬆，臉卻浸在了水裏。

這口氣應該是蚩尤有生以來憋得最長的一口……

見到了死人，它是不是又會若無其事地睡下？但死人怎麼會從骨頭堆裏爬出來？天哪！蚩尤的冷汗大概使潭水都漲了幾寸。但誰還管得了那麼多，就讓大怪物自己去想吧！

還好，過了一小會兒，真的聽不到小怪物的叫聲了，但最重要的還是蚩尤憋不住了，被那大怪物一把捏死，也比自己憋死要好吧！

蚩尤祈禱着抬起頭時，大怪物已經抱着小怪物睡了。

他慢慢抬起頭，剛剛吸上一口氣，卻又嚇得險些背過氣去。

一大一小兩個白色的怪物就在蚩尤眼前愣愣地看着他，眼神中似乎滿是不解。

"看甚麼？沒見過人洗臉麼？"反正也漏了餡兒，索性過把嘴癮。

小怪物卻學着蚩尤的樣子也將頭浸在水裏，不過也就是蚩尤十分之一的時間便憋不住了，隨着冒出的泡泡漸漸稀少，小怪物猛地抬起了頭，粗氣連連，還向蚩尤投來了無比敬佩的目光。

"噗——"蚩尤忍不住笑了出來。"我……不是有意來打擾你……你們睡覺的，"他試探地解釋着，"也不願掉下來。"他指指上面。

也不知大怪物聽懂了沒有，它抬頭看看上面，卻好像覺得更加無聊，"咚"的一聲倒下身子繼續睡了。

"呼——"，蚩尤長出口氣，搖着腦袋嘮叨說，"這是哪兒……哪兒呀？"

話音剛落，大怪物卻呼地一下又坐了起來，巨大的眼睛在蚩尤早已被潭水泡乾淨的臉前眨了眨。

"我……"蚩尤滿臉的無辜，"我沒說你甚麼呀！"

大怪物卻將蚩尤輕輕捧了在手心裏，甚至還從身後摸出一個燒餅放在蚩尤身前。

"燒餅？哦！"蚩尤立刻明白了，"是當初我扔給你的燒餅。你還留着呢！"

"哞——"，聲音洪亮卻也很溫和。

"嘿嘿！你還是個懂得報恩的好怪物，不過……我現在快餓死了，這個，我能吃麼？"蚩尤撿起燒餅在嘴邊比劃了幾下。

"哞——"

"哞"？是甚麼意思？管它呢，先吃了再說。

蚩尤一口就把燒餅塞到了嘴裏，卻見那怪物又摸出幾塊肉乾放在了他面前。蚩尤當然沒有客氣，幾下子就把自己噎得喘不上氣了。

還有水？白毛裏居然探出了那個小怪物，嘴裏叼着一個水葫蘆。

喝唄！既然人家都遞到嘴邊了，還等甚麼。

幾大口水下肚，蚩尤這才能說出話來。

"好甜吶！真不知道你是從哪兒弄來的？"

"哞——"

又是"哞"，蚩尤無奈地搖搖頭。

……

吃飽喝足，蚩尤雙手撐在背後，仰坐在大怪物的手掌中。

瞧他那作威作福的德行，居然還來勁兒了。大怪物將手掌一翻，蚩尤便"啊"的一聲掉在了水潭裏，隨即又是一聲低低的"哞——"小怪物也跳到了水中……

這潭水十分暖和，按說應該也很舒服，卻在一瞬間，蚩尤便蹦了起來，撲騰兩下就上了岸，渾身竟然還在不住地顫抖，牙縫裏同時擠出嘶嘶的聲響。

分明是疼痛難忍。大怪物也着了急，忙撕開蚩尤的皮衣，裏面卻是鮮紅一片，甚麼也看不清。大怪物隨手扔掉滿是鮮血的皮衣，並用手腕上的白毛輕輕擦去蚩尤胸前的血水，幾道深深的抓痕呈現了出來，都已經發黑了。

這是夕獨有的抓痕，窄而深，骯髒還散着微微的腐臭。

看到這樣嚴重的傷口，大怪物便將蚩尤含在了嘴裏。小怪物也會意地鑽進了長毛。隨即大怪物一躍而起，沾滿鮮血的手臂已經扣住了崖壁上的岩石，似乎那塊岩石旁邊還有一個小人兒，這人就是軒轅，但大怪物卻絲毫沒有理會，隨即又跳到了另一面。

它沿着大峽谷一路狂奔而去，過了好幾天才停下來。

此時，蚩尤的傷口已經嚴重惡化，腐爛發臭的肌肉中充滿了膿水，就連神志也開始恍惚了。只隱約記得那裏四野嫩綠就像到了春天一樣，還有一片紫色的草地留在了他的記憶中……

但當蚩尤真正清醒過來的時候，卻發現自己仍舊躺在大峽谷裏，只是胸前黏着一層硬邦邦的東西，紫色的，或許還曾經是黏糊糊的，但這並不重要，重要的是蓋在下面的皮肉居然完好無損，就連傷疤也沒留下。

雖然事後蚩尤還想回到那個長着紫色靈草的地方，但是大怪物卻好像總在裝糊塗，不是指指天，就是看看地，一下子又聽不懂蚩尤的話了，蚩尤只好打消了回去的念頭。

從此以後，蚩尤便和這兩個怪物成了好朋友，雖然知道老倉頡已經給他們起名叫作年，不過他卻發現這兩個怪物好像並不喜歡，於是就自己給它們重新起了名字，大的叫寶寶，小的叫貝貝，沒想到它們還真的很喜歡。

日子一天天過去了，雖然依舊惦念着好友軒轅他們，尤其是女魃，但蚩尤卻覺得自己是多餘的，在他們心中就此死掉才是最恰當的！何況無拘無束的生活也讓蚩尤有些樂不思蜀了。

春天他盡情地在草原上奔跑；夏天便躺在花叢中酣睡；秋天則站在寶寶的肩膀上從山巔鳥瞰羣山；就算是缺乏食物的深冬，他也可以躲在寶寶的長毛裏，指揮它到人類部落去"找"食物。

身為人類的蚩尤，太了解同類儲存和隱藏糧食的方法了，所以他的寶寶根本不用再如從前那樣東翻西找，只要直接進入糧倉，便可以大吃一頓，吃完，拍拍屁股就可以溜了。甚至有些部落竟是在一覺醒來後，才發現糧食莫名其妙地少了許多。

也不知平靜和逍遙延續了多久，直到一個冬天……

那天早上簡直太冷了，連日來的風雪幾乎凍碎了星星和月亮，太陽卻還懶在被窩裏不肯出來。天一直黑着，直到大雪又飄進了深不見底的大峽谷，空中才稍稍顯出一片灰蒙蒙的白色。

可那對於蚩尤來說，卻好像是另一個世界的事情。

三個粗重不一的鼾聲在谷底此起彼伏，穿梭在小潭間，飄蕩在濃霧中。就連最高傲的幾片雪花，也在進入谷底時被這裏的溫暖沁酥了骨頭，而墜落成一滴雨點，飛奔向大地的懷抱，卻"啪"地一下摔在蚩尤的臉上。

蚩尤迷迷糊糊地抹了一把臉，不耐煩地翻個身，便又有一滴鑽進了他的耳朵。

唉！好夢被攪了，肚子也餓了。蚩尤伸了個懶腰，揉着眼睛走到崖邊，在一堆亂七八糟的東西裏翻了一陣，最終還是無奈地歎了口氣。

"喂——"蚩尤趴在大年的耳邊喊，"這幾天的雨把吃的都澆爛了，咱們再弄點兒回來吧！"

但它卻如死狗一樣，動都沒動一下，回應蚩尤的只有更大的鼾聲。

"嘿——"蚩尤躥上年的肚皮，尋着小年的鼾聲，終於在一叢白毛裏找到了它，"嘿——嘿——你陪我去好不好，嘿！"

小年總算動了，卻翻翻身把後背留給了蚩尤。

兩個鼾聲一大一小、一唱一和就像是故意在氣蚩尤。

"算了，"蚩尤跳到地上，抬頭看着淅瀝瀝的雨，"我要是也能吃一頓睡十幾天，肯定也懶得上去。可誰叫咱沒那本事呢！"

看來無人相處的日子已經令蚩尤養成了自言自語的習慣，他嘮嘮叨叨地走到崖壁下，拍拍崖壁，又看看高不可及的崖頂，最終還是無奈地回到了爛食物堆旁。

懷着一絲僥倖，蚩尤在食物堆裏踢趖了幾下，黴糧食、爛果子膩膩糊糊地黏了一腳，卻沒有一點能吃的。

肚子又咕嚕咕嚕地叫了幾下，蚩尤卻氣得將爛食物堆踢成了平地，忽然一陣香氣鑽進了蚩尤的鼻子。他低頭猛刨，終於翻出幾個竹筒子來，好像還有些黏稠的汁液從裏面滲出來，湊上鼻子聞聞，就是這個味兒！伸出舌頭舔舔，甜滋滋辣酥酥的挺不錯！

這不是上個月圓時從竹山部落偷來的麼？蚩尤歪着腦袋一邊咂摸滋味一邊琢磨，記得裏面好像只是白米飯，沒啥好吃的，但現在咋會這麼香？

也沒多想，蚩尤一手一個，兩手一合，隨着"嘭"的一聲，濃烈的香氣一直衝透了蚩尤的天靈蓋！

……

兩竹筒子"香飯"和着"液汁"下了肚，蚩尤打個飽嗝，便覺渾身發熱，就像五臟六腑都在着火，人還有點飄飄然的亢奮。

抬頭看看，這種天兒還怕沒處找涼快？想着，蚩尤已經翻身而起，卻忽然覺得腳下一軟，又險些坐回了地上。跺跺腳，地面很結實呀！晃晃頭，難道是自己在發昏？

管它呢！蚩尤心裏冒出一個平時只敢想一想的念頭，說也奇怪，現今竟有一種衝動去幹，隨即披了一件皮襖，又揣起一個竹筒，便竄上了崖壁。

的確，很少獨自上下的他，今天卻不知怎地，竟然由着性子，在陡壁上做起了只有年才敢做的"高難動作"。

迎着大峽谷裏冷暖相交的氣流，蚩尤已經揪着枯藤飛蕩在兩壁之間，鵝毛似的雪片擦身掠過，胸中的熱火卻燒得更旺。

"喀吧，喀吧"，乾枯的藤條發出了危險的警告，蚩尤卻牢牢地扒住了另一面崖壁。

呼——好險！蚩尤擦了一把冷汗，又向上面一塊岩石撲去。

"哧溜溜"腳下一滑，他趕緊轉身揪住另一根枯藤，又蕩向了對面。

呦——呵——太刺激了！胸中的熱火將僅有的一點恐懼也燒成了興奮。

"嘩啦啦"幾塊鬆動的碎石滑落下來。

咿——呀——蚩尤卻一聲長嘯，已經沉醉在這極速當中……

一頓飯的工夫，左右的回聲已經漸漸變弱，谷口也近在咫尺了。蚩尤的頭腦卻清醒了許多，幸好在恐懼甦醒以前，他已經穩穩地站在了地上。

"呼——"蚩尤長出口氣，胸中的灼熱消減了許多，低頭看看深不見底的大峽谷，耳邊仍迴盪着枯藤斷裂的"嘎叭"聲。

我着魔了麼？太刺激了！我怎樣來到這兒？蚩尤也不理這麼多了，緊了緊身上的皮襖，看着腰間的竹筒，這才想起來，難道是這東西壯大咱膽兒了！

蚩尤塞緊竹筒，鑽進了林子，不一會兒，眼前便是一條冰封的大河，他看看下游的方向，似乎又看到了生他養他的部落，還有想見卻不能見的朋友。蚩尤呆呆地看了一陣子，便沿着冰封的河面，逆流而上了。

雪仍在下，天空仍是灰茫茫的一片，蚩尤的肚子又餓了，應該吃中午飯了吧？蚩尤摸着懷中的竹筒卻並沒有停下腳步。

又過了一陣子，肚子嘰裏咕嚕地已經鬧翻了天，而蚩尤心中卻是一樂，眼前便是一個部落。

最近幾個夏天不是蟲災，便是旱災，到了冬天一些本就缺衣少食的小部落，又遇上餓紅了眼的夕……沒了食物，老弱病殘自然是死路一條，但強壯的男人卻還要生存，就自發地聯合起來，形成了比夕災還可怕的匪災。

所以這兩個冬天，幾乎所有的部落都加修了工事，而且早已超出了防夕的需要，甚至許多設施乾脆就是用來對付人的。

但這卻難不住蚩尤，他快步繞到部落的另一邊，又竄上一棵樹，只見工事上的幾個守衛懷抱長矛，哆哆嗦嗦地圍着一堆垂死的殘火，榨取着它最後的一點餘溫。

"總算趕在換崗前到了，"蚩尤一邊嘮叨，一邊從樹枝上解下捆柴火，"唉！只可惜這招兒再用兩次就得換地方了。"

說着，卻見工事上的守衛們突然麻利地將苟延殘喘的火堆，徹底變成了死灰，甚至還七手八腳地將它的"屍骨"拋到了工事外面，接着又灑上厚厚的白雪把它草草地"葬"了。

"快來了！"蚩尤仍舊美滋滋地呆在樹上，甚至還在沒頭沒腦地嘮叨，"防夕事小，防人事大；工事重地，小心石火……"

忽然，工事那邊也傳來了同樣的聲音："防夕事小，防人事大。"

接着，又有一個聲音回應："工事重地，小心石火。"

話音剛落，一撥新來的守衛已經換上了崗。他們左看看右瞧瞧，每人還鬼鬼祟祟地從懷裏掏出一根柴火來。

"像你們這樣，早晚把工事燒得精光。"蚩尤見怪不怪地嘮叨着，"唉！但要不是這樣，我又怎麼混得進去？"說着，正要下樹，卻見林子深處影影綽綽地好像有許多人在動。天哪！蚩尤一驚，不會是搶匪吧，連忙扛着柴火跳下樹來，還是少惹他們的好，便一溜煙兒地跑到了工事緊閉的大門下。

"甚麼人？"守衛衝蚩尤喊道。

"是我，是我，"蚩尤抬起頭，嬉皮笑臉地說，"雪太厚，柴不好撿……"說着竟然還裝作一驚，好像做了錯事一樣，支吾起來。

"不知道禁令麼？！"守衛隊長責問着蚩尤，"是不是上班崗的人放你出去的？"

"這……"蚩尤一臉的為難，"這大冷的天，誰都不容易……"歪頭看看自己的柴，說："除了你，哪班崗不偷偷生點火呀？"

"唉——"隊長假仁假義地歎口氣，"說得也是，這怎麼能怪你呢？進來吧，進來吧。"

說着，工事大門已經打開了縫。

同原來一樣，柴火全部"沒收"，但蚩尤卻又一次混進了這個部落。

白雪幾乎埋住了整個部落，除了幾個人正在搶修被雪壓塌了的帳篷，部落裏空蕩蕩的，就連蚩尤的腳印也顯得格外孤獨。

他當然知道糧倉在哪裏，但自己又沒有年那麼大的胃口，何必到守衛森嚴的糧倉去冒險。他輕車熟路地繞到了西面的一間破帳篷邊上，左右看看便溜了進去。

寒風像哨子一樣在帳篷的大洞小眼裏嗖嗖作響，並將雪花斑駁地灑在地上，許多破爛農具和半帳篷的乾草擁擠地堆在裏面。看來已經很久沒有人住了，但通過以前的調查，蚩尤卻知道，有個肥頭大耳的傢伙在乾草堆裏藏了不少食物。

蚩尤小心地繞過白雪，生怕留下一點痕跡。

但還沒走兩步，便聽外面有人喊：“夕，我親眼看到它跑進破帳篷裏了。”

蚩尤一驚。“狗娘養的，”他暗自罵道，“我哪點兒長得像夕？”

但罵歸罵，還是先找地方躲躲吧，誰讓這裏“防夕事小，防人事大”呢？

蚩尤一頭扎進了草垛。天哪！卻又是一驚，看來不止我一個人盯上了那胖子的東西！

蚩尤壓低了聲音：“你也不是這個部落的吧？”

“不然怎麼會被你嚇到這裏來！”草垛裏一個不客氣的聲音回應着蚩尤。

“你是哪個部落的？”蚩尤討好地說，“幫個忙，要是咱們被抓到，就說我是你們那的？不然我會被當成搶匪吊死的！”

“算了吧，說不定我比你死得更慘！”

看來這傢伙也是個沒人要的“流浪賊”。

隨着五六個雜亂的腳步聲靠近，兩個同命相連的賊，呼吸都變得微弱起來。

雪花仍在悄悄地飄蕩，帳篷裏也靜得令人發慌。

帳篷外面忽然響起一陣敲打聲。

“狗娘養的，”蚩尤暗自好笑，“還真當我是夕了，整出點聲音就能把我嚇出去。做夢吧。”

敲打聲已經響了一會兒，卻還不見夕逃出去，有人便不耐煩了。

“該死的！”一個聲音罵道，“這死東西聾了麼？還真沉得住氣！”

“進去找找！”一個聲音說。

卻把蚩尤嚇了一跳——找不到夕，再把我倆給翻出去。

正在這時，外面竟然傳來了更大的騷動。隨着一陣急促的“叮叮”聲，原本悄然的部落頓時亂了起來。

"糟糕！"一個人驚叫着，"肯定是搶匪來了，走！"

"但這可是一隻白夕！"卻有一個貪婪的聲音說，"跑了太可惜！"

眼神兒可夠好的，蚩尤暗自苦笑着，居然還說我是白夕。

"趕緊走吧，"第一個人厲聲喝道，"不然，就算是彩虹夕也成搶匪的啦！"

說完，腳步聲已經離開了破帳篷。

"快走！"蚩尤拽起旁邊的流浪賊就往外躥。

"我的媽呀！"沒等他腳跟站穩，又驚叫着撒開了手。蚩尤竟然拽出來一隻夕，而且還真是隻白的。

"這……這……"蚩尤看看白夕，又看看草垛，是夕？不可能，夕怎麼會說話？還居然沒咬我！一定是拽錯人了。看着白夕一頭鑽出了帳篷，蚩尤卻對着草垛說："嘿，朋友，你要是不走，我可先走了。"說着，又從草垛裏摸出了幾塊肉乾："剩下的都歸你了。"隨後，便逃出了帳篷。

此時部落裏亂哄哄的人羣幾乎都衝到了東面。只有一些老弱病殘在部落內部做起了支援的工作。

藉着幾間破帳篷的掩護，蚩尤埋頭向西鑽去。剛繞過一個柴堆，便見眼前白影晃過，正是那隻白夕竄進了柴堆。

"我沒說錯吧，"又傳來了那個熟悉且貪婪的聲音，"它跑不遠！"

"這樣不好吧，"另一個聲音卻顯得有些愧疚，"人家都在打搶匪，咱倆卻返回頭來捉夕。"

不等蚩尤藏身，兩個人就已經拐了過來，只見前面一人高高胖胖，後面卻是個半大小子，最多也就十二三歲。

三人不期而遇，便都是一愣。

"哼！"蚩尤立刻擠出了一臉的兇相，"果然有逃兵！"

"我……我……"那半大小子已經嚇得慌了神，"我其實沒想來。"

而那胖子雖然做賊心虛，但狡猾地眼珠轉了兩轉，不動聲色地看着蚩尤。

"狗娘養的！"蚩尤又加重了些語氣，"非要讓我稟告大長老你才高興麼？"

"呵呵，"那胖子這才堆出了一臉笑容，"別，別，我們這就去打搶匪，這就去！"

說完，便拉着男孩拐過帳篷跑了。

蚩尤"嘿嘿"一笑，得意地拍拍柴堆："算你運氣好，碰上我蚩尤，趕緊逃吧！"

柴堆裏伸出一個白色的夕頭，吊立的眼睛狐疑地看看蚩尤，便一溜煙地朝西躥去。

蚩尤無奈地歎口氣，也要往西逃時，卻聽後面忽然傳來一聲："果然不是好人！"

蚩尤猛回頭，正是剛才那胖子和男孩兒。

"說！"這回輪到胖子發威了，"最近，部落裏的夕是不是你放進來的？"

"我……"蚩尤一臉的委屈，"我怎麼知道？"

"少裝糊塗，"胖子繼續逼問，"那你是怎麼混進來的？"

"笑話！"蚩尤故作鎮定地說，"我就是這裏的人。"

"哼哼，"胖子冷冷一笑，"是這裏的人還會去稟告大長老麼？算起日子來，她老人家今天剛好趕到太陽的家裏。"

蚩尤這才恍然大悟，他們的大長老剛剛去世，怪不得進來時這裏靜得要死，或許搶匪們也是趁着此時才來攻打部落的。

"哼哼，"蚩尤也跟着冷笑幾聲，"既然這樣，我說甚麼你也不會信了。來吧！看你能不能抓住我！"

說完，蚩尤已經亮開了架勢，卻並不見那胖子出招，反倒聽他大叫起來。

"有人勾結夕，來人呀……"

"有人勾結夕！"就連那半大小子也跟着叫了起來。

"勾結夕！"這三個字對蚩尤來說，不免有些刺耳。看來這輩子我是跟夕攤一塊了。蚩尤上前一步，正要出手去揪那胖子，卻沒了他的聲音，就連那孩子也嚇得愣住了。

居然是那隻白夕回來了，它從胖子的胸中抽出血淋淋的前爪，吊立的眼睛隨即又盯住了旁邊的孩子。

"算了，算了，"蚩尤連忙將那孩子抱起，"他懂甚麼！"

天知道這夕是不是聽懂了蚩尤的話，它凝視着蚩尤，僅僅片刻便又躥上來朝那孩子刺出了利爪。

"畜生！"蚩尤一閃身，真的生氣了，"滾一邊去！"

話音剛落卻忽然覺得胳膊上一陣劇痛，蚩尤本能地甩開胳膊，居然是被那孩子咬了一口。

"救命——救命——"那孩子邊喊邊掙開蚩尤逃走了。

蚩尤也慌了神，任他這樣叫喊，肯定要招來無數的人，但要把他抓回來，就更是麻煩，總不能帶着他逃吧？

就在他躊躇之際，白影一晃，那夕爪一伸，只見那孩子"唷"的一聲便癱死地上。

"你！"看着自己同類的屍體，又面對身為兇手的異類，蚩尤卻真不知道該說甚麼。甚至還在他發愣的時候，就又被那夕拽到了柴堆背後。

與此同時，幾個手持農具的老人已經聞聲趕了過來。

"這裏果然也有夕，"一個老人看着兩具屍體上的抓痕，不解地說，"都是從哪兒進來的？"

"快看！"又有一個人惶恐地指着遠處驚叫起來，"那邊還有幾隻，好像正朝這邊來了。"

"別慌！"最老的一個長者鎮定地說，"武士們很快就能聚過來，咱們先上去擋擋。"

說着幾個老人便迎了上去……

蚩尤這才鬆口氣，但這亂糟糟的一切卻令蚩尤大為不解，可現在誰還顧得了那麼多？只見白夕又朝西逃去，蚩尤也只得跟了上去。

大部分人都聚在東邊抗擊搶匪，但西面的工事上仍舊有百餘名武士留守。

"只有硬拼了，"蚩尤橫下心，嘟囔着，"一起衝上去，只要不被弓手提前發現，說不定咱們真能逃出去。"

也不知道那白夕是不想拼命，還是根本就聽不明白蚩尤的計劃，它躥來躥去，竟然鑽進了部落西邊堆放麥秸的垛場裏。

"這不是等着人家燒死咱們麼？"蚩尤看着麥秸垛，又看看西面工事上的守衛，卻也拿不定主意。

但隨即便又是猛然一驚。這個部落裏養夕麼？！蚩尤瞪着眼睛，惶恐地看着東面。

竟然有二三十隻巨夕正朝這裏聚來，而後面還滿是追兵武士。

蚩尤不禁暗自叫苦，不早不晚我怎麼偏偏今天來了，外面是搶匪，裏面又鬧夕災，就算給我一百張嘴也辯不清干係了。

甚至此時西面的弓手也因飛速奔來的夕羣而舉起了弓箭。

這時候衝上去肯定會被射成刺蝟，被抓到或許死得更慘，蚩尤索性也跟着白夕鑽進了麥秸垛。

第四十七章　小白

咦？裏面竟然是一條地道！蚩尤喜出望外地快爬幾步，又追上了那隻白夕。僅僅片刻工夫，眼前便是一亮。

"出來了？"蚩尤半信半疑地看着白夕，不僅放慢了聲音，還比比劃劃地說，"你——挖——的——洞？"

"不用那麼麻煩，"白夕流利地說着人話，"我能聽懂你的話。"

"我的媽呀！"蚩尤在自己的大腿上使勁掐了一把，"這是甚麼日子？今天連夕也會說話了！"

"有甚麼大驚小怪的？"白夕瞪着蚩尤，"這麼大的林子裏甚麼事沒有？"

"哦，"蚩尤盡力使自己鎮定一些，"那麼說，帳篷裏的賊真的是你？"

"還用問麼？"

"呵，呵呵。"自己竟然和一隻夕貼得那麼近，雖說夕也是半人半獸，但在人眼中仍然是獸，何況人夕之間的鬥爭也持續了無數個冬天！這隻白夕一口咬來可是防不勝防，蚩尤心中警惕，但更多的還是感激，這次確是這隻白夕救了自己，這些日子以來，除了大小怪物年，自己是形單隻影孤獨得可憐，對眼前的白夕，不由得生了親近的感覺，由衷地說："虧……虧了你挖的洞，不然我死定了！"

"哼哼，"白夕看着自己的爪子，笑聲顯得很無奈，"你看我這個天生的廢物會挖洞麼？"

蚩尤這才仔細看了看它的前爪，卻是有點怪異，一般的夕爪是彎的，但這隻白夕的爪比普通夕爪更細更長，卻沒有彎勾，與其說這是爪子，倒不如說是兩把叉子。

"好了！"白夕不耐煩地收起爪子，左右瞧瞧，"再不走，真正的挖洞人就要來了。"

說完，便匆忙朝林子深處逃去。

"嘿！等等我！"蚩尤隨後追上。

"站住！"一個女人抖出一聲脆亮的鞭花，"你是怎麼知道我們地道的？"

"這個……"蚩尤一愣，竟發現自己已被百十來人圍在了中間。

"別跟他廢話！"旁邊一個手持兩把小刀的漢子焦急地看看東面，"咱們再不動手，赤川那邊就要露餡兒了。"

"慢着！"女人謹慎地叫住小刀漢，"地道被人發現，要是他們在裏面下了套兒怎麼辦？"

蚩尤好像明白了，看來這些人和東面進攻的搶匪都是一夥人，他們可能想利用這個地道聲東擊西，打部落一個措手不及。

但這和我有甚麼關係，蚩尤想，還是少找麻煩的好。

"不會，不會，"蚩尤連忙解釋，"裏面的人不知道這個洞，都往東跑呢。"

"真的？！"小刀漢子懷疑地看着蚩尤。

蚩尤敞開衣服，幾塊肉乾掉了出來："看見了吧，我是偷東西的。"他又看看白夕："這隻夕，總不能是部落裏的吧？"

雖然仍舊半信半疑，但聽着東邊的喊殺聲已經減弱，這些搶匪卻不能再等了。

"好！先信你一回，但得委屈你一下，"女人揮揮手，朝身邊一個漢子說，"先綁了！要是他們撒謊你就剮了他。"

蚩尤坦然地把雙手往前一伸："沒問題！"

但那白夕卻躬起了背，伏下了身，頭幾乎貼到了地面，吊着眼睛，口中還發出嘶嘶的低吼。

"管……管好你的夕，"大漢連忙停住腳步，衝着蚩尤喝道，"我可沒工夫跟你磨蹭！"

"我的夕？"蚩尤聳聳肩，"我不認識它。"

"嗯？"那漢子一愣，卻已經被夕爪戳穿了腦袋。

完了！蚩尤一驚，是不是我得罪了夕的祖宗，真要把我害死才甘休麼。

不管怎樣，蚩尤現在又是百口難辯了，索性抄起那漢子的武器，與白夕一同向外拼殺。

本來蚩尤還愁怎麼將這夕也帶着衝出重圍，卻沒想到，它也很能打，尤其是那令人聞之色變的夕爪毒，搶匪們躲還來不及呢，誰又敢往前多走半步。也就一盞茶的工夫，一人一夕就雙雙衝出了包圍。

這一出來，誰還能趕得上他們的腿腳？轉眼間便沒了影子。

“呼 —— 呼 ——”蚩尤喘着粗氣回頭看看，“行了，都甩掉了。”

白夕也放慢了腳步，精瘦的身體上蒸起縷縷白氣，也回頭看看，確認安全後，便大口大口地吃起了雪。

“慢着點兒，”蚩尤忙說，“會嗆死的。”

但白夕卻根本沒有理會他的忠告。

“唉！畢竟還是夕。知道麼？”蚩尤回想起了往事，“我原來也見過一隻白色的夕。它好像也很聰明。”

白夕又猛填了幾口雪，這才長長地出了口氣：“那就是我，不然我幹嘛要救你。”

“哦？”蚩尤睜圓眼睛看着它，“但它……”

“但它不會說話，是麼？”

“嗯！”蚩尤點點頭，“而且還很小。”

“因為後來我是在人類部落裏長大的。”

“原來是這樣，”蚩尤呵呵一笑，“這麼說，你長得也夠快呀。”

“這林子裏還會有甚麼比你們長得慢麼？”

“也是！”蚩尤嘿嘿地笑着，“那你怎麼跑出來了？”

“是主人把我逼出來的。”

“哦！這也不奇怪，當初我只給了你一點吃的就被罰得很慘，更別說養你了，看來你的主人也是不得已呀！”

“算了吧，要是不得已，怎麼還要殺我？”

蚩尤撓撓頭：“殺你？”

“想起來就有氣！”白夕凝視着遠方，“我只不過是吃了她的孩子。”

“甚麼？！”蚩尤的下巴差點砸到自己的腳面，“你……你……把人家的孩子吃了竟看作理所當然似的！”

“我怎麼了？”白夕理直氣壯地說，“我是在幫她，那小東西除了張嘴要吃的，甚麼用都沒有，長了三個冬天，卻連跑也不會，一天到晚除了吃睡，就是哭鬧，攪得人沒有一刻停歇，簡直就是主人的累贅！”

“那你就吃了他？！”

"我沒想吃他，我只想向他挑戰！"

"挑戰？"蚩尤仍舊瞪着眼睛，"他才那麼小？"。

"小？"白夕不忿地說，"算起來他還大我一天呢！"

"這……"蚩尤無言以對。正如白夕所說，這林中只有人是弱者，不但生長得慢，體力也小，三歲的小孩又怎抵得上三歲的夕！

"我甚麼都會，我會跑，我會跳，還可以到林子裏幫主人抓食物回來，一個冬天，我就連你們的話也會說了！"

蚩尤又張張嘴，乾脆一個字也說不出來了。

"更要命的是，"白夕仍舊忿忿地說，"那個夏天部落裏還鬧了旱災，連主人都要渴死了，但他卻還要嚷着吃奶！"

雖然仍舊不知該說甚麼，但蚩尤卻明白了，或許這就是部落與叢林的區別。記得倉頡說過，許多動物在剛出生時就已經懂得了"決鬥"的意義。物競天擇，尤其是缺少食物時，它們只能趁父母外出覓食期間殺死同窩的弟妹，否則，大家都不可能熬過那段艱苦的日子。所以，在部落要遵從長老們指定的規矩，而叢林就要恪守物競天擇、弱肉強食的自然法則！

蚩尤看着白夕，終於開口了："我知道你的苦衷，但人和夕不一樣。"

"哼！"白夕不屑地哼了一聲，"確實不一樣，你們的弱點太多，甚至很致命。"

"哦？"蚩尤不禁一笑，"我倒真想聽聽，夕的眼中是怎麼看人的。"

"你們太笨！"白夕毫不客氣地說，"許多很簡單的事情，你們人卻總也想不通。"

"呵呵，"蚩尤更是覺得好笑，"有這樣的事？那我保證你們夕就更想不通了！"

"就拿你來說，"白夕近乎鄙視地說，"剛才要不是我殺了那個孩子，恐怕你早就被人捉住吊死了。"

"這……"原本還要看笑話的蚩尤竟然愣住了，"但他只是個孩子，他沒有錯。"

"你就有錯麼？"白夕反問道，"搶匪不是你招來的，但他們卻要吊死你。反正小孩和你得死一個，那憑甚麼是你？"

"可是……"蚩尤又是一愣，還想無理狡三分，"你不也是冒死回來救我的麼？"

"笑話！要不是這麼容易就能逃出來，我才不會救你呢。"

"哦，呵呵。"蚩尤只好尷尬地笑笑。

"軟弱！"白夕繼續說，"不僅笨，你們還非常軟弱。不敢用自己的力量去爭取自己想要的東西。"

"那叫謙讓！"蚩尤又找到了一個反駁的機會，"那是美德！你不懂！"

"憑甚麼謙讓！"白夕絲毫沒有示弱，"一切都要憑實力，最有用的東西就要掌握在最有實力的強者手中。這樣才能使它們發揮出最大的力量，否則就是浪費！尤其是那些老不死的，連路也走不動了，活着還有甚麼用？"

"那都是我們的族人，"蚩尤撓撓頭，"誰能忍心讓他們餓死呢？"

"忍心？哈哈哈，"白夕大笑幾聲，"這就是你們最致命的弱點。它使你們永遠都要背着累贅過活，永遠都要顧及這個顧及那個，永遠也無法進取！"

"這……"蚩尤也開始認真地揣摩夕類的"生活之道"了。

"有時候居然連女人也要推來讓去，"白夕卻還在說，"難道女人們都願意和窩囊廢物生孩子麼？那今後不都成了窩囊廢物？！"

這不就是在說我麼？一陣淒涼湧上了蚩尤心頭，轉瞬間竟然又化成了莫名的悲憤。憑甚麼！我憑甚麼要讓開？你軒轅比我更軟弱，甚至我都已經死了，你卻還在顧及我的感受！我憑甚麼要將女魃讓給你這樣沒用的人？！就因為你軒轅是我的好朋友麼？的確，難道就因為你是我的朋友，這世間的一切我都不能跟你搶？忽然蚩尤的眼睛竟如夕一樣微微吊立起來，心中湧起了一個決定："我絕不會再放棄！"伴隨着冷冷的目光，蚩尤的口中擠出了女魃的名字："女魃！我不會再把你讓給軒轅了！"

"軒轅？你認得？"白夕似乎是一陣驚喜，"我想起來了，你也是那個部落的。"

"連夕也知道軒轅的名字？"蚩尤冷笑兩聲，"是不是被你們當成了最典型的窩囊廢物？"

"怎麼可能？我們夕最敬重的就是實力，而軒轅正是你們人類中最有實力的！"

"甚麼！"蚩尤一愣，隨即笑得腰都彎了，"軒轅最有實力？哈哈哈哈……我看他不過是一個軟弱的笨蛋，哈哈哈……"

"軟弱，那是自然的，畢竟他也是人，"雖這麼說，白夕的敬意卻絲毫沒有減弱，"但他卻把人類的優勢發揮到了極致。"原來軒轅的地位在夕羣的心目中是這麼高的！

"是麼？"蚩尤忍住了笑，"在你們看來，人也有優勢？"

"只要世間存在的，"白夕一本正經地說，"就都有它的本事，而且你們的本事還不小呢。就拿軒轅來說，我有生以來遇到的第一件大事，就跟他有關。"

"甚麼事？"蚩尤立刻豎起了耳朵。

"就是你給我肉的那回，"白夕饒有興致地說了起來，"本來我們仗着那個大白怪已經衝了進去，但中間的林子裏卻突然冒出來了成千上萬的武士。"白夕誇張的表情中仿佛還殘留當時的惶恐："短短的一會兒工夫，怎麼能聚集那麼多人？沒辦法……就連夕王都被嚇跑了！"它又猛然抬起頭，恍然地說："但後來我終於在主人的部落裏知道了真相！"

"哼哼，"蚩尤不屑地笑着，"知道了吧，那不過是軒轅在虛張聲勢而已！"

"胡說！"白夕的反應卻大出蚩尤所料，甚至還近乎崇拜地說，"那是軒轅把樹林變成了武士。"

"噗哧"一聲，蚩尤差點連牙都噴了出來，隨後又笑得險些將自己嗆死。

"有甚麼好笑的？"白夕叫了起來，"他不僅能把樹林變成武士，還能讓水從低向高倒流。"

"哦？"蚩尤一愣，卻又笑了起來，"不就是澆地用的水車麼？有甚麼了不起？"

"我不管那是甚麼，"白夕瞪着蚩尤，"水往低處流是上天定下的規矩，但軒轅卻能改變上天的規矩。還有……"

白夕還在近乎崇拜似地列舉着軒轅的"事蹟"，而蚩尤卻漸漸地笑不出來了。

"知道麼？"蚩尤微微歎口氣，仿佛帶着一絲挫敗的樣子，"軒轅的拳頭你可以不在乎，但他的腦袋卻能要你的命。"

"沒錯！"白夕贊同地點點頭，"我要是也能像軒轅那樣就好了！"

"沒問題！"忽然，蚩尤寧可多讚揚這隻夕幾句，也不願去想軒轅了，"你跟其他的夕不一樣，你很聰明。”

“真的！”白夕喜出望外地看着蚩尤。

“但是，”蚩尤提醒說，“在此之前你必須要讓自己變成人，像人一樣地生活才能得到人的頭腦。”

“只要能變得最強，當狗都可以，還怕當人麼！”

原來在夕的眼中，狗比人還強！這個比喻雖然聽着有些彆扭，但現在只要不讓蚩尤想起軒轅，似乎一切都能令他開心似的。

然而白夕隨即又躊躇起來：“但我畢竟還是一隻夕。”它無奈地歎了口氣：“怎麼可能變成人呢？”

“怎麼不可能？”蚩尤居然開導起一隻夕來。“其實人也沒甚麼了不起，不過是敢想而已。你看我，”他拍拍胸脯說，“甚麼都敢想。只有敢想才能敢幹，只要敢幹就能成功。這就叫信心。”

“信心？”白夕鄙夷地看着蚩尤，“有信心能打過夕王麼？我看那叫妄想！”

“當然沒問題！”蚩尤哼哼一笑，想起當天與那隻巨夕的對打，看眾多夕對它必恭必敬的姿態，那隻巨夕應該便是白夕口中的夕王？也曾敗於自己手下！想到這裏，蚩尤終於找回一些自尊，不以為然地說：“夕王又怎樣？那傢伙也沒甚麼了不起的！”

“說得輕鬆，”白夕瞪大了眼睛，“夕王的一條腿就快趕上我的腰了。”

“力氣大有甚麼用，”蚩尤不屑地撇撇嘴，“能比牛大？我們不是一樣吃牛肉麼！”

“牛大氣力大，但要四隻腳才能跑動，也只是靠頭上的角橫衝直撞。但夕王卻不一樣，它前臂能跑能跳能打，後腿一蹬，整個身便站起來，好像你們‘人’一樣，但夕王的雙臂連大樹都可以攔腰掃斷……”好像一想起夕王，白夕就已經開始發抖了，“還有，夕王每個冬天都要親自抓一隻虎！”

“抓一隻虎有甚麼用？”蚩尤一臉不屑的樣子，“你說的夕王，那還不是敗在了我的手下！”

“你？”白夕上下打量一下蚩尤，撇了撇嘴，不屑地說，“你與夕王搏鬥過？別以為我不在夕羣，你就能騙我。我也聽說曾經有一個人妄圖挑戰夕王，但還不是被夕王撞到山崖下摔死了！”

"這便是……"蚩尤正想說下去，張嘴間想想也覺得這事不太容易解釋，便住口不說了。

蚩尤岔開話題，說："不信算了！但信心確實很厲害，就憑這個我好幾次都救了軒轅呢！"

"你能救軒轅？"白夕的嘴幾乎撇到了後腦勺，大笑，"哈哈！甚麼都是你說的，看你這副窩囊樣子，說甚麼我也不會相信！"

"你這話說的也真把我氣死！"蚩尤又是一臉的不忿說，"在'大樹變人'、'河水倒流'的事裏，就沒人提到過蚩尤？"

"蚩尤？"白夕仔細想想，"好像聽說過這個名字，好像還辦了一件不小的事。"

"就是麼！"蚩尤這才勉強穩住了搖搖欲墜的自尊。

"我想起來了，"白夕猛然一驚，"人們說他勾結夕，準備在玄毛部落作亂。不過……哈哈哈，不過那笨蛋可夠慘的！"

蚩尤差點沒把鼻子氣歪了："怎麼輪到蚩尤就變成笨蛋了？"

"就算不是笨蛋也是廢物，要是他真的敢作亂，我也不敢這麼小瞧他。但你可能不知道，"白夕嘲諷地說，還忍不住笑了起來，"其實……哈哈哈……其實他根本就沒勾結夕。但卻真的被關了吊籠，可是他卻連屁也不敢放，還居然灰溜溜地跑了，大冷的天，不凍死才怪。哈哈哈……就這點本事，竟敢作亂？你說他是不是窩囊廢物？"

蚩尤乾張着嘴，居然沒有勇氣承認自己就是蚩尤。甚至他剛剛從軒轅的陰影下逃脫的自尊，又臨近了崩潰的邊緣。

"你不信？那笨蛋真的很冤枉！"看着蚩尤一臉怪異的表情，白夕竟然以為他在懷疑，"當時整個夕羣，只有我這個夕和你這個人接觸過一次，甚至我還因此被夕王逐出了夕羣，所以還有哪個夕再敢跟一個叫蚩尤的勾結呢？"白夕越說越來勁："要知道，你們不恥與夕為伍，我們也同樣不恥與人為伍。你們不是經常罵'狗娘養的'麼，這句話在我們看來，就是他媽人養的，就像我，我就是他媽人養的，所以夕羣看不起我！用人的話說，那個笨蛋蚩尤就是個'狗娘養的'，誰會跟狗娘養的勾結？再有……"

"夠了！"蚩尤狠狠地瞪着白夕，"我就是蚩尤！但我不是笨蛋！在我通過成人儀式的時候軒轅卻只能算是個孩子！而且，你給我記住，我原來比他強，現在也同樣比他強！將來還會比他更強！"

白夕也愣了一下，眼前的人竟是蚩尤？一番數落，卻沒有絲毫的歉意，白夕反倒更加鄙視地說："在我面前嚷嚷又有甚麼用，要真的有本事就回部落去，用你的實力去殺掉那些冤枉你的人！"

片刻的工夫，蚩尤卻微微低下了頭，聲音中也滿是慘淡的無奈。

"在我們的世界裏，實力未必能決定一切。"

"不可能！"白夕斬釘截鐵地否定了他的觀點，"那只能說明你的實力還不夠強！一個人冤枉你，你就殺他十個，十個人冤枉你，你就殺他一百個，我就不信殺他一萬八千個人之後還會有人敢說你的不是！"

白夕蹭着叉子似的爪子，仿佛已經陶醉在無限的實力中，躊躇滿志地說："到那時候，所有的食物都是你的，所有的女人也都是你的。哼哼，你甚至可以踩着那個他媽人養的腦袋上，指着他的人鼻子說，用不着你人養的冤枉，我就是勾結夕了！我甚至還想殺光整個部落，你敢怎樣？"

看着白夕為那假想的實力近乎癲狂的樣子，蚩尤也有了些許感悟。未必要依它那樣極端，但擁有無上的實力至少不會被人欺負，他甚至又想起了雪地上那塊朱紅的血跡……

"你真的想變強麼？"蚩尤忽然問道，"我能讓你具備人類的優勢！"

"真……真的？！"白夕有些不敢相信自己的耳朵。

"但你也要教我怎樣做一隻夕，"蚩尤認真地說，"幫我改掉我的弱點！"

"沒問題！"白夕立刻答應了蚩尤的條件，"我有了你們的頭腦，而你卻改掉了人類的弱點，誰還能比我們更強！到時候我一定還能打敗軒轅，然後……然後我還要打敗夕王！"

"好！從今天起你就是人了！"蚩尤眼中射出了道道寒光，"首先，像人一樣站起來，相信你自己，你完全可以做得到。"

"我？"白夕愣了一下，卻已經嘗試着抬起了前爪，"我是人？我是人！"雖然那固有的佝僂還在極力阻止着它向上伸展的動作，但精瘦蒼白的身體卻真的在顫抖和搖晃中站了起來，並在那一瞬間，它也真切地感受到了那種叫作信心的東西，看來真可帶來力量！

"好樣的！現在你的名字叫小白，而我……"蚩尤射着寒光的眼睛隨即吊立起來，"我就是一隻夕！"他的聲音也低沉下來："從此沒有名字，也就沒有了人類的弱點！"

……

但僅僅是片刻的工夫，小白卻堅持不住了，呼哧帶喘地趴在了地上。

"呵呵，"蚩尤也恢復了常態，並安慰着沮喪的小白，"哪能一天就變成人，但只要我們都有信心！"蚩尤咬牙切齒地吊起了眼角，斬釘截鐵地發誓："我們一定會比軒轅更強！"

"我有信心？好！我有信心！"小白真的模仿着蚩尤的話，一邊嘟囔着，一邊抽着鼻子在雪地裏使勁地聞起來，"我堅信，這裏一定有食物，快要餓死我了……"

"唉！"蚩尤哭笑不得地看着小白，"畢竟還是一隻夕！"但他卻不忍讓這隻夕剛剛學會使用"信心"就被挫敗，便把腰裏那筒"神奇"的餿飯悄悄扔在了地上。

太香了！"信心"這種東西果然神奇。小白不可思議地盯着地上的竹筒，口水已經淌到了地上，也不理會裏面是甚麼東西，直覺地知道可以吃，便低頭挖來吃了。

"等一下，我也快餓死了！"蚩尤着急地喊着，"知道麼，做人不但要有信心，還要學會分享。"

香甜的味道早已令小白忘記了一切，若不是竹筒子深，恐怕所有東西都已經被它倒進了肚裏。

"看來，"蚩尤摸着肚子，自己也覺得有點餓，"你真的只是一隻夕！"

小白卻突然慢了下來，還忍着性子挺了挺佝僂的腰，甚至還極力將自己的視線從竹筒上挪走。

蚩尤看着它，簡直不敢相信，吃起食來六親不認的夕，居然能在沒吃飽前讓出嘴邊的食物。

小白緊閉着眼睛，使勁把頭歪向一旁，又用腳將竹筒朝蚩尤那邊踢了踢，"你怎麼不吃，難道你不懂得分享麼？過來吃吧！"

或許它把享用也理解成了義務，但不管怎樣，蚩尤卻再也看不了它那痛苦的樣子了。

"算了吧！"蚩尤淡淡一笑，"反正'分享'也是我們的弱點，不學也罷。"

就這樣，一大竹筒的"香"飯下肚，小白那張慘白的臉居然也泛起了紅潤。

"怎麼樣？"蚩尤笑着說，"是不是心裏熱乎乎的，渾身上下都有使不完的勁兒？"

"嗯。"小白晃晃腦袋，"還有點暈。"

"沒事，我帶你去大峽谷，冷風一吹，別提多爽了！"

小白翻身而起，只覺胸中一陣熱浪直衝向頭頂，隨即便是一聲暢快淋漓的鳴叫。

"吱——"的一聲長嘯漸漸遠去，卻好像突然撞到了甚麼，竟然又從遠方彈了回來。

蚩尤納悶地看看空曠的林子："哪來的回音？"卻見小白已經瞪大了眼睛，呆呆地，甚至雙腿還在微微發抖。

"那不是回音，"小白惶恐地看着聲音的方向，"是夕王！它已經把咱們包圍了。"

"包圍？"蚩尤也瞪大眼睛四處觀望，"是要吃了咱們？"除了呼呼的北風，一切都靜謐無聲，但蚩尤的冷汗還是從頭皮裏滲了出來。

"這不是狩獵的信號，"小白也感到些許怪異，"倒像是交戰的信號。"

"交戰？"蚩尤更加詫異，"難道我們剛才的話被它聽到了？"

小白晃晃腦袋，只覺胸中的熱火還在往頭上撞。

"吱——吱——"又是幾聲短促的叫聲從遠處的灌木叢裏傳出。

"嘎——"小白打了一個香嗝，舌頭好像也不太好用了，"他……好像在……在笑你……"

"笑我甚麼？"蚩尤不解地看着小白。

"你問……它自己吧，它能聽懂點兒人話。"

"哦？怪不得上次挑戰時它能明白我的意思。"蚩尤故作鎮定地嗽嗽嗓子，"是不是上次輸得不服氣，這次還要來挨揍？"

"吱吱吱吱……"聲響如同一陣詭異的冷笑，"你人……吱吱……死地洞……吱吱吱吱……你死……"

"它嘰裏咕嚕地說甚麼呢？"蚩尤仍舊一腦袋的問號。

"好像是……你的人都被堵在地洞裏，而且……是它幹的，現在你死了，就……"小白撓撓頭，"就……我也不太明白，除了打獵和決鬥，想用夕話說清楚事情，比上天還難。"

"狗娘養的！"蚩尤抱怨着，"我招誰惹誰了？"但他卻忽然想起了上次的事情，便又比劃着說："你不行……我屬害……"

可吃過虧的巨牙夕卻理都沒理，隨着"吱 —— 吱 —— 吱 —— "三聲鳴叫，樹後面、雪堆裏、灌木中已躥出黑壓壓的一片夕來。

"'吱 —— 吱 ——'是捉活的，"蚩尤看着眼前的一片夕，"'吱 —— 吱 —— 吱 ——'就是不捉活的吧？"

小白沒有說話，只是弓着腰，口中哈出的霧氣吹化了地上的一片白雪。

轉瞬之間，夕羣已經圍住了蚩尤，而小白卻被兩隻巨夕隔開。

羣夕一擁而上，幸虧蚩尤身上還帶着那搶匪的武器，否則現在早就被百爪分屍了。

雖然小白瘦弱的身體裏已經深深地埋下了對巨夕們的恐懼，但它卻依舊弓着身子，吊立的眼中片刻間充滿了血絲。而強弱對比實在是懸殊，巨夕僅僅是低吼一聲，小白故作倔強的後腿便本能地退了半步。

或許小白真的怕了，但胸中的一股廝殺衝動，藉助剛才"香飯"的熱力，一次次地湧了上來……

蚩尤這邊雖然已經劈開了幾隻巨夕的腦袋，但只要沒被一招劈死，受傷的夕便會迅速退出圍攻，而後面的夕則立刻補上空缺，以致蚩尤面對的總是精力最為旺盛的巨夕。無奈，蚩尤只得力求速決，朝着一個方向死命拼殺，但很快蚩尤就發現，隨着前面"吱吱"聲的加劇，周邊的夕早已堵了上來。再調頭反攻，眼前便又響起了嘈雜的"吱吱"聲，不用問，周邊的夕又聞聲堵到了這面。

在這樣有條不紊，且強勢逼人的圍攻下，蚩尤幾乎每走一步都在受傷，將近一盞茶的工夫，他還活着，這已經是奇跡了！

便在這時，一陣急促且尖利的"吱吱吱吱……"聲像錐子一樣，鑽進了蚩尤的耳朵，甚至一直鑽進了心裏。

蚩尤停止了反抗，因為所有的夕都停止了攻擊。

這個聲音蚩尤曾經聽到過，就是上次挑戰巨牙夕時。或許這就是夕類決鬥時特有的一種語言吧。但這次發聲的卻是不遠處的小白。它的爪子已經變成了紅色，兩隻巨夕正躺在它面前本能地抽搐，胸口的窟窿裏還不停地噴着熱乎乎的血。

隨着另一陣同樣急促尖利的"吱吱……"聲響起，遠處的灌木裏露出了一對米色的巨牙，隨後便是一個高大魁梧且黝黑甚至還微微發亮的身體。

"吱吱吱、吱吱吱、吱吱……"，"吱吱吱、吱吱吱、吱吱……"兩個刺耳的尖叫聲不絕於耳，甚至已經雜亂地混在了一起，就連整個林子好像也驟然變得煩躁不安了。但所有的夕都靜靜地注視着挑戰者和衛冕者，或許在它們聽起來，這種聲音是無比的莊嚴與神聖，可能還意味着一個新統治時代的來臨。

蚩尤總算撿回了一條命，但他卻不打算離開，或許當時潮汐也是這樣。

巨牙夕已經疾速衝到了小白面前……

雖然胸中的熱火令小白沒有絲毫的退卻，但面對這個連看一眼也會嚇出冷汗的強敵，小白還是猶豫了一下。

在這猶豫當中，它已經被巨牙夕撞飛出十幾步，隨後一頭栽進了灌木叢，幾乎同時，巨牙夕也撲了進去……

劈劈啪啪，嗤哩咔嚓……半人來高的灌木叢中嘈雜一片，卻只能透過縫隙看到巨牙夕忽隱忽現的黑影，還有一起一竄左右撲躲的小白。

羣夕直愣愣地看着灌木叢，已將所有的注意力都釘在了那裏，甚至忘記了它們當中還有一個人。蚩尤心裏也捏了一把汗，但那卻不是為了自己，而是為了這許久以來第一個可以交心的朋友，儘管小白還不是人。

忽然，小白矯健的身影騰空而起，鋒利的爪尖寒光一閃，瞬間已蓄足了力量，並藉着下落的勢頭，用它將所有的力道統統傾注在巨牙夕的心窩裏……

"好樣的！"蚩尤不禁喝彩，但話音沒落，灌木叢中卻突然伸出一隻比小白的腿還粗的爪子。

彎勾的爪尖摳進了小白的小腿，又在一瞬間把小白拽回了灌木叢。

"跳起來，跳起來……你能行！"蚩尤繃緊了每一塊肌肉，就像是自己在決鬥。

嗤哩咔嚓，劈劈啪啪……又是一陣嘈雜，但直到一切都平靜下來，小白的身影卻還是沒有再次騰起，而巨牙夕粗壯的黑影也彷彿淹沒在了灌木之中。

安靜——或許對夕羣來說只是片刻的時間，它們只要能歡呼迎接出一個勝利者就夠了，至於是壯，是瘦，是白，是黑，好像沒有甚麼區別；但對於同是作為觀眾的蚩尤，這樣的安靜卻顯得格外漫長……

終於，草叢微微一動，一隻夕腳，而且還是一隻後腳，踏出了灌木叢，鮮紅的血跡裏露着白色的皮膚；隨之便是一副佝僂但卻伸展得如人一般挺立的身體，也是血紅中透着斑駁的白色；鋒利的、修長的、叉子一樣的夕爪上戳着一顆碩大的、黝黑的、還帶了兩顆巨牙的夕頭。

小白高舉起前爪，將巨牙夕的鮮血淋在頭頂，示意所有的夕：歡呼的時候到了！

羣夕一片沸騰，只有蚩尤淡淡一笑，他也得到過這樣的殊榮，但決沒有得到這樣熱烈的歡呼，或許徹底的狠心才是夕羣所擁戴的王者！而現在那顆長着巨牙的夕頭完美地證明了一切 —— 夕王只有夕才能做。

既然人家已經是夕王了，我又是一個被夕鄙視的人，何必在這裏給它丟臉呢？想到這，蚩尤便悠然朝大峽谷走去。

"攔住那個人類！"小白的話音一落，幾隻巨夕又圍住了蚩尤。

"剛做了夕王你就翻臉！"蚩尤回身怒道，"虧得我還把你當朋友！"

"朋友？"小白冷冷一笑，便將巨牙夕的腦袋重重摔在地上，"我不懂甚麼是朋友，我只知道不是同類，就是食物！"

"狗娘養的！"蚩尤氣哼哼地看着周圍呲牙低吼的巨夕，"反正我被夕坑了也不止一次，動嘴吧！"說完，凜然地閉上了雙眼。

隨着小白一串"吱吱……"的狂嘯，蚩尤便覺一條條黏黏的東西已經舔在了身上，甚至還伴隨着令人作嘔的吧唧吧唧聲。想必鮮血的味道很快就能勾起夕類嗜血的神經。天曉得我會在多短的時間裏被它們吃乾淨，蚩尤咬緊牙，但很快一切就都結束了。

"現在你的傷口不會爛了，"小白說，"而且大家也熟悉了你的氣味，從此你就是我們當中的一隻夕了。"

蚩尤睜開眼睛，看看身上的抓傷，又看看周圍的巨夕，似乎還沒有完全明白。

"怎麼了？"白夕問，"是在擔心我們唾液的療效麼？還是現在也想來做夕王？"

"呵呵，"想到自己真的墮落成了一隻夕，蚩尤心中不免有些尷尬和酸楚，"算了吧，我是個人養的，做隻夕就已經是奢望了，哪裏還敢想甚麼夕王？"

小白大笑兩聲："你是在拐着彎罵我麼？"

"哼哼哼⋯⋯"蚩尤卻是一陣無奈的苦笑，卻沒心思多做解釋。

"人養的？"小白環顧了一遍夕羣，"倒也不錯。"它隨即宣佈："從今以後，會說人話的夕才是好夕！"

"呵呵，呵呵呵，哈哈哈哈⋯⋯"不知怎地，蚩尤居然也笑了，甚至腦袋裏還忽然閃現出一堆母夕，它們都背着黑黢黢的小夕，卻如同部落裏那些老婆子一樣，在人背後指指點點、嘀嘀咕咕地嚼舌頭，"哈哈哈⋯⋯"

但這次蚩尤的笑聲也好像突然撞到了甚麼東西，很快就被彈了回來，可他卻沒把那再當成回音。

"哈哈哈⋯⋯我說夕怎麼會有這麼聰明的腦袋，原來是個人。"話音一落，上午看到的那幫搶匪竟然又冒了出來。

好累的一天！蚩尤腦袋裏的問號已經多得快要從耳朵裏擠出來了，早知道還不如在大峽谷裏捱餓的好。

"你是夕養的麼？混蛋！"一個陌生的漢子掂着大斧，站到了前面，"居然幫夕。不過上天有眼，讓你自己漏了餡兒。"

"夕養的又怎樣？比你狗養的好！"蚩尤有恃無恐地回了兩句，卻還不忘澄清自己，"甚麼漏不漏餡的？我又沒做虧心事。"

"呸！你以為我赤川比夕養的還笨麼？"赤川一臉的不忿，"你偷東西還要帶着夕麼？你不是說地道另一邊沒人麼？怎麼你的夕還把部落裏的人引過來堵死我們，想得美，你個夕養的！"

蚩尤好像一下明白了，怪不得巨牙夕說，把我的人都堵死在地洞裏，原來它把我當成了殘餘搶匪。而這些搶匪，想必也是在我逃跑後起了疑，便逃過了這一劫。嘿嘿，也好，總比讓巨牙夕害死那麼多人好吧！

"你個狗娘養的！"仗着夕多勢眾，蚩尤罵得更起勁了，"虧得是那狗頭夕的主意，要是我，你們這些狗娘養的就死定了！"

"沒工夫跟你廢話，"赤川抽出大斧，"你們不是早就想除掉我們麼？正好，我們也覺得夕礙事，不如今天痛痛快快地幹上一場！人、夕就此做個了斷咋樣？你個夕養的！"

罵歸罵，要是動真格，蚩尤還得看看小白，畢竟人家才是夕王麼！

"幹就幹！"小白上前一步，"你個人養的！"

一邊匪王，一邊夕王，已經躍躍欲試；一邊是夕，一邊是人，也都羣情激昂。只有蚩尤勢單力薄，孤零零地有點尷尬，自己是人，但心裏卻想幫夕，真夠苦的！唉！

卻在這時……

第四十八章　危機

玄毛的部落安靜多了，或許是喝了那種叫作酒的東西吧，沒等舞會開始，很多人就帶着幸福的笑容倒在食物堆裏睡了。只有永不疲倦的夕，還在上躥下跳，追逐打鬧……

遍地的食物，滿天的酒香，仿佛黑夜都已經醉了……

雖然那些缺乏"關懷"的篝火熄滅了不少，但蚩尤身邊的這堆卻因人們過度的"溺愛"而更加"狂妄"起來。

狂妄的篝火旁，圍坐着那些有資格聽蚩尤講故事的人。

"嘿嘿，"蚩尤得意地看着老倉頡，繼續講着他的故事，"就在這時，遠處'咚'的一聲，我敢說，當時除了我，無論是夕是人都嚇傻了。"

說着，竟然也學着兩個老骨頭，賣起了關子。蚩尤灌了幾口酒，又把半隻雞塞進了嘴裏，卻被老倉頡一把揪了出來。

"就知道吃，"倉頡焦急地問，"然後怎樣？"

"說了這麼久，是誰都得餓了，"歧伯又把那半隻雞塞回了蚩尤的嘴裏，"邊吃邊說，然後呢？"

"嘴都堵滿了，你讓他怎麼說。"倉頡又把雞拽了出來。

"行了！"潮紈醉醺醺地一手拉着老倉頡，一腳踩着老歧伯，"都給我閉嘴！"隨後同樣焦急地看着蚩尤："'咚'的一聲是甚麼？"

片刻的吵鬧中，嫘祖卻若有所思地往火堆裏填着柴火。

但故事對小白和赤川早就不新鮮了，大概是要養足精神參加隨後的舞會吧，便和幾個不長眼的族長扎在酒碗裏睡了。

同樣喝得神志恍惚的軒轅卻想着別的事，愣愣的眼神裏又擠滿了不安，一會兒落在蚩尤身上，一會兒又落到女魃面前。

而女魃，寧靜的臉上沒有一絲表情，空洞的眼神似乎……已經沒了靈魂……

"哦！是年！"嫘祖恍然大悟地叫着，"上次它來部落也是'咚咚'的。"她又歪頭想想：「有了年你就當上了大首領，對不？」

「哈哈哈……」蚩尤朗聲一笑，眼角中傲慢的餘光掃過軒轅，「除了我的寶寶，誰還攔得住這場人夕大戰？」說着，端起一大碗酒補充道：「不過，首領可是我憑實力打來的。」

「憑實力倒不假，」潮紐也跟着喝下一碗，「但恐怕還是藉了酒勁兒吧，呵呵呵。」

蚩尤也呵呵一笑：「要不說這是好東西呢，當初年也是聞到了它才醒的。」

「我說咋會這麼巧？」嫘祖也灌了兩大口，舌頭好像都直了，「它一喝這個就來精神了，一來精神就餓了，一餓了就跑到那個部落去找食了，一去找食就碰上人夕大戰了！」

「哈哈哈……」蚩尤暈乎乎地接着說，「一喝這，你就比軒轅還聰明了！」說着，他的酒碗便遞到了軒轅面前：「是不？」

「呵呵。」軒轅乾笑兩聲，接過酒碗，但重重的心事已讓他無法覺出酒香，只在嘴邊微微抿了一口，就放了回去。

「嗯？」蚩尤的視線跟着軒轅的酒碗在桌上停了片刻，卻突然拉下了臉，「我給你的酒難喝麼？！」

或許蚩尤的蠻橫已被當作大首領必備的威嚴。但對軒轅來說，面對往日的好友竟然如夕一樣向自己吊起了眼睛，心中不禁湧起一陣悲涼。

尷尬令軒轅有些不知所措，而蚩尤卻將酒碗又端到了他面前，甚至一雙吊眼中還多了些強制的冷光。

「哥──」只見嫘祖暈暈乎乎地搶過了蚩尤手中的酒碗，「軒轅哥哥不愛喝你這爛東西，幹嘛要逼他喝？！」說着，便隨手潑在了地上。

「啪──」，隨着一聲脆亮的耳光，所有殘存着一絲清醒的人們都驚呆了。

「死丫頭！」蚩尤瞪着嫘祖，「竟敢說這東西爛？知道為甚麼叫『酒』麼？它『救』過我和小白的命，能有今天都虧了它！」

若是原來，每次大家聽到蚩尤慣用的「諧音命名法」時，都會用微笑來欣賞他的率直，軒轅還總會變着法兒的損他幾句。但今天，一切好像都變了，變得如同怪夢一般不可思議。

「你不是說，這酒是……」嫘祖捂着臉，委屈的眼淚泫然而下，「是爛糧食做的麼？怎麼不是爛東西呢？"

或許蚩尤也知道冤枉了嫘祖，但他根本就不是為了這才打她的。

"哼！"蚩尤不但沒有絲毫的歉意，甚至還在強詞奪理，"那你也不能把酒倒了。"

"我……"嫘祖更加委屈地解釋說，"我只是……"

"還敢頂嘴！"沒等嫘祖說完，蚩尤又揚起了手。

"行了！"軒轅擒住蚩尤的手腕，"你果然從夕身上學了不少的東西。"凝視着蚩尤陌生的目光，軒轅卻端起了一碗酒："不就是喝酒麼？我聽你的還不行麼？"

一碗酒下肚，兩人的眼神又碰在了一起。

看着軒轅挫敗的神情，尤其是在女魃面前，蚩尤便如勝利者一般狂笑起來。

軒轅不敢相信，眼前這人竟是蚩尤？是那個可以不問緣由便能押上性命來支持自己的蚩尤？是那個原本默契得不用說話也能相互配合如同一人的好友蚩尤？面對他熟悉的面容，軒轅竟然感到了無比的陌生，甚至這種陌生的感覺已使軒轅通紅的眼中噙滿了辛酸的淚水，傷心的他又灌下了一碗又一碗的苦酒……

酩酊之中，蚩尤也在軒轅的眼中隱約看到了甚麼，但在這"勝利"的狂笑中，他卻無法像從前那樣洞悉好友的心思了，就連彼此的默契也都淹沒在了狂笑中，曾經的一切都變得太遠太遠了，在"他"轉身為"夕"的記憶中，仿若隔世一般……

"你鬧夠了沒有？"

玄毛平緩卻極具威嚴的聲音似乎把這醉醺醺的黑夜都嚇了一跳。

蚩尤和軒轅，甚至所有人都驚望過去。

"大……大長老！"那個還在熟睡的受氣包居然不加思索地趴跪在了地上。

片刻的寂靜，又響起了蚩尤的笑聲，大概是要以此來掩飾他不經意間流露出的惶恐吧。

"狗娘養的！"蚩尤給了那傢伙一腳，"膽子還那麼小！"

捱了蚩尤一腳，受氣包便習慣性地清醒了不少，這才抬頭看去，說話的人並非玄毛，竟是女魃！

但所有人卻並沒有虛驚一場的感覺，相反，驚訝和不解已經濃重地掛在了大家的臉上。

的確！不僅是聲音，也不僅是如水一般寧靜的表情，人們發現，在那抖動的火光中，她們的眉眼口鼻竟然也出奇地相似。

雖然軒轅比別人知道的多一些，但女魃的身世卻讓他想起了更多的蹊蹺，可由此而生的不安，連同剛才的心酸已讓軒轅無心多想。

"要是你們不打算進行舞會，"女魃寧靜地看着蚩尤，"我回去休息了。"

"等一下！"蚩尤連忙叫住女魃，又是呵呵一笑，"舞會馬上開始。軒轅……"他又回頭吆喝着："有人等不及了，你這個大長老還不趕緊讓舞會開始？！"

瞬間，軒轅心中的酸楚已經被這聲吆喝牲口似的命令變成了憤怒，但軒轅喪失理智的底線卻是常人難以比擬的。至少在他沒有看到蚩尤徹底變成一隻夕以前，還會非常慎重地對待他們之間的友情。

軒轅咬咬牙，高聲喊道："我宣佈，現在舞會開始！"

話音落下，但部落卻並未像以往那樣立刻熱鬧起來。

"舞會！"蚩尤看看還未坐下的女魃，回頭對眾人叱罵道，"舞會！知道麼？起來！狗娘養的！現在是舞會，都他媽的給我跳舞！"

聽到蚩尤的叱罵，一貫警覺的小白和赤川連同那些幡隊武士便騰地一下蹦了起來；尚在爭搶打鬧的夕羣也懾於蚩尤的威嚴而靜了下來；但散漫的族人卻還在睡，就連一些保持清醒的人們也因蚩尤對軒轅的舉動而不知所措地愣着。原本就有些消沉的部落現在就更顯尷尬了。

似乎整個部落都在怠慢蚩尤的威嚴，以致醉醺醺的他臉色已由紅色變成了白色，而且還越發地扭曲起來。

"你們這幫人養的！"藉着酒勁兒，蚩尤瘋狂地叱罵着："讓這些人養的都給我起來跳舞！"慘白的臉上一雙吊立的眼睛還在隱約閃着藍光："不起來，就給我殺！"

這個"殺"字可真有效力，尤其對夕來說是一帖興奮劑！夕羣與人相處已日久生厭，況且吃飽喝足，還正愁沒有血腥來刺激它們好鬥的神經呢，現在大首領又這樣理解它們，發出這麼響亮的"必殺令"，還有哪隻夕不立刻"回應"？瞬間便爪起爪落，血花四濺，許多剛嚐美酒滋味仍酣睡夢中的人，酩酊間已暴斃夕爪之下……

"住手！"軒轅和女魃見狀驚愕不已，同時喊出來！

說話之間，又有數十個猶在醉鄉中的人慘死夕爪之下！清醒及半醉的人目睹這場血腥屠殺，早已嚇得魂飛魄散，四處奔逃……

"停手！"蚩尤終於下令了！看來這些夕真有紀律，只聽蚩尤號令，沒有一隻夕敢再動。這場大屠殺雖然只進行了幾句話時間，但由於夕爪鋒利，行動迅速，莫說很多人都是醉夢未醒，就算真對着幹，也死傷枕藉，如今傷亡人數少則以數百計！

軒轅和女魃氣得臉如寒鐵，但蚩尤卻不以為然，笑嘻嘻說："你們看，我調教的夕多聽話！"說話間蚩尤又板起臉來，厲色說："這就是命令！這就是紀律！我叫你們起來跳舞，你們不跳就是違反命令，從今以後，違反命令就要死！"

蚩尤說話時，幾隻夕一直猙獰地瞪視着眾人，好像隨時會撲向不服從命令的人。面對如此情境，軒轅一直盤算着應如何回應。

突然嗥鳴一聲，躬身站在蚩尤身邊的小白厲聲叱喝："大首領叫你們跳舞！"

眾人如夢初醒，機械地應道："是！"

鮮血中，同胞們的屍體還都帶着睡夢的恬靜，卻已經被夕啃得剩了半個身子，活着的人，又有哪個再敢違背蚩尤的命令？跳舞！不管怎樣，大家都跳了起來了！

看到部落的秩序"恢復正常"，蚩尤又得意地笑了："好！從今天開始，我們的部落將會是最強的部落！哈、哈哈……跳舞！大家都跳舞吧！"

軒轅看看女魃，她畢竟不是玄毛，臉上的惶恐已使她變回了黑堡中那個可憐的小女孩。

而軒轅自己也不知如何是好，屠殺轉瞬而過，腳踏着同胞的屍體，人們甚至還在鮮血中跳起了舞……現在要以此來指責蚩尤麼？那比開玩笑還顯得輕浮！誰都知道，沒有強制力的指責還不如一個屁！而所有的強制力中，或許只有蚩尤心中殘留的那點友情還可以發揮作用，但那恐怕早就變得如鴻毛一樣輕了……

"你不跳舞麼？"蚩尤仍舊醉醺醺的，似乎甚麼也沒發生似地對軒轅說，"和誰？女魃？"

心酸化作氣憤，而現在氣憤也幾乎變成了厭惡，但這一切卻只能歸為無奈，軒轅冷冷地回答道："你要我和誰跳舞？"

"哈哈哈……"蚩尤更加狂妄地笑着，"你果然是個聰明人，不過……"他的狂笑突然變成了狰狞："你用不着拿這種眼神看着我，這就是實力，在實力面前，你只有服從！"說完，又大笑起來："但我卻不會替你做決定，哈哈，這確實需要點時間，你好好想想，反正等舞會結束還有一段時間。"

此時，就連厭惡也變成了憎恨，但仍舊是無奈，軒轅便又灌下了一碗酒……

人們仍舊"盡情"地歌舞，尤其是看到那些恬靜的睡臉已在嗜血的巨夕威脅下變得扭曲，誰都不願有一絲的停息……

但巨夕們被鮮血所激起的狂躁卻並不會因那張恬靜的睡臉滑到肚裏而有絲毫的收斂，反倒使它們意猶未盡的嗜血變得更加癲狂。

就算是有蚩尤的禁令，但看着一堆堆鮮活的人肉，尤其是幾個肥嫩的小孩，遠處幾隻膽大的巨夕便圍了過去……

"滾一邊去！"一個女人護着她的小女兒，正在喝罵其中一隻巨夕，"別過來！快滾！"

"媽，你看好妹妹！"說着，一個十六七歲的少年拿着棍子擋在了巨夕面前。

巨夕低吼着伏下了身子，身體微微後坐，前爪則牢牢地扒住地面，吊立的眼睛緊緊鎖住了少年手中的木棍。面對夕的這一系列動作，那少年的雙手連同那根並不算粗的木棍不由顫抖了。

誰都知道，這個動作是夕類攻擊前的徵兆，但誰又知道，真正能要那少年命的卻是他手中的木棍。自從蚩尤當上大首領之後，他就明令過，夕不可以隨意吃人。當然，人也不可以隨便殺夕，而且對於兩者的處罰力度也都是極其嚴厲的。但又特別給夕加了一條：手持武器而且面向夕的男人除外。

蚩尤清楚得很，稍微有些狩獵經驗的人都可以從夕的動作中看出它是否要傷人，可要讓夕弄明白好人和壞人可就難了，還不如直接殺了它痛快。所以，上面的規定便顯而易見了，除了敵人就只可能是決鬥者。

然而，自古以來可能都是這樣，無論孩子有多大，多強壯，在危急時刻也總是媽媽用性命來保護的人。當巨夕撲向那個手足無措的少年時，他的媽媽擋在了前面。

看着媽媽背後深深的抓痕，憤怒將少年那雄性戰鬥的本能激發了出來。他狠狠地盯着巨夕的眼睛，手中木棒也不再顫抖了，甚至咬緊的牙根裏還擠出了一聲稚嫩的咆哮。

雖然聲音稚嫩得十步以外就聽不到了，但巨夕竟然縮起脖子吱吱地屈服了。

我這樣厲害？少年不敢相信地看着那巨夕。

"還不趕緊把媽媽扶回帳篷裏？"

少年回過頭，原來身後竟然站着一個人。全部落沒有人不認識這張臉，那便是老得連骨頭都要酥了的倉頡，但卻從來沒有人見過今天這樣高大魁梧的倉頡。幾乎兩人來高，如牛一樣寬厚的肩膀上撐着件肥大過膝的斗篷，就算應龍活着，在他面前也只能算是"瘦小枯乾"了。只是他手中的武器實在單薄，不過是根細長的竹棍。

但這龐大魁梧的身體卻足以把那些最崇尚實力的夕嚇得吱吱亂叫了。

"真有你的！"卻聽倉頡的斗篷裏傳出了歧伯的聲音，"過會兒我也想到上面威風威風。"

"少廢話！"倉頡用竹棍給了"自己"的腿一下，"看好路！"

"你敢打我！"歧伯憤憤着，卻還是老老實實地走着。

倉頡又用竹棍驅趕着那些已經屈服了的夕，歧伯卻深深地歎了口氣："這些笨夕好騙，但蚩尤那小子可不好惹！"

"唉！"倉頡也跟着歎口氣，"不要緊，蚩尤和軒轅是我們看着長大的，我相信他們都是好孩子。"

"是呀，但……"歧伯把聲音壓低了一些，"但跟夕待了那麼長時間，我怕蚩尤他……"

"怕甚麼？"倉頡看着遠處的蚩尤和軒轅，"別人不知道，我們還不了解他倆麼？或許跟那喝的有關，酒，可會亂性啊！唉！先熬過今晚的舞會，等他倆清醒了，咱們得跟這兩個孩子說說。"

"可是今晚……"

"你看好路……"

"少廢話……"

話沒說完，歧伯腳下一滑，竟是一個跟蹌……

雖然遠處一陣輕微的騷亂，甚至還有一個大個子走來走去的，但醉醺醺的蚩尤只當是毛象跑到那邊跟族人樂呵去了。

"我看舞會也差不多了，"蚩尤看看軒轅，"你現在想好要和誰跳舞了麼？"

微風中，軒轅卻還在凝神思索着，然而絕不是在想與誰跳舞的問題。他知道，蚩尤的確變了，但他仍舊堅信蚩尤不可能變成一隻只看重實力的夕。究竟應該怎樣做呢？他不知道，只覺得那叫作酒的東西已經讓他的思維越發混亂，甚至還頂上了一陣陣無法抑制的憤怒。

"還沒有想好麼？"蚩尤來到軒轅面前，腳下就像踩了棉花一樣，"那我給你提個醒好不好？"

"哼哼……"軒轅冷冷一笑，也搖搖晃晃地站了起來，"好哇，你看我該跟誰跳舞？"

"沒問題！"蚩尤看着淚痕未盡，正在火旁發呆的嫘祖，"這丫頭怎樣？"

"這又是在交換麼？"軒轅搖搖晃晃地問。

"狗屁！"蚩尤一把推倒軒轅，卻連他自己也險些坐在地上，"我說過，全天下都是我的，我還需要和誰交換麼？"

"那總得有個說法吧。"軒轅歪歪斜斜地爬了起來。

"哼哼，補償，對！補償怎樣？天下都是我的，但只要不是女魃，我就都可以送給你，"蚩尤又端起一碗酒，不過到嘴邊時已經灑了將近半碗，"我只求你別跟我搶，因為我不想殺你！你答應我，那麼大長老是你的，我妹妹也是你的，全天下都是你的！"

雖然是酩酊大醉，但兩人卻仍舊保留着一絲清醒，那就是解不開的心結"女魃"，甚至在這個問題上，就算再喝上千杯烈酒，兩人只會愈激烈、愈清晰……雖然身體還有些晃，但兩人的眼神卻死死地頂在一起。

"我再問你一句，"蚩尤狠狠地說，夕的眼神又閃現了出來，"你和誰跳舞？"

"你聽好！"軒轅竭力讓自己的舌頭把聲音攪拌清晰，"那 —— 就 —— 是 —— "

"等一下！"一個沉悶已久的聲音迸發了出來，"我來替你選！"

滿臉酒容的潮紇蹣跚着走了過來，她死死盯着蚩尤，卻在和軒轅說話："軒轅，我求你一件事。告訴他，你要我！"

“你……”蚩尤一驚，“你真的……”

“怎麼樣？”潮紈輕蔑地瞥了蚩尤一眼，“心疼麼？你不會的！你不是說，全天下除了女魃，你甚麼都可以給軒轅麼？我當然也可以給軒轅了！”說着竟然趴在了軒轅的懷裏，甚至還在解着軒轅的衣服。

蚩尤同樣死死盯着潮紈，眼睛似都要噴出火來。

“哈哈哈哈哈……”忽然，一陣長長的笑聲幾乎震徹了長空，蚩尤竟然沒了一絲的怒氣，“好！你願意跟軒轅，我就把你送給他，你可要幫他多生幾個像他那樣聰明的寶寶呀！”隨即，他犀利的目光又轉向了軒轅：“這下可以了麼？大長老、嫘祖，還有潮紈也是你的了，我給你的補償不少了吧！”

“混蛋！”軒轅推開潮紈，怒罵着蚩尤，“你這個混蛋，其實你只不過是個膽小鬼，你從來沒有贏過我，而你逃走的前一天晚上，更是徹底地輸了，但你到現在也不敢承認，我比你強！”

蚩尤愣愣地看着軒轅，似乎有一把小刀深深地插進了他的心窩。

“你自己明白，”軒轅接着說，“你給我的補償我同樣不需要！我也只愛女魃一個人，所以你只有得到女魃才算徹底贏了我，才能比我強。可是你明知道你仍舊贏不了！你害怕再輸給我，所以你要用大長老，用嫘祖，甚至可以用她……”軒轅指着潮紈，悲痛地說：“你知道，這個女人有多愛你麼？你知道她為甚麼一心要我幫她做大長老麼？她只為了能早點完成你的遺願，然後到太陽的家裏去找你。蚩尤！你這個混蛋！自私的東西！”

“住嘴！”潮紈喝住軒轅，“我不許你這樣說他！”

潮紈慢慢轉過頭，既是無奈又是情深，悠悠地對蚩尤說：“我不會讓你因為我而感到一絲的為難……你儘管去做你想做的事情，去愛你想愛的人。我……”強忍的眼淚終於潸然流下。她看着蚩尤，一幕幕往事已然消融在淚水中，愛與恨之間，她選擇了愛，這代價包含了刻骨的痛！

潮紈痛苦地繼續她沒完的說話：“為了你……我寧可永遠消失！”說着，轉身離開了。

全世界似乎都靜了下來，蚩尤愣住了，整個黑夜都愣住了。看着潮紈漸漸融入黑夜的背影，蚩尤甚至不知道該不該去追。

“其實你們根本不用吵，”女魃也站了起來，莊嚴地說，“我也不會讓你們為難。因為，我不可能和你們任何人在一起，而且……"她看着軒轅，鄭重地問："你忘了麼？你答應過我，遵守大長老的規矩，不和任何女人在一起，也不許哭！"

"這究竟是……"軒轅問到一半卻還是停住了，只是默默地垂下了頭。

沉默中的蚩尤終於进出一陣狂笑："狗屁！"說着，已經大步朝女魃走去，狠狠地說："誰定的規矩，我殺了他！"

"上天定的規矩！"女魃寧靜中又同玄毛一樣帶着無比的威嚴。

蚩尤竟然也頓住了腳步。但僅僅片刻，便又邁步來到了女魃面前，並將她按倒在地。

女魃一動不動，但蚩尤卻被人拽了起來，隨即還被一拳掀翻在地。

沉醉的空氣中，所有人都驚呆了，直愣愣的眼神落在腳步蹣跚的軒轅身上，他竟然敢打大首領，誰也不知下一次眨眼後將會看到甚麼。

隨着小白"吱——"的一聲長鳴，幾隻巨夕便撲了上去。

早被苦酒泡軟了身體的軒轅，只覺天旋地轉，自己像是在飛，腳下空空的也不知是不是還踩在地上，好像已經站起來了，卻覺得自己的臉又貼到了黃土，肩膀一疼還流出了血，接着又被甚麼撞飛了起來，再次趴到地上時，又像是被甚麼拖着跑了幾步……片刻間，軒轅渾身上下也不知烙上了多少抓痕。

"狗娘養的！"

蹭來蹭去的巨夕中，軒轅還看到了一個魁梧的身影……伴隨着罵聲，還有血在飛，濺在軒轅的臉上身上，甚至夕的屍體也倒在了他的面前……

終於站起來了，軒轅暈暈乎乎地看到那人正是赤川。

"赤川！"小白喝道，"你要幹甚麼？"

"你沒看到麼？混蛋！"雖然小白仍是首領之一，但赤川也只是在稱呼上低了一些而已。

"他在打大首領！"小白吊着夕眼呵斥着赤川。

"但你的夕卻要殺我們白幡隊的頭領。"赤川絲毫沒有讓步，甚至幾個白幡隊的武士也衝了上來，就連毛象也站了起來。

"赤川！"那個女頭領也帶人擋了上來，"打架這麼好玩的事，怎麼不叫上我？"

呼啦啦，好幾個幡隊的武士也都擁了上來。

"好！"白夕狠狠地說，"看來人夕之間這筆帳早晚要算！"說着，小白蹭着爪子將幾百隻巨夕集結在了身邊。

"狗娘養的！"又是一道罵聲響起，但卻是所有人都能感到威嚴的罵聲，蚩尤晃晃悠悠地站了起來，"都給我滾！"說着，他又踉踉蹌蹌地走了過來："軒轅！你不是說我贏不了你麼？來，咱們今天就做個了結！"

"好！"軒轅也踉蹌幾步走到蚩尤面前，"反正差你一個，我就是大首領了！"

說着蚩尤已經抄起了大劍，而軒轅也從赤川手中搶過了斧子。

兩個醉鬼擺開了拼命的架勢……

"來人哪——"遠處傳來一個聲音，隨即又是一陣騷亂。

"軒轅，快來呀，倉頡要死了！"

這分明是老歧伯的聲音。

若是別人，在這種時候蚩尤和軒轅或許還要猶豫一下，但居然是倉頡出事了，兩人的腦袋懵了一下，便調頭奔了過去。

不僅是他倆，女魃、嫘祖等人也慌了神，也趕了過來。

倉頡渾身是血，一條胳膊已經被夕撕扯下來，上面還攥着一根細長的竹棍。

"呵呵，"見到蚩尤和軒轅一起跑來，倉頡竟然笑了，"我猜你倆就都會過來，不過……"他又笑着看看旁邊的歧伯："我卻忘了這老東西的骨頭也快不中用了。"

旁邊的歧伯使勁捶着自己的禿腦袋，自責地說："我也太小看了腳下的果子，斗膽把我摔了一跤。"

"快拿藥箱來！"軒轅按住老倉頡的傷口，但鮮血還是不住地噴出來。

"算了吧！"倉頡仍舊笑着說。"我這老骨頭禁不起折騰了，聽我說，"倉頡擦掉軒轅額頭的汗，又抹去了蚩尤臉上的泥，"你們都長大了，也都有出息了，但我知道，越是要好的朋友就越是妒忌對方。"說着，他又看看歧伯："我和這老東西不就爭了一輩子麼？但在緊要關頭，我們打折了骨頭卻還連着筋。"倉頡倒抽了口氣，抖着的手緊握着也微抖着的軒轅和蚩尤的雙手，聲音也衰弱了許多："你們兩個都很了不起，但要分出勝負卻不該以性命相搏……"

虛弱的倉頡已經連說話的力氣都快沒了，但軒轅和蚩尤所能做的，也只有像小時候那樣待在一旁，耐心地聽他說完最後一句。倉頡用近乎渙散的眼光微微掃了一眼歧伯，便恍惚地停在了自己的皮襖上。

一生的友誼，無須言語注解，歧伯早已心領神會，他麻利地從倉頡懷中摸出了兩塊獸皮，並迅速遞給軒轅和蚩尤。

"你們一定認識這個符號……"倉頡微弱的聲音幾乎聽不到了，斷斷續續，"能讓族人永遠得到這個……才是真正的強者……才有資格得到心中的最愛……"

在欣慰的笑容中，倉頡的眼神凝固了，但相信明天太陽升起的時候，它還會放出光芒，那是在太陽的家裏看着軒轅和蚩尤……

太陽剛剛爬到頭頂，長老大帳周圍已被人和夕圍得水泄不通，大家都默然無語，乾瞪着眼呆呆地看着一個高高架起的柴堆，老倉頡的屍體靜靜地躺在上面。

蚩尤滿眼淚水，將一束火把扔到了柴堆上，片刻，大火衝天而起。除了蚩尤癲狂的怒罵，所有人都沉浸在了悲傷之中。在這寂靜的悲傷中，平日誇誇而言的老歧伯默然倒坐在地上，只見他嘴唇無言地顫抖，一生的伴，只有到了太陽的家裏，才能繼續快樂地爭吵……

濃濃的黑煙佈滿了天空，卻久久沒有散開，仿佛是老人的靈魂還在期待着甚麼。

軒轅的眼睛早已模糊，根本聽不到蚩尤究竟在罵些甚麼，心中只有倉頡留下的那刻在兩塊獸皮上的符號——"左邊是個人，右邊則是一張嘴和一塊田……這就是幸福的根源？如果永遠也不用再為食物擔憂，那就別無所求了？"

老倉頡將這個"福"字分別交給了軒轅和蚩尤，是不是說誰為族人找到安穩的口糧，誰便能給族人帶來真正的幸福？這是否就是樂土？

恍惚中，軒轅已經攥着這個"福"字，不知不覺地朝遠處的一間小帳篷走去……

這是一間很久都沒人住過的舊帳篷，昨天才剛剛有了新的主人。

帳篷裏的擺設極其簡單，唯有一張寬大的坐墊上鋪着些許獸皮，看起來還算是舒服，但坐在上面的人卻似乎並不願意享受它的舒適，腰桿挺得筆直，左臂自然放在扶手上，右臂微微彎曲，手中好似端莊地握着甚麼東西，但卻空空的甚麼也沒有，湖水般的臉上仍舊是寧靜中帶着無比的威嚴。那便是玄毛，她似乎正在和另外一個女人談着事情。

"軒轅？你怎麼來了？"

"女魃？你也在。"

小帳篷裏，軒轅和女魃不期而遇，剛剛掛上一絲驚喜的表情卻連一句話都沒說完，就像商量好似的變成了沉默。

"是為倉頡的遺願而來吧？"玄毛平靜地問。

軒轅點點頭，沒有說話。

"你想贏蚩尤麼？"玄毛繼續問。

軒轅停了一下，卻沒有做任何表示。

"難道你不愛女魃了？"

軒轅立刻搖搖頭。

玄毛這才點點頭："那麼你想好怎樣完成倉頡的遺願了？"

軒轅又無奈地搖搖頭。

"但蚩尤好像可以實現他的遺願！"玄毛提醒說。

軒轅仍舊停了一下："要真是那樣，我就用不着來了……"

"這麼說，"玄毛也停了一下，"你是真的要為族人尋找幸福，而不是為了贏得女魃？"

"我可以為她做任何事情，"軒轅深情地看着女魃，"但我不可以用任何事情作為條件，換取她的感情！"

"軒轅，"女魃的臉上再次綻放出了笑容，她看看玄毛，只見玄毛微微點點頭，女魃便迫不及待地對軒轅說，"其實，我們也正在商量這件事，而且還有一個不錯的主意。"

"太棒了！甚麼好主意？"軒轅忍不住拉住女魃的手，女魃竟不退避了，這是自承諾做大長老以來與軒轅的第一次再接觸，看來玄毛和女魃真願意作出重大的改變！

"去找樂土！"女魃信心十足地說。

"樂土？"軒轅卻是一愣，甚至還半信半疑地看看玄毛，"去找樂土？你不是……"

"的確，"玄毛接過話說，"以前我不主張尋找樂土，因為我不可能為了一個渺茫的希望而逼族人放棄眼前的生活。"

"那麼……"軒轅試探着問,"你現在相信有樂土?"

"自從我當了大長老以後,"玄毛堅定地說,"從來就沒有懷疑過樂土!"

軒轅更是一愣。

"媽媽說得沒錯,"女魃補充着說,"每一個當了大長老的女人都不會懷疑樂土的存在!"

"為甚麼?"軒轅不解地問。

"這個……"女魃默默地垂下了頭,卻沒有再說甚麼。

"好,我不問,"軒轅將女魃的手放在自己的胸前,"但我相信你!"

"太好了!"女魃欣喜地抬起頭,卻又立刻掛上了愁容,"怎麼能讓別人也相信我們呢?"

"這倒不是問題,"玄毛看着軒轅"我們可以用大長老的名義。"

"對!"軒轅接着說,"而且,舞會上活下來的人還有幾個敢和夕一起生活?"

"但是,蚩尤他……"女魃仍舊一籌莫展,"會讓大家走麼?"

軒轅和玄毛也不再說話了。

忽然,帳簾一掀,竟見蚩尤滿面欣喜地衝了進來。

"原來你倆都在這兒,"蚩尤似乎沒有看到玄毛似的,對軒轅和女魃說,"快跟我來,小白已經查出是哪些混蛋幹的了。"

"殺了那幾隻夕又有甚麼用呢?"女魃無奈地搖搖頭,"那樣能實現倉頡的遺願麼?"

"這還不好說,"蚩尤滿不在乎地說,"咱們有這麼多的夕還怕沒有糧食?"

"還要去搶麼?"軒轅語重心長地說,"自從你做了大首領,你知道有多少部落都變成了廢墟麼?再搶下去就只能剩下咱們自己了。"

"那你說怎麼辦?"蚩尤把臉一沉,"還要族人臉朝黃土背朝天地幹活兒?遇到洪水怎麼辦?遇到旱災怎麼辦?我拿甚麼來保證每人一口田?"

"所以,我打算去找樂土。"軒轅藉機說出了剛才的想法。

"樂土?真有你的!"蚩尤不屑地笑着,"我找了那麼久都沒找到,你到哪裏去找?傳說中?"

"相信我,"軒轅說,"我已經找到了樂土的線索,只要你離開夕,我們一起去找樂土。"

“虧你想得出來！我有今天，全是因為有了它們！”蚩尤的眼睛忽然吊立起來，看起來真像一隻夕。

“但是它們會害了你，”軒轅還在勸解蚩尤，“也會害了咱們整個部落！”

“胡說！”蚩尤大喝一聲，卻又忍住性子緩和下來，“不可能，夕都聽我的，怎麼可能害我？！”

“你以為你真的能控制夕？！”軒轅也有點激動，卻也忍住了性子，“有食物的時候我們或許可以相安無事，但是，沒了吃的……”軒轅忍了忍，沒有說出更重的話。

“沒吃的也得聽我的！”蚩尤已經沉不住氣了，“小白是我的兄弟，它們都是我的兄弟，誰要趕它走……誰便……”蚩尤喘着粗氣，瞪着軒轅，也忍住了後面的話。

“知道麼？”軒轅也只好把一直憋在心裏的話說了出來，“夕永遠也變不成人！”

“不可能！”蚩尤厲聲反駁說，“我們會說話，小白也會說話；我們可以站着走路，它也可以；我們會哭會笑，它現在也都學會了。它還學會了分享，甚至還可以謙讓，難道這還不是人麼？”

“我承認，”軒轅點點頭，“小白確實學會了許多。”

“那你為甚麼不能接受它？”

“不是我不願接受，”軒轅無奈地看着蚩尤，“而是夕和人根本就不能生活在一起，即便它們很聰明，幾乎學會了我們的一切，但，有一樣東西它們永遠也學不會，而那早晚會害了你。”

蚩尤愣住了，但他好像還要極力迴避着甚麼。

“蚩尤，”軒轅緩緩將手搭在了蚩尤的肩上，“不要騙自己了，你應該清礎，夕根本學不會人的感情。”軒轅稍稍停了一下：“或許小白已經懂得了分享，甚至還可以謙讓，但那是因為它想要做人，而真正的感情是我們與生俱來的，根本不是出於甚麼目的，只是我們想要這樣做。”

蚩尤緊咬着牙，還在微微地發抖。

“我又何嘗不希望小白真的和我們一樣呢？但老倉頡……”軒轅哽咽了一下，繼續說，“蚩尤，相信我，夕的生命裏只有兩點，一個是‘實力’，另一個就是‘食物'。它們怕你，是因為你比它們厲害。它們敬你，是因為你給了它們食物。"

"那又有甚麼錯？"蚩尤猛然抬起頭，"難道人就不是這樣麼？"

"但我們人卻還有最後的底線，"軒轅看着蚩尤吊立的眼睛，絲毫沒有避讓的意思，"如果你失去了實力也沒有了食物，夕決不會像我們一樣，為了心中的情義，而繼續愛你！"

蚩尤內心掙扎，抖得更加厲害。軒轅繼續說："我知道，那也不是它們的錯，但夕和人是不能生活在一起的，相信我，即便……即便小白也是同樣！"

"胡說，"蚩尤的聲音似乎是從牙縫裏擠出來的一般，"絕對是胡說！沒有食物它也一樣要聽我的！哼！"蚩尤的目光突然落在了玄毛身上："一定是這個老女人，我知道，從小她就討厭我，現在見我當了首領，她心中不痛快，就來挑撥咱們。哼！讓我先殺了她！"

"除了殺戮，你還會甚麼！"軒轅上前一步擋住蚩尤，"再這樣下去，你真的要變成夕了！"

兩個好朋友對視的眼神又一次夾入了怨恨，但清醒的頭腦，連同自小以來的友情卻還是讓他們彼此克制住了衝動。

片刻，蚩尤緩緩退了半步，狠狠地說："這次我不和你爭，但我決不允許有人第二次擋住我的路，包括你軒轅在內！否則……"說着，他的語氣突然沉了下來："如果你真的願意離開部落，我不攔你！你走！"

第四十九章　離別

　　早春的陽光和煦地灑向部落的每一寸土地，而這土地上的人們卻已經分成了兩個陣營，願意留下來跟隨蚩尤的聚集在部落裏，而願意與軒轅離開部落去尋找樂土的人都已經集結在了部落的外面。

　　軒轅站在部落大帳前的空場上，他面前就是蚩尤。平靜下來的兩個人，相互一笑。

　　蚩尤："真沒想到除了你，還會有人相信樂土！"

　　軒轅："我也沒想到除了你，還有人願意留下來和夕一起生活。"

　　兩人只能無奈地一笑。

　　蚩尤："找不到樂土，卻要留着命回來，首領的決鬥還可以繼續，只要你別再嫌棄這些夕！"

　　軒轅："如果我找到樂土，隨時歡迎你去，只要你別帶着這些夕！"

　　兩人仍舊是無奈地一笑，似乎還要說些甚麼，但終於甚麼也沒說。軒轅轉身朝部落外面走去，步子有些遲疑，卻絲毫沒有停下來的意思。

　　"軒轅！"蚩尤忽然喊道。

　　軒轅立刻停下腳步，猛回過頭，已是滿面驚喜："決定了？一起走？！"

　　蚩尤卻還是那無奈地笑容："帶那麼點糧食怎麼夠？"

　　"足夠了，"軒轅搖搖頭，似乎有些失望，"否則這麼多張口，你怎麼保證都有一塊田。"

　　蚩尤沒有再和軒轅爭論甚麼，只是揚了揚手。後面的赤川便率人推出幾車糧食。"走，"赤川招呼着大家，"幫他們推出去。"

　　軒轅也沒有再推辭，與蚩尤對視片刻，便走出了部落。

　　赤川命人將糧食交給了外面的人，又來到軒轅跟前："二首領放心，如果真是那樣，我自然會按你的吩咐去做！"

　　"大家都是朋友，何必這麼嚴肅，"軒轅笑了笑，"總之，蚩尤的安危就靠你們了。"

……

　　蚩尤一個人爬上了"責罰地"，坐在那塊巨石邊，遠遠地目送着軒轅一行消失在林子的深處。

　　他拿起酒葫蘆，灌下幾大口酒，隨即一個酒嗝頂了上來，不禁一陣暈眩。雙腳懸空的感覺真好，蚩尤好像又有了那種飛翔的衝動，不過他早已不是當初脆弱的蚩尤了。飛翔的衝動一閃即逝，隨即，眼前便浮現出女魃歡快的笑容，尤其是她大醉之後，微微紅潤的臉上那雙撩弄人心的醉眼……

　　蚩尤的心開始矛盾起來，他不知道是不是應該趁着好友軒轅離開的絕好機會，去向女魃說些甚麼。蚩尤徘徊在巨石上，一種莫名的惶恐襲上心頭。為甚麼自己到現在也不敢去見她？怕甚麼？是我實現了老倉頡的遺願，我才是最強的，女魃不可能選擇軒轅，我要親口告訴她，我做的一切都是為甚麼。

　　蚩尤一路狂奔，直衝下山來，但心中的惶恐卻愈演愈烈。

　　眼前便是女魃的帳篷，蚩尤卻停住了腳步，但一瞬間，又飛快地邁開了步子。

　　"女魃，"蚩尤撩開帳簾，"我想告訴你……"

　　然而，他的眼前根本沒有聆聽者。

　　帳篷裏，一如既往的簡樸而整潔，只是曾經鋪在床上的獸皮早已不知了去向，就連那隻鸚鵡也不見了，只留下一個空蕩蕩的架子和幾泡白色的鳥糞。

　　儘管他還不敢立刻面對這個現實，但卻早已狂躁起來。

　　"女魃！看到女魃了麼？"蚩尤揪過一個路過的人便喊，那人嚇得連連搖頭。

　　蚩尤一把將他推開。"看到女魃了麼？"又抓過一個女人。

　　那女人嚇得話也說不出來，頭卻像撥浪鼓一樣搖着，隨後便被蚩尤推倒在地。

　　蚩尤又搶過一個人來問，那人同樣戰戰兢兢，不過他卻真的知道女魃的去向。

　　"好像……好像和軒轅一起去找樂土了。"

　　其實，蚩尤已經料到了這個事實，只是不明白，自己已經做到了這個地步，女魃為甚麼還是和軒轅一起走了？

　　原本癲狂的蚩尤便如一個泄了氣的皮球，癱坐在地上。只嚇得旁人遠遠離開了這裏。

　　愣了良久，蚩尤突然一躍而起……

|第五十章　選擇

　　軒轅這邊，人們走走停停，天曉得樂土在哪裏？但回頭看看部落，不久前的舞會大屠殺仿佛還在眼前，便無聲地歎口氣，繼續朝前走。

　　玄毛端坐在牛背上，仍舊是往常那一臉的寧靜。

　　軒轅在她身後默默地和眾人一同步行。

　　嫘祖則在軒轅旁邊和女魃說笑。

　　“我哥就是那樣一個脾氣，”嫘祖說，“讓他吃點苦頭就明白了，等我們找到樂土，再回來接他。”

　　女魃歎了口氣：“但願這個苦頭不要吃得太大。”說完又來問旁邊一直沉默不語的軒轅：“我們真的就這樣走了，蚩尤他……真的不會有事？”

　　“至少現在還不會有事，”軒轅抬頭看着前面的路，“只要有年在，而且現在的小白……”隨即，他歎了口氣：“就算是發生了意外，還有赤川，我已經跟他交待，他答應會照顧蚩尤。”

　　“這樣就好。”女魃無奈地低着頭。

　　“我哥才沒那麼好惹呢！”嫘祖一臉天真地說，“咱們就放心去找樂土吧。”

　　軒轅和女魃卻是苦苦一笑……

　　“咚，咚，咚……”忽然身後傳來了一個令人不安的聲音，幾乎所有人都回頭看去。

　　只見部落方向沙土飛揚，滿天塵埃中一個白色的大怪物正朝這邊飛奔而來。

　　蚩尤翻躍下年的背，死死地盯着軒轅身邊的女魃：“誰都可以走，只有你要留下，否則誰也別想走！”

　　“誰留誰走，全憑自願，”面對蠻橫的蚩尤，軒轅也是來氣，“難道你還要強搶麼？”

　　“強搶又怎樣？我早就說過，全天下的東西，我甚麼都可以讓給你軒轅，唯獨女魃我絕不會放棄！”

　　“笑話，我軒轅又幾時和你搶過甚麼，只要你喜歡，我也可以全讓給你，但女魃卻不是我們的玩物，她有自己的選擇。」

「哼！我不管那些，反正她要留下！」說着，一把揪住女魃的手。

女魃一愣，只覺自己的手被拽得生疼，不由地「啊！」了一聲。

軒轅上前一把推開蚩尤：「你真的變了，沒有喝酒你居然同樣蠻橫！」

見有人要和蚩尤動手，年便「哞——」的一聲，夕羣隨即一陣騷動，小白則帶着幾隻巨夕頂到了軒轅面前。

「不關你的事，」蚩尤將手一抬，「下去！」

小白這才退了兩步，而身邊的幾隻巨夕卻呲着牙，依舊猙獰地瞪着軒轅。

「沒想到我們的決鬥這樣快就要繼續了，」蚩尤攥攥拳頭，扭扭脖子，狠狠地說，「今天咱們就做個了斷吧！」

「決鬥可以，」軒轅看看女魃，「但不能為了她，我們沒理由替她作決定。」

「這不是替她作決定，」蚩尤已經拔出了劍，「而是幫她作決定，無論怎樣，只有活着的人才有被選擇的資格。」

「好！」軒轅也早就氣得熱血沸騰，「那就做個了斷吧！也省得她在咱們兩人之間為難！」說着也拔劍在手。

「別……」女魃、嫘祖幾乎同時喊道。

但軒轅和蚩尤已不約而同地衝向對方。

親如兄弟、同生共死的好友，這一刻居然不死不休地搏鬥起來，不禁令人惋惜，但更多的似乎還是無奈。玄毛搖搖頭，把眼神移往那遙遙無期的樂土方向……

蚩尤一劍掃來，直奔軒轅腰腹。

軒轅以劍擋開，反手劈向蚩尤頭顱。

蚩尤回劍招架，卻覺小腹已經被軒轅踹了一腳，但他腳下一沉，絲毫沒有後退，倒是一劍砍向了軒轅的肩膀。

軒轅隨即閃身，肩頭便留下了一道深深的血痕。

卻在蚩尤一劍砍過，未及回劍之時，軒轅也已經將劍尖刺到了蚩尤的面門。

同樣是一道深深的血痕，留在了蚩尤臉上……

兩人完全是用性命和實力硬碰硬地相搏，絕沒有絲毫的計策可言，因為他們都太了解對方了。

片刻，兩人身上又多了幾道傷痕，但隨着兩件兵器相碰的一聲巨響，蚩尤和軒轅都被彼此的力量震退了幾步，而眼中倔強的目光卻絲毫沒有衰減。

　　就在這時，忽聽旁邊一陣狂笑，聲音卻是那樣的清脆，竟還隱隱帶着些許的鄙視。

　　軒轅和蚩尤同時看向女魃，不敢相信這樣的笑聲是出自她的口中。

　　女魃狂笑之後，又"哼哼"兩聲冷笑。

　　"又何必煩勞你們兩個男人來幫我作選擇，我心中自然早有定奪。"說着，她輕蔑地瞥了軒轅一眼，"你有甚麼資格和蚩尤爭鬥，他有千軍萬馬，你又有甚麼？只要他一聲令下，恐怕你早就屍骨無存了！人家不忍心殺你，你卻還厚着臉皮和人家決鬥？"

　　這話猶如炸雷一般在軒轅的腦袋裏迸裂開來，就連那窩嗡嗡作響的蜜蜂也被震出了腦殼。

　　軒轅呆呆地愣着，也不知甚麼時候，手中的劍掉在了地上。

　　"蚩尤可以給我天下的一切；你軒轅又能給我甚麼？蚩尤離開部落，九死一生，卻只是為了有朝一日能讓我站在萬人之上；而你卻為我做了甚麼？你連大長老也不敢去做！甚至讓我痛痛快快哭一回你都做不到！哼哼！你這樣的男人誰會喜歡？"說着，她來到了蚩尤跟前："幹嘛還愣着？難道你改變主意了？不想讓我和你一起回部落了？"

　　此時的蚩尤卻也似軒轅那樣木然地看着女魃，不過，僅僅是片刻，便扔下大劍，一把將女魃抱起。當他懷抱女魃，站在年背上，居高臨下地看着一動不動的軒轅時，心中也不禁泛起一絲異樣的感覺，但還沒等他覺出那是種如何的異樣，便淹沒在了狂喜之中……

　　軒轅腦海中一片空白，直直地看着地面，就連女魃在蚩尤懷中的最後一絲表情也沒有看到……

　　夜已經深了，遷徙的人們都在峽谷邊睡了下來，而軒轅卻坐在一塊大石頭上發呆，雖然眼前只有一片黑黑的林子，他卻仿佛看到了林子那邊——部落裏生起了一片片的篝火，篝火旁則是蚩尤和女魃歡快的笑臉……

　　嫘祖靜悄悄地坐在軒轅身後，默默看着他的背影，面前的火光將她手中的彩蛋映得更加光彩流溢。

　　嫘祖緩緩低下了頭，看着手中一道道的奇光異彩，眼睛卻漸漸模糊了。而女魃臨走時，那一絲難以察覺的表情卻浮現在了她眼前：就在蚩尤揮動韁繩的一瞬間，女魃原本傲慢輕蔑的眼神已經變得無比寧靜，俊美的臉龐又變成一泓永遠無法洞悉的湖水，冷冷的，淡淡的，沒有一絲笑容，也絕難再看出一絲的不悅。

　　嫘祖知道，那是因為心中失去了一件最寶貴的東西，以致一切都已變成了蒼白的顏色……

　　嫘祖滿頭的小辮子垂在臉旁，仿佛將她與周圍的一切隔絕了起來，而就在這些小辮子為她營造的那片空間裏，幽幽地說：“我終於知道了，這個彩蛋原本就是你的，我也知道你為甚麼要回去了。你放心！我會幫你照顧好它，也同樣會幫你照顧好軒轅。”嫘祖緩緩抬起了頭，就在她離開那個空間的剎那，臉上的稚氣早已沒了蹤影：“直到你回來，全都還給你。”一行淚水淌落了下來。

　　寧靜的夜，沒有一絲的聲響，那行淚水也無聲無息地落在了彩蛋上，又迅速滲到了蛋殼中。

　　為了所有族人，更是為了她心愛的人，嫘祖細心地將彩蛋包好，或許母愛是女人與生俱來的一種感情吧，她就像呵護自己的孩子一樣，用自己的體溫和全部的愛心呵護着彩蛋。

　　“快快長大吧，”嫘祖抬頭仰望着圓圓的月亮，“只求有朝一日，裏面飛出一隻火紅的鳳來。”

第五十一章 事端

月亮圓了又彎，彎了又圓，但大峽谷卻仍舊看不到盡頭。

這天夜裏，疲勞的族人已經睡了，只有軒轅依舊坐在大峽谷旁邊，凝視着部落的方向⋯⋯而火堆邊，嫘祖也依舊抱着她的彩蛋自言自語。

"知道麼？"嫘祖滿臉愁容地看着懷裏的小生命，"今天那胖子又在抱怨了，許多人也都跟着他埋怨軒轅。"她抬頭看看遠處的軒轅："他還沒扛過這麼重的擔子。唉！要是女魃姐姐在就好了，她一定能讓軒轅堅強起來。"

"嫘祖丫頭，"一個低低的聲音叫道，"還沒睡麼？"

嫘祖連忙回頭，原來是那個紅髮女人。

"是紅髮姐姐，"嫘祖笑了笑，"你也沒睡麼？"

"睡不着，"紅髮湊到嫘祖身邊，掏出一個白皮口袋，裏面竟是滿滿一包黍子，"我也只能省出這些了，給軒轅煮煮吧。"

"這可使不得，"嫘祖連忙推辭，"你不吃，你肚裏的孩子也要吃，你還帶着身子呢！"

"咳！收下吧，軒轅要是垮了，我們還能指望誰？"

"這⋯⋯"

"收下吧，"紅髮疼愛地摸着自己微微隆起的肚子，"沒有軒轅，哪來的他？"

嫘祖一愣。

"不不，"紅髮連忙解釋，"我是說，要不是軒轅醫好了我的病，我怎麼能和胖子懷了他？"

嫘祖這才微微一笑，也輕輕摸着紅髮的肚子，調皮地問："真是胖子的？"

紅髮微微點點頭。

"那你就真的不再找別的阿注了？"嫘祖還在刨根問底。

"咳！人都快老了，現在有了這小東西，知足了。"紅髮淡淡一笑，"除了有點瘸，還有點兒絮叨，胖子這人也不錯。"她又看看嫘祖："回頭跟軒轅說說，別跟我們胖子一般見識，他那張臭嘴，早晚我給他縫上。"

嫘祖"咯咯"地笑了,卻又低下頭撥弄起了炭灰:"你自己說吧,我跟軒轅也沒甚麼。"嫘祖又把臉藏進了小辮子裏。

"唉!"紅髮像大姐姐一樣,將嫘祖的小辮子撩到耳後,"沒甚麼?這麼晚了還在他這兒,能沒甚麼?以為別人都是瞎子麼?"說着,她又往火堆裏填了填柴火:"要我說,現在的男人都有了本事,我們女人也別老擺着架子了。這不比在部落的時候,自從出來到現在,我們哪一天能離開男人,所以麼,趕緊挑一個不錯的,就跟定他了。"她撣撣手上的土,又看看軒轅:"要是從前,哼哼,我要定他了!"隨後站起身子:"早點睡吧,明天還要趕路呢。"

"嗯,"嫘祖也站起來點點頭,"對了,藥還有麼,可不能停,這是安胎的!"

"有,白天軒轅剛給過我。"紅髮轉身剛要走,卻聽遠處傳來一個洪亮的聲音:"好哇!你真的跑這兒來了!"

嫘祖和紅髮不禁一驚,只見一個胖乎乎的男人一瘸一拐地走了過來。

"白天你說是拿藥,"胖子一把揪住紅髮的胳膊,"晚上又跑軒轅這來幹甚麼?"

"行了,行了,"紅髮拉着胖子就走,"小點聲,大家都睡了。"

"睡就睡,我不管!"胖子索性往地上一蹲,"白天我就憋了一肚子火,無論如何你得給我說明白,你來找軒轅幹嘛?"

一看這樣,紅髮也來了脾氣,甩開胖子的手,寸步不讓地回應着:"我想幹甚麼就幹甚麼,用得着你管?!"

"你……你不是說,以後只跟我麼?"

"沒錯,那我就得拴在你的腰帶上麼?"

"那……那……"胖子一下子說不出話來,但轉眼卻看到了地上裝黍子的白皮口袋,"這是甚麼?"

"當然是黍子!"紅髮理直氣壯地說,"你沒見過麼?"

"這……這是我勒着肚子省下來給你補身子的,你……"胖子呼哧呼哧,氣得直喘,"你卻用它來討好軒轅。"

"討好?"紅髮索性跟他犟到底,"沒錯!我就是要討好軒轅,怎樣?"

此時,不遠處的軒轅,以及許多還沒睡實的族人也都聞聲圍了上來。

"你……你……你……"胖子氣得直結巴,"你讓大家評評,我容易麼?"

"那就讓大家評評，"紅髮瞥了胖子一眼，"吃飽了就往牛車上一睡，都攢了這麼多肥肉，餓幾頓怕甚麼？"紅髮環顧一遍眾人："再看看人家軒轅，白天不是幹這就是幹那，有時候為了讓大家少繞彎子，他晚上還要提前去探路。"又指着胖子："別說這點黍子，我恨不得把你的肉也割下給他吃！"

"算了，算了，"軒轅趕緊過來勸架，"胖子也不容易，沒你說的那麼窩囊。"

"別在這兒裝好人了，"胖子卻並不領情，"你有甚麼了不起，我看那樂土也是個沒邊兒的事，要不是受不了那些夕，我才沒心思和你出來呢。"

"人家找到了火種和鳳蛋，"紅髮氣得給了胖子一腳，"怎麼找不到樂土？除了嚼舌頭，你還會甚麼？"

這一腳對胖子來說還不如騷癢癢，但胖子卻乘機賴在地上撒野："火種是咱們部落的，怎麼是他找的？還有那個蛋，誰知道是不是鳳蛋？"

"這可不能胡說！"嫘祖抱着彩蛋也有點生氣了，"它可是我們大家的命根子。"

"誰知道那是個甚麼玩意兒？"說着，胖子看看旁邊幾個人。

"沒錯，"那幾人中的一個矮子說，"就算真的有鳳，那也是神獸，也會下蛋麼？你當它是母雞呀！"

哄地一片笑聲，甚至更多的人圍了過來，但絕大多數還是來看笑話的。

胖子卻以為得了勢，又說："其實，我們都猜到了，軒轅爭不過蚩尤，便想個法子騙我們出來另建部落，這樣他就是大長老了。"

對於這些無稽之談，軒轅甚至有一百個以上的理由來推翻它們，但他現在真的有些吃不消了，自己一心為大家着想，卻還是有人無事生非。軒轅只能無奈地搖搖頭，離開人羣。

紅髮和嫘祖還在那裏與胖子一夥兒理論，軒轅卻已經獨自回到了峽谷邊。

"你真的沒有私心？"一個平靜的聲音在軒轅旁邊響起。

"大長老？"軒轅更加的無奈，"難道連你也不信任我？"

"你做的事情卻讓我不得不這樣想。"

一下子，軒轅似乎明白了甚麼："我……"

"的確，你為族人做了很多，但就算這樣仍舊有人不理解你。"玄毛同樣寧靜地看着遠方，"你有私心麼？"

"對呀！"軒轅恍然大悟，"我問心無愧，又何必在乎？所有人的幸福都在我的肩上，以後肯定還有更多意想不到的困難，現在我就扛不住了，將來可怎麼辦？"

軒轅猛回過頭，正要道謝，卻見玄毛已經走遠了。

……

"誰能說這是真的？"那矮子指着嫘祖問，"你見過鳳的蛋麼？"

嫘祖氣得直跺腳，卻也不知怎樣回答是好。

矮子又指向了紅髮："你呢？見過麼？"

"沒見過！"紅髮咬咬牙，"但你見過麼？你怎麼就知道這不是鳳的蛋？"

"我當然不知道，"矮子仰着脖子，看看大家，"所有人都不知道，就連軒轅也未必知道，那麼我們怎麼能跟着一個沒影兒的事瞎走呢？"

"對！"胖子附和着說，"反正現在糧食也不夠了，不如大家分了吧，不願走的就跟我們留下。要是想跟着軒轅一直走到死，那就永遠也不要回來！"

"我敢保證，"矮子順勢接過話來，"從今以後，只要大家聽我的，我會讓你們過上比原來還要好的日子！"

聽了他們的煽動還真有些人心動了，不少年輕人都在相互看着，喊喊喳喳的聲音響成一片。

"我看這主意不錯！"說話的人竟是軒轅，他微笑地看着胖子，"要是能過上好日子，那我第一個追隨你們。"

"嘿嘿，"胖子得意地一笑，竟學着大長老的樣子示意大家安靜，隨後說，"既然軒轅也願意追隨我們，誰還有意見麼？"

所有人都詫異地看着軒轅，卻聽軒轅說："不知兩位怎樣讓我們過上好日子呢？"

光是咋咋呼呼，或許胖子還在行，但一動真格的，就只能為難地看看身邊的矮子了。只見矮子挺着他瘦小的身板說："這簡單，把糧食分成兩份，一份留着吃，一份就地種下，秋天一到我們就過上好日子了。"

"原來真的很簡單！"軒轅一本正經地說，"你知道還有多少食物麼？"

"這……"矮子眼珠一轉，"那大家就勒勒肚子，反正堅持到秋天我們就能有收穫。”

“那你還記得玄毛大長老每次都是甚麼日子讓大家開始種糧食麼？”軒轅仍舊笑着問。

“當然記得！”矮子瞪着軒轅，“在開耕祭天後的第二天。”

“噗，噗，噗……”老人們幾乎都忍不住笑了出來。

“散了，散了吧，”其中一位老族長顫巍巍地喊着，“明天還要趕路呢，不想留下來餓死的，就給我回去睡覺。”

隨後幾個老族長也招呼着大家回去了。

“喂！喂！”矮子盡力挽留着眾人，“等一等，只要大家讓我做大長老，我明天……現在就可以舉行祭天儀式。”

雖然大多數年青人並不知道矮子他們究竟錯在哪了，但在這個時候，他們還是寧可相信那些老族長們的話。

“大家不要上當，”矮子甚至還在向幾個精力旺盛，不願回去睡覺的半大小子宣揚他們的理論，“鳳的蛋很可能是軒轅自己做的。真的，我不騙你們！”

“既然你說這是假的，”軒轅笑着拿過彩蛋，向矮子遞了遞，“敢不敢打碎看看裏面有沒有蛋黃，或許還有一隻小鳳呢？”

一聽這話，幾個好奇的半大小子還真來了精神。但矮子卻連連搖頭不敢碰它一下。

軒轅又笑着向胖子遞了遞：“要不，你看看？”胖子竟然嚇得連退幾步。

“既然你們也不相信這是假的，”軒轅突然正色地說，“又何必騙大家呢？你們真想做大長老麼？那我就真的讓給你們。”

胖子和矮子相互看看卻沒有說話。

“你們以為做大長老很有意思麼？”軒轅懇切地說，“如果你們真的能讓大家過上好日子，我真的願意追隨你們。”

“算了，算了，”紅髮趕緊上來勸軒轅，“別跟這死胖子一般見識。”說着已經揪住了胖子的耳朵：“白天丟人還不夠麼？晚上還給我到處現眼？”

早已被軒轅挫敗的胖子，似乎找到了台階，“唉呦呦”地被紅髮揪走了。

“真不好意思，”軒轅向矮子聳聳肩，“看樣子大家還需要我，我恐怕不能追隨你了。”

矮子哼了一聲，也氣呼呼地走了。

"太棒了，軒轅！"嫘祖在一旁歡呼着，"我就知道甚麼都難不倒你。"

不過，此時的軒轅卻沒有一絲勝利者的表情。

"怎麼了？"嫘祖上來摸摸軒轅的頭，"不舒服麼？"

軒轅淡淡一笑，搖搖頭，甚麼也沒說，又獨自回到了谷邊，卻不再回頭看部落，而是將目光轉向了大峽谷的盡頭。或許他真的看到了樂土，但在那之前，軒轅可能還看到了更多的東西，它們一層層一道道地攔在夢想的前方……

軒轅無助地歎口氣，真不知道，那一天天減少的糧食，是否還能讓人們在下個事端來臨時，繼續信任並跟隨我？

第五十二章　吃人

同樣是這個晚上，蚩尤徹底蕩平了上游那些凌辱過他的人所在的部落。這場戰役中，蚩尤瘋了般來回砍殺，每一刀下去都帶着仇恨，整個人仿如火神般所向披靡，令蚩尤感到遺憾的是，自從上次舞會之後，潮紈已音訊全無，要不然由潮紈親手燒掉這個部落，才可洗刷那片刺眼朱雪的傷痛！如今震天廝殺的哀號，連營的火海，被撕裂的肢體，淚水血汗成河，但最終仍消除不了那刻骨的恥辱！

大軍凱旋，並帶回大量的食品和物資。部落裏早已點起了一片片的篝火，準備用徹夜的狂歡來為蚩尤洗塵慶功。

中央大帳的籬笆牆內篝火最為旺盛，四周均勻地擺着一堆堆的食物。

正北，那個最大最高的食物堆後，是張最高、最寬、最舒適的長椅，上面只坐了一個人，就是女魃，身後還站着兩個女侍從，儼然是大長老才有的待遇。

而她兩側，便是蚩尤和曾經做過女姜族長阿注的壯漢。看來他們應該就是部落裏現任的其他兩位長老了，雖然地位相當，但蚩尤身後臥着的年卻使他成為權力的真正中心。再往兩側的食物堆後面，則是此次征討的功臣，自然少不了小白和其他的幡隊武士。他們按照各自的幡隊為伍，頭領居中，其他人分坐兩側。

但卻有一個幡隊的頭領席位是空的，而這張坐墊旁邊則是八個白幡武士，其中坐在最邊上的那人就是赤川。

除此以外，還有幾個食物堆專門留給那些最強壯最勇猛的夕來享用；而剩下的幾個面對長老的食物堆後面，坐的都是部落中較有威望的長者或族長們。

晚會開始了好一會兒，大帳的籬笆外面早已鼓樂喧天，人們和夕圍着篝火、邊享用食物，邊載歌載舞。

而大帳這裏的氣氛卻有些尷尬，女魃筆挺地坐着，寧靜的臉上沒有一絲的表情。這哪裏是來參加篝火晚會的，倒更像是一座泥雕的神像。

既然大長老都沒有動嘴，除了小白和那些夕敢不管不顧地吃着眼前的食物，誰又敢先吃？就連蚩尤也瞪着桌上的酒碗生起了悶氣。

篝火"劈啪劈啪"地燒着，夕們"吧唧吧唧"地吃着，卻將整個長老院裏的寂靜襯得更加尷尬。

"呼啦"一聲，蚩尤把酒碗劃了一地，眾人一驚，卻也只能你看看我，我看看你，不敢多說甚麼，只有小白它們還在沒心沒肺地狂吃。

"你究竟要我怎樣？"蚩尤憋了許久的怨氣終於發洩了出來，不忿地問女魃，"你說那些奴隸可憐，我就都給了他們自由；你說一下子少了那麼多的熟人感到冷清，我就親自在你帳篷前栽了一地的花；你又說你一個女人面對這麼多夕害怕，我就把大長老的位子讓給了你；甚至說夕不能做長老，我就去勸小白繼續做幡隊頭領；你還說部落裏的糧食少了，我就立刻鏟平了上游部落，帶回了所有的糧食。可從回來你就一直板着個死人臉！"蚩尤氣得只想用頭撞地，他哇哇大叫："你究竟還要我怎樣？居然在我辛辛苦苦趕回來的時候，連杯酒也不喝！"

任由蚩尤折騰叫嚷，女魃就是沉默不語，就連表情也是一如既往的寧靜⋯⋯時間一點點地流過，卻如同黏稠的岩漿一樣緩慢。

終於，小白已經用食物抑制住了它的第一大慾望，抹抹嘴巴，又挺直了腰板，卻發現蚩尤好像在生悶氣。

"這是怎麼了？"小白笑呵呵地問蚩尤，"人家做大長老的臉上嚴肅些是應該的，你們幹嘛也板着臉？"

"就是麼，"赤川也端着酒站了起來，向大家說，"我先幹了！"

雖然，他倆一個是夕，一個只是無幡，但誰都清楚，他倆說出的話恐怕比現在大長老的話分量還重。

"大長老，"毛象端着酒杯，"蚩尤長老縱有再多的不是，這碗洗塵酒你也應該喝了才是，畢竟他為部落帶回了糧食！"

看着他們一飲而盡，或許女魃僅僅是給大家一個面子，連看都沒看蚩尤一樣，便灌下一碗酒，隨後仍是一臉的寧靜。但不管怎樣，大長老已經喝了，所有人這才動了嘴。

"你又何必跟我賭氣！"蚩尤灌下一大碗酒，解嘲地說，"難道我真的就是要你喝這一碗酒麼？"嘮叨了幾句，他又無可奈何地看看小白，岔開話題："你不是說有好戲看麼？現在就演吧！"

小白下去準備了一會兒，便與三幾隻巨夕一起走了上來。不僅如此，巨夕還推推搡搡地押上了三個人。篝火舞會中眾人觀看"人夕大戰"的演出已是慣常的節目，娛樂之餘原是提醒族人提防夕患，如今"人夕共處"，上演這劇便有些尷尬……被押着上場的人甫出場便大叫：

"饒命啊！大長老！"

"饒命啊！蚩尤長老！"

"饒命啊！饒命！"

"好奇怪的開場？"一個老族長低聲發表着自己的意見。

"要不怎麼說是好戲呢？夕編排出來的節目就是不一樣。"

"是小白頭領！"

"甚麼呀？再怎麼樣，它也是一隻夕！"

"噓 —— 小點聲，趕緊看戲吧！"

……

隨着鼓點漸漸加快，三個人已經手持長矛和三隻巨夕對峙起來。

"這叫甚麼好戲呀？"一個族長低聲嘮叨着，"連節奏都跟不上！"

"就是麼？"旁邊一個人附和着，"那三個傢伙會不會演戲？"

"別挑刺兒了，"另一個族長卻在為"演員"打抱不平，讚賞說，"他們演得很好，你看，你看，發抖的樣子多真實！"

"這有啥？你看我，這不，也能抖起來。"

"但你原來演的時候是假夕！"

"換了真夕又怎樣？"這位不屑地端起了酒碗，"無非還是老一套。"

不過沒等他把酒碗遞到嘴邊，臉上的肌肉卻不由自主地抽搐起來。不僅是他，幾乎所有原部落的人都有着類似的表情。

"啊！"慘叫一聲！或許疼痛真的會令"表演"真實一些，那"演員"看到巨夕口中血淋淋的肉，才意識到自己腿上被撕裂的疼痛。

便在一愣之間，又有兩隻巨夕已經咬住了他的雙手，長矛無助地掉在地上，痛苦的哀號卻在每一個人的耳邊、心裏迴盪……

雖然幾隻"夕演員"此時無暇顧及另外兩名"演員"，但面對如此的場面，那兩人已嚇出尿來，手中的長矛也滾落在地。

"蚩尤長老！饒了我吧，饒了我吧……"其中一個矮胖的"演員"，又跪倒在了蚩尤面前，"饒了我吧，當初都是他們倆打的你，我是沒辦法呀！"

另一個大鬍子"演員"也急了眼："他胡說，其實都是這死胖子的主意，我只是個動手的，你就饒了我吧！"

"你別信他的，你不記得了麼，當初就數他打得狠！"

"哼哼！"蚩尤冷冷地笑着，卻沒有說話，似乎在仇人極度恐懼和絕望中享受着無盡的快樂。

在兩人聲嘶力竭的哀求聲中，三隻巨夕已經吃完了那個瘦高個。

隨着大鬍子的慘叫再次響起，矮胖子連哭都已經沒了聲音，一個勁兒地在地上磕頭，滿臉的鮮血和淚水融在了一起。

"哼哼。"蚩尤的臉上仍舊帶着猙獰的冷笑，目不轉睛地盯着血淋淋的表演，雖然缺了軒轅在旁吶喊，但蚩尤一如兒時看"戲"時那般地投入其中，甚至依舊扔出了手中的石頭，但卻精準地砸在了矮胖子的身上。

"狗娘養的！"蚩尤罵道，"我已經給了你們機會，但你們卻嚇得只會求饒！"

突然，一隻巨夕調頭咬住了矮胖子的後背，但他卻仍將頭磕得嘣嘣響。

蚩尤輕輕抿了一口酒，眼前似乎又看到了當初那片朱紅色的雪，但並沒有怒氣，他冷冷地說："別以為我做錯了甚麼！你們也用不着記恨誰，這個世界本來就沒有誰對誰錯。"

蚩尤輕輕品着酒中的味道，卻似在品嚐着他們的鮮血，繼續理所當然地說："只有誰強誰弱！"

更多巨夕已按捺不住鮮血的誘惑，紛紛衝上了"舞台"，矮胖子便被拖進了夕羣。

"現在我有選擇生死的權力了麼？"蚩尤吊立的眼睛，儼如夕羣的首領，死死盯住亂哄哄的夕羣，地上早已混和起了鮮血的泥濘。

除了蚩尤、夕還有一些狂熱的幡隊武士，幾乎所有人都閉上了眼睛，強忍悲痛……但女魃卻一直凝視着眼前的黑夜，似乎這一切都和她沒有任何關係。

然而，被鮮血刺激到了頂點卻意猶未盡的巨夕，竟然跳到了幾個老族長的跟前，微伏着身子，口中還發出沙啞的"嘶嘶"聲。

"畜生！連我們也要吃麼？"終於有個老族長拍案而起。

旁邊幾個高大的族人也立刻擺開了架勢。

"老東西！"小白也站了出來，叱喝道，"竟敢作亂！"

"哼！"老族長撐着他那把老骨頭，憤怒地瞪着小白，斥罵："作亂也比被你們這幫夕吃了好！"

"你說我是夕！？"小白突然弓下身子，口中嘶嘶地吼着："狗娘養的，不是大首領說情，我早把你這老不死的給夕當食糧餵了！"

"小白，"蚩尤終於發話了，"下去！"

小白這才慢慢站直了身子，退到了自己的位子上。而幾隻巨夕卻依然"嘶嘶"地凝視着老族長。

"啪"地一個酒碗砸在了巨夕的腦袋上。"吃紅眼了吧？！"赤川罵道，"沒聽見首領說話麼？滾！"

許多巨夕都收斂了起來，但幾隻強壯的巨夕竟把吊立的眼睛對準了赤川。

"呼啦"一下，所有的白幡武士都抽出了武器。

"都給我退下！"蚩尤一聲怒吼，與此同時，身後又是"哞——"的一聲極富壓迫感的悶吼，終於震懾了所有巨夕的瘋狂。

但幾個老族長卻都氣哼哼地離開了。

又是一片寂靜的尷尬。

甚至片刻的工夫，女魃也猛地站起了身子，一句話也沒說便離開了席位。

"你……"蚩尤連忙起身，但女魃已經走進了長老大帳。蚩尤無可奈何地坐了下來，繼續喝着悶酒。

"走吧，走吧，"赤川招呼着大家，"我看外面挺熱鬧，咱們也去樂呵樂呵吧！"

所有人都知趣地離開了。

……

"女人就是這樣，"蚩尤邊喝邊安慰自己，"誰叫她是大長老呢？"

籬笆外面，人們熱火朝天地鬧着，尤其是女人清脆的笑聲，便像小蟲子一樣在蚩尤心間爬動。一對熱戀的男女相互挑逗着從大帳旁邊跑過，隨即又鑽進了一間低矮的帳篷，隨即一陣翻騰，嘻嘻哈哈的聲音把蚩尤撩得心煩意亂……

又是一碗酒灌入了愁腸，又是一陣暈眩頂上了腦袋，便又是一股衝動激盪在了心頭，催着蚩尤搖搖晃晃地走向中央大帳。

"大長老已經休息了，"一個侍女攔住了蚩尤，"你還是先回去吧！"

蚩尤哪管這一套，雙手一分便將兩個侍女推到了一邊。

女魃確實是剛剛睡下，這許多日子以來，只有睡覺才是她最幸福的時候，只有在夢裏她才能看到自己真正想要見的人。但今天她卻看到了醉醺醺的蚩尤！

"誰讓你進來的？"女魃趕緊掩住身子，喝斥："出去！"

本來蚩尤就是被衝動牽到這裏來的，現在居然又見到女魃半遮半掩的身子，不由湧起一股原始的衝動，便像野獸一樣撲了上來。

女魃拼命掙扎，聲嘶力竭地喊叫，但又能怎樣？她的這個大長老還不是因為蚩尤才得到的？

兩個侍女無奈地對視一下，卻忽然聽到了"啪"的一聲，顯然是一個大耳光，隨後便是一片寂靜。

野獸的暴力出奇地被一個纖細的巴掌壓了下去。蚩尤捂着臉愣在地上……女魃看着自己的手，寧靜的臉上注入了一絲悲涼，低聲道："別這樣，我不喜歡你！"

"那……"蚩尤愣了一下，卻突然狂躁起來，歇斯底里地嚎叫，"那你當初為甚麼回來？！"

"我不回來，你會放軒轅走麼？"女魃仿佛是在自言自語，"我不去幫他，還有誰能幫他？"

"那你為甚麼……"蚩尤咬着牙，"為甚麼說喜歡我，而不是軒轅？"

"我不那樣說，軒轅會讓我走麼？"

"我究竟哪裏不如他？！"蚩尤的身子也抖了起來，聲音變得無奈和哀求，"你究竟要我怎樣才開心？"

"我知道你對我很好，甚至可以為我付出一切。"女魃凝視着遠方，仿佛已經看穿了夜幕，眼前便是軒轅的身影，"但在我心中只有他！"

蚩尤喘着粗氣，良久沒有說話。

"蚩尤，再聽我一句。"女魃緩緩收回了視線，關心地看着蚩尤，語重心長地說："離開夕，咱們去找軒轅，一起去樂土，像小時候那樣……"

"不可能！"蚩尤瘋狂地吼着："我們都已經長大了，永遠也不會是小時候了，我不會離開夕，沒有了夕……"蚩尤喘着粗氣，似乎不願把那句話說完。

女魃直接把話說出來："沒有了夕，你就更不如軒轅了，是麼？"

一句話戳中了蚩尤的要害，他已經不再狂吼了，甚至變成了一隻無助的小鳥。

"不！不！我比軒轅強！"忽然他又狂吼起來，"我比任何人都強！我擁有全天下最強的實力！"

"你難道還不知道麼？你根本控制不了它們，夕之所以怕你……"女魃忍了忍還是戳穿了現實，"只是因為年！"

"胡說！我是最強的！夕怕我，就連年也聽我的！我可以征服一切。軒轅？軒轅！我不會輸給你！"他突然轉向女魃，"我一定會讓你心甘情願地答應我，哪怕是把天上的太陽摘下來，我也要讓你回心轉意！"說着，便跌跌撞撞地跑了出去。

女魃呆呆地看着帳篷頂棚，卻不知道自己究竟身在何方，或許又來到了軒轅的身邊，或許仍舊被夕圍在中央，只覺得昏昏沉沉地，甚至不知自己是睡了，還是醒着……

第五十三章　信心

時間一天天過去了，隊伍裏的糧食一天天減少，道路也一天天變得崎嶇，但大家還是沒有看到樂土的影子。

正如軒轅所料，遷移的隊伍裏又在蔓延着消極的情緒。雖然還沒有人開始抱怨，但死一樣的沉默卻更加可怕。

"喂！軒轅說樂土已經不遠了……"嫘祖站在牛背上向大家喊着，"我們大家想想，樂土上究竟有哪些好玩的東西呢？"

"好心情能夠帶來好運氣"，或許嫘祖也在試圖使用這個"軒蚩定理"！

但地上到處是乾裂的黃土，就連綠色也變成了稀罕的東西，灼熱的陽光已經蒸乾了人們的嘴唇，這哪裏是樂土的跡象？

軒轅知道，嫘祖是在假藉自己的名義為大家鼓氣，可現在就連軒轅自己也被現實折磨得不願抬頭了。看看牛背上的嫘祖，甚至都不敢面對孩子們稚嫩的猜疑。

片刻的尷尬卻並沒有使嫘祖放棄幫助軒轅的念頭："大家想想，那裏會不會有仙女呀？"

雖然又有些人抬起了頭，但遷移的隊伍仍舊死氣沉沉的，每一個人都緊閉着嘴，生怕嘴裏僅有的一點唾沫也被蒸乾了。

"嫘祖姐姐，"忽然大鼻涕張開了乾裂的嘴唇，"漂亮的仙女會上茅房拉粑粑麼？"

"這……"嫘祖顯然是被難住了，不過她卻發現，居然有人"噗"地一下笑了出來。原本沉悶的遷移隊伍，竟然被大鼻涕天真的問話注入了一絲活力。

玄毛卻依舊滿臉的寧靜，但她卻說話了，而且只是對軒轅一個人。

"真的離樂土不遠嗎？"玄毛淡淡地問了一句。

也許嫘祖能瞞得了大家，但又怎麼能瞞過玄毛呢？

軒轅被問得啞口無言。

這當然瞞不過玄毛，甚至軒轅的心事也無法瞞過她湖水一般的眼睛："是不是你也開始懷疑了？"

軒轅低着頭仍舊一言不發。

"你自己都沒了信心，別人幫你還有甚麼用？"玄毛沉穩地坐在牛背上，卻不再說甚麼了。

"是呀！"軒轅不禁一驚，"我……我都沒了信心，誰還能幫得了我？大家又來指望誰？"

如夢初醒的軒轅臉上立刻泛起了自信的笑容，我沒有理由喪失信心！我幾乎研究透了那個壁畫，而又有那麼多事情被認證，我又憑甚麼懷疑樂土？我們已經走了這麼遠，我又憑甚麼不敢相信樂土已經快到了呢？或許穿過前面的那個林子，或許再趟過一片池沼，就能看到樂土了！

好心情能夠帶來好運氣！難道長大了就忘記了童年的信念麼？

軒轅朗聲一笑，抱起小胖子："仙女會不會上茅房，我們到樂土看看有沒有茅房不就知道了？"

"嘿嘿，"一個男人笑了笑，"要是仙女們根本就不用茅房呢？"

看來這個問題很受男人的歡迎，便自發地激起了一陣低聲的議論。

"要是不用茅房，"軒轅也嘿嘿一聲壞笑，"那你不就得逗了！"

"哈哈哈，"瘸胖子也沒心沒肺地笑了起來，"那可就大飽眼福啦！"話音剛落便被紅髮狠狠地給了一腳。

"大飽眼福？"紅髮又揪住他的耳朵，"好你個死胖子，除了屎，甚麼也不許看！"

哈哈哈……

幾乎所有人都是一陣哄笑。

但是軒轅卻又看到了玄毛，她就像局外人一樣，寧靜地看着一切。

軒轅這才明白，那才是一個真正的首領 —— 能夠將自己置身於事外，卻又在默默地把握着全部族的人。和她相比，自己要學的太多了！

遷移的隊伍在說笑中繼續朝着渺茫的樂土前進，但腳下的路卻更加崎嶇了……

第五十四章　弱點

　　圓盤似的月亮又變成了細細的彎勾，自從上次的"吃人表演"以後，原部落裏就很少能看到人們圍着篝火歌舞的身影了，甚至天還沒有黑，就都躲到了自己的帳篷裏。而帳篷外面，影影綽綽地到處都是飢餓的夕。嘶嘶的低吼，遍地的垃圾，夾雜着夕糞的惡臭，人們已經許久沒有睡過安穩覺了。

　　"夕……夕……"一個女人突然從睡夢中驚醒，噩夢的痕跡依然留在她蒼老的臉上，擦擦額頭的冷汗，後背便又是一陣劇痛。

　　"媽媽，"小女兒趕緊拿出一瓶藥，"傷口又疼了麼？"

　　"草藥是治不好夕爪毒的！"那女人輕輕推開藥瓶，"能活到現在真是難為大長老了。"

　　"哥哥說……"小女兒想了想，還是大膽地說了出來，"夕的舌頭可以治好夕爪毒！"

　　"哦？"那女人的臉上剛剛浮現出一絲笑容，卻立刻被惶恐所覆蓋，追問，"你哥哥呢？這麼晚，他去哪了？"

　　"媽──"忽然帳外傳來一個低低的聲音，隨即一個渾身是血的人鑽了進來，正是當日用木棍保護媽媽和妹妹的那個少年，手裏竟然還緊緊地攥着條黏糊糊的夕舌頭。

　　老女人愣愣地看着渾身是血的兒子，看着他手中的那條舌頭，憐愛的表情中卻似乎還有些別的甚麼。

　　"這下你有救了，"少年自豪地看着媽媽，安慰說，"那隻笨夕，空有把子力氣，卻不知道我給它下了夾子！"

　　"啪"的一聲，那女人給了少年一個耳光。

　　看着媽媽憤怒卻滿是淚水的眼睛，少年所有的自豪都已蕩然無存了。

　　"兒呀，"女人顫抖的聲音中滿是心疼，"好糊塗哇，你若是出了差錯，媽媽要這條老命還有甚麼用啊？"

　　"媽──"少年的聲音也哽咽了，"沒有你，兒也不想活了！"

"媽媽 —— "小女兒也撲在她的懷裏哭了起來。

母子三人相擁在一起，只是在嗚咽，卻連哭聲也不敢張揚。

忽然，那女人一把推開兒子："你給它使了夾子？"

"是呀！"少年擦擦眼淚笑笑說，"不然我怎麼打得過那個大塊頭？"

"夾子呢？"女人惶恐地問。

"那又不是我的夾子，"少年莫名奇妙地說，"當然是留在那裏了。"

卻在這時，便見一隻爪子掏進了帳篷，隨即小妹妹便被巨夕抓了出去。

小夥子轉身衝出了帳篷，"哎唷"一聲，卻見小妹妹已經慘死在了巨夕的口中，甚至還有一隻巨夕正在抽着鼻子聞這裏的血味兒。

"你個人養的！"小白看着滿身是血的少年，"決鬥還敢玩陰的！"說着，挑起一個同樣沾滿夕血的獸夾⋯⋯

烈日炎炎，地面被烤得滾燙，豆大的汗珠重重地摔在黑色的石面上，片刻便蒸成了一個鹽鹼的白圈兒。

正是昨晚的那個小夥子，他光着身子站在兩人多高卻只能容一人落腳的黑石柱上，肩頭還扛着他的老媽媽，顫顫巍巍的雙腳不停倒換，幾次都險些跌落下去，而石柱下面則是七八隻狂躁不安的巨夕。

"兒呀，"老媽媽淚流滿面，不住地哀求，"不要管我了，兒呀，就把我扔下去吧！"

小夥子卻一聲不吭，仍舊苦苦地撐着⋯⋯

"這邊，這邊。"一個族人領着女魃跑了過來，後面還跟着赤川和白幡隊的幾個武士。

"放他們下來！"女魃凝視着小白，命令道。

小白也毫不示弱地回敬着女魃的目光，卻不屑與她對話。

"你沒聽到麼？"赤川上前一步，斥罵道，"大長老讓你放人！"

"大長老？"小白總算還能給赤川一點顏面，冷笑地說，"不是看在大首領的份上，這樣沒用的大長老，十個我也宰了。"

赤川看看石柱上搖搖欲墜的母子，也懶得和小白多說。

"滾！去去！一邊去！"赤川掄着大斧像轟狗一樣轟開了幾隻巨夕。

"幹甚麼？"小白隨即擋了上來，"大首領出征，夕的事情我說了算！"

"不許夕吃人，這是大首領定的規矩！"

"誰要夕吃他？我是在幫他！"

"幫他？"赤川一愣。

小白接着說："我要幫他變得更強，只要他能甩掉自己的累贅，我就放了他！"

"屁話！"赤川指着石柱上的母子，"那是他親媽！"

"親媽又怎樣？親媽也是累贅。"小白也有些生氣了，理直氣壯地說："那女人已經老得甚麼用也沒有了，可是這小子卻為了這老東西害了一隻巨夕，自己也差點丟了性命，我看那老累贅早晚會害了他，但我卻還想幫他！不然，決鬥時偷偷下夾子，你說應該怎麼辦？"

"應當……"赤川張張嘴卻真的不知道該不該把"處死"這兩個字說出來。

"柔弱！"小白同樣輕蔑地看着赤川，"他是個窩囊廢物，沒用的東西，你卻不敢處死他，你也是個……"

"別說了！"赤川一把揪起小白的脖子，幾乎是鼻子對着鼻子，狠狠地說："我們讓他自己證明，他是不是窩囊廢物！"

"好！"小白一把甩開赤川的手，"那我就再給他一次機會。"

"喂！"赤川朝上面那小夥子喊道，"你是想被夕吃掉，還是像武士一樣痛痛快快地幹一場？"

小夥子看看下面幾隻強壯的巨夕，卻用祈求的目光看着女魃："我……我只想和媽媽好好地活着。"

脆弱甚至是膽小的一聲回答："我只想和媽媽好好地活着。"卻如轟雷一般激盪在女魃心間，記得小時候自己也有一個同樣的願望！一個同樣渺小，同樣樸實的願望。她多麼想讓這願望得到滿足啊！但自己又能做甚麼呢？當天面對這個渺小的願望，她也曾經沒有絲毫辦法，只能瞪着眼目送媽媽為自己死了！而現在，自己已是大長老，卻依舊無可奈何！女魃只能極力用寧靜攔住自己的淚水……

"唉！"赤川恨鐵不成鋼似地歎了口氣。

小白卻揮揮爪子："我說他是個沒用的東西吧！"幾隻巨夕又竄了上去……

“兒呀！”老媽媽失望地看着女魃，卻繼續哀求着兒子，“你是要活活氣死媽媽麼？放我走吧，讓我去太陽的家吧，兒呀，讓媽媽走吧！”

在老媽媽苦苦的哀求聲中，小夥子終於堅持不住了，但直到落入夕羣，他始終都沒有放開相依為命的媽媽……女魃不忍心見到小夥子的慘況，轉身往回走去，但淚水已不斷流出。自從返回部落，眼淚已不再是禁忌，也沒有了昔日軒轅和蚩尤的爭相逗笑來阻止，以後的每一個夜晚，眼淚已成為女魃的伴侶！哭又怎樣？又能改變甚麼？難道可以阻止夕羣不攻擊小夥子母子嗎？女魃可以做的，就是無奈地祝福他們母子倆、連同那先走一步的女兒，好像昔日自己的媽媽、老倉頡，在太陽的家得到安息……那裏應該沒有夕吧？

白夕瞪着旁觀的赤川，挑釁地說：“怎樣？大首領定下的規則‘汰弱留強，死不足惜’，你也想挑戰？”

赤川與他的武士也是從蚩尤定的規則中生存下來的，見慣了這些場面，也沒甚麼情緒反應，隨即各自散了。

“膽小鬼！”小白輕蔑地罵了一句，也離開了這裏。

第五十五章　絕望

太陽已經偏西，遷移的人們又翻過了一個高坡，雖然眼前的大峽谷變得窄了，但是周邊的環境卻更加惡劣了，還不時地傳來陣陣的晃動，就像是天崩地裂前不祥的徵兆。放眼望去荒蕪一片，偶爾可以看到一兩個泥潭，潭中沼氣將黏稠的泥漿頂起一個個碗口大的泥泡，"劈劈噗噗"的爆裂聲在死一樣的寂靜中顯得格外清晰，隨後飄來的卻是一陣陣刺鼻的惡臭……

不僅僅是糧食，甚至連水也成了問題，焦灼的空氣慢慢地侵蝕着人們剛剛建立起來的那一點點信心。雖然乾裂的嘴唇依舊緊緊地閉着，但是抱怨和不滿又隨着渺茫的前途而在人們心中迅速積聚起來……

忽然，隊伍停了下來，原來大裂谷已經到了盡頭，但眼前的一切卻使人們更加絕望 —— 滾燙的大地，沖天的惡臭，別說是仙女，就是魔鬼恐怕也不願在這裏多停留一刻。

所有人都看着軒轅，絕望中更多的是怨恨。

一個人罵道："難道這裏就是樂土？！媽的！我們找了這麼久難道就是為了看到這些？！"

"你就是要帶我們來這裏麼？"

"我們現在怎麼辦？"

"沒吃的，也沒水，我們怎麼辦？"

"怎麼辦……怎麼辦？"

所有的問題都一下子指向了軒轅，軒轅手中緊緊握着帝杖，卻仍舊凝視着這片死地，沒有說一句話。

"當初是大家自願跟來的，"嫘祖衝上來說："現在卻要把責任都推到軒轅身上，難道抱怨可以找到樂土麼？"

那個矮子又站了出來："我早就說過，沒有樂土，現在大峽谷到了盡頭，但樂土在哪裏？"

嫘祖還要說些甚麼，大地卻忽然一陣晃動，而且幅度也比從前大了許多。

人羣又是一陣恐慌。

"大家不要着急！"軒轅高聲喊道，"樂土應該就在這附近！"

"你沒長眼睛麼？"矮個子又罵道，"這附近除了焦土還有甚麼？"

難道真的沒有樂土？軒轅咬咬牙，也不知道該怎樣答覆他。

這時，地面又劇烈地震動起來，就連峽谷盡頭的岩石也被震落了下去。

"原地休息一會兒，"軒轅看看遠處的一塊高地，對眾人說，"我再到上面去看看！"

無助的人們看着軒轅的背影，除了抱怨幾乎沒了別的。

這時，矮子和胖子仿佛得勢了一般，指手畫腳地對大家說："把剩下的糧食往谷口推一推，這邊的泥潭太多！"說完，還偷偷向糧車旁邊的幾個男人使了個眼色。果然，那幾個人便將僅有的一輛糧車推到了谷邊。

太陽雖已偏西，但火辣辣的陽光仍舊曬得人們無處躲藏。

疲憊不堪的眾人只好原地坐下，有的緊緊盯着遠去的軒轅，有的則在小聲嘮叨，有的垂頭歎氣，有的卻是一言不發。

"糧食啊，糧食……"嫘祖則一如既往地向彩蛋傾訴着心聲，自言自語道，"能不能再多一些？樂土啊，樂土，能不能再近一點？"

大地又震動起來，疲倦的人們卻已經不那麼在意了，有點動靜總比死一樣的寂靜要好些吧。

"你是不是也想龍了？"嫘祖輕輕撫摸着彩蛋，卻覺得它好像伴隨着大地的震動而輕輕晃了一下，"我相信，你們很快就能見面了，可是……"她又看着土包上四處張望的軒轅："可是，他們甚麼時候才能再相見呢？"嫘祖低頭歎息一聲，卻忽然感到彩蛋變得如炭團一樣炙熱。

嫘祖連忙把它從懷中掏出，卻灼熱得手也拿不住了，又小心地放在了地上。

大地又是一次震動，彩蛋隨之又一次晃動幾下，就連蛋殼也變成了火炭一樣的顏色；又是一次震動，卻聽蛋殼"咔嚓"一聲，竟破了個小洞，剎那間所有的光彩便流進了小洞裏。

"彩蛋破了！"旁邊的一個孩子驚叫着。

"不對，不對，"另一個小孩連忙糾正，"是鳳要出來了。"

嫘祖瞪大眼睛，目不轉睛地看着。其他人也顧不上疲勞，迅速趕了過來。

"咔嚓，咔嚓……"隨着一連串細小瑣碎的"咔嚓"聲，蛋殼佈滿了裂紋。

軒轅耷拉着腦袋，像剛剛被雷打了似的往回走。面對早已等在面前的眾人，軒轅卻不知怎樣開口。

"軒……軒轅，"嫘祖帶着怪異的表情看着軒轅，"你……看到樂土了？"

軒轅只好無奈地搖搖頭："但，請大家相信……"

"騙子！"沒等軒轅說完，大家便再也忍不住了。

"害死我們對你有甚麼好處？"

"騙子，真要害死我們麼？"

就連一直信任軒轅的幾個老族長也在憤怒地質問和責難軒轅。

他理解大家的心情，不過好像有點太過分，為甚麼說我要害大家？軒轅不解地抬起了頭，卻猛然一驚。

"這……這……"軒轅瞪目結舌地瞪着嫘祖的懷裏。

只見嫘祖懷裏抱着一個橘紅色的小東西，圓嘟嘟、毛茸茸的，卻長了九個腦袋，而且它們九個好像還各有各的動作。

看到軒轅這樣"不友好"的表情，其中三個較粗壯的頭便如"捍衛者"一樣，迅速頂在了前面，虎視眈眈地瞪着軒轅；四個纖細的頭則立刻縮在了後面，戰戰兢兢地瞧着他；還有一個胖胖的頭竟然懂事地護着那四個纖細的頭，仿若大姐姐的樣子；而最後一個卻不為形勢所動，只管在嫘祖的皮衣裏啄食，甚至一不小心還啄到了同伴的頭上；被啄的嚇了一跳，連忙回頭瞪眼；啄人的卻向旁邊努努嘴，一個無辜的傢伙便成了"替罪羊"；"替罪羊"被莫名奇妙報復地啄了一口，當然不樂意，竟然張嘴噴出一把火，卻噴在了前面一個"捍衛者"的後腦勺上；"大敵"當前，"捍衛者"怎能容忍後院着火？就回頭來平息"暴亂"；另一個"捍衛者"卻當他是臨陣脫逃，便要來咬"逃兵"；只有最前面那個最強壯的頭，依舊梗着脖子堅守陣地。

七個頭亂哄哄地打在一起，脖子差點扭成了疙瘩，但肇事者卻仍在優哉地啄食，唯有一個還在盡職盡責地瞪着軒轅。若是平常，恐怕軒轅早就樂得直不起腰了，但今天，尤其是看着眼前這毛茸茸的九頭小怪物，他惶恐的面容已經如死人一般慘白。

"這……這是甚麼？"軒轅結結巴巴地問。

"還能是甚麼？"一個憤怒的族人喊着，"就是你找到的鳳！"

"壁畫裏的鳳是這樣麼？這是九頭小怪物！"又有人怒氣衝衝地質問軒轅，"我怎麼記得鳳只有一個頭？"

"大家見過青蛙和蝌蚪吧！"軒轅還在盡力解釋，"或許鳳小時候就是這個樣子！"

"哼！"卻聽一個老族長憤憤地哼了一聲，"記得倉頡說過，南海那邊有一種九頭怪鳥，有的頭會噴火，有的頭會吐水，有的兇殘好鬥，有的……咳！總之這東西一定會害死大家！也就是這個九頭小怪物！"

"呼"地一下，那九頭鳥竟將所有的頭都瞄準了那位老族長。接着，又是"嗖"地一柱細小的水花噴在了他的臉上，隨即又是一朵小火苗砸在了他的眉毛上，幾個頭還抻着脖子恨不得衝過去咬他兩口。

"瞧瞧，瞧瞧，"老族長一邊搶救着剩下的幾根眉毛，一邊抱怨，"這麼小就開始害人，長大還了得？！"

"其實……"嫘祖為難地看着老族長光禿禿的眉骨，"其實它是怪你……說它壞話，才……"

"胡說！這小雜種能聽懂我的話？"

"啪"地又是一朵小火苗砸在了他另一邊眉毛上。

"我剛剛卜了一卦，"這時，一個占卜師看着地上的幾顆石子喊着，"這個小東西很不吉利，一個身有九個頭，看來是九死一生啦！"

這下，所有人們都亂了起來。

最要命的是，矮子居然也趁機跳了出來："我就說彩蛋是假的，我就說沒有樂土，現在信了吧，我看殺了它，然後大家分了糧食各走各的吧！"

"往哪走？"

"只剩下那麼點兒糧食，分甚麼？"

一時間，無論年青人還是年老者，也無論是曾經反對還是支持過軒轅的人，都在憤憤地看着軒轅。

"大家靜一靜，"軒轅還在竭力控制局面，"只要到了樂土……"

矮子卻不容分說，撿起一塊石頭便朝軒轅扔了過去：「你還要騙我們到甚麼時候？」

　　「騙子！」

　　「軒轅在騙我們！」

　　石子、土塊一股腦地飛向軒轅……

　　「別打了，別打了！」只有嫘祖和紅髮出來拼命阻攔着混亂的人羣。

　　軒轅再也不知該怎樣解釋了，甚至已經不願再解釋了……

　　一顆石子砸在了他的頭上，卻感受不到一絲疼痛，隔着血流的視線變成了深紅色，但在亂哄哄的人羣中，軒轅卻發現玄毛依然寧靜地看着他。

　　我不能就這樣退縮！一個聲音從軒轅心裏湧了上來。我沒有理由懷疑！軒轅憋足了力氣。樂土就在前面！他終於又張開了口，大聲說：「我軒轅何時騙過大家？」他的聲音有些顫抖，甚至還帶着點委屈：「我又何苦害大家？難道我不是一路艱辛走到這裏的麼？」一邊說，委屈的淚水已經充滿了眼眶：「如果我們可以和夕共同生活，又何必來找樂土，我們已經別無選擇，請大家再相信我一次！」

　　激動的人羣稍微平靜了一點，但抱怨卻仍舊此起彼伏。

　　「再相信我一次！」軒轅卻已經跪倒在眾人面前，懇切地說，「就算是為了你們自己，也請大家再相信我一次！即便那不是鳳，但只要我們誠心去尋找樂土，龍是不會拒絕我們這些走投無路的人的，何況我們還把大地的靈魂還給了它！」

　　面對軒轅的懇求，所有人終於安靜了，誰都知道那不是為了他自己，所以誰又忍心再去埋怨他呢？

　　「反正我是不回去了，」一個人扔下了手中的石頭，「這個九頭小東西怎麼也不會比夕還可怕吧？」

　　「軒轅，」又有一個人走了出來，「對不起！當初不是你，我早就病死了，現在我願意用這條命陪你繼續尋找樂土。」

　　「我也願意！」一個老女人走了出來，「要是在原來部落，我們這些老骨頭恐怕早就餵夕了！」

　　「我也願意！」一個小女孩走到軒轅面前，「我要和你一起去看仙女姐姐！」

　　「算我一個！軒轅。」

　　「我的命也交給你了！」

"還有我！"

……

眾人此起彼落應和。

"呵呵，"紅髮擦擦眼淚竟然笑了，又和嫘祖一同扶起軒轅，"到了樂土，龍要是不收留咱們，我就拖着大肚子和它耍賴！"

"哈哈哈！"又有許多人擦着眼睛笑了，"就是，到時候咱們賴着不走就行了。"

可這時候卻又傳來了矮子不依不饒的聲音："算了吧，我可不願跟着他去送死！"

"沒錯！"有人也跟着說，"我們有手有腳，還有的是力氣，憑甚麼要靠軒轅活着？"

"大不了我們也去做搶匪，倒落得個自在。"

"誰有本事誰就活下去！"

許多強壯的男人都在附和着矮子的話。

"再找下去，我們誰也活不了。"癩胖子又出來敲鑼邊兒了，"不如我們也學學蚩尤，用實力來決定生死。"

"閉嘴，"紅髮上來就是一腳，"死胖子！"

"我……"癩胖子一臉的委屈，"我不會拋下你的！"

"用不着！"

"先不要爭了，"軒轅自信地說，"最多再有三天，我一定幫大家找到樂土！"

大家你看看我，我看看你，隨後又都看向了軒轅。

"最先跑到糧車這邊的五百個男人就是我們的人，"不知甚麼時候，矮子和幾個壯漢已經離開眾人到了糧車那邊，"而且還可以任意挑選一個女人，其餘的人……就跟着軒轅餓死吧！"矮子還幸災樂禍地笑了幾聲。

除非已經到了樂土，否則糧食永遠是最重要的，誰還顧得了軒轅要說甚麼，話音一落，絕大部分人都衝向了糧車。

"狗娘養的，也不和我說一聲！"癩胖子咒罵着也衝了過去。

"死胖子，給我回來！"紅髮氣得直跺腳，"就算你跑到那，我也不會跟你走的！"

瘸胖子腳下一頓，回頭看看挺着肚子的紅髮，但一頓之間，就連幾個孩子也超過了他，胖子連忙快跑幾步，但步伐卻沉重了許多……

很快，奔跑的人就分出了層次，前面的自然是最強壯的年輕男子；後面的自然就是較為弱勢的女人和孩子；而老人們，除了個別抱有僥倖心理的也在拼命奔跑外，其餘的都絕望地留在了原地。而胖子喘着粗氣，卻帶着微笑，回到了紅髮身邊。

無數的人奔跑，無數的煙塵衝天而起，就連腳下的大地也被踩踏得**轟轟作響**……

看着那些相互擁擠、相互踐踏的人們，軒轅無奈地低下頭，更多的還是在責怪自己。

忽然，大地又晃動了起來，奔向糧車的人們就像踩在了爛果子上一樣，東倒西歪地躺下了一片，卻有許多腿腳麻利的已經跑到了那邊，甚至剛剛爬起的人還要繼續朝糧車跑去……

"別過去！"軒轅使出了平生最大的力氣喊着，"危險！"

話音剛落，整個峽谷也跟着晃動起來。

軒轅終於攔住了一些人，但還是有許多人已經跑到了矮子那邊。

"都給我回去！"矮子和身邊幾個壯漢已是滿臉驚恐，"這裏的人夠了，回去，回去，會塌的！"

轟隆一聲巨響，矮子的後半句話便淹沒在了峽谷裏。

最有實力的人最先掉了下去，留下來的竟是最沒有生存實力的老弱病殘……

倖存者慢慢退了回來，看着已經平靜了的大峽谷，不知道應該慶倖還是惋惜，畢竟其中也不乏自己的親人和朋友。

作亂的人掉了下去，但維持生命的糧食也都掉了下去，所有人又把目光投向了軒轅，但這次卻堅定而不帶絲毫的懷疑。但軒轅卻在猶豫着甚麼？

"不要再猶豫了，"軒轅耳邊又響起了玄毛平淡的聲音，"我們繼續找樂土吧！"

軒轅抬起頭看了看大家期待的目光，然後跑到了峽谷邊。緩緩騰起的煙塵中還能聽到一些淒慘的哀號。

「軒轅，」玄毛平靜的語氣中帶着威嚴，「還不趕緊走？」

「下面一定還有活着的人。」軒轅猛回過頭。

「但我們已經沒有多餘的時間和精力了。」玄毛平靜的口吻中，更多的還是無奈。

看着玄毛那平靜卻無數次啟發和鼓勵過自己的目光，軒轅竟不知這次該不該違抗她。

「您說得沒錯，」軒轅緩緩地說，「但那是我的族人，他們信任我才和我一起來尋找樂土的。」

「但現在他們背棄了你。」玄毛直視着軒轅的眼睛。

「那不怪他們，」軒轅懊悔地看着玄毛，「若一定要有人來承擔過錯，那只能是我！一切都只怪我沒能及時找到樂土。」

「是自私和貪婪遮住了他們的眼睛！」

「自私？！」軒轅淡淡一笑，「誰不自私？如果您依然年輕，如果您是一個健壯的男人，您不願為了生存而去爭取一線希望麼？如果我們放棄他們，那我們又和他們有甚麼區別？」

第一次，又是一個第一次，玄毛有生以來第一次感到無言以對。

「糧食我們可以想辦法，」軒轅看着大峽谷，「但生命卻只有一次，只要有一個人，我都要救！」

他回顧眾人，毅然大聲說道：「我這個大長老的位置只是蚩尤逼着我擔任的，如今我一個人下去深谷救人，谷底情況不明，你們不用冒這風險……安全的話，我會通知大家！倘若有不測，玄毛大長老仍然是大長老，她會帶領大家繼續尋找樂土！」

也不待大家回應，軒轅已經雙手攀爬往谷底去了。

軒轅對生命的尊重和勇於承擔責任的魄力令玄毛非常佩服，她看着軒轅長大、成長，到了今天已脫胎換骨成為一個出類拔萃的領袖，心中當然歡欣，但面前的處境非常惡劣，谷底下更深不可測，當然不會放心。玄毛素來沒有一絲情緒，此時也不禁歎了口氣，聲線雖小，但仍充滿不可抗拒的權威：「大家都聽到了軒轅大長老的訓令，快些找找方法，都一起下去吧！”

　　嫘祖第一次聽到玄毛如此尊重軒轅的決定，高興得跳起來，第一個便攀着樹根往深谷滑下去，一些腿腳還算麻利的人，沒多想也跟了上來。

　　“凡是有力氣拉住藤枝的都來幫忙救人！”素楓也恢復了作為長老的信心和威嚴，有條不紊地吩咐各人工作……陸陸續續地，有更多的人下谷去了。

　　或許這裏是峽谷的盡頭吧，所以並不很深，而且峽谷當中也不像上面那樣寸草不生。相反，崖壁上枝葉繁茂，還有許多可供人們攀爬的青藤。大家很快就安全地下到了谷底。

　　雖然不深，但這裏卻很窄，兩壁之間最寬的地方也不過十來步，以致只有很少的陽光能夠照射進來。

　　軒轅和嫘祖最先下到了谷底，但除了被枝條掛住的百十來人外，許多人都不知了去向。這裏幽幽暗暗，腳下則是亂石縱橫，未息的煙塵依舊飄蕩在空氣中。

　　軒轅撲搧着眼前的灰塵，仔細搜尋着倖存者的跡象。嫘祖卻被這昏暗的谷底弄得有些惶恐，她緊緊抱着軒轅的胳膊，小心翼翼地踏出每一步，唯恐腳下踩到甚麼可怕的東西。

　　忽然，地面隱隱一動，卻還沒等嫘祖仔細去看，便被甚麼東西拽住了腳。“啊”的一聲，嫘祖撲到了軒轅的懷裏。

　　“救……救救我，”一個嘶啞的聲音從地下傳來，“我……不想死……”

　　“他們……”軒轅恍然大悟，“快！他們在下面！”

　　原本幽靜的谷底立刻沸騰起來。所有人都開始了忙碌的營救活動。有的人將枝丫上的人救下，有的人則把埋在亂石中的人挖出，有的開始治傷……

　　過了好一陣子，太陽也已經偏西了，谷底也被人們翻了個底朝天，粗粗算來總共救出八九百人，不過軒轅還是悶悶不樂，畢竟還有那麼多的人永遠不能再醒過來了，而且眼下還多了這些傷患，更尤其是，糧食沒了！

　　又過了一會兒，谷底一絲光線也沒有了。今晚要在谷底過夜了，軒轅讓人們一起向上面高喊，告訴上面的人這裏的情況，並讓他們在上面休息一夜，明天再做打算。

第五十六章　樂土

勞累和傷痛已經使人們酣然入睡，軒轅處理完最後一個傷患，便拖着疲憊的身子坐到了嫘祖身邊，他微微一笑，還沒能說出一句話來，就靠在嫘祖身上睡着了。

嫘祖輕輕將軒轅的頭抱在自己懷裏，聽着他勻稱的呼吸，這是自懂事以來感到最甜蜜的幸福，經歷了這麼多的苦和難，原來一刻的安寧已得到最好的補償……愛一個人原來可以這樣無私。她不禁想起女魃，自己懷中的軒轅，我知道你心中只有女魃，這又如何？只要我可以令你安睡，我甘心讓你心中只有她，至於我，我只想你開心便足夠！

想着、想着，又回想起小時候的情景……嫘祖卻忽然感到了一絲清涼，連忙將手伸在空中，果然涼涼的。

"那邊怎麼會有風呢？"嫘祖看着一面長滿灌木的崖壁，小聲嘟囔着。話音剛落，懷裏便一下子冒出來九個橘紅色的小腦袋，其中一個還嘰嘰喳喳地衝着嫘祖叫着。

"噓……"嫘祖連忙捏住了它的小嘴兒，輕聲說，"別吵，軒轅剛睡着！"

這九頭小鳥好像很通人性，立刻閉住了嘴，甚至還用力點了點頭，而其他八個頭也在拼命地附和。

嫘祖一驚，仍舊捏着它的小嘴，聲音卻比喘氣還小："你們真能聽懂話？"

小頭們你看看我，我看看你，卻又搖得像撥浪鼓一樣。

"那就好，"嫘祖這才鬆了口氣，"我先前說的話不會有人知道了！"說完，便慢慢地放開了它的嘴。

"嘰嘰喳喳，嘰嘰喳喳……"

嫘祖又立刻捏住了它："不許叫！"

"嘰嘰喳喳……"可旁邊一個頭竟然也叫了起來，嫘祖倒手再去捏它，卻又有四個頭同時叫了起來，急得嫘祖只好把五個手指都捅到了它們嘴裏，終於安靜了，剩下的幾個頭吃驚地看着嫘祖的五根手指，又都看向了她抱着軒轅的另一隻手，相互點點頭……

嘰嘰喳喳……嘰嘰喳喳……嘰嘰喳喳……嘰嘰喳喳……

軒轅終於醒了，更糟糕的是，那小東西也撲棱棱地跳到了地上，甚至九個頭都在嘰嘰喳喳地叫個不停。

"它們這是……"軒轅揉揉眼睛，"這是怎麼了？"。

嫘祖歉意地搖搖頭："不知道？"

"它們好像……"軒轅猜測着說，"好像打算和你說甚麼？"

"哦？"嫘祖這才認真地看着它們，卻見這小東西已經朝剛才來風的岩壁跑去，不過眼前的一塊石頭卻難住了它的九個頭，由於意見不統一，僅有的一個身子跌跌撞撞地總也不知該從哪邊繞過去好。最後，還是嫘祖將它抱了起來。

"剛才那裏好像有風。"嫘祖戰戰兢兢地指着那面崖壁。

"是這裏麼？"軒轅已經走了過去。

嫘祖抱着九頭小鳥，連忙跟上，卻小心地躲在了軒轅身後。

軒轅扒開繁茂的枝條，只見有個一人來高的洞口呈現在了眼前，幽藍幽藍的，還不時有微風吹出來。

軒轅站在洞口，一下子愣住了。

嫘祖也瞪大了眼睛，似乎想起了甚麼……

"軒轅去哪兒了？軒轅去哪兒了？"一個人慌了神兒似地，推搡着身邊的傷患。

傷患迷迷糊糊地睜開眼睛："剛才還在這兒？"

"他會不會……"那人猶豫了一下，驚叫道，"會不會自己跑了？"

"屁話！"一個老族長也醒了過來，"經過了這麼多事，你還敢胡思亂想？！都給我老老實實地睡覺！"

"哦。"那人只好彆彆扭扭地躺下了。

卻在這時，一個令人難以致信的消息從遠處傳了過來。

"找到樂土了！"嫘祖高喊着，"光，一模一樣！龍洞也是！"

所有的人都被驚醒了，雖然都被嫘祖語無倫次的叫喊弄得有點糊塗，但大家都聽清了她的第一句話——"找到樂土了！"或許這是他們今生所聽到過的最振奮的消息，可大家卻仍舊愣在地上，甚至有人懷疑，嫘祖是不是因為絕望到了極點而發瘋了。

終於，軒轅證實了這個消息的可靠性。於是谷上谷下，所有人都忘記了疲勞，不一會兒，大家都聚集到了谷底，看着幽藍的洞口，人們小聲地議論起樂土的樣子，居然還有人又提到了仙女⋯⋯

"上面的人全都下來了麼？"軒轅高聲問着。

"全都下來了，我是最後一個！"一個洪亮的聲音興奮地回應着。

"所有人，進洞！"

洞裏的情景確實和"責罰地"的龍洞一樣，但卻太長了，或許已經是第二天的早上了，但大家還是沒有走出洞，甚至又有人發起了牢騷。

"軒轅！你是不是又⋯⋯"

可這個牢騷還沒有完全發洩出來，眼前便是豁然一亮，隨即一片奇異的美景映入眼簾：

鮮翠欲滴的青蔥綠草；蝴蝶蜻蜓翩翩飛舞；白銀般的瀑布，水霧四溢，彩虹閃爍；靈草異葉，鮮豔妖嬈；參天古樹，果實纍纍；成羣的雀鳥飛舞；成羣的麋鹿、野牛以及古怪生靈，在彩霞的掩映中漫步⋯⋯

除了樂土，哪裏還能有這樣的景色？大家癱坐在一片紫色的草地上，這一路的疲勞和憂慮便一下子席捲了上來。

看着天上奇奇怪怪的鳥兒，軒轅的眼睛有些睜不開了⋯⋯

片刻的鬆弛之後，卻又聽到有人抱怨："這究竟是怎麼了？"

軒轅猛睜開眼睛，一陣慌恐又衝上了心頭，難道又是自己在做夢，不過古怪的鳥羣卻依舊在天上飛舞。軒轅定定神，又聽那人喊："怎麼喝不到？"

還有人喊："果子也吃不到！"

軒轅左右看看，周圍的人又慌了起來，甚至還看到眼前一個人正趴在水邊喝水，但他居然連嘴脣也沒有弄濕。

軒轅衝到水邊，雙手一捧，但水卻活了一般從他的指縫間溜走了，軒轅驚奇地搓搓手，居然還是乾的。

還有人正在採蘋果，但果子像是長了腿，滿樹亂竄，居然還逃到了一棵桃樹上……

天哪！這究竟是怎麼了，壁畫中從來沒有提到過這些事情。

"離開這裏！"不知道從哪裏傳來了轟雷一般的聲音。

大家不安地環顧着四周，卻甚麼也沒有發現，甚至分不出聲音究竟是從哪個方向傳來的。

"這裏不歡迎人類！"又是那個聲音，仍舊不知是從哪裏傳來的，好像四面八方都是這個聲音。

既然搞不清楚是怎麼回事，所有人便又把目光投向了軒轅，卻見軒轅已經掏出了帝杖，並對着四周高喊："你就是龍麼？我知道你不喜歡我們，因為我們曾經做了一件天大的錯事，但是我看過你留下的壁畫，只要實現你的條件，你就會原諒我們！"

周圍一片寂靜，每個人的臉上都露出了惶恐，誰都知道，那兩個條件卻只做到了一個……

四下裏突然亮了起來，卻不像是陽光，倒像是上面的甚麼東西把陽光反射了下來。

眾人不約而同地抬起頭，一個個驚得張大了嘴。

不知何時，天空之中竟浮現出一頭金光巨獸，它巨蟒一樣的身體幾乎佔據了半邊天空，卻生着鷹爪一般銳利的四足，頭上的巨角更像是大樹一般粗細的鹿角，渾身上下披着金色的鱗甲，耀眼的光芒也決不是反射來的陽光，或許它本身就是金光萬丈。

巨龍就實實在在地浮於半空之中，龐大的身體顯得那樣迫近，似乎一伸手就能摸到似的，更令人產生了極大的壓迫感。

龍緩緩低下頭，看着軒轅手中的帝杖，又把鼻子湊了過去，深深地吸了一口氣，就像在聞一朵馨香怡人的花。

"我感到了力量，它正在復甦……"龍緩緩如同悶雷一樣的聲音迴盪在了人們的周圍，"這的確是大地的靈魂。那麼我的鳳呢？"

"我……"軒轅尷尬地抬起頭，"我本以為找到了她，但是……那卻不是壁畫中的鳳。"

"甚麼？"本來如同悶雷一般的聲音忽然變成了一個炸雷，"離開這裏！骯髒的騙子！"

"我沒有撒謊！"軒轅繼續解釋着，"當初我真的以為那是鳳轉生的彩蛋，可是……"

"卡啦！"天空中又是一響炸雷，看來解釋已經無濟於事。

"我們已經走投無路了，"軒轅央求着，"求求你！讓我們留下吧！我們不會再犯原來的錯誤了！"

"一次錯誤已經不可饒恕，我的鳳為了拯救你們這些骯髒的人類而死，所以我立下重誓，除非你們做到，否則我決不原諒！離開這裏！離開！離開……"

天空中，大地上，林子裏，周圍的一切，甚至在每個人的腦袋裏、胸膛裏，都如雷鳴一般轟轟作響，只震得所有人臟腑都要炸開了似的。

在這轟鳴之中，大地的靈魂徐徐升起，那朵小火苗更加劇烈地抖動着，隨着它狂躁的抖動，所有的一切好像都要被它撕碎了一樣……

卻在這時，一個人已經微微踮起腳，又緩緩伸出了手，大地的靈魂便重新握在了一個女人的手中。僅僅在這一踮腳、一伸手之間，時間仿佛又回到百萬年前的那一刻，所有的轟鳴、所有的震盪也立刻消失了。

"原來這便是你力量的源泉，"玄毛手握大地的靈魂，"現在它又回到我的手裏了！"

"你要幹甚麼？"轟隆隆的聲音在天邊迴響，龍卻凝視着玄毛的舉動，"它不屬於你，放下，立刻離開！"

"它確實不屬於我，但是如果你不讓我們留下，那它也永遠不可能屬於你！"說着，玄毛竟用手捂住了帝杖上面的火苗。

"你知道你在做甚麼？"轟鳴聲又起，卻似乎又被甚麼壓制住了。

"我當然知道，我只是想讓我的族人更好地活下去。"

"當時那個女人也是這樣說，但她卻害了所有生靈！"

"我不知道那女人是誰，但我知道，"玄毛手中已經發出了"呲呲"的聲音，"如果你不答應我，大地的靈魂將永遠消失！"

"那樣你將犯下比上次更加嚴重的錯誤！"隆隆聲似乎又弱了一些。

"我們不能再錯下去了！"軒轅來到玄毛跟前。

"但我要讓大家活下去！"玄毛忍着手中的灼痛，臉上的寧靜已蕩然無存，

"我並不是為了自己,我沒有錯!"

"我當然知道,但正如上古時代的錯誤一樣,我相信那個女人同樣不是為了自己,她只想讓人們活得更開心,但卻引來了無盡的烈火。錯誤不可挽回,但我們現在卻有機會彌補!大地的靈魂本來就不屬於我們,何況我們已經學會了取火,現在應該把它歸還大地了!"軒轅看着玄毛,緩緩伸出手向玄毛索取她手中的帝杖,請求道:"錯誤只犯一次就夠了,否則我們將永遠無法彌補!"

玄毛顫抖的雙手仍舊緊握着帝杖,不過當她觸及到軒轅堅定的眼神時,還是緩緩放開了手……

"我們不是為了自己,"軒轅將大地的靈魂向龍雙手奉上,陳詞懇切,"但對於整個自然,我們人類確實很自私,我為我們的貪婪和野心感到慚愧,但是請相信我,我們也有比其他任何生靈都崇高的愛,為了這個,我們可以犧牲自己的生命!甚至忍受萬世的折磨。我不求你能原諒我們!"軒轅將帝杖插在地上,希望如此可以釋放出大地的靈魂,之後退後一步,敬虔地說:"只求我們沒有對自然犯下更大的錯誤!"

軒轅莊嚴地後退,示意眾人離去……眾人正愕然不知如何反應,隆隆聲又恢復了洪亮:"你就這樣離開了?難道不想要求我同意你們留下?"

"我們只是在彌補先輩犯下的錯誤,我們沒有權利以此來要求你接受我們,但我能不能懇請你,懇請你讓我們這些走投無路的人留下,只是懇請,無論你是否答應,我們都已經將大地的靈魂歸還!"

"只有純潔的生命才會為了歸還而去爭取,才會為了付出而去擁有!我不再怨恨你了,年輕人!"

"你真的不再怨恨了,真的原諒我們了?"軒轅猛轉過頭,"龍不再怨恨了,它原諒我們了!"

身後的人們聽到軒轅的話,不禁歡呼起來。

"我只原諒心地純潔的生命!"隆隆聲又突然狂躁起來,"那就只是你!其他的人類,都離開樂土!"

軒轅一驚,又立刻回過頭,只見那大地的靈魂又在狂躁地抖動着,火焰突然冒升,地面上忽地燃起一道火牆將軒轅與眾人隔絕開來。

透過火焰的縫隙,軒轅還看到,另一面已是烈火遍地,同時天空中又傳來了隆隆的聲音："離開樂土，否則將由烈火來懲罰你們罪惡的靈魂！"

剎那間，哭聲、喊聲、嗥叫聲，亂成了一團。

火牆那邊沒有受傷的人立刻逃到了來時的洞口，但傷患、女人、孩子卻沒能及時逃出。

"別這樣！"軒轅苦苦哀求，"他們已經無路可走，你不能趕走他們！"

但烈火卻更加猛烈地燃燒起來，孩子的哭聲，女人的叫喊，已經讓軒轅別無選擇，他一頭衝進火海，尋找着啼哭的孩子。

軒轅隨手抱起一個號啕大哭的女孩，卻又看到大火已經將一對母子分開，軒轅又立刻衝過去抱起了她的孩子，卻又看到了旁邊的大鼻涕，軒轅沒有多想，雙手一合，大鼻涕也被抱了起來，但還有小胖子，還有另一個孩子，還有……

或許他能抱走三個、四個，甚至背上還能再背兩個，但是身邊卻有十個、幾十個、上百個孩子在哭，還有女人，還有傷患……

躲到洞口的人們，同樣焦急，忽然一個人也衝進了火海，這是嫘祖，她也抱起了一個孩子，又拉起了一個女人……又有一個人衝入火海，這是玄毛……接着又有更多的人衝進了火海，以致所有的人都回來了……

雖然他們救起了更多的人，但是熊熊的烈火卻早已使他們無法辨認來時的方向，身邊又有無數的火焰燃起，濃煙、灼熱無處不在……

有人倒下了，卻又有人將他拉起，親人被烈火分開了，但是心中的愛卻使他們又一次將手相牽……

這時，軒轅忽然發現，一頭秀麗的小辮子已經淹沒在了火海之中……

嫘祖懷抱九頭鳥，已經迷失在了火海中，她用自己的身體緊緊護住九頭鳥，而身邊的烈火卻像故意為難嫘祖似的，從四面八方齊聚過來。驟然間，已將她團團包裹在其中……

而外面所有的火焰也像聽到了命令一般，蜂擁着朝嫘祖撲去，許多地方的烈火都已經變成了幽幽的白煙，而嫘祖那裏，烈火卻越聚越厚，甚至聚成了一個紅色的火球……

"嫘祖！"軒轅放下脫險的孩子們，拼命衝向嫘祖，卻忽然發現，那巨大的火球竟然裹着九頭小鳥緩緩離開了地面，而嫩綠的草地卻絲毫沒有被灼傷，嫘祖便俯臥在綠草之上。

軒轅猛衝過去一把抱起嫘祖，卻見她同樣沒有一點灼傷，甚至還甜甜地笑着。

"九頭鳥，"嫘祖看着天上的火球，"是九頭鳥帶走了龍的火焰！"

所有人都抬頭仰望着火球，空中便如多了一輪紅日，奇怪的是，九頭小鳥的身形逐漸變大……

地面上除了縷縷青煙，已經沒了一絲火苗，而火球卻仍在繼續濃縮，擠壓，灼燒，九頭鳥的羽毛着火了，九個頭吱吱地叫，聲音竟如天籟妙韻……

"轟"的一聲巨響，炙熱的光球迸出了耀眼的光芒，就連太陽也顯得暗淡許多，所有人都本能地遮住了眼睛，只有龍還在聚精會神地欣賞着白光中逐漸成形的紅色……

慢慢掙開眼睛，一切都是那樣的柔和，紅色和入了金色，匯成了暖暖的橙色，映着遍地蒼翠的小草。

金色的巨龍面前是一隻紅色的火鳥，雲朵一樣的翅膀，彩霞一般的尾羽，優雅寧靜地飄在空中。

"你終於回來了，"雷聲變得委婉體貼，"為了拯救人類你曾經離我而去，同樣是為了他們，你又回到了我的身邊！"

"九頭鳥？難道它真的是……"嫘祖激動的淚水已經淌落下來，歡聲大叫出來，"是鳳，它真的是鳳！"

突然，人羣裏傳來了一聲嬰兒的啼哭。

"我的孩子，我終於有孩子了！"紅髮同樣激動得熱淚盈眶，她抱起剛剛出世的孩子，所有人便是一陣熱烈的歡呼。

"我終於知道了，"嫘祖默默地回應着心底的祝願，"女魃姐姐，這個彩蛋原本就是你的，我也知道你為甚麼要回去了，你放心！我會幫你照顧好它，也同樣會幫你照顧好軒轅，直到你回來，全都還給你！"

一絲清風掠過大地，吹散了烈火後的硝煙，嫘祖默默低下頭，小辮子在風中悠然垂晃。軒轅靜靜地看着，又輕輕托起她的臉，秀美的眼睛已從小辮子裏脫穎而出……

"軒轅！"

一個寧靜且熟悉的聲音傳來，軒轅卻一下子猜不出是誰。轉頭看去，她滿面笑容的臉龐，熟悉中帶着陌生！

"女……女魃？"軒轅恍恍惚惚地叫了一聲。

"大長老？"嫘祖卻懷疑她是玄毛。

但都是懷疑，女魃怎麼會在這裏？而大長老一臉雷打不動的寧靜，居然變成了小姑娘一樣燦爛的笑容。看真，確是玄毛！

"軒轅，"玄毛笑着說，"你找到了樂土，龍的詛咒解除了，我和女魃都變成了真正的女人，從此天下就不再有旱魃了！"

"旱魃？"軒轅瞪大了眼睛，"那不是煥金從傳說裏編出的說辭麼？"

"說辭？！"玄毛淡淡一笑，"或許連煥金自己也沒有想到，我和女魃就是旱魃！"

"這麼說，"軒轅忽然回想起龍洞中的壁畫，"壁畫上的事情都是真的？"

"沒錯，我們的部落就是那個偷火種的部落，而且不只我，從上古時代開始，部落每一個成為大長老的女人，都會在成為大長老的那一刻，得知自己已經因龍的詛咒而變成了旱魃，而這個詛咒還將在她們的後代中一直延續下去。"

"那麼……"軒轅又想起了甚麼，"那麼部落大長老不能親近男人，就是……就是為了免得後代也變成旱魃？所以，你才要女魃做大長老？"

"就是這樣，除非得到龍的寬恕！"玄毛欣慰地笑了，"而現在你終於做到了！"

"怎麼可能？"軒轅似乎仍舊不敢相信，"難道你和女魃真能帶來旱災？"

"還記得女魃剛來到部落不久，就發生了一次旱災麼？"

"當然記得，"軒轅仍舊不解地看着玄毛，"我和蚩尤還做了一輛水車，但……但女魃沒有哭過！"

"但是我卻在春天，因為見到了自己的孩子而不知不覺地落下了一滴眼淚！"

軒轅終於相信了，也明白了女魃當日的苦衷，卻感到越發的淒涼："女魃終於可以痛痛快快地哭了！"

每想起女魃，軒轅的心總會隱隱地痛，但想到蚩尤那般深愛女魃，而女魃臨走前已表明選擇了蚩尤，相信二人也找到他們的幸福……不過，他的眼淚仍不由自主地流下……

第五十七章　邀請

龍鳳相聚，大地的靈魂也失而復得，人們終於彌補了那久遠的錯誤，現在又回到樂土，開始了幸福的生活……

樂土上沒有春夏秋冬，任何時候都如春天一樣的美麗，都有秋天一樣的豐碩，有時大雪紛飛，只是為大家增添爽身的涼快，四季原來都動人，沉醉其中，快樂已經幾乎令人們忘記了時間。

只有軒轅，經常帶着女魃的那隻鸚鵡，坐在山巔上遙望部落的方向，獨自沉浸在曾經的回憶裏，但同往常一樣，就在蚩尤抱起女魃的那一瞬間戛然而止……他淡淡地笑着，默默地為女魃和蚩尤祝福。

"軒轅，軒轅，"身後忽然傳來一個清脆的聲音，"你快看！"

軒轅迅速抹去那一滴剛剛滑落的淚水，滿臉微笑地回過頭，卻驚得瞪直了眼睛。

"這人……難道是……仙女？"

粉色的飄帶襯在輕薄靚麗的長裙上，柔軟地穿過肩膀，又繞過兩臂在清風中起舞，一件紅色的兜兜掩映在微微抖動着的白色長裙中，伴着如雪的肌膚，更加令人神往。只有那滿頭的小辮子，依舊跳起清純的舞蹈。

軒轅還在發愣，鸚鵡卻叫了起來："嫘祖，嫘祖！"

"嘻嘻！不認得了吧？"嫘祖得意地笑着，"還不如一隻鸚鵡！"說着，她已經跑到了軒轅身邊："你在這裏幹甚麼呢？"

軒轅這才從嫘祖的美麗中回過神來，連忙說："在……在看仙女！"

"仙女？"嫘祖一驚，"樂土上真的有仙女？在哪裏，我也要看！"

"好吧！"看到嫘祖天真的樣子，軒轅不禁也泛起了一絲童心，"我就帶你去看看。"

說完，軒轅拉着嫘祖來到了泉水邊，一本正經地說："仙女就在這個水潭裏！"

嫘祖半信半疑地向下看去，卻只看到了自己的倒影。

"看到了麼？"軒轅看着嫘祖的倒影，"就是這個滿頭辮子的小仙女！"軒轅抬起頭看着嫘祖的眼睛："就是她，在尋找樂土的途中，毫無怨言地支持着我。"

嫘祖羞紅了臉："就你會捉弄人！"說着，一把便將軒轅推到了水中。

但軒轅卻許久沒有浮上來，就連鸚鵡也焦急地在水面盤旋起來。

"軒轅，別嚇我，你快上來。軒轅……"

"哈哈，"軒轅猛地蹿出水面，"還是一個能生氣，會着急的仙女！"

鸚鵡又落在了軒轅的肩膀上。

嫘祖"哼"了一聲，嬌嗔道："不理你了！"

"別，別，仙女姐姐，別走！"

"哼！再胡說，我真的走了。"

軒轅這才爬上岸來："是哪裏來的衣服，不會真是仙女送給你的吧？"

嫘祖"嘻嘻"地壞笑一聲："沒錯！就是仙女送給我的，你想看看真正的仙女麼？"

"仙女？"軒轅卻故意賣起關子，"這麼壞脾氣的仙女我可沒興趣，不看也罷。"

"看看麼，看看麼！"嫘祖反倒憋不住了，央求着說，"算我求你了，看看麼？"

"好吧，"軒轅擺出一臉欠揍的德行，"那就成全你了！"

"看，"嫘祖迫不及待地掏出一些小蟲子，炫耀着說，"就是這些小仙女！"

"哦？"軒轅恍然大悟，"就是你一直擺弄的那些小蟲子？"

"嗯！"嫘祖深深地點了一下頭。

"真有你的！"軒轅就像誇獎孩子一樣表揚着嫘祖，"人不知鬼不覺地竟弄了這麼多！"

"甚麼呀？"嫘祖卻撅起了小嘴兒，"你從來就不關心人家，部落裏許多人都知道，唯獨你這個沒心肝的鬼不知道！"

"呵呵，"軒轅尷尬地笑笑，"呵呵呵……"卻也只能繼續尷尬地笑着。

"唉！"嫘祖卻歎了口氣，"可惜女魃姐姐不在，原來她一直都幫我照顧小蠶蟲，要是她穿上這些肯定比我漂亮多了。"

聽到女魃的名字，軒轅心中就像打破了五味瓶一般，也不知是酸甜，還是苦辣。

"傻丫頭，"軒轅淡淡地笑着，"誰也沒有你漂亮，就算沒有這些小仙女也一樣。"

"其實……其實女魃姐姐離開你是為了……"

"算了，"軒轅仍舊淡淡地笑着，"那是她自己的選擇，我替她高興還來不及呢！對了……"話鋒一轉，又帶上了開心的笑容，"我想，是不是應該告訴蚩尤和女魃樂土的消息了？"

"好呀！好呀！"嫘祖隨即卻躊躇起來，"你……你不再恨我哥哥了？"

"哈哈！我恨蚩尤？哈哈，我們打折了骨頭還連着筋呢！哈、哈哈……"

或許嫘祖是第一個將"愛"、"自私"和"包容"聯繫起來的女人，她看着軒轅開心的笑容，真不知道該不該把剛才的話說完。

不管怎樣，至少在女魃來之前，還是讓軒轅這樣開心的笑吧，嫘祖也隨即笑了出來。

"那我們就快告訴他們吧，不過……"嫘祖又犯起愁來，"不過，那麼遠的路，我們得好好準備一下。"

"別擔心，我早就有準備了，"軒轅神秘兮兮地看着嫘祖，"送信的人選我也找好了。"

"真的！是誰？"嫘祖眉飛色舞地笑着，"咱們得找一個跑得快的人。"

"跑？那得甚麼時候才能到？"軒轅又是一臉欠揍的德行，"虧蚩尤還那麼疼你，你不想早早見到他們麼？"

"甚麼呀？！"嫘祖氣得直跺腳，"你就知道拿人家開心，不理你了！"說着，已經轉過了身。

"不理我就算了，"軒轅抬着眼皮看看天，搖頭晃腦地說，"看來你是不想知道誰送信兒了？"

"哎呀！"嫘祖立刻轉回了頭，"我只是說說嘛，誰不理你了，快告訴我吧，是誰？"

"嘿嘿，你看，"軒轅指着肩膀上的鸚鵡，"就是它！"

"鸚鵡？"嫘祖瞪大了眼睛，"它可以麼？"

"別的鸚鵡可能沒這本事，"軒轅得意地說，"但它不一樣，當初在部落的時候我和女魃就訓過它。"

"不過……"嫘祖看着鸚鵡眨眨眼，"它只會叫名字，怎麼能告訴他們樂土的入口呢？"

"傻丫頭，我們可以畫圖呀，"軒轅指着背面的山，"只要從那邊繞個彎子，再翻過那座山，大家就可以不用路過那片死地了，就是草木太密，但只要伐一伐，就很適於眾人一起走。"

"眾人？"嫘祖問。

"嗯！除了夕，所有人都過來才好，就算年，也可以過來！"

"年？"嫘祖更加驚訝。

軒轅："嗯，其實年也很可憐。"

"可憐？我可不那麼認為！"

軒轅："我想你應該知道龍的詛咒吧？"

"嗯，不就是大長老麼？"

軒轅："對，但龍洞上還提過一個人。"

"還有一個人。"

軒轅："我覺得那個年，很可能就是當時偷走大地靈魂的那個女人。"

"這……這怎麼可能？她怎麼能活到現在？而且為甚麼我們最近幾個冬天才見到她？"嫘祖驚奇地叫着。

"呵呵，這個我就不知道了，不過從在龍洞裏看到的東西來說，年很有可能就是那個女人。"

"天哪！真有這回事？"嫘祖忽然眼前一亮，"龍的詛咒解除了，她是不是也變成人了？"

軒轅："這可不好說，如果真是我想的那樣，她已經活了那麼久，甚至都變成了那個樣子，恐怕再變回來就不那麼容易了。"

"真可憐！"

軒轅："但就算不是這樣，那個年也只是吃得多些罷了，樂土這麼多食物，還怕沒它吃的！而且她很善良，否則當初也不會去救蚩尤的性命了。"

"哦，那好吧。其實我也挺喜歡它那個小寶貝的，既然你這樣說，那就讓它們也來吧！"

……

第五十八章　溫飽

深冬來臨，原部落裏的生活更加困苦起來，雖然在這次收穫之前蚩尤基本解決了糧食的問題，但離"一口田"的標準卻差了太多，而且解決這個問題的方法仍是征戰和掠奪。為了能夠去征討更遠的地方，蚩尤還從野外捕獲了許多馬，加以馴養。這樣一來，飼養那些戰馬自然也變成了族人的負擔，再加上夕的數量實在太多，所以如何捱過這個冬天成了一個現實的問題。

這一天，大雪滿天，部落裏冷得吐一口唾沫也能摔成八瓣，而女魃卻依然按着軒轅留下來的慣例，一早起來就到部落裏去巡診了。

四周安靜極了，除了腳下的積雪咯咯地呻吟，整個部落都如同死了一般。唯一能讓人感受到生命活力的，卻是那些夕，它們在部落裏東躥西跳，似乎永遠也不知道疲倦。但只要蚩尤在部落裏，它們就沒一個敢到帳篷裏去鬧事，否則蚩尤的處罰可是相當嚴厲的。

走着走着，遇見小白正在空地上用活物訓練小夕的野性。遍地的血跡令女魃不禁歎息一聲，她快步走了過去。

小白不屑地瞥着她的背影，對着幾隻小夕"啾啾"地喊了兩聲。小夕們便衝向了女魃。

忽聽背後有動靜，甚至未及女魃回頭，就已經被一隻小夕撲倒在地，隨即，又有七八隻夕圍了上來……

"撲得很好，孩子們，回來吧，"小白看都沒再看女魃一眼，又從自己的兜囊裏掏出隻色彩斑斕的大鸚鵡，"這回看誰能撲到。"說着，便將手一揚。

重獲自由的鸚鵡拼命朝空中飛去，卻被一躍而起的小夕咬在了嘴裏……

"撲得好！"小白好像根本沒有看到女魃一樣，繼續誇獎小夕的撲獵動作，"這隻鳥歸你了。"

女魃一臉的寧靜，站起身揮揮雪，似乎對這種待遇早已習慣了，只是那隻似曾相識的大鸚鵡讓她多看了幾眼。

"即便是它又能怎樣？"女魃哀歎一聲，小聲嘟囔着，"不是人就已經萬幸了，還能奢望這些夕甚麼？"

身為大長老的女魃繼續朝前走去，而作為屬下的小白也依舊看着它的小夕……

這隻略顯灰白的小夕得到了它生平第一個獵物，簡直美得不知"如何開口"，只覺鸚鵡的雙腿和翅膀動得最快，最招它眼，於是一口就扯下了鸚鵡的腿，甚至帶着腸子就生吞活吃起來，但還沒將這第一口美味咽下，小夕便猛烈地咳了起來。

小白一驚，連忙掰開夕嘴，竟然從裏面摳出一截小竹棍。

"狗娘養的！鳥腿上還能長出竹子？"說着，便氣急敗壞地把竹棍掰成了兩節，卻驚奇地發現，一件又輕又薄、又白又軟的東西從裏面飄了出來。

這是甚麼？小白歪着腦袋仔細打量那用蠶絲織成的手帕，上面好像還畫了甚麼東西。

已經是中午了，小白仍舊趴在雪地裏看着絲帕上圈圈點點條條道道的東西，甚至用剛剛學會的那些符號試着來解讀它們，竟然還真的得出了結論：這是一張地圖，是從這裏通往樂土的地圖。

但它並不開心，因為上面幾乎邀請了所有人，就連年也包括在內，卻唯獨沒有夕。小白收好絲帕，吊立的眼睛凝視着鸚鵡的半截身子，似乎是在籌劃着甚麼……

"頭領！"一個無幡武士的聲音打斷了小白的思緒，"長老有事召集各位頭領前去商議。"

"是蚩尤長老麼？"

"是！"

"好！"小白這才站起身，"我馬上就去。"

長老大帳中已經聚滿了人，除了幡隊頭領，還有許多族長也在場。

整個大帳裏充滿了喊喊喳喳的議論聲，甚至許多憤怒的目光還投向了前面的長老席。

蚩尤看着紋絲不動的女魃，只好尷尬地嗽嗽嗓子說："那麼就由我來跟大家說吧，近幾個夏天災害連連，現在就算遠山那邊的部落也沒有甚麼人了，所以……"

他又嗽嗽嗓子好像有點為難：「所以我們現在的糧食已經成了問題。」

「你不是要把這裏變成樂土麼？」一個老族長不客氣地問着，「怎麼連糧食都沒了？」

「你……」蚩尤圓目一瞪，卻還是沒說出甚麼。

「我看只能遷移了。」一個幡隊頭領說。

「這個我也想過，」蚩尤撓撓頭，「就是不知道往哪裏去好？」

「往哪裏不一樣？」又是那個老族長，「只要有夕，到哪裏，哪裏都會變成這個樣子。」

「放屁！」小白挺着腰板怒道，「要是沒有夕給咱們拼死拼活地搶食物，你早就餓死了！」

「要是沒有夕，我們也用不着吃搶來的食物！」老族長沒有給小白留絲毫的情面。

「哼！」小白吊眼一立，「要是先宰了你們這些吃白食的老東西，我們也就有餘糧了。」

「反正早晚是死，」老族長早已火冒三丈，「我倒要看看夕厲害，還是我們厲害？」

說着，許多族長都附和着嚷嚷起來。

「敢作亂！」小白也毫不退讓，「我正愁沒東西餵夕呢！」

「那就先拿我來餵吧！」女魃終於開口了，「省了你的小夕只能撲一撲。」

「甚麼？」蚩尤一愣，好像也聽出了甚麼，「小白，怎麼回事？」

「當然是訓練夕了，」小白理直氣壯地說，「她這個大長老，除了能把幾個該死不死的老東西救活以外，甚麼用都沒有，做做靶子又算得了甚麼？」

「你真的讓女魃做靶子了？！」蚩尤氣得一把揪住小白的脖子，「我宰了你！」

「你……」小白一愣，轉瞬間也立起了眼睛，「你真的變軟弱了！」小白一把甩開蚩尤：「從前，為了訓練出最強的夕，我們哪個沒做過靶子？但你現在卻捨不得這樣一個沒用的女人？！」

蚩尤喘着粗氣，餘光中仿佛也看到幾個頭領向他投來不滿的目光。

「我也早就覺得這個大長老很沒用，」說話的人竟是女魃自己，「我也只想做一個普普通通的女人。」

她看着蚩尤，臉上終於有了一絲表情，但卻無法被人讀懂。"蚩尤，你不是要讓我心甘情願地接受你麼？"女魃緩緩地說，"好！我答應你，不過從今以後，這個部落的大長老要你來當！"

仿佛等了許久的機會終於來了。"真的？"蚩尤噌地站了起來，甚至都有些不敢相信自己的耳朵，"只要我做大長老，你就心甘情願地同意？"

"嗯，"女魃點點頭，"但你還記得倉頡的遺願麼？永遠不能讓族人為糧食而擔憂。"

"這……"蚩尤一愣，顯然是有些為難。

女魃又接着說："不然，我敢保證，第一個被餓死的族人就是我。"說完，便走出了大帳。

看着女魃的背影，蚩尤又重重地坐了下來。

女魃走後，所有的族人，就連另一個作為擺設的長老也離開了大帳，只有蚩尤的原班人馬默默地看着他。

"還有多少糧食？"蚩尤看着一旁的赤川。

"省一省應該能堅持到夏天！"

"只能到夏天？"蚩尤無奈地歎口氣，"要是遷移呢？"

"這就不好說了，"赤川搖着頭，"聽說，一直向西，翻過雪山，另一邊才有人。"

蚩尤低頭歎口氣，片刻工夫，他又猛抬起頭，但僅僅是看了小白一會兒，便長歎一聲，低下了頭。

"你想讓我把夕趕走麼？"小白失望地笑了笑，"那樣你的族人，尤其是那個女人就可以熬到收穫的季節了？"

"我……"蚩尤還是不知道該說甚麼。

"哼哼哼，"小白冷笑一聲，"你果然變了，原來那個說一不二的大首領哪去了？就算你真的為那女人而放棄夕，我至少還可以承認你依舊果敢。"小白凝視着蚩尤，甚至帶了幾分輕蔑："但現在你已經被那個女人拖成了軟蛋！"

"閉嘴！"蚩尤再次揪住了小白的脖子，拳頭已經攥得"咯咯"響。

"殺了我麼？"小白不客氣地回應着蚩尤，"或許那樣我還能舒服些！但你不敢，我知道，你們人類都有這樣的弱點，總會為了一些沒用的東西，把自己折磨得死去活來。”

“軒轅說得沒錯，”蚩尤還是放開了手，“有些東西你永遠也學不會。”

“但那些東西只會讓你變得軟弱，”小白又開始蹭它叉子一般的利爪了，“我不會看着你這樣墮落下去，如果你沒法克服你的弱點，就讓我來幫你殺掉她！”

“你敢？！”蚩尤也立刻吊起了眼睛，就連聲音也如夕的低吼一般沉悶，“今天你敢踏進她的帳篷半步，我就擰下你的腦袋！”

所有的幡隊頭領都愣住了，在他們看來，蚩尤與小白的情誼絕不在軒轅之下，但為了一個女人，他卻同夕一樣翻臉不認人，先是軒轅，現在又輪到了小白。這讓大家多少有些難以接受。

“這才是我的大首領！”小白卻笑了，“用自己的實力去爭取自己想要的一切，無論對手是誰，只要有信心，就算用甚麼手段都要打倒對手！這才是人勝過夕的地方。也只有這樣，我們才能得到樂土。”

蚩尤仍舊吊立着眼睛，一把推開小白：“樂土？”

小白便將那張絲帕遞到了蚩尤面前。

“哼哼，”蚩尤一笑，竟如小白初次學笑時一樣，只有聲音，卻沒有絲毫表情，“真是恭喜你了，軒轅！”

第五十九章 九子

　　軒轅一邊和大家說笑着，一邊伐倒了這條道路上的最後一顆大樹。

　　"終於把路打通了！"軒轅擦了一把汗，"再把大樹的枝枒砍一砍，還可以用來造房子，可不能讓我們的親人睡在外邊嘍！"

　　"可以見到親人啦！"一個男人扔下斧子，舒展着筋骨。

　　有一個人卻在揭他的短："其實是想你原來那個相好吧！"

　　人們便哄地一下笑了起來。

　　"軒轅，"紅髮背着剛剛會說話的孩子，正在給大家倒水，"你說蚩尤和女魃他們會來麼？"

　　"這個麼？"軒轅撓撓腦袋，"我說不好，不過我知道，樂土也是他們的夢想。"

　　又有一個正在劈樹枝的男人說："真的要讓年一起來麼？"

　　"放心！"軒轅肯定地說，"年絕不是大家想的那樣可怕。"

　　"他們真的不會把夕也帶來麼？"又有一個男人將斧頭戳在地上，有些擔心地問。

　　"來就來，怕甚麼？"紅髮撂下水罐，"有龍和鳳保護我們，還怕那點兒夕不成！"說着，還滿不在乎地逗逗身後的孩子。

　　"沒錯，"軒轅接着說，"夕敢來搗亂，龍和鳳一定能把它們趕出樂土！"

　　"咯咯咯……"紅髮身後的孩子竟然笑了。

　　"嘿嘿，"軒轅看着紅髮的孩子，"瞧瞧，連小樂土也同意我的意見。"

　　"得了吧，"紅髮掂掂背後的孩子，"這孩子，只要聽到有人叫他名字，就傻笑個沒完，跟死胖子一樣，沒心沒肺。"

　　"瞎說！"瘸胖子放下斧子，摸着小傢伙的臉蛋兒，"誰說我們樂土沒心沒肺了？是不是呀，樂土，樂土……"

　　"咯咯咯……爸……爸……"隨着一連串清脆的笑聲，小樂土居然還發出了別的聲音。

"咦？"瘌胖子和紅髮對視一驚，又不約而同地看向軒轅，"他……他在說甚麼？"

"我……我怎麼知道？"軒轅也是一臉問號地看着紅髮，"或許，是在叫胖子吧，就像管你叫媽媽一樣。"

"爸爸？"紅髮皺皺眉，"怪彆扭的，我看應該叫注注。"

哈哈哈哈……

就在大家的笑聲中，嫘祖和幾個姑娘提着籃子走了過來。

"吃飯了！吃飯了！"嫘祖喊着。

忙了一上午，此刻已經沒有甚麼聲音比這個更動聽了。

人們放下工具朝嫘祖這邊聚來。

放下籃子，嫘祖接着說："待會兒吃過飯，大家都準備些禮物去龍山吧，鳳生蛋了！"

"哦？"一個族人喊着，"怪不得這些日子連龍的影子也看不到，原來是躲在洞裏做注注呢！"

"哈哈哈……"

歡笑中，卻忽然傳來一陣陣的抱怨。

"就吃這個啊！"一個小夥子抱怨着。

"真的只有煮麵團麼？"瘌胖子掀開了所有籃子，卻仍舊一臉沮喪，"連肉也沒有？"

"這……"軒轅看着一個個雞蛋大的麵團，也皺起了眉頭，"能煮熟麼？"

面對眾多的抱怨和不解，嫘祖她們卻神秘地笑笑，並不多做解釋。

"唉唷？"終於又有人發出了驚訝的聲音，"這小麵團裏居然有肉。"

"真的？"瘌胖子這才吸溜着塞進嘴裏一個，"呵……呵……好吃，就是有點燙！"

片刻，抱怨就變成了讚揚。

"真有你的！"軒轅塞滿了嘴，卻還不忘誇獎嫘祖，"怎麼想出來的？"

"你不是說過麼，"嫘祖笑笑，"甚麼東西都要吃一些，尤其不能總吃肉，不然身體會壞的。"

紅髮抹抹嘴，插話說："所以就把菜和肉弄碎了都包在麵裏，真得替我們胖子謝你了！"

"好吃！"胖子邊吃邊問，"這東西叫甚麼？"

"叫……叫……"看來，嫘祖還沒來得及給它起名字。

"叫？"瘋胖子還當嫘祖是在說名字，"這東西會叫甚麼？'叫'？"

"對，對！"嫘祖眼睛一轉，"沒錯，這東西就是'叫子'！"說着又轉向軒轅，"趕緊編個符號吧。"

"哦！"軒轅想了想，便在地上畫了個符號——"餃"。

"看到了麼？"軒轅指着左邊，"這代表吃的。"又指着右邊："像不像兩個女孩在屋簷下，頭對頭地包餃子呢？"

大家看了一會兒，有的皺眉，有的撇嘴，有的搖頭……

"其實，"軒轅尷尬地笑着，"這就是一個符號，差不多就行了，呵呵。"

"管它像不像呢，"嫘祖立刻站出來給軒轅解圍，"只要大家能記住我們姐妹幾個的辛苦就行了。"

"對！"胖子也說，"好吃就行！一會兒我就帶點這個給龍，注了那麼多，該補補了！"

哈哈哈哈哈……

確實要送些禮物，但送甚麼好呢？軒轅有些為難了，總不能像女孩那樣送花吧？要不也送些吃的？沒新意！而且，除非萬不得已，否則自己都不想吃自己做的東西。

想着想着，軒轅已經在自己的那堆小玩意中挑出了一個小推車似的東西。

忽然一陣酸楚襲上心頭。的確，就連這個堆放"創意"的房間都是承襲了老倉頡的風格，尤其是這個小推車，軒轅還記得當時老倉頡為了提高其中兩個齒輪的傳動比例，而大傷腦筋的模樣。

"你這把老骨頭，"軒轅帶着久違了的頑皮說，"真是夠笨的，將幾個咬合在一起的齒輪鑲到一個內向咬合的齒圈中不就行了！"他抹了一把眼淚，仍舊欣慰地笑着："現在好了，一切都解決了，無論車子向哪個方向走，上面嵌了這些古怪石頭的木頭人總會指着一個方向……唔，也應該為這方向編個記號。"

軒轅喃喃自語之間……喃……好！就叫"南"吧！這木頭老指一個方向，就叫它作"指南車"！想通了人也輕鬆了，揮掉了上面的浮土，軒轅興致勃勃地说："就把這個東西送給龍鳳當個玩意吧！"

龍的洞穴在樂土邊緣的山腰上，很像原部落的"責罰地"，只是洞口那塊巨石比"責罰地"的要大多了，估計怎麼也能坐下幾百人。現在想來，或許這兩塊巨石都是龍根據自己的喜好，特意弄上去的，站在上面，腳下的大千世界便可一覽無遺。

只是這裏並不像"責罰地"那樣陰森恐怖，甚至此時早已被人擠得水泄不通了，就連山道上也堆滿了人們的禮物，甚麼大鼓小鼓、竹琴竹板、皮衣皮帽、吃的喝的……總之，不管龍是否喜歡，族人把自己喜歡的物件都當作禮物送到了龍山上。

或許是怕擁擠的人們從巨石上掉下去，龍半瞇着眼睛，慵懶地將人羣環抱在中央，但誰都能在這樣的慵懶中感受到一種叫作溫馨的感覺。

軒轅放下自己的禮物，嫘祖也將她最得意的那些彩色絲綢擺在了地上。然後，兩人一起擠過人羣來到了洞口。

我的天！整個龍洞都在燃燒，人們只能敬而遠之地看着裏面的鳳。

就在那一對火焰的翅膀下，隱隱露着幾點白色的蛋，鳳慈母似的眼神便落在上面。

直到軒轅和嫘祖來了，鳳才微微抬起頭。

既然是娘家人到了，火焰也只能知趣地閃開了一個缺口。

軒轅大膽地走了進去，嫘祖左右看看也跟了上來。兩人剛一進去，火焰便又封住了洞口，不過他們走到哪裏，哪裏的火焰便自覺地讓開了道路。

鳳緩緩展開翅膀。

哇！人們終於藉着娘家人的光看到了九個寶寶。

隨即卻有人掃興地說："原來只是九個蛋，還以為是甚麼古怪的小東西呢！"

沒意思！……沒意思！

"唉？動了，動了！"嫘祖摸着一個最大的蛋驚叫起來。

所有人一驚，又都來了精神。

果然，那個最大的蛋又動了一下，隨即又"咔"的一聲裂開了縫。

"哎呀！"嫘祖猛地縮回手，滿臉內疚地說，"哎喲，是不是我弄壞的？"

但卻沒人理她，因為所有人的目光都被一個小傢伙吸引住了。

一個長着龍頭卻是烏龜身子的小傢伙慢慢悠悠地從蛋殼裏爬了出來，一副憨態可掬的樣子，竟然還糊裏糊塗地把嫘祖當成了媽媽。

"烏龜是長壽的象徵，這可愛的小傢伙一出生，我們必定喜事連連！"一個巫師打扮的人興奮地發表着自己的見解。

"我看……"軒轅忽然想起了甚麼，"我看咱們就叫它'必喜'怎樣？預示着我們大家和龍鳳一樣必是喜事連連！"

既然是軒轅說的，又是這樣吉利，自然沒人反對。

忽然，又是"咔嚓"一聲，大家便又是一驚，卻見一團小火苗從蛋裏跳了出來，隨即便融入了周圍的火焰，不過除此以外甚麼也沒有發生。大家你看看我，我看看你，最終習慣性地將目光落到了軒轅身上。

但軒轅的表現卻並不像以往那樣令大家滿意。

反倒是嫘祖已經小心翼翼地撿起了半個蛋殼。

"哈哈哈！原來還趴在蛋殼裏！"一個男人大聲地笑着。

卻召來了所有人的白眼："噓──"

"小懶蟲，"嫘祖輕輕晃着蛋殼，"出來吧，你已經長大了，不要總賴在蛋殼裏。"

或許是嫘祖吵了它的美夢，小傢伙便晃晃悠悠地爬了出來，卻不曾想，自己的蛋殼已經被嫘祖拿了起來。"啪唧"一聲，便像一灘泥巴似的掉在了地上。

"這……"可憐的嫘祖又在解釋，"這不能怪我！"

仍舊沒人搭理她，因為那小傢伙好像根本不在乎，只是慢吞吞地爬到了哥哥的蛋殼裏，繼續睡了。

哄地一下，也不知道大家是在笑嫘祖還是在笑它。

"喂！懶蟲，"嫘祖提起那小傢伙，"酸酸軟軟的，你是泥巴做的麼？"

小傢伙吧唧了幾下嘴，便回敬了一個鼻涕泡兒。

"喂！"嫘祖幾乎鑽到了小傢伙的耳朵裏，"你要是再睡，我從今以後就管你叫酸泥！"

誰搭理你，要是喊夠了，就再賞你一個鼻涕泡兒吧！

"我現在宣佈！"嫘祖氣急敗壞地揪起那個小傢伙喊，"今後這傢伙就叫作酸泥！”

“哈哈哈……”許多人又大笑起來，“就叫它‘酸泥’吧，我看挺合適的，哈哈哈！”

雖然不像它哥哥的名字那樣喜慶，甚至還有些譏諷的意思，但真摯的祝福又何必分高低貴賤呢？所以在一片歡聲笑語中它也有了自己的名字。

接下來又有七個小傢伙相繼出生了，人們也在一片喜氣祥和中給它們起了名字，雖然有些是信口開河，甚至有些還辭不達意，不過還是那句話“真摯的祝福又何必分高低貴賤呢”，龍鳳自然都很喜歡。

但軒轅還是覺得要正規一些，畢竟這是名字，將來要一直用下去的，不能隨隨便便一叫了之，必須創製一些符號來與之對應。於是軒轅保留了這些名字的讀音，卻另外給這九個名字創製了相應的符號，那就是龍之九子：贔屭（bì xì），螭吻（chī wěn），饕餮（tāo tiè），睚眥（yá zì），狴犴（bì àn），狻猊（suān ní），趴蝮（pā fù），椒圖（jiāo tú），蒲牢（bú láo）。

九個小傢伙一出生，龍洞裏便唧唧呱呱鬧成了一團，它們有的身輕如燕，有的力大無比，有的喜歡聽聲音，有的喜歡打架，有的會噴火，有的會吐水，有的還像模像樣地過來保護弱小，更有一個居然疾惡如仇似地和欺負人的哥哥咬了起來，另外還有一個根本就無心參與兄弟之間的玩耍，只知道趴在食物堆上狂吃不止……

正在小傢伙們撒歡打鬧之時，人群後面的龍沉悶地哼了一聲，幾個小傢伙立刻鑽進了鳳的翅膀，只有幾個膽大的將腦袋露出來四處張望。

鳳展開翅膀輕輕把它們推出洞外，所有人便閃開了一條道路，在人們身後，龍那慵懶卻幸福的臉便呈現了出來。小傢伙們好像天生就認得父母，隨着龍又一聲沉悶卻慈愛的哼鳴，九個小傢伙便衝到了龍的身上，有的揪着爸爸的犄角玩耍，有的則在龍背上翻跟頭，甚至那個好鬥的小龍居然又和爸爸的龍鬚打了起來。

龍雖然一直在幸福地哼鳴，卻始終慵懶地趴在石面上，甚至脖子也沒抬起來過。所有人都不以為然，只當它是在幸福中浸泡得太久了。精通醫術和藥理的軒轅卻早就感到了一點蹊蹺，尤其是聽到龍那沉悶的聲音。

這哪裏是當初威武雄健的金龍？軒轅站在龍的身邊，就在人們喜慶的笑聲中，開始診望龍的身體：渾身鬆軟乏力，原本耀眼的金光都淡了許多；眼神渙散；

呼吸還算勻稱，但明顯短促虛弱。這些症狀不禁令軒轅想起一個人來，那人當初也是威武強壯。

"你的身體是不是不舒服？"軒轅輕伏在龍的耳邊說，"是不是沒有力氣？總是感到疲勞？"

龍緩緩抬起眼皮，渙散的目光看着軒轅，卻沒有發出甚麼聲音。

忽然山道上吹吹打打地上來一羣人，還抬了許許多多的食物，他們簇擁着兩個身着輕紗的女人。稍微靠前的那個雖然略為雍容的身體已經使她少了少女青春的活力，但是身材卻依然勻稱有形，臉上還習慣性地留着一絲寧靜的威嚴，但歡樂卻佔去了更多，在那薄霧一般的輕紗中，如果仍舊說她是一個仙女，卻也並不為過。

在她身旁還有一個同樣衣着的女人，雖然風韻也還尚存，但那輕紗的衣着卻再也無法掩飾她過分豐滿的身形了。

這兩個女人便是玄毛和素楓，雖然她們的威望早已不如軒轅，但大家依然尊她們為長老。

看樣子今天她們也是因龍鳳喜得貴子而前來祝賀的，並且帶來了豐厚的禮物。

但令軒轅更加奇怪的是，龍看到她們，尤其是她們送來的食物，一下子便來了精神，甚至也顧不上人們會不會從巨石上掉下去，迅速遊走到了她們身邊，就像它那個好吃的龍子饕餮一樣，一頭扎進食物堆裏狂吃了起來。

看到龍這種失禮的表現，有些人在偷笑，但更多的人卻大吃一驚。誰會想到，這被大家當作神一樣崇拜的龍居然像餓死鬼投胎那樣視吃如命。

但更讓大家吃驚的是，龍瘋狂地吃了幾口後就沒了興趣，好像這些食物並不是它想吃的，還跟一個正在向父母討要玩具的孩子似的，在玄毛周圍撒嬌，央求起來。

"不要着急，"玄毛也如溺愛孩子的母親那樣安慰着龍，"給你做的湯，照例還會在晚上送來，這些是給鳳和你那些寶寶吃的，耐心一點，乖！"

龍這才掃興地回到了巨石上，又懶洋洋地趴了下來，一動不動，甚至都沒有心思和自己的孩子玩耍了。

大家這才從驚訝中回過神來，甚至許多人都重新向玄毛投來無比敬重的眼光。確實，能讓這隻巨大的神獸像孩子一樣聽話的人，這世間還能有幾個？

不過軒轅卻更加不安起來……

第六十章　侵襲

　　忽然，大地隱隱一震，接着又是一下……隨即遠方還微微傳來"咚"的一聲。軒轅心中不由一陣驚喜，所有的不安都拋到了腦後。

　　軒轅看看嫘祖，嫘祖也正欣喜地看着軒轅，並有些不敢相信地說："我哥……"

　　"對！"軒轅堅定地說，"一定是蚩尤他們！"

　　"果然是喜事連連！"有個男人狂喜地喊着，"我們的親人來了！"

　　"太棒了！大家一起去迎接我們的親人和朋友吧！"

　　又有更多人喊着："走哇！也讓他們來看看龍的孩子，大家走哇！"

　　所有人又是歡呼又是雀躍，跟着軒轅一同衝下山去迎接他們的親人……

　　不過大家剛跑到樂土中央，便不約而同地停了下來，甚至滿臉的惶恐已經代替了歡喜。

　　就在他們為親人、朋友開闢出的那條山路上，根本就沒有一個人，甚至連那頭年也沒有，而是趴滿了密密麻麻的夕。不僅如此，整片林子似乎都在影影綽綽地晃動，剎那間又有無數的夕從林子裏爬了出來……

　　一時間所有族人又將視線集中到了軒轅的身上。

　　雖然軒轅也不知道這是怎麼回事，但至少有一點他很確定：有夕羣的地方就一定沒有好事！

　　"所有男人都和我去拿武器！"軒轅大聲喝道，"所有女人帶着孩子和老人立刻向龍洞撤離！"

　　沒用多久，軒轅便和所有男人組成了一道防禦陣線。雖然他們是臨時拼湊起來的一支隊伍；雖然最小的大鼻涕只有十來歲；雖然他們絕沒有應龍長老的"抗夕部隊"那般驍勇善戰。但是！這些卻是在尋找樂土的艱苦途中同生共死，一起走過來的親人。他們都知道樂土來之不易！所以他們絕不會將這片美麗的土地拱手相讓！他們會為了正在撤離的親人，堅定地面對着眼前黑壓壓的一羣夕……

夕羣也已經聚集到了林子外面，為首的是隻白色，身子如弓，長着叉子一般的利爪，當然這就是大家都熟識的小白！

只聽小白"吱吱"兩聲，弓着的身子突然彈出，如箭一般衝向樂土，後面則是黑潮似的夕羣，洶湧而來。

面對具有壓到性優勢的夕羣，所有人都喘着粗氣，並拿出他們平生以來最大的勇氣，迎接這場保衞家園的戰鬥。

軒轅站在隊伍最前列，不時地看向龍山，但直到整個夕羣都衝進了樂土，卻仍不見龍的影子。

"所有人注意！"軒轅凝視着迅速逼近的夕羣，"盡量拖住夕羣，絕不許它們碰到老人和孩子！"

夕羣更加靠近了……

"準——"軒轅壓沉了嗓子，"備！"但聲音卻在每一個抵抗者的心裏轟響。

所有人端起了手中的武器，似乎血液也要沸騰了……

夕羣幾乎衝到眼前……

"衝！"軒轅大喝一聲。

所有人便衝進了夕羣。

剎那之間，鮮血四濺，喊殺衝天。

正在撤退的老人和孩子還在向龍山奔逃，甚至已經到了山腳，卻仍不見龍的影子……

千萬隻殘暴的夕衝入樂土，看着許多人已經身首異處，更看着慌亂無助的老弱婦孺，巨石上面的龍卻虛弱得連站都站不穩了……

而軒轅那區區千餘人的防線，早已沒入黑潮之中……

正在這時，一團巨大的火焰從龍山上疾掠而下，映天的紅色中，鳳搧動着它蔽日的火翼，無數火焰的羽毛如同滿天紅雪般撲降到夕羣當中。就像活生生的精靈一般，紅色的火羽專往夕的要害裏鑽，但同樣混在夕羣中的抵抗者卻被它們團團守護了起來。

原本勝利在望的小白一下子慌了手腳，面對鋪天蓋地的火羽，它左突右閃，卻還是有一朵火羽打在了胸前，只痛得它緊忙拍打，卻沒想到這火羽竟如點燃的樹膠那樣，黏到哪兒便燒到哪兒。

　　片刻之間，不僅是地上，就連空中也似燃起了大火，所有的夕都在滾燙的火羽中哀號奔逃。

　　軒轅重新集結起族人，即將崩潰的防線又連接了起來，並在滿天火羽的簇擁下，將夕羣一步步趕向樂土的邊緣⋯⋯

　　卻在這時，林子裏猛然捲起一陣狂風。狂風中，冰雹雪團便如條條銀蛇一般糾纏着每一根火焰的羽毛。隨着一陣緊密的"呲呲"聲，滿天的火羽和千萬條銀蛇便化作了無數道飄渺的青煙⋯⋯

　　與此同時，只聽"哞"的一聲咆哮，帶着衝天而起的酒氣，一個巨大的白影也騰到了空中，甚至毛茸茸的爪子還抓住了鳳的翅膀⋯⋯

　　年落地之時，已經站在了軒轅面前⋯⋯

　　而鳳卻重重地砸向了族人的防線，無數人伴隨着風雪、沙石、火焰，翻滾到了千百步之外⋯⋯

　　鳳勉強爬起，但又跌倒在了地上⋯⋯

　　而軒轅面前這頭年卻越發地狂暴起來，它不斷地咆哮，更大的風雪便席捲而來，甚至轉瞬之間，白雪已鋪滿了大地。

　　人們被吹得東倒西歪，冰晶沙石打在臉上、身上，如刀割一般疼痛⋯⋯

　　年在自己的風雪中瘋狂踢蕩、拍打，甚至已經不再區分敵我，就連剛剛從水塘裏爬出來的小白，也險些被它踩死。

　　它背上那個戴面具的主人，也同樣束手無策地死死抓着紅色的韁繩，黑洞洞的眼神緊盯住了軒轅⋯⋯

第六十一章　年龍

趁亂，軒轅率眾撤到了鳳的身邊，但小白也已將一羣更加精銳的巨夕重新集結了起來，並拋開狂躁的年，直衝向鳳。

面對這樣一羣巨夕，軒轅的防禦便顯得有些蒼白無力，甚至有些夕已經衝到了鳳的身邊，甚至一隻夕又衝進了鳳火焰的羽毛，雖然皮肉被燒得吱吱作響，但它還是揮舞着爪子撓向了鳳的身體……

軒轅一劍將它斬成了兩截，但又有更多的夕衝了過來。就連年也跳了過來，幾個族人連同那幾隻剛剛衝過來的夕，被年踩在了腳下，沙石冰晶激起無數，周圍的一切都被震得翻滾出去。

蚩尤極力拉住狂暴的年：“軒轅！從今以後樂土是我的！”

說着，蚩尤奮力拉起韁繩，年的前腳便騰空而起，直朝軒轅跺去。在沖天而起的塵埃中，軒轅已經閃身落在了旁邊，但眼前卻又躥過幾隻殺紅了眼的巨夕……

手起劍落，兩顆夕頭落地，但軒轅的頭頂也黑沉沉地不見了陽光……

一切都要結束了，周圍是窮兇極惡的夕，頭頂則是泰山壓頂一般年的腳掌……

玄毛帶着老人、孩子，還有女人逃到了山上。孩子和九條小龍戰戰兢兢地躲在龍洞裏，嫘祖和一些女人照顧着它們；所有的老人都在龍洞周圍的山路上休息；玄毛和素楓則走到了巨石之上，卻在昏暗的光線下，看到了一根乾枯的木棒，玄毛俯身將它撿起，不禁愣住了。

“這是……”素楓呆呆地看着玄毛，不知該不該說下去。

此時，許多族人也都擠上了龍山。

“咦……”一個女人看着玄毛手中的木棍，驚訝地叫着，“這不是大長老的帝杖麼？”

卻在這時，更多的人已經歡呼起來。

"快看！龍！龍已經衝過去了！"

隨着頭頂一聲巨響，甚至還沒等軒轅抬頭，四周便是一片火起，竟見年已翻滾着落到了百步之外……

與此同時，一道道數人高的火牆翻滾着推向夕羣，推向年和蚩尤……

片刻的喘息，大家已經托着鳳逃向龍洞。

而軒轅則已經站在了龍的頭上。

"請不要傷害蚩尤和年，這裏一定有……"還沒等"誤會"兩個字出口，就聽"哞"的一聲，蚩尤已經拉着韁繩與年一同站了起來，又是滿天的風雪，但這次烈火卻沒有熄滅，甚至燒得更加熊烈。

而風雪也隨着年的咆哮越發狂暴起來，烈火與冰雪交織在地面，狂風與熱浪糾纏於空中，年與龍相互對峙，蚩尤和軒轅則分立於年背和龍頭之上。

蚩尤滿眼殺氣，凝視着軒轅。

面對蚩尤猙獰的面具，軒轅更多的卻是不解和無奈。

蚩尤大喝一聲，奮力揪起韁繩，年便隨之一聲咆哮，撲向了龍。

軒轅握緊龍角，巨龍也迎頭衝上。

兩隻巨獸生生地衝撞在了一起，刹那間，天地也要被撞得裂開了一般，昏昏暗暗不見光日，巨大的衝力將冰晶火焰撞得四散迸射，打穿了夕的腦袋，卻也洞穿了人們的胸膛，鮮血噴湧而出，有的立刻結成了冰，有的卻瞬間化成了蒸汽……

"蚩尤！我們不要再打了！"軒轅頂着風雪喊道，"這對誰都沒有好處！"

"軒轅！樂土是我的！"蚩尤避開熱浪，"只有最強的人才是這裏的主人！"

蚩尤猛揪起韁繩，年便狂暴地連吼幾聲，風雪立刻壓過了烈火，甚至軒轅也險些被颳落下去……

原本還在歡呼的眾人，現在已經圍着玄毛驚得目瞪口呆。

"這……這真的是大地的靈魂？"

"但是火……火怎麼沒了？"

眾人不知所措地看着玄毛。

玄毛卻凝視着兩頭纏鬥在一起的巨獸，惶恐，甚至懊悔已經令她無話可說。

"龍已經……"素楓猛然一驚，癱坐在了地上，"已經透支了它所有的體力？就連大地的靈魂也……難道我們又做錯了？"

年、龍又一次架在了一起，雖然依舊勢均力敵，但龍卻在不住地搖頭，就像已經值崗到了深夜的守衛一樣，盡量使自己振作起來，但身上金色的光芒卻又一次暗淡了下去，就連與年接觸的地方，也開始結冰了。四周的烈火不再旺盛，而風雪卻更加狂暴……

龍的眼神越發渙散，風雪已經完全壓住了烈火，軒轅的衣服上也積起了一層厚厚的冰霜……

隨着一聲驚天動地的巨吼，年一頭撞在了龍的兩條前爪之間……

龍癱軟地摔在了地上……

軒轅吃力地爬起……

卻見年已經緊緊扼住了龍的脖子，並將它懸吊在空中……

光芒已經不見了，龍青綠色的身體鬆軟地垂晃着……

還時，一聲嘹亮的悲鳴劃破了長空，鳳揮動着它受傷的翅膀向年撲來，卻又被狂風吹落在地上，接着又是一聲悲鳴，龍的身體隨之微微一顫，鳳更加奮力地在狂風中掙扎，隨即又是一聲悲鳴，龍的身體便又射出了幾道耀眼的金色，無數片雪花打在上面，又"呲呲"的一聲化成了水汽，就連年的前爪上，也逐漸升起了縷縷的白煙……

又是一道聲嘶力竭的悲鳴。龍猛地睜開了眼睛，一道熊熊的烈火，直砸在年的身上。大火燎燃了它白色的長毛，咆哮中也帶出了一縷悲涼……

金色的亮閃，伴隨着轟鳴的雷聲，撕裂了昏暗的風雪，年的頭上便受到了龍尾沉重的一鞭……

風雪停了下來，陽光重新照在了大地上，軒轅愣愣地看着戰場上的一片狼藉，不遠處的年一動不動躺在地上，白毛已經所剩無幾，幾縷未盡的黑煙從中冉冉騰起。

而眼前的龍也一動不動地躺着，鳳就在它身邊，倖存下來的人們正奮力將龍馱到鳳的背上。

然而雪地裏又蹣跚着站起一個人來，他甩開燒焦了的盔甲，又將面具扔了在雪地中，輕輕按着臉上的灼傷，看着地上一動不動的年，牙根咬得咯咯作響。

軒轅也看到了他，也將牙齒咬得咯咯作響："為甚麼？蚩尤！為甚麼我心愛的東西你都要拿走？又為甚麼我每次甘願拱手相讓的時候，你卻都要過來搶？錯誤只能有一次，但我卻容忍了你無數次，可你還是要錯到無法挽回！"

蚩尤吊立的眼睛死死地盯着軒轅："我最愛的人，心在你那裏；我曾經嚮往過的樂土也在你那裏。而我才是全天下最強的人！"

兩個人都抬起了手中的大劍，也都用着從未有過的眼神凝視着對方。

怨恨驅使着他們邁開了仇恨的步伐，越來越快……

兩把大劍鏗然相碰。

……

"我把地圖給你送去，就是要你來塗炭生靈的麼？"

"可是你的地圖上卻並不歡迎我的夕！"

一道道傷痕已經被仇恨刻在了彼此的身上。

……

"為甚麼要殺那麼多的人，現在你開心了？！"

"你也同樣殺了那麼多的夕！"

兩劍相碰錚錚作響。

心中的怨恨卻已經使他們無語。

……

鳳背着龍，跌跌落落地飛向龍洞，人們也再次舉起了武器。

遠處的林子裏一個白色的身影也將夕羣集結了起來。

……

不知打了多久，兩把大劍又一次鏗然一碰，兩人便都震得倒退了幾步。

但此時兩把大劍都已經沉重地拖在了地上，粗重的呼吸急促不堪，但眼中的仇恨卻絲毫沒有衰減。

蚩尤身後，虎視眈眈的夕羣正在等着小白屠殺的命令。

軒轅身後，目光炯炯的族人已經鎖定了夕的每一處要害。

雙方重新對壘，決戰一觸即發……

第六十二章　愛人

　　馬蹄噠噠，數十騎隊飛奔而來。

　　軒轅、蚩尤都是一驚，側頭望去，棗紅色的駿馬便停在了眼前，翻身下來一人，正是女魃。

　　一時間，紛繁複雜的心情竟使這三個原本最要好的朋友愣在了原地。

　　這還要從蚩尤答應做大長老的第二天說起。

　　一早起來，女魃居然覺得部落裏異常清靜，出門一看，原來滿部落的夕都不見了。

　　他真的趕走了夕？女魃不由得一喜。

　　享受着部落裏久違的清靜，看着蚩尤親手在自己帳前開墾的花園，雖然鮮花暫時枯萎，但是相信下一個春天它們一定又會熱烈地綻放。

　　女魃寧靜的臉上也像冰雪初融那樣帶上了些許生氣，雖然她不知道這是不是因為感激，但她似乎也心甘情願地答應他了，畢竟蚩尤為自己做了那麼多，畢竟他這次連夕也趕走了……

　　但片刻的欣喜，卻引來了女魃更大的憂慮，因為蚩尤的大帳裏竟然空無一人。隨即她又在部落裏看到了同樣驚慌的赤川、毛象等一些幡隊頭領。

　　“樂土？”女魃半信半疑地問，“小白告訴蚩尤的？”

　　“對！”赤川點點頭，“就是昨天，但沒想到這麼快就出發了！連我們也沒告訴！”

　　失落，更多的還有厭惡！直衝上女魃心頭。

　　蚩尤凝視着軒轅，卻低沉地對女魃說：“放心吧，我一定會把樂土搶到手！我會讓你心甘情願答應我的！”說着又舉起了大劍。

　　“這就是你給我的答案麼？”女魃冷冷地說，“你以為武力真的可以征服一切麼？”

這聲音並不很大,卻一下子洞穿了蚩尤的心,他高舉着大劍,渾身開始顫抖。

"至少有一樣東西,"女魃遙望着遠方,"你永遠也無法用武力征服……"

蚩尤濃重的呼吸中,有了些哽咽。

"你不惜一切代價追逐着這樣東西,"女魃緩緩收回視線,"但你追得越緊,她便離你越遠!"

蚩尤顫抖的嘴唇中再也擠不出甚麼聲音,但仇視的眼中,倔強的淚水,卻將他逼到了癲狂,而癲狂促使他又一次揮劍劈向了軒轅。

早已氣喘吁吁的軒轅只得奮力格擋。

女魃仍舊寧靜地看着他們。"如果這樣東西,已經使我們忘記了兒時的歡樂,忘記了彼此,"女魃的聲音微微顫抖起來,但顫抖中卻透出了無比的堅毅,"那我甘願讓她就此消失!"

"當!"的一聲,軒轅的劍已被蚩尤劈斷。但兩人卻都沒有再打下去,他們甚至同時猜到了甚麼……

"不要!"兩人不約而同地看向女魃。

一把小刀已經握在她的手裏 —— 這把小刀是這麼熟悉,它記載了他們三人第一次相遇的回憶。

兩把大劍一起掉在了地上,但小刀已劃破了他們的希望……一注鮮血染紅了整片天空。

兩人一同抱住女魃,一同按住她的脖子,鮮血卻仍舊透過他們的指縫噴湧而出……

女魃終於又露出了笑容,因為她心中的兩個兄弟又一次將手按在了一起,雖然那下面是她自己的鮮血。

"還記得在龍洞時麼?"女魃看着軒轅,"我教會了你'拋子',你還欠我一個願望……"

軒轅哽咽着點點頭。

"不要責怪蚩尤,原諒他……"女魃顫顫巍巍地捂着兩人的手,"你們都要好好活下去!這是……我……最後……的願望……"

一滴幸福的淚珠滾落下來,女魃永遠躺在了軒轅的懷裏,一動也不再動了。

第六十三章　兄弟

蚩尤瘋狂地仰天長嘯。而軒轅卻沒有了任何聲音，眼前的一切都已經和他沒了關係。

"吱——吱——"小白蹭着爪子，又弓下了腰，"這些人都是你們的午餐！"

羣夕蜂擁而上……

一隻巨夕將失魂落魄的軒轅撲到。

看着血盆的大口，軒轅卻沒有絲毫的反應。

一注鮮血濺在了軒轅的臉上，卻是蚩尤砍下了那夕的腦袋。

恍惚中，軒轅看到蚩尤在怒吼，卻聽不到他在喊甚麼，只見撲向自己的巨夕，一隻隻地倒在了腳下……

蚩尤猛力地晃動着軒轅。

軒轅卻如行屍走肉般沒有絲毫反應。

又有幾隻巨夕撲來，卻葬身在赤川等人的手下。雖然這些幡隊武士各個身手不凡，雖然軒轅的族人也是鬥志昂揚，但瘋狂的夕卻一波接着一波地洶湧撲來……

"蚩尤，到我們這邊來，"小白一雙吊眼凝視着蚩尤，"殺了他們，你就扔下了所有累贅！"

"小白，"蚩尤揮劍又斬下了一顆夕頭，"醒一醒，你是人，是我的好兄弟！"

"我只接受強者，"小白的腰弓得更深，"你的軟弱太令我失望了。"

"小白……"

話音未落，洶湧而來的夕羣已經擋在了蚩尤與小白之間……

正在這時又傳來"哞"的一聲，即便早已失去了往日的威嚴，卻足以將夕羣震懾！

年晃了兩下，竟然又蹣跚地爬了起來。

又是"哼"的一聲，癲狂的夕羣終於平緩了下來，小白也慢慢直起了腰，但吊立的眼睛仍舊狠狠地瞪着蚩尤。

看到不遠處的年又晃晃悠悠地爬了起來，甚至，小年也從大年一塊尚白的毛裏鑽了出來，蚩尤極度沉痛的心情才算稍稍得到了一點撫慰。

四周的一切也在鮮血中靜了下來。

"我不配安葬她，"蚩尤看着女魃的屍體，"她的心永遠都是在為你而跳動。"

軒轅恍惚地看看女魃仍舊微笑着的臉龐，就連淚水也無法撫慰哀痛，模糊的視線中，他慢慢看清了眼前的世界——狼藉的戰場，微微躁動的夕羣，甚至還有一張猙獰的夕臉……

軒轅猛轉過頭好像要對蚩尤說些甚麼……

"我知道你要說甚麼，"蚩尤輕輕按住了嘴唇，卻搖搖頭，"但那是我的事情，我會親自來解決。"說完，又拽了拽脖子上的小竹笛。

看着蚩尤的神情和動作，其中的用意似乎只有軒轅才可以讀懂。

年已經可以站起來了，雖然遍體鱗傷但依然龐大，軒轅便沒再多說甚麼。

"白幡隊，"蚩尤看着赤川，"一起把軒轅送到山上，告訴族人，我蚩尤會給大家一個交代！"

雖然沒有完全明白這話中的意思，赤川卻沒再多說，跟着軒轅一起離開了。

臨走之前，軒轅、蚩尤兩人的眼神一掃而過，彼此的心事已瞭然於心……

第六十四章　劍心

去往龍洞的山路上，軒轅安葬了女魃，在這裏她可以永遠守望美麗的樂土。

一把把黃土撒落在女魃身上，美麗的夕陽映紅了她的臉龐，殘留着幸福的淚痕，笑容依舊如花兒一般綻放。

"我好笨！"軒轅戀戀不捨地看着她含笑的面容，"我這才知道你為甚麼要跟蚩尤回去，居然讓你一個人受了這麼多的苦！"軒轅含着淚，卻開心地笑了："現在好了，我們永遠也不會分開了，等我們趕走了夕……"一陣辛酸猛然湧上心頭，他強忍住淚水："我天天都來陪你。"

大家含着淚水，也都親手給這位善良而美麗的姑娘堆上了一坏黃土。

軒轅為她蓋上最後一把土，卻猛抬起頭，居然還在笑。

"我們這都是怎麼了？"軒轅笑着說，"女魃是帶着微笑離開的，她一定也不願看到我們這樣。知道麼？我們都相信這句話，好心情能夠帶來好運氣！讓我們用今生最好的心情來給她送行吧！"

軒轅又笑了笑便帶着大家一同上山去了。

他很清楚，事情還遠沒有結束，甚至還有更慘烈的一場大決戰將要發生！這個時候他絕不能讓悲痛取代了大家的鬥志，尤其是不能讓自己的悲痛影響到眾人奪回樂土的鬥志。他們取勝的籌碼，或許只有信心了。

確實，龍一直癱軟地趴在巨石之上，許久都沒有動彈一下了，甚至是死是活也全然不知。鳳就一直守候在身旁，不知所措地看着龍。九個剛剛出世的小龍躲在鳳的翅膀中，只把腦袋露在外面，雖然它們根本就不知道發生了甚麼，但周圍的不安與沉悶卻使它們再也沒有心情玩鬧了。

眾人擠在山道上，惶恐不安地看着重傷的龍和鳳，有些人還在嘁嘁喳喳地議論着甚麼，只有玄毛和素楓站在那裏發愣，渙散的眼神中還透着無盡的悔恨和恐慌。

"軒轅回來了。"忽然有人喊道。

所有的人便似盼來了主心骨一般，擁了過來。而素楓竟然嚇得渾身一顫，險些摔倒。

嫘祖連忙跑到軒轅跟前："真的是我哥要來霸佔樂土麼？"

"放心，蚩尤不會那樣做了。"軒轅微微一笑，"你看，他還派了幡隊武士來幫咱們。"

"幫咱們甚麼？"嫘祖不解地問，"還要打麼？"

軒轅仍是一笑，轉而問起龍的情況來："龍和鳳怎麼樣？"

"噢，鳳的傷並不重，不過龍，"嫘祖有些沮喪，"我卻看不出是怎麼了，他的傷好像也不很重，但……還是你去看看吧！"

這似乎早在軒轅意料之中。他立刻來到龍的身邊，輕輕感受着龍的鼻息和心跳，都很微弱，幾乎奄奄一息了。但正如嫘祖所說，龍受的傷本身並不嚴重，只是因為身體極度虛弱，又極度透支了體力，這才使它兩前爪之間的那一下重擊觸及到了心脈，以致造成了致命傷。

軒轅無奈地搖搖頭，看着鳳卻又不知該說甚麼好。

鳳似乎有點明白了，幾朵火苗似的眼淚淌落下來，滴在龍的身上，就如石子落在水中那般，激起層層金色的光暈。

小龍們一下子跳出了媽媽的羽毛，有的舔着爸爸的眼睛，有的拽着爸爸的龍鬚，多希望它能再次睜開眼睛看看自己，但龍卻仍舊動也不動。

所有人都別過了臉，偷偷拭着眼淚。

"難道你也沒有辦法麼？"淚流滿面的嫘祖揪住軒轅喊着，"樂土上有那麼多靈草異葉，難道就沒有一種可以救龍了麼？"

"但卻沒有起死回生的藥，"軒轅更加無奈地搖着頭，"龍的心脈已經震碎了。"

"不可能，它前爪之間只有很輕的創傷，怎麼可能觸及心脈？"

"原本不會，但是……"軒轅冷冷地看着素楓，似乎這句話就是在說給她們聽的，"但是，有一種毒藥卻可以使它渾身乏力、經脈脆弱，就像當年的應龍長老！"

"應龍長老？"嫘祖匪夷所思地看看周圍，"難道有人下毒？"

話音未落，幾乎所有人便將視線落在了素楓身上。

"沒錯！"軒轅接着說，"這種毒藥不僅可以令身體虛弱，還會成癮，一天不食便會如萬蠱食心那般難受，再強的生命也會乖乖地聽從號令！"

素楓此時早已冷汗淋漓。

"二位長老！"軒轅大聲問，"是不是這樣？"

"不……不是，"素楓連忙解釋，"不是我幹的，不是，真的不是……"

"我又沒說是你做的！"軒轅緊緊盯着素楓的眼睛，"緊張甚麼？"

"既然你已經知道了，"玄毛站起身來，"又何必拐彎抹角？沒錯，這就是被神農長老禁用的那種藥，而且是我給龍和在了湯裏，這和素楓長老沒有關係！"

人羣中頓時一片寂靜，隨即又是一片譁然。

"你這個狠毒的女人，"有人喊着，"我們大家都會被你害死的。"

"殺了這個女人，"還有人已經衝了上來，"為龍報仇！"

"我自知罪孽深重，"玄毛寧靜地看着眾人，"用不着大家動手，我自會了斷！"

"大家不要這樣！"素楓卻上前一步，攔住了激動的族人，"她也是為了大家，才這樣做的！"

眾人一愣，稍稍安靜了些。

"她怕有朝一日，"素楓接着說，"龍會像上次那樣驅趕我們，為了徹底免除龍的威脅，大長老才……"她含着淚轉而對軒轅說："你應該知道，那不是毒藥，它只會使身體虛弱，卻並不會害命，只是……只是誰會料到……蚩尤偏偏這時……"

雖然人們的憤怒依舊，咒罵聲卻漸漸停止了。

軒轅為難地看看鳳。善良的鳳只是更加無奈地哭泣，火焰的眼淚不住地淌落在龍的額頭上，便又是無數的光暈蕩漾開去。

在微微的光暈中，龍緩緩睜開了眼睛，虛弱的它只是在用氣息說話："不要責怪她了，這或許根本就是我的錯！"

龍居然又說話了，所有人便是一陣驚喜，但也被龍說得大為不解。

"我根本就不該把你們同其他生靈一樣看待，"龍虛弱地眨了一下眼睛，接着說，"你們有着一顆不願被束縛的心，或許就是你們說的那種'野心'。我也因為這個而痛恨過你們……但千萬年以來，我卻發現你們居然還是芸芸眾生裏最懂愛的生靈！"

龍不禁苦笑了一下："我不知道這兩種截然不同的感情，為甚麼會同時生在你們的心中。"龍用渙散的眼神看了看玄毛："你們可以為了'野心'而利用'愛心'，卻同樣為了'愛心'而使用'野心'！"龍又微微歎口氣："更會因此而擁有力量，卻連你們自己也不清楚它的強大！"他看着軒轅，顯得很無奈："知道麼？或許這種力量已經在我之上，或許那顆心根本就不該生活在我的庇護之下……"

所有人都低着頭，沉默了許久。

龍強打起精神，看着軒轅，接着說："我想，現在是該把你們還給自己的時候了，但在此之前，我還要給你們一樣東西。小夥子，我最信任你，就由你來做一個選擇吧！"

"我怎麼合適？"

"這就是謙虛麼？"龍淡淡一笑，"我看這是你們獨有的一種虛偽吧？我不太清楚，我所能看到的只有善良或邪惡，所以只有你最合適！"

"好！"軒轅沒有再推辭，"我願意做這個選擇。"

"我的心，"龍的氣息更加虛弱了，"還有這大地的靈魂。"

"可……"軒轅一頭霧水，"可是大地的靈魂已經枯竭了。"

"年輕人，不要心急，"龍又歇了一下，"挖出我的心，裏面的龍血可以使你變得比年還要強大，你覺得這個怎樣？"

軒轅想了一下："那麼選擇大地的靈魂呢？"

龍微微一笑："用你們的耕耘使大地重煥活力，否則，這裏將永遠變成不毛之地。但奪回樂土卻只能靠你們自己了。"

"當然是後者！"軒轅想都沒想便拿起了乾枯的帝杖。

"先不要着急，我的血甚至可以讓你像我一樣，成為大地的主宰！"

"然後呢？"軒轅認真地說："再犯與你一樣的錯誤？再找一個生靈延續我們的統治，或者等待大地與我一同枯萎？……我只想將世界還給每一個生靈，無論是否擁有智慧，也無論渺小還是龐大，都可以平等地擁有這個世界。"

看來這個答案已經超出了龍的預料，但它還是滿意地笑了："太好笑了，原來一切的根源真的都在我這裏。但眼下的樂土怎麼辦？"

"我堅信！"軒轅回頭看着所有的族人，"只要我們大家將生命融為一體，我們同樣無比強大！"微微停了一下，他又說："所以，我們有信心！使大地的靈魂重煥活力，更有信心奪回樂土！"

"信心？或許它很了不起，"龍淡淡一笑，"但真的僅僅憑着信心，便可以用這樣少的人奪回樂土麼？"

"我知道謙虛和安慰都會被你視為謊言，所以我不敢保證，但是沒了信心我們就一點希望也沒了！"軒轅堅定地看着龍的眼睛，"所以還是要向你保證！明天，樂土將重新踩在我們的腳下！"

"我仍舊無法理解，"龍竟然更加滿意地笑了，"但我想，這應該就是人類勝過我的地方，在你們心中，沒有不可能！"

說完它又看了看鳳。鳳也會意似地點點頭，將重傷的龍馱到了自己的背上，奮翅飛向天邊。

剛剛出生的九個小龍，望着遠去的爸爸媽媽，焦急地叫了起來。

"爸爸媽媽不會拋棄你們的，"軒轅撫摸着最小的蒲牢，"它們只是希望你們得到真正的歷練，成為真正的龍之九子！"

"龍鳳離開了我們，"軒轅站起身對眾人說，"但它們卻學着我們，來相信一件自己並不知道結果的事情，所以它們留下了自己的孩子，那我們就更沒有理由懷疑自己了！"

但眾人卻是一片寂靜。

"雖然有些夕學到了我們的智慧，"面對懷疑的目光，軒轅卻信心百倍，"但我們生命中卻有許多東西，它們永遠也學不到！它們永遠也不懂得愛別人！而我們……"他寧靜的眼神已經深深地射入了每一個人的心，堅毅地說："卻因此無所畏懼！"

仍舊一片寂靜。但僅僅片刻，一個小夥子便跳了出來："我不會讓夕傷害我的老媽媽！"

"我決不允許夕碰我的孩子！"一個女人也堅定地上前一步。

"我們有手有腳，我們一定要把夕趕走！"許多人都跟着喊了起來，"就算死，也要趕走夕羣！樂土是我們的！"

"相信我，我軒轅從未騙過大家，"軒轅更加堅定地說，"相信我！我們的祖先原本就來自樂土，所以，我們的身上同樣流淌着龍的血！所以，我們每一個人都是一條龍，而我們融匯在一起的生命，也將註定化作一頭更加強大的巨龍！"

軒轅！軒轅！軒轅！……

所有人都高呼起軒轅的名字，所有的疑慮都被拋到了腦後，唯有信心和相互的愛留在了族人的心中。

　　……

　　"除了男人，"軒轅高喊着，"都到山上去收集茅草、粗樹杈和青竹子！男人抓緊時間休息，今晚大霧一起……"軒轅攥緊了拳頭，"我們便要奪回樂土！"

　　"奪回樂土！""奪回樂土！"……

　　族人羣情激昂地衝出了龍洞，按照軒轅的指示忙了起來。

　　"嫘祖，"軒轅輕聲叫住了嫘祖，"你還有更重要的事情。"

　　"好呀！"得到重用，嫘祖自然更加開心，"做甚麼？"

　　但她卻發現，軒轅正在直愣愣地盯着自己的前胸，甚至已經伸手解開了外面的紗衣。

　　"你……"嫘祖不知所措地看着軒轅。

　　"這樣的紅紗還有多少？"軒轅仍舊盯着嫘祖輕紗之下的紅兜兜。

　　"這……"嫘祖尷尬地回過神來，"送給龍的禮物中有不少呢，但這有甚麼用？"

　　"到時候你就知道了，"軒轅比劃了一個尺寸，"都撕成這麼寬、兩拃長的小條，越多越好。"

　　"嗯。"嫘祖點點頭，便去準備了。

　　軒轅獨自站在巨石之上，凝神俯瞰着樂土。

　　"晚上真的會起霧麼？"赤川在軒轅身後擔心地問。

　　"放心吧！"軒轅看着枯竭了的火種，"大地的靈魂一旦熄滅，外面的寒風便會吹進樂土，怎麼能不起霧？"

　　"但是……"赤川卻還在猶豫，"其實……我本不該懷疑你甚麼，但是，我們真的要打麼？大首領他不是答應過，會給大家一個交代麼？"

　　軒轅凝視着樂土上的每一個細節，更加凝重地說："還記得我臨來樂土時的囑咐麼？"

　　"當然記得，"赤川說，"如果大首領仍舊不願放棄夕，那麼一旦失去了年的力量，就在最快的時間裏把大首領帶到遠離夕的地方。糟了！"赤川頓時一驚：

"現在就是失去年的時候！"

"對！但現在已經用不着你去提醒他了。"

"但是，大首領他……"

"自從我們失去深愛的那個人……"軒轅頓了頓，"從那時起，我們就已經比以往任何時候都清醒了。但他對小白的感情我知道，所以他要親手彌補自己的過失，但那卻是……"軒轅搖搖頭，並不想過早否定蚩尤的舉措："所以我們要做好更加充分的準備，他要你們和我一起回來，也正是這個目的。"

赤川恍然大悟："是要我們來幫你帶領不善打仗的族人？"

軒轅點點頭："他自己留在那裏，一旦無法說服小白，年又重傷不治，那麼就只能靠我們了，而且他那樣做，即便失敗也可以為我們爭取到反攻的時間和機會！"

"原來是這樣，"赤川捶了捶拳頭，"那麼……呵呵，人夕之間真的要做個解決了！"

……

第六十五章　陷阱

軒轅仍舊凝視着樂土的動靜，卻更加擔心起來⋯⋯

到了深夜，樂土上果然飄起了一層淡淡的白霧，但蚩尤仍舊沒有和小白說一句話。

蚩尤在自己軍帳中憂心忡忡地等着。小年也變得異常安靜，在蚩尤身邊期待着媽媽趕緊康復。

小白仗着"兵權"在握，已經牢牢地控制住了局面，但他卻不能再等了⋯⋯

忽然，女頭領衝進了蚩尤的軍帳。

"真不知道那畜生在幹甚麼？"女頭領焦慮地說，"它還是不肯見你，而且藉口年要休息，也不讓我們接近。"

蚩尤"啪"地一掌拍在了桌子上："小白⋯⋯"

"不用着急，"女頭領安慰說，"量它們也不敢動年一根汗毛，何況，只要拖到軒轅調整好人手，咱們早晚宰了那個畜生。"

蚩尤卻長長歎了口氣，又緩緩坐了下來。

"小白呀，小白，"紛繁複雜的心情讓蚩尤連連歎氣，"早知這樣，不如當初就讓你們留在林子裏，哪怕像從前一樣偶爾有些衝突也好⋯⋯"蚩尤搖搖頭又是重重地歎口氣："我永遠做不了夕，你也永遠不能變成人！"

"唉！"女頭領也只得無奈地歎口氣，摸着小年的頭說，"只要它媽媽好起來，或許一切還可以重新開始。"

"重新開始⋯⋯"蚩尤又想起了女魃，便不再說甚麼了。

就在這時，外面傳來一陣騷亂。

一個無幡武士也衝了進來："小白它⋯⋯"

未等說完，鋒利的爪子已經穿透了他的胸膛。

"哼哼，"小白弓着身子爬了進來，"這個沒用的東西妄圖渙散士氣，就讓我來替大首領懲罰他一下吧！"

"你⋯⋯"蚩尤罵道，"誰給你的膽子，竟敢隨意處決幡隊武士。"

“實力！”小白呲着牙回答蚩尤，“有實力我就可以做任何事情。”

此時，又有幾隻巨夕破帳而入。

“你要幹甚麼？”蚩尤似乎對小白仍抱一絲幻想，“真的連我也要殺？”

“憑甚麼不能殺？”小白一雙吊眼中滿是殺氣，“既然你永遠也改不了骨子裏的弱點，那就不配再做大首領。”

“如果你永遠也學不會感情，”蚩尤也按住了劍柄，“那你永遠也做不成人了。”

“我就是一隻夕，”小白深弓着佝僂的腰，口水已經淌落在地上，“人類的弱點令我噁心！”

“所以你永遠也不可能變強！”蚩尤惋惜地看着小白。

小白卻是一驚。

“或許我們沒有你厲害，”蚩尤冷冷地說，“我們的心卻可以凝結在一起，就算死，我們也依然活在彼此之間。”

“哼哼！”小白又呲出了牙，“別再虛張聲勢了，我們已經看到了，鳳馱着半死不活的龍扔下你們飛走了！就算你們真能凝結在一起，還能再凝結出一條龍？”

“不信麼？！”蚩尤瞥了一眼周圍的夕，“如果你只有幾千隻老弱殘夕，你敢抵擋軒轅數萬之眾麼？”

小白深弓着的身子微微直了一些，似乎在思考着甚麼。

“但軒轅卻用那些老弱病殘擋住了我們！”蚩尤繼續說，“你知道麼？龍在奄奄一息的時候為甚麼還能給年致命的一擊麼？”

小白又挺直了身子，也像人一樣皺緊了眉頭，細細思索着。

“那你還知道麼？”蚩尤接着問，“女魃為甚麼可以在生命沒有絲毫危險的時候殺死自己？”

小白甚至像蚩尤那樣撓撓頭，一臉茫然。

“你不用再想了，”蚩尤對小白徹底死心了，“你學得再像也只是模仿，正如你所說，那是我們骨子裏的東西。”

“嘶……嘶……”小白又弓下了身子，蹭蹭爪子，“既然想不通，那我就證明給你看，樂土將屬於我，因為我擁有人的智慧和夕的實力，而感情……只能是你們的弱點！”

說罷，幾隻巨夕撲向了蚩尤。

蚩尤揮劍斬殺，卻忽聽一聲慘叫，小白的利爪已經刺入了那女頭領的心窩。

蚩尤當然了解小白那可怕的速度，更何況身邊還有這麼多巨夕。

事已至此，蚩尤只得護着小年從一隻瘦夕旁邊突圍了出去。

外面的幡隊武士早已和夕拼殺起來，甚至此時蚩尤還驚奇地看到了遠處的年。

沒想到小白竟然撤掉了守衛，蚩尤連忙掏出小竹笛，隨着一聲悠長的笛聲，年居然真的爬了起來。

與此同時，大帳周圍的幡隊武士也見到了蚩尤，便在毛象的帶領下迅速與蚩尤匯合到了一起。

片刻，年已經蹣跚着走了幾步，巨大的腳掌和手掌令阻攔的夕嚐盡了苦頭。

"哞"！雖然明顯底氣不足，但這一聲卻威嚴依舊。

不過，夕羣卻並未像以往那樣被震住。甚至小白仍舊驅使着夕繼續圍攻。

蚩尤猛然一驚，發現強壯的巨夕竟都圍而不攻，而在自己和年之間進行阻攔的卻都是些老弱病殘，甚至在它們殊死的"阻攔"下，已經讓衝在前面的毛象和年之間的距離縮短到了幾十步。

忽然，蚩尤又想起剛才軍帳中砍倒的那隻瘦夕，冷汗不由得流了下來……

"停下！"蚩尤突然高喊，"不要往前走！"

雖然蚩尤和後面的幡隊武士都停住了腳，但還是太晚了，轟隆一聲巨響，年掉進了一個巨大的陷坑中，不僅如此，衝在最前面的毛象，也因身軀龐大而未能停住腳步，一頭栽到了年的身上。

"哈哈、哈哈……"小白一陣狂笑，"蚩尤，算你聰明，但現在你還倚仗甚麼來做大首領？哈哈哈……"

"原來你早就設計好了！"蚩尤恨得牙根都在痛。

"的確！"小白弓着身，呲着牙，"甚至比你想像的還早，所以當初我才勸你扔下那些幡隊武士，獨自來攻打樂土。"

"沒想到你還學會了陰險！"

"哼哼，除了'陰險'，你們人類還有許多好東西，只可惜你們都不屑使用，太浪費了！"

……

就在小白的狂笑聲中，無數的巨夕一擁而上。而陷坑邊，十幾隻灰白色的夕，竟像人一樣手持長矛，猛刺着年的傷口。

若不是毛象在陷坑中拼死守護，本就虛弱無力的年恐怕早就一命嗚呼了。

"先殺了那頭大笨象，"小白話音剛落，十幾根長矛便瞄準了毛象。

蚩尤掄着大劍，拼死朝陷坑衝去。

卻在這時，小年竟是一聲慘叫，背上還趴着一隻夕。蚩尤抬手一劍，那夕便斷成了兩截……

看來小白還學會了"斬草除根"，只見更多的巨夕又撲向了小年。

營救路上堵滿了夕，小年身邊也到處是夕。就連陷坑裏的毛象，前胸後背也插上了幾根長矛，而年，傷口裏更是斷矛無數，血水橫流……

在小年撕心裂肺的嚎叫中，大年一次次地爬了起來……

"狗娘養的！"蚩尤一把大劍掄開了花，幾個幡隊頭領也拼了命地往前衝，幡隊的武士也全力守護着小年。

陷坑近在咫尺了。卻忽見眼前白影一晃，蚩尤本能地閃身，叉子般的利爪戳穿了一名頭領的胸膛。

"你終於出手了！"蚩尤冷冷地說，"有本事衝我來！"

"你以為自己還能打麼？"說話之間，小白又連向蚩尤刺出十餘爪，速度之快，即便蚩尤早有準備，還是被它刺傷了腿和肩膀。

"怎麼樣？"小白邊打邊嘲笑蚩尤，"身子被歌舞酒肉泡發了吧！"

面對小白迅捷凌厲的攻勢，蚩尤顧不上答話，甚至一隻爪子又刺向了他的心口……

"哼"！終於在小年的嚎叫中，大年躍出坑沿，血糊糊的前掌剛扒住坑邊，鬆散的泥土卻呼啦啦地滑落了一片，但大年卻並沒有摔回坑底……

坑底泥濘的血水中，毛象的一雙大腳穩穩撐住了地面，小山似的脊背竟然托住了年的腳，驟然間，坑底迸發出一聲震耳欲聾的咆哮，毛象便直起了腰，卻再也不動了……藉助毛象的支撐，年終於爬出坑，一片驚叫聲中，坑邊的幾隻夕已經被年踩成了夕餅，而小白卻憑着靈巧的身法躲到了一旁。

雖然鮮血仍順着斷矛流淌，但剛剛爬出陷坑的年卻還是震懾住了羣夕。巨掌一揮，周圍的巨夕自然是飛向了天邊。

小白幾個閃身，躥到了遠處，接着"吱"的一聲長鳴，所有的夕也重新聚集到了它的身邊，在數量上依然佔據了絕對的優勢。

蚩尤的幡隊武士，只剩下了不到四隊。更糟的是年，一見到小年，片刻的欣慰便使傷痛又席捲了上來，它腳下一軟，又趴在了地上。

"蚩尤！"夕羣之中小白一聲狂笑，"兩個大塊頭只剩下了半個，你要放棄了累贅，我還能給你個頭領當當！"

失望，蚩尤對小白，似乎只剩失望了。

面對年的威懾，夕羣的進攻稍有減緩。

"黃幡隊！"蚩尤扯下自己的小竹笛，"告訴軒轅，輪到他了。"

黃幡頭領接過竹笛，帶着僅有的三名部下衝進了夕羣……

"拖住夕羣，"蚩尤對剩下的武士高喊，"一定要讓黃幡隊突圍出去！"

……

不遠處的小山上，襯着薄霧，一輪明月仍舊掛在石邊，皎潔的月光衝破霧氣，靜靜地灑在血紅的大地上。簌簌的冷風捲起鹹腥，使這片早已喪失了活力的樂土更顯蒼涼。

俯瞰下去，依稀可見蚩尤等人正奮力牽制着夕羣，單薄的夜霧中幾點顯眼的黃色衝到了山腳下，卻還是被幾隻快夕拖住了腳，甚至後面十幾隻巨夕也迅速趕了上來……

……

混亂中又傳來了蚩尤的怒罵，"狗娘養的！綠幡頭領，給我上！"

話音未落，倏地，一支羽箭衝破薄霧，最前面的一隻巨夕瞬間變成了屍體，"倏——倏——倏——"一連十幾箭，山坡上已經沒有會喘氣的夕了……

這樣準的箭法，已經不只一次解救蚩尤於危難，看見石邊的圓月襯着一個窈窕的身影，蚩尤心中一陣酸楚，帶着感激和內疚，悲喜交集地衝口而出一個名字——

"潮紈！"

第六十六章　除夕

　　龍山之下霧氣越積越重，山坡上佈滿了滾石圓木。後面是幾十個茅草球，每個都有一人來高。再往後，捆捆的茅草堆成了片，成列的幡隊武士站在其中，手裏的樹杈戳起草捆，並將它高舉過頭頂。身邊則是七八個手持武器的男人，他們身後卻是二十來個老弱婦孺，手拿竹筒、石塊，看樣子是來充數的，不過看他們一個個鬥志昂揚的勁頭兒，好像肩上的任務比幡隊武們士還艱巨似的。這些人渾身上下都繫滿了紅綢帶，微風中輕輕飄舞，便如鳳的火羽一般。

　　霧更加大了，整個樂土都籠罩在濃霧之中，而軒轅仍舊站在巨石上，望眼欲穿地看着霧中的樂土……

　　龍山之上，九條小龍圍在軒轅身邊，一列列、一組組的人們已經整隊待發。

　　“軒轅！”忽然，有人急匆匆跑到了軒轅面前，“潮紈和黃幡隊的武士上山來了。”

　　“潮紈？”看着潮紈走到近前，軒轅感慨萬千。

　　“情況緊急，不必多問。”說着，潮紈已經舉起了蚩尤的小竹笛。

　　旁邊的黃幡武士連忙補充說：“年恐怕不行了，大首領也被小白包圍了。”

　　早就忐忑不安的軒轅，得知年重傷危殆，更是眉頭擰成了疙瘩。

　　“最擔心的事情還是發生了，”軒轅咬咬牙，“蚩尤！再堅持一下……”隨即他抬起頭，再次高聲叮囑了大家一遍：“我吩咐的事情都記住了麼？”

　　“記住了！”大鼻涕勒勒滿腰的青竹棍，“碰到夕羣敲石頭，發現小白燒爆竹！”

　　“除掉一羣分頭找，”小胖子敲敲手中的石頭，“聽到聲音重新集！”

　　軒轅點點頭，“幡隊武士那邊也記住了麼？除了你前面的一個人，千萬不要看別人！”

　　“知道了，”一個七幡武士回應着，“前面動，後面連，一個一個往下傳。練了這麼多遍，就算是一隻夕也該懂了。”

　　“呵呵呵……”幾個大大咧咧的幡隊武士跟着笑了起來，但絕大多數的族人卻依然靜靜地注視着軒轅。

軒轅捏着蚩尤的小竹笛又看看赤川……

“笛聲起，火龍奔，衝開羣夕，打散分！”軒轅沒問，赤川已經背完了口訣，“放心吧，聽不到你的笛聲，打死我也不衝。”

軒轅深深地吸了一口氣，或許是自己太過謹慎了，但面對這些已將性命託付給了他的族人，軒轅又怎敢怠慢絲毫呢？

此時，嫘祖將一根紅色的綢帶繫在了軒轅的腰間。“霧這麼大……”嫘祖不安地看看一旁的指南車，“真的不會迷路嗎？”

“放心！之前我已經試過很多遍，不論怎樣轉動，這木頭人都會轉回固定的方向，跟着它，錯不了！”軒轅信心十足。

嫘祖滿意地點頭，輕撫着身邊的九隻小龍：“你們都是龍的孩子，保佑我們啊！”

“準備好了嗎？”軒轅鼓勵大家，奮聲叫道，“我們都是龍的傳人，這場仗我們一定會贏！相信我！大家在山上舞得越起勁兒我們就越安全。到時候我們保準把夕都包了餃子！”

“對！包餃子！”有人喊着，“除掉夕，我們奪回樂土吃餃子！”

……

羣情激昂中，軒轅便帶着今生最大的一份託付，與潮紈和十幾個背包的漢子，連同九條小龍，組成“除夕小隊”奮勇向前，漸漸消失在了濃霧中……

蚩尤那邊，此時又靜了下來，時間一點點地過去了，一心指望年可以振作重新站起來，或許只有這樣才能夠打破這裏的平靜，但這指望變得愈來愈渺茫，年已奄奄一息，雖然勉力支撐，強瞪着眼睛矗立在蚩尤身邊，但沉重的喘氣聲已表露了強弩之末的頹態……

小白也表現出了極大的耐心，它期待着年倒下的一瞬間，那時便可以肆無忌憚地殺掉蚩尤，徹底拔除這些眼中釘了！

卻在這時，一隻夕跑到了小白跟前，唧唧咕咕地叫了幾聲，小白便立刻泛起了一臉惶恐。

蚩尤嘲諷地一笑，叱喝：“看來軒轅的腦袋，的確難住了你們這些畜牲的爪子！”蚩尤轉頭高喊：“兄弟們！打起精神來！免得軒轅來了，取笑咱們！是不是，寶寶！"蚩尤一邊"哈哈"地笑着一邊拍拍身邊的年。

哈哈哈……

大家都看淡了生死，這些幡隊武士的心中也只剩下笑聲了。

可就在蚩尤剛剛拍到年的時候，所有爽朗的笑聲便戛然而止了……年已支撐不住了，一聲"呼"然巨響，重重地倒在地上！

接踵而來的，便是羣夕躁動的"嘶嘶"聲。

"哼！哼！"小白冷笑着，"怎麼都不笑了？軒轅確實出了難題，但年給你們留下的問題好像更難！"

說完，小白揮揮前爪，發出"吱 ── 吱 ── 吱 ── "三聲進攻的嘶鳴，夕羣終於發動攻勢往蚩尤衝去！

小白按目前形勢估計，最大的敵人是軒轅，因此只派出二三百隻巨夕對付蚩尤，而自己卻帶着其餘的夕趕去龍山腳下。這樣的調動卻露了一個破綻……蚩尤也是能征善戰的將領，臨陣經驗豐富，縱觀形勢，夕羣雖來勢洶洶，扇形進攻固可將蚩尤等人一網打盡，但缺了小白的指揮調動，南方是一個缺口……

"大家撤退到崖壁那邊去！"面對夕羣的攻擊，蚩尤只得狠心丟下年的屍體，迅即作出向南方突圍的決定……雖然夕多人少，但蚩尤的部隊都是久經戰陣的勇士，藉助視死如歸的高昂士氣，要殺敵制勝固然困難，但突圍而出卻並非難事！

……

濃霧中，小白總算摸到了龍山腳下，不過這裏卻依然靜謐無聲，只是守在山腳下的夕，早就嚇慌了神兒。

報信的夕，衝着龍山上叫了幾聲，小白順勢看去。

山上的霧並不算重，幽幽的霧氣中，一輪恍惚的圓月更顯詭異。月光之下，小白驚恐地看着一道金光正在蜿蜒游動。便如巨龍一般，忽隱忽現於霧中。

龍沒有死？小白又直起了腰，仔細思索着。

"我們的心卻可以凝結在一起，死了卻依然活着！"小白輕聲嘟噥着蚩尤剛才的話，"這是甚麼意思？"它愈想愈不明，硬撓着頭地想，隨即卻是一個寒顫，暗叫不妙："當日軒轅就是用那些老弱病殘擋住了我們，而龍現在奄奄一息，又給了年致命的一擊……"

小白佝僂的腰板挺得更直了，嘗試用人的智慧去盤算着："難道人的骨子裏真有更強大的實力，比智慧還厲害？"惶恐又一次席捲了小白全身，腳步不禁往後退去……甚至整個夕羣，都在跟隨小白的腳步緩緩退卻。

山上的"隆隆"聲仍不斷穩穩地傳下，閃着火的金龍頭飛舞得更激烈……"吱"的一聲，小白腳跟一頓，又弓下了身子，甚至一隻正在後退的夕也被它戳穿了腦袋。小白舔舔帶血的爪子，發出長長一聲嘶鳴，接着"嘶、嘶"兩聲，喝止住夕羣的惶恐，但其實它內心的恐慌比夕羣更甚，因為它曾領教過軒轅的厲害！

夕羣中的騷亂少了許多，惶恐卻仍舊令每一隻夕惴惴不安……

軒轅一眾，已從龍山背後悄然下到地面。藉着火把的光亮，四周白茫茫的一片，僅僅相隔五六步，就模模糊糊地只能看到個影子。但他們腳下的步子卻並未因視野的局限而變得猶疑遲緩，因為無論道路多麼曲折，指南車上的木頭人，總是指着一個方向。雖然誰也不敢保證這木頭人所指的方向是否正確，但本着對曾經帶領他們進入樂土的領袖軒轅的信心，大家義無反顧地追隨着他……

又過了將近一頓飯的工夫，眼前赫然卻是一面絕壁。

"這……這是甚麼地方？"潮紈拍拍面前的岩壁，又看看木人的手指，最後目光還是落到了軒轅身上，"我們真的迷路了？"

"是不是又轉回龍山了？"一個背包的漢子左右扭動着車身，"我記得樂土裏除了龍山，好像沒有這樣的山壁呀？"但不管他怎樣扭動指南車，那個木頭人依舊指着岩壁。

"樂土裏面確實沒有這樣的山壁……"軒轅也不禁泛起了愁，卻忽然想起了甚麼，"但樂土邊緣有。"

"對，"另一個背包漢子也恍然大悟地說，"當初，不正是穿過岩洞才到的樂土麼？"

"沒錯！"軒轅若有所思地點着頭，腦袋裏卻把他們的行進路線重新整理了一遍，"這麼說，我們不僅繞過了山腳下的夕羣，或許還在大霧中穿過了蚩尤的大營。但是……"一陣不安又衝上了軒轅的心頭。

"但是……"惶恐和不安同樣衝上了潮紈的心頭，"怎麼沒有聽到蚩尤他們的動靜？"

"噓——"這時，軒轅忽然示意大家安靜，並目不轉睛地看着龍九子中一條小龍。

這是最小的一條龍蒲牢，它立着耳朵，似乎聽到了甚麼！

……

蚩尤這邊，為了不至於陷入夕羣的圍攻，已經退到了一面崖壁之下。背山而戰，自然免除了後顧之憂，但一路殺過來，幡隊武士也只剩下寥寥十幾人。不僅如此，戰戰兢兢的小年卻還要讓早已應接不暇的武士分心守護……

又有一道鮮血濺在了小年的身上，最後一塊白色的絨毛也被染得鮮紅，一個武士的屍體倒在了小年的面前。它嚇得向後一竄，但這次，岩壁已使它無路可退，幸虧一個幡隊頭領又用火把頂住了撲向小年的巨夕，手起劍落，巨夕被斬倒在地……

"狗娘養的！"蚩尤怒罵着砍下了幾顆夕頭，而身邊的兩個武士也倒在了小年的面前，無路可退的小年渾身顫抖，或許那些為它而死的幡隊武士們也同樣在它心中站了起來……

"呲 ── "的一聲，火把浸滅在泥濘的鮮血中，周圍頓時一片漆黑。一切也隨之靜了下來。蚩尤清楚，最後一個幡隊武士也倒下了，而黑暗中至少還有幾十隻巨夕。

蚩尤盡力放慢呼吸，卻覺一陣疾風迎面撲來，抬手一劍，熱乎乎的夕血濺在了蚩尤的臉上，但黑暗之中，那隻死夕的爪子也扣進了蚩尤的肩膀，隨即又是一陣疾風，蚩尤只得橫劍格擋，卻被這隻垂死的夕撲倒在濃霧中……

小白還在凝視着龍山上蜿蜒舞動的火龍。霧蒙蒙的，金燦燦的，甚至還在自如地翻滾游走。雖然有些疑慮，卻看不出甚麼破綻。夕羣一陣陣惶恐的躁動，更加劇了小白的不安，就連令它引以為榮的腦袋也變得煩亂，甚至遲鈍了。

小白尚且如此，其他的笨夕就只能信以為真了。

羣夕越是惶恐，龍山上的幡隊武士便舞得越是起勁。就像軒轅所說，成列的幡隊武士，每人都學着前一個人的動作，揮舞燃燒的草捆。於是，大家的動作連起來，自然就是一條蜿蜒游動的火龍。而其他人，卻在協助幡隊武士更換燒盡的草捆。

眼看着一捆捆的茅草變成了炭灰，一直在側耳傾聽的赤川卻還是沒有得到衝鋒的信號⋯⋯

而此時，軒轅一眾手持火把，跟着蒲牢於濃霧中疾速穿行，卻在崖壁下迎頭撞上了三隻巨夕，它們正按着一具屍體，狼吞虎咽。

見到火光，一隻巨夕急忙轉頭，卻被軒轅劈成了兩半，隨後又是嗷嗷兩聲，另外兩隻巨夕也死在了潮紈的箭下。地上的屍體支離破碎，旁邊還有幾具也都血肉模糊，但應該都是幡隊武士，從幡色和幡幟來看，並不是蚩尤。

軒轅看着遠山上朦朧的火光，手中緊緊握着小竹笛，紛繁複雜的心情已讓他不知如何是好。

"發信號吧！"潮紈替軒轅做出了決斷，"我們耽誤的時間太長了，如果無法及時形成夾擊，很可能被小白看破，那時族人就沒有指望了。"

"但蚩尤還活着！"軒轅堅定地說，"而且這裏到處都是夕。"

"他當然還活着！"潮紈更加堅定地說，"但你有更重要的事，蚩尤就交給我吧。"

軒轅緊握着小竹笛，牙根咬得咯咯作響，卻忽然聽到"哞"的一聲⋯⋯

雖然聲音並不渾厚，卻足以令幾隻巨夕為之一顫，便在這一愣之間，小年已經撞開了蚩尤身上的巨夕，蚩尤則一個跟頭翻起，甚至在那一愣之間，他還看到了火光。

軒轅等人衝到近前，九條小龍一頭小年，噴火的噴火，吐水的吐水，撕咬、拍打、衝撞，一瞬間，剩下的幾隻巨夕便嗚呼哀哉了。

而軒轅等人則麻利地打開了身上的包裹，這都是一些曾經被當作禮物送到龍山的物品 —— 兩面大皮鼓、幾十張白獸皮，還有樹枝、竹棍、麻繩⋯⋯

大家你抖着，我拽着，有人纏繩，有人繫扣，片刻間，幾十塊零散的獸皮就被拼成了一整張，再用幾根長杆一撐，藉着閃爍的火光，濃霧中仿佛又站起了一頭白毛毛的巨獸。

"我的天！"蚩尤似乎看呆了，"這不是年麼？"

面對山上不停游曳的火龍，小白還在猶豫盤算是否衝上去才是好主意？

"吱吱吱 —— "小白連同幾隻巨夕相互鳴叫了幾聲，千百隻精瘦迅捷的快夕已經繃緊了身子。

這時忽聽到身後傳來一聲淒厲的笛聲，這笛聲小白再熟悉不過了，當初蚩尤只要一想起軒轅和女魃，就會吹一個通宵，甚至在召喚年的時候也是這個聲音。但現在的笛聲又是誰？蚩尤？還沒死？笛子不是被帶到了山上麼？那麼是軒轅？這麼大的霧怎麼可能繞到後面？是那些死去的武士？或者……

無數的問號，加上莫名的惶恐壓得小白再也挺不起腰來思考了。甚至大地還突然哄哄地震了起來，接着是"咚 —— 咚 —— "，隨後便是"哞 —— "的一聲，身後的濃霧中恍恍惚惚地走來一個碩大的身影。與此同時，就連山上的火龍也突然衝了下來。不僅如此，伴隨着一團巨大的火焰，無數的小火團也從山坡上疾掠而下。衝 —— ，殺 —— ，轟轟隆隆，叮叮噹噹，劈劈啪啪，驟然間，響徹了夜空……

前有火龍，後有巨年，無處不在的火團，隆隆咆哮而下的巨石，本就惶恐不安的羣夕便四散逃竄起來，被燒死的，砸死的不計其數……

就在夕羣恐慌潰敗的時候，火龍和巨年以及重重踏着地面的人們也衝進了夕羣。

人們用火把和茅草組成的火龍在夕羣中穿梭游曳，原本鋪天蓋地的夕羣被軒轅等人的巨年和火龍連番衝擊，潰不成軍的夕羣不多久便被撕成了一片一片，嘶叫聲淹沒在濃霧之中……

隨即，又是一聲犀利悠長的笛聲，巨龍和火把便迅速散開，變成了二十來人一組的"除夕小隊"！

雖然夕羣被衝擊到化整為零，但夕羣數目仍遠多於人，幾十隻巨夕簇擁在一起奔逃，也並不好惹！可是隨着一陣陣叮叮噹噹的敲打聲響起，吡吡啪啪的爆竹聲，卻嚇得夕羣心膽俱裂，紛紛落荒四散，這給了"除夕小隊"以寡敵眾的大好機會，一輪廝殺便將這羣夕趕盡殺絕！

另一邊，小白帶領的百餘隻巨夕迎面撞上了另一"除夕小隊"。濃霧之中，雙方已近在咫尺。其實按數量算，"除夕小隊"與小白的夕羣仍相差懸殊，但這時的小白心神已亂，看着人們渾身上下飄舞的紅綢，迷蒙霧中也分不清是人是龍，小白不禁想起了那些難纏的火羽……

"除夕小隊"沒有急於進攻，只見最前面的那個幡隊武士，拼命揮舞着手中燃燒的草捆，身邊的七八個大漢也將火把舞得炫目耀眼，帶着星火的閃光嚇得小白和百餘隻巨夕連連後退，還沒等小白停腳，便聽大漢身後"啪啪"幾聲脆響，爆竹燒裂聲中，周圍的濃霧裏也冒出兩隊人來，同樣是炫目的火焰，同樣是"啪啪"的脆響，濃霧中各方各面又冒出更多的人來⋯⋯

隨着劈啪的聲響連成一片聲海，一條火焰的巨龍便重新連接在了一起。人們叫喊着，步調一致地踩踏着地面，發出咚咚聲響，伴隨着巨大的震動，霧中又晃出一個白毛毛的巨影⋯⋯

所有的不解與惶恐交織起來，便匯成了更大的迷茫和驚懼，甚至它們還在繼續疊加，衍生，並迅速搶佔了所有夕那並不寬裕的腦容量。或許它們都因笨拙而懼怕這條巨龍，但在那一瞬間，小白卻因智慧而更加真切地感到了恐怖和絕望，那是一種遙不可及的力量，是它永遠也學不會的實力。看着人們因眾人的愛心而聚集起來的巨龍，小白絕望地嘶鳴着，吊立的眼中滿是上下舞動的火龍。它佝僂的身子漸漸繃足了力道，頭也緊緊地貼向了地面，口水不住地淌落下來⋯⋯

"小白，不要⋯⋯"蚩尤的話沒有說完，小白卻已經撲向了狂舞的火龍。

隨着赤川一聲令下，所有火把草捆一齊扔向了小白，而小白卻還在烈火中拼命地撕咬着燃燒的火龍⋯⋯

一縷曙光跨過山巔，灑在血腥的戰場上，小白已經燒成了灰，那餘燼中有一條佝僂的、永遠也無法再挺直的印跡⋯⋯

火紅的太陽露出了臉，面對一片狼藉，甚至已經開始衰敗的樂土，所有人哪裏還有歡呼的興致，只是靜靜地看着軒轅。

"龍將大地的靈魂傳到了我們的手裏，"軒轅看着手中的火種，"雖然它已經枯竭，樂土也將不復存在。但身為龍的傳人，我們不會辜負它的重託，既然樂土已經回到了我們的腳下，那麼我堅信，大地的靈魂也必將因我們辛勤的耕耘而重煥活力！"

說完，軒轅便恭敬地將這至高無上的帝杖又奉還到了玄毛面前。

玄毛卻慚愧地搖搖頭："雖然龍原諒了我，但我不能再接受這個帝杖了。"她滿意地看着軒轅："經驗可以慢慢積累，但身為首領，胸懷和遠見才是更重要的，……我自愧不如！」玄毛釋然地笑了，又拉過素楓，向大家宣佈：「我玄毛，還有素楓，願意用我們畢生的經驗來輔佐軒轅，我們的大長老、大領袖！」

說着，玄毛和素楓俯身跪拜在了軒轅面前，所有人也都緩緩拜服下來。

大地之上，唯軒轅默默肅立，他俯視着眾人，更俯視着硝煙彌漫的樂土，心中卻沒有一絲高高在上的快感。

「這就是'帝'！」軒轅高舉起帝杖，「自古以來，它都代表了至高無上的權位！」停了一下，軒轅抬頭看着帝杖，卻似看着一個無比沉重的擔子。「但我卻堅信，」軒轅接着說，「如果這權位不能給人們帶來真正的幸福和安寧，它便糞土也不如！」

片刻的寂靜之後，所有人都歡呼了起來，為了他們真正的大首領，為了將來的幸福與安寧，大家終於又狂歡了起來……

第六十七章　送別

　　陽光又灑滿了整片樂土，原本血腥的戰場已經萌生了嫩芽，生機也因眾人的雙手而被重新注入大地。但蚩尤卻無法面對那蒼翠之下的鮮血，所以他最終決定離開。與他不離不棄的，當然是曾經生死與共的潮紉！雖然她知道眼前的男人並不愛她，但正因為這男人情深銘心，至死不渝，才令她刻骨難忘，也甘心相隨終老……

　　情為何物？就如此愛恨糾纏，讓人抱憾終生；但又可如此無私捨己，留下千古佳話！

　　在為蚩尤和潮紉等人送行的路上，軒轅和蚩尤默默地走了很久，似乎那些歡樂的往事已經成了無法挽回的記憶。

　　軒轅慢慢停住腳步。

　　"真的要走麼？"

　　"真的不一起走麼？"

　　兩人不禁一笑，似乎這一切都在甚麼時候發生過一樣。

　　"你要去哪裏？"

　　"和你一樣，去尋找我的樂土！"

　　……

　　"這裏永遠是你的家！"

　　"我也同樣是在為你找一個新家！"

　　兩人微微一笑。

　　蚩尤掏出一樣東西給軒轅："這個面具送給你吧！"

　　"沒了它，你怎麼打仗？"

　　"武力未必能夠征服一切……"

　　"或許只有……"

　　軒轅、蚩尤又是微微一笑，卻又都想起了他們童年的信條，異口同聲地豪情大叫："只有好心情才能帶來好運氣！"

這對打斷骨頭連着筋的好兄弟倆，再次握拳揚手，朗聲大笑……

"不信，不信，樂土爺爺騙人！"一羣孩子圍着老人在聽故事，其中一個孩子鼓着小嘴兒說："年和龍不是都死了麼？為甚麼我們現在還要過年？"

"但是小年還活着呀！"老樂土捋着他略微發紅的鬍子笑了笑，繼續說他的故事，"每到深冬的時候它就會悄悄回來，幫大家趕走殘餘的夕，所以我們才準備了好酒好飯和好吃的餃子，舞龍舞年，敲敲打打地等它來，而當它過去的時候，夕也就被趕跑了，我們就又能幸福地過上一整年了！"

"年來年去，我們便算這段日子是一年！"老樂土哈哈大笑。

"那麼小龍們去哪了呢？"

"這個麼，"老樂土神秘兮兮地看着所有的孩子，"龍的九子？只要你們仔細觀察，許多地方都有它們的影子，它替龍守護着我們呢！"